L O C U S

LOCUS

RECREATION

R95
影子大地 ***The Shadow Land***

作者：伊麗莎白・柯斯托娃（Elizabeth Kostova）
譯者：王心瑩
責任編輯：翁淑靜 封面設計：林育鋒
校對：陳錦輝
出版者：大塊文化出版股份有限公司
台北市10550南京東路四段25號11樓
www.locuspublishing.com

讀者服務專線：0800-006689
TEL：(02)87123898 FAX：(02)87123897
郵撥帳號：18955675 戶名：大塊文化出版股份有限公司
法律顧問：董安丹律師、顧慕堯律師

總經銷：大和書報圖書股份有限公司 地址：新北市新莊區五工五路2號
TEL：(02) 89902588 FAX：(02) 22901658
排版：洪素貞 製版：瑞豐實業股份有限公司
初版一刷：2019年2月

定價：新台幣480元
Printed in Taiwan

影子大地 / 伊麗莎白.柯斯托娃(Elizabeth Kostova)著；
王心瑩譯. -- 初版. -- 臺北市：大塊文化, 2019.02
面； 公分. -- (R；95)
譯自：The Shadow Land
ISBN 978-986-213-949-3(平裝)

874.57 107022390

The Shadow Land

影子大地

Elizabeth Kostova
伊麗莎白・柯斯托娃

王心瑩 譯

獻給喬吉

一九八九年十一月

愛你

如你所願，
選擇最適合你的做法——
我會親自埋葬他。

——古希臘劇作家索弗克勒斯（Sophocles），悲劇《安提戈涅》（Antigone）

這本書是一列火車，有很多節車廂，老式的，略顯笨重，在夜裡沿著鐵軌行進。一節車廂載著少量煤炭，每當打開一道內側車門，煤炭就散落到走道上。你得跨過一堆堆滑溜的黑色煤灰才能穿越走道；另一節車廂載著穀類，準備運送到國外。有節車廂載滿了音樂家、樂器和廉價的旅行袋；約莫半數的交響樂團成員，他們依照彼此的交情和敵對關係，分散坐在二等車廂裡。另一節車廂載著惡夢。最後一節車廂沒有座位，卻塞滿了沉睡的男人，他們東倒西歪躺在自己的外套上，四周一片漆黑。通往那節車廂的車門，從外面釘住，封死。

第一部

第一章

索菲亞，二〇〇八年。五月天，無懈可擊的春日天氣，資本主義女神坐鎮於久已俗麗的寶座上。在佛瑞斯特旅館外面，有個年輕女人在階梯頂端猶豫徬徨；與其說她是女人，其實更像女孩，甚至更像外國人——而她也真的是。旅館對面是國立文化宮，原是共黨執政時期的文化宮殿，混凝土建築，巨大壯盛，如今年輕人在此四處遊蕩；陽光遍灑於廣場，他們的刺蝟髮型閃閃發亮。亞莉珊卓．波伊德，歷經無止境的長途飛行而筋疲力竭；她站著觀看保加利亞的孩子們溜著滑板，並嘗試把自己的長直頭髮塞到一邊耳後。她的右手邊聳立著赭灰色的灰泥公寓樓房，也有比較現代的玻璃鋼構建築；還有一塊廣告看板，顯示一位身穿比基尼的女子，高聳的胸部挺向一瓶伏特加酒。廣告看板附近的雅緻樹木開著白色和洋紅色花朵，那是馬栗樹，亞莉珊卓曾在大學時代的法國之旅看過這種樹——來到索菲亞之前，她僅此一次踏足歐陸。她的眼睛感覺有沙子，頭皮因為旅行的汗水而髒污。最後一趟航程從阿姆斯特丹起飛，歷經每隔幾分鐘就顛簸驚醒、自我放逐於海洋上空之後，她需要吃飯、淋浴和睡覺。沒錯，睡覺。她低頭看著自己的腳，確定雙腳仍在。除了一雙亮紅色的運動鞋，她的衣著很簡單，薄上衣、藍色牛仔褲、一件毛衣繫於腰際。路過的行人穿著剪裁精緻的裙裝和細高跟鞋，因此她自覺衣著寒酸。她的左手腕套著寬鬆的黑色手鐲，耳朵佩戴黑曜石耳環。她抓著拖拉式行李箱的握把，黑色小背包內有旅遊指南、字典和備用衣物，肩

膀上揹著筆電包，寬大的彩色手提包內放了筆記本，裡頭還有一本愛蜜莉．狄金遜的平裝版詩集。

從飛機窗戶望出去，亞莉珊卓看到一個群山環抱的城市，四周高聳的公寓樓房宛若墓碑。她手裡拿著新相機步下飛機，深吸一口不熟悉的空氣：煤味，柴油味，接著是一陣狂風，聞起來有犁土的氣息。她走過柏油路面，搭上機場巴士，觀察閃亮簇新的海關隔間和沉默寡言的官員，以及她護照裡的異國戳章。她搭的計程車在索菲亞周圍繞圈子——她現在懷疑那比所需的路程遠了許多——然後進入市中心，匆匆路過一些餐廳的戶外桌、貼在路燈燈柱上的惱人競選小海報和情趣商店廣告。透過計程車的車窗，她拍下舊款的福特和歐寶、後擋風玻璃加深顏色的新型奧迪、開得很慢的大型巴士，以及像一頭噹啷作響的斑龍行經，在鐵軌上濺出火花的電車。在市中心看到鋪著鵝卵石的路面，也讓她驚訝不已。

然而司機好像誤解她的要求，把她放在佛瑞斯特旅館這裡，而不是好幾個星期之前預訂的青年旅社。直到司機把車開走，亞莉珊卓都還沒弄懂眼前的狀況，於是她爬上旅館階梯，走近察看一番。現在她孤獨一人，遠比過去二十六年來更加徹底的孤獨。在這城市中央，身處於自己尚未真正了解的歷史洪流，站在旅館階梯上上下下目標明確的人群裡，她呆立不動，困惑想著是否該走下階梯，嘗試搭上另一輛計程車。看著背後聳立的玻璃與水泥龐然巨物，她自認負擔不起；那裡裝了彩色玻璃，還有貌似烏鴉的黑西裝顧客匆忙進出，或在階梯上吞雲吐霧。有一件事看來很確定：她真的跑錯地方了。

亞莉珊卓可能像這樣又站了幾分鐘，不過突然間，背後的大門打開了，她轉過身，看到三個人從旅館走出來。其中一人是坐輪椅的白髮老先生，他抓住好幾個旅行袋，緊貼著西裝外套。一名高大的中年男子

以一隻手推輪椅，另一隻手拿著手機正與某人通話。他旁邊站著他們的同伴，是一名老太太，一隻手挽著高大男子的手肘，另一隻手的手腕掛著手提袋，黑色衣裙底下有雙O型腿。她的頭髮是紅褐色，帶著斑斑灰髮，從禿得厲害的分髮線向外延伸。中年男子終於結束通話。老太太抬頭看他，而他彎腰對她說了些話。

亞莉珊卓讓到旁邊，看著他們費力走過旅館前庭，到達階梯頂端；她一如往常，對別人的命運感到一陣錐心的同情。他們沒辦法下樓梯，沒有坡道或輪椅通道，不像在自己家裡那樣便利。但是黑髮的高大男子顯然異常強壯，他彎下腰，從輪椅上抱起老人，連同行李一起。而老太太原本空洞的目光似乎回過神來，用幾個熟練的動作摺疊輪椅，抬著它慢慢走下階梯……她也一樣，比外表看起來更加強壯。

亞莉珊卓拿起自己的小背包和行李箱，跟在他們後面，感覺他們的明確目標也驅策她前進。到了階梯底部，高大男子把老人放回輪椅上。三人都休息了一會兒。亞莉珊卓停在計程車道的邊緣，幾乎站在他們旁邊。她看到高大男子穿著黑背心和潔淨無瑕的白襯衫，以今天來說，太熱也太正式。他的長褲同樣太有光澤，黑皮鞋也擦得太晶亮。他頂著一頭散發銀色光澤的濃密黑髮，從額頭往後梳得整整齊齊。五官輪廓非常搶眼。從近距離看來，男子比她第一眼的印象更年輕。他緊皺眉頭，臉孔發紅，目光銳利。她很難判斷這人究竟是將近三十八歲抑或五十五歲。疲累之餘，她認為這可能是自己此生所見最英俊的男子之一：肩膀寬闊，略顯過時的衣著底下透露著尊貴，鼻子細長而優雅；等到他稍微轉向她這邊，可以見到高高的顴骨上有雙明亮、細長的眼睛。嘴唇周圍延伸出許多細紋，彷彿微笑起來會換成另一張臉。這回她看明白了，男子對她來說終究太老。他的手垂放在身側，距離她的手只有幾十公分。她感受到一股真實慾望的刺痛，於是稍微站遠一點。

這時，高大男子走向最近一輛計程車的車窗邊，展開某種交涉；計程車司機提高音量表示反對。亞莉珊卓不禁心想，她能否從這一切學到一點經驗？看著眼前的情景，她感到一陣暈眩，於是路上的車聲顯得模糊，聽在耳裡變成不舒服的嗡嗡聲，接著再度變得嘈雜……也許是時差的關係。高大男子似乎無法與司機達成共識，就連老太太傾身向前、補上幾句憤慨的話也無濟於事。司機揮手表達輕蔑之意，隨即關上車窗。

高大男子再次拎起他們的行李，約有三到四個尼龍袋和帆布袋，然後走向下一輛計程車，這下子更靠近亞莉珊卓站的地方。她決定自己也不要嘗試第一個司機。接著，高大男子突然談妥條件了，他打開這輛計程車的後門，把所有行李袋放在人行道上，並協助駝背的老人離開輪椅，坐進後座。

老太太奮力坐進老先生旁邊的位置。要不是她突然踉蹌幾步，亞莉珊卓也不會再度走向他們。她連忙伸出手，抓住老太太的上臂穩穩扶著，她也沒想到自己有這種力氣。透過黑色衣袖，她感覺到一副異常輕盈且溫暖的身軀。老太太轉過來凝視她，接著自己站穩，用保加利亞語喃喃說了些話，這時高大男子完全轉過身，第一次正眼看著亞莉珊卓。也許他不是真的很英俊——她心裡這樣想——只是他的眼睛太吸引人，比起從側邊看起來大了許多，虹膜在陽光照耀下呈現琥珀色。他和老太太都對她微笑；他協助母親小心坐進計程車後座，接著向後伸出另一隻手，拿起他們的袋子。他似乎認定亞莉珊卓會再度伸出援手。她也確實是，抓起彼此纏住的幾個小袋子遞給他。他現在似乎很匆忙的樣子。她繼續抓著自己沉重的背包和筆電，特別是手提袋——只是以防萬一。

他挺直身子，低頭瞥了她剛才遞過去的袋子一眼。接著再看看她。

「非常謝謝你。」他用口音很重的英文對她說。她是外國人的模樣有這麼明顯嗎？

「我能幫上忙嗎？」她問完隨即覺得很蠢。

「你已經幫我了。」這時他的神情很悲傷，短暫的微笑消失了。「你來保加利亞度假嗎？」

「不，來教書。你們是從其他地方來到索菲亞嗎？」她才剛說完，立刻意識到這番話聽起來可能有點失禮。確實沒錯，他和年邁雙親的裝扮看起來不像都市人。他是她將近兩天以來真正說到話的第一個人，她不希望結束。只不過老先生和老太太正在計程車裡等他。

他搖搖頭。她曾在旅遊指南讀過，保加利亞人傳統上以點頭代表「不」，搖頭代表「是」，但現在並非每個人都這樣做。她不禁感到好奇，高大男子屬於哪一類人？

「我們打算……去維林修道院。」他瞥了背後一眼，彷彿期待看到另一個人。「那裡非常漂亮，也很有名。你一定要去看看。」

她喜歡他的聲音。「好，我會盡量安排。」她說。

於是他又露出微笑，非常輕微，沒有牽動所有的皺紋。他身上有肥皂的氣味，以及潔淨毛料的氣息。他準備轉身，隨即停住。「你喜歡保加利亞嗎？大家都說這裡什麼事都會發生。什麼事都『可以』發生。」他更正自己的用詞。

亞莉珊卓來到索菲亞的時間還不夠長，不知道自己對這個國家有何看法。

「這裡很漂亮。」她終於回答。而說這話的同時，她回想起飛行途中看到的山脈。「真的很漂亮。」她更確定地補上一句。

他的頭輕輕歪向一邊，似乎稍微鞠躬——有禮貌的保加利亞人；接著他轉向計程車。

「我能幫你拍張照片嗎？」她匆匆說道。「你介意嗎？你是這裡第一個跟我交談的人。」她渴望留下

他的照片——她迄今所見過最有趣的臉龐，而以後再也看不到了。

即便他看起來很焦慮，高大男子還是很樂意地彎下腰，湊近打開的計程車門。她得到一種印象，他在趕時間。不過老太太也傾身向前，對亞莉珊卓露出微笑；她戴的假牙，太潔白也太整齊。老先生沒有轉身，他坐著，凝視前方的計程車椅背。亞莉珊卓從手提袋拿出相機，匆匆拍了照片。她有點猶豫，不知道該不該提議稍後寄照片給他們，但在這個國家，她不確定上了年紀的人（或者外表看似中年人）會不會用電子郵件寄照片，特別是遇到陌生人的時候。

「Mersi.」亞歷珊卓以保加利亞語簡單說「謝謝」；她努力回想比較長也絕對比較困難的字，但實在無法逼自己說出口。高大男子盯著她看了一會兒，她覺得他的神情看起來更悲傷了。男子向她舉起一隻手，匆匆將他的長輩關進計程車裡。接著他轉過身，鑽進司機旁邊的座位。他們的對話只持續短短幾分鐘，但後方排隊的計程車早已失去耐心，狂按喇叭。這個小家庭的司機猛踩油門，輪胎吱吱作響，衝進車流，立刻消失無蹤。

第二章

但現在她該怎麼辦？下一輛計程車的司機顯然已經注意到她；他打開車窗，以機靈的眼神看著她，她心想，這人總可以載她去青年旅社了吧？

「要坐車嗎？」他叫道。她注意到司機誠實的神情，寬闊的眼距；而且這是她印象中抵達索菲亞之後看到的第一雙藍眼睛。他有一頭淺色的直髮，剪成西瓜頭的髮型，彷彿與早期的披頭四交換造型。她把紙片拿給司機看，上面事先用西里爾字寫了地址，他見了立刻點頭，然後舉起手指，比出正確的保加利亞列弗幣數額。誠實的傢伙，而且顯然以點頭表達「是」。他跳下車，拿了她的大行李箱，放進行李廂。

亞莉珊卓迅速地坐進計程車的後座。司機沒有與她進一步交談，不過從鏡子裡看來，他的神情相當愉悅，顯然對她的了解已令他相當滿意。她把各個袋子放在旁邊座位上，最後靠向椅背。司機駛進車陣，繞過轉角，突然間他們就成為索菲亞的一部分。她看到街道旁邊有高大挺直的白楊木，行色匆匆的人們身穿深色衣裳或藍色牛仔褲，青少年穿的鮮豔T恤寫了英文字，泥濘溝渠裡的廢棄物和破損玻璃映照著陽光，彷彿這裡是城市，同時也是某種荒蕪的鄉間。這是另一個世界，但她現在體會到自己會在這裡努力生活——特別是能在安靜的房間待上幾個小時、鎖起門好好睡一覺之後。

就在這時，她注意到高大男子的背包，或者是老先生的背包，放在她旁邊的座位上，與她自己的一堆

袋子緊靠在一起，所有的揹帶全部垂在她的膝頭。樸素的黑色帆布袋，長長的黑色揹帶，頂蓋拉上黑色的拉鍊……這副景象宛如一道電流竄過她全身。她摸摸袋子。不，這不是她的袋子。跟她的小袋子很像，但這是他的，他們的，而他們已經消失在這個城市裡。

她摸摸袋子。帆布、提把或側邊都沒有標記。再深吸一口氣後，她拉開拉鍊，尋找內部有無標記。她感受到某種有稜有角的東西，很堅硬，用黑色絨布包裹住。她在袋子裡仍然找不到可茲辨識的東西，於是翻找一會兒，從頂端打開那物品的包裹布。

那是個木盒，上端邊緣環繞著華麗的雕刻，其餘部分擦得晶亮美麗；這裡終於有標示了，應該說是薄薄的木製名牌，上面雕刻著西里爾字。兩個字，其中一字比另一字長一點：「Стоян Лазаров」。她感覺到計程車轉個彎。由於沒有其他資訊，她以非常緩慢的速度唸出這兩個字，努力回想她記得的字母。「史托楊．拉扎洛夫」。沒有日期。根據旅遊指南的另一段描述，第二個字的結尾讓她有所聯想，這一定是個姓氏。亞莉珊卓在袋子裡茫然搜尋，但似乎沒有其他東西了。雖然沒有真的想要這樣做，但她還是打開盒蓋。裡面放置一個透明塑膠袋，密封起來。塑膠袋裡裝滿了骨灰：深色的灰，淺色的灰，附帶一些較粗的白色顆粒。她以指尖碰觸塑膠袋外面；如果是比較正常的狀況，她的手部動作看起來像是致敬，而事實上，即使處於極度的震驚之中，她也能感受到自己的敬意。

亞莉珊卓環顧四周、瞻前顧後，匆匆檢視這個樣貌模糊的城市。她不曉得該怎麼辦才好。傑克就會知道該怎麼辦——如果他活到現在、將近二十八歲的話。這種時候真需要一個哥哥啊。他們可能會結伴同遊歐洲，兄妹倆肩並肩，一起揹上背包。

她伸手向前，用力搖晃司機瘦骨嶙峋的肩膀。「拜託，停車！」接著她開始哭起來。

第三章

我和哥哥在藍嶺山脈的一座小城長大。我母親在當地的學院教歷史，父親則在當地高中教英文。他們結婚後沒多久就決定回歸田園生活，於是我童年的大半時間，全家住在鄉間一棟非常古老的農舍。當時是一九九〇年代，我們在那裡的生活方式，可能很類似整整一個世紀之前同一地點的生活。屋子大門的前方和兩側有個門廊，木地板漆成灰色。門前有一塊木板吱嘎作響，很像門鈴；傑克比我大兩歲，他老是想辦法讓那塊木板發出聲音。房子也有個很獨特的真正門鈴，你拿一把黃銅鑰匙在門框裡轉動，它就會發出強而有力的親切鈴聲，聲音足以穿透兩層樓。有一片田野從面向南方的後院往下坡延伸，那是一片果園，或者果園的遺跡——多瘤的樹木很像人形，樹幹被冬季風暴劈裂，在地上滾動的蘋果引來黃蜂。

屋子裡，天花板很高的樸素房間塞滿了我們家的廉價陳舊家具。我從來不曾停止想念那個地方，想念它的紅醋栗叢和大黃園圃；鳶尾花長出很多扁平的球莖，產生的分枝像我的手腕一樣粗；而且我和傑克可以躺在長長的草叢裡沒人發現我們，或者可以覽觀一切，只有山脈的藍色輪廓除外。後面的起居室有一座圓圓胖胖的富蘭克林鑄鐵火爐，整個冬天我父親都在裡面塞滿了蘋果木和橡木。如果遇到大雪，我父母的卡車沒辦法在山區開上開下，他們就會在火爐旁邊讀書給我們聽。

事實上，由於我和傑克在鄉下的小學就讀，開車到所有朋友家都路途遙遠，所以我們經常獨自待在山

上，聊天、下廚、精進跳棋策略、播放我父親收藏的偉大歐洲交響樂團唱片，以及探索山間。你有沒有見過黑膠唱片？那是一塊黑色的乙烯樹脂圓盤，把唱針垂放到圓盤的溝紋裡，播放出來的音樂到處都有刮擦聲。我們特別喜歡客廳書架上的幾本書，其中一本是巨大的字典；我們經常玩一種遊戲，口齒不清大聲唸出一堆字，要對方猜出到底是什麼意思。另一本書是林布蘭的自畫像，一頁頁往後翻，他的臉變得越來越老，卻也越來越洞悉一切——但不見得比較聰明。

然而，最讓我們著迷的書，是一本東歐地圖集。我不知道它為何在我們的書架上，想向父母詢問時，為時已晚；它可能偶然間出現在學院裡的免費贈書桌吧。我們拿書裡的國家和地區名字相互詰問，我們認識的人都沒見過那些地方，它們的疆界也隨著印在頁面上方的日期而改變。傑克會遮住一個地方的名稱，甚至闔上書本，然後說：「好，一八五〇年，頁面中央的小塊粉紅色區域。答對得五分。」我們兩人誰率先超過五十分，就得幫另一個人做餅乾，不過通常最後是我走向烤箱，傑克則到處亂晃，也許弄死胡蜂，或者在門廊底下挖個洞撒尿。我們兩人各自有最喜歡的國家。我的是一次世界大戰後的南斯拉夫，它從前一頁很多不同顏色的小塊，神奇地凝聚成一整塊黃色區域。傑克最喜歡的幾個國家在黑海周圍環繞一圈——至少，理論上，你可以從一個國家搭船到另一國，他說總有一天他打算那樣做。保加利亞，淺綠色，那是他的最愛；如果我能說出保加利亞周圍所有國家的名稱，他會幫我多加十分。

我們也自己讀書，納尼亞傳奇、中土世界、柯南道爾，還有成堆的《國家地理雜誌》，放在火爐後方的房間。我狼吞虎嚥讀完一些女孩愛看但傑克嗤之以鼻的書，像是「魔女南茜」系列。我父母聽廣播而不看電視，因此圖書館分館在我們生活中占據重要地位，直到有個學校朋友帶傑克去商場。商場裡滿是令人驚奇的遊戲機，後來我也跟著去；我們也漸漸知道，學校數學教室的電腦還有其他可能的用途。我沒有像

傑克那麼喜歡電玩，也沒那麼想去商場。那是我與哥哥逐漸失去連結的第一個徵兆。

就像大多數的兄弟姊妹，我和傑克彼此折磨；他有時候欺負我，我也會告他的狀。但我們即使各自獨立也形影不離，感情很深又多方發展。成長過程中，我們學會搭帳篷、生營火、以草葉吹出哨音、在結冰的岩石表面安全爬行，萬一迷路也能沿著溪流走下山，找地方安頓下來。我們會做足表情大聲朗讀，不過傑克常常搗亂就是。我們懂得怎麼打掃雞舍，怎麼用母親的陶杯做鬆餅，還會挖馬鈴薯。我學會編織和縫補自己的衣物，也幫傑克縫補，畢竟他毫無興趣；他一天到晚磨破褲子的膝蓋，於是我發明出深色的補丁。我們不管到哪裡都能玩，只有路底的房子附近除外，他們把垃圾丟在溪邊，還用鍊子拴住大狗。「好鄰居之間要拿捏好分寸。」我父親這麼說，我們每次開車經過鄰居門前，他總是輕觸帽子向他們致意。

這一切應該很幸福快樂吧；我常覺得這是因為我深愛自己山上的家，也有哥哥相伴。然而，家庭生活就是有些奇怪的化學效應，傑克似乎從很小的時候就與我們父母處不來，他對父母的不滿也延伸到他們的所有提議或規定。七、八歲時，他會刻意搞砸父母要求他做的事，例如我們要幫花園除草，他索性把一半以上的紅蘿蔔都拔掉，而不只是疏苗；我知道他是故意的。如果必須打掃永遠清不完的雞舍，我會努力打掃；炎熱的午後，我熱愛母雞在雞舍角落發出的咯咯聲，我喜歡發現新蛋，也喜歡父親稱讚我把工作做得很好。傑克則把這些農事搞得一團亂，他會在雞舍的牆角下挖一、兩個洞，過了幾天，晚上會有狐狸跑進來，引發一場大屠殺。傑克拿著燒黑的枝條，在他床鋪上方的牆壁寫著「所有傢伙去死啦」。一天下午，他在果園裡放火燒一棵樹，火勢幾乎蔓延到屋子，父親對他禁足一星期；母親則是提早從學院下班，與小

學的輔導老師一起找他懇談。

到了中學，情況更糟。傑克在公車站抽菸，後來有同學告發他；我也開始縫補他牛仔褲上約莫硬幣大小、被燒破的洞，不再是黑莓荊棘扯破的洞了。他把頭頂的紅色髮髮全部剃光，再剃掉兩條眉毛，然後對父親解釋說，這正是雙親終生力行的節約風格（母親總是用特殊的剪刀幫我們修剪頭髮）。再過一年，他對父母說，如果他們不願意每週一次載他去鎮上，與那些「傢伙」（就是每個人各有超醜髮型、骨瘦如柴的其他七年級生）鬼混，他就要離開家，真正離家出走。父親請他實現自己的威脅，但每到週六，母親很不情願地載他下山，她說我們漸漸長大，需要社交生活，順便帶我跟她一起去買冰淇淋蘇打。我過得戰戰兢兢，老是覺得傑克會和父母大打出手，甚至更糟。但是對我來說，傑克大多時候非常親切溫柔，甚至很容易相信別人。後來他對我說，他和那些傢伙偶爾會在店裡偷竊便宜的摺疊小刀，或者拿幾包牛肉乾時，我幫他保守祕密——那似乎是必須付出的小代價，尤其是他會帶點禮物給我，像是糖果和漫畫書，他總說那是零用錢買的。

❦

我們一直在鄉下住到傑克準備念九年級，我也要開始念七年級，那時我父母賣掉房子，在格林希爾市中心的嶄新重劃區買了一間公寓。這下子他們再也不能種菜了，不過我們只要走路就能到達城裡最好的公立學校。我們搬到鎮上後，我和哥哥的生活漸行漸遠；我進入初中，學校裡滿是打扮入時的可怕女孩和神祕兮兮的男孩，傑克則開始參加高中的田徑和籃球校隊，與身材健美的運動員新朋友混在一起。我們的雙親顯然鬆了一口氣。傑克現在似乎忙到沒時間惹麻煩，一大早的練習也讓他累壞了，晚上很快就躺平。住

在城市的第一年相當順利；第二年的一開始也是。不過我很想念傑克，就像我也很想念山上的家；我覺得傑克趁我不注意的時候悄悄溜走了。他比小時候對我更好，但也更疏遠。我與他之間最快樂的時光，常常是我晚上正在做功課，他經過我窄小的房間時，停下腳步。

「喔，那種方程式啊。」他會這樣說。「我還記得那些。需要幫忙嗎？」或者他會突然闖進來，頭髮因為剛洗完澡而溼溼的，只見他一屁股坐到我床邊，嘴裡哼一聲。「累斃。今天有額外練習。」那樣的時刻永遠都不嫌久，因為他遲早會用指關節敲敲我的頭頂，然後離開，去做他自己的功課，或者打電話給某個女朋友。

我想，我父母面對這樣的鴻溝，基本上視之為年輕人在成長過程中逐漸向外發展、脫離家庭；但為了維持平衡，父母親堅持保留我們舊日生活的少數習慣，最重要的是每月一次全家一起健行。我們通常會等待合適的天氣，例如陽光普照的晴朗週末早晨，這種時候高山顯得很清晰，無論哪一個季節都如此。在那樣的日子裡，我們像是回到過去，全家人一起遠眺綿延的群山，以及更遠處的藍色疊巒。

我們就是那樣失去了他。

第四章

亞莉珊卓打開骨灰盒時開始哭起來，並非因為害怕死者的骨灰，而是因為這太沉重了，是最後一根稻草。她身在陌生國度，身心俱疲，原本的計畫已經走偏，她覺得涉世未深的自己，以戲劇化的方式落入某種更大力量之手——也許是命運，或者某種劇本，劇中要當壞人和好人一樣容易。

她必須搖晃司機的肩膀，大叫「停車！」好幾次，司機才轉過頭看她，端詳她苦惱的神情，然後快速穿越索菲亞的車陣，轉進一條小街道。計程車停到路邊時，幾隻小貓和一隻骯髒大貓四散奔逃；亞莉珊卓看出牠們在那裡吃著某種血淋淋的東西。車子停在大樹的樹蔭底下，當時她還不知道這是椴樹，會有大量的綠色花朵向下綻放。在體驗過大馬路和旅館之後，這條街顯得異常安靜。亞莉珊卓努力壓抑啜泣，等待司機將車子停好，但沒有熄火。

「有問題嗎？」他說。她很驚訝司機竟然會說這麼清晰的英文，剛才他怎麼不說呢？

「拜託，我很抱歉……我很抱歉，可是我這裡有別人的行李。」她說。

對他來說，這樣說話顯然太快了，也可能是她的聲音抖得太厲害。他皺起眉頭。「什麼？你還好嗎？」

「還好，不過我有別人的袋子。」

「別人？」他說。他伸長脖子看著後座。她指著，這時沒說話，並拍拍那個物品。

「這不是你的？」他以嚴厲的眼神看著她，而不是那個袋子——這可能是保加利亞人的特性吧，介入某種情況之前，先從一個人的神情搜尋蛛絲馬跡？高大男子之前對她也是這樣，但或許因為她是外國人。

接著，司機離開座位，繞到她的車門外。他打開車門，探頭過來檢視那堆行李。「誰的袋子？」他說。

她以更嚴厲的眼神看著他，因為他靠得太近了。這一刻，她頭一次不是從他的營業功能角度看待他，不是要載她去青年旅社的司機，而是一個人，不比她的年紀大多少的男人，也許二十九歲，或至少只有三十出頭。她又看了一眼，他有張蒼白的國字臉，彎腰時淺色的頭髮垂下來蓋住臉。他的眼睛確實是藍色的，真正的藍色，不是藍綠色。他並不高大，但動作優雅，雙手修長。

「我不懂，怎麼會這樣？」他說。

「我從旅館階梯上的男子和那兩個老人家那裡拿來的。高大的男子和輪椅上的老先生，還有個老太太。」她試著盡量說清楚。

「你偷他們的袋子？」司機朝她拋來一眼，比較像是驚訝而非責難。她明白他也看到那兩個老人，畢竟那三個人經歷一番費力的過程才離開旅館。

「不。」她覺得淚水再度刺痛眼睛。「我要幫他們坐進計程車，那時候不小心拿到的。不過，我想它是……你看。」

她打開骨灰盒的蓋子，讓他看裡面的塑膠袋。他靠得更近了——她覺得自己現在一定讓他一頭霧水；他碰碰袋子，像她剛才一樣。他皺起眉頭。她看著他的手指在盒子上尋找記號，她剛才也如此，摸索晶亮

木盒的外側。他把絲絨袋子撥開，而這一次，她看到邊緣的雕刻花紋是一圈葉子，而且兩側各有一種動物的頭形。她還來不及把名字指給他看，他就找到了，並且大聲讀出來。

「我想這是一個人，一個男人。」他說。

「我知道。」她說，心裡想起輪椅上的那個人。那個影像讓她整張臉垮下來。也許老先生失去他的另一個兒子？還是他的兄弟？

「你有沒有聽懂？這是某個人的身體。」計程車司機又說一次。

「我知道啊。不是身體，是骨灰。」她說。

「對，骨灰。」他的語氣很尖銳。「在保加利亞，我們叫prah，塵埃。」他唸那個字用到喉音。「也許你得趕快還給他們。」

「當然要。」她快哭了。「可是我不知道他們是誰，或者他們去哪裡。我想，我應該去找警察。」她想像警察查詢電腦系統，找到這位男性的名字，把骨灰盒鄭重保管好，對她說，他們會物歸原主。也許他們會給她地址，於是她自己拿去歸還。接著，她想像自己要面對那些人，她拿了他們的貴重物品。她覺得喉嚨一緊……那三個人一定在索菲亞到處找她。不過，他們離開之後，她才叫這輛計程車；他們是否發現袋子不見了？當然立刻就會發現。

「不對。其實呢，我們得回去旅館。」她改口說。「我想，他們可能會回去旅館找我。」

「這是好主意。」他說。現在他的英文聽起來暖身完畢，比較靈活了，不過神情顯得小心翼翼。很難聽出他是哪裡的口音——英國，幾乎像是倫敦腔。「走吧。我們要立刻回去。」即使滿心痛苦，她仍然喜歡他說這些話時的細薄漂亮唇形。他的門牙有點歪，其中一顆有黑黑的蛀洞，很像雀斑。他的顴骨看起來

寬闊且緊實；而且，她再次注意到他的臉部皮膚宛如牛奶般滑順，只不過一邊嘴角附近有幾顆淺褐色的痣。他小心翼翼蓋上骨灰盒的蓋子，用帆布袋包好。接著，他回到駕駛座，她還來不及出言感謝，他就開車上路。

第五章

風岩步道曾是北卡羅萊納州藍嶺山脈最漂亮的健行路線之一。現在無疑還是。自從二〇〇七年之後，我不曾走上那條步道，那時我偕同母親，非常痛苦地重返當地。

事實上，風岩步道是我家最愛的地方，但那個十月早晨，傑克起床時心情很差——我始終不知道原因。事後，我自己揣測了很多年，可能因為前一天是他的十六歲生日。那天他迎來了駕駛執照，我父親帶他去領取，不過當然沒車可開。我父母曾答應給他幾百美元買車，不會給更多，他可以用青少年打工初期的存款去買。他存了一點錢，但是到了那時，那筆錢還不夠買一輛父母覺得安全的車。

也許那是我父親和傑克爆發爭執的近因；也說不定他只覺得很憤慨，那神奇的一天來臨又結束，他卻沒有車。他昏昏沉沉，繃著一張臉，拖著蹣跚的步伐來吃健行前的早餐，我知道最好不要跟他交談。我們穿上登山鞋和外套時，他有點心不在焉，試探著是否可以不參加。我母親一定顯得很失望，或者父親只是瞥了他一眼，眼神既質疑又嚴厲，因此傑克立刻打消念頭。

沿著藍嶺公園道路開往登山步道口的路程中，傑克沉默不語。為了讓自己不要沉溺於他突如其來的情緒，我望向窗外的秋日樹葉，白楊木這時漸漸變成褐色和凋萎的金色，花楸樹灰色枝椏間的紅色小果實也令人驚豔。那是陽光燦爛的晴朗日子，可以看到層疊的山巒。這是我小時候始終困惑的一點，那些山巒延

伸到遠方，全都變成一致的藍色，但前景有時候又顯得多彩繽紛。十二年後，我第一次看到巴爾幹半島的山脈時，感受到一陣奇異的痛楚，接著是一陣確認的痛楚：那些山脈群峰並起，不是以平緩的坡度起伏相連；而且山坡是令人生畏的暗綠色和黑色，險峻的岩石顯得坑坑疤疤。然而，它們也像我家鄉的山脈，雄偉、孤傲、穩固、撫慰人心。

我父親把車子停在步道口，大家下了車，揹起小背包，傑克輪流把兩腳踩上車尾保險桿，綁好鞋帶，臉色鐵青。我喜歡看到他像平常一樣，不過他漸漸長大成人——他長高了，這點我還不習慣，他肩膀也變寬，穿著卡其工作褲的雙腿非常健壯，大大的皮革登山鞋踏上保險桿，把條紋鞋帶緊緊綁好。他抬頭看了看，接著對我露出微笑，我想那是我們之間最後一次微笑，然後他對我點點頭，叫我走前面；這是我們家的慣例，父親走在最前頭，媽媽在他後面，接著是我。既然傑克長得高大又能幹，他通常負責殿後。要是有什麼狀況沿著步道而來，總有傑克率先對付；我為他感到擔心，卻也為自己覺得慶幸。

中途走到第一道稜線時，他叫道「等一下」，我轉過身，看到他在一塊露岩上重新綁一隻腳的鞋帶。我站在附近，默默看著；過了一會兒，他滿心不悅地喃喃嘀咕，說他根本不想來。

「我今天有一大堆其他事要做。」他猛力拉著鞋帶，而我仔細端詳他黝黑的側臉，多麼像我們父親啊。他對登山鞋的怒氣似乎越來越大。「只因為老媽和老爸說時間到了，現在立刻、無論如何都要爬山，你不覺得煩嗎？」

「不過我們一直都來爬山啊，我還滿喜歡的。」我呆呆地說。

「嗯，他們忘記我有點太老，不能再這樣呼來喝去了。我是說，我們又來這種前不著村、後不著店的地方。」他終於綁好鞋帶，這時朝著四周景致揮揮手，對著山脈和天空亂揮一氣。我很愛這片景致啊。

接著我說出不該說的話。我突然很生氣，覺得他毀了家人一起出遊的一天。我們父母搞錯方向，但終究出自善意，我討厭他對父母那麼無禮，討厭他先前老是開溜，討厭他不能偶爾改變一下跟我一起玩，畢竟朋友、女孩和籃球占據他其餘所有的注意力。

我氣呼呼地說：「嗯，如果你做每一件事都打算當蠢蛋，為什麼不乾脆滾蛋？」

他看著我，一臉不可置信的樣子。而我多愛那張臉啊，即使把那張臉激得怒氣沖沖，我還是好愛它。接著，他告訴我兩件事。第一，去下那該死的地獄。第二，他自己也會去下那該死的地獄。

這些話是他說的，我不會把這些話加上引號，而這是我這輩子聽他說的最後幾句話。我努力忍住眼淚，一方面很後悔自己這麼刻薄，另一方面則是太傷心。我轉身背對他，大步走開，踏著情急的步伐向前走，不理會我匆匆留在背後的沉默。我沒有聽到他的腳步聲；我告訴自己，如果我把他扔在那裡一會兒，那也是他活該。我跨越一條小溪，或者其實是小溪跨越我們的步道，我得小心從一塊石頭跳到另一塊，穿越湍急的溪水。過了幾分鐘後，我看到父母出現在前方，兩人靜靜前行，於是我跟上他們的腳步。

我們走到第一個視野開闊的地方，停下來喝水休息，傑克沒有跟上來。眼前是山脈的巨幅全景，山巒層疊，峰頂在地平線上呈現灰藍色。山谷躺在下方一千二百公尺處，透過我們步道側邊橘莓樹叢的酒紅色葉子隱約可見。母親對我露出鼓勵的微笑，也望向四周尋覓我哥哥的身影，然後我們全都坐下來伸伸腿，等了幾分鐘。

「傑克在你後面嗎？」過了一會兒，父親這樣問。我說明他剛才停下來綁緊鞋帶，但隻字不提我們的爭吵。「嗯，他會趕上來。」我父親說。母親一定是顯露微微的不安，因為父親又補上一句：「他是大男孩。」

我們繼續走，但走得比較慢。我不禁納悶，對於今天非來不可，父母知不知道傑克有多生氣？接著，我強迫自己的心思想著其他事，包括我想要剪的新髮型，就像社會課的那兩個女孩；接著想起星期一在語文課讀到的，對「小紅帽」的故事做了重新詮釋，以青少年為主角，我覺得沒有寫得很好。我想要寫出另一種版本，想看看自己能不能寫得比較好。我看著自己的舊登山鞋一步步往前踩踏，這雙鞋原本是傑克的（母親曾向我保證這雙鞋「不分男女」，只要不必穿去學校，我可以接受）。

我們走到下一個展望點停下來，母親建議就坐在這裡提前吃午餐，等待傑克跟上來。父親同意了，他把肩上裝滿東西的背包卸下來。母親在步道附近找到一塊平坦的地方，我幫她鋪好一塊小小的格紋布，她總是帶這塊布來野餐。她準備了我最喜歡的魔鬼蛋、父親自製的美味麵包，還有每人一瓶氣泡檸檬水。對我們如此節儉的家庭來說，這樣很享受了。她把傑克的水瓶放在石頭旁邊，幫他準備好。父親認為沒道理繼續等，於是我們開始吃午餐。不過麵包在我嘴裡嚼起來很乾，彷彿咀嚼著我盛怒之餘對哥哥說的那些話；我也發現母親每隔幾分鐘就回頭望著步道來處。我們都沒有手機，手機對當時的世界來說還算很新……雖然過了幾年後，留下來的我們三人都有手機了。

最後，父親碰碰她的肩膀，說：「克蕾莉絲，別擔心，傑克是非常有經驗的登山客。他可能需要一點時間獨處。他長大了。」

「我知道他長大了。」媽媽的語氣幾乎像是煩躁發怒，她很少顯露這種語氣。

「嗯，要不要我往回走一段路，對他揮揮手？」父親收拾野餐吃剩的食物，連一點碎屑都不留給野鳥：無痕山林，帶入的東西全部帶出。

「好啊，可以嗎？」母親露出微笑，彷彿這是免不了的一點小麻煩。「我們可以在這裡等你們。」

父親離開了大約三十分鐘，然後獨自一人回來，臉上帶著不悅的神色。

「我一路走回到『大彎』，甚至對傑克大喊了一會兒，但他沒有回答。恐怕他已經自己回去停車的地方了。」我聽出爸爸的語氣很尖銳；這表示傑克違反了戶外活動的規則，等一下他會有麻煩。我也知道傑克現在有駕照，還有我們車子的鑰匙——那是父親對他生日所做的讓步。

「我們沒有聽到你叫。你沒有叫得很大聲吧。」母親狐疑地說。

「夠大聲了。」父親坐下來一會兒。「這樣好了，你們慢慢走，好好欣賞風景，而我回去車子那裡。」他沒有補上一句「如果車子還在的話」。「如果我和他沒有在一個小時之內回來，你們就往回走，大家都在停車場集合。」言下之意，就算車子在那裡，傑克也有得瞧了。

我看得出來，如果不知道傑克在哪裡，母親就不想繼續健行；多年以後我才明白，她一定是覺得如果繼續走，一切就有可能順利解決，或至少讓一切看似正常的時間再延續久一點。我體會到這點，是在我自己成為母親之後——我們是冒著風險、懷著自己的恐懼，達成一個個薄弱的協議。

父親沿著步道大步往回走，我和母親則慢慢出發，帶著父親的背包，因為裡面有多帶的水壺。過沒多久，在遼闊的天空下，我們兩個女人覺得自己好渺小；步道進入開闊的草原，穿越一片天然的白木林，我一直特別喜歡這種地方，因為草原上點綴著樹木的遺跡，飽受風霜且閃耀銀光。母親不時查看手錶，最後她以不情願的語氣對我說，我們得回頭了。

第六章

她的司機掉頭開回旅館時，亞莉珊卓看出他們停車的街道非常短，老舊的公寓樓房排列於兩側，陽臺上掛著晾乾的衣物。現在有司機伸出援手，她有餘裕稍微看看四周。這個城市之美在於它的樹木：濃密的樹冠妝點著黃色繁花，宛如收攏翅膀的數千隻昆蟲，而陽光穿透枝葉，點點光斑灑落在路邊車輛上。她看到一名長髮男士揹著背包，大步走過樹下，同時刷著牙。街上的一扇門前，有個女子身穿褐色和藍色的衣裳，手臂上掛著沉重的塑膠購物袋，正拿鑰匙打開門鎖。兩名身穿西裝的老人在路上蹓躂，小心查看路況多變的人行道。亞莉珊卓實在不懂，這麼漂亮的地方為何不整修人行道？看著兩個老人彼此揮舞手勢，熱烈交談的樣子，比起她平常對一般人的認知，這裡的每個人似乎更有活力；也說不定只是較常比劃手勢，或者只因為她比平常更疲憊，覺得自己累個半死。她把陌生人的袋子放在膝頭，以手臂環抱住，不希望它像普通的東西一樣放在旁邊的座位上。至少她可以好好抱著，直到歸還為止，雖然骨灰盒的光滑與沉重感透過帆布傳遞出來，讓她覺得有點反胃。

片刻之後，他們再度置身於大馬路的車流中。亞莉珊卓的司機把車子停在旅館的計程車道邊，隨即跳下車。亞莉珊卓比較慢下車，她把自己的袋子放在座位上，但是待在車子旁邊。司機跑上階梯。司機為了她的事表現得這麼積極，她覺得很感激；他身材瘦削，行動有力，身穿藍色牛仔褲、黑色T恤和黑色網球

鞋，一邊跑步一邊撥開蓋住眼睛的頭髮。他穿過階梯頂端的玻璃門，消失了。

不過等到幾分鐘後再出現時，他的表情十分茫然。他停下來，詢問階梯平臺上的幾個人，走下階梯時又問了其他人。接著他回到計程車道，站在她面前。

「很抱歉，我問了那裡的每個人，有些職員確實記得坐輪椅的那家人。」他說「職員」的發音很像英國腔。「他們目前不在這裡。離開之前，他們與一個男人在餐廳裡喝咖啡。他們沒有住房。一名職員說，比較年輕的男人與一起喝咖啡的男人吵得很兇，那人是記者。我是說，旅館的人都知道，與他們在那裡碰面的男人是記者。記者很生氣，從後門離開，然後高大的男人和兩個老人從前門離開。」他比劃幾個生動的手勢，雙手分別指向相反方向。

亞莉珊卓心想，那件事發生之後，她曾在前門階梯上與他們交談。

他們後面的司機開始按喇叭。亞莉珊卓的司機跳上他的計程車，她也心不甘情不願地坐回車上。他發動引擎，從車道開出，接著又停在路邊。

「你現在打算怎麼辦？」他說。她察覺到他的聲音和肢體動作顯得小心翼翼，彷彿覺得不會喜歡她的答案，但同時對答案感到好奇。

「我想，我得去警察局，把這個拿給他們看。你可以載我去嗎？」亞莉珊卓說。

他沉默了一會兒，終於開口說：「好吧。只是要先提醒你，這裡的警察不會每次都很幫忙，除非他們抓到你超速，或者你開車時講手機，可以罰你錢，他們就會非常有效率。」他滿臉怒容地說。「不過如果你想去警察局，我可以載你去。那樣做可能是對的。也許他們可以根據盒子上的名字找到一些線索，但是如果他們幫了很多忙，我會非常訝異。」

他在舊城區的中央停下車。前方距離約莫半個街口，有一棟有玻璃門的混凝土建築。他慎重地指著，並說：「那是最近的警察局，他們可能會在門口檢查你的護照。」

「你可以幫我解釋給他們聽嗎？他們可能不會說英文。」

他搖搖頭。「請原諒我不能進去。我很想幫你，可是……」接著，他似乎覺得自己缺乏勇氣，這實在不可饒恕。他轉過來，迎向她的目光。「你知道嗎，我最近曾經跟警察惹上麻煩，所以這不是我最喜歡的地方。」

亞莉珊卓的心往下沉，感覺這一切很不真實。在保加利亞待了兩小時，她已經偶然間遇到不對勁的人，還接到腿上袋子的重擔。就算傑克有可能理解，她也能想像父母會怎麼說。不過事情就是發生了。

計程車司機似乎很期待她的回答。她說：「所以你……你怎麼……？」

「我不是罪犯。」他說著，而且鼓起腮幫子。「拜託不要認為我是罪犯。上個月，我參加一場示威活動遭到逮捕。那只是生態議題的示威活動，但我們沒有安安靜靜進行，後來變得有點失控，他們抓了我殺雞儆猴，所以我被關了三天。」

她的情緒緩和下來。「你們示威的目的是什麼？」

「政府重新開啟東北部的一些礦場。那些礦場關閉了很多年，因為對礦工來說不安全；也因為礦場釋出一種可怕的毒素，流進我們國家最大的河流之一，很多城鎮都用那條河流的水。政府認為所有人都忘了以前的事，有些生意人也這樣想。不過，我們知道他們沒有進行任何改善，只想重新開放，從中再賺一筆。你懂吧。」

他哼了一聲，說：「警察對我說，下一次我可能就要去真正的監獄，他們也對其他被捕的人這樣

反，關於反戰。「我了解你為什麼不想再踏進那裡。」

說。」接著他沉默了一會兒。「基於許多原因，我非常不喜歡他們。」

「原來如此。」亞莉珊卓說著，鬆了口氣。她自己也參加過一、兩次示威活動，大學的時候，關於反戰。

「我了解你為什麼不想再踏進那裡。」

他搓搓下巴。「警察裡面有少數正派的傢伙，但有些人還是認為可以揍人，即使是示威活動也一樣。」

她點點頭。「我懂。」雖然她只有一些非常模糊的概念。「好吧。或者……等一下……」她停下來。「再說一次，你怎麼稱呼這個……骨灰？」

「Prah。」他很有耐心地說。

她跟著唸一次。「還有，我不知道怎麼去我訂的青年旅社，不過如果你有其他事要忙，我很確定自己找得到。你希望我現在就付車錢嗎？」

他揮手示意先不要顧慮錢的問題。「等一下再說。你已經很累了，而且行李放在我的後車廂。」他說著，彷彿自己是她父親，或至少是她哥哥。接著他搖搖頭。「沒問題。我不會偷啦。」

「我相信你。」亞莉珊卓說。她發現自己真心相信。

「你回來這裡找我。你可能要等半個多小時才能見到裡面某個人，不過我會去買報紙來看。」

第七章

沿著任何一條步道往回走，花費的時間似乎永遠只有走進去的一半，無論是否下坡折返都一樣，而這次我們大半的路程是下坡。我們飛快行進，途中我忍不住瞥向最引人注目的山脊，它向下陡降，最後墜入下方的山谷。我敢說，母親在我背後也看著同樣的地方。抵達停車場時，看到父親雙臂抱胸倚著我們的汽車。他什麼話也沒說，靜靜地等著我們走近，然後他的語氣很嚴厲。「我花了一個半小時到處找他，往上往下大喊。如果他打算要開玩笑，或者表現叛逆，這樣都太超過了。」

「你沒有察覺發生什麼事吧？」我母親說，她的聲音發抖。等我們找到傑克，到時候有得吵的了；而如果沒找到他，或至少好幾個小時都找不到，則後果不堪設想。

「當然沒有。」父親厲聲說道。「不過我們得好好談一下這件事。嚇到別人可不好玩。」

「我不覺得他想要把我們嚇成這樣。」我從沒聽過自己以這麼小的音量說話。

他們似乎突然想起來了，我是最後看見他的人。

父親說：「親愛的，你和傑克在一起的時候，他有沒有提到要離開步道，或者回到車上？」

我可憐兮兮地說：「沒有。不過他的心情很不好。」接著，我下定決心，說：「其實呢，我們小吵了一架。」

「為了什麼事吵架？」母親看起來很驚訝，是沒錯，我和傑克平常很少吵架。

「嗯，他不想去爬山，你們也知道……他很生氣，說我們浪費一整天在前不著村、後不著店的地方。接著，我叫他不要那樣說話。他說了一些粗魯的話之後，我就走開，把他留在那裡。」

「就這樣？」父親搖搖頭，彷彿這些訊息全都派不上用場。

「對呀。」我說，因為其他部分我實在說不出口。我曾經叫傑克滾蛋，那部分我略過沒提。最重要的是，我還略過另一段話，他說他大可照辦。

「你覺得他有沒有可能走在我們前面，也許還在山上等我們？」母親對於想到這點似乎覺得很高興，雖然這不是我們第一次考慮這種可能性。

「不可能。」父親踢踢停車場的路緣石。「我們從頭到尾都待在步道上。他走過去，我們一定會看到。」

「嗯，我們得在這裡等一下。」母親說。於是我們開始等。大家倚著車子，坐在停車場邊緣的矮牆上，也繞著草地邊緣走來走去。總共似乎等了好幾個小時，但我相信只過了四十五分鐘，父親便開車到附近旅社去打電話。他還沒回來，就有三名巡邏員開著不同車子抵達，開始詢問我母親，並搜索附近區域；我們看到他們從步道的幾個地方出發，搜索樹林裡的狀況。他們帶了對講機，模糊的聲音在樹林裡此起彼落。他們向我們報告說一無所獲。

「青少年很常發生這種事。」一名巡邏員對我母親說。父親站著，這時他伸手攬著母親的肩膀。「他們生氣就跑掉。無論是餓了、氣瘋，或懺悔，他遲早會回來這裡，或者出現在山下的公園道路上。我們碰過一個孩子，他從皮斯加國家森林一路搭便車回到布恩鎮的家，而且隔天才到，把他可憐的雙親嚇個半

死。不過青少年就像那樣。」

傑克真的變成「像那樣」嗎？我很懷疑。他很叛逆，但是絕不愚蠢。小時候在老家，我和他一起在樹林和田野間閒晃，我認為他絕不是那種蠢蛋，只為了氣氣我們就走路去另一個郡。我所認識的傑克，即使有時候威脅要離家出走，也會留下來爭辯每一件事；即使其他人奚落他，要他滾蛋——我忍著喉嚨裡的寒意告訴自己。長大會讓人改變那麼多嗎？

儘管巡邏員再三保證，傑克那天下午並沒有出現。到了晚餐時間，我跟父母一樣很氣他，但我再也無法分辨內心的痛苦究竟是憤怒還是恐懼，或者是我的新夥伴——罪惡感。那天晚上，他沒有出現在家裡。在那之前，林務署派了一輛車載我和母親回到鎮上，看看他是否獨自到達那裡，而且到處打電話給他的所有朋友，詢問是否有人看見他；父親則留在山上的公園道路那邊繼續搜尋。這些地方全都沒有他的蹤影，其他地方也沒有。到了清晨，母親的臉在公寓窗邊的光線下顯得很僵硬，父親回到家也沒有好到哪裡去。看著他們，我心裡明白，不能把我和傑克對話的其他部分說出來。況且，那對搜索工作沒什麼幫助，反正巡邏員正在搜索每一個地方。如果找不到他，父母得知我們的對話只會讓他們的痛苦增加一百倍，而且他們可能會責怪我，雖然不會比我的自責更多。

事實上，傑克沒有出現在林務署和警長派出的所有搜索小隊面前，或者他們的聰明搜救犬面前，或者很快加入我們行列的所有義工面前。他沒有安全出現在溪流下游處，就像小時候總有人教我們迷路時要這樣做；他也沒有現身於國家森林的所有山谷或外圍的小鎮。他沒有走進林業起源博物館，或者布拉佛主街的某間商店。

我們在家等待，或者再度沿著公園道路開車上山，一想到就去。但傑克沒有出席學校星期一早上的生

物課，也沒參加星期一下午的籃球練習——他即使得了流感也絕不缺席。過了好幾個星期，他沒有板著一張臉卻得意洋洋地出現在西格林希爾市的某個朋友家、田納西州的某間雜貨店，或者往西開去的某輛灰狗巴士上。沒有人從新墨西哥州、奧勒岡州或阿拉斯加南部張貼的「失蹤孩童」（雖然我父親堅持他長大了）傳單認出他——那是我父母奔走於每個相關單位所促成。他從未出現於俄羅斯、宏都拉斯或義大利布林迪西市的某艘船隻上。而且，也許該謝天謝地吧……對，我仍感到謝天謝地，從未有人發現他那副漂亮、年輕、強壯的身軀，在藍嶺山脈的斷崖底部變得支離破碎。

剛開始我保持沉默，因為覺得有可能找到他。後來，我沒有把他對我說過的話告訴別人，是因為大家還沒找到他。巡邏員每天都提醒我們，國家森林幅員廣大，不是沒聽過有人死了也找不到遺體（他們現在稱呼他「那個人」），但是有些人好幾年後才找到。除了森林上方有峭壁，岩石也有很深的裂隙，還有湍急的冰冷河水沿著瀑布奔流而下，消失在地下洞穴裡。一年多後，我們終於為他辦了告別式，但是沒有遺體可以埋葬。我和父母只有滿腔淚水，以及山上老家附近的曠野。年紀還太輕的朋友們怯生生穿上最好的衣裳，無助的親戚站在我們周圍。那天晚上，我夢見一隻黑熊，牠奔跑穿越藍嶺山脈的綿延山脊，始終在我前方遠處無法觸及，最後跑出視線之外，消失得無影無蹤。

很長一段時間，我仍相信傑克絕對不會、永遠不會做出傷害自己的事。因為他太徹底地擁抱生命、擁抱一顆籃球在手的尋常樂趣，天生太熱愛好好活著和失去童貞。我深知這一點，就像我深知自己會活到很老。假如他墜落了，也是暫時滑倒，是盛怒之下犯的錯，只是一時失足。我也深知，就算他可以離開父母、暫時離開，他也絕對不會拋下我，時機來臨之前絕對不會。他一定會回到我們身邊，滿身污穢且不可一世。然而，也許我引誘他走向某種危險邊緣。我原本認為他熱愛生命，但到最後，我開始對這樣的深刻

信念感到懷疑。只要看著我父母，或者瞥見傑克的任何一位朋友，我不免覺得自己應該多說些什麼，接著才想起，我發誓不讓他們再次承受任何痛苦。

他就是離開了，帶著我們所有的平靜隨他而去。

第八章

亞莉珊卓溜出後座，一邊肩膀揹起她的小袋子，兩隻手臂環抱骨灰盒的袋子。她沿著街廓走，然後爬上四層階梯。在樓房的大廳裡，她發現兩名值班的警察坐在玻璃隔間裡，旁邊有一張滿是凹痕的木桌，外面則環繞著櫃檯。其中一人拿著電熱水壺，正在倒熱水到杯子裡；另一人比較年輕，打開他的服務窗口，以稍微看得出來的興味盎然看著她。

「Dobur den（午安）。」她說，從她口中說出這話，感覺很奇怪。「你會說英語嗎？」

他對同事聳聳肩，那人倒完茶，回到座位看著她。

「不會。」倒茶守衛說。

「一點點。」年輕的說，彷彿突然想起這句話。

「我是美國人，是老師，造訪保加利亞。我今天早上抵達索菲亞，不小心拿到別人的行李。」她拿出護照，努力站得非常挺直。「我想要找到那個人，把這東西還給他。」

年輕警察接過她的護照，啪一聲打開，接著搔搔他的頸背。他穿著藍色制服襯衫，熨燙得非常仔細，因此壯碩的身材看起來很像人體模型。「你可能得問索菲亞機場。我們這裡不能幫忙處理行李。」

她將袋子放在兩腿之間，用踝骨夾住；她不想把它放到地上，但很快就覺得沉重。「這不是機場的行

李。我是說，我在一間旅館遇到那個人，不小心拿到他的一個袋子。」

「在一間旅館？」此時，他鬍子刮得很乾淨的臉上閃過一絲懷疑，也說不定是藐視。於是她發現自己說錯話。「那個人？你知道他的名字？」

「不知道……但我確實知道一個名字，可能有幫助。我想，袋子裡有人的骨灰。」她突然又覺得好想哭，只得努力壓抑。

年輕警察的同事靠近一點，彷彿除了聆聽一種他不懂的語言，沒什麼更緊急的事要做。

「孤輝？那是什麼？」年輕警察說。

「骨灰。」她說著，疲累的雙腳又開始湧現一陣絕望的感受。「來自一個人，他死了以後……焚化。我是說，『塵埃』。」她努力回想計程車司機教她的那個字眼。由於他們皺起眉頭，她只得拿出平裝版字典費力查詢。「Prah」，她給兩人看那一頁。

年輕警察匆匆對同事說了些話，只見他搖搖頭。以這個例子來說，那代表「是」或「否」呢？亞莉珊卓不禁這樣想。接著，年輕警察搓搓他頭上非常短的頭髮，彷彿為她感到尷尬，或者為了骨灰遭她偷取的那個人感到尷尬。「給我看。」

她拿起黑袋子，放到櫃檯上。「它在這裡面，但我寧可不要在這裡打開。」接著才意識到，他們有可能認為她帶了危險物品，一把槍，一顆炸彈……兩個警察走出玻璃隔間，這時有兩名女子走進警局，她們轉過頭來，目瞪口呆看著她。

「我們幫忙之前，你一定要打開袋子。」年輕警察很堅定地說。

亞莉珊卓幫他們拉開拉鍊，顯露出裡面的絨布，接著露出精緻木盒的蓋子。她討厭這樣。一個生命，

暴露在官僚的無情目光之下。

「你看，盒子上有名字。」她露出刻字的名牌，指給年輕警察看，他再指給同事看，那人讀著，嘴唇跟著蠕動。接著，她再次小心蓋上盒子，拉起袋子的拉鍊。飛機旅程簡直像是很久以前的事了。她覺得自己是在另外一年，而非這漫長波折之日的早晨抵達這裡。

年輕警察說：「好吧，你得跟我來，我們要去負責失蹤人口的部門。他們有電腦系統，可以尋找失蹤人口。跟我來。」

另外一位警察已經失去興趣，回頭到陳舊的桌上喝他的茶。亞莉珊卓自忖，史托楊・拉扎洛夫身為死者，不太算是失蹤，但她仍聽從年輕警察的吩咐，跟著他那身健壯且衣著整齊的背影走向電梯。她忍不住覺得很不安，畢竟計程車司機曾針對保加利亞警察發表評論，說他們仍會在民主活動中打人；眼前這名警察可能隨便一個動作就會打斷她的脖子。萬一他們斷定她偷了骨灰，或只是偷了某人的袋子，然後決定把她關進牢房，那該怎麼辦？她可能沒有足夠的金錢支付保釋金，或者為了脫身所需支付的其他費用，例如罰金、賄賂等等之類。這番波折之後，英語學院還會讓她任教嗎？她想，說不定她反而應該去美國大使館，但現在為時已晚。

警察幫她按住電梯門，然後站在她旁邊，一邊揉著脖子，一邊看著古老的指針找到正確的樓層。

第九章

傑克失蹤之後，我發憤讀完高中，提早畢業，去上大學，主修英國文學。我放棄自己的名字，也就是家人向來叫我的名字，改用中間名，亞莉珊卓。因為傑克從未叫過這名字，這樣可以減輕痛苦。就讀大學期間，我在課餘開始寫詩和小說，但是從沒寫過死去的男孩；我努力充實自己，朝向年輕作家以後會採取的道路盲目前進。我在大學的餐廳洗盤子，也在大學圖書館工作——感覺傑克有時候會在旁邊陪我用功。我就這樣跌跌撞撞，努力培養新技能。

一路走來，我越來越覺得，比起愛上別人，我更愛書。即使想戀愛的時候也不成功，與男性，或者毋寧說是與大學男孩的少數幾段關係，包含了互相吸引、對話，有時包括避孕，但沒有持續的情感。我現在體會到，我最沉迷的是與他們分手，沉迷於當他們聽到我要求別再打電話時，臉上的神采從眼中倏然消逝。在家裡，我父母也同樣分手了。我看得出來，擊倒他們的是沉默，不是吵架。我太了解沉默了；我很了解那些徵兆。他們一起來通知我，兩人都紅著眼眶，那是我大一春假期間的事，往後我的時間便平均分配給他們各自剛搬去的兩間小公寓。父母知道這樣對我不公平，他們說，畢竟一切都不是我的錯。兩人對待我都比以前更體貼；聽到他們在電話上稱讚彼此的體貼，我真希望能叫傑克放一把火燒掉客廳，或者在父親或母親的整潔廚房裡踹出一個洞。

大學畢業後，我住在父母位於格林希爾市的公寓，去圖書館工作，負責維護上架的圖書。因此，我每週有幾小時的餘裕，能去當地的蒙特梭利學校當志工，為了以後當幼教老師作準備——那只是個模糊的念頭。另外，我也寫些短篇小說，以及閱讀。我知道父母都很擔心我呈現出「沒有繼續往前」的狀態，但每次吃早餐和晚餐時，我都避開他們的目光。夏天的晚上，有時候我會跟高中時代的朋友出門，他們回來探訪格林希爾市的老家。那些朋友從沒問起傑克，我也從沒聊過他——也許這正是他們從沒問起的原因。這樣的安排很完美。

對我來說，那些夜晚的記憶與人生的其他事情一樣深刻。我和朋友會在日落前開車爬上公園道路，坐在某個瞭望點，直到天色變得太暗，連遠方稜脊上的樹木都看不清。他們喝啤酒，而我自願開車回到鎮上，所以保持清醒。每次看著他們臉龐，聆聽他們嬉鬧，沒聊太多正事，我總覺得他們的真實程度遠不如步道上的那個男孩，他那十六歲的健壯手臂毛髮濃密，他的皺眉怒容英氣逼人。有時候我坐在草地上，遙望著漸趨昏暗的山峰，拿一根銳利的枝條刺進大腿側邊，刺進沒人看見的地方。一天傍晚，我意識到大家全都坐在非常陡峭的斜坡頂上，那是近乎垂直的峭壁，長滿了林木，不過很適合開車衝下去，造成車子全毀。那樣的聲響，轟然撞擊，一根根樹幹應聲斷裂，對我來說好像比朋友的臉孔更加真實。是啊，一時之間也比我心目中的傑克更加真實。

那天夜裡稍晚，在母親公寓的臥房裡，我拿著一把廚刀，慢慢劃過左上臂的內側，力道足以讓皮膚產生一道紅色深溝。我所渴望的疼痛並沒有帶來紓解，只讓我猛然醒悟：好醜陋，好老套。清理血跡耗費了一點時間，一想到我可能必須尋求協助，不禁覺得滿心羞恥而頭暈目眩。不過我努力止血，一整晚都綁緊手臂。我沒有再嘗試，那次之後我總穿長袖衣服；連我父母都沒看過。疤痕輕若無物，在我手臂上卻是

沉重又刺痛。說也奇怪，它也讓我停止寫作，彷彿我嘗試書寫多年的故事和詩歌就此涓滴流逝。

那晚割開自己手臂之後，我在格林希爾差不多待了三年，工作，閱讀，為了我父母逗留在那裡，卻不了解我自己的悲傷無法安慰他們。我還沒有準備就讀研究所，但是某個秋日早晨，我走路去圖書館上班——那時是沉悶的全職工作——我突然意識到，自己不能再繼續沉溺於回憶。不久之後，我開始應徵國外教英文的職位，例如去保加利亞，網路上的資訊吸引我的目光。因為那是我們的祕密，是傑克熱愛的淺綠色神祕國度，而現在，傑克再也不能親自前去造訪了。

第十章

索菲亞警察局的樓上，走廊、牆壁、地板、樓梯間，以及醜陋的方柱，全鋪設著灰色和米色的磨亮大理石。還有數張長椅，幾個人坐在那裡讀報紙，亞莉珊卓覺得他們好像等著永遠不會開來的公車。牆壁掛了一整排黑白照片，都是男子的臉孔，下方的名牌寫著姓名和年份；那些日期似乎是他們的任期，例如「一九六一～一九六九」之類，也許都是警察局長吧。她跟隨警察沿著走廊向前走，年份逐漸回溯……再往前，她看到「一九三四～一九三九」、「一九三二～一九三四」。

亞莉珊卓想起她在飛機上翻閱旅遊指南讀到的歷史：一八七八年，大半的保加利亞從鄂圖曼帝國解放出來。接著成立保加利亞王國，實施君主統治；有許多共產主義者和無政府主義信徒受到迫害；並在兩次世界大戰與德國結為盟友。一九四四年建立共產主義政權，迫害非共產主義份子，也同時迫害大量的共產主義信徒。一九八九年柏林圍牆倒塌，共產政權當然開始崩解。自此之後，保加利亞實施議會民主政體，但經濟時常陷入混亂；許多前共黨領袖或他們的子女很快重振旗鼓，再度掌權；偶爾舉行逐步革新政府的選舉。照片中這些男子看起來很重要，彷彿曾是掌控一切的首腦，而不只是警察。隨著年代向前回溯，他們的臉龐冒出黑色鬍鬚，頂著梳得油亮的頭髮，穿著老式的高領襯衫。她不禁感到好奇，走廊的末端會不會帶著他們一路回溯到一八七八年？

但年輕警察伸手敲一道門，於是照片走到一九二〇年代初期就中斷了。他停了一會兒，然後示意她先進去。到了裡面，她看到一個黃褐色的房間，擺滿了書架和檔案櫃，有塊骯髒的地毯。長形窗戶邊，一名女子背光坐在電腦前，她抬頭看他們，然後把香菸壓進菸灰缸。「什麼事？」

看在亞莉珊卓眼裡，女子的氣勢似乎有點震住那個健壯的警察。他低下頭，指著那個非法的袋子，用保加利亞語解釋一番。那女子聽到amerikanka（美國女人）這樣的字眼時，緊抿著嘴唇，站起來，對亞莉珊卓皺眉頭。她穿著黑裙，裙長到大腿的一半，搭配黑色包鞋和皺皺的粉紅上衣；她的暗紅色頭髮以柔順的曲線彎向下巴，框住一張老邁的臉，附帶兩撇藍色眼影。看到亞莉珊卓的年輕和外表，包括牛仔褲和運動鞋，還有沒洗的頭髮，她似乎深具敵意。亞莉珊卓希望有機會好好解釋，她上一次淋浴幾乎像是在另一個行星發生的事。

女子轉過身，對著一扇裝飾銅釘的房門敲了敲，於是他們得以進門，只見一張長桌的末端，有個男子坐在另一張較短的長桌後面。亞莉珊卓不免想起「偉大的奧茲巫師」。男子幾乎全禿，灰色眉毛又短又硬。他站起來，靜默不語，她看到他的腰帶有個空的手槍皮套，不過他穿的是白襯衫搭配領帶，而非制服。槍枝一定放在附近的抽屜裡。他太陽穴的皮膚可見血管跳動；亞莉珊卓與他握手時，他的一雙棕色眼睛看似親切，卻有一邊眼皮陣陣抽搐。

「Dobur den（午安）。」她說。

他用保加利亞語問她是否會說保加利亞語。

「Ne（不）。」她說，顯得太大聲。

「請坐。」他用非常完美的英文對她說。有張小椅子面對桌子。他分別向年輕警察和兇女人點點頭，

示意兩人離開。亞莉珊卓希望至少讓警察留下來，畢竟他似乎已經像某種夥伴。

巫師又走去他的桌子後方坐下，越過寬大的桌子看著她。「那麼……你手上這件行李不是你的。」

「是的，但我絕對不是故意的。」她說著，把雙手放在袋子上方。

「你是美國人？」

她無法解讀他的語氣。「對。」

「小姐，請拿出你的護照。」

她遞過去，他檢視的方式快速又精準；她又注意到那隻抽搐的眼睛，似乎定睛看著簇新的簽證戳印。

他在筆記本上寫點東西。

「這是怎麼發生的，有問題的袋子？」

亞莉珊卓對他說明事發經過，簡單扼要地描述旅館階梯底部的三人組，虛弱的老太太帶著手提包掛在身側，比較年輕的男子身穿黑外套白上衣——也許是參加葬禮的裝束？她說完時，「巫師」的兩隻手掌在桌面上方緊貼在一起，彷彿把禱告手勢擺成水平方向。光線由一排窗戶流瀉進來，照亮他的頭皮。「我懂了。所以你希望歸還這項物品。而你說，盒子上面有名字？」

她指著相機說：「我也有那些人的照片。」她拿出相機找照片，把影像放大，舉高給他看。她其實把高大男子拍得不太好看。「巫師」瞥了一眼，但顯然沒什麼興趣。

他說：「那麼……史托楊．拉扎洛夫，保加利亞可能有很多人叫這個名字。你說他們，那家人，不是索菲亞的本地人。也許這點有用。」他轉向放在他桌子側邊的一部電腦。接著他露出微笑——對著螢幕而不是她——然後開始打一些字。

她等待，捧著袋子，但等了好幾分鐘。他閱讀某種資料，按一個鍵，然後再讀一下。「不對，這個人住在索菲亞。又一個人在索菲亞。有個人不在索菲亞，但是還活著，不對，而這個人，也活著。」

接著他停下來，更仔細端詳螢幕，手肘撐在桌面上，然後向前傾，突然慢慢凝聚注意力，事後她永遠忘不了這一幕。他按下另一個鍵，然後抬頭看她。「你不知道這個人過世的確切時間吧？」

「不知道。嗯，最近吧，我猜。」她說著，一隻手放在袋子上。「我無從得知，因為我拿到袋子的時候，甚至不知道裡面有骨灰。也許已經有人來這裡找過？或者打電話描述給你們聽？」

巫師似乎在檢視她說的話，然後搖搖頭。「如果你願意，我可以再看看照片嗎？」她把相機遞給他，覺得很不放心。他端詳那三個人；他的眼睛似乎再也不抽搐了。亞莉珊卓覺得自己的禮貌到了極限，於是再次伸手把相機拿回來。

「這些人有什麼不尋常的地方嗎？」她問。「就我看來，他們似乎相當……普通。」

他摸摸自己的下巴。「我要打個電話。抱歉。我看看能不能幫上忙。」

他從外套口袋拿出手機，撥號後轉身面對窗戶，彷彿想要專心一點。她聽他說話速度很快，帶著一種無力感。此刻想到以下這些事情很奇怪，但從現在開始的六個月，如果努力學習、交朋友、仔細聆聽，她有可能清楚聽懂這番對話。他正在點頭，默不作聲，然後以平靜謹慎的語氣說話。她看著那人的下巴，側邊的平滑皮膚隨著說話聲音開開闔闔。他掛掉電話，坐下，在鍵盤上又花幾分鐘打字。接著轉過來面對她。她有種感覺，對於讓她乾等，這人一點都不在意。

他說：「很抱歉要告訴你，我們不能直接找到你要找的人。不過如果你願意，我們可以給你地址，你可以去找他們。距離索菲亞不遠。也許那樣比較好，以這種個人物品來說，你自己去解釋狀況，如果有時

間的話。」

他微微頷首，彷彿認為她一定很忙，畢竟還穿著邋遢的衣服。「他們可能非常擔心。」他的雙手又在桌面擺成祈禱狀，右手無名指戴了寬版的銀色戒指——歐洲式的婚姻。「不然。」他停頓一下。「如果你願意，我們可以幫你保管袋子，你回去找主人，他再從我們這裡領回。我們會保管它，直到你回來為止。這可能是最好的方法。」

亞莉珊卓很猶豫。她腿上的骨灰盒重量感覺很奇特，但要把它棄置於某間儲藏室，她實在無法想像。萬一它在官僚的迷宮裡弄丟了，那該怎麼辦？她也許能找到那對老夫婦，或者找到那個眼睛漂亮的男子，帶他們來這裡之後才發現他們的寶物不見了，或者發生無法彌補的憾事。到時候她再多道歉又有何用？她用雙手捧著袋子。以前刻劃的手臂疤痕開始刺痛，她努力叫自己不要伸手去抓。

她說：「如果你不介意，我想要地址……我想親自帶著骨灰去找他們。我覺得這樣比較好。」

他以嚴肅的神情看著她，這時他的眼皮又開始跳動，彷彿屬於另一套神經系統。接著他打開桌上的兩隻手，聳聳肩。

「如果你希望這樣的話。」他說。他再次打開她的護照，從中紀錄某些資訊。他拿出一張乾淨的紙，坐著畫一張圖，然後遞給她：畫得很整齊的小幅地圖，底下寫了一些字。「這是路線。那個小鎮在索菲亞附近。你有車嗎？」

對亞莉珊卓來說，這似乎是不必要的諷刺。她想了一會兒，他有可能要用警車載她一程。

「噢，沒有。」她匆匆說道。「不過我有朋友可以載我去。」

他點頭。也許他終究只想擺脫她。「其實呢，等你歸還那個袋子，何不打個電話給我？你可以讓我們

知道事情落幕了。這是我的名片。你在保加利亞有住址或電話號碼嗎？」

她說：「沒有……很抱歉。我是說，還沒有。我希望盡快有電話。」她沒補一句，那要看費用而定。

「不過我會任教於中央英語學院。」他把這點寫下來。他的名片用的是西里爾語，她把名片放進皮夾，與新的十元和二十元保加利亞幣放在一起。

「謝謝你。」她說，並伸出一隻手。他高興地握手，但沒有進一步說話，然後目送她走向門口。再一次，亞莉珊卓不禁納悶，他突然表現的興趣是否純屬她自己的想像，但也許他根本不希望有這種小事來煩他。兇女人沒有起身目送她離開。

到了走廊上，亞莉珊卓看看他剛才寫了什麼：一個地址，寫得很整齊，先用西里爾文寫，再用英文，但是沒有電話號碼。地圖顯示一條路離開索菲亞，通往東方的一個黑點；他多貼了一張整齊的紙條，寫著一百二十公里——不遠，但是比起亞莉珊卓原本料想的距離遠多了。說也奇怪，他沒有把要找的人名寫下來，但她不打算再去敲門提出要求了。她本來希望能得到那個身穿喪服的高大男子的名字。

走到外面，街道上陽光普照且溫暖；她起了雞皮疙瘩，覺得好像剛從地窖爬出來，重獲新生。由於疲勞，感覺樹木和樓房飄浮移動。接著，她的計程車司機從報紙抬起頭來，隔著擋風玻璃揮揮手，令她一度覺得幾乎像回到家鄉。

第十一章

她滑進計程車時，司機說：「我看到你還拿著它。」他的神情在後照鏡裡顯得平靜，但目光盯著她。

亞莉珊卓說：「對，有個警官找到那家人的地址。我不想把骨灰盒留在他們那裡。」她把警察的名片遞給他。

「唔。」他說，然後遞回來。接著她給司機看那張手繪地圖。「伯維茲。」他說。

「什麼？」亞莉珊卓說。

「那個小鎮的名字。那是個小地方。事實上，我從沒去過那裡。」

亞莉珊卓搖搖頭。「我不知道該怎麼辦……不知道那家人會不會還在索菲亞找我，或者在沒有骨灰盒的情況下離開了。他們可能還沒回到家。也許他們至少要到明天才回去。」她從司機手上取回那張紙，再次摺疊起來。「現在，我覺得根本應該把袋子留給警察，如果那些人去警察局詢問，袋子就會在那裡等他們。」

司機搖頭。「把東西留給警察不是好主意。」他說，彷彿很氣她居然考慮那樣做。「你希望我載你去青年旅社休息嗎？你可以等一天，然後再去伯維茲。警察沒有給你那家人的電話真是太可惜了。即使他們留在這裡，我覺得要在索菲亞找到他們也沒那麼簡單。這個城市太大了。」

亞莉珊卓再度傾身向前，抓住他的椅背，說：「我幫他們拿袋子之前，那個高大的男子曾經對我說話，他問我是不是來保加利亞度假。他告訴我，他們打算去維林修道院——我在旅遊指南看過這個名稱。他說那裡很漂亮也很有名，我應該找一天去看看。」

司機神情一亮。「他們要去維林斯基修道院？那裡距離索菲亞很近。他們可能想去那裡舉行某種儀式，為了這個人，在修道院的教堂裡。也許他們還是去了那裡，因為他們知道你也曉得他們有這樣的計畫。」他查看自己的手機。「我們只浪費了大約五十分鐘……除非他們搭巴士去那裡，那麼我們說不定比他們更快。你要我載你去那裡嗎？」

她說：「要，拜託了。不過對你來說可能太遠了，要開到城外。」

他望向後面座位，以髮線底下的晶亮眼神打量著她。

「到目前為止，我只收你油錢。這對你來說也是一場意外。你可以只付我到索菲亞城外的車資，就是往返修道院。全部金額大約是四十五列弗，也許到五十。」他說。

這對她來說仍是一大筆金額，但她不希望現在停下來去換更多錢，也不想討價還價。更擔心的是，她不了解這名年輕男子，也不了解他的文化，而現在，她和自己所有的行李都要跟著他一起遠離這個城市。可能因為時差影響判斷力吧。他表現得很大方，但有些時候似乎也有點暴躁——那表示他的內心是個憤怒的人，也許根本有暴力傾向？

另一方面，他是專業司機，而她還有什麼其他方法可以歸還袋子？亞莉珊卓在計程車司機的凝視之下坐立不安，也開始擔心一旦找到那兩位老人家，他們會不會原諒她。她一度認為他們會很感激她一路追蹤，於是不會追究她犯的錯。一旦歸還骨灰盒，也許他們會邀請她留下來參加葬禮。懷著謙遜的感謝之

情，她會拒絕，以讓他們保留隱私。高大男子會低頭對她微笑——這一次他毫無保留；並對她的責任心感到驚訝，而神情為之一亮。他轉身離開前會握緊她的手。老太太則會眼眶含淚。亞莉珊卓會以平靜和恭敬的態度向他們道別，然後請司機直接載她回到城裡的青年旅社。她會洗個澡，用上大量的肥皂，然後狂睡十二個小時，無論時間多早都無所謂。到那之後，她待在保加利亞的日子才真正展開。但是，她首先必須完成這項棘手的差事。「因我無法爲死神駐足……」她喃喃說著，「他好心爲我駐足……」[1]

「你說什麼？」司機的目光緊盯著她，一臉困惑。

「沒什麼，謝謝你。我真的很感激。」她匆匆說道。

「我可以開很快喔。」他補上一句。

「喔，拜託不要。」亞莉珊卓說。她又不禁心想，如果能對傑克訴說這整個情況，他會有什麼樣的建議呢？但他不在這裡。她感到一陣錐心的憤怒，幾乎起了反抗之心。「走吧。」她很快改變主意。

司機伸出一隻手與她握手。「對了，我是阿斯巴魯赫・伊利夫。」他說。她聽到這名字沒什麼反應，於是他的頭歪向一邊，神情略為放鬆。「阿斯巴魯赫在這裡是很有名的名字……是建立第一個保加利亞帝國的國王，當時是西元六八一年。連我也覺得很煩。你可以叫我的綽號，巴布。」他又唸一次「巴—布」，兩個音唸得一清二楚。亞莉珊卓又注意到他的奇怪口音——聽起來很像電影裡的倫敦計程車司機，而不是保加利亞的司機。她也點點頭，任憑自己的手握在他手中一會兒。他的手掌溫暖乾爽，手心略薄，但算是舒服，很像猴子的腳掌。

「我是亞莉珊卓・波伊德，我應該早點自我介紹。」她說。

「馬其頓的亞歷山大，你知道自己名字代表的意思嗎？」他微笑說道。

「不知道。」她覺得自己應該要知道，畢竟已經與名字共存了這麼久。

他點頭。「意思是『捍衛者』。你要保護我嗎？」

這一次換亞莉珊卓笑出來。「當然嘍。」她說。

1 這兩句是美國詩人愛蜜莉・狄金遜的詩句，出自〈隱退且晦暗的生活〉（A sequestered and obscure life）。

第十二章

開到索菲亞城外的路程全是亞莉珊卓從未見過的景象。到處都是招牌，在緩慢行進的車陣中，她可以清楚讀出內容：西里爾文，有時候是英文，偶爾出現法文、德文或希臘文。街道上有路牌指引車流和行人，有路標指向許多小旅店，還有鑰匙店、腳踏車修理店和肉鋪的招牌；還有花店的招牌，周圍環繞著一桶桶鮮花。她注意到士兵紀念碑上的黃銅牌子，以及身穿連身長袍的男子雕像做著手勢，有些人行道噴著色彩鮮豔的塗鴉。

巴布車開到一個紅綠燈前停下來時，她盯著街燈柱上貼的廣告，努力想弄懂廣告的意思：今天就撕下這個號碼打電話去學英文、減重、獲得輪椅、前往希臘或土耳其旅遊、通報失蹤小狗……最後這一項的意思很清楚，附了一張解析度很差的黑白照片。事實上，很多街上都有狗，之前她沒有注意到；牠們看起來不像走失，而是像野狗，穿梭於車陣之間不大害怕的樣子，或在路緣石上尿尿，彼此嗅聞，也嗅聞行人……只見行人抓緊自己的包包或裙子，或者伸手揮開那些狗。對亞莉珊卓來說，牠們看起來很像狼，成群結隊沿著公園邊緣小跑步，自由自在，但全神貫注於自己的事。

不只是狗，還有很多人，她忍不住透過計程車窗盯著那些人：擠滿人行道的人、商店裡的人、在餐廳桌旁談話的人、在帆布攤位底下賣二手書的人、在商店櫥窗裡賣新鞋的人、乞討銅板的人，還有把小孩從

乞討銅板的人身邊拉走的人。她看到很多人帶著書本、手提包、香菸或舊塑膠袋，從大學校區、外匯兌換處、麵包店和教堂蜂擁而出。她看著索菲亞的人們查看手機、手錶、胸前口袋，或透過小鏡子檢查口紅；搭乘計程車，或登上上頭有密密麻麻電線網的藍色和黃色無軌電車。許多老先生穿著小心收存的舊外套，戴著鏡片像玻璃瓶一樣厚的眼鏡，彼此打招呼並停下來握手。她看到年輕女子身穿緊身牛仔褲，頂著光滑髮髮和奇特的長睫毛；快樂的媽媽們穿著橘色與棕色的印花洋裝，人手抱著一個小孩；年輕男子抽著菸，一腳踏在銀行大樓的側邊；中年女子踩著高跟鞋匆匆趕往別處。

他們離開市中心後，又經過更多的公寓樓房，有些是近期蓋的，但大多數看起來至少有一個世紀的歷史。他們途經一座公園的外圍；車行太快，路過好幾個紀念碑她都看不清楚，不過她瞥見一個巨大的基座，上面豎立著好幾個人形雕像，手裡都拿著步槍。

「抱歉。」她說，但巴布似乎沒聽見。接著猛然想起，那是她原本就從旅遊指南得知的少數圖像之一——蘇維埃紅軍紀念碑，他們曾在一九四四年九月占領這個國家。「蘇聯入侵，或者共產主義革命，端視你向誰描述而定。」書上這樣寫。她不禁好奇自己會向誰描述。她自己？而人們真的還會談論這種事？在哪裡談？在雜貨店排隊結帳時？派對上？她回想起自己家鄉，二次世界大戰是古老的歷史——只有好萊塢不這麼想——那早已隨著勛章一同埋葬了。她的伯公最近過世，他在青少年時代曾經飛越這片土地，轟炸羅馬尼亞和保加利亞；她不禁好奇，他的飛機投擲的炸彈，是否曾落在目前豎立紀念碑的公園裡？

巴布的計程車在寬闊的大馬路上加速行駛，把市中心拋到腦後，接著是一整區的破敗商店，包括家具店、布店、服飾店，在店門旁邊或滿是塵埃的櫥窗後方商品展示。突然間，她看到一些大型的房屋建築

群，幾個小時前她曾經從空中看過。巴布指著那個方向說了些話，於是她傾身向前，伴著暖風吹拂和車流聲響仔細聆聽。計程車似乎沒有冷氣，也說不定他只是不喜歡開冷氣；他的前車窗一直打開。

「抱歉，可以再說一次嗎？」她喊道。

「我在那裡長大。」他大喊回應。她轉頭盯著那堆巨大的建築群；這時距離很近容易觀察，它們看來破損嚴重，周圍長滿雜草，有些停車場設置了工程路障，或者房屋底部生出散亂的樺木小樹叢。那裡有二、三十棟建築物，她不曉得巴布指的是哪一棟。房屋並不潔白，從高空中的飛機窗戶向下俯瞰也是如此。而雖然它們顯然是現代產物，看起來卻已經像是巨大的廢墟，有些外牆甚至已經龜裂剝落。

「Panelki（模板），我們這樣稱呼那些房子。」他喊道。還要花點時日，她才能真正聽懂這個字眼，並了解他說的意思。「因為它們是用模板搭建，預鑄的。」她沒有看到半個模板……只有一排排的金屬陽臺，很多都放了洗衣機，有些還塞滿花盆，甚至種了綠樹。

他再次伸手，在肩膀上對她揮舞。「它們的正式名稱是blokove（塊體）。我就在那裡長大。」對亞莉珊卓來說，它們似乎全都同樣悲慘；她寧可看到小村景致。此外，她希望巴布只看著前方就好。

離開城市的道路是雙線道，路中央有破碎的水泥分隔島，完全不像公路。她看著路過的一些房屋，這裡是郊區，蹲踞的灰泥房屋有各種顏色和屋況，大多數有紅瓦屋頂，很多房屋外面有鐵網圍籬，或者砌著混凝土牆。其中一棟房屋前方有鐵網門，兩隻大狗在門後瘋狂吠叫。她看到另一個院子有隻眼神溫柔的驢子望向牆外，不禁好奇自己是否已正式離開市區。亞莉珊卓考慮要試著寫下自己看到的一些事物，但那有什麼意義呢？她絕不會用那些隨手的紀錄寫東西，現在她完全說不出故事了。

反之，她傾身到車窗外，用相機拍下那些房屋。一些院子有剛長新葉的蘋果和桃子果園，各處的廚房

外面都有繁花盛開的花園，馬鈴薯生長旺盛，豆類植物攀附到繩索上，番茄的植莖已經鼓起小小的綠色番茄。她看到一對老夫妻在他們的花園裡；老太太站著，雙手插腰，老先生則倚著他的鋤頭。這時，亞莉珊卓發現這條路上只有他們一輛車。

她彎身向前，再次對巴布喊道：「你說到修道院有多遠？我是說，要多久？」

「時間嗎？」巴布突然減慢車速。五、六隻雞正在過馬路，顯得裝腔作勢、從容不迫。他對那些雞按喇叭。

「對。」她得更往前擠才能聽清楚。

「你想坐前座嗎？」他大喊。他停在一堵牆邊，砌牆的材料布滿黑白斑點，很像那些雞。她不想讓裝骨灰盒的袋子孤零零放著，但最後把它放在後座的地上，用她自己的行李團團圍住，使之不致傾倒。

她一走下計程車，所有的一切似乎突然變得不一樣了，她覺得自己的內在和外在皆如此。她再也不覺得疲累想睡，或者已經超越想睡，達到全新的疲累境界。她有股衝動，想要摸一摸倚在她身旁牆上的樹木，有兩棵垂枝樺，還有一棵桃樹，生出不大好看的果實，約莫胡桃大小。離開索菲亞後，空氣很柔和、清新，聞起來很乾淨。亞莉珊卓吸飽了空氣，然後爬進巴布旁邊的座位。在這個新地方，與另一個人靠得這麼近，靠近他穿單寧褲的膝蓋和他握住排檔桿的手，感覺好奇怪。她暗自決定，如果他把那隻手放到她手上，或者其他地方，她會打開車門，威脅要跳車。計程車的前座比後座更陳舊，不過看似乾淨；大腿周圍椅墊的填塞物鬆鬆的。他的後照鏡掛了一串珠子，末端有個看似古代銀幣的東西。她看出硬幣的一面有隻貓頭鷹，隨著它旋轉，看到另一面是女子的側像，頭髮於裸露的頸背綁成髮髻。

巴布再度開車上路。「你不必繫上安全帶。」他突然出聲提醒。她正在尋找扣帶。「我的駕駛技術很

好。」

「我看得出來。」她對他說。他顯然是性情古怪的人，令人生氣，自己也會莫名生氣，這令她百般不願地想起傑克經常發作的情緒。她說：「我曾答應母親，永遠都會繫上安全帶，即使我要去月亮也一樣。」

他笑起來，轉過來看著她。他的臉龐似乎突然變老了，也許因為眼睛周圍冒出許多皺紋，於是原本的憂鬱幾乎消失了。等他再度看著前方道路，她鬆了口氣。

「我也答應我母親。與月亮沒關係，只是要繫上安全帶。尤其是我必須每天開車。」他說。

「你是全職的司機？」

巴布皺起眉頭，再度踩下油門。到了郊區邊緣，道路兩旁有開闊的田野向外延伸。她看到遠方的山脈逐漸靠近，遠比聳立在索菲亞附近的山脈更加陡峭。她從計程車側邊的後照鏡瞥見熟悉的自己，蒼白的鵝蛋臉有點點雀斑，嚴肅的綠眼睛配上薄唇，赭色的睫毛和眉毛很像她父親，戴著視覺強烈的黑曜石耳環。有點像是與老朋友不期而遇。如同以往，她在自己身上看見傑克，雖然她的頭髮比較偏褐色而非紅色，皮膚也顯得白皙，不像傑克的紅潤。不過他們的眼睛很相似。

巴布伸展手臂，在方向盤後面調整姿勢。「全職的司機？不，不算是。也許一週三十五小時吧。」

對亞莉珊卓來說，這幾乎接近全職了；也許為了經濟所需，巴布必須兼兩份工作吧。她不好意思繼續追問，於是只點點頭。「你說我們到修道院大概要花多久時間？」

他面露微笑。「我剛才沒說。大概還要一小時。」

亞莉珊卓猛然一驚。「一小時？可是我們在路上至少半小時了，對吧？」

「對，嗯……當然。」她不禁納悶巴布是不是尋她開心。「維林斯基修道院沒那麼遠，問題是路況非常曲折，有一大堆彎路。就在那上面，里拉山脈的山腳下。」他指著擋風玻璃前方，指向山上高處的森林。「所以我們現在幾乎看得到了，不過路線很複雜。」

「你的英文真的非常好。」她說著，有點想讓自己的思緒不再沉浸於山區道路，另外也想表達感謝，他開車載她到這麼高的地方來，收的車資卻很少。「我想學一點保加利亞語。到目前為止，我只知道五、六個字。」

他說：「我確定你可以學到很多，不過這是很困難的語言。我們的動詞很困難。」他笑起來，顯然很自豪；他的動詞把外國人難倒了。

「這不是好消息。」亞莉珊卓說。他們相視而笑。接著她緊緊抓住座位的兩側，一輛車子正朝他們直衝而來，與他們同一車道。她忍住不要尖叫出聲，也以意志力叫自己別去抓巴布的手臂。父母從她腦海一閃而過，接著那輛車突然甩回自己的車道，她看出它已經超車，越過速度較慢的一輛車。她的心臟在喉嚨、在太陽穴跳得好快。

「你還好吧？」巴布說。

「那輛車，差點撞到我們。」亞莉珊卓語氣虛弱地說。

「不，不會。他只是要超車。這裡是超車區。我不會讓他撞到我們。」

亞莉珊卓不曉得該說什麼才好。她覺得，他們這輛車和那輛來車的車頭燈光根本已經碰到了。她清楚看見迎面而來的那輛車的駕駛，是一個穿著亮綠色T恤的男子，以及他的雙眼，他的專注神情。以那種速度，他現在一定開到他們後方一、兩公里遠了。如果是在她家鄉的州際公路上，警察早就把他叫到路邊，

開出一張金額超高的罰單。

亞莉珊卓說：「喔，我想，我習慣美國的道路。那裡當然也有超速的車子。」但她無法讓血液停止砰砰作響。她專心看著田野景致。

巴布再度開口跟她聊天。「你來自美國的哪裡？」

「北卡羅萊納州，在美國南部。」她說。

「我聽過。」

她看得出來，那對他來說是個模糊的名稱，就像保加利亞以前對她的意義，對傑克的意義。

「無論如何，一個美國人在這裡做什麼？」他換到低檔；前方開始爬坡，她看出道路現在轉向那些柔和灰暗的層疊山巒，他們的目的地位於較高的山上。

「我要教英文。」她努力讓自己鎮定下來。「我有一份工作，從六月底開始，輔導一項語言計畫。我想早點來這裡，開始工作之前到處走走看看。」

「嗯，你已經開始走走看看了。」他說。「你的工作地點在索菲亞？」

「對，是在中央英語學院。」她說著，審視著他的神情，期待進一步的嚴厲反應，但他看起來很讚許。

「厲害。他們的名聲很棒，學生也很多。一流的。」他轉彎開進林蔭處。他們把農田拋到後方，廣大的田野和遠處的村莊逐漸遠去，也縮小成紅色和米色的模糊痕跡。森林很深邃，點綴著陽光；樹木是長滿苔蘚的雲杉，還有一叢叢橡木和樺木。

「所以你認為索菲亞是工作的好地方？」她大著膽子問道。

「是唯一的地方。」他鄭重說道。「你可以在那裡做很多事，觀賞劇場表演、聽演講或音樂會。當然啦，那些事通常要花錢。」

「你曾經住過保加利亞的其他地方嗎？我是說，索菲亞以外的地方？」

他搖搖頭。「沒有。」

「或者其他地方？另一個國家？」

然後她覺得自己很失禮；他可能從來沒有那樣的機會。他令她大吃一驚：「有，英國。」

「為什麼去英國？」

「我去那裡做一些工程。」

「真的？」她說。所以他才會有那樣的口音。

「你知道嗎，我是索菲亞的知識份子。」他對她微笑。「我們有時候去英國做工程。我大學念到一半，休學了一年。利物浦。有些朋友幫忙安排的。其實呢，我在那裡學了不少波蘭文。」

她覺得時差太嚴重，無法理解這件事。他是索菲亞的知識份子，而他開計程車？而且，到底有什麼特殊之處讓他自稱知識份子？在這裡，那是某種頭銜嗎？

「那一定非常有趣。」她心虛地說。「你的英文說得這麼好，就是因為那樣的經歷嗎？」

「沒那麼好。」巴布說。他的唐突似乎又回來了。「我也在索菲亞大學主修英國語言學。我可以跟你講蕭伯納的種種一切，如果你想聽的話。不過我有很多字都忘了。」

她盯著他看。於是他笑起來。「你餓不餓？」他朝她看過來。她想，那眼神比較像是認為她可能開始餓肚子，而非覺得她很有吸引力。

「嗯，有一點。主要是很累。」這讓她想起某件事。她解開安全帶，伸長身子到她的座位後面，抓住手提袋的提把。裡面有一包飛機上發的扭結餅。她拿一點給他吃，他欣然接受。

「謝謝你。如果你想要的話，我們等一下可以停車吃點午餐。我只是不想浪費時間。」他說。

「我也不想。」她希望有瓶水，也希望他的午餐提議不會延伸成晚餐，或者過夜的房間。如果必須拋開他，她會把骨灰盒帶在身邊，嚴密保護，另外找交通工具前往修道院。

不過他以興味盎然的眼神看著她。「我以為你母親叫你要繫好安全帶。」

「嗯，你看，我又扣上嘍。」她對他說。她有種如釋重負的揪心感受。她在這裡，就坐在他旁邊，而他似乎很尊重人，沒有把手放在她的膝蓋上，只問一、兩個善意的問題。

那之後，他們有一陣子沒說話。她不斷想著正常的一餐、乾淨的床鋪、洗個熱水澡，但隨著山路令人暈眩，她很感激自己的胃空空如也。

第十三章

接近車程終點，巴布轉進一條窄巷；亞莉珊卓看到一塊棕色的路牌，上面寫著「ВЕЛИНСКИ МАНАСТИР」（維林斯基修道院），文字旁邊有個白色標誌，是一座教堂或城堡的圖案。這條新的道路是泥土路，不過壓得緊實且乾淨，蜿蜒於岩石峭壁之間，略有樹蔭掩蔽。這時她實在已經清醒很久了，不介意變得徹底清醒。

「我們到了。」巴布說，他們開車穿越石柱和打開的鐵門。他沿著一條巷子前進，兩旁都是樹葉全部掉光的巨大懸鈴木。修道院的高牆聳立在他們面前，令人生畏，但也因為極度古老而散發成熟的韻味，這樣的景象令亞莉珊卓的心為之雀躍。這正是她渴望見到的事物啊。有一側牆面被生長茂密的藤蔓覆蓋住，高牆上方可看到小型塔樓和石板屋頂。

亞莉珊卓環顧停車區域，裡面停了四、五輛車，但巴布已經看過了。「這裡沒有其他計程車。」他淡淡地說。

「他們有可能叫司機開回索菲亞，或者搭巴士來，就像你說的。」她猜想。

「對，當然。」他拉起手煞車。「可能是吧。尤其他們如果打算在修道院住幾天的話。」接著他一臉困惑的樣子。「可是，我想，沒有骨灰盒，他們就不會那樣做。他們會去找你，或者回家等。」

「所以你可以住在這裡？即使你不是……修道士？」她問，再度想著一張床，以及有鎖的門。

「可以，如果事先預約，你可以住上一個月。很多人有時候這樣休息一段時間，或者信教非常虔誠的話。如果你要找的人搭巴士來，我們就需要在這裡等一會兒，至少半小時。」他說。

她拿著袋子和自己的手提包，巴布將她的筆電和行李箱鎖在後車廂裡。骨灰盒似乎比先前更加沉重。她不記得在旅館前將袋子提在手上時有這麼重，當時她還不知道這是什麼。她想著自己從未見識過的一段人生、一張臉孔，覺得無法想像。這一副真實的軀體，充滿它自己的經驗、它的記憶，而現在變成這個。也許他曾經年輕，擁有堅定的下巴和燦爛的微笑。也許老先生和老太太失去他們另一個兒子，或者仍是青少年的孫子。如今他化成灰，被放在一個陌生人的臂彎裡。她想像那個高大男子站著，一隻手放在兒子肩膀上。兒子的身高稍微矮一點，但生得更加俊美；男子會用那隻大手摟著他。她一度覺得自己的肩膀感受到那樣的暖意。兒子會露出微笑，面帶羞怯。這種事怎麼可能發生呢？亞莉珊卓捧著他的骨灰盒穿越停車場，在一個神聖的地方，在這些壯觀的大樹下。她感覺到眼裡湧出氣憤的淚水。

巴布套上一件丹寧色外套，與他的牛仔褲一樣陳舊。經歷過索菲亞的街道後，這裡很涼爽。「走這邊。」他說。而她看見修道院的大門是打開的，石砌拱門下方有斧鑿的木門，煙燻成很深的顏色。大門上方有一塊招牌寫著字，雅緻的西里爾文她實在唸不出來。

巴布發現她正看著招牌。「它的大意是：『這座修道院敬獻給上帝和聖母瑪利亞的榮光，一三四九年。』我想，修道院最古老的部分是在那個年代建造。其他部分稍微新一點，大約是十九世紀初期。」一群觀光客圍繞在他們旁邊，看著那些字。亞莉珊卓聽到他們說著法語，女性把太陽眼鏡推到頭上。

「來吧。」巴布說。

到了裡面，庭院浸潤著陽光，只有周圍的木造迴廊籠罩著陰影，迴廊有二樓和三樓。一座小小的石砌教堂沐浴於陽光下，很像一隻母雞安穩坐在院子中央，面對周圍叢生的柏木。院子的地面鋪著卵石，她注意到有隻狗躺在陽光下，露出所有腫脹的乳頭。大門旁邊有個玻璃小亭，肯定不是中世紀留存至今；那裡掛了一塊牌子，她唸出Politsiya（警察）。亭子裡坐著一個身穿制服的人。

少數人到處閒晃或進入教堂，但她沒看到坐輪椅老先生的蹤影，也沒有頂著古怪棕灰色頭髮的老太太，或者身穿黑色背心的高挺男子到處尋找拿走他們袋子的陌生人。對她來說，他們會在這裡的感覺那麼理所當然，因此沒看到他們實在太驚訝了。他們一定在其他地方，在建築物裡面。

巴布抓住她的手肘，然後似乎又多想一下，隨即放開手。亞莉珊卓沒有感覺被冒犯。「他們可能在教堂裡，他們也許去裡面看看你在不在，或者去禱告。」他說。

禱告他們的寶物能夠回到手上，她心想。她把袋子抓得更緊，跟著他走。教堂有個小小的木造門廊；門的兩側各有一幅頭上頂著光暈的肖像畫，一幅是男子蓄著黑色長鬍，另一幅的男子則蓄著白色長鬍——是一對護衛。她穿過他們之間進入黑暗中，周圍突然籠罩著微弱的燭光。在昏暗的入口處，有個女子在柵欄裡販賣書籍、明信片和細細的黃色蠟燭。亞莉珊卓覺得好孤單。教堂內的空氣寒冷而潮溼，很像洞穴裡的氣息。是啊，有一次她和傑克去維吉尼亞州的狄克西洞穴，與他們的父母一起進行少有的公路旅行，這裡的氣息就很像洞穴下面，當時他們四人擠成一團，沿著木頭步道往前走。地底深處有冰冷的岩石和滴落的流水。如果真有地獄，她心想，那裡一定很冷，如同希臘神話裡的「冥府」，那個暗影之地一定像這樣，莫名冒出駭人的寂靜。希臘人的描述是對的——沒有火，只有冥河的寒冷氣息，那條河流過地底，帶走你所愛的每一個人，船槳的聲響受到黑暗流水聲的掩蓋，幾乎聽不見。

巴布在柵欄前停步，買了幾根蠟燭。「一根給你。」他以輕柔的聲音說，彷彿猜到她內心的想法。她跟著他走進教堂中殿，而裡面同樣令人驚訝：高聳的空間，全部畫著模糊的人形。光線從上方的圓頂滲透進來。裡面沒有長椅，只有一排很像寶座的高背椅，沿著牆壁排列。她看到遠處另一端的屏幕有著金色的枝條和葉子，紫色的天鵝絨簾幕，被加冕的人表情緊繃且順從。到處都有樹枝狀燭臺，黃色蠟燭在燭臺裡漸漸燃燒融化，飄散出焚煙和火焰的氣息，還有蜂蠟。教堂裡有另外四個人。一名年輕男子穿著田徑服，兩名女子身穿黑裙和高跟鞋，站在雕像前在自己身上畫十字，還有一個穿短褲的小男孩，兩隻腳交叉站著。亞莉珊卓站在他們後面，手臂抱著重物，還有巴布，阿斯巴魯赫，穿著他的外套和牛仔褲，莫名顯露出尊貴的氣質。他們轉身望著彼此。亞莉珊卓覺得自己手臂的長條疤痕開始刺痛。她的另一隻手越過骨灰盒，伸向那條疤痕，讓自己冷靜下來。

「我們可以在修道院找一找。」巴布對她說。但他先走向最近的燭臺，點亮一根他買的蠟燭，把它放到燭臺上。

「上面頂部這邊是獻給活著的人。」他低聲對她說。「而下面這裡，沙子裡的，是獻給死者的。」他指著下面一個馬口鐵盒，裡面裝的東西乍看很像骨灰。他把第二根蠟燭拿給她，說：「這一根給你，你有沒有想要把它放在哪裡？」

亞莉珊卓向後退縮。

「我該在哪裡點亮它？」他很有耐心地問。

「下面的沙子裡，拜託了。」亞莉珊卓說。

到了教堂外面，他們繞行庭院，往四面八方查看情況。亞莉珊卓看到一名修士沿著木造走廊的一樓匆

匆前行；走廊好古老，整個看起來古老得不可思議，就連那名修士都像教堂裡面的壁畫一樣老朽。他戴著一頂黑色高帽，很像上下顛倒的煙囪，似乎從他的黑髮、黑鬍和黑袍裡面長出來。巴布走過去與他交談。亞莉珊卓保持距離；她想起不知在哪裡讀到，修士甚至不喜歡與女性交談，以免受到誘惑。巴布的雙手揮舞各種手勢。修士的雙手一直擺在腰帶上，一動也不動，宛如剛才捉到一對鳥兒。

最後修士說話了。而她看到巴布搖搖頭，再慢慢走回她身邊。

「他們不在這裡。」亞莉珊卓說。

「真奇怪。他們對你說要來修道院，而且也沒有回去旅館。如果他們直接來這裡，至少比我們早三十分鐘出發。而這位教士剛才告訴我，今天沒有巴士會來；巴士一週只有幾天會來，但今天沒有。所以，他們只可能搭計程車來，或者租車之類的。他們應該已經到這裡了。他也說，今天預定在這裡住宿的訪客，看起來都不像那些人。」

「我懂了。」她說。她希望能放下袋子，把它靜靜放在教堂的角落，於是有其他人會發現它，也許是僧侶吧，然後接手保管。或許他就會埋葬在這裡，或者他們所設置的墓地。從較大的格局來看，那算是正確的做法吧。

「也許他們其實跑去警察局，不過是我離開以後。」她說完，嘴裡充塞一種熟悉的滋味——她背後的步道空無一人，沒有人活力十足地踏過樹根而來；她也沒有打算在這種情況下做正確的舉動。

「我想，我們得走進建築物的其他部分確定一下。」巴布正說著。

「他們准許我們進去嗎？」

他聳聳肩。「如果有人不喜歡，就會告訴我們。」

他們在最下層的走廊繞行一圈，探看每一個打開的房間。地板鋪的是石板，門楣是巨大的水平石材，門板本身則是蟲蛀過的暗色木材。有一間圖書室排列著脆弱的圖書，有一間空蕩的房間只有一張長桌和幾條長凳，也許是舊日的食堂。有很多空房間，也有一些房門上了鎖。

他們來到一道木造階梯，於是取道爬上二樓走廊。他們在那裡找到一間巨大的團體洗手間，會發出回音，有老式的陶瓷水槽，角落有蜘蛛。亞莉珊卓留下來上廁所，沖水時要拉動頭頂上的一條長鍊。

二樓的其他房門全部關上。「修士可能住在這裡面吧。」巴布對她低聲說。

他們從另一道樓梯往下回到一樓。還有一道打開的門可以查看，於是他們進入一個房間，裡面滿是看似脆弱的文件和教堂相關物品，全都收藏在展示盒裡，盒子有玻璃頂蓋；再進去的第二個房間則是博物館，顯然專門展示修道院的歷史。展品旁邊的黃色索引卡片有說明文字，打了英文、法文和保加利亞文。這裡沒有其他的訪客或僧侶。巴布搖搖頭，沿著來時路走向外面的走廊。

剛才進來的門關上了，不過亞莉珊卓很確定，他們進來之後讓房門開著。巴布按下門把，試推看看。他轉身看她。

「怎麼了？」她說。

「我想，它鎖住了。」他再試壓一次。門把陳舊又沉重，鐵件拴緊在木板裡，發出有氣無力的喀答聲。

「可是我們才剛進來這裡。」她說。

巴布拉長了臉，顯得很專注；她發現巴布像自己一樣既疲累又困惑，於是不太敢看著他。

「真該死。」他說著，但聽起來像是說了更糟的話。「有人從外面鎖住這道門。」

第十四章

亞莉珊卓不只非常疲累，也很稚嫩，在年齡和經驗方面皆然。失去哥哥，讓她對世界的不完美有了重大的心理準備，但那個事件也烘托出一個非常重要的事實：在那之前，她過著充滿善意和單純的童年，包括朱爾．凡爾納[2]和挖馬鈴薯，以及父母充滿保護的愛。而除了她內心的悲慘不幸，她最近期的人生——包括四年就讀很好的大學、接著幾年在圖書館整理書架——帶給她一種模糊的自由意識，沒有伴隨著混亂狀態。

換句話說，面對突然被鎖在修道院的一個房間裡，旁邊是陌生人，距離藍嶺山脈八千公里遠，手中又捧著另一個陌生人的骨灰盒，過去的生命經驗完全無法讓她有心理準備。除了疲累和害怕，她突然成為竊賊、流浪漢與囚犯。阿斯巴魯赫（這個高貴的名字對她來說只是一堆讀音）宣布他們一起單獨受困時，她的第一個念頭是嚇呆，這會讓人覺得訝異嗎？說不定他其實不是好人；他為了自己的目的而鎖上房門。他的口袋裡有某種巴爾幹半島樣式的彈簧刀，而且偏好外國人的血肉。房門其實沒有真的上鎖，但他決定對

2 朱爾．凡爾納（Jules Gabriel Verne, 1828~1905）是法國作家，獲譽為「科幻小說之父」，最有名的作品包括《海底兩萬里》、《環遊世界八十天》等。

她這樣說，而現在，他會……會怎樣？他似乎很尊重別人、樂於助人，只不過性格有點尖銳。亞莉珊卓從他站立的地方退開一步，接著覺得自己必須把所有代價弄清楚，於是快步走向門口，親自試試看。門真的鎖住了。有那麼一會兒，她覺得鬆一口氣。

她轉向巴布。「你覺得會不會只是有人把門擋住？」

出乎她意料之外，他伸出一根手指壓著嘴唇，轉頭將耳朵靠近門閂，仔細聆聽。然後他搖搖頭。

「不是。」他輕聲說。「不是，我聽到外面走廊有腳步聲，一分鐘之前，而現在，腳步聲走遠了。」

「也許他們每天都在這個時間關閉博物館，我們該不該敲門，直到有人聽見動靜？」她輕聲回應。

但他匆匆示意她別再說了。「我們在這裡用正常音量講話，而外面的人能聽得見我們的對話。」他喃喃說：「讓我想一下。」

很明顯地，他真的開始想，完全默默站著，兩手大拇指勾著牛仔褲的前方口袋。亞莉珊卓也站在那裡，看著他，感受到一種奇異的信任。但他為何不乾脆砰砰敲門，直到有人發現他們困在裡面為止？難道他天性偏執，還是他早已意識到什麼，而她卻沒發現？這點滿有可能的。

「我想還有另一道門。」他終於開口說。他轉過身，默默回頭穿越兩個房間，亞莉珊卓帶著骨灰盒跟在後面。房間遠處有一道牆壁掛著暗色簾幕，似乎要為展示品遮擋陽光。在幾乎看不見的地方，在最後一些擺放聖物和破損手稿的展示盒後方，確實有一道門，她先前沒注意到。門鎖看起來很現代化，有個普通的鎖孔和鋼鐵門把。巴布蹲下來，從鎖孔窺看外面，然後慢慢試轉門把。這道門顯然也鎖上了，亞莉珊卓再次感到一陣驚慌顫抖。也許他真的瘋了，而她竟然與他一起關在這裡，就算不是他自己鎖門也一樣。接著，他摸索自己丹寧外套的內裡，拿出看似小型螺絲起子的東西，把它插入門鎖，並用另一隻手輕輕轉動

門把。過了一會兒，某個東西發出喀答一聲。

但是門沒有移動。他輕聲說：「該死。有個很大的……門閂之類的東西，在外面。」

他轉身看著亞莉珊卓。「來吧。我們要找其他方法，但是要非常安靜，好嗎？」

她盯著他看——他懂得如何撬開門鎖？——接著她點點頭，於是他開始查看長形窗戶和窗臺。每樣東西似乎都栓上或固定住。突然間他猛然停步，她聽見外面有腳步聲，前往迴廊上的門。從兩個房間之間打通的地方，她可以看到那道門的內側。最糟的是沒有半點聲音，外面沒有傳來說話聲，只有一把鑰匙輕輕放入門鎖的聲音。那人打不開門栓，於是再試一次，而在這一刻，巴布伸出一隻手，拉著亞莉珊卓和他一起躲到簾幕後面。我們不適合到後面那裡啦，她很想這樣說。

出乎她意料之外，或許連巴布也一樣，他們跌撞繞過簾幕後，竟然進入一個更大的空間，顯然是作為展演的房間，裡頭有一排排塑膠椅，一道牆上有播放影片的螢幕，而且張貼許多修道院的照片。房間的另一端還有兩道門。巴布快手快腳打開第一道門，然後拉她進去。他們發現自己置身於櫥櫃，裡面放了幾個盒子和一支掃帚。他很快關上門，沒有發出聲音，兩人在黑暗中站著擠在一起；巴布的手似乎對門把做了某種舉動，從內側鎖上之類。他喘著氣，但她比較是感覺到而非真正聽到。

接著傳來沉重的腳步聲。至少有兩個人，從聲音聽來是如此。亞莉珊卓帶的骨灰盒擠在她的肚子和巴布的背部之間，她很納悶為何要躲起來。她的心臟跳得很不舒服，只能祈禱自己不會在黑暗裡感受到巴布的雙手碰觸她，如同對付門鎖一樣對她胡來。但他保持不動，凝神諦聽。她從非常近的距離聞到他的氣味。微微的汗味和刮鬍乳液的氣味，他似乎讓自己維持得容光煥發又潔淨。等這件事結束後，她希望巴布會解釋一切。黑暗壓迫著她的臉、她的眼睛，她覺得這好像是某個夢境的延伸。或許她其實躺在索菲亞青

年旅社的床上，或者格林希爾市她母親的公寓裡；至於其他部分，真實發生的部分，實在太過奇特，不像是真的。

但巴布的徹底靜止讓她也不敢動。外面沒有說話聲，只有堅定的腳步聲出現又停止。聲音變得更近了。現在有人在展演室裡面；她聽到那人撞到東西的聲音。有一陣子她感覺好可怕，因為聲音停止了，她覺得房間裡的人一定是努力聆聽，就像她和巴布一樣。接著腳步聲又響起，有人粗魯地試推他們的櫥櫃門。在黑暗中，她覺得自己可能會害怕到昏過去；巴布的一隻手緊扣她的手腕，似乎要警告她別動。外面傳來咕噥一聲，然後那雙手似乎轉而試推旁邊的櫥櫃，結果同樣打不開。她的膝蓋開始發抖，只好用力夾緊。接著，兩組腳步聲都離開了。亞莉珊卓聽到外面的門打開又關上……同樣有鑰匙的聲音、門把的喀啦聲，以及門栓掉入定位的聲音。

他們又在黑暗中等了好久，亞莉珊卓都以為自己可能在困惑之中開始打瞌睡。最後，巴布輕輕打開櫥櫃的門鎖。他推開門，探頭出去查看一番，然後才向亞莉珊卓點頭示意。她大大吸口氣，但是沒出聲。展演室裡沒有人，不過她看出其中兩張椅子被撞離原本的位置。巴布試試櫥櫃旁邊的門，鎖住了，搜索者也發現是這樣。但他從外套口袋拿出那個神祕工具，深入鎖孔撥弄一番，最後門把動了。他同樣先探頭查看，然後示意亞莉珊卓緊跟在他後面。

這道門通往一條昏暗的短通道，最後是一道較大的門，非常古老的門，直接把他們送入陽光下。一出來到外面，亞莉珊卓看到雜亂的樹木和一道石牆。她跟著巴布走下好幾層階梯，到達光禿的地面，並盡量不走在陽光照到的亮處。山脈隱約出現在上方高處，這時她才明白自己進入一片果園裡頭有長滿綠葉的蘋果樹。

巴布開始沿著修道院的外側走，始終走在樹木的隱蔽之下；他有一次差點絆倒，連忙扶著陽臺的外牆。亞莉珊卓心想，他們的行跡一定很可疑，即使遭到鎖住並不是他們的錯，她只希望沒有人從上方遠處的窗戶看見他們。她繼續緊貼著牆壁，模仿巴布的走法，盡量不要抬頭看巨大的建築。他在停車場上的汽車之間繞遠路，接著不慌不忙打開計程車門。他輕輕發動引擎，並查看四周狀況。

他們開車回到主要道路上，亞莉珊卓才覺得能夠開口詢問。「到底……」

他立刻打斷她的話。「如果我讓你很緊張，真是抱歉。」他說著，而她看出那雙冷靜的藍眼睛打量著她。她自動坐回後座，但他沒說什麼。他好幾次瞥向後照鏡，彷彿覺得有人會跟蹤他們；她轉過頭，但後方的道路空蕩蕩，延伸，穿越樹林。

巴布握著方向盤，挺直身子。「我對第一道門有不好的預感。有人聽到我們在那裡，於是把門鎖起來，那不是意外。沒有其他方法可以解釋。我們在博物館裡講話相當正常，距離那道門也不遠。接著有其他人進來找我們，或者說不定是同一個人。」

「我想也是……我聽到了。」亞莉珊卓伸手向下摸摸骨灰盒，她將盒子穩穩放在兩腳之間。「可是，為什麼有人要把我們鎖起來？」

她看到巴布的眼神又飄向他的後照鏡；這一次，他說話的時候沒有看著她。「我不確定。」

「那麼，我們為何得要躲起來？」

巴布伸手撥開額頭的頭髮。「如果有人想把我鎖在某個房間裡，我可不想遇到他們。」

「可是如果找到我們，你覺得他們會怎樣？」亞莉珊卓說。「他們到底是誰？」

巴布只用另一個問題來回答她，她明白不會從他口中得到更多答案。「你現在打算怎麼辦？」他說。

「我該載你回索菲亞嗎？」

亞莉珊卓在腿上緊扣雙手。「我想，我應該去伯維茲，警察給我的那個地址。我想，它和這裡位在索菲亞的不同側，距離遠得多。」她有點不敢相信自己說這種話，但她還能帶著骨灰盒去哪裡呢？巴布開車的速度似乎可以比他開來修道院更快；也說不定，他現在厭倦了這整件事，想把她丟包在索菲亞，這樣他才能去做其他事。現在一切都結束了，他們在黑暗的櫥櫃裡擠在一起，對她來說就像之前剛到索菲亞的感覺，很不真實。

「所以，你想去他們家？」他問。

「嗯，我覺得非試不可。」她說。

「當然。」他附和說。「如果這是我自己祖父的葬禮，我會希望有人試試看。不過我覺得你很累了。也許你需要先休息一下。」

「你怎麼知道要如何對付那個鎖？」

這一次，他的眼睛透過後照鏡對她微笑。「我的計程車有個門不時很難打開，我的公寓門也是。我總是隨身帶一些開鎖的工具。對了，你餓不餓？」

「我餓不餓？」她幾乎用喊的。他聽了笑出來。這時她發現巴布已經轉上主要道路，接著開上另一條路，直到完全看不到最初走的那一條路，然後讓車速慢下來。

第十五章

他們來到樹下的一棟木造房屋，有個泥土地停車場，還有一些爬藤植物種在盆栽裡，生長到房屋前面的棚架上。

「Dvorut，那是什麼意思？」她大聲唸出來。

「意思是『院子』，這間餐廳的名字。希望他們有營業。」

巴布帶路進入一個大場地，牆上有成排的窗戶，裡面擺滿餐桌，陽光充足；亞莉珊卓俯瞰山下，看到一條溪流沿著陡坡層層往下流。收銀臺上方有一部電視擺在架子上，角落的喇叭小聲傳來民謠音樂的喃喃歌聲。兩名服務生倚著櫃檯，看著電視，還有一名頭髮花白的女子坐在附近，拿手機不斷打字。有些窗戶打開，窗外傳來流水聲和山中空氣的清新植物氣息。這地方沒有其他顧客，顯然也得自己找位置坐。

巴布選了靠近後面的桌子，在她對面頹然坐下，伸展兩隻手臂。

「你一定也累了。」她說。

「當然。我早上四點就起床了。」

而且你才剛被鎖在修道院裡，她在心裡對自己說。「為了開計程車做生意？」

他說：「不是，而且我沒像你那麼累。你從美國出發到這裡花了多久時間？二十四小時？」

「差不多。我住在一個小城市，所以我得先飛到比較大的城市，然後到阿姆斯特丹，再飛到索菲亞。也許二十小時吧。再加上班機之間的候機時間。」她說。她希望巴布能解釋為何那麼早起，但他似乎不想回答有關自己的問題。她希望這不是壞預兆。

「我從沒去過美國。」巴布對她說。他環顧著餐廳，彷彿認為會有他不喜歡的人走進來。她開始覺得，巴布是她遇過最隨時提高警覺的人之一——比較像鳥類，或者野生動物，而不像人類。他從口袋拿出一支手機，讀幾則簡訊，但全都沒有回覆。一名服務生無精打采地走到他們這桌，遞來兩份菜單。他離開後，巴布開始向她解釋菜色。

「他們有鱒魚嗎？」她說。

「鱒魚？有。在保加利亞，那叫做pusturva。你怎麼知道有鱒魚？」

「我也是從山區來的。」她說著，面露微笑。「這條溪看起來很像我家鄉的溪流，可能是真正冰冷的水，而且乾淨。但我其實沒有很想吃鱒魚。」

最後，他幫她點菜。一碗清淡的牛肉和蔬菜清湯（「非常適合長途旅行之後的你。」他說。而她決定不要說她平常不吃肉），一份小黃瓜和番茄沙拉搭配希臘羊奶乳酪絲，外加一盤炸薯條。他自己則點了好幾顆大肉丸、像她一樣的沙拉，以及三杯熱騰騰的黑咖啡，一杯接著一杯喝。他也堅持幫亞莉珊卓點了可口可樂，雖然她提出抗議，又不是所有的美國人都喝這個。

「那會讓你覺得比較有力氣。」他說。最後她把所有食物都吞下肚，帶著一陣緬懷童年的痛苦感受——當時很少能大吃一頓，也很少能吃到披薩。她告訴巴布這件事，他笑了。「在這裡，只要你想吃，兩種東西隨時都吃得到。保加利亞有滿滿的披薩。還有可口可樂，都處都有。但我小時候不像這樣，我們

那時有保加利亞版的可樂，叫做『阿勒泰』。不過呢，我們的牙齒也碰到同樣的難題，要選哪一種。」他匆匆環顧房間一圈，彷彿一度忘了要保持警覺。「改變來臨時我十五歲，所以舊可樂的口味我也記得很清楚，還有一些其他事情也是這樣。」

「其他的改變？」亞莉珊卓繼續吃著沙拉，這道菜很好吃。

「一九八九年，當時我們的共產主義獨裁者遭到罷黜。隔年我們改變成民主政體——或至少是新型的資本主義。」他說。「首先我們有土耳其人，接著我們有俄羅斯人，而現在我們有可口可樂。」她覺得在他看來，這些事全都沒有運作得很順暢。「我們也還沒解決其他問題。」

「對，我讀過一九八九年的事，我不知道你們怎麼稱呼那件事，除了柏林圍牆倒塌以外。」她說。巴布說：「那場倒塌事件距離這裡遠得很，也許太遠了。我總是這樣想，隆納．雷根[3]很得意自己促成了柏林圍牆的終結，而在圍牆這一側的我們，各國政府也很得意自己的所作所為。事實上，這全要歸功於平克佛洛伊德，他們建立了『迷牆』[4]，然後自己一次推倒一小塊。」

亞莉珊卓完全不懂他說的意思，不過聽得出來是半開玩笑，於是笑了笑。他變得很健談，她覺得可以再問一次她認為最重大的問題，這也是為了骨灰盒本身。

---

3 雷根（Ronald Reagan）是美國第四十任總統，保守派推崇他任內推動蘇聯的垮臺，但有些歷史學家認為純屬巧合。

4 平克佛洛伊德（Pink Floyd）是英國前衛搖滾樂團，流行音樂史上最具影響力的搖滾樂團之一。《迷牆》（The Wall）是他們最著名的作品之一，描述主角在嚴酷教育下長大，逐漸築起一座高牆不與外界交流。最後高牆遭到推倒，主角回到社會，既茫然又無助。

她小心翼翼地說：「我們剛才在修道院被鎖住，你說那不是意外，那麼你認為誰會做那種事？」

巴布嘆口氣。「我對你說過了，我不知道，但我不喜歡那樣。你不想要別人離開，就把他們鎖起來，因此我希望我們立刻離開。或者，說不定只是有人想要嚇我們。」

亞莉珊卓仍然一頭霧水。「可是，如果因為某種原因，有人想要把我們留在那裡，他們事後不會跟蹤我們嗎？」她環顧餐廳，如同他們坐下之後，巴布一直左顧右盼。也許，她心想，任何人只要是在共產主義政體下長大，都會有某種天生的偏執性格。這顯然也有傳染性。

他說：「沒有人跟蹤我們，他們也不會來這裡找我們，這裡從道路看過來相當隱密。而且，他們可能認定我們會趕快開車回索菲亞。況且，我認為他們沒看到我們離開，因為他們一定相信我們還在修道院的某個地方。」

亞莉珊卓很想問，由於他曾參與示威活動，他是不是覺得警察可能還在跟蹤他，但是他正盯著角落設置的電視。電視上開始播出保加利亞的新聞節目。

「噓。」他說著，語氣不是很客氣。

由於外面有湍急的溪水聲，她實在很難聽得清楚，更別說是很難懂的語言了。男男女女都配備新聞攝影機和麥克風，快步追在一名身穿西裝、肩膀很寬的男子旁邊。男子有張寬闊、蒼白、上了年紀的臉，棕色的鬍鬚和鬍髭。他的栗色鬈髮幾乎齊肩長，很濃密，但修剪整潔，感覺不大自然。亞莉珊卓認為頭髮一定染過色，畢竟是栗色，不是灰色。他看起來很困擾，轉身離開，接著又轉回來說些話。他對攝影機舉起一隻手，然後匆忙搭上一輛豪華轎車。這時換成主播臺上的一名女子坐著說話，她背後有張照片，畫面是遭到破壞的山坡地和工程機械，包括裝載機和推土機，還有卡車將泥土載運成堆。她輕蔑地笑笑，把一張

紙放到旁邊去。接下來是廣告，連亞莉珊卓都看得懂，是洗衣精廣告。內容是一名母親把雙胞胎寶寶的骯髒上衣轉變成雪白的衣物；出現一幕阿爾卑斯山的美景，然後母親抬頭望去，她這輩子頭一次像這樣徹底快樂。

「那是什麼？」亞莉珊卓問。

巴布又端起咖啡。「關於庫里爾科夫的報導。他是我們的交通部長，非常有權勢的人。他和內政部長準備要開放一些舊礦場，我之前對你說過，就是我去參與示威的那件事，你知道吧；他今天召開一場記者會談那件事。」

亞莉珊卓看到巴布閃過一絲嫌惡的表情。「所以，那些礦場會造成環境問題？」

「沒錯。嚴重的水源污染和土地毒害問題。況且，大家都說庫里爾科夫接受一些公司的賄賂，才會重新開放那些礦場，而且他們會共享一份利潤，但他在記者會上全盤否認。那些礦場位於我國中部山脈的深山地區，路況很差，他們一定要開闢新的道路才能支持那項計畫，而庫里爾科夫會准許開闢。」

亞莉珊卓想起自己家鄉的示威活動：剷除山頂、最低薪資、在偏僻河谷籌設核電廠。「沒有人可以阻止他嗎？政府裡面的其他人？」

「政府裡面沒有人敢拒絕他，因為他很有錢，人氣又高。況且，說不定也因為大家忌憚他的人脈，還有名聲，是關於……我不知道該怎麼說。他非常端正、清白，對於反對他的人也非常嚴厲，那些人到最後總是丟了官。他自稱『大熊』。」巴布搖搖頭，若有所思，很不高興。

「那麼，其他政治人物為何不除掉他？」

巴布聳聳肩。「很多人認為他總有一天會成為保加利亞的總理，所以他們想跟他打好關係。他的整個

生涯都建立在一個概念上，就是他不會像其他人一樣腐化，雖然很久以前，他曾經是我們共黨執政時期議會的一員。他甚至梳著那麼特殊的髮型，顯示他無論如何都很與眾不同。如果人們反對他，他會指控那些人自己腐化。」巴布拿著湯匙在桌上砰砰敲。「他自稱為『新清流』，他的選戰標語。沒有人認為他很可靠，但也沒人能確切指控他。而對某些人來說，他就像是有魔法，那些人熱烈擁護『大熊能保護他們』這種說法。亞莉珊卓，這就是我們的社會體制。」

亞莉珊卓覺得自己涉足走入深水區，而她實在太累了，沒辦法思考得更深入。有件事她倒是很清楚：巴布很像她成長過程遇到的人，包括她父母、她的叔伯阿姨和很多教授，所有人都談論歷史和政治。和巴布在一起，她有種奇怪的感受，覺得自己身在家鄉。

那個服務生，從來沒對他們笑過一次，這時穿過長條的空蕩房間，拿帳單給他們。亞莉珊卓抓住帳單，對巴布說這頓算她的。

他整張臉垮下去。「你是這裡的訪客，是客人。」他說。但她有點震驚，想起自己根本不是什麼客人，而是他的計程車乘客。「我會自己付。」他說。他輕輕推開她的鈔票，從自己的皮夾數出幾張，與銅板一起重重放在桌子中央。她呆坐不動，心裡想著該不該抗議。這代表什麼意思？她等一下會欠他什麼嗎？

不過他對她微笑，很正常開心的微笑。「這是你在保加利亞的第一餐，不是什麼難吃的一餐，對吧？」

第十六章

他們回到索菲亞時，街道塞滿了傍晚的車潮，這是最後一天上班日，人們成群奔逃。亞莉珊卓住的青年旅社是一棟老舊的公寓樓房，整棟漆成淺藍色，花園裡有間小餐廳。

抵達旅社時，亞莉珊卓發現自己已經睡著了。巴布正把她搖醒——打開計程車門，前後搖晃她的手臂。她大聲倒抽一口氣。

「你要我帶你上樓嗎？」他說。

「不，請不用麻煩。」她開始收拾自己的袋子，再一次意識到她還是得帶著骨灰盒。

巴布把她的行李箱從後車廂拿出來。「我會幫你提這個。」

她跟著他進入藍色樓房，倚著櫃檯，看著他耐心接過她的護照，交給頂著一頭綠髮佩戴紫色耳環的女孩。他以激勵人心的語氣說：「這是個好地方，你會喜歡這裡。他們有時候也在院子裡舉辦演講和朗讀會。」

亞莉珊卓看著自己手中的房間鑰匙。她模糊記得鑰匙可以打開門。巴布不知何時已經把她的行李放進樓上房間，然後回到下面來。她很感激巴布沒有企圖與她一起進入青年旅社的房間，就算只是要放行李也一樣；她發現自己再也搞不清楚他究竟是老朋友、罪犯，抑或只是另一個全然陌生的人。

「我得付你錢。」她說著，打開錢包。

「你累壞了。」沒想到他伸手捏捏她的肩膀，而她發現自己並不介意。「而且你說明天要去另一個城鎮，伯維茲，對吧？這樣好了，今天的部分三十列弗，讓你感覺好過些。」他從她軟綿綿的手上取了鈔票，小心點數，讓她看清數目。「去伯維茲沒那麼遠。明天早上八點，好嗎？」

她突然很怕看到他離開。「你有手機號碼嗎？我還沒有電話，不過……」

巴布幫她寫下來，附帶他的全名，用拉丁字母書寫。「你應該盡快去睡覺。你的房間有一瓶水，免得你需要礦泉水之類的。」他顯然連這點都想到了。他看了她一會兒，頭歪向一邊。「明天見，八點。別忘了。」

她不想忘記，除非醒不過來，她覺得這很有可能發生。

可是獨自躺到她在保加利亞的第一張床上，剛開始根本睡不著；這是一張很窄的單人床，鋪了略顯粗糙但非常乾淨的白色床單和格子毛毯。這是她所渴望的上鎖房間，行李排列在房間周圍，只有行李箱打開，她從中挖出睡衣和牙膏。她已經拉下遮光簾、緊閉窗簾，因為外面天色仍亮。房間裡有奇怪的電流，是低沉的嗡嗡聲，從角落的袋子飄向她，就是晶亮的骨灰盒那裡。她很害怕，但她喜歡這個新國家；至少，她很高興自己沒有留在家鄉。只要變得昏昏欲睡，她就強迫自己盡可能清醒得越久越好，希望不要與那個人生已然灰飛煙滅的男人獨處，或者與她無法展開想像的記憶共處一室。

接著，睡意襲來，像一波吸力強勁的暗流，於是她向後一倒。

到了早上，她捧著袋子走進花園裡的餐廳時，巴布已經坐在那裡了。亞莉珊卓看著他的眼神不大自然，因為他上一次看到她時，她實在太昏沉了。好好睡一覺、洗過澡、穿上乾淨衣物後，她現在覺得全身舒暢，也能寫一封電子郵件給父母了：「安全抵達索菲亞。這裡很漂亮，很多有趣的老房子。今天要和一些同事出去玩一天。」她將巴布比喻為一些同事，這樣他們才不會更擔心。她也發了簡訊給英語學院，讓他們知道她已經抵達，按照原本的計畫，準備六月底開課。

她走近時，巴布很有禮貌地站起來。他穿了不同的丹寧外套，這件是黑的，袖口破破的，搭配熨燙過的卡其褲，看起來刮了鬍子，頭髮也梳過。他比印象中矮了一點，四肢較細瘦，頭髮較長，手肘很突出。

「今天早上好嗎？我們可以吃早餐。希望你……又餓了。」他說。

她笑了笑，坐在他對面。他們桌子上方剛好有樹蔭，花園裡沒有其他人。綠髮女孩走出來幫他們點餐，不過今天早上她的頭髮變成紫色，耳環則是紅色。巴布說，某個原因讓他們可以有兩杯茶。兩杯都有一個小小的茶杯蓋用來保溫，附上一片檸檬、一包糖，還有一根塑膠攪拌棒放在杯蓋上，簡直像一種儀式，亞莉珊卓剛恢復的注意力忍不住盯了好久。巴布從口袋拿出一張紙巾，將桌子擦乾淨，再把接著端上來的乳酪土司盤放好。他把自己的第二片土司和多出來的一片小黃瓜給了亞莉珊卓。「睡得如何？」

亞莉珊卓想了一下。「睡得很好，非常好。只不過現在我想起來聽見哭叫聲，那時候還沒有很清醒。」她在睡夢中聽到那個聲音，從窗外傳來，心想會不會是嬰兒的哭叫，或者女人的尖叫聲。接著，那聲音又嚇了她一次，她才發現那一定是樓下街頭的貓，彼此尖聲嘶吼。「街貓。」她說。可能在盛怒之下吧。

巴布叉起一片番茄。「你準備要再跑一趟嗎？」

「要。我想，我應該把這件事處理掉。我是說，我想盡快歸還骨灰盒。除非還回去，否則我無法思考其他事。」

「我了解。」他把大量的糖加入茶裡，簡直像雪崩。「警察給你地址已經很幸運了。那些人可能回家等消息，所以他們會很高興看到你。」

「希望是這樣。」亞莉珊卓感覺到一陣真實的好奇心完全甦醒，很想知道她和巴布會在那個小鎮找到什麼：兩位老人家住在哪一種房子裡？也許那個中年男子與他們同住。也說不定他與自己的家人住在同一條街上，除非骨灰真的表示他失去自己的獨子。說不定他也是鰥夫，現在非常孤單。她咬著土司，再度想像他們的感激、他們的驚訝。老太太也許會哭泣一陣，用她浮腫的雙手緊緊握住亞莉珊卓的一隻手。而那位高大男子，他的兩隻手臂各摟著虛弱的雙親，也許會問她，他們該如何回報她送回骨灰。他會開車載著她與一家人回到維林修道院，所有人一起進入教堂，各自點亮一根蠟燭，獻給史托楊・拉扎洛夫。接著，高大男子會親吻她的臉頰，以平靜的語氣詢問，他是否能去索菲亞，帶她出門吃晚餐，以表達感謝之意。不過也許他負擔不起，或者他不會這樣想。他也可能像巴布一樣，不會讓她付餐費。她伸手摀著臉頰，護住這份感受。

「亞莉珊卓？」巴布伸手梳過自己的頭髮，想把頭髮從眼前撥開但效果有限，這讓她看見像狗一樣機靈的眼神，很像《國家地理雜誌》拍的那些西伯利亞哈士奇，藍色的眼睛令人驚豔。「波伊德小姐。」他補上一句，彷彿想要試著唸出她名字的其他部分。「你說是波伊德，對吧？亞莉珊卓，你是俄羅斯人嗎？」

她笑起來。「不是。我父母只是很喜歡老派的名字。而波伊德是英國姓氏，我是指來自英格蘭的英國人。」

他說：「波伊德，聽起來很像波爾德（Bird），你也有點像小鳥。我可以那樣叫你嗎？」

「大概可以吧。」她說，但不確定自己喜不喜歡——他這樣會不會太隨便？

巴布站起來。「走吧，小鳥。我想，你的早餐吃完了吧？」

這一次，她爬進計程車的前座，把袋子放在兩腳之間，也再次注意到他的後照鏡上懸掛的錢幣。他熟練地開上街道，穿梭於路邊停放的車輛之間。很多車其實是停在人行道上，車尾突出到街上。她的青年旅社房間預訂了一週，足夠讓她探索這個城市；接下來，她可以考慮其他目的地，帶著泳衣和一本好書，找到火車前往黑海海濱，展開她一整個月的漫遊之旅。旅費必須便宜，必須比每天雇用計程車前往小鎮更便宜，但至少青年旅社本身並不貴，似乎也很乾淨又安全。

「我們開到伯維茲要多久？」她問他。

「不會很久。如果交通順暢的話，兩小時。」

他們轉彎開上一條大馬路，兩旁排列著燻黑的建築立面和商店，有個櫥窗擺滿了高跟涼鞋。就亞莉珊卓看來，交通狀況沒有很好，但巴布吹著口哨、調整後照鏡，看似對於眼前的狀況感到很滿意。她仔細端詳巴布嘴角的痣。他有某種特質很吸引人，她現在看出來了，也許是他的焦躁不安吧。「占用你這麼多時間，我覺得很內疚。」

他興高采烈地說：「別這樣，這是我的榮幸。我的人生大部分都很無聊，我還寧可幫你搞清楚該怎麼歸還那個袋子。此時此刻，我自己的人生沒有什麼事情需要搞清楚。」

「我懷疑喔。」她說。「除了開這輛計程車，以及參加環境示威活動，你還做什麼？」

他考慮了一會兒。「嗯，我參加很多示威活動，不只環境方面。現在時候到了，我們要奪回自己的國家。在我這一代，我們得自己奪回掌控權，讓大家有更好的工作、更正常的文化生活，真正成為歐洲的一部分，而不是感覺像而已——我們這一群失魂落魄的人啊。」他扣上自己的安全帶。

「雖然我知道你一星期開車三十五個小時。不過，你還是沒告訴我，你一整天到底都在做什麼。」亞莉珊卓說。

他皺起眉頭。「不。那我就告訴你，我一整天到底相信什麼事，而不是做什麼。好吧，沒開車的時候，我安排一些演講和撰寫請願書，我也幫忙編輯一本關於政治和文學的雜誌。我幾乎每天都與朋友碰面。我跑步，當作運動，不過也喜歡這項挑戰。我有個計畫，我死之前要跑遍索菲亞的每一條街道。」

「真的？就算你已經得開車經過每一條街道？」她不禁納悶，他是不是也幾乎每天都與女朋友碰面，但他或許沒有女朋友。

「你是聰明的女孩。」他沉默了一會兒，然後再度微笑，推動排檔桿。亞莉珊卓不禁心想，她是否該說別叫我女孩。或者，也許該說你根本不知道我做過什麼蠢事。還做過一件可怕的事。

但只見他搖搖頭。「對，我沒有對索菲亞感到厭倦。我想靠自己的雙腳看看每一條街道，而不只是坐在車子裡。對我來說，索菲亞就像我的皮膚，我自己的外殼。我已經跑過整座城市大約百分之二十五的街道。也許你會覺得那樣並不多，但其中有些街道非常長，而且城市非常大。我有一張地圖標示了我跑過的地方。我從三年前開始。」

「我很刮目相看喔。你什麼時候跑步？早上四點？」她說。

「有時候。」他面露微笑。「不過呢，早上四點我通常有其他事要做。」終究有女朋友啊。這或許可以解釋他的有禮和謹慎。他顯然不喜歡談論私事，除了他的政治信仰以外。她也開始懷疑他到底過著什麼樣的生活，竟然可以這麼容易就拋開，載著一個陌生人到鄉下晃來晃去。沒有人需要知道他在哪裡嗎？

「那麼，你什麼時候有時間跑步？」她說。

「晚上很晚，我結束工作之後，或者早餐之前，或者有時候兩個時間都跑。」

他在大馬路上加速前進時，亞莉珊卓觀察著他；她相信他熱愛跑步。他的前臂有明顯的血管突起，而她現在也明白，他在方向盤後方的體格為何如此瘦削結實。她想著自己哥哥更加健壯的體格，那樣的結實連她坐在餐桌對面都感受得到。悲傷永遠俯拾皆得，等著掌控你的眼角。面對這番習慣性湧現的失落感，亞莉珊卓以堅定的手勢把它壓下。在新的國家可不行；她要在這裡展開全新的生活，至少最初的幾星期。

她說：「那個人，跟我拿錯袋子的那個高大的人，他對我說，保加利亞是什麼事都可以發生的地方。」

巴布的眼睛繼續盯著前方，盯著複雜的街道。

他說：「對。而且是很多事通常不會發生的地方。」但他與高大男子不一樣，他面帶微笑。

第十七章

他們再次離開索菲亞時，似乎是遠離山區而非進入山區，不過地平線上總有灰藍色的連綿山峰。巴布說，他們要前往正東方。即將進入公路之前有個停止號誌，亞莉珊卓看到兩名身穿黑短裙的年輕女子正在交談，踩著高跟鞋閒晃。其中一人短暫豎起一根大拇指，接著放下手臂。

「她們需要搭便車嗎？」她問。

巴布搖搖頭。「不。她們需要顧客。」

亞莉珊卓很震驚，努力不盯著她們看。她們非常年輕，也許只是青少年，其中一人留了及腰的黑髮。另一個女孩正在查看手機，穿高跟鞋的一隻腳踩在兩塊紅磚上保持平衡。公路的交流道口沙塵滿天，灌木叢正長出葉子，她們站在那裡十分醒目，彷彿從城市裡的酒吧傳送到此地。

她問：「在這種荒郊野外？警察不會看到她們嗎？」

巴布簡短地說。「不會，可能警察也是她們的顧客吧。」彷彿要淨化自己的這種思想似的，他打開音響。一陣熟悉的美國人嘶吼聲充斥著計程車。

「那是收音機？」亞莉珊卓驚訝問道。

「不是。」他搖搖頭，似乎覺得她說了可笑的蠢話。「CD。另一個巴布。你喜歡巴布・狄倫嗎？」

「當然。」亞莉珊卓說。她是聽莫札特和韋瓦第長大的。

「我會這麼說，我對你的夢境不屑一顧。」狄倫吼道。亞莉珊卓望向車窗外索菲亞郊區的工業區，心想（這不是第一次了），真要說的話，這男人不是真的會唱歌。但她突然了解這不是重點。

遠離城市後，他們經過一輛裝滿樹枝的二輪推車，由垂頭喪氣的馬兒拉著。汽車紛紛加速繞過牠。推車由一男一女駕駛，他們穿著褪色的藍外套，看來很像某種舊時的制服。女子的頭上包著花朵圖案的頭巾，男子的黑長褲塞進靴子裡。他的長褲從大腿以下打開，露出膝蓋。經過計程車時，他們曬得黝黑的臉轉過來；亞莉珊卓看到女子的牙齒閃過一道銀光。

巴布說：「吉普賽人。他們用舊方法收集木材，用推車，而不是貨車。不會排放不好的廢氣。很奇怪喔，他們在環境保護方面其實走在我們前面。雖然我們開著荒謬的車子跑得快很多，而我們也喜歡。」

幾分鐘後，亞莉珊卓看到更多那種推車聚集在田野邊緣，馬兒隨意拴住，在樹下吃草，人們穿著舊衣裳，女性都戴著頭巾，在樹林邊緣移動。他們正從地上收集樹枝，堆在推車上。更多的吉普賽人……羅姆人，她的旅遊指南這樣稱呼他們。

「他們住在哪裡？」她問巴布。

「鎮上。在他們自己的社區裡，像一些少數族群的區域。這些人可能來自索菲亞周邊的小鎮。他們的孩子不見得會去上學。」

巴布現在開車沿著一道山谷前進，遠處有新生的綠樹，那裡一定有河流延伸到看不見的地方。她在道路兩側看到寬闊的田野，有些耕種了作物，有些則顯然休耕；接著有長排的廢墟房屋，磚造和木造皆有，屋頂塌落，木材傾垮，野草掩沒了它們的地基。

「那是什麼？」她問。

巴布轉頭望向她窗外。「那些是共產主義時代的農場房舍，集體農場。現在有些農田出租耕種農作物，但沒有人會回來住這些房舍。」他邊說邊揮手，「看看所有這些老東西。」除了廢墟之外還有生鏽的機械設備，耙子的尖齒壞了指向天空，雜草和藤蔓纏住一輛牽引機。看起來好像雷龍啊，亞莉珊卓心想。

「很多人跑來拿這些金屬，如果沒有鏽得太嚴重的話，不過大部分都會歸於塵土。也許一千年後，或者五千年吧。」巴布說。

他們經過一個村莊，接著又一個。她看到一棟新房屋，混凝土，金屬桁架，整根實木樹幹……聳立在一塊空地上。「我以為伯維茲沒有這麼遠。」她說。

巴布握著方向盤似乎若有所思；他以茫然的眼神看著她。「喔，很近了。」他說，而她沒有進一步追問。

❖

到了伯維茲的周邊，她比巴布早一步看到路牌，因為它除了西里爾文字也用拉丁文字拼寫。那塊路牌旁邊有另一塊牌子，一個藍色記號上面有一圈黃色的星星，巴布說那是代表歐盟的標誌，大約一年前才豎立；邊緣已經開始鏽蝕了。伯維茲看起來比他們剛才經過的村莊大了一點，不規則延伸的居所位於平坦的曠野上，最外側的房屋都已廢棄。亞莉珊卓看到一種黑白羽色的巨大鳥類，撐開三角形的翅膀站在鳥巢上。鳥巢座落在一根木竿頂上。

巴布也看著牠。「那是……shturkel，該翻譯成哪個字？鸛，一種鸛。牠們在煙囪上築巢，那會造成

問題，所以大家幫牠們設立這種桿子。」

「牠們會帶來嬰兒嗎？」亞莉珊卓問。

「嗯，這裡的人認為牠們帶來好運。也幫我們帶來春天……牠們回來的時間是三月底，我們就知道春天真的降臨這裡了。等牠們秋天離開，我總覺得有點悲傷。」

她看著那隻鳥單腳站立，伸展身子；他們經過時，牠拍拍翅膀，接著向內收起，再度安頓於巨大的鳥巢上。「牠們去哪裡？」

「去度冬吧？去非洲北部。甚至非洲南部。」

亞莉珊卓屏住呼吸，感覺這個新世界延展開來。越過希臘，越過整個地中海，前往另一塊大陸。

巴布的計程車在鎮中央停下來。他從亞莉珊卓手中取了寫著地址的紙條，然後跳下車，詢問一名男子，這人坐的地方看似是公車站。男子舉起一隻手，似乎指著街道某處，再看地址一次，聳聳肩。接著，亞莉珊卓看到巴布走向一名女性，她的兩隻手各提一個沉重的購物袋，很像體態勻稱的公牛。她聚精會神地彎下頭，斷續說了些話，抬起下巴指指右邊的方向。

巴布回來時顯得很滿意。「這條街位在小鎮的另一側。但是不難找。」

然而，結果相當難找，他們開車在那一側繞來繞去，尋找極少的路牌，看到少數幾個人也連忙詢問進一步方向。伯維茲這地方似乎不大有活力，即使週間早晨亦是如此。有些破爛的海報，上面印著巨大臉孔的照片，搭配驚嘆號和幾個亞莉珊卓認得的西里爾文字，像是：「保加利亞！」也許是很久以前的競選海報吧。她拿出相機，想起自己拍的高大男子照片，只能努力抗拒想要再看一眼的衝動。小鎮這一側的房屋看起來很整潔且富裕。在一個院子裡，有個身穿黑衣的老太太坐在陰影底下，織著某種淺色的東西。她抬

起頭，微笑看著計程車窗裡的亞莉珊卓。亞莉珊卓覺得眼裡湧出淚水，沒有特別的原因，於是她努力微笑以對。還有另一棟房屋，有位母親坐在矮門圍籬後方的門前臺階上，兩個身穿紅鞋的小孩在她身邊玩耍。相對於新近油漆的牆壁和圍牆、整齊的院子和穿著整潔的小孩，公共人行道滿是輪胎痕跡且雜草叢生，街道坑坑洞洞，顯得很奇怪。

「就是那裡。可能吧。」巴布說著，把車子停到路邊。他們下了車，與手上的紙條比對地址；這棟房屋就在年輕母親的隔壁，屋子前方有一道卵石砌成的牆壁，柵欄門上的號碼是對的。亞莉珊卓覺得內心湧起期待之情。他們在柵欄上尋找門鈴，沒找到，於是打開柵欄，走向一道綠色的門。這棟房屋不是他們在這鎮上看過最古老的，也不是最新的；它的狀況介於兩者之間，很穩固，可能經常修繕，最近剛漆過的灰泥讓整體顯得很一致。沒有人在院子裡做事，這讓亞莉珊卓暫時鬆口氣；也沒有人在窗邊猛然拉開透光的薄窗簾。她站著，雙手捧著骨灰盒；她不敢讓袋子掛在手肘上，也不敢放到花盆旁邊略顯髒污的水泥臺階上。

巴布拉直外套，挺直腰桿。接著他伸出一隻手，按下門鈴。

第十八章

他們並肩等待。他們聽得到鄰居小孩玩耍的聲音，但是看不到。亞莉珊卓聽不懂他們說的保加利亞語，與她能聽懂的日語一樣少，而她一度把他們唸出的讀音轉成同音的英文字來自娛：stove（火爐）、Buddhist（佛教徒）、derby hat（圓頂硬禮帽）、Why not?（為何不？）。在這樣分心的背後，她的心臟跳得好用力。

然而，屋內似乎沒有人聽見門鈴聲，所以巴布最後再按一次，而且按得久一點。亞莉珊卓不禁懷疑兩位老人家是否都聾了。骨灰盒在她懷中變得好沉重。

巴布斷然說道：「他們不在家。我想，他們還沒有從索菲亞回來。」

她轉移自己的重心，感覺到一陣憤怒和痛苦。「你怎麼能確定？他們不可能在樓上嗎？」

「今天早上沒有人出來過。」他說。「像這樣的房屋，天氣好的時候，門前這裡都會有鞋子，也許那上面會有一點泥土……」他指著固定在走道邊緣的刷鞋器。「大門有兩個地方上了鎖，不只鎖住門把。而且，這些花盆裡的花都沒有澆水。我認為住在這裡的人不在家，他們還沒從索菲亞回來。而且這裡有點不對勁。」他搖搖頭。亞莉珊卓盯著他，再度感到納悶，他為何早上四點就起床，而且不喜歡談論自己的生活？

「也許他們只是出門買東西，很快就回來。」她斗膽說道。

但巴布轉身走開。她跟著走出院子，看著他小心關上門前的柵欄。他沿著人行道走，敲敲鄰居的柵欄。年輕母親正在一張木桌上擺放蛋糕捲和果汁，並把她的孩子抱上桌子旁邊的兩張小椅子。她幫較小的孩子繫好圍兜，他似乎是小男孩，不過兩個孩子都有一頭輕盈的深色鬈髮。她走過來開門。帶著探詢的柔和眼神，她的臉龐像她的兩個孩子一樣漂亮；她自己看起來都像小女孩。巴布向她詢問了一會兒，期間那名女子不時瞥向他的外國同伴，彷彿期待她加入對話。

最後他翻譯給亞莉珊卓聽。「我問住在隔壁的家庭是不是姓『拉扎洛夫』。我沒有向她提起骨灰的事。她說，他們直到三個月前都住在那裡，而她自己住在這裡只有半年。她不太了解那家人，不過他們留下普羅夫迪夫的地址，還有一個手機號碼。她說有個老先生和老太太，還有個比較年輕的男人也變老了，因為他從沒找到太太。手機號碼是他的。他只是偶爾來這裡看他們，他在其他地方工作，也許是在海邊。她不確定。」

巴布又停下來聽女子講話。她說話時，兩隻手從太陽穴旁把黑色鬈髮抓到腦後；她的指甲擦成粉紅色，手上戴著小小的金戒指。巴布轉頭看著亞莉珊卓。「現在她幫他們照顧房子，收一點費用維持房子的清潔，直到他們把房子賣掉為止。或者說不定已經賣掉了，她不確定。她正在等他們的消息。她問說，我們是不是來這裡買房子。如果想看，她可以帶我們進去。」

「喔。」亞莉珊卓說。她像是猛然撞上一道牆，不過那道牆在她心中。她真希望乾脆把骨灰盒留在警察局。線索這麼少，到底是什麼因素推動著她，像這樣勇往直前？不過，警察局的「巫師」似乎很確定這是正確的地址——實際上也是，只不過這家人再也沒有住這裡了。而且高大男子從沒結過婚，所以她現在

抱住的可能不是他兒子的骨灰。也許，像她一樣吧，他失去兄弟。

這時漂亮媽媽彎腰看著她的孩子，把一隻紅鞋穿回一隻小腳上，帶他們離開椅子、扶著他們站直，並制止男孩亂吃花圃上的東西。

「我對她說，我們可能有興趣買房子，想要看一看。」巴布調整自己的外套，露出自信的微笑。

「什麼？你為何那樣說？」

「當然因為我們真的很想看啊。安靜，小鳥，否則我們會喪失這個機會，你懂吧？別把你帶的東西告訴她。」他努力擠出微笑。

「好吧。」她說。

女子帶小孩進屋，他們聽到她對某個人說話。她獨自回來，手上拿著鑰匙，帶領亞莉珊卓和巴布回到上鎖的屋子。亞莉珊卓反思自己的處境：她身為這裡的外國人，現在不只是竊賊，也可能是入侵者。巴布在墊子上踩踩鞋底，然後他們進去。

進入屋內，所有東西都散發一股潮溼的煙燻氣味，沒人住的強烈氣息。亞莉珊卓立刻注意到，雖然房間有家具，但看起來空蕩蕩，彷彿所有的日常生活氣息全都被吸出去了。她的心情更加沉重。路程這麼長，但卻一無所獲。玄關的桌上有一些編織桌墊，但沒有鑰匙或花瓶或雜誌，門邊也沒有用來掛外套的鉤子。窗簾都拉上，只有窗邊洩入靜默的綠色光線。在小小的客廳裡，亞莉珊卓看到一條摺疊起來的長披肩掛在椅背上，角落有一部電視，但沒有植物或照片。沙發和椅子都有椅墊，套上令人發癢的橘色布料，經年累月承受人們的裙子、長褲和坐下的重量。地毯非常乾淨，是略為褪色的棕色。茶几上擺著空盪的雕花玻璃盤，彷彿有人努力讓這個房間看起來比較不空曠。

老舊的電視機後面有好幾個書架，年輕女子帶巴布去看燈具和後花園的景觀時，亞莉珊卓流連於書架前。即使看不懂書名，她也能猜出一些作者。海明威，她驚訝地讀出來。查爾斯・狄更斯。它們是套書，也許有四、五十年的歷史，有些書的書背稍微發霉。有很多保加利亞的書，顯然是歷史類或小說，還有作曲家的傳記，包括巴哈、莫札特、史特拉汶斯基。有好幾本法文書，還有不少德文書，以及幾本較新的，西方風格的攝影集，書背呈現各種顏色，有倫敦、法國、義大利。接著有更多關於義大利的書，包括兩本是講威尼斯。

巴布走過來站在她旁邊，他也盯著那些書。書架的最底層剛好在電視機後面，架上塞滿了黃色的樂譜，但是放眼所及沒有鋼琴也無其他樂器。她把裝著骨灰盒的袋子放在茶几上，心想與其帶著它穿梭於各個房間，不如穩穩放好顯得更尊重。

客廳的另一端有個同樣小巧的餐廳。所有的老舊廉價家具仍擺在原位，餐具櫃放了一個雕花玻璃花瓶。窗邊的櫥櫃放了成堆的花朵圖案瓷杯，但其他層全都空無一物，連灰塵都沒有。也許這棟房屋充滿那個男子的回憶，他的骨灰正看著關掉的電視機；也許他的家人一找到其他地方就搬走了。他們去了其他地方，可能想獨自死去。可是，為何那個漂亮鄰居沒有提到另一個男人，也就是化為骨灰的那個人？難道他其實死在其他地方？有個可怕的想法纏住亞莉珊卓：兩位老人家前往安養院，如果這裡有那種地方的話，而現在，她絕對找不到他們了。她努力讓自己冷靜下來，凝視著巴布穿黑色丹寧外套的幹練背影，帶領她穿越各個房間。

廚房位於房屋的後側，通往一個小花園。鄰居說她自己整理花園，得意地指著新生的胡椒植株和一叢叢巴西利香草。圍籬是生長茂盛的開花藤蔓，不但探向其他後院，也長到鎮外的田野上；越過田野，在非

常遠的地方，亞莉珊卓看見一道山脈消失於薄霧中。一座老舊的柴火爐豎立於廚房一角，那能夠說明煙燻味的來源。她小心拿起爐上的盤子，瞥見一些木頭灰燼。沒錯，漫長的夏日期間，她家山上的房子就有這樣的氣味。杯盤放置在架子上，下方有個鏽蝕斑斑、用力刷洗過的水槽；一塊灰撲撲的抹布放在水龍頭上，變成像化石一樣僵硬。沒有明顯的食物痕跡，只有淡淡的油炸氣味。亞莉珊卓感覺到一股來自過往的強烈衝動，想要猛踹牆壁，就像傑克好久以前那樣。地毯很乾淨，但從地板中央裂開，彷彿這裡發生過地震。廚房桌子後面放了一個鐵製床架，亞莉珊卓看了很驚訝，甚至有枕頭和毯子摺好放在沒有床單的床墊上。

到了樓上，他們發現有兩間臥室；有人把牆壁漆成柔和的桃色。同樣的，每一件物品都很整齊、乾淨、沉默、悲傷。其中較大的房間放置兩張窄床，只有床架。在較小的房間裡，亞莉珊卓停下腳步，看得目瞪口呆。雙人床鋪設白色床單，放著沉重的毯子，而潔淨的枕頭套等待的人再也不會回來睡了。床頭桌上擺著梳子、刷子和剃刀。床的旁邊掛了二〇〇六年的觀光月曆，打開的月份是一群少女的照片，她們穿著某種傳統服裝，環繞有木頭屋頂的水井跳著舞，上面寫著：六月。亞莉珊卓站在它前面，心裡想著一首詩。「停止所有時鐘，切斷電話。」[5]她喃喃說著。

「什麼？」巴布說。

她轉過身。「看看這個。」

這裡留下至少十幾張照片，有些相框放在五斗櫃上，有些則掛在牆上。主要是黑白照片，有些則是褐

---

5 這兩個詩句出自英國詩人維斯坦・奧登（Wystan Hugh Auden, 1907~1973）的詩作〈葬禮藍調〉（Funeral Blues）。

色或偏黃的深褐色。好幾張照片看來非常古老，都是身穿東歐式拘謹服裝的婚禮新人，那些年輕人所凝視的未來，從現在看來都已是久遠的過往；男性穿著綁腿、戴帽子、穿毛背心，女性則穿著沉重的衣裳，佩戴短面紗或花環。牆上隨處可見某塊地方的油漆顏色較淡，顯示那裡原本懸掛的照片移走了；也許拉扎洛夫一家人帶走最珍貴的照片。亞莉珊卓發現有張照片特別引人注目：一名年輕女子穿著V領上衣，擺出好萊塢式的拍照姿勢，波浪狀的鬈髮襯托出很長的鼻梁，光亮的皮膚宛如露珠，雙眼對觀者散發出信任的光芒。她戴著一串短短的珍珠項鍊，耳垂也佩戴珍珠耳環。亞莉珊卓的目光無法從她的眼神移開。

鄰居來到他們背後，亞莉珊卓猜想她和巴布不該逗留太久。但巴布正指著一張黑白照片，是一對夫婦和一個小男孩，男子穿外套搭配領帶，女子身穿黑色連身裙，頂著一頭蓬鬆的黑髮；他們緊挨著彼此，坐在一張沙發床上。小男孩看來六、七歲，腿很長，表情嚴肅，站在他的父母之間。也許吧，亞莉珊卓心想：對，也許他長大後就是那個高大男子。

「問她知不知道照片裡的人是誰。」她吩咐巴布。但他問問題時，鄰居很快點一下頭，亞莉珊卓過了一會兒才弄懂，這正是她一直等待，表達「不」的珍貴點頭。

他們彎腰看最後幾張。有張照片是同一個小男孩，參加派對，坐在他的父母親之間。這一次，男孩看起來更幼小，也許是四歲，臉蛋幼嫩圓潤。拍照的最後一刻，他的目光移開，望向他父親。另一組照片是坐在戶外，過生日或假日，大家高舉葡萄酒杯，圍坐著一桌好菜。亞莉珊卓發現背景有個瘦削的青少年，他那位依然美麗的母親坐在他旁邊。父親似乎沒有跟他們在一起；也許照片是他拍的，示意要所有人舉高自己的飲料。男孩顯得微慍或害羞，表情糾結但顯然很帥，額頭蓋著濃密的瀏海。

床頭上方，除了其他照片，還掛了一幀年輕男子的照片，穿著深色厚西裝，高高的白色衣領相當古

怪。這張比其他照片大得多，相框是看似昂貴的裝飾藝術風格。年輕男子獨自站在一個雕像臺座旁邊，臺座上放了一個盆栽。他的一隻手拿著小提琴放在面前，另一隻手則拿著弓，指向地上。照片的品質很細緻，亞莉珊卓心想，而她在右下角讀到一排鍍金的字：K．布瑞納，攝影，維也納街二十七號，一九三六。男子有張纖細甚至削瘦的臉，黑眼睛，眉毛鮮明，彷彿能比大多數人看得更遠，而且凝視的目光越過他的攝影師，望向遙遠的山脈。他擺出照相館拍照的姿勢，臉上沒有笑容，但亞莉珊卓有種感覺，表象底下有某種急切的渴望和旺盛的精力。他接下來的動作會很精力充沛，甚至傲慢自負；只消一招快速的動作，他就能用下巴夾住樂器。她莫名對他微笑起來，無奈他那麼年輕又出色，卻再也無法微笑以對，想來令人悲傷。

「我真想知道，他們為何在這裡留下這麼多照片。」亞莉珊卓說。

巴布聳聳肩。「也許要讓這房子看起來很好，有助於銷售。」

「可是這些照片很珍貴，很私密。」或者，說不定史托楊．拉扎洛夫過世之後，他們再也無法忍受看到這些照片。

鄰居示意她要走了；這是當然的，她把自己的孩子留在家裡給別人照顧，也可能還有其他事要做。她對巴布說話，而他點點頭。「她說，我們可以多逛一下，然後把門帶上，她會回來鎖門。」

他似乎凝神諦聽，直到聽見大門在她背後關上，接著他伸手到外套裡，拿出一雙乳膠手套，戴上時發出微弱的啪答聲。亞莉珊卓目瞪口呆站著。他帶了手套？但是巴布不動聲色走向五斗櫃，打開每一個抽屜搜索一番，不過大多數是空的，只有一個抽屜不是空的，放了幾件老式的內衣，摺疊得整整齊齊。

「等一下。」亞莉珊卓說，她嚇呆了。「你可以這樣做嗎？你在找什麼？」她又覺得有點害怕，也很

震驚。他是不是祕密搶劫這間屋子，用他的手套和撬鎖工具？他是不是大家最怕遇到的超完美罪犯？

他輕聲說道。「這裡可能有地址簿，以前的身分證、更多照片，或者可以幫我們更快找到他們的某種東西，如果普羅夫迪夫的地址也派不上用場的話。我們在這裡的時候應該好好找一找。他們可能全部帶走了，但我想看一看。」

他以同樣的方法搜尋另一間臥房，沒有擾亂任何東西，但同樣空無一物。她跟著他走下樓，既緊張又困惑，從旁觀察他窺探廚房裡的櫃子和抽屜：幾支叉子、一疊粉紅色紙巾、一個老鼠夾；然後他又查看小客廳裡電視櫃的抽屜，那裡面放的東西看似舊時的電話簿。他走向書架，拿出一、兩本書，伸手撫過所有的書，一次檢視一個書架，還站到椅子上查看頂部。他從第二個書架取了幾枚硬幣，然後放回去。他移動電視櫃，伸手到擺放緊密的整排樂譜後面，到處摸索。

亞莉珊卓說：「巴布！你以為自己是誰啊？福爾摩斯嗎？我們可能在這裡惹上很嚴重的麻煩啊。」

他笑起來。「我愛福爾摩斯。」他說，接著似乎感受到她的憂慮。「別害怕。我不打算偷東西，只是查看一般人可能放東西的所有地方。」

他把手臂伸得更進去一點，伸到看不見的地方。過了一會兒，他從樂譜後面拿出某種東西。是個有蓋子的堅固盒子，材質是馬口鐵，很久以前可能用來裝糖果。蓋子上顯然有張照片，這時磨損成紅色和灰色的形狀，難以辨認。

巴布把盒子放在茶几上，在骨灰盒旁邊，他們凝神注視。可能不是什麼重要的東西吧，亞莉珊卓正準備開口說，隨即自己打住。她不想打開馬口鐵盒，但突然覺得很希望巴布打開它。他檢視一下蓋子後，著手打開，兩人都俯身查看。

看到的第一瞬間，她好想吐，以為裡面的東西是動物的屍體，或者也許是蛇類蛻下的腐朽外皮。巴布用戴手套的手指觸摸裡面的東西，然後再摸一次。他拿出一件物品……其實是兩件，長長的，很結實，呈現棕色；他把它們垂放在桌子上。看起來似乎曾是某種織品，但現在隨著時間久遠而硬化。

亞莉珊卓覺得雞皮疙瘩沿著手臂和脖子蔓延。「那些是什麼？」這些字在她的舌頭上嚐起來滋味雜亂，彷彿墜入不同語言之間。

只見巴布雙膝跪下。他小心拿起一條皺縮的織帶，湊近鼻頭嗅聞。他抬頭看著亞莉珊卓時，眼神顯得很茫然，帶著些微的厭惡感。

「臭臭的。」他說，而他的話好像卡在某個遙遠的地方，就像她一樣。「不過很輕微，像是很久以前的東西。髒髒的。」

「那是繃帶嗎？舊式的繃帶？」那種棕色的污點，隨著時間而乾掉。她的胃開始糾結。

巴布依然盯著看。「我想不是。它們看起來實在不像繃帶。而是某種腐爛的東西。非常不好的東西。」

過了一會兒，他拿出手機，為那兩件物品拍照，沒有說明為什麼。他把那兩件東西捲起來放進盒子裡，小心放回樂譜後面。他們離開前，亞莉珊卓注意到他環顧整個房間，彷彿要確定已經把每一件東西都放回原位。她拿起裝了骨灰盒的袋子，一度躊躇是否該把骨灰盒留在這裡。巴布繼續戴著手套，直到他們走出去，他把大門關上為止。

接著，他們又去隔壁人家。因應巴布的請求，鄰居拿來一張紙，把拉扎洛夫一家人留下的普羅夫迪夫的地址寫在紙上，加上中年高大男子的手機號碼。巴布感謝她，以微微鞠躬代替握手，然後亞莉珊卓說

Mersi mnogo（非常感謝），女子聽了笑逐顏開，並問巴布一個問題。

「Ungarka。」他說。只見她挑挑眉毛，但似乎很高興的樣子。

「什麼？」亞莉珊卓說。

「我對她說，你是匈牙利人。小鳥，別嚷嚷。」他對女子露出開心的微笑，這一次與她握手。「她不需要知道每一件該死的事，對吧？」

在計程車裡，他們坐了很長一段時間，沒有說話，車窗搖下。

「你為什麼想進去那間屋子？」亞莉珊卓終於開口問。

「我以為可能在那裡發現某種線索。」

「所以，你有沒有發現某種線索？」

他說：「有。但不確定那代表什麼。你呢？」

「我發現他們是同樣的人；我是說，我們正在找的人。我很確定。我應該先拿給你看，但是之前沒想到。」她翻找自己的手提袋，拿出相機。「這就是他們。」

剛才在房子裡待過後，此刻看到照片裡的人讓她心頭一驚，英俊的高大男子倚向計程車後座的母親，背後還有老人的模糊形影。如今她覺得高大男子的臉孔很熟悉，眼睛周圍瀰漫著悲傷，而老太太看起來幾乎可說漂亮。

巴布緊盯著螢幕。「對，他們可能是同樣的人。我看得出來。從那些照片看來，他們現在確實是這樣的年紀。」

亞莉珊卓仔細端詳自己拍的照片，她的頭很靠近巴布的頭。她仔細放大年輕男子的臉。隨著越來越拉

近，眼睛細長而閃亮。「我想，他就是那些照片裡的男孩。當然，每個人變老都會改變很多。」如同以往，這些字句讓她的內心一陣刺痛：傑克，她唯一的哥哥，他就不會隨著變老而改變，那對他來說是不可能的。她聽著這些字眼，變老、長大、成年、壯年時期……沒有一次不感到心痛，即使出於她自己口中也一樣。

巴布在她肩膀旁邊說：「有一件事更重要。我們不知道史托楊・拉扎洛夫是誰。他或許是那些照片裡的人，也說不定其實是別人。但我們甚至不確定他有沒有住在這裡。」

「對，無法確定。」亞莉珊卓仍想著傑克，想到她擁有的傑克照片那麼少，連家裡也很少。她加洗了三張最喜歡的，這趟旅程隨身帶著，包括絕不離開她皮夾的小張照片。這樣比帶著原版照片安全多了。那些原版照片無可取代，如同傑克本人一樣。

她說：「也許史托楊是比較年輕的人，他們的另一個兒子。」在壯年時期驟然殞落。

巴布指出：「是啊，不過如果史托楊是那對老人家的另一個兒子，照片裡面可能會有兩個男孩，以及死去那人的一些跡象。」

「嗯，那裡有四人份的床鋪，在臥室裡。」亞莉珊卓說。「如果算是雙人床的話。」

巴布看著她，她覺得那眼神像是讚美。「沒錯。而警察把你送來這棟房子。所以，就算史托楊・拉扎洛夫沒有出現在照片裡，他可能也確實住在這裡。或者他們確定拉扎洛夫真的住在這個地址？」

「我的理解是這樣。不過，也許他們的意思只是說，這是他最親近的家人的地址。」

「有可能，不過我真希望你問清楚。」巴布說。

「你希望我問清楚？」她對他笑笑，但他的批評惹得她有點生氣，於是把相機拿開。

他又顯得嚴肅。「所以，你把這張照片拿給警察看？」

「對……我以為那樣會有點幫助。」

「我懂了。」又來了，她覺得巴布不太高興。接著他對她點點頭，眼中閃著藍光。「嗯，現在我們有電話號碼，所以可以看看他們接不接電話。」

他拿出手機，以及鄰居提供的號碼。亞莉珊卓把手臂伸出計程車窗外，看著他，心裡想著高大男子的琥珀色眼睛。她聽見電話線那一頭的鈴響聲，但到最後斷線了。

「沒人回應，而且沒辦法留言。」巴布說。

亞莉珊卓咬著嘴唇內側。

「想去普羅夫迪夫嗎？我的油箱還有半桶以上的油。」他說。

「對你來說，那樣的車程更遠了。」亞莉珊卓緊張地說。他為什麼願意像這樣載著她到處跑？要不是想收她更多錢，就是打算向她求歡，只是時間早晚的問題。

巴布說：「拜託，我們早就說好了，這不是錢的問題。像你一樣，我想知道這個拉扎洛夫到底是誰。」

第十九章

首先，他們找地方吃點午餐。這是巴布提議的。儘管心裡覺得很不安，亞莉珊卓還是漸漸開始喜歡他。例如他們兩人都有這種傾向，經常想要停下來吃東西，就像還很年輕、還很瘦的人一樣。她自己向來是胃口很好的人。她許久以前就發現很多人不常吃東西，或者只有用餐時間才吃，然而她只要兩、三個小時沒吃東西就會開始頭昏眼花、腦筋遲鈍。至於巴布，他有那麼瘦削結實的跑者身材，與她沒什麼差別：老是餓肚子。

他們離開停計程車的地方，走向伯維茲的鎮中央；巴布曾看到往回走兩個街口有家餐廳開門營業。這裡的人行道也很粗糙，到處坑坑疤疤。亞莉珊卓跟在他後面小心走。一路上有更多類似拉扎洛夫家的房子——院子的外面有圍牆。有個院子剛種了一排幼小的果樹隔開街道，樹幹有一半漆了白色油漆。陽光咚咚敲打她的後腦勺，感覺夏天很快就要降臨這裡，可能是炎熱的夏天。他們經過一個看似汽車維修廠的地方，外面停了成排的汽車，但視線所及沒有人修理那些車，有個掛鎖將門口鎖住，正面的牆壁用白色油漆寫了一些西里爾文字。她永遠不會知道那是什麼意思——這也是旅行所包含的許多謎團之一，以及失落感——她也永遠都不知道傑克對這地方有何想法。

她拍拍巴布的肩膀。「那些字是什麼意思？」

他轉過身，皺起眉頭。「那是說：『車庫前方請勿停車。』」

「這樣啊。」她不由得笑出來。有些謎團不是真正的謎團啊。

隔壁的空地用鐵絲網圍起來，正面有個洞凹進去。亞莉珊卓看著裡面的奇異景象：數十件遊樂場設施和庭院雕塑，全部擠在一起。多數看似使用過，甚至顯得破舊；一些混凝土做的鳥類戲水盆彼此癱靠在一起，有個大型塑膠滑梯做成小丑頭的形狀，側躺在地上，橘色的微笑有一邊嘴角斷掉了。大多數是動物雕塑，一些狼凍結於仰天長號的動作，獅子不知要走去哪裡，高大的熊漆成淺綠色，一隻卡通造型的臭鼬高舉尾巴。

其中一隻動物突然移動，是唯一真實的一隻；接著，亞莉珊卓看到牠匆匆穿越那些癱瘓的兄弟之間。牠是棕黑色的中型犬，毛皮上有斑紋，但有一張黑色的長臉和白色胸口，彷彿剛從雪堆之間擠過去——這隻狗是最小公分母，是五、六種不同血統的混種，於是全部彼此抵銷掉。唯一留存的是狗性，栗色眼睛很機靈，友善的粉紅舌頭從嘴巴一側垂下來。那隻狗朝向圍籬的缺口走去，而亞莉珊卓跑上前去迎接牠。

巴布突然擋在她面前，說：「退後，我們不知道牠有沒有狂犬病。」

「什麼？」

「保加利亞有很多狗有狂犬病。牠們會咬人。」

那隻狗停在幾步外，坐下，平靜地看著亞莉珊卓。她很確定那隻狗看著她。絕對是一隻公狗。牠太瘦了，但牠坐在那裡，似乎比背後那些混凝土庭園動物更加鎮定、平靜。

「牠喜歡我。」她說。

「別那麼肯定喔。」巴布警告說。他這時依然站定不動，仔細觀察那隻狗。「這是野狗。不過牠確實

一副聰明樣。而且乾淨。」

「對呀，看起來好像會說話。」

「會說英文？走吧，我們去吃午餐。」巴布說。

亞莉珊卓轉過身，滿心不情願；她有種挫敗感，很像小孩子受到告誡，不准摸狗、貓、可愛的小老鼠。他們一開始往前走，狗就跟在後面；她轉頭看看牠。

「噓。」巴布說，同時揮揮手，但是小心翼翼，似乎不想激怒牠。狗兒再度坐下。他們舉步前進，牠也開始走，不疾不徐小跑步跟在他們後面。

「他真的很喜歡你耶。我很確定，你是他喜歡的那型。」亞莉珊卓俏皮地說。

巴布搖搖頭，意思是夠了。他們已經到達餐廳，他幫亞莉珊卓開門。狗在人行道坐下，被關在外面。

餐廳前面有幾張桌子，巴布選了陰影底下的桌子。亞莉珊卓從沒聽過的一種音樂從房屋裡流洩出來。是吟唱，大概來自中東，曲式複雜。「沒有真正的午餐，不過你可以點杯咖啡，吃點土司配乳酪。」他解釋說。一名青少年模樣的女服務生閒晃過來，對亞莉珊卓報以微笑；她穿著銀色亮片鞋，搭配黑T恤，衣服上的英文字寫著：「害我抓狂！」

他們吃土司喝黑咖啡時，那隻狗靜靜坐在門外，亞莉珊卓看得見牠。牠默默看著他們。一連串晶亮的口水落在牠的腳爪上。「牠餓了。」她說。

巴布搖搖頭。「別注意牠。」

她很驚訝，大家居然像這樣接受不好的事：飢餓、孤單、沒拴住的瘋狗、危險駕駛、破損的人行道。真該死，為什麼大家非接受不可？當然包括她在內。「我準備留一點土司給牠。」她堅持。

巴布聳聳肩。太陽現在高掛空中，透過枝葉間隙灑落到他們的空盤子上。「保加利亞的第三餐。」他說，歪著頭凝視她。

「對，我已經快忘了數。」她說。

走在人行道上，她落在他後面，任憑手上的土司由指間滑落。狗兒撲過去。亞莉珊卓停下來看牠，巴布則是轉過來嘆氣。她說：「牠真的很餓。」

巴布交叉雙臂。「是啦，牠當然很餓。牠是流浪狗。」

那隻狗向後退開，狼吞虎嚥吃牠的大餐，然後坐在人行道旁邊一棵樹下。牠吸口氣，甩甩頭，然後兩隻前腳交疊，盯著亞莉珊卓，這個給牠麵包的人。樹上釘了一張薄薄的紙，約莫眼睛高度。那隻狗直直坐在紙張底下，瞅著他們。他們看了看，亞莉珊卓發現印在紙上的西里爾字母很眼熟，影印的黑白臉孔亦然。巴布更靠近一點看，沒理那隻坐著不動的狗。

「對耶。」他說。

上面寫了全名，「史托楊．迪米卓夫．拉扎洛夫，一九一五～二〇〇六」，還有其他一些印刷字。巴布唸給她聽：「一週年，悲傷緬懷，二〇〇六年六月十二日逝世，高齡九十一。」影印紙照片中的男子有深深凹陷的雙眼，長而窄的鼻梁，黑髮，黑鬢角，一副一九七〇年代的模樣。當然那不是非常老的模樣，也不是出自他們剛才逛過一圈的房子所收藏的照片，但亞莉珊卓已經認得那張臉：嚴肅，熱切。

亞莉珊卓說。「喔，所以他確實住在伯維茲。他一定是拉小提琴那個人，不過這裡的樣子比較老，你看出來了吧？而且他出生在……」她停頓一下。「第一次世界大戰期間。不過他的照片為何釘在樹上？」她現在想起來了，他們路過一些小鎮，她曾經在牆上或門上看過這類黑白紙張；她胡亂猜測那是某種形式

的廣告。

「這是nekrolog（訃告）。」巴布對她說。「有人過世時，你貼上訃告，然後在他們一週年忌日時再貼上另一種訃告。」

「我們家鄉那邊沒有這種做法。」亞莉珊卓說。

他摸摸那張紙。即使在護貝底下，它也已經褪色起皺。「有兩件事情不大對勁。」

她發現自己凝視著巴布的側臉。他與她以前遇過的所有人都不一樣，而且不是因為他是保加利亞人。

「什麼事？」

「第一件事，這就是他們家大門不對勁的原因。這種東西應該要貼在門上，或者前院的柵欄門上，而不是只貼在鎮上。我們在他們家的時候，我想不出來到底缺少什麼。只要家裡最近有人過世，房子的門上都會貼訃告。」

「也許那家人把它移除，房子看起來比較好賣。」

「也許吧。不過，很多房子求售時，門上都有訃告，因為房子變成空屋。」

亞莉珊卓低頭瞥了那隻狗一眼。牠依然乖乖坐在他們腳邊，而巴布似乎早就忘了牠的存在。

「第二件不對勁的事是什麼？」她問。

「你可以告訴我嗎？」

她遲疑一下。「我怎麼知道？」

「想一想。看看日期。」

「嗯，上面說他在二〇〇六年過世。」她看著巴布。「那是兩年前。這張紙在這裡至少一年了，如果

是一週年忌日的話。」

「對。」

亞莉珊卓說：「喔，你的意思是說，他為什麼沒有早點埋葬，或者該說他的骨灰？」

巴布說：「為什麼？對，為什麼。」

「在美國，有時候你會聽說有人把骨灰放在他們家裡，直到決定葬在哪裡為止。或者，他們甚至永遠保留骨灰。」其實呢，我可能會投這方法一票，希望有這種選項，她心想，但她無法想像父母會贊成，她根本沒有選擇的餘地。

「我們這裡也有火葬，不過通常是土葬。在共產黨統治時期，我的祖父母都是土葬，沒有骨灰。」巴布用手指把他的直髮往後梳順。「我想，那是因為我們有東正教的文化深藏在我們心中。東正教會相信人們以後需要自己的軀體，等到耶穌回來找所有的好人，到時候你需要完整的軀體才能醒來、復活，在地球上全新的天堂重新活一次。」

「我懂了。」亞莉珊卓說。她無法判斷巴布自己是否相信，或者只是解釋給她聽。如果這一切有機會是真的，那麼因為某種原因殺了她哥哥的人，在新的天堂裡可能不會復活。她突然覺得眼淚刺痛眼睛，希望巴布不會注意到。不過他正仔細想著他們原本的問題。

他說：「史托楊．拉扎洛夫之前為什麼沒有埋葬？嗯……他的骨灰為何沒有埋葬？」

亞莉珊卓清清喉嚨，說：「也許他們為了省錢而沒辦葬禮。我遇到他們時，他們看起來不是很有精神，而我們也看到他們的房子有多簡樸。」

他搖搖頭。「葬禮就是葬禮，即使錢不夠，你也一定要想辦法辦葬禮。而且那棟房子很體面，並不

窮。甚至還有第三個問題。另一個老人是誰？」

「另一個？」亞莉珊卓問。

「對，你也知道。你遇到一個老人，他隨身帶著這些骨灰，但史托楊·拉扎洛夫在二〇〇六年過世的時候，年紀也很大了。就像這裡說的，他九十一歲。他不可能是另一個老人的兒子。」

「我懂你的意思了。」亞莉珊卓說。

「也許他是那個老人的兄弟。對，有可能是那樣，考慮到他們的年紀。」

巴布拿出手機，對著訃告拍了幾張照片。那隻狗突然轉身，害他們兩人都往後跳。狗把前爪放在樹上，鼻子湊向那張模糊的海報，彷彿要確認他們感興趣的東西。然後牠又坐下。

「這隻狗似乎帶來好運。」巴布說。他蹲下，仔細看著那隻動物。「聰明，而且看來很健康，就像你說的。不過如果牠有家，脖子上應該會佩戴東西。你們怎麼稱呼那個？我忘了那個字眼……像是襯衫上面的東西。」

「項圈。」亞莉珊卓說。

「項圈。」他附和說。他伸出一隻手，手掌朝上。那隻狗匆匆聞了一下，接著坐回去，很有禮貌，很鎮定。說也奇怪，黑狗臉上的眼睛很像人類。好老套啊，亞莉珊卓心想，但眼前的例子真的很像。

巴布說：「我認為你說得對，牠很友善又鎮定，而且牠幫我們找到這張訃告。」亞莉珊卓好驚訝，他竟然慢慢伸出手，摸摸那隻狗的頭。

她視之為允許的意思。她靠過去，搔搔狗兒的耳後、揉揉牠的脖子、用手指撫摸牠背部的毛皮。她自從孩提時期就與寵物長久相伴。狗兒倚到她身邊，尾巴宛如繩索一般強壯，拍打她的運動鞋。牠的毛皮乾

淨且滑順，只有腳爪有點髒。她已經很久沒有讓任何人這麼快樂了。

巴布笑起來，說：「你真是有趣的人，而牠最喜歡你了。」

他們走向計程車。亞莉珊卓回頭看了好幾次，望向她的憂傷，以及祕密的喜悅，而狗兒又跟著他們走。但她轉身要說再見時，巴布打開後車門，那隻狗跳進去，彷彿一輩子都生活在那裡。

「萬一牠是某人的狗，那該怎麼辦？」她說，她很難相信自己如此幸運。

「我覺得牠不是某人的狗。再也不是了。」那隻狗自己安頓好，巴布關上門，特別小心牠的尾巴。亞莉珊卓坐進前座，沒說話，只往後座瞥了一眼，滿懷愛意。巴布發動引擎。

他們開上街道，然後她才猛然想起，她忘了最後再看一眼史托楊・拉扎洛夫的房子：一九一五～二〇〇六。

第二十章

通往普羅夫迪夫的公路在田野之間向前延伸。往每個方向的地平線望去，亞莉珊卓看到的都是山脈，有些是非常遙遠、遠在廣大平原之外的藍色；其他山脈稍微近一點，抹上暗色，很像長條的煤灰污跡。太陽漸漸西沉，午後已過了一半。巴布的大拇指輕敲著方向盤；他似乎思索著某件事，一陣沉默後，他對她說：「我們回到索菲亞會是晚上了，即使很快就找到拉扎洛夫一家人。你會想留在普羅夫迪夫嗎？那裡是很漂亮的城市。」

亞莉珊卓的心臟在喉嚨下方猛跳個不停。來了，不可避免的調情，年輕男子遇到剛認識的年輕女子總得有這樣的對話。萬一他在索菲亞確實有女朋友卻沒提過呢？有個可能性也幾乎一樣糟糕，萬一他沒有女朋友呢？她思索著一些說法，希望聽起來是清楚明確的拒絕，但不會令人不悅。畢竟，他開車載著她到處跑已經兩天了，至今未曾把手放到她身上。

她拉直自己的安全帶。「我不太確定。我們不能乾脆回去索菲亞嗎？」

「當然可以。」他說著，彷彿他們不是討論什麼重要的事情。「不過呢，回到那裡的時間相當晚。我覺得你可能會很累。」

她說：「索菲亞那個房間我已經付了錢，到了普羅夫迪夫，如果我要住……我是說如果我們要住，如

果我們各住旅館的一間房……」

聽起來糟透了，於是她閉口不再說話。整件事太複雜了；事實上變得越來越荒謬。她為何無法決定何時該放棄？手臂上的傷疤開始陣陣抽痛，她隔著袖子猛抓個不停。

但是巴布顯得很驚訝，說：「我不是說旅館房間，那會非常貴。我阿姨住在戈丘弗，位於普羅夫迪夫東邊，車程半小時的地方，我們可以住在她家。」

這下子換成亞莉珊卓大吃一驚，而且有點害羞。「可是她又不認識我。」

巴布笑起來，說：「無所謂啦，我是她最喜歡的外甥，她看到我和認識你都會非常高興。我會解釋給她聽。我想，只有警察那部分除外。也許骨灰那部分也不要。」

「你不該先打電話給她嗎？」

他搔搔後腦勺。「她的電話經常不通。我一直想幫她修好。無論如何，她會比較喜歡我們給她意外的驚喜。」

亞莉珊卓的懷疑又恢復成黑壓壓一大片。萬一根本沒有所謂的阿姨呢？她怎麼知道他要帶她去哪裡？去某間空蕩蕩的房子或公寓？

但巴布似乎沒有得意洋洋的樣子，只是很高興能以非常實際的方式安頓下來。「她人非常好，而且廚藝超棒。我的表兄弟姊妹很久以前就離開家，她的丈夫也過世了，所以她很喜歡我有空去找她。我小時候，她把我們所有人寵壞了，特別是我。她現在還是很寵我。其實呢，這枚錢幣是她給我的。」他指著掛在後照鏡上的飾物，上面有個頂著髮髻的女子。「雅典娜。她說這會幫助我記住，開車永遠要抱持審慎的態度。」

「你成長過程中，她跟你住得近嗎？」

「沒有，我住在索菲亞，不過暑假會去她家，我父母太忙沒時間管我的時候。」他的神情浮現一團陰影；他拉下遮陽板，遮掩自己的眼睛，彷彿是因為陽光太刺眼。

「我也有那樣的阿姨。我阿姨住在喬治亞州的一個大湖邊，每年夏天，我和哥哥會去她那裡住個幾星期。我們很愛那裡，因為她讓我們做各式各樣的事，都是爸媽不讓我們做的，像是獨自去湖中央釣魚。」亞莉珊卓說著，要讓他分心，也讓她自己分心，不再想著差點衝口而出的問題。（「你父母為何太忙而沒時間管你？」）

「你哥哥決定不來保加利亞嗎？」他轉頭對她微笑，這時她發現道路沿著河流蜿蜒前進。旁邊有一條壓實的泥土路，有個戴帽子的老人在那條路上騎腳踏車，車把掛著一些裝滿東西的沉重塑膠袋。他前方的路邊有兩排修剪過的低矮樹叢，午後的陽光照亮了修剪過的上層樹葉。

「我哥哥死了，他十二年前死了。」她說。多年來，她試驗過很多種說明版本，最後決定用最簡單的一種說法。

「非常遺憾。」巴布搖搖頭。她有種感覺，巴布想要舉起一隻手碰觸她的肩膀，但他制止自己，雖然她沒看到任何動作。

「是啊。」她勉強說道。「他……他總是很想去旅行。他會很想看看保加利亞。」她沒有補充說他曾想來這裡，也沒說原因——那太私密了。

「他比你大幾歲？」

「兩歲。他是很棒的男孩。」她補上後面這句，其實本來沒打算這樣說。在死亡的那一邊，他仍是男

孩，或者現在是男人了？她想像傑克坐在計程車的後座，傾身向前，與這個全然陌生的人一起笑鬧，比較著彼此的音樂品味，或者只是喃喃對她說：這樣會很棒，我沒對你說過嗎？

「真遺憾。」巴布似乎變得有點頹喪，接著方向盤後面的精瘦身軀移動一下，挺直脖子和肩膀。他將頭歪一邊示意後座。「所以……我們要叫牠什麼名字？」

亞莉珊卓已經有好一陣子忘了那隻狗，於是轉身查看牠的狀況；能夠談談其他事情，她覺得鬆一口氣。牠昏昏欲睡，背脊靠著後座，頭和四隻腳輕鬆垂下，柔軟光滑的臉上有一隻眼睛半張著。她覺得這隻狗有種無法形容的脆弱感，牠跟著他們一同搭車前往某個目的地，卻不能詢問究竟要去哪裡。

「你阿姨呢？她會不會介意有狗去那裡？」她說。

「牠可以睡在後院。我不認為她看到狗會不高興。不過牠得有個名字。」

「也許牠本來有名字。」亞莉珊卓沉吟道。她在一邊肩膀上編辮子，她想事情的時候有這種習慣。

「不過我想，我們無從得知。」

「那麼牠需要新名字。」

「你們在保加利亞怎麼叫狗？」

巴布考慮了一會兒，說：「嗯，大家通常叫牠們Sharo，斑點的意思。」

「噢，牠需要更有趣的名字，牠是有趣的小子。」她伸手想摸狗兒髒髒的腳掌，接著決定不要驚擾牠的好夢。

「Prah怎麼樣？」巴布提議。

「你對我說那是骨灰的意思耶，那樣有點病態吧？」她氣呼呼地說。

「你是好學生。記性很好。」他瞥了她一眼。

「喂，幫牠取個好名字啦。」她放開辮子，環顧著陽光普照的迤長曠野，以及遠方的柳樹。「你們怎麼說『希望』？」

巴布告訴她：「Nadezhda。不過那是陰性名詞，其實是女生的名字。那也是索菲亞一處巨大建築群的名稱，我有一些朋友住在那裡。」

「『史托揚』怎麼樣？」她說。

他笑起來，說：「根本更病態吧。不過……好吧。對狗來說，那是好名字，因為字面意思是『忍耐』，如果我沒記錯的話，而這隻狗非常能忍耐。」

「不對，牠是『可愛』啦。」亞莉珊卓說，而這一次，她搓搓狗兒骨感的前腿。牠醒來，抬起頭，睡眼惺忪地滾動一隻眼睛。接著背朝下躺好，在座位上更加伸展身子，而後再度入睡。

「我們可以叫牠『史托喬』。」巴布提議。「那樣會有點像史托揚，但不一樣，感覺比較尊重。你也可以對狗兒叫『史托』，字面意思是『別動』。」他朝背後瞥了一眼。「史托喬，史托！看見沒？牠在聽喔。」

「好吧。」亞莉珊卓舉起一隻手。「我為汝命名『史托喬』。」

❖

天色已近傍晚，普羅夫迪夫出現時，帶著淺紅與黃褐色調，從曠野上浮現出來，略顯古典又略帶科幻，亞莉珊卓這樣想著，內心狂喜。它比先前經過的其他城市都大多了，在一連串的峭壁上延展，偶然形

成城市峽谷。隱約可見各式各樣的房屋、古老教堂、城牆、樹木，而外圍有更多一群群的高層公寓樓房。

「你喜歡嗎？」巴布笑逐顏開，手指砰砰敲打方向盤。「普羅夫迪夫非常有趣，非常古老。它是古希臘時代的城市，當時叫作『腓力波波利』，名字的來源是馬其頓王國的腓力二世，亞歷山大大帝的父親。」他瞥了她一眼。「你知道嗎，有些人向來認為亞歷山大大帝是我們這裡的人，因為他來自這裡。但現在，我們讓馬其頓人和希臘人去爭搶他。每個人都愛亞歷山大大帝。你名字的來源。」

「謝謝你喔。」亞莉珊卓說。

巴布調整遮陽板擋住天空。「其中一座山丘甚至有古羅馬劇場。普羅夫迪夫建立在七座山丘上，就像古代的羅馬城一樣。我想，現在我們直接去我阿姨的小鎮，因為太陽很快就下山了。那裡非常近。明天早上我們可以進入普羅夫迪夫，去找拉扎洛夫一家人，你也可以稍微參觀這個古城，好嗎？」

亞莉珊卓不覺得自己可以反對，那是他的阿姨和他的車啊。他從一個出口快速駛出，一輛閃亮的黑色休旅車從旁超車，輪胎發出吱嘎聲，然後加速向前。他對她說：「小鳥，摀住你的耳朵，我得罵點髒話。」

「如果是保加利亞語，那沒關係啊。」她說。他滔滔不絕罵了一堆，她聽得興味盎然。「你說了什麼？」她等他說完後問道。

「我對那個駕駛說，一隻貓真該吃掉牠母親的內臟。」

「真的？」

他笑起來。「不是……當然不是。我說了很普通的蠢話，就像英語一樣。」

這條出口閘道讓他們逐漸看不到古老山丘上的城市，往南前往一個小鎮。到了小鎮邊緣，他們穿過豎

立在道路上的一道城牆；牆上滿是塗鴉，而頂端坐了一排羅姆人孩童，彼此揮手推擠。他們曬得很黑，穿的服裝一團雜亂；最小的孩子看起來只有四、五歲。那道城牆至少有三公尺高，亞莉珊卓的內心湧起一股身為學校老師的焦慮感，覺得可能有人會掉到下面車道上。巴布搖搖頭，但他也舉起一隻手揮了揮。

看到他阿姨的小鎮中央十分古樸，滿是剛長新葉的樹木，亞莉珊卓很高興。只有主廣場上一棟巨大的混凝土建築稍微毀了這景致，建築正面有些西里爾文字逐漸剝落。那些文字的正上方有一座生鏽的女孩金屬雕像，至少有六公尺高，身穿連身長裙編著長髮辮，兩隻腳不見了。如同伯維茲，這裡的人似乎行動緩慢，此刻正結束工作或處理的事務準備返家，手上提著塑膠購物袋。一群男人經過他們旁邊，其中一人脫下帽子搔搔頭頂；在混凝土建築和那句掉落漏風的金屬標語外面，一群身穿深色外套和毛衣的老人圍成一圈。亞莉珊卓看到一名老先生碰觸一名老太太的肩膀，彷彿要提醒她，他們該走了；老太太轉過身，親吻另一名老太太的兩邊臉頰。

巴布將車停在一棟公寓樓房的前面，樓房有灰石飛簷和逐漸崩裂的灰泥牆壁。亞莉珊卓的心一沉，說：「我們沒有繫帶可以給史托喬用。我是說，繩索，可以綁住牠的東西。」

「牠會待在我們身邊，牠會想吃晚餐。」巴布向她保證。他讓狗兒從汽車後座下車。史托喬搖晃了一會兒，然後盡情地伸展四條腿。

「你，跟著我。」巴布用堅定的語氣說，並指著自己的鞋子。於是狗兒跟著他們繞到樓房背後，那裡有個庭院。

「待在這裡，我們會拿點食物和水給你。」巴布說。

狗兒對著樹叢尿了好大一泡，嗅聞溼漉漉的地面，然後坐下來看他們；亞莉珊卓看著牠的尾巴掃過塵土

飛揚的地面。院子令她震驚，一整片的乾燥泥土，到處有青草奮力長成一叢叢的孤島，一個角落有坑洞，裡面有人丟了一具老式嬰兒車的骨架。院子周圍的牆壁逐漸碎裂，而牆壁頂上有許多玻璃碎片插在水泥裡，其中很多玻璃片已經再度破損，脫落掉到地上；她希望史托喬不會踩到那些玻璃。亞莉珊卓摸摸牠的頭，強迫自己轉身離開。

他們繞到樓房的正面，這裡的人行道裂開又泥濘。她不禁擔心史托喬要怎麼忍受這一晚；她也擔心自己無法忍受。她好希望待在家裡，待在格林希爾，那裡有平坦的人行道為伴。她差點希望自己不曾來到傑克在地圖上最喜歡的淺綠色國度。

第二十一章

有八個老舊的門鈴，巴布按下其中一個，接著後退，抬頭查看。過了一會兒，有人向下呼喊他們。亞莉珊卓看到一名紅髮女子，身穿家居服，倚在上方兩層樓的陽臺邊，一邊微笑一邊用力揮手。

「喔！」她大叫。「喔，阿斯巴魯赫！Kakvo pravish tuk?（你在這裡做什麼？）」

巴布站著微笑以對，兩隻手插在外套口袋裡，接著喊些話回應。他向亞莉珊卓解釋：「她想知道我們在這裡做什麼，而我對她說，沒有她煮的菜，我沒辦法再多活一天。」

女子向亞莉珊卓舉起一隻手，匆匆示意要他們在原地稍等。亞莉珊卓揮手回應，突然再次確信這一切實在太瘋狂了。接著，她聽到樓梯間有動靜，然後巴布的阿姨打開樓房的大門。她的身高比亞莉珊卓矮很多，體格合宜，不胖。她的紅褐色頭髮夾到腦後，那樣的髮色肯定是染出來的。她穿著花朵圖案的罩衫，附有大大的口袋，腳上穿著毛茸茸的拖鞋，露出來的雙腿像是血管構成的壁畫。她嘖嘖作響地親吻巴布的臉頰大概有四、五次吧。巴布介紹亞莉珊卓，他阿姨與她握手，先用一隻手，然後兩手一起握住。

「巴弗麗娜。」她對亞莉珊卓說了好幾次。

巴布說：「那是她的名字，她說你可以叫她的名字。她說，我們該立刻跟她上樓。不過，我會先向她解釋史托喬的事。」

這項消息似乎讓巴弗麗娜阿姨變得嚴肅一會兒，而她看巴布的眼神也讓亞莉珊卓覺得，他可能不是只有這一次才與奇怪的事物一起出現，像是美國女子或流浪狗。她很希望他的阿姨會邀請史托喬一起進屋，但似乎不會實現。他們跟著她走到三樓；亞莉珊卓努力不去注意污穢的樓梯間。巴弗麗娜打開門鎖，接著在他們背後關上門。

他們身處於玄關，兩側都有關著的房門通往別處。有個開口通往廚房，傍晚的光線從那裡照進來，照亮的走廊拼花地板好乾淨，看起來像磨亮的琥珀。牆壁漆著某種淡淡的色調，看似光線的一部分；亞莉珊卓看到牆上掛著一幅水彩畫，畫著幾艘船停在一片沙灘上，深色的波浪拍打著船尾。巴布懸掛外套的架子附有老舊的鏡子。亞莉珊卓從鏡子裡瞥見自己一半的臉，看起來既陌生又黯淡，很像用銀板照相保存起來的影像。她模仿巴布，脫下運動鞋，套上一雙毛拖鞋，變成拖著腳走來走去。

接著巴弗麗娜阿姨催他們進廚房，空氣中充滿煮熟馬鈴薯和煎肉的香氣。巴布滿足地嘆口氣，整個人陷進角落一張老舊的沙發床。一套砧板和刀子放在紅色塑料桌面上；馬鈴薯皮躺在看似清潔無瑕、略顯老舊的水槽裡。地板看起來刷洗得很徹底，向晚的陽光從窗戶照進來，玻璃乾淨到幾乎看不出來。巴弗麗娜阿姨示意亞莉珊卓坐下，然後把一部小電視的音量調低，電視裡有個身穿晚禮服的男子，正要送出一輛跑車給答對下一個問題的人。那是美國節目，螢幕上的文字寫著：「南達科他州最大的水域是什麼？」盛裝的男子提供一組答案選項。亞莉珊卓只知道不是維多利亞湖。也許南達科他州根本沒有水域？

她還沒想出答案，節目就轉換成新聞報導。巴布坐直身子，兩隻手臂環抱膝蓋。一名記者站在演講臺前面，講臺上有個年輕男子似乎正在介紹另一名年齡較大的人；年紀較長的男子步向麥克風，帶著微笑望向他的聽眾。儘管年紀稍大，他看起來精力充沛，整齊濃密的頭髮幾乎齊肩。這一次，亞莉珊卓不只看到

他濃密的棕色鬍鬚，也看到他的臉頰上端橫過一條嚴重的疤痕。她想起小時候看的《國家地理雜誌》提到有些儀式是砍傷臉部。

男子唸了一段簡短聲明，站在附近的人群中冒出掌聲。「那個人是不是與礦場有關？他說什麼？」她問巴布。

巴布沒有回答，直到節目進廣告；廣告賣的是快樂綿羊生產的乳酪。接著他拱著背縮回沙發床裡。

「真是太棒了。」他冷冷地說。「對，那是庫里爾科夫，我對你提過的部長。他只是約略提到，他打算在未來兩年內與自己的政黨一起運作——如同所有人的預測。如果他的政黨在議會贏得夠多的席次，他就會成為總理，保加利亞最有權勢的職位。」巴布沉下臉。「正式的選戰還不能開打，不過他已經把競選口號告訴我們了：**Bez koruptsiya**，沒有貪污。他把自己的認真計畫預先告知所有人，而大家為他鼓掌。」

「你為何覺得這樣很糟？」亞莉珊卓仔細端詳他的臉。

巴布撥弄著巴弗麗娜阿姨一顆抱枕上的流蘇。「政治人物談論『清白』這種事，通常最後決定了誰清白和誰不清白。庫里爾科夫已經對一家報紙說過，所有對社會沒有產生正面貢獻的保加利亞人，絕對應該被揪出來，透過我們的監獄系統，派他們去工作，辛苦工作，以便重建經濟。這非常不尋常，非常奇怪，但很多人就愛他這一套。我想，他指的是，等到選戰正式開打時，反對他政黨的所有人。」

他抬頭看她，神情嚴峻，但巴弗麗娜阿姨打斷他，指著爐子。「她想知道你喜不喜歡吃肉，她聽說很多美國人都吃素。」巴布說。

「請告訴她，我喜歡吃肉。」亞莉珊卓說，雖然她直到兩天前都是吃全素。「我也希望可以和她聊聊。她不懂英文，對吧？」

「很可惜，對，只會俄文和法文。她在普羅夫迪夫的學校學了一點法文，而她這個年紀的每個人都講俄語，無論就讀哪個學校都一樣。」

「夫人，很抱歉我不會說你的語言。」亞莉珊卓以法文笨拙地說，他們倆都盯著她。

巴弗麗娜阿姨走到桌子這邊來，抓住亞莉珊卓的肩膀，彎身親吻她的頭髮，將亞莉珊卓的臉頰壓向她的堅硬胸罩。「噢，我的孩子！你講法文像法國人講的一樣好！」

「其實沒有。」亞莉珊卓說著，渾身變得好熱，還得忍住不扭動。

他們吃著飯，絕對比她抵達此地後吃過的所有餐廳更好吃；巴弗麗娜阿姨用法語和保加利亞語詢問她的家庭、她的家鄉，以及她在索菲亞工作的打算，但沒有問及他們這趟行程。亞莉珊卓覺得有點窘，巴弗麗娜阿姨可能猜想他們是一對。她也反過來詢問巴弗麗娜的職業；巴布的阿姨顯然已在小學工作了三十年。她用法語說，她的丈夫十年前過世了，遭到卡車撞死：「親愛的，我有兩年睡不著。」

我也睡不著，亞莉珊卓好想這樣說，卻只尋覓著法文的慰問語句，直到巴弗麗娜阿姨出乎意料之外地笑著阻止她。「每個人都有傷心事。」她說。她教亞莉珊卓用保加利亞語講「悲傷」，還有馬鈴薯、桌子和湯匙，並教她在筆記本裡寫下來。

吃過晚餐後，巴弗麗娜以清洗碗盤和清理廚房要達到實驗室標準為由，拒絕亞莉珊卓幫忙。巴布也沒有幫忙；他走出去到廚房陽臺上，倚著欄杆，抬頭仰望天空。然後亞莉珊卓想起史托喬，於是他們全都下樓，給牠吃點晚餐剩菜；巴弗麗娜穿著家居服，換穿另一雙拖鞋，保持一點距離。史托喬猛搖尾巴，繞著他們團團轉，直到巴布叫牠坐下。牠吞了食物，伸展身子。他們用巴弗麗娜阿姨找到的一條繩子把牠繫好，只見牠靜靜躺在一塊舊毯子上，那是從計程車上拿來的。亞莉珊卓不想留牠在外面過夜，但巴布說，

他很確定這隻狗能夠應付（消滅）黑暗中可能對他造成麻煩的所有事物。

巴弗麗娜阿姨帶頭回到樓房內時，亞莉珊卓拉拉巴布的袖子，逼自己說出口。

「我們要怎麼睡覺？我是說，有夠多的……臥室嗎？」她說。

巴布的目光端詳她一會兒，她都覺得他可能生氣了。接著，她又覺得巴布可能會笑她。

「親愛的，你不想跟我睡嗎？」他說。

亞莉珊卓噎住。「嗯，不是說……我是要說，我喜歡你，而……」

「小鳥，我希望你別再擔心了。我已經愛上你，不過我是同志。」他說。

「什麼？」亞莉珊卓說。

「我是同志。你們在美國都這樣說，對吧？」她看著巴布的挑釁微笑，但也有極短暫的不確定感一閃而過。她要怎麼看待這件事？

「不過那……」她仍然驚訝不已。「那很好啊。我只是不知道而已。那太好了。我是說，我不在意。」越描越黑。「其實呢，我……」

「而且呢，我父母知道這件事，但我阿姨不知道。或者說不定她不想知道。我不想強迫她。而且，我父母的反應非常不一樣。我母親還會跟我講話，父親就很少了。」巴布說。

「很遺憾。」她逼自己正眼看著他——深邃的陰影籠罩他的臉。悲痛。「當然，我不會對她透露任何消息。」

「亞莉珊卓，這也是我不喜歡警察的另一個原因。他們喜歡把人們列入各種名單。」

他們站著，彼此對望。她心想，是否該問他有沒有因為這件事而遭到逮捕。她心想，是否該問他有沒

有男朋友。

她再試一次。「剛才我的意思不是說我不喜歡你。其實呢，我甚至剛剛還在想，如果你不是同志的話……」可是這樣說實在太尷尬了，她開始咯咯發笑，完全忍不住，還伸手摀住嘴巴。她想不起上一次像這樣滿腔笑意是什麼時候的事。

「完全正確。」巴布說，他咧嘴笑著，然後伸出兩隻手指輕輕按在她的額頭上，彷彿用他的友誼為她加持。

巴弗麗娜阿姨幫亞莉珊卓準備一件粉紅色的尼龍睡袍，寬度的尺寸大了五號，長度卻只到膝蓋；另外，毛巾像漿過的紙板一樣硬，還有一支乾淨的牙刷，最後是淋浴帽，彷彿這裡是美國的汽車旅館。亞莉珊卓鎖上浴室門，脫掉衣服，在鏡中查看自己緊張的表情和平板的胸部；至少她的身體沒有改變。這間浴室挑戰著她過去所有的經驗。沖馬桶要拉動一條從天花板附近的水缸懸垂下來的繩索。熱水器固定在一面牆上，她認為動作得快一點，如果巴弗麗娜家的熱水全部只裝在那裡面的話。最奇怪的是，淋浴的水流進浴室地板正中央的洩水孔，周圍沒有隔間，甚至沒有隔簾。每一處表面看起來都極度潔淨，聞起來完全沒有刺鼻的化學品氣味。

亞莉珊卓用她在塑膠瓶裡找到的東西洗頭髮，使用漿過的潔淨毛巾擦乾身子，然後發現她不知道要把衛生紙移到蓮蓬頭的灑水範圍外，所以完全浸溼了。就連衛生紙對她來說也很陌生；那是暗粉紅色的，柔軟的，彷彿用某種橡膠製成。現在衛生紙似乎毀了。她也把襪子放在馬桶附近，所以現在徹底溼透，只能

慶幸至少把其他衣物掛在門後的鉤子上。又來了，亞莉珊卓一度好想回家。她套上巴弗麗娜阿姨的寬大睡袍，並在架子上找到梳子，與頭髮奮力搏鬥。

巴弗麗娜阿姨幫她在其中一個房間鋪好床，位於那些原本緊閉的門後。房間裡有書架，放了一排平裝書，還有許多孩子的照片裝在相框裡。亞莉珊卓很確定，其中年約八歲、有一頭淺色直髮、穿著長袖藍色襯衫的男孩是巴布；他的眼睛與現在一模一樣。在另一張照片裡，巴弗麗娜與一名男子緊貼臉頰，那男子戴了一副珍珠鏡框的厚眼鏡。裝著骨灰盒的袋子放在一張椅子上。亞莉珊卓希望能從窗戶看到史托喬，但這個房間看出去是隔壁樓房，隔在中間的細瘦樹木彷彿得了厭食症。

巴弗麗娜來到門口，詢問是否還需要其他東西；她的頭髮用棉質頭巾包住。亞莉珊卓直覺走向前，伸出手臂環抱巴布的阿姨。這位年紀較長的女子很像動物，結實且健壯。雖然亞莉珊卓的身高比較高，但巴弗麗娜阿姨緊緊抱著她好一會兒，用保加利亞語喃喃說著話。接著，她關掉電燈，關上門，然後透過毛玻璃窗格揮揮手。亞莉珊卓看著巴弗麗娜的身形靜靜地前後穿梭，一度也出現巴布的身形；那是影子的國度。很多年來，這是她第一次在睡前覺得好安心。

❈

但是許久之後，她從夢中醒來，有某種東西在她內心展開，恐懼成真。接著，如同展開時一樣突然，它又平息了。房間很暗。亞莉珊卓沒有多想，尖叫著跳下床。她聽到街上傳來尖嘯聲：是汽車警報器在他們周圍響徹雲霄。下一瞬間，巴布衝進來，伸手抓住她，兩人沿著走廊衝向公寓門口。他似乎只穿著白色短褲，那是他的內褲。她看到巴弗麗娜阿姨在他們前方，穿著睡袍行動敏捷，頭髮同樣包在棉質頭巾裡。

地板再度震動起來，亞莉珊卓毫無來由地失聲尖叫；這一切她只在電影裡面看過。在髒污的樓梯間裡，光線明暗閃爍，他們跌撞向前、向下，穿過大門。很多鄰居跟著他們一起跌撞奔出，有許多模糊的人形，呼喊聲聽起來很像質疑或命令。一盞街燈照亮人行道；有些停在路邊的車輛依然尖嘯著警報聲響。亞莉珊卓看到許多人同樣聚集在樓房前面的街道對側。一隻狗在黑暗中瘋狂吠叫，另一隻的聲音則遠些。

「很強耶，而且很久。」巴布說。他撥開額頭上汗溼的頭髮。

「地震？」亞莉珊卓說，想要確認。

「對。」

「我以前從沒遇過地震。」她說。她莫名想起傑克從未遇過地震，以後也永遠遇不到。這時地震結束了，她可以感覺到自己的膝蓋抖個不停。她打著赤腳，突然想起該看看四周有沒有碎玻璃，然後想到狗。

「噢，不！」她大叫。「那是史托喬在狂吠！骨灰盒也還在我的房間。」

她轉過身，不確定應該先救誰，但巴布伸手緊緊抓住她的手肘。「這個時候，我們不能再進去。可能還有餘震。骨灰盒不會有事，不過我會去找史托喬。我也得去看看我的計程車。你待在這裡，幫幫巴弗麗娜阿姨。」他最後補上這句，不過他的阿姨正和兩名比較年輕的鄰居吱喳聊天，彷彿地震是很受歡迎的社交事件。

他繞過樓房失去蹤影，赤裸的背部在街燈下顯得蒼白。他回來時帶著史托喬一起。亞莉珊卓第一次看到這隻狗顯得怯懦。史托喬的毛翹得亂七八糟，頭垂得很低，比肩膀更靠近地面。牠渾身發抖，衝向亞莉珊卓，依偎在她的膝蓋旁邊。

「沒事了，我的甜心。」她蹲下喃喃說道。她摸摸牠的頭和耳朵，並以手指抓抓他的胸口。

「我要去查看我的計程車。」巴布對她說。附近有幾個人正在打開車鎖，關掉警報器。

就在這時，餘震來了，沒那麼強，但依舊很突然、很劇烈，而第一次地震引發的感受重新回到她體內的每一個細胞裡，包括內心的恐懼扭動，以及骨子裡的驚駭。街上的每個人都輕聲尖叫。巴布伸出手臂環抱她，手指深深掐入她的肌膚。幾顆小石頭從屋頂滾落到人行道上，宛如化為石頭的雨滴。她漸漸回過神來，連忙將史托喬的繩索緊緊握在手中。大地同時復歸平靜。

「沒事了。」巴布柔聲對她說，如同她對狗兒說話的語調。他繼續抓住她的手臂，扶著她，而史托喬可憐兮兮地窩在他們腳邊。「變弱很多了。如果還有餘震，也不會很嚴重。或許根本不會有了。我想，其他地方可能有災害，那裡的震度可能比較強。我們很快就會知道。跟我來，去看看我的車。」

亞莉珊卓很高興不必留在人群中，那些人再度開始興奮交談，巴弗麗娜也身處其中。亞莉珊卓和史托喬跟著巴布走向對街，他在那裡繞過轉角，然後短暫停步。這個街區也有很多人在外面，站在樓房前面聚集成許多小團體，有個老先生穿的浴袍拖在地上。有個警報器依然鳴響，但是距離很遠。巴布的計程車停在一盞街燈下，街燈依然照亮，沒有受到地震的影響。擋風玻璃上有某種東西，亞莉珊卓一開始以為可能是警察做的記號；等到他們靠近一點，發現竟是用黃色油漆潦草寫的幾個字。巴布咒罵一聲，匆匆跑過去觸摸。接著他站著凝視。亞莉珊卓覺得他臉上的神情非常怪異。

「還有一點溼溼的。」他說。

「它說什麼？」亞莉珊卓問。但巴布轉過身，一臉警戒的樣子。突然間，他跑過街區，繞過下一個轉角消失一陣，衝過兩棟公寓樓房之間。

他回來的時候緊握雙拳。「發生地震時，有時候那些人會破車而入，因為警報器已經響得很大聲。不

過通常不會留下塗鴉。」

「它說什麼？」她又問一次。

他搖搖頭。「它說Bez koruptsiya。沒有貪污。」

「就像你最喜歡的政治人物的競選口號。」她說，努力想讓他重展笑顏。

他的臉色很陰沉。「對，就像那個。」他再度摸摸油漆，然後在短褲的屁股部位擦擦手指。「也許庫里爾科夫在普羅夫迪夫認識一些塗鴉藝術家吧。其實呢，他在這些小鎮有很多支持者。不過他們沒有破壞其他車輛。」他更靠近擋風玻璃。「真希望我帶了手機，拍照記錄下來。」

接著，他看著亞莉珊卓，壓低聲音。他說：「不要怕，這只是某種惡作劇。等到早上我會清乾淨。」

在巴弗麗娜的備用床上，亞莉珊卓蜷縮身子躺著，渾身發抖，大概花了一小時才再度入睡。但其實只是半睡半醒、擔驚受怕，讓躺過的床墊恢復原狀。她真希望能帶史托喬進房間陪她，或甚至巴布都好。等她終於睡著，夢到的不是地震，而是一名英俊的高大男子，身穿黑白衣裳。他對她微笑，但他的前臂流著血，彷彿曾用刀子割開血肉。他探身到車子裡，用他另一隻乾淨的手給她某種東西，但她無法辨認那是什麼。

「你懂吧。」他說，但她不懂。她好想抓住他的手親吻一番，無論那隻手拿什麼東西都無所謂，他卻從此消失不見。

第二十二章

「這家人的姓氏不是拉扎洛夫。伯維茲的鄰居太太給我們另一個姓氏。」巴布說。

他們坐在計程車裡，沐浴在燦亮的晨光中，巴布打開一張紙，而巴弗麗娜阿姨正在她的陽臺上揮手。沒有半點跡象顯示地震造成影響。「好驚人，連屋頂瓦片都沒影響。」巴布吃早餐時說，不過根據晨間電視新聞的報導，比較南方的小鎮有些牆壁出現裂縫，兩人死亡。「就連普羅夫迪夫的舊城也沒有受損，只有一輛車子滾落一條街，撞上牆壁。非常幸運。」

史托喬在後座一直轉圈圈，想要幫牠的長腿找到舒服的地方。「這裡寫的不是拉扎洛夫，我昨天就該注意到。」巴布又說一次。

「也許他們與家族另一邊的親戚住在一起，所以姓氏不一樣。或者住在朋友家？」亞莉珊卓提議說。

「嗯，也許吧。我又試了一次，打電話給比較年輕那個的手機號碼，但是還沒有應答，也沒有留訊息。這可能不是壞事吧。在電話裡面很難解釋清楚，如果我們說自己手上有他們的東西，他們可能會起疑，或者害怕。我們現在距離這麼近，我想乾脆就去那裡拿給他們。」

亞莉珊卓則想知道，等他們回到索菲亞，等他們完成任務，史托喬該怎麼辦。她希望巴布有足夠的空間養牠，那麼她可以不時見到他們兩個。此刻他們慢慢開車離開小鎮。在鎮中央，在那棟突出巨大女孩雕

像的混凝土樓房附近，一群老人坐在乾涸的噴泉周圍，也許是前一晚她看見的同一群人吧。他們可能正在談論地震。在八十或九十歲的人生裡，他們目擊過何種情景？也許有些人在共產主義時代之前住在鄉村，然後在一波現代化的浪潮中搬進城市，脫離貧窮或陷入貧窮，或者因為莫須有的叛國罪名而遭到逮捕。就她看來，他們現在似乎脫離歷史的洪流，只等著某隻鴿子靠近，或者與某位老友握手寒暄。

進入普羅夫迪夫時，她看到城市低處的房屋很密集，有雜亂的小店鋪和房屋、公寓樓房，還有一座教堂。亞莉珊卓瞥見一間滿是大理石墓碑的商店，旁邊的餐廳窗戶裝設毛玻璃，有塊招牌用英文寫著「熱食」。她搖下車窗，聞到烘焙麵包、柴油燃料、挖掘土壤、煎肉等等氣味，還有細緻的早晨清新氣息隱藏在一切事物之下。有人走在人行道上，有人穿越街道。她看到一條行人徒步街道的兩旁都是剛油漆過的房子，紅瓦屋頂很像帽簷；旅館頂上冒出巨大的字樣，還可看到銀行和汽車公司的名稱；懸鈴木的樹幹很粗壯；三個男孩溜著滑板。她看到一座清真寺，漂亮的尖塔直指向天。人行道很乾淨。

「你喜歡這裡嗎？」巴布瞥了她一眼，雙手在方向盤上滑移。

「還不錯。」亞莉珊卓微笑著說。

計程車開進另一條街道，狹窄的樓房呈現灰色、黃土色、奶油色和藍色，餐廳的陽傘層層疊疊——很像東歐的巴黎。接著他們開始爬坡。舊城高處沐浴的陽光越過平原而來，她可以感受到來自高山、來自原野、來自山巔的光線，橫跨好幾個世紀。

到了下一個路口，巴布拿著紙張比對巴弗麗娜阿姨提供的地圖。亞莉珊卓看到三名年輕女孩從一間商店走出來，三人都以手臂環抱彼此的腰。一名男子帶著猴子站在麵包店櫥窗旁邊，但她隨即發現那不是真的猴子。那是牽線木偶，只要有人願意丟銅板到籃子裡，他就操控木偶給人看。一名女子從麵包店走出

來，拿了一包東西用餐巾紙包住，放在銅板上面；是給那個穿著破爛外套的男子當早餐。只見猴子飢腸轆轆撲向那包東西。接著，光線改變了，巴布開車繼續向前，她沒機會看到接下來的發展。

「我們很靠近了，他們剛好住在最古老的區域。你會覺得很壯觀。」他說。

他沿著一座山丘往上開，最後街道變成陡峭的礫石路，四周聳立著牆壁，沿著牆頂邊緣是一排排的紅瓦，還有拱形入口。向前望去，她看到一些房子有懸空的二樓，以木頭橫梁支撐住，有些裝飾著多彩的掛布、花朵和圓形浮雕裝飾。接著，有個陽臺掛上亮眼的幾何圖案地毯；短短幾分鐘之內，他們已經回溯了數百年的光陰。在山上這裡，你很容易想像二十世紀之前的場景。她好希望傑克也在場，但她猜想，他會比較喜歡索菲亞住宅建築群那種奇特的粗鄙模樣。

「我們得在這裡停車，最遠只准開車到這裡。再來我們要走一小段路。」巴布說。

「史托喬怎麼辦？」亞莉珊卓瞥了後座一眼。那隻狗正在睡覺，彷彿牠已經失眠了好幾年，必須好好補眠。

「我們得要冒個險，只有很短的時間。我會稍微打開窗子。」

「萬一有人企圖偷牠呢？」她忍不住這樣問。

「牠不會允許的。不過，你現在得帶著那個袋子。」巴布堅定地說。

「那麼才能歸還。」亞莉珊卓說著，突然高興起來。他們沿著山坡往上走，她覺得骨灰盒在懷中變輕了。人行道實在很陡，她的腳一直彎向小腿；她緊緊抱著袋子，畢竟這是帶著它的最後一段路了。他們的腳步踏入第二條窄巷。巴布手上的地址似乎帶領他們走向一棟大宅，房子粉刷著藍色灰泥，以捲曲的爵床葉作為裝飾。牆外有塊招牌寫著「展覽館」，門牌號碼幾乎是對的，但不完全正確。

不過他們一走進大門，立刻發現一棟小巧的兩層樓住宅，座落在堂皇建築的庭院圍牆裡面，門牌號碼完全符合他們要找的住址。亞莉珊卓見狀忍不住微笑起來。小房子像鄰居一樣，也是灰泥粉刷，不過漆成較淡的玫瑰紅色。它的左邊聳立一棵樹，遮蔽鋪設瓦片的屋頂，她不認得那棵樹，有點像樺木，但低垂的枝葉又像柳樹；所有的樹枝都覆蓋著小小的黃綠色葉子。大門的正上方高掛著木頭雕刻的太陽。亞莉珊卓和巴布如果牽著手伸展雙臂，很容易就能涵蓋整個門面。大門兩側的窗戶都裝設精緻的鐵窗，許多花朵攀附生長其上。他們尋找的門牌號碼呈現為藍色牌子上的白色數字，門牌固定在灰泥牆面上。

「好漂亮。」她說。

巴布說：「對啊，不是真正的保加利亞風格，但是很漂亮。」

「附近沒有人。」亞莉珊卓輕聲說，已經開始害怕又是一間空屋。

「而且沒有門鈴。」巴布觀察一陣，但他舉起手敲敲門。

幾乎是門打開的同時，他們看到一名老太太直挺挺站在他們面前。她的一頭白髮鬆鬆垂掛肩頭，身穿紫色的長版毛衣，扣子底下是黑色連身裙。連身裙的領口別著一支巨大的胸針——瓷釉製作成百合花和鳶尾花的形狀，另外搭配綠葉。亞莉珊卓立刻注意到它，因為實在太大了，也因為它映照著門口照進來的陽光。老太太的臉很像鳥喙，雙眼烏黑的程度正如同頭髮花白的程度，看在眼裡感受到極大的反差。亞莉珊卓一開始覺得她可能是鬼魂，接著認為她一定是展覽館的導覽員。老太太凝視著他們，沒有笑容，沒有恐懼，可能連好奇心也沒有。

巴布很有禮貌地對她說話，同時伸出手，她似乎根本沒留意到那個手勢。亞莉珊卓聽到「拉扎洛夫」、「美國女人」等字眼。老太太轉過來看著。接著她舉起一隻蜷曲的手，動作像是在春天的空氣裡把

一鍋湯攪得亂七八糟；那可能代表驚訝之意，但似乎也像要說：「我早該知道會有麻煩。」不過她召喚他們進屋，甚至幫他們壓著門，搖搖晃晃後退幾步。

屋內的門廳很小，有深色木頭飾板，亞莉珊卓看到天花板又有一個陽光四射的圖案，這一個雕刻成許多鸛飛離太陽，往四面八方飛去。有個木櫃倚著一道牆，地上鋪了一塊條紋圖案的毛地毯。一道非常小的樓梯通往二樓。即使家具如此簡單，門廳感覺還是很擁擠。牆壁掛滿了油畫，畫著樹木和窗戶、房屋，但特別是許多極度困惑的臉孔，從地板延伸到天花板——有四肢細瘦的疲倦男子、眼神悲傷的女子、留著長髮或戴帽子的消沉女孩。悲傷的藝廊，她心想，一張接著一張看。老太太向牆壁揮揮手，彷彿看出亞莉珊卓很有興趣，但什麼話也沒說。

他們跟著她進入一間小客廳，看起來既像展覽館也像門廳，不過優點是流瀉著綠意盎然的陽光。這裡窗外有樹枝搖曳，陽光灑落於木頭長椅和一張圓形銅桌。地板擦得晶亮，平鋪的地毯色彩繽紛，所有牆壁同樣掛滿了小幅畫作。

老太太坐下，示意他們坐一張長椅，接著一名較年輕的女子走進來，同樣沒有說話。她有一頭黑髮，體格細緻，也許三十五歲，穿著藍色牛仔褲，端著一盤咖啡杯和飄散芳香的玻璃水瓶。亞莉珊卓非常吃驚；畢竟，他們進入這屋子大約只有四分鐘，而且沒先通知就來了。女子把他們的咖啡放在桌上，面露微笑，然後同樣快速離開房間。

她離開後，老太太再度向他們說話，聲音粗啞，對著托盤張開蜷曲的雙手。「Zapovyadayte, molya.」她說。請，邀請的意思——亞莉珊卓至少聽得懂第二個字。

巴布謝過老太太，在他的馬克杯裡攪拌糖。亞莉珊卓將寶貴的袋子放在自己側邊，依循巴布的示範。

巴布也不再說話，顯然等待他們的女主人開啟對話。老太太與他們面對面，坐在一張直背的椅子上，雙手放在膝頭；她沒理會咖啡，雖然有冒著蒸氣的第三杯。亞莉珊卓看著她領口的胸針，幾乎與老太太的額頭一樣大，圖案有花有鳥。陽光照著胸針上方的老邁臉孔，顯得很無情。亞莉珊卓正開始疑惑為何沒有人說半句話，老太太就舉起一隻手。她的手指修長蒼白，近乎藍色，而且從大拇指關節處彎向旁邊。

「你可以說英文。」她說。她的聲音很啞，也或許因為她的英文不太容易懂。她的口音是英國腔，有點老派。

亞莉珊卓開口說：「噢，謝謝您！我正希望能跟您聊一聊。」

這時老太太居然面露微笑。她的嘴裡有一側少了一顆牙齒，塗著淡粉紅色唇膏，但是不太均勻。「你說，你有東西要歸還給拉扎洛夫一家。」她說。

「是的。」亞莉珊卓在椅子上挪動身子。「我們聽說他們住在這裡，很希望能立刻找他們談談。」

「很抱歉，親愛的。」老太太對她說。「他們有時候會來拜訪我，但目前住在山上，為了維拉的健康著想。她是我的姊姊。你懂嗎？」她突然轉向巴布。

巴布說：「懂，我也會說英文。」

「她是我的姊姊，維拉．拉扎洛夫。我以為他們這週會來這裡，因為他們要去索菲亞。不過她昨天打電話給我，說他們的行程碰到一點麻煩，不會立刻來這裡。她說很快會再打電話給我。」

亞莉珊卓的一顆心往下沉。她又錯了，如同身處於惡夢中。她已經感覺到自己要找的人就在這裡，在這個房間裡，在這棟宛如小型展覽館的房子裡，而且不只知道他們一定住在這裡，更已確定那名高大的男子正走在外面的美麗街道上，隨時都會回來。

「您知道該怎麼與他們聯絡嗎？」她問。

「嗯……」老太太似乎考慮著，撥動她的胸針。她移開手指時，亞莉珊卓看出花鳥圖案之外還有一隻野獸，是一隻白狼，或者說不定是北極狐，栩栩如生的瓷釉作品真是傑作。「我不知道。我想，他們回家路上會來這裡找我。希望未來幾天能再接到他們的消息。」

「他們有行動電話嗎？」巴布問。

「我的外甥有。」老太太順順她的頭髮。直到此刻，亞莉珊卓才明白這位老太太是多麼有趣的人。她那雙大眼睛的銳利眼神再也不相配了。它們很像史托喬的眼睛——彷彿黑暗的人類眼睛，從某種奇異的面具向外窺看。以她的例子是戴著年齡的面具，而非動物的臉孔。

老太太清清喉嚨。「維拉絕對不會帶手機。而我外甥的手機只用於工作。他沒有工作的時候就關機，因為他說想要平靜的生活。他家裡甚至再也不裝室內電話。我經常對他說，如果可以比較容易打電話給他們，對我來說會很方便。」

所以，高大男子一定是那對老夫婦的兒子，如同他們的猜測。亞莉珊卓仔細考慮這點，也包括他對於平靜的不尋常追求。「他們在伯維茲的鄰居告知您的地址，以及一個手機號碼，萬一有人想要買他們那裡的房子。於是我們才會找到您。」她希望沒有說出巴布不希望她說的話。

「對，親愛的。」老太太現在似乎更仔細打量她。「是的，他們希望賣掉房子。就像我說的，他們目前住在洛多皮山區[6]。維拉太脆弱，沒辦法操煩日常的事情，而拉迪夫的狀況更不好。手機號碼可能是我外甥的。」

亞莉珊卓坐著，對這一切感到很困惑，她想起維拉親自把輪椅搬下旅館階梯的情景。不過，也許她是

心理方面很脆弱，而不是身體方面。「您的外甥，是與他們同行的黑髮高大男子？」

老太太說：「對，不過現在呢，我告訴你更多事之前，你一定也要告訴我一些事。你和我姊姊是什麼樣的關係？」

亞莉珊卓坦白說：「我其實不認識她。我在索菲亞的一間旅館外面遇到他們，然後不小心留下他們的東西，一個袋子。」

老太太皺起眉頭。「我不懂。」

「他們要上計程車時，她幫他們拿東西，其中一個袋子留在她身邊，不過只是意外。」巴布立刻補充。

「而你是她丈夫嗎？」老太太轉向他。亞莉珊卓這才發現他們還不知道老太太的名字。

「噢，不是。」巴布說。語氣其實不需要那麼堅決，亞莉珊卓心想。「我只是帶她來這裡見你。我是計程車司機。」

亞莉珊卓點點頭。「您的外甥告訴我，他們要前往維林修道院，所以我們立刻出發，想要找到他們，但是他們不在那裡。」

老太太說：「對，他們就是要去那裡，你想把這個袋子還給我姊姊？真是值得敬佩，這麼細心尋找她的下落。」她坐著沉思，彎曲的手指停留在嘴唇上一會兒。「嗯，那我們必須找到她。或者，如果你願意的話，可以把袋子留下來給我，等她打電話給我，我會對她說明。」

亞莉珊卓瞥了巴布一眼，他很快開口問：「所以，與她同行的老先生是她的丈夫？」

「米倫．拉迪夫？喔，不是。他是他們的好朋友。我姊姊的丈夫去世了。姊夫是音樂家。非常優秀的

音樂家。事實上，他們正在進行一趟悲傷的行程，準備要埋葬他，在修道院舉行葬禮。他在晚年的時候和那個地方有淵源，他很愛那間修道院。我很確定，這趟行程對我姊姊來說很難熬，所以我急著要他們來這裡休息幾天。我說，我會跟他們一起去維林，但是他們不希望我太勉強因為我現在很少出遠門了。」

亞莉珊卓吸了長長一口氣。

「那麼，比較年輕的男子，您的外甥是那位音樂家的兒子？」巴布問。他往前坐，雙手垂在兩腳膝蓋之間，遺忘了咖啡。

「對，涅文。他跟他們去埋葬他父親，這是當然的了。」

「涅文。」亞莉珊卓覆述一次。她想知道他的名字，但不想刻意詢問。在老太太的唇上，Neven這個名字與seven（七）押韻。

巴布默默坐著，亞莉珊卓決定讓他去弄清楚該怎麼做。「小鳥，你有相機嗎？」他終於開口說。

她拿出相機，找出照片。看著較年輕男子的臉，他的微笑獨具悲傷，她告訴自己，至少終於知道他的名字了。

巴布將相機遞給老太太。「您可以看看這張照片嗎？」

她緊緊握住，仔細端詳。「對，果然。那是我姊姊，還有涅文。還有，我猜，拉迪夫，在車子裡面。對了，我是伊麗娜．喬吉瓦。」她瞥向巴布的目光既犀利又迅速；他不需要擔心她的視力。「這張照片是

6 洛多皮山區（Rhodopes）：面積百分之八十以上都在保加利亞，以石灰岩地形著稱。除了豐富的水利資源、自然景觀，並且保留了中世紀教堂、城堡，以及十八、十九世紀的保加利亞村莊等文化遺產。

你拍的？」

亞莉珊卓說：「我拍的，他們是我在保加利亞最先遇到的人，而且對我很友善，所以我問了，可不可以幫他們拍照。」

「我懂了。」伊麗娜．喬吉瓦回頭看著相機，並以同樣的透視目光端詳著亞莉珊卓。「你帶了袋子嗎？也許我可以交給他們。」她指著。「在那邊，是那個嗎？」

「是的。」亞莉珊卓站起來。她站在伊麗娜．喬吉瓦的椅子旁邊，過了一會兒才把袋子放在老太太的膝頭。她幫忙拉開帆布袋口，心想那雙蜷曲的手可能不大方便。

伊麗娜．喬吉瓦用一隻手臂抱著袋子，拉開裡面的絲絨布。她的手指碰觸到蓋子，接著亞莉珊卓幫她將骨灰盒移到光線下。在窗外照進來的陽光中，刻在側邊的名字看起來很親切、柔和。

伊麗娜穩穩地抱住袋子，但亞莉珊卓看出她在發抖。

老太太說：「噢，親愛的，好可怕的錯誤。」

亞莉珊卓的雙眼湧出淚水，因為老太太面對一個愚蠢的陌生人送來姊夫的遺骸，與其對她說這樣沒關係、真的沒關係，她覺得老太太這樣說真的好太多了。她覺得這位老太太說話很公允，這時一定會以最公正的態度懲罰她。

「幫我把它放下。」伊麗娜．喬吉瓦顫抖著嘴唇說。

第二十三章

亞莉珊卓從伊麗娜．喬吉瓦的手中接過骨灰盒，交給巴布。她等待，依舊站著，不知是否該向她道歉，是否該走出屋子開車離去。不過老太太似乎正在思索，過了一會兒之後，亞莉珊卓再度坐下。伊麗娜的手指輕敲胸針，胸針在陽光下顯現綠色。

她說：「你知道，我是藝術家，這些繪畫，這間房子裡的每一幅畫，全是我自己的作品。我以前很自私，從來不曾讓其他人進來，因為這是我的殿堂——你可以這麼說。唯一我真正樂意讓他進來的藝術家，就是這位音樂家，史托楊．拉扎洛夫，我的姊夫。他帶著小提琴來過很多次，讓這間房子充滿他的藝術作品。」

她停頓一下，呼吸聲清晰可聞。「我所有的畫作都聽過他的音樂，聽過他的莫札特和他的帕格尼尼，還有他的巴哈。他教我音樂的點點滴滴。我自己的哥哥非常年輕就過世了，史托楊成為我的兄長，取而代之。」

亞莉珊卓坐著，頭低低的，希望不要發出啜泣聲。

但是伊麗娜．喬吉瓦的聲音繼續傳來，沒有停息。「我很確定你了解這件事有多嚴重。你來找我是正確的，但我姊姊一定極度苦惱。」

她再度沉默。巴布碰碰亞莉珊卓的手臂。接著，伊麗娜．喬吉瓦站起來，動作艱難，伸手扶著她的椅背。亞莉珊卓和巴布也跟著站起，準備離開，但老太太走向亞莉珊卓，牽著她的手。她可以感覺到修長的手指像是樹枝，輕輕扣住她的骨頭。

她說：「我親愛的孩子，現在我必須感謝你的仁慈。這件奇怪的事情發生了，但那不是你的錯。很多事情發生的時候，我們常常不知道原因。你可以不必拿骨灰盒給我，但是你拿來了，歷經那麼長的路程來到這裡。再把你的名字告訴我一次。」

亞莉珊卓告訴她，而伊麗娜繼續握住她的手。「多麼美的名字啊，是古老的俄羅斯名字，你知道吧。我很高興認識你，我親愛的，即使是這麼難熬的情況。就像我剛才說的，我們不知道命運為何把我們拉在一起，但你可以確信一定有原因。好了，別哭了。」

亞莉珊卓沒有衛生紙，但伊麗娜．喬吉瓦顯然在她的毛衣口袋裡準備了一份。她慢慢遞出，像是遞名片，接著以同樣的正式態度向巴布伸出手。「讓我們把這件非常特別的物品找地方放好。接著我們吃點午餐，而我會打電話給我姊姊。」

她指示巴布將骨灰盒從袋子裡拿出來，放在附近的架子上。穿藍色牛仔褲的助手立刻端著一盤午餐食物現身了，亞莉珊卓聞著，覺得某種正常的狀態回來了。伊麗娜．喬吉瓦從房間的另一處拿來一根蠟燭，放在骨灰盒的正前方。她站著，面對晶亮的木盒沉思一會，然後撫摸頂部邊緣周圍的雕刻。

「這相當有意思，漂亮的作品，手工雕刻。」她說。

亞莉珊卓說：「是啊，您看，葉子裡面有兩張動物的臉，有點像您的……」她指著伊麗娜．喬吉瓦的胸針，但看出自己說錯了；上面只有花朵和藤蔓。

伊麗娜再度撫摸骨灰盒。「我姊姊一定是雇請某人製作這個。你認為這些是什麼動物？」

亞莉珊卓之前沒有仔細看過；她一直把骨灰盒藏放在絲絨套子裡。她說：「一隻是熊，另外這隻可能是貓的臉，但我不確定。」巴布靠過來，從她背後仔細端詳那些雕刻。她覺得很不自在，彷彿三人一起注視著死者。

接著，他們三人在餐桌坐下。食物精緻好吃，亞莉珊卓覺得餵飽的不只是她的空腹。伊麗娜看著他們吃。「午餐之後，我會努力打我外甥的手機。他可能還跟他們在一起，無論目前在哪裡。我也會打到我們在山裡的房子，那裡有電話，萬一他們已經回到那裡了。」

助手進來收拾他們的盤子。亞莉珊卓想到史托喬，開始覺得緊張；巴布一定是想到同一件事，因為他對她低聲說，希望他的計程車裡面不會有事。她在心裡練習他們女主人的姓氏，然後鼓起勇氣說出來。「喬吉瓦夫人，我很抱歉想對您說，我們得回去車上一趟。我們的狗關在那裡，有點擔心牠的狀況。您介不介意我們帶牠去走一走，然後回來這裡向您道別？」

老太太打量著她。她自在坐著，與亞莉珊卓一樣高。「什麼樣的狗？」

「只是普通的狗，不過呢，真的很親人，而且規矩很好。」亞莉珊卓說。

「嗯，如果牠很乖，你可以帶牠來這裡。這麼溫暖的天氣，也許牠需要喝水？你們出去時，我會打電話給我姊姊和外甥。」

亞莉珊卓心想，伊麗娜打那些電話時，她很想在場，但他們同意了，於是巴布靜靜關上大門。這時陽光更加燦亮，即使透過老鎮的樹木灑落下來亦然，而空氣溫暖沉悶。他們發現史托喬坐在計程車裡，從半開的窗戶向外望。牠湊近兩人，鼻子緊貼窗戶，尾巴揮打著座位，接著約束自己再次坐下。

「瞧瞧多棒的一隻狗，就像我們說的一樣。」亞莉珊卓喃喃說著。巴布繫上繩子，幫牠下了車，只見史托喬跑向最近的樹叢，沿著舊牆走。最後，牠停在一顆懸鈴木下，抬頭看看樹，接著看看亞莉珊卓。牠的舌頭垂在嘴巴一側，牙齒雪白。牠直挺挺坐著，活力充沛，布滿斑點的背部肌肉沐浴於陽光下，但亞莉珊卓覺得牠的眼神很悲傷。她彎下腰，伸出一隻手臂攬著牠的脖子。牠舔舔她的耳朵，很有禮貌。

「我們帶牠回伊麗娜家吧。」她對巴布說。

他們敲敲小房子的門，但沒有像之前那樣很快打開。他們聽到輕柔的腳步聲，伊麗娜的助手讓他們進去；她帶兩人到外面的棚架，由此可看到展覽館和那裡的院子。她在桌子上放了兩杯果汁，頭頂上有綠葉、捲鬚和剛開始密集生長的綠色葡萄串。她拿了滿滿一碗水給史托喬，用雙手捧給牠。史托喬等待招呼，接著喝光整碗水。然後，她拿一盤剩餘的食物給牠，牠吃東西時比較安靜；接著牠躺下來，背靠著檸檬樹的盆栽，位置剛好可讓亞莉珊卓用手指摸到牠的頭。亞莉珊卓想像維拉和老邁的米倫·拉迪夫坐在這張桌子旁，而涅文的長腿向外伸展，樹影籠罩他的膝蓋。再早一些，一名瘦臉男子在面前握著小提琴。她心想，再過不久，他們會把他的骨灰留在這裡，接著安全傳遞給他的兒子。她知道自己應該要覺得放下心頭的重擔，但她心裡有個空洞，那是陽光照射不到的地方。

在溫暖的沉默中，巴布遞了一根香菸給她，她婉拒，於是他自己抽起菸來。這是她第一次看到他抽菸，她談起這件事，他解釋說他很少抽，畢竟要跑步。這提醒了她，巴布不僅好幾天沒在索菲亞工作，也沒有例行跑步。嗯，他很快就可以回歸正軌，她也會去英語學院報到。她再次希望自己能與巴布保持聯絡，也會經常見到他。

伊麗娜·喬吉瓦走出來到露臺上時，扶著椅背一會兒以穩住身子，他們立刻站起，準備道別。巴布很

快捻熄香菸，吻了伊麗娜的手，這番舉動似乎沒有嚇到她。伊麗娜已經換了衣服；現在她穿著一襲白色亞麻連身裙，比較偏粗製而非雅緻，另外搭配一件薄薄的黑色開襟羊毛衫，似乎連夏日的天氣都還不夠溫暖。她的頭髮夾高，露出慘白的臉，而胸針收緊領口。它在藤架下閃閃發亮，亞莉珊卓注意到瓷釉打造的一些花朵其實是葡萄葉和成熟的葡萄。史托喬也站起來。伊麗娜．喬吉瓦似乎第一次看到牠。

「這是你的狗？」她說著，伸出一隻手。史托喬用鼻子碰碰她的手；她摸摸牠那黑色絲絨般的頭，而牠的尾巴很有力地甩動一圈。「牠是非常非常棒的狗，我很樂意畫這隻狗。」她示意他們兩人一同坐下。

「我們想謝謝您這一切殷勤的招待。」亞莉珊卓說。

「當然要的啊，親愛的。」伊麗娜．喬吉瓦在桌子上張開雙手。她沒有戴戒指，亞莉珊卓心想，反正也沒有戒指能套進那些彎彎曲曲的手指。

「您連絡上您姊姊了嗎？」巴布問道。亞莉珊卓屏住呼吸。

但伊麗娜搖搖頭。「我打過每一個號碼，都沒有人接電話。我想，他們目前在路上，也許與涅文一起搭火車來這裡。他們甚至可能回到山上的家，不過那裡也沒有人接電話。他們在索菲亞沒有地方住，而自從失去骨灰盒已經過了兩個晚上。我今天晚上會再打電話給他們。」

史托喬已經爬向伊麗娜的膝蓋，目前正倚著那裡，雙眼睜開但眼神迷濛。亞莉珊卓又想起伊麗娜的姊姊那位老太太，還有輪椅上的男子。她盡量不想起涅文。她曾希望能再見一面，但至少他們會知道，她送回了他們的寶物。

她說：「喬吉瓦夫人，我們離開之前，我想要問問看……關於拉扎洛夫先生的事，能不能請您多告訴我們一點。」

巴布指正：「先生是Gospodin，亞莉珊卓正在學保加利亞文。」

「Gospodin。」亞莉珊卓仔細唸道。「那不關我的事，不過我們只知道他是音樂家，也是您的姊夫。」

伊麗娜的手繼續放在史托喬的頭上。「好的，我當然可以告訴你們一點事。我還滿了解他的。他是優秀的小提琴家，也是很複雜的人。」她嘆口氣……亞莉珊卓以前從沒聽過這樣的聲音。「他是神童，你也知道，那總是讓人的生活變得很辛苦；他才十二歲就在索菲亞與交響樂團合作，他拉獨奏的部分。然後在世界大戰之前，他在維也納念書。他還是青少年的時候就去那裡。」

伊麗娜抬頭望著藤架的葉子。「我一直都很確定，他會成為國際知名的音樂家；不只是優秀的那一種，你也知道，如果他生活在不一樣的時空的話。可是當權者永遠不讓他表演獨奏，也不讓他錄製唱片。大戰剛過，他仍然在索菲亞的一個交響樂團拉琴。他也演奏室內樂，主要是跟朋友一起。後來他去布爾加斯的交響樂團，但只有偶爾參加。」

她清清喉嚨。「他有時候會來普羅夫迪夫這裡演奏。他們不讓他任教於音樂學院，不過每隔一陣子他會在交響樂團工作，如果有其他小提琴家生病或休假的話。每次來這裡，他總會來拜訪我，我們會熬夜到非常晚。有時候他會帶涅文來，他非常寵愛那孩子，或者帶維拉，如果她的工作走得開。晚餐過後，史托楊會演奏給我們聽，好幾個小時。與那樣的音樂家在屋子裡，放棄睡眠永遠都很值得。」

伊麗娜停頓一下，摸摸狗兒的耳朵。「有幾年，他住到很遠的鄉下，在那裡沒有演奏，我很確定。他也在一些工廠工作，就像那段時期的很多人一樣。不過只要回來恢復練習，他永遠比一般音樂家更好。他熱愛所有巴洛克時期的作曲家，特別是義大利作曲家。我沒聽過傑米尼亞尼或柯瑞里的曲子，直到他在這

間屋子裡演奏。」

巴布朝她向前傾身。「當權者為什麼不讓他表演獨奏？」

伊麗娜摸摸她的胸針，只見它微微反射光線。史托喬扭動身子，在亞莉珊卓的腳邊抖動一下。接著，伊麗娜舉起手，似乎指著天空。「他對自己的事情非常沉默，有時候心情很差，或者很難相處。他有一次告訴我，雖然他向來不太談自己的事，但你可以在他的音樂裡聽出他的人生故事。我了解他的意思；我對自己的畫作經常有同樣的想法。史托楊．拉扎洛夫拉奏他的小提琴時，聽起來完全就像我心目中他說話的模樣，如果他能夠多聊一點。他說，小提琴應該能夠陳述事實，應該能夠泣訴。」

對亞莉珊卓來說，老太太似乎沒有回答巴布關於當權者的問題，但他再度開口時，問的卻是另一個問題。「我們覺得很困惑，拉扎洛夫先生兩年前過世，但他的家人沒有舉行葬禮。為什麼呢？我們在伯維茲看到他的訃告。而且，我也覺得很驚訝，他過世之後……亞莉珊卓？」

「火化。」亞莉珊卓說。

「對。」巴布說。「以他那一代的人來說，這很不尋常吧？」他沒有說，以「您」那一代的人來說。

伊麗娜點點頭。「有點不尋常，維拉沒有告訴我為何這樣做。也許那是她的願望。我從來沒有問過。」

巴布面對阻礙顯得很平靜。「但是，這兩年來，她沒有把骨灰埋葬在某處？」

「我想，她實在太悲傷了，無法決定該葬在哪裡才好。也說不定，她很難向他表達最後的道別。她告訴我會帶他去維林斯基修道院時，我很高興，那裡是他很喜歡的地方，有時候會去走走。也許這需要一段很長的時間吧。在那樣的地方，要得到安葬的許可並不容易。況且，我姊姊處理事情沒那麼果斷，她也有

很多困境。你也知道，她非常愛他。他們相遇時，她還在念高中。他們都很喜歡描述第一次相遇的經過，不過史托楊講的最精采。他真的很喜歡講那件事。」

亞莉珊卓將兩隻手壓在臀部底下，想著在伯維茲的照片裡看到的神采飛揚臉孔和大波浪鬈髮。那是以前的維拉．拉扎洛夫嗎？「您還記得？」

伊麗娜面露微笑。「當然。我不會忘記重要的事。」

第二部

第二十四章

男子在索菲亞的中央車站步下火車，一隻手臂底下夾著報紙，那已是兩天前的報紙：《維也納新聞報》，一九四〇年五月二十日。他將報紙捲成管狀，很像望遠鏡，彷彿可用來窺看火車臥鋪窗外的家鄉山區景致。而現在，他用一邊手臂夾著報紙，握著樂器盒把手的力道有點太用力。

報紙的頭條標題包含了他回來的所有理由；所有理由，只有兩個除外：值此歐洲烈焰狂燒之時，他的母親和父親在家裡等他。他曾發了一封電報告訴他們，是的，他要回家一陣子，並告知火車的時間。他懷疑那封電報根本沒送達索菲亞，因為他們一直沒有回覆。也許因為這所有的荒謬事物，電報線早已中斷。他盡可能在維也納待了很久，不想離開很難拿到手的維也納愛樂席次，以及他新近組成的弦樂四重奏。然而，過去幾週讓他心生疑惑，如果再等久一點，是否真能離開奧地利？維也納愛樂的猶太人團員遭到驅逐至今已經兩年了；在那之後則是指揮家布魯諾．華爾達7本人，他是實際上要被驅逐的人。史托楊不願意想起那件事，說不定樂團中的斯拉夫人會是下一個目標。

7布魯諾．華爾達（Bruno Walter, 1876~1962）是出生於德國的猶太人，二十世紀最重要的指揮家之一。一九三八年因為納粹的關係被迫離開德國和奧地利，最後遷居美國，直到戰後才回到歐洲演出。

史托楊．拉扎洛夫另一隻手提著的皮製手提箱，是七年前父親給他的。他的另一件行李已經寄出，而他再也不會看到它，其實拿到回條的時候他就料到了。手提箱裡的東西是他最在乎的，僅次他的小提琴，他用乾淨襯衫將之包起。手提箱也放了一副刮鬍刀組、兩只銀質握把的刷子，還有他的通訊錄。最後一刻，他又放入一把小刀。那把刀子可用來切乳酪和薩拉米香腸，如果沒錢去火車的餐車就能派上用場。

史托楊的頭髮修剪整齊；他的輕便西裝掛在高大瘦削的骨架上，從他出國那年之後有點磨損，特別是右肘，但自始至終都是非常好的衣服。他在西裝外面穿了輕薄的夏季外套並戴了帽子。他的臉孔已不再年輕，但顯現出堅實的才智；鬍子仔細刮過，帶著明亮的黑眼睛，異常捲翹的睫毛宛如小男孩；膚色很淡但不白皙，看起來需要多曬點太陽。下巴左側的下方有紅棕色的疤痕，很像石頭上有塊地方磨得特別亮。他的嘴部線條很柔和，可以展現寬厚的笑容。只不過現在他抿緊嘴唇，與其他乘客一同向前走，同時環顧四周。

他把手提箱放在索菲亞車站的月臺上，但沒有放下小提琴，他絕不會那樣做。他在那裡站了一會兒。乘客漸漸找到前來熱烈迎接的家人；有個梳著漂亮髮型的年輕女子，他一度覺得自己認識，但其實認錯了；她擁抱兩位長者時帽子掉了，那一定是她的父母。父親幫她撿起帽子，而他彎腰時，史托楊看到他破舊的黑外套裡面露出手縫的粗布上衣。是鄉下人。他永遠不會知道他們的故事，數十年後也沒有記得他們的理由。

顯然不會有人來接他了，於是史托楊脫下外套，摺疊好，夾在一隻手臂底下，然後拿起手提箱。他試試手提箱在手中的重量。直到今天早上，他在口袋裡放的錢一直是錯的：新的德國馬克，德國送給奧地利的禮物。他的電報顯然與他的行李一樣，始終不會抵達索菲亞。他必須走路回家。但是一離開車站，看到

鴿子在車站的漂亮屋頂下方盤旋飛繞，他的感覺好多了，覺得自己是周遭人群的一份子。他像多數人一樣頂著黑髮。他聽到一名男子大聲叫喚另一個人，立刻聽懂他們的爭吵內容，雖然聽起來沒啥意義：「……兄弟，反正嚼得再慢一點就好！」這到底是字面上的建議，還是某種隱喻？在人群中，第二名男子比較靠近史托楊，只見他笑著揮揮手，轉身走開。

街道本身如同他一直以來的認識：有公寓有商店，市中心有雄偉的巴黎風格建築，熏染成煤煙色，卵石在腳下滑動；偶爾出現的馬車發出喀噠聲經過，載運的貨物包括食物、燃煤、木箱、成堆的廢金屬。有個男子坐在倒扣的桶子上大聲喊叫，叫聲不歇，提供的服務是擦亮紳士的皮鞋。史托楊提醒自己，他離開這些街道的時日還沒有很久；事實上，自從他上一次造訪這裡的三年前至今，僅有的改變是幾輛新的公共汽車，以及女性的裙子比較短，她們的穿著不像維也納的女性那麼時髦，但是比較漂亮。一名街道清掃人員停下手邊的工作，抹抹自己的臉；他以裝熟的粗啞嗓音向史托楊打招呼。「小提琴家？那是你的小提琴？隨便拉一首吧，大師！」史托楊面露微笑，要不是雙手都沒空著，否則他會碰碰自己的帽簷向他示意。

他繼續前行；這時，他再度感受到自己是保加利亞人的一份子。椴樹開花的季節是他最喜愛的城市時光。在人行道上，一隻斑紋小狗經過他身邊。小狗長得帥氣、乖巧，小跑步挺快，像是有急事要忙。史托楊想起短短兩天前在維也納漫步，向路上的樹木告別，那裡總是比較涼爽。漫步在那些公園裡，他經常想像自己是小孩子，在索菲亞看著椴樹開花，周而復始。其實回來沒有那麼糟。他會與父母團聚，睡在他們公寓裡他的舊房間。保加利亞是中立國，而且很可能維持如此，肯定比奧地利安全。如果他必須長時間待在家鄉，也許幾個月之久，那麼他會自己找個住處，並在音樂學院找到練琴的地方。

繞過轉角，史托楊感覺到手臂底下的外套擺動著，以及小提琴在琴盒裡的熟悉重量。他想起自己在維也納讀過的歷史，也曾經與其他學生討論：在十六世紀、十八世紀的歐洲戰爭，軍隊和暴君惡劣地來來去去，而在那同時，韓德爾、莫札特和貝多芬持續他們的作曲工作。他想著貝多芬和他的第三號交響曲，一開始題獻給拿破崙。等到拿破崙宣稱自己是皇帝（傳說是如此），貝多芬非常憤怒，將獻詞劃掉。

他繞過另一個轉角。他也希望在某人的獻詞頁上，希特勒的名字遲早會被劃掉。那麼，他，史托楊，就可以回歸，重新開始快速崛起。希望伊莉莎白女王大賽盡快恢復舉辦，他會再去比賽一次。憑藉著大量練習，第一次他合格了，不過他也知道，他要花幾年時間才能真正贏得比賽。他不會只在自己國家成名。從小時候開始，他就知道自己會讓祖國在世界上揚名。

他聽見樂音揚起，不過那是其他人的樂音。他前方的人行道上站著一名頭髮花白的男子，下巴夾著小提琴，幫他身旁的熊奏出一個音。那隻動物站得直挺挺，繫著老舊的紅色皮繩，用後腳笨拙地走路，細小的眼睛直直看著前方，有好幾處毛皮脫落了，甚至比男子的衣物更邋遢。牠伸出爪子，那爪子彷彿屬於另一種不同的動物。男子演奏時跳著舞，同樣帶著笨拙的舞步；也許他是學那隻熊，而非跳著其他舞步。熊的目光射向各方，盯著史托楊的小提琴盒，接著那名男子彎腰向他鞠躬，向同行的表演者致意。史托楊點點頭，希望自己有點錢給他。以音樂家來說，這個同行還不差；以傳統角度來看，事實上相當好。

他還沒到達自己家的社區，但現在不遠了。在溫暖的陽光下，他經過一家麵包店，沒多想就折回，走了進去。麵包的香氣讓他突然餓了起來，那是一波想家的飢渴。麵包師傅是個拳頭很大的男子，幫他拿出一個麵包捲，然後史托楊才想起自己根本沒有保加利亞的錢幣。他手掌上的麵包好溫暖，這是今天第二次出爐的麵包。這幾分鐘的感覺很奇怪，你這麼窮，沒辦法買半點東西，連一首曲子或一片麵包都買不起。

他站在原地，飢餓不已，覺得自己好孩子氣。

「怎麼了？」麵包師傅拍拍自己消失的腰身，伸展身子。「你在城裡找不到更新鮮的麵包。」

「我想也是。」史托楊說，覺得舌尖講起保加利亞語好輕鬆。未來有幾個月的時間，他再也不必嘲笑自己講德語很辛苦，經常後悔在學校學的是法語而非德語。「我只是忘了我剛下火車，口袋裡沒有半點我們的錢幣。很抱歉造成你的麻煩。」麵包師傅的算盤旁邊有一塊乾淨的毛巾，他把麵包卷放在那上面。

麵包師傅隔著櫃檯傾身向前，沾著麵粉的一隻手壓在櫃檯邊緣。他的烤爐應該在後面，或者甚至在地下室。保加利亞麵包是放在石板上烘烤，用木製的大鏟子推進又鏟出，很像抽桌布遊戲。史托楊一度想起維也納的點心店，有櫥窗裡的精緻展示、鍛鐵椅子、牆壁上的新藝術風格女孩壁畫、天花板的巴洛克天使肖像、很薄的瓷杯。在德梅爾咖啡館，他曾看過一個蛋糕重現出拿破崙第二次攻擊該城的情景，完全用糖料做出馬匹拉著消防車，還有霍夫堡皇宮的精緻火焰。

「你去了哪裡？」麵包師傅說。

「奧地利。」

麵包師傅的眼睛黑得發亮，史托楊這才發現，你很難判斷他的頭髮逐漸花白是不是因為沾到麵粉。「近來很有影響力的地方，對吧？」他評論道。「德國人的小兄弟。他們說希特勒先生會把馬其頓還給我們，等到歐洲好好重新劃分的時候。」

「關於這事我不清楚。」史托楊想要離開，奔向自己的家和不必付錢的食物，但是與這個男子說保加利亞語實在很愉快，讓他又逗留了一會兒，雖然男子的觀點可能會激怒他。他在維也納認識少數幾名保加利亞學生，他們聚在一起講著自己的語言時，感覺好像犯法且無能。這名男子可能根本從沒機會考慮學習

另一種語言；保加利亞語對他來說永遠都很夠了，就像他自己的皮膚和他倚著的木製櫃檯一樣自然。

「保加利亞捲入他們做的事情實在沒道理。」麵包師傅拍拍雙手，彷彿進一步的可能性都像碎屑一樣，他將之全部拍掉。「我們不需要他們，而上帝也知道他們不需要我們。可是，如果他們要歸還我們的領土，難道不值得來點混戰嗎？我會捲起袖子親自參與，如果有人要我的話。不過我太老了，而且髖關節不太好。非常不好。」

「我不確定會不會來點混戰，最近在維也納行進的軍隊是什麼樣的規模，你一定不相信。」史托楊說。

不知為何，他很希望讓麵包師傅親眼瞧瞧那些軍隊的行列，這名男子可能從未離開保加利亞，可能一年只有一次機會搭火車離開索菲亞，回到他父親的村莊。這男子也許從未遠行到黑海，從未去過自己國家的另一端。說也奇怪，有些人註定會見識整個世界，其他人則不然。他想起自己見識過的一切：在倫敦的公園內，馬匹的尾巴紮緊成辮子，很像女性的頭髮；在巴黎的一間起居室，上了年紀的大鍵琴演奏家把雙手放在琴鍵上，而一名穿著藍緞鞋子的女孩坐在旁邊幫忙翻譜；布拉格大教堂的高聳尖塔，甚至未來可能見到更加寬闊的拱弧……凡此種種都讓史托楊精神一振，想到人生有這麼多的冒險，他差點因為感激而覺得暈眩。他脫下帽子，抹抹額頭，如同早先看到的街道清掃人員。他背後的門倏然打開，傳來路上交通的喧囂聲，另一名顧客進來了。

麵包師傅抬起頭，把麵包卷推回給史托楊。「喏，吃這個。但是別離開。」他說。馬其頓的事他顯然還沒講夠。他轉向新來的客人。

「喔，維拉啊，我的女孩，我可以幫你拿什麼？」他說。

她只是個小女孩，史托楊看著，穿著裙子和夾克的女學生，黑色的髮辮綁著白色蝴蝶結。

「兩條麵包，謝謝。」她把一些錢幣放在櫃檯上，麵包師傅轉身去拿她要的麵包。

女孩瞥了史托楊一眼，接著轉移目光，沒有再看他。很有教養，長得幾乎像成年女子一樣高，可能是附近中學的學生。她的皮膚很白皙，鼻梁有點長，形狀細緻。她的眼睛，以剛才瞥過來那眼來說，眼神晶亮，瞳孔是令人驚訝的金色，下唇圓圓的，彷彿因為哭過而永遠腫起來，不過她顯然沒有哭過。她把玩著夾克的袖口，免得必須看到他或其他人。

史托楊繼續把帽子夾在一隻手臂底下，看著她，沒有特別的意思，兩人都等待麵包師傅拿來麵包。她檢視櫃檯邊緣時，他觀察到她的嘴巴很寬闊，緊抿著嘴角，似乎產生一個酒窩。她的耳朵小小的，幾綹頭髮垂落耳際，很像小嬰兒。他看著她睫毛的水平曲線，是黑色的，與她的頭髮一樣。然後看著她顴骨的水平曲線，眉頭緊皺，不希望有人看她。她也許有二十歲，也可能只有十五歲，夾克與胸部剛好貼緊，雙腿苗條穿著白色棉質長襪，鞋子扣緊擦得晶亮。她一定至少比他小五歲，已經比他晚了一輩子。

麵包師傅用棕色紙張包著麵包走回來。「這些給你媽媽。」他輕快說著，拿起她放置的錢幣。「對了，你父親還好嗎？」

名叫維拉的女孩抬起頭。「他比較好了，謝謝你。為了治療，我們下個月要去海邊。」

「嗯，希望他完全康復，上帝保佑他。」麵包師傅搖搖頭。「對了，等一下。」

他從架上拿出一盤乳酪派皮點心，拿另外的紙張包起一個，只見紙上有點點油漬。「這些是今天最好吃的，幫他多補充一點營養。」他以白眉毛下面的眼睛瞥了史托楊一眼。「好人一個，她父親，在自家門前被一輛新的公車撞倒。隨時都可能發生事情啊！喏，親愛的，把這些給他，不收錢。」

女孩仍然沒有看著史托楊。他很想低聲說些人生很辛苦之類的感嘆話語，尤其是她的人生。

麵包師傅傾身倚著櫃檯；他這時頭一次看到史托楊的小提琴盒。「什麼？音樂家？你為什麼沒說？你可以用演奏換點心啊！你很厲害嗎？」

史托楊笑得很大聲，也覺得這是自己一週以來第一次大笑。「維也納的人說我不賴。」他受到鼓舞，因為感受到女孩維拉的目光終於停駐在他臉上，而他小心應對，沒有看著她。

「就這樣？」麵包師傅綻出大大的笑容，這時他雙臂交疊往後靠。「那就自己證明一下吧，孩子。讓老頭子的店舖稍微有朝氣一點。」

如果手指僵硬或他無心於此的話，即使是朋友邀約演奏，史托楊也經常拒絕。這時，他發現自己在麵包店打掃過的木頭地板上打開小提琴盒，麵粉已在地板縫隙裡凝固成塊，像是露臺上的薄冰。他從琴盒裡的絲絨內襯拿出小提琴，舉到肩膀上。他沒有看到，但可以感覺到維拉面對著他。他把琴弓放到A弦上，從樂器拉出圓潤的聲音，調音一番，在這個空間裡顯得非常響亮；接著聽到他們背後的門再度打開。更多顧客進來了。

他沒有轉身，開始演奏：夏康舞曲，出自巴哈的D小調第二號小提琴組曲。在會演奏的曲目中，他對這首曲子的理解徹底超過其他曲子；他早在十四歲就開始學習演奏它，從那以後一直努力練習。但現在，這首曲子對他來說似乎是一組全新的音符，新鮮且激昂，幾乎像他的手指恰巧在琴弦上找到前所未聞的旋律。曲子流瀉於挑高天花板的老麵包店，融入麵包的香氣和櫥窗的油脂，也落到他仔細刷過的外套袖子上。樂音在凝視他的女孩臉上微微發光。曲音流動之際，他一度坦率地看著她，發現她不再只是小女孩了，聽到關鍵的愉悅段落她挑起眉毛，緊抿著雙唇將微笑隱藏於心。麵包師傅對史托楊背後的其他人揮手

示意；似乎有一小群人聚集在他背後的門口，於是門不再發出聲音或保持開著，門鈴與夏康舞曲的樂段短暫共鳴，街上的聲響也湧了進來。他感覺到周圍一片靜默，每回演奏總是如此，音樂在他內心甦醒過來，但也歷經漫長的路途才到達他的耳朵，跨越了田野、山脈，如今更是橫越整個國家。他的琴弓劃過最後一個音符時，背後的靜默打破了，一度讓他為之暈眩。

接著，麵包師傅開始拍手，擠進店裡的人們也開始鼓掌歡呼。史托楊轉身致謝，微微鞠躬，握著小提琴靠緊胸口。

「他剛從維也納回來！」麵包師傅大喊，彷彿他安排了這場音樂會，而且事先邀請所有人前來。「我們的同胞！來自索菲亞？」他問史托楊。

史托楊點頭，然後再次鞠躬，開始覺得很蠢，但他再度迎上維拉的目光。她是唯一沒有鼓掌的人；她不需要。她的女學生神情已經完全消失，他只看到巴哈停駐在她臉上，她嘴唇的蠕動，驚訝與醒覺，她眼神的明亮光芒，近乎自然的喜悅。她已經忘了他的存在，只聽見他的音樂，或者作曲家的音樂，或者兩者皆有。他單獨向她鞠躬，接著收起樂器。麵包師傅包起三條麵包給他，速速揮開史托楊的抗議。史托楊離開麵包店時，眾人紛紛讓路給他。

「那個人會攀上高峰！」一個男人大叫。

「神與你同在！隨時再回來演奏！」麵包師傅喊道。門口人群散開。維拉跟著他走出去，彷彿再自然不過，而他後退迎上她，低頭看著她那勻稱自傲的肩膀，長長的髮辮以白色蝴蝶結繫住。在路邊，她再次凝望他一眼，比較短暫，接著匆匆走開；她似乎很怕他會開口說話，或者，害怕她自己有可能開口。他看著她，跟著她走了短短一段路，一隻手拎著手提箱，另一隻手提著樂器盒。她跨越馬車和汽車車流，優

雅、羞怯、得體，然後走進一條小街，沒有回頭看。

等他走到轉角處，看見她逕自走進一棟四層樓公寓樓房的大門。他在約莫一個街口外，看著她關上門。樓房相當漂亮，屋前的花園有一棵老樹，鍛鐵陽臺，長條窗戶的後方看來掛了蕾絲窗簾。他記下對街的名稱。大馬路上有間教堂的鐘聲開始響起。他的父母看見他會非常高興，很快擺滿一桌的午餐，母親忙著接過他的行李箱，父親親吻他的臉頰。有熱水洗臉和清洗雙手，再換上乾淨襯衫。

史托楊轉身走開，但他知道她住在哪裡了，她曾經望著他，眼神充滿了音樂。

第二十五章

伊麗娜．喬吉瓦陪他們走向門口，並親吻亞莉珊卓的臉頰，接著親吻巴布。

「謝謝你們，親愛的兩位，一路平安。等我接到維拉的消息，我會打電話，那麼你們會得知故事的結局。」她說。

亞莉珊卓在人行道上轉身再看老太太一眼時，她依然站在那裡，一隻手扶著門框。亞莉珊卓真希望自己幫老太太拍了照，也拍了粉刷過的小巧房屋，但現在太遲了。她也忘了向骨灰盒道別，雖然那當然沒有任何意義。

他們走在卵石鋪面的街道上，直到發現正確的轉彎處。那裡很安靜，老樹過濾掉炎熱，放眼所及沒有人跡。接著，巴布猛然停步，手上緊緊牽著史托喬的繫繩，亞莉珊卓也在他背後停下來。

計程車位於他們一小時前離開的地方，但是擋風玻璃上面橫過一抹黃色，然而看起來不像文字。接著，她看到兩個子彈大小的孔洞穿透擋風玻璃，一個正對著駕駛的臉，另一個則是乘客的位置。兩個彈孔周圍都沿伸出長長的裂痕。

「巴布？」她說。他默默站著，瞇起眼睛，即使亞莉珊卓拉拉他的手臂，他也沒有看著她。有一張摺疊起來的紙，壓在一支雨刷下面。他匆匆瞥了周遭一眼，小心把紙張拉出來，打開它。

「上面寫什麼？」亞莉珊卓懇求說。她的膝蓋發出一聲吱嘎響，讓她覺得自己其實不想知道答案。

他又花了點時間。「上面說，Varnete ya。」他用單調的語氣對她說。亞莉珊卓自己也看到，句末沒有加上驚嘆號。「意思是說『歸還它』。」他停頓一下。「或者也可以表示，歸還『她』。」

「歸還什麼？」她的手依然抓住他的手臂。「而且，為什麼有人會在你的擋風玻璃上弄出那些洞？」

但是巴布忙著搜尋街道的動靜。他匆匆走向街區的尾端，很快繞過路邊停放的車輛，掃視著牆壁和花園狀況。史托喬在他身邊跑。巴布回到計程車旁，彎腰靠近擋風玻璃上的油漆，再後退一點看看整個情況。他用指甲刮下一點東西，嗅聞氣味。「當然啦還有點溼。」

「為什麼有人會做這種事？」亞莉珊卓又問一次。

「我不知道。」巴布啞著嗓子說。「最近我看到很多塗鴉，很多破壞汽車的行為。不過這是第二次。而『歸還它』……」

他拿出手機，對著擋風玻璃拍下照片，接著兩個彈孔各拍一張。「弄成這樣，我們不能開車。注意看往來車輛。我不想再吸引更多不必要的注意了。」

他打開行李廂，拿出一塊舊毯子，鋪在擋風玻璃上面，然後用膠帶固定住。亞莉珊卓開始擔心他們該怎麼回到索菲亞。街道顯得很安靜，但再也不平靜了，她心中這麼想。史托喬坐著凝視他們。

「為什麼有人會做這種事？」她又問一次。

「問題不能這樣問。」巴布說著，撕下一段段膠帶。「第一個問題要問：『是誰？』假設這不是蠢事，不是有人開玩笑；有可能是，但這訊息聽起來不像。特別是經歷過巴弗麗娜阿姨家的事之後——兩天之內的第二次。如果我們知道是誰，可能就知道為什麼。而且，第二個問題，他們說我們該歸還的東西是

什麼？我們有什麼東西？我認為他們說的不是某個人，除非我該把你歸還給某個人。」

他轉身看她，但仍然好像心神渙散，幾乎帶點惱怒。

「我們有史托喬。」她才剛說出口，立刻覺得自己很蠢。狗兒焦躁不安地挪動著腳，抬頭看著她。

「我們有骨灰盒，或者直到幾個小時前還有。不過誰會要它歸還？我是說，除了拉扎洛夫家的人以外？」

巴布用膠帶貼住整個擋風玻璃；她幫忙把毯子壓平。「嗯，這樣說吧，有人這樣寫，最有可能的狀況是為了骨灰盒。我們唯一擁有的特殊東西是那個。只不過，現在呢，就像你說的，我們根本沒有那樣東西了。而且，誰又知道我們有那個東西？」

「拉扎洛夫家的人。」亞莉珊卓又說一次。「可是，我們一直努力找他們，要歸還那個東西。而且，伊麗娜知道，可能還有她的助手也知道。」她考慮一會兒，並擦掉手指上的油漆。「還有警察，在索菲亞警察局與我交談的兩個警員，也許還有那位很兇的女接待員，以及聽我講這件事的警官。」

「對。」巴布說。他仍然每隔幾秒就環顧四周街道。

「可是，在警察局的時候，我帶著骨灰盒一起。如果他們要骨灰盒，大可當時就拿走，但他們沒有堅持。我是說，我真的拿骨灰盒去給他們啊。總之，他們為什麼會想要骨灰盒？」

「對啊，為什麼？」巴布說。

「還有一件事也很奇怪。」亞莉珊卓有點遲疑地說。「也許我現在記錯了，或者想太多。你也知道，在警察局，我和那個警官談了一會兒，他給我伯維茲的地址。我們單獨在他的辦公室裡。他似乎對我沒什麼興趣，直到……那時他在資料庫之類的地方尋找史托楊．拉扎洛夫的名字。接著，他似乎有點畏縮，然後用手機打電話，我當然聽不懂。不過，從那之後，他似乎比較注意一點，或者應該說……感興趣的態度

不一樣了。」

她看著巴布。「就在那時，他問我是不是希望他保管袋子，但是聽到我說覺得應該自己歸還，他立刻對我說那樣比較好，也可以把地址交給我。我想，警察自己很快就可以找到人，比我們快多了。所以，我不知道他們為何沒有拿走。我是說，如果他們就是希望歸還東西的人。而且，他們不會寫那種語帶威脅的塗鴉，對吧？」然而，在這個國家，在這個她對一切所知越來越少的地方，她不確定這樣說到底對不對。

「那個警官，他長什麼樣子？」巴布問。

她描述他的模樣：近乎禿頭，一邊眼睛會眨眼，超級長條形的辦公室有一張巨大的書桌。

「那個人把他的名片交給你。對，那是警察局長。」巴布說著挺直身子。「我很確定。我很驚訝他們帶你去找他，不過也許因為你是外國人，而且你帶著人類的……骨灰。這種事不會每天早上都發生。」

「為什麼警察現在要我們歸還骨灰盒？」

巴布又搖搖頭。「我覺得這不是警察做的。你說得對，他們不會這樣做事。警察會透過我的車牌號碼來找我們，也許甚至去猛敲伊麗娜．喬吉瓦家的門，如果知道我們在那裡的話。」

「可是沒有其他人知道。」亞莉珊卓說。

「我們不確定真的沒人知道。」巴布冷靜地說。他把毯子的底部邊緣拉緊，蓋住擋風玻璃。「從你描述的情況看來，警察有可能告訴其他人。今天早上我們離開伊麗娜家時，她有可能告訴某個人，或者她的助手告訴自己的朋友。而且，拉扎洛夫家的人不可能找到我們或計程車；如果找得到，他們就已經到這裡了，來找骨灰盒。」

「除非他們自己去找警察，不過是我離開以後。然後警察追蹤到我們的下落，把計程車的車牌號碼告

訴他們。我是說，理論上。」亞莉珊卓說。

巴布認真看著她，接著靠過來，指著她的頭側。「你是非常聰明的女孩。」他說。

「我不是女孩。」她不自覺地說。

「好啦。不過，我覺得拉扎洛夫家的人不會像這樣來找我們，拿著噴漆罐，或者打破玻璃。他們是正常人，老人，可能非常傷心和沮喪。他們會請警察幫忙找我們，然後用正常的方法向我們索取骨灰盒。」巴布說。

「我不喜歡現在這樣。我覺得好像應該把這件事告訴別人。」亞莉珊卓說。

「什麼？你想回去找警察？」

「不是啦。」她坦承說。「至少不是馬上去。也許伊麗娜今天會聯絡到拉扎洛夫家的人，如果真的聯絡上，她會讓我們知道一切都沒問題了。」不過，她的一顆心往下沉。

「我也不喜歡現在這樣。」巴布說。他幾乎是用蠻力撕下最後一段膠帶，拉好貼在擋風玻璃的下緣。「如果有某個人很生氣，因為某種原因想要骨灰盒，我們怎麼可以把它留給那個老太太？萬一他們發現目前在她那裡？」

亞莉珊卓說：「我也這樣想。而且，我們還是有可能幫忙找到她姊姊。」一點溫暖、一點如釋重負，克服了她內心的不安。

他們回去時，伊麗娜．喬吉瓦正坐在葡萄藤架下喝水，慢慢吞下一些藥丸。她抬頭看他們，顯然並不

驚訝。

「沒有這些藥，我明天就會死，展覽館也會奪走我的房屋。」她說。「他們有合法的產權，早就等不及了。」她朝院子對面的大宅揮揮手。「可是不包括我的畫。我要把我的畫作留給藝術學校。你們的車子有問題嗎？」

「對。」巴布說。這是最好的解決方法：車子出問題。「您介不介意我們待久一點，等到決定該怎麼做為止？」

「你的車真不幸，但是我很幸運。」伊麗娜說。她面露微笑，水汪汪的眼睛很明亮。

「您的意思是您姊姊打電話來？」亞莉珊卓急著問道。

「不是，親愛的。我也希望這樣，但還沒有。我一直打電話給涅文，也打到山上的房子，仍然沒有回應。我一直不喜歡他們住在山裡，特別是冬天。那個地方太小，距離所有事物都太遙遠。不過我想，我們不能永遠坐在這裡——他們絕對已經回去那裡，或者很快會回去。」她嘆口氣。「如果你們的車很快就修好，我們不到一天就可以抵達那個村子，把骨灰盒拿去還給他們。我們可以明天早上去。蘭卡也會去，幫忙照顧我。」原來那位年輕女子叫這個名字。

亞莉珊卓瞥了巴布一眼。「你有空去嗎？」

巴布的細瘦手臂環抱胸前，頭髮垂進他的眼睛，皮膚在葡萄藤葉下面呈現淡淡的綠色。亞莉珊卓感到納悶，他是不是比她原先以為的更帥氣？或者只是隨著混熟而覺得他變得越來越好看——熟悉度會讓古怪之處變得不明顯。

他點頭。「當然，小鳥。我們可以去。我自己會先打一、兩通電話。」

他們相視而笑。即使經歷了這一切，亞莉珊卓突然感受到一陣鮮明的喜悅，這一次來自她面前的這些臉孔、與家鄉感覺很遠其實很近，以及初夏明亮溫暖的陽光。

伊麗娜對巴布說：「阿斯巴魯赫，有一件事我們必須取得共識，我會雇請你開車載我們去。我想，你已經離開工作崗位好幾天了吧？我很堅持。」

「謝謝您，喬吉瓦夫人。」巴布微微低頭，一臉恭敬。「如果您覺得安全，我很榮幸載您去。可是，我的計程車並沒有很舒適。」

*而且，其實呢，也許沒那麼安全，*亞莉珊卓心想。她朗聲說：「而且我們有史托喬。不過牠可以坐在我腿上。」

伊麗娜拍拍巴布的手，說：「那麼就說定了。今天晚上，一張床，還是兩張？」

她說這話很輕快，害亞莉珊卓有點吃驚。另一方面，或許藝術家老歸老，其實沒那麼容易受到驚嚇。

「喔，兩張，謝謝。」亞莉珊卓說，沒有看著巴布。

「沒問題。而你們有點行李吧？有沒有其他行李？」

巴布對她說沒有。接著伊麗娜說，她會給他們看看史托喬要寄宿的地方。她踩著不大平穩的步伐，帶他們走出藤架，接著便看見一間狗屋，漆成藍色，與老鎮的房屋很搭；亞莉珊卓很確定剛才狗屋並不在這裡。狗屋前面放了水和食物，裡面還鋪了一塊棉墊。

伊麗娜對史托喬說：「我的地方很小，不過你的地方更小。而且這裡的樹蔭夠多，你會覺得很涼快。」史托喬走進牠的狗屋，繞了一圈，躺下時頭放在門口外，兩隻眼睛已經快要閉上了。

蘭卡帶亞莉珊卓去樓上的一個房間，天花板好低，她壓平手掌都可以摸得到。房間裡鋪設色澤年久變

深的木料，邊緣雕刻著橡實和橡木葉，還有個相貌平實的女孩從門口頂部向下俯瞰。伊麗娜把她的動物畫作掛在這裡，有山羊、綿羊、雞、鴿子、魚，竟然還有栩栩如生的河馬。亞莉珊卓剛開始心想，這裡沒有床鋪。難道她要睡在毛料地毯上？但是伊麗娜的助手打開牆邊的一道櫥櫃門，讓她看裡面的床：白色枕頭，棉質床單，而且因為某種原因，床中央放了一小枝乾燥香草。亞莉珊卓拿起香草聞了聞，說：「奧勒岡？」她用自己想像的斯拉夫語發音方式唸出來。

蘭卡笑起來，說「Chubritza（夏香薄荷）」，然後她們站著相視而笑，無法進一步溝通。

過沒多久，伊麗娜就不見人影，跑去睡午覺了。巴布提議離開房子一會兒，他想要多看看附近環境。亞莉珊卓知道他心繫擋風玻璃上的彈孔。他們用繩子牽著史托喬，步行穿越老鎮，前往古羅馬劇場遺跡。它座落於城市高處，建設當時一定也是制高點。整個山頂圍著一圈欄杆；他們付了入場費進去參觀。列柱式的後牆修復得宜，可以演出戲劇和音樂會。有一棟古老的細緻建築位於劇場最後一排座位的相同高處，那是史托楊．拉扎洛夫無緣進去教書的音樂學院。亞莉珊卓隨處閒晃，看著粗略開採的巨大石頭，接著他們爬回上面，坐在最頂部的那排座位。史托喬躺在他們附近的走道上，繩子鬆鬆的。從這裡看去，很容易想像各種古典的表演形式；舉例來說，以大理石為背景表演希臘悲劇，而那種戲也是古董了。

巴布揮動一隻手。「這裡是圖拉真皇帝的時代建造的，西元第二世紀。」

「你對自己國家了解得很多。」亞莉珊卓對他說。

他說：「我一直都對歷史很有興趣。不過，一個國家關於自己有這麼多虛構的神話，與歷史混合在一起。你對自己國家了解得不多嗎？至少知道一些神話吧？」

「也許有一點。」她說著，心裡不禁納悶舊金山的金門大橋不知何時建好，也不知道費城是在何時建

城。

「嗯，你的國家非常大。」他伸出手臂攬住她的肩膀，害她嚇一大跳。「你可能沒辦法知道全部吧。」

「我很了解自己居住的地區。」她說。她想像巴布的手臂環抱他的男朋友，但在這裡，他也許不能公開這樣做；或者不能有男朋友……之類的。他的臂彎很舒服，很溫暖。她不禁想起傑克，坐在她的床上，幫她做作業——這還是頭一次，她想起那段記憶，卻沒有感受到猛然湧現的痛苦。

他們背後傳來哇啦哇啦的聲音，原來有個導遊進來了，後面跟著一串觀光客。導遊穿著海軍藍色的套裝，很像空服員，另外戴著亮紅色的帽子，上面寫著「陽光旅遊」；她對著後面的小鴨群揮舞一綑紙，吸引他們的注意力。那群觀光客是黑髮或黑皮膚，大多是中年人，男子蓄鬍，女子穿著裙裝和涼鞋，看起來很不適合走路。有少數幾名青少年，在後面落單或兩兩成雙，一名瘦高的男孩轉身離開父母身邊，查看自己的手機。亞莉珊卓想像他剛傳送給女友的簡訊，她可能在家鄉吧：「嗨，又一個該死的廢墟。」

巴布興味盎然地說：「希臘人，但不是古代那些。」他的手臂離開她的肩膀，把史托喬拉近一點。史托喬以悲傷的眼神看著他——巴布真的認為牠準備衝過去亂咬那群觀光客？陽光一陣陣照在大石頭上，亞莉珊卓覺得自己以前從未好好看著太陽；陽光在世界上的這個地方很不一樣，很像撩起一道巨大的紗幕，而天空以較早時代的強度散發光芒。她的皮膚感覺到光線流瀉而過，也感覺到山下吹起的溫暖微風。他們坐的石頭看起來幾乎像銀色。她看到石縫生長出無人注意的野草，靠近舞臺處有一叢罌粟花開著亮紅色的花朵。這份平靜，她心想，在你最沒有預期的時候悄悄來臨。然而，它停留在血脈裡只有短暫片刻；接著，破損擋風玻璃的影像出現在她眼前。

那天晚上，伊麗娜．喬吉瓦的電話沒有響起；反倒是亞莉珊卓和巴布在她旁邊坐了一會兒，感受巴爾幹半島完美的五月夜晚。蘭卡端了幾杯茶給他們，伊麗娜說這茶來自山區。空氣擾動著，不過只有一點點，豐盈的月光灑落於萬物之上，看起來很像葡萄葉和捲鬚的間隙。亞莉珊卓伸手拂過桌面，發現即使移動手指，也不會改變光線和陰影的形狀，而且她的手增添了複雜的新影子。她向伊麗娜描述北卡羅萊納山區的老房子，但沒有提起傑克。巴布解釋他要跑遍索菲亞所有街道的計畫；伊麗娜笑起來，表達讚許之意，並對他們說，她也曾有雄心壯志，想要畫遍世界上所有的動物。「可是，身在保加利亞，你要怎麼完成這個計畫？」

「您是說，因為這裡只有少數的物種嗎？」亞莉珊卓問，她已經觀察到伊麗娜喜歡她的直率更甚於禮貌，於是開始善用這項發現。「因為您必須到處旅行？」

巴布說話的語氣很和緩，彷彿要修正天真的錯誤。「要記得，在共黨政權時代，所有人哪裡都不能去。我是說，大多數人不行。不過呢，喬吉瓦夫人，您一定在圖片和電影裡看過很多動物吧？」

她有些白髮沒有夾緊，於是把那些頭髮塞到耳後，亞莉珊卓注意到這是她顯得年輕的很多動作之一。她說：「當然。還有，索菲亞有動物園。而且在大戰之前，我確實去過其他地方，主要是英國。從我小時候到十二歲，我父親在倫敦工作，後來我們全家必須回來。你知道，我就是在那裡學會說英語，而我們很常去倫敦動物園。小時候，我想要成為畫家，就是因為那裡的動物；舉例來說，大象沿著背部和耳朵周圍有所謂的……感覺毛。」

她用修長彎曲的雙手比劃著，拉起自己的頭髮。「不過你說得很對。我們大多數人不能遠行。我知道很多人一天到晚夢想去其他地方，結果一輩子就這樣毀了。如果你不能獲准做某件事，那件事常常變得非常重要。」

伊麗娜突然住口。她坐著，皺起眉頭，攪拌自己的茶，湧起的蒸氣映照著裊裊月光，亞莉珊卓注視著這番魔法，不禁害怕起來。

「那樣的人生故事比我更悲傷。而親愛的，不能去其他地方還不是最悲傷的。」伊麗娜．喬吉瓦過了一會兒之後說：「我希望，你有比較好的人生能夠向前看。」她那張月光斑斑的臉孔凝視著他們。巴布向後靠。在這格狀的光線裡，他看起來也比較蒼老。亞莉珊卓發現他仔細聆聽街上傳來的任何聲響，不時環顧院子四周，讓她看了膽戰心驚。此時月亮高掛頭頂；她透過頂上的葡萄藤架瞥見它，覺得月亮變得遙遠又冰冷。

突然間巴布說：「您的門上沒有貼訃告。」亞莉珊卓不禁好奇這樣會不會觸怒伊麗娜．喬吉瓦。她回想起伯維茲，綠色的門上沒有貼東西，大門臺階上的盆栽逐漸乾枯。

但伊麗娜似乎沒有打算斥責他。「我姊姊叫我這裡不要貼，我也沒有覺得遺憾。我不喜歡訃告，看起來總是很醜，所以用那種方式表達敬意不是很恰當。我還寧可懷著對姊夫的所有回憶，也不要用某張紙告訴陌生人說他已經不在了，還配上很醜的照片。」

亞莉珊卓心想，她實在完全同意這種看法啊。

伊麗娜在椅子裡挺直身子。她看著亞莉珊卓。「你想知道史托楊怎麼跟我姊姊結婚的嗎？」

亞莉珊卓說。「想，很想知道，請告訴我。」

第二十六章

我記得對你們提過，我和史托楊就像兄妹。伊麗娜說。這是真的。我們家裡沒有兄弟，唯一的一個在還是小嬰兒時就死了，那是在維拉出生之前；而人總是需要兄弟，對吧？因為這樣，等到年紀越來越大，有時候，史托楊把我當妹妹一樣講話。但是我對你們說過，他也是非常沉默寡言的人，所以他一定有很多部分我永遠都不了解。維拉在麵包店遇到他時，我只有十五歲，不過他第一次來我們家的事，我記得很清楚。維拉快要十八歲了。我父親變得很虛弱，他對維拉說不能單獨見史托楊，因為她還太年輕，而且得等到至少二十二歲才能結婚。我不知道他和我們母親到底為何挑選那個年紀。但他允許維拉每隔幾星期邀請史托楊來我們家吃飯，特別是自從一位叔叔的朋友把史托楊正式介紹給我們認識以後。

史托楊來吃了很多年的晚餐，度過整個大戰期間，甚至晚餐分量很少的時候，有時還有其他朋友和親戚在場。我認為他不在乎朋友和親戚，不過他喜歡我母親——她很親切、和藹、熱愛音樂——而且他會講簡單的笑話和趣事給我聽。多數時候他都坐著，以發亮的眼神看著維拉走來走去，像是幫我父親移動靠墊，或者幫我母親倒咖啡。晚餐過後，史托楊演奏小提琴，他永遠把樂器帶在身邊。

那些日子他比較健談，我喜歡聽他說故事。他有一次告訴我們，直到回來索菲亞之前，他這輩子最快樂的兩天，一天是他父親給他第一把小提琴、示範它能拉出什麼樣的聲音，另一天則是他在維也納步下火

車、去那裡的音樂學院讀書。維拉臉紅了。史托楊對我們聊起他在各大城市聽過的音樂家演出、維也納的餐館，還有聳立於河邊的聖母院。他對我們聊起羅馬，幾年前的一個假日，他父親曾去那裡找他，帶了小提琴給他。就是這一把，他擁有過最好的一把琴，由朱塞佩・阿烈桑德利打造的閃亮木質樂器。他說，阿烈桑德利出生於一八二四年，是義大利克雷莫納市的偉大製琴師羅倫佐・斯托里奧尼的學生的學生。史托楊的小提琴是在一八六〇年代製作而成，當時是形成義大利王國的騷亂期。

他演奏小提琴給我們聽時，我想著他經歷的事、他談起的歷史、我看過的畫作和讀過的書籍。他的小提琴拉奏出朦朧且神祕的音色，我在其中聽出河邊的火盆烘烤栗子的爆裂聲，馬兒在義大利的西耶納和佛羅倫斯踩過卵石路的踢踏聲，以及加里波底[8]的部隊行軍時，樹葉落在他們身上的沙沙聲。小提琴奏出「無羅馬，毋寧死」的氣魄，哀嘆著大海彼岸美國南北戰爭堆積如山的死者，也哀嘆著法蘭西第二帝國時代燦爛輝煌的巴黎。琴音抑揚頓挫，伴著鯨魚油燈下高聲朗讀維克多・雨果作品的聲音；琴音吟唱著炸藥，吟唱著克里米亞戰爭時，鄂圖曼土耳其人和英國人從馬背摔落在地，也吟唱著群眾緩步穿越世界博覽會。最重要的是，史托楊的小提琴吟唱著各個地方——它的製造者待過的地方、它的製造者的師父待過的地方、它目前的主人未來會見識的地方，以及他總有一天會以這把小提琴演出的許許多多地方。

史托楊最初來我們家時，晚餐一如往常，只不過談論很多戰爭的事。剛開始，國王讓我們國家保持中立，不過最後他讓希特勒得到保加利亞的幾個地區，所以，轟炸和食物配給要到很久以後才開始。我們住

8 加里波底（Giuseppe Garibaldi, 1807~1882）是義大利將領與政治家，致力於統一義大利，打出「無羅馬，毋寧死」的口號，於義大利建國過程中居功厥偉。

在一間大公寓裡，裝潢得很漂亮，窗戶掛著長長的窗簾，陽臺裝了落地窗。我們的親戚大多住在同一棟樓房內，那是我的祖父多年前建造而成。我的母親結婚時帶來陪嫁的家具，那是她的父親在前一個世紀由巴黎訂製而來。

對於在那棟公寓為我們打造的生活，我父母感到很自豪。透過我們幫忙，我母親讓一切保持得漂亮、乾淨、整齊，她也為桌子縫製蕾絲桌墊，另外做了椅套，保護椅子不會沾到父親的髮油。史托楊答應父親的請求，演奏布拉姆斯的曲子或貝多芬的浪漫曲時，父親的手會在椅子的扶手上打拍子；如果他拉奏某齣歌劇的曲調，父親還會無聲唱著義大利文歌詞。晚餐時間，母親有時候會用腳踩踏餐桌底下的按鈕，把我們家的僕人叫進來；索菲亞市中心剛開始有電力可用時，我祖父幫祖母裝了這樣的科技設施，而每次我母親用上這招，看到那位鄉村女孩從廚房神奇現身時，每個人都覺得好得意。我們認識的其他人都沒有這套設備。

史托楊漸漸成為我們家的一份子時，剛開始大家並沒有特別注意到。我們依然吃著肉販賣的肉，以及我曾祖母在鄉下製作的醃菜，因為她做的最好吃。晚餐時間，我和維拉換上乾淨衣裳。如果史托楊會來，維拉會花一小時梳理髮型，然後在頸間和臉上撲粉，讓膚色顯得更白皙。剛從學校畢業的那幾年間，她開始換穿樣式比較成熟的衣裳。

接著，國王加入希特勒的陣營，於是他能夠掌控馬其頓，第一批軍隊便是派往那裡，以及派往希臘。國王依然很受擁戴，因為他奪回我們的領土。但是希特勒也攻擊俄國，那是我們的老盟友。在一九四一年的某個時候，我不記得是何時，有人在索菲亞的街上組織一場抗議活動，那些人相信我們的同胞正要為了外來因素而赴死，並不是為了更偉大的保加利亞榮光而死。在這方面，如同後來情勢的發展，他們是對

的，但國王決定鎮壓他們的示威活動。

那件事過後，共產主義者和無政府主義者的勢力越來越強大，主要是祕密擴張。爸爸告訴我們，有人曾接觸他的一位年輕朋友，希望捐錢給打游擊的反抗勢力，但那位朋友依然算是效忠國王的政體，於是拒絕了。父親告訴我們，國王是偉大的人，一定會帶領我們度過戰爭時期。「孩子們，小心祕密組織，他們會回過頭來傷害你。」爸爸說，語氣就像抓到我們小時候從廚房偷糖吃。

一九四一年春天，同盟國轟炸我們，以懲罰我們加入希特勒的陣營，很多人死了，而我們躲入地窖；但後來，這些攻擊行動突然結束，就像剛開始的時候一樣突然。再後來，我們看到很多人挨餓。在街上，有時候會看到一些士兵只剩一隻眼睛或一隻手，乞討著麵包。我和維拉會帶幾塊錢去麵包店，買一些麵包給他們吃。士兵吃得很快，就站在街上吃。很多人開始說，國王派這些士兵去希臘或馬其頓作戰而傷殘，回來後卻不能餵飽他們。透過餐桌上的對話，我了解史托楊既不喜歡與德國結盟，也不喜歡攻擊我們的同盟國；他認為戰爭很荒謬、很浪費，但與地下游擊隊的想法又不一樣。

一天晚上，他吃晚餐時非常沉默，後來也很有禮貌地婉拒拉琴。維拉問他怎麼了，伸出漂亮的手放在他的手臂上，他只是搖搖頭。但過了一會兒他說，前一晚他才得知，即使我們認為戰爭早已結束，他仍然無法立刻回到維也納。「目前，我父母不能沒有我在身邊。」他說，然後住口。我們全都知道，他不想承認他的家人也沒有留下什麼錢；他希望與維拉結婚，但不希望我父母認為他很窮。

「不過那樣很好啊！」我衝口而出。「那麼，你就不會帶維拉去維也納，可以和我們一起住在這裡！」

聽到這番話，連我父母都笑了，雖然他們還沒有向這對年輕人表達准許之意。不過我們全都真心這樣

想：「如果他們沒有錢，史托楊不可能繼續學琴，不能努力成為優秀的音樂家，甚至這星期的晚餐吃不到半隻雞，他們怎麼可能用傳統方式結婚呢？」最後，史托楊說，那也沒關係，等戰爭結束後，只要能找到的工作他都做，直到存了足夠的錢前往維也納，也能維持家庭的生計；他直直凝視著維拉，害她兩頰通紅。

我想，我的父母之所以認可史托楊，部分原因是他的耐心和有禮、他的良好教養和驚人才華，另一部分原因則是他從未要求與維拉單獨見面。與我們吃晚餐過了一年後，他才與維拉親吻臉頰道別。現在我是老太太了，我從自己的人生對愛情有所理解，我想他一定非常渴望她。但剛開始那幾年，他等待著，我知道他在家裡不斷練習。沒有人有能力付錢請他教課，所以他到處做其他工作，我不確定究竟是什麼樣的工作，可能只要找得到的都做。有一次，他的右手纏著繃帶來吃晚餐，說他工作時傷到手，看來對於做勞力工作感到非常困窘，我們也就沒有多問。「幸好不會讓我很久不能拉琴。」他說。

一九四三年秋天，我們慶祝維拉的二十一歲生日。我母親想辦法多買到一些豆子和少許豬肉，烹煮一頓大餐。我用縫紉機幫維拉做了一件裙子，材料是扔在衣櫥裡的一對深色窗簾。裙子看起來非常棒，很合她的細腰身。有個朋友剪掉維拉的辮子，用熨斗把她的頭髮燙成波浪狀，害我母親哭了。我父親有個表親是攝影師，他幫維拉拍了佩戴母親珍珠的照片。後來，等到保加利亞換邊站而對抗希特勒時，他在匈牙利遇害，身後留下他的相機。

維拉生日那天晚上，沒有人說什麼，但我們全都認為，維拉與我們一起住在家裡的最後一年即將展開。如果史托楊明年向她求婚，她一定會答應。也有其他幾個年輕人來向我父母提親，但她都不滿意，而我父母尊重她的心願。吃生日晚餐時，我父親看起來很嚴肅——毫無疑問，他正在思考維拉與目前只擁有

才華的音樂家會有什麼樣的未來。我母親依然因為維拉的頭髮泫然欲泣。我的幾位姑姑叔伯也在場，他們嚴肅地點頭，像我父親一樣。維拉似乎非常開心，彷彿很高興最後一年開始倒數計時。

我們吃完晚餐後，史托楊說他有禮物要送給維拉，我們全都在起居室坐下。我突然注意到房間漸漸顯得陳舊，因為我們再也無法更換地毯或修理家具。史托楊站在大家面前，雙手拿著他的小提琴，向維拉鞠躬。

「親愛的維拉，Chestit rozhden den（生日快樂）。祝你有更多生日，所有生日都快樂。」他說。即使是年輕人，他也可以表現得非常拘謹，就像這樣。我想維拉喜歡這樣，喜歡他顯露的莊重，特別是在我們父母面前。他發出一個聲音，清清喉嚨。「除了我現在要給你的禮物以外，我沒辦法找到更好的了，但不是用金錢購買，也不能穿戴，或者保存在你的口袋裡。我希望你會把它收藏在心裡。自從維也納回來以後，除了我自己，我從來不曾為別人演奏這首曲子。事實上，我很確定以前在保加利亞從來沒有人聽過。」

維拉坐在他面前，雙手疊放在膝頭。搭配短髮，她的頸間看起來非常白皙。我希望自己到了二十一歲能像她一樣漂亮和成熟，也差不多準備要結婚，但戰爭如影隨形。

接著，史托楊開始演奏，我想從那一刻起，我們全都忘卻了一切。音樂一開始非常快速，很像沁涼的水流過石頭，但是比石頭上的流水更加有序。它與一名女子，或者是風精靈的聲音相互共鳴。我聯想到仙女，民俗故事裡的野外少女，凌空奔越森林；然而那情景極度、完全合理。聲音一度讓我覺得暈眩，下一個樂句又覺得徹底滿足。事實上，下一個樂句根本無從預期，至少不像我聆聽巴哈的預期方式，但是等到樂音浮現，我又覺得不可能有其他表現方式。

經過很長一段時間，沁涼的水一路流到山腳下，流速變慢之後，小提琴的琴音轉變得比較低沉，節奏帶著平靜的情緒。我父親溼了眼眶，很快用手背抹抹眼睛。我記得他還能走路之時的模樣。母親的臉很蒼白，我覺得她一定是回想起自己年輕時的模樣，那時她擁有維拉所遺傳的美貌。維拉自己坐著，身子向前傾，忘了要表現可愛或優雅，而是像男人一樣凝神諦聽，兩隻腳張得開開的。起居室徹底靜止。最後，空中瀰漫著紅色和金色的燦爛光輝，史托楊舉著他的琴弓，在高處停留一會兒，直到共鳴飛散、消失。我們鼓掌，但是掌聲聽起來既空洞又不恰當。

「這不是韓德爾？」我父親試探問道。

「不是，先生。」史托楊垂下肩膀，稍微伸展他的修長手臂。他的眼神非常明亮。如同以往，他演奏時神情憂鬱，但現在，整個人似乎充滿幸福。「這是由安東尼奧．韋瓦第所寫。」

我父親說：「啊，那位義大利神父。」

史托楊說：「是的，他與韓德爾是同一世代的人，我相信是如此。您知道，他住在威尼斯，在那裡寫了很多作品。這是他很特別的一首作品。對我來說很特別。」他瞥了維拉一眼，她坐著，抬頭仰望他。

❖

幾天後，炸彈開始轟炸索菲亞——是同盟國的轟炸機，從義大利和其他國家飛來——使之震驚搖撼。如同我所說，他們曾在一九四一年短暫轟炸過我們，理由是懲罰國王加入德國陣營。但這次新的攻勢似乎永無止境。建築物起火燃燒，整個街區炸毀倒塌。我們不知道自己的房子何時會遭到炮彈擊中。維拉只要和史托楊分開就心煩發狂，認為他一定死了。如果情況允許，他還是會來我們家共進晚餐，但用餐經常遭

到空襲警報干擾打斷。有一次，我發誓，趁我們所有人都坐在黑暗中，他很快親吻維拉一下。

接著，食物變得非常稀少，我們幫母親用奇怪的材料做麵包，像是扁豆或橡實。大家總是多多少少有點餓。我們不時得去地下室，與親戚們彼此緊貼膝蓋坐在那裡，渾身簌簌發抖。我討厭感受到其他人身體發抖，因為那讓我自己也忍不住發抖，即使我想要表現得勇敢一點。我父親說，現在每個人都知道國王犯了可怕的錯誤，但那時他已經死了。我們把自己的命運扔給野蠻版的德國，不是他年輕時、在第一次世界大戰之前認識的德國。他說。

新年來臨了，一九四四年，而到了春天，我們被轟炸得好頻繁、好嚴重，彷彿一場沒有人能夠醒來的惡夢。食物很少，能買的食物耗盡我們的存款。我父親說，史托楊可以比原訂計畫早一點與維拉結婚。我想，萬一我們全都死了——他不想拒絕他們那麼久，雖然他嘴巴上沒有這樣說。有時候，史托楊憑感覺拉小提琴給我們聽，在黑暗中，但從來不曾在擁擠的地下室。我敢說，如果那些同盟國的飛行員能夠聽到這樣的樂音，他們早就停止轟炸，讓我們永遠和平無憂。

於是，他向我姊姊求婚，不過是私底下求婚，在他們自覺安全的某個時刻——其實也沒那麼安全——兩人在外頭碰面。她後來告訴我，史托楊要她先答應了解一件事：等到戰爭結束，為了他的音樂事業，他們必須四海為家。一天下午，他們非常低調地結婚了，在一間小教堂，距離我們街坊不遠，我們所有人都站在他們背後。儀式即將結束時，空襲警報再度響起，幸好神父已讓他們彼此結合。我父母親已在我家樓房留下一些空間給他們，那裡自從姑婆過世後就一直空著；不過，他們的新婚夜與我們一起在地下室度過，維拉握著我的手，同時握著史托楊的手。

噢，親愛的，伊麗娜說著，用袖子抹抹眼睛。嗯，那是很久以前的事了。

第二十七章

在伊麗娜家樓上，在天花板很低的走廊上，亞莉珊卓攔住巴布。「你去睡覺前，我可以跟你談一下嗎？」

「當然好。」巴布說。她意識到巴布可能已從她的寥寥數語猜到梗概。

他們一起行過走廊，經過一幅幅畫作，畫框看起來很沉重。走到巴布隔壁的房間時，亞莉珊卓看到房間裡透露著亮光，剛開始覺得好像沒有光源，後來發現是燭光。房門半開，她從門縫窺見裡面有張華麗的大床，兩個人影躺在上面。一個是助手，蘭卡，依然穿著襯衫和牛仔褲，眼睛閉著，而她的臂彎裡躺著伊麗娜．喬吉瓦。老太太的眼睛也閉著，臉孔失去血色，頭髮鬆散垂落在身邊，樣子很像松蘿鳳蘭。亞莉珊卓從未見過兩個人的身體摟得如此溫柔，年輕女子的嘴唇貼著老太太的乾癟頭皮，兩隻手臂環抱著皺紋滿布的肩膀和頸部，從粉紅色睡袍上方露出來。

亞莉珊卓和巴布悄悄走過，進入巴布的房間，然後他小心關上門。房間內到處都是紙張，有些寫滿了細小的手寫字，有些寫了半張，還有一些是散落的空白紙頁。那些紙張躺在桌上、髒污的燭臺旁，或者從椅子飄落到地上；它們沿著毛料地毯飄蕩，在窗戶底下累積成堆。這些紙一定是從他的背包掉出來，亞莉珊卓心想。那些字跡她沒辦法看得很清楚，不過應該是保加利亞文。

「很抱歉搞得一團亂。」他說著，開始把各處的紙張收攏起來。

「你在寫什麼？」她問。

「沒什麼重要的。只是一些筆記。」

又來了，一道空白的牆，似乎不可能問第二次。出於懊惱，亞莉珊卓興味盎然地想著，他做的筆記與她有關，但隨即體認到這樣想未免太過自戀。

她轉過身。「我該去睡了。我們很早就要起床。」

「你要我叫醒你嗎？」他說，似乎為了彌補。

「好啊。」她對他說，然後又逗留了一會兒。

「你想要跟我談什麼？」

她差點忘了。「喔。我只是覺得該問問看，能不能最後再付錢給你。我知道伊麗娜要支付山上行程的費用，但是你已經載我好長一段路。拜託。」

他看著地板。「到了這個節骨眼，我其實不希望你付我錢。」他說著，聲音很低沉。「我就是覺得不大對。事實上，如果你再提一次，我可能要生氣了。」

他面露微笑，但她覺得他是認真的。她對自己發誓，最後一定要報答他，或者不只如此。

「更何況，我害你惹上更多麻煩，連想都沒想過。」他站在陰暗的窗前，伸手把掉進眼睛的頭髮撥開，動作很快，是道歉的手勢。

「你是指什麼？」她問，但他別開目光。

她再試著問一次。「我們的擋風玻璃該怎麼辦？」

「是啊……嗯，你明天就知道了。」

在她的壁床上，床單聞起來很像那種奇怪的香草味。她將門打開，以免這房子不僅有魔法，還會鬧鬼。帶著驚恐的顫抖，她的身體回想起巴弗麗娜阿姨家的搖晃床墊，巨蛇在她的身子底下舒展開來。

隔天早上，伊麗娜．喬吉瓦比所有人更早準備好。亞莉珊卓下樓到門廳，看見一個裝得滿滿的塑膠袋，還有個籃子，上面蓋著一塊布。她和巴布走到外面露臺上，光線看起來還很暗；老太太已經吃著麵包、乳酪和薩拉米香腸，而蘭卡正將食物放在另外三盤。這是第一次，伊麗娜的助手坐下來與他們一起用餐。她的黑髮在腦後綁成粗髮辮，這時亞莉珊卓看到她的鬢角摻雜著灰髮。

「出門前好好吃頓早餐永遠都很重要。」伊麗娜對他們說，彷彿她每個星期都出遠門。她的慘白臉色帶著紅暈，眼神晶亮。今天她的複雜胸針別在一件粉紅短衫上。她已放了一根手杖靠在椅子旁邊，那是很長的木製手杖，有球形的頭把，彷彿他們要去健行，而不是要搭巴布的計程車。史托喬坐在她旁邊，等待她不靈巧的雙手掉下幾片薩拉米香腸。

「小鳥，你知道今天會看到什麼嗎？洛多皮山脈喔，全世界最漂亮的山脈。」巴布說著，同時在麵包抹上果醬和菲達乳酪。

「很抱歉，我家鄉的山脈才是全世界最漂亮的山脈。」亞莉珊卓說著，對他露出微笑。

「好啦，我只是希望你有機會說出這番話。這樣你才會更注意洛多皮。」

伊麗娜說：「孩子們，我和蘭卡差不多準備好了。阿斯巴魯赫，我會給你看地圖。我們要先到施洛卡

盧卡，然後向南走，爬到山脈的非常高處。」

蘭卡為他們倒了更多茶，也開始整理餐盤。她對史托喬輕聲說話，接著走向牠的碗，把一些麵包屑和乳酪撥進去。史托喬感激地跟在後面，但回頭看了好幾次；亞莉珊卓覺得牠好像很焦慮。

巴布擦擦手，瞥了他的手機一眼。「幾分鐘後，我把車子開上來載你們，不過我和亞莉珊卓有件事得先做。」

真的嗎？他可能把計程車留在修車廠吧，好修理那片破掉的擋風玻璃。她很聽話，跟著他穿過展覽館的大門，走到街上。從伊麗娜家走了幾個街口後，他轉入一個街區，她很確定之前沒有來過。這個街區也很安靜，兩旁有老舊的牆壁和新種的綠樹。到了街尾，一個年輕人倚著一輛破爛的深綠色汽車，兩隻手臂交叉在胸前。亞莉珊卓和巴布走近時，他轉過身來面對他們。

亞莉珊卓後退一步，想起計程車遭受的損害。但那個人面帶微笑。他有一頭黑髮，身材適中，比巴布高一點。他有一雙大大的黑眼，睫毛很長，眼神明亮。他穿的黑色馬球衫露出勻稱的肌肉，黑色牛仔褲，擦得晶亮的黑鞋。亞莉珊卓喜歡他機靈的神情，以及褐色臉孔的溫和氣質。他與巴布握握手，稍微擁抱他一下，還伸手拍他的背。

「我朋友基里爾，他住在索菲亞，我們一起上大學。」巴布解釋說。

基里爾與亞莉珊卓握手，禮貌周到，然後彎身欣賞史托喬，牠坐在人行道上，專注細聽。

「我們馬上得走了。」巴布說。基里爾再一次拍拍他、擁抱一下；在她的注視下，兩人互換一串鑰匙。基里爾又與亞莉珊卓握手，以從容的步伐沿著小巷離開。直到現在，她才意識到自始至終沒有聽到他說半個字。

巴布打開車門，對亞莉珊卓點個頭，她明白意思是應該要快一點，於是她坐進前座。史托喬跟著她跳上車。巴布轉動基里爾的鑰匙，立刻發動引擎。車內有菸味，不過非常乾淨；儀表板上黏了一個小塑像，米老鼠的頭像陀螺儀一樣，隨著巴布將車子開上街道而擺動。史托喬坐著，緊盯著它。

「你的計程車在哪裡？」亞莉珊卓努力在新座位裡找到舒服的位置。

「基里爾會去修車，把它開回索菲亞，他可以把車子停進我母親公寓附近的車庫。」巴布說。「我今天早上查看過。沒有新的損傷。」他一邊開車，一邊往周遭瞥了幾眼。

「他人真好。」

「嗯，他是朋友。」巴布說。

亞莉珊卓不禁心想，在自己家鄉，萬一有人尾隨她，她的朋友當中有多少人可以拜託，請他們開車來另一個城市借車給她，而且隨叫隨到？「可是，你真的認為有人跟蹤我們嗎？」

「我覺得有可能。」他坦白說。他的藍色眼睛轉過來凝視她。「只是不曉得原因，以及跟蹤的人是誰，目前還不知道。我們就對伊麗娜說，我的計程車還有一點問題。」

「嗯，那倒是。」亞莉珊卓表示。「我們該怎麼辦？」

「眼睛放亮一點。」巴布說。「找找看，那個……置物箱。有保加利亞的地圖嗎？」

她按下蓋子打開，看到槍。「巴布？」她說。

他瞥了一眼。「好。用地圖蓋住它。」

她以前從來不曾這麼靠近一把槍，光是看到就嚇壞了。「這是你朋友的？」

他說：「現在是我的了。把地圖放在它上面，還有那個塑膠袋。讓裡面看起來有點亂。」

她照做，盡量不碰到那東西，連指尖也避開。她幾乎不了解身邊這個男子，現在他有一把槍，而且要她知道槍在那裡。她望向他；他正把車子開上山坡，表情非常平靜。

車子載滿他們所有人，準備駛離伊麗娜的房子時，亞莉珊卓轉頭再一次看看高聳的院子圍牆，還有那排高大的樹木。她坐在前座，史托喬重重壓在大腿上，裝著骨灰盒的袋子則在她腳邊；兩名年紀較長的女子坐在後座，她們的籃子和伊麗娜的手杖放在兩人之間。亞莉珊卓看著巴布坐在他熟悉的位置。他在石子路上小心維持低檔。汽車搖搖晃晃緩慢開下山坡，經過普羅夫迪夫的一棟棟大宅；晨光已經開始將點點光斑灑在藍色和赭紅色的牆上，以及一道道木門上。她提醒自己，短短五天前，她從未見過這一切，也沒見過這些人。更是沒見過這隻狗。她抱著狗兒滿是灰塵的脖子，而牠以鼻子碰碰她的臉頰。

半小時過去，路過許多沒有耕種的奇怪農地、廢棄的田間小屋，而開闊的天空帶著他們往南行去。經過一片草原時，巴布突然將車子停到路邊，說：「看那個，我一定要拍張照片。」他鬆開安全帶。「抱歉。」他對後座兩名女士補上一句。

亞莉珊卓透過車窗望去，接著走下車，跟在他後面。他們旁邊的田野豎立一個門口，孤零零的，沒有房子也沒有門板，只有門框和少數混凝土塊，彷彿有人曾經打算住在那裡，想要先練習走進這棟尚未修建的住所。昆蟲嚼食周圍的野草；兩隻鳥（燕子？）高速穿越田野，然後在空蕩的門框上方忽然拔高飛升。

巴布用他的手機拍下這副景象。「我從沒看過類似的東西。」他對她說。

「它為什麼孤零零站在這裡？」她也從未見過這樣的事物。

他說：「我不知道。不過我突然想到，文學就像這樣，像田野裡的一道門。」他的表情全神貫注；他在手機上做筆記。她看著他，內心驚訝萬分。剛開始，他令她聯想到某個人，而現在，她領悟到某個人可能就是她自己。

很快的，山脈邊緣隱約出現在他們前方，以深綠色的山塊呈現。道路似乎直直進入那道山牆，兩側都有峭壁圍攏過來，根植於峭壁的樹木很不穩固。現代化設備炸穿的通道，亞莉珊卓心想，雖然也許有更早的路徑曾經蜿蜒爬升進入山區。道路蜷縮在高聳的森林底下，越過喧囂的山區溪流。她正想回頭看看伊麗娜・喬吉瓦是否欣賞這番景致，就在這時，巴布在一座橋梁的正中央猛踩煞車。史托喬坐起來，將指甲掐入她的膝蓋。

「噢，天啊。」亞莉珊卓說。在他們右側，橋面有將近三分之一的寬度崩落到河裡，包括欄杆等等，使得橋面由鋼索吊住。她可以看到十幾公尺下方的岩石和滔滔河水。整棵枯死的樹木懸盪在陡峭的河岸上、散布在森林裡，宛如一團糾結的亂髮。

巴布說：「該死，這可能是地震造成的，也可能是洪水，或者兩種因素都有。」他拉起手煞車。她憂心忡忡看著他下車，往前走幾公尺，探頭看看深淵。

伊麗娜輕拍亞莉珊卓的肩膀。「有什麼問題？」

「只是一座橋。」亞莉珊卓說著，安撫她的手。從老太太的位置顯然看不到損害狀況，這也許是好事。「我想沒什麼好擔心的，巴布正在查看路況。」

伊麗娜．喬吉瓦將雙手交疊在大腿上，對她的助手點點頭。「我很確定阿斯巴魯赫知道該怎麼處理。」她說。蘭卡摸摸老太太的臉頰，然後伸手到籃子裡，拿出一小瓶藥丸，遞了一顆藥給伊麗娜，再給她喝口水。

巴布回到車子，搖搖頭。「我想，我們該往前開。」他低聲對亞莉珊卓說。「否則，我們得往回開兩個小時，走另一條路。這可能是幾天前發生的；甚至好幾個星期了，可能因為這樣而還沒修好。當然如果是因為地震，那就很近才發生。不過他們大可在這裡放個告示牌，請大家注意。」他看似隨時要爆粗口，接著忍住，似乎考慮到後座有兩位女士在場。

「好吧。」亞莉珊卓說，雖然心裡很害怕。「不過，也許，我們是不是該下車用走的？」

「那會更危險，尤其是……」他指的是伊麗娜，這是當然的，考慮到她用手杖和行動不便。「不管怎麼說，左側的路面沒有受損。」

他發動引擎，開始慢慢前進。亞莉珊卓緊抓住史托喬的脖子。如果她坐在一輛綠色小車裡，從保加利亞的這條橋梁掉下去，她父母就失去所有人了；她對傑克的所有記憶，也會隨著她一起消失得無影無蹤。巴布載著他們慢慢開到橋梁中央，轉到左邊車道，而亞莉珊卓小心不要望向窗外，以免看到正下方的湍急水流。由於她直直盯著前方，於是比巴布更早看到迎面而來的車輛，她的叫聲讓他急踩煞車。對向的來路是彎道，看不見遠處，眼看兩輛車片刻之間就要撞上……另一輛車也猛然停住、緊急轉向，避開崩落的路邊，於是兩輛車在坍塌處附近面面相覷，頗為危險。

「啊，不。」巴布緊抓著方向盤。史托喬在亞莉珊卓的腿上直直坐起，於是她抱緊史托喬，讓牠冷靜下來。巴布搖搖頭。「Politsai（警察）。」

警察已經下了車。他是高大的男子，帶著愉悅甚至渴望的神情，與亞莉珊卓在索菲亞警察局遇到的警察很不一樣。他逕自往他們車子走來，探頭看了看，檢視著他們。狗，亞莉珊卓心想，美國觀光客，老太太，漂亮助手，籃子。什麼都有。

警察和巴布客氣地交換幾句話，彷彿是在雜貨店櫃檯交談，而不是在崩壁的粗糙邊緣。巴布作勢指著下方的激流，而警察搖搖頭。接著，警察指著置物箱。亞莉珊卓呆住不動，但巴布彎身過來打開它，拿出一些紙張，裡面卻沒有槍枝的蹤跡。難道他用什麼方法塞到座位底下？或者行李廂？他何時有辦法處理好？警察拿著巴布的身分證和紙張回到他自己的車子，坐進車裡，感覺似乎永無止境，這時史托喬很緊張，指甲掐進亞莉珊卓的大腿，想要看清楚狀況。萬一警察查出他們就是擁有計程車的人呢？她想，這個系統不可能那麼井然有序，即使有電腦紀錄也一樣。而且，無論是誰亂塗鴉計程車，尤其塗的人如果是警察自己，那麼絕對不會留下紀錄。更何況，那有可能不是警察做的。巴布的思考方式，那種偏執的方式，一定傳染給她了。

「他至少可以讓車子後退，退到橋外啊。」巴布喃喃說著，而她也明白，如果有其他車輛從警車後面繞過彎道而來，他們全都會有麻煩。

說也奇怪，這正是接下來發生的事。新來的車輛很快接近，速度太快了，所有人都來不及屏住呼吸……是一輛嶄新的黑色寶馬大型轎車，玻璃很暗。駕駛踩煞車踩得好猛，輪胎吱嘎作響，亞莉珊卓也聽見背後的伊麗娜嚇得倒抽一口氣。巴布的雙手連忙握住方向盤，但他其實無計可施。寶馬轎車撞到警車的車尾，發出刮擦聲和咚的一聲，讓警車像動物一樣跳起來，於是亞莉珊卓瞥見那位愉悅的警察在車內向前跳起，滿臉驚駭，嘴巴大張。橋身為之震動。史托喬大叫起來。

不過警車停得很穩，震動和蹦跳沒有波及巴布的前保險桿。巴布大聲呼口氣，用力按喇叭。警察跳下車，接著似乎想起另一條車道崩塌產生裂口，連忙穩住身子。寶馬轎車的駕駛也爬出車外，已經舉起雙手準備抗議。他穿戴深色夾克和帽子，看起來很壯碩，足以用雙手修好橋梁，就像美國神話的班揚巨人一樣。他彎腰檢查自己車子前保險桿的損壞狀況，再看看警車的車尾；亞莉珊卓心想，他可能真的很希望有某隻貓吃掉警察母親的內臟吧。

「哎喲，糟了。」巴布的手指急躁敲打儀表板。「那是政府的車子。這下子我們哪裡都別想去了。」壯碩男繼續與警察講話。「希望我有一天能拿回那些紙。」巴布憂心忡忡地說。

「我們該下車幫忙嗎？」伊麗娜的聲音從後座傳來。

「喔，不，喬吉瓦夫人。」巴布轉身看她，蘭卡也拍拍她的膝蓋。「他們會把事情解決掉，接下來我們也許可以繼續前進。」

在他們的注視下，戴帽子的壯碩男朝周圍看了看，然後指著湍急的河水，再指指警車。

「他在做什麼？」亞莉珊卓問。

「我想，他希望給警察一點……賄賂，你們可能是這樣稱呼。」巴布解釋道。「但是不行，因為我們就坐在這裡看著。」

「喔。」亞莉珊卓說。她從來沒看過有人提供賄賂，覺得好像很有趣。

巴布說：「所以他們反而會爭執，這樣會拖更久。」

兩個人確實爭執起來，高壯駕駛把帽子往後推，接著又拉向前，警察則仔細指著他自己的車輛遭受的損傷。巴布將兩手手肘架在方向盤上。伊麗娜拍拍他的肩膀。「親愛的男孩，別擔心。他們很快就會結

束。而我帶了一些餅乾，如果有人肚子餓的話。」

突然間，寶馬轎車的後門打開了，另一個人走下車。他們全都驚訝地看著；史托喬嚇得號叫一聲。那名男子不像他的司機那麼高，看起來年紀大很多，但莫名顯得比較有氣勢。他穿著深藍色西裝——剪裁看起來很昂貴，這是亞莉珊卓的第一印象——感覺與他們四周的山景形成奇異的對比。如果又有另一輛車繞過彎道，從後面接續撞上寶馬轎車，她很好奇那個男人作何感想。他不像是會善罷甘休的人，卻顯得極其平靜，而且極其眼熟，從他的外表看來。他姿態筆直，雖然穿著西裝讓他的動作有點僵硬。他有紅棕色的鬍子，頭髮非常濃密，額頭髮線後退，但髮尾很厚且捲曲，彷彿可以在那裡面放進一支鉛筆。光線從峭壁流瀉下來，他的頭髮黑得發亮，呈現金屬光澤，感覺不太真實。男子的臉孔比他的頭髮老了許多。臉很寬，滿是皺紋，而且有點乾燥，臉頰有明顯的疤痕。如果他的神情鮮活一點，或者肢體比較靈活，亞莉珊卓可能會認為他很引人注目。但他實在太鎮定、太安靜了。

在她身旁，巴布傾身向前，透過擋風玻璃向外凝視。他說：「什麼？我敢說那是庫里爾科夫。」

「誰？」亞莉珊卓說。她正在安撫史托喬，牠又開始輕聲吠叫了。

「米克海爾．庫里爾科夫，交通部長，人稱『大熊』，想要當總理的人。從電視上看到時，我跟你提過他。我自己以前見過他一次，他在我們示威的地方發表演說。」

「喔……在巴弗麗娜阿姨家的電視上，還有鱒魚餐廳。我覺得他看起來很面熟。不過他在這種荒郊野外做什麼？」亞莉珊卓說。接著，她想起巴布的計程車擋風玻璃上的標語：沒有貪污。

「也許他真的很喜歡道路交通。」巴布喃喃說著，但眼光始終沒有離開那人身上。「希望他不會過來這裡。我一點都不想認識他。」

伊麗娜又向前靠過來。「那是誰？」她問。

「我們認為那是庫里爾科夫，交通部長。」

「這麼偏遠的地方？」伊麗娜說。「啊。」她陷入沉默，但亞莉珊卓覺得她看起來很奇怪：沉思，幾乎有點謹慎。或許像巴布一樣，伊麗娜也不喜歡那個人，或者普遍不喜歡政治人物。

這時，那三個人聚在一起商討，亞莉珊卓看到交通部長伸出手，與警察握手。警察似乎像巴布一樣驚愕不已；他與庫里爾科夫握手，然後微微鞠躬。壯碩的駕駛已經向後退，讓庫里爾科夫和警察單獨談話。接著，部長向他的司機示意，於是司機走向巴布的車子。亞莉珊卓看到司機沿著受損的橋梁小心走來，彷彿很怕自己的壯碩身軀可能成為壓垮橋梁的最後一根稻草。

「走開啦。」巴布嘀咕著，但他再度搖下車窗。在亞莉珊卓的手底下，史托喬的頸毛發怒豎起。這時史托喬顯露出黃牙，在牠的下唇上方顯得參差不齊。她不禁納悶，如果她的狗咬了部長的保鑣，不曉得會有什麼下場。

可是等到司機靠近，他只以謙恭的語氣對巴布說了些話，同時四顧窺探，似乎對於乘客這麼多人感到很疑惑。巴布點點頭，向他揮手，然後小心倒車退出橋梁，開到緊貼峭壁的狹窄路邊。伊麗娜和蘭卡在後座很平靜，彷彿到現在為止，困在山裡滔滔河水的上方，對她們來說是理所當然的事。

一會兒之後，警察走過來歸還巴布的文件，沒有發表半句評論，然後回去發動警車，開過他們旁邊。他不慌不忙地揮手，似乎勸告巴布把這一切全部忘掉。號稱「大熊」的男子等他的司機拉開寶馬轎車的後座車門。亞莉珊卓先注意到他的奇怪頭髮消失了，最後注意到他的鞋子擦得極其晶亮。那輛豪華轎車開過他們旁邊時，司機和乘客完全隱身於漆黑的玻璃後面。她不禁好奇他是否會轉頭看，又是否會透過巴布的

擋風玻璃，迎上他那雙細小熊眼的目光卻渾然不覺。史托喬的頭也轉過去，牠的目光似乎盯著寶馬轎車，直到再也看不見為止。亞莉珊卓突然覺得，她實在不該直直盯進那片黑暗玻璃的內部。

第二十八章

亞莉珊卓最先看到的洛多皮村落，依附在山區河谷的上方側邊。讓她印象深刻的第一件事，是那些村落的屋頂不是鋪有凹槽的紅色瓦片——如同他們開車經過的許多城鎮；這裡用的反倒是灰色石板，而且鋪成複雜的層層扇貝狀。她對巴布說，這些粗獷的石砌房屋看似自然而然冒出來，或者由巨人堆疊而成。巴布說，就某方面而言，它們確實是從山裡長出來，畢竟這裡的人只以周遭大自然的材料建造房屋。「天生就是環保主義者。」他說。

此時道路非常陡峭，帶他們爬上牧場的山坡，接著到達一片平原，這裡有個大型村落，平坦的溪床從中劃過，還有一座男子舉著破爛旗幟的青銅雕像。溪流對岸有一棟黃色樓房，旁邊倚著幾棵高聳的老樹，而更高的山坡還有一群略顯雜亂的石屋。亞莉珊卓打開車窗，她聽見流水聲，也聞到綿羊的氣味，還有陽光下乾淨冰冷的山區空氣。她看到好幾間旅館的廣告招牌，標示三顆星和箭頭指向山上。接著，她注意到兩名男子在一間商店側邊張貼海報。其中一人站在梯子上，拿起海報頂端貼向牆壁。

「你看。」她對巴布說。他放慢車速，望向她的窗外那側：那是一張巨幅的男子照片，頭髮及肩，對著眾人微笑。

巴布嘀咕說：「庫里爾科夫，又來了。『沒有貪污！』這句口號並沒有特別說明他的清白選戰，但再

過不久還會看到。」他著手換檔。「他們選擇比較貧窮的地區先貼這些海報。」

他們爬向更高處，經過更多古老的房屋，然後進入山坡上的森林裡。亞莉珊卓看到一塊路標，寫著到達哥諾還有四公里。

「可是剛才有塊路牌寫說還有三公里，怎麼可能越走越遠？」她對巴布說。

巴布聳聳肩。「要問交通部長。」開車時，他把地圖放在膝蓋上；伊麗娜的手不時伸向他的肩膀，或者直接指示方向。這時道路更窄了，擠在兩旁高聳的陡坡之間；他們經過的村落都非常小，房屋的地基幾乎緊貼著道路鋪面。有些房子看起來是空的，窗戶裝了十字形鐵窗，玻璃都破了。他們經過一間屋子，有個老人坐在外面，打開的窗子掛了窗簾，小院子裡有雞；還經過一間小教堂，一名駝背到身子幾乎彎折的老婦人正在鎖門，看起來很不真實。他們看見的每一個人都很老。過去這種地方只存在於亞莉珊卓的想像裡，但這裡有很多人居住其中，慢慢過完自己的人生。

「他們有電視機嗎？」她問巴布。

「電視機？」他似乎在另一個地方開車，在腦袋裡，神遊到一百多萬公里外的地方。

「這裡，這些村子裡。」她說。

「噢，當然有。」他說。「至少大多數人都有。少數人可能太窮，但幾乎所有人都有電視機。」

她再次希望能在每一個村子都停一下，敲敲門，進屋看一看。還有一名婦人，頭上包著花朵圖案的頭巾，在她的花園裡刮掉鍋子的某種東西。她抬起頭，距離路邊好近，亞莉珊卓可以看見她的金色耳環，還有圍裙上的污漬；她可能有五十歲，或甚至八十歲。她的臉上滿是謹慎的好奇心，沒有笑容。亞莉珊卓希望婦人有一隻像史托喬的狗，可以保護院子裡的她，並讓她有對象可以關心。但是放眼望去沒有看到狗，

沒多久婦人就在他們後面了，道路繼續蜿蜒穿越濃密的樹林，越爬越高，伴隨著左側開展的陡峭景致。

「我想就是這裡。」巴布突然說，伊麗娜也揮手要他轉彎。眼前沒有村落，只有一塊磨損的路牌，巴布大聲唸出：哥諾，兩公里。

「那是你們村子的名稱？」亞莉珊卓轉身問伊麗娜。

老太太盯著前方，彷彿找著地標。「它有好幾個名稱，有一個來自久遠以前的過去，也許是土耳其文。現在它只叫哥諾，意思是『高』。或者，用英語說，也許是『在上面』。」

「在什麼的上面？」巴布問。路面現在是泥土路，但是比先前更陡，他還得繞過大坑洞和車轍，車速很慢。史托喬坐在亞莉珊卓的腿上，凝視著窗外，接著看看亞莉珊卓。

「只有哥諾，你可以創造其他部分，如果你願意的話。」伊麗娜說。

巴布對亞莉珊卓笑了一下，她好想捏捏他的手。

❖

幾分鐘後，他們終於遇到第一批房屋，全都是石屋，從土地裡長出來。道路已變得非常滑溜，而且突出一些大石頭，巴布的車速慢得像走路。他們經過一座小教堂，側邊長出一叢石楠花；有一間空店舖，窗戶的黃色字樣漸漸脫落。一名中年女子穿得一身黑，從店舖旁邊走過；她轉過來盯著我們，看到新來的人顯然很吃驚。道路通往原本可能是主廣場的地方，不過地面是壓實的泥土，而且只比道路本身寬一點點而已。下一段路位於房屋之間，看起來非常陡峭；巴布搖搖頭。

「我得停在這裡，我認為沒辦法再開過去了。」他說。

「是的，這地方很恰當。」伊麗娜說。她抓著巴布的椅背，亞莉珊卓看到她的臉色因為疲累而蒼白。

「我們到了。我家的房子在第二條巷子，走路非常輕鬆。」

不過我們扶她下車時，她必須倚著汽車，雙腿才能站穩。

「我該抱你過去嗎？」巴布問她。她用保加利亞語對他說些話，微笑了一會兒。他笑起來，但她只挽住他的手臂。

亞莉珊卓站著，抓住史托喬的牽繩，與牠一起嗅聞微風。附近有木材冒煙，更遠處有強烈的新鮮氣息。她已經很久沒有這種稍微喘不過氣的感覺，耳朵也感受到壓力。空氣非常特別，很像啜飲淡淡的白酒。亞莉珊卓陷入聯想：那件壞事發生之前，她和父母和傑克一起爬山的那段舊時光。從這裡，道路的中央，村落的中央，世界從他們腳下向外開展。幾公尺外，較低處的街道上，有些房屋的屋頂與她的腳位於同一高度。一輛生鏽的藍綠色貨車塞在庭院的樹木之間，扁塌的輪胎陷入土裡，車斗裡面的泥土長出一些較小的樹木。她不免好奇，為何有人在這麼陡峭的地方蓋房子？即使周圍有更高山峰的遮蔽，這裡仍是寒冬肆虐的路徑啊。她的家鄉，藍嶺山脈裡，歷史悠久的農田都躲在山坳和山谷裡；洛多皮山區的這些房子則是大膽跨坐在高山草原上。腳下的遠處，她看到剛才一路途經的村莊，更遠處有很長的一片曠野，甚至有個城市只剩她的拇指指甲大小，宛如一群小小的白色和紅色墓碑。比那裡更遠的地方，則有山脈繼續綿延。

她心想，一整個鄉間，我正看著一個完整的鄉間。現在草地和道路聞起來都像青草味，一股乾淨溫暖的氣息隨著上升的風勢吹向她；她的周圍有著午後太陽烘烤泥土的氣味，還有動物糞便的氣味。她抬起頭，看到天空好遼闊，邊緣點綴著輕盈的白雲。顏色較深的稜脊前方有個形狀對稱的綠色錐狀山頭，像是

一座死火山。低頭看去，亞莉珊卓發現她旁邊有個飲水槽，裡面滿是泥水，那是將長條的石頭挖空製成，與村莊本身一樣古老。

「來吧。」伊麗娜說，她倚著巴布的手臂，於是大家全部轉過身，走進一條街道，這裡的房屋全都安置於花園後方。一棟房屋的前院有個放乾草的圍籬，另一棟則有些籠子，關著看似兇猛的巨大兔子。到了第三棟，它與一間小小的石砌穀倉相連，伊麗娜和巴布停下腳步。伊麗娜試拉大門，發現鎖住了，接著用她的雕刻手杖敲門，而不是用手敲。他們等著。等待的時候，亞莉珊卓把史托喬小心綁在前院的一棵樹上，以免牠不能和大家一起進屋。她心想，他們可能隨時會看到維拉或涅文。

由於仍然沒有回應，巴布輕敲一扇窗戶，那裡有窗簾拉上。「也許他們在睡覺？」他說。

大家再度等待。亞莉珊卓聽到輕柔的微風從山谷吹上來，吹動鄰居的乾草堆，也讓許多院子裡的老白楊木樹葉劈啪翻飛。四周的一切看起來如此昏昏欲睡、如此翠綠，儘管心情焦慮，她覺得自己都想睡了。蘭卡走向另一扇窗戶，踮著腳尖窺看裡面。那裡也有窗簾拉起。

「我想，他們不在這裡。」伊麗娜語氣平淡地說。

「也許他們出去了。」巴布猜測說。

「不，一天的這個時候，我姊姊會休息。她會把門打開，坐在廚房裡，或者躺在她的臥室裡。」

巴布轉身看著街上。「要我去問問鄰居嗎？」

「好，親愛的。那一間。他幫我們保管鑰匙。」伊麗娜放開他，蘭卡立刻過來扶著。亞莉珊卓再次注意到伊麗娜多麼高大，而且她站得挺直，即使顯然很疲累了。在她的臉孔周圍，沒有綁緊的頭髮像是白色雲霧，胸針在房屋的陰影裡熠熠發亮。亞莉珊卓心想，他們應該盡快讓她進去屋裡休息。

到了隔壁，巴布站在前門臺階上，與身穿格子襯衫和破舊褲子的男子交談。男子一看到伊麗娜，立刻衝過來與他們所有人握手，急切地說話。伊麗娜的三角形臉拉得更長了；這房子顯然上鎖至少一星期。是的，維拉和米倫・拉迪夫曾在這裡住了好幾個月，涅文偶爾來訪。但後來他們跟著涅文離開，也許六天前吧，去索菲亞辦事。不，他們沒有對他透露計畫的細節。過去幾天，他和太太自己也不在，才剛回來。

最後，男子去拿來一把大型的鐵鑰匙，接著回去做他自己的工作，他們則用鑰匙打開維拉家的門。巴布推擠門閂，門向內打開，顯露一道臺階，向下通往石板地面；房子向他們呼出一口氣，潮溼且冰冷。

「來吧，孩子們。」伊麗娜虛弱地說，於是他們向前走，幫忙扶著她。

第二十九章

第一瞬間，亞莉珊卓完全看不到屋內的東西，一部分原因是她轉身面對伊麗娜和被陽光照亮的門口，另一個原因是伊麗娜突然腳步不穩。亞莉珊卓心頭一緊；說也奇怪，她一度覺得回到索菲亞，看著維拉·拉扎洛夫在計程車旁邊踉蹌向前。她抓住老太太的上臂，感覺骨頭好細，她好擔心會折斷。不過她的支撐力量讓伊麗娜站直身子。老太太抓住亞莉珊卓的肩膀，站了一會兒，呼呼喘氣。蘭卡一個箭步衝上前，抓住伊麗娜的另一邊手臂。

「噢，親愛的。」伊麗娜以驚奇的眼神看著亞莉珊卓，水汪汪的眼睛映照著門口燦亮的陽光。「謝謝你。」

亞莉珊卓謙虛地說：「不客氣，我只是不希望您……」她想像這位優雅的老太太摔斷骨盆、倒在地上扭動身子的情景，結果沒辦法把話說完。

他們帶伊麗娜走向門邊的一張椅子，扶著她坐下。屋裡很暗，而且冷得令人吃驚，彷彿與外面的春日午後毫不相干。在他們背後的院子裡，史托喬開始哀鳴，接著吠叫。

「我姊姊會在哪裡？我實在不懂。」伊麗娜聽起來好像快哭了，因為滿心挫折、憂慮，或者極度疲累。「她應該幾天前就回來了，或者會打電話給我。」

「我們先讓光線照進來。」巴布堅定地說。他把一扇窗戶的窗簾拉開，亞莉珊卓走去拉開其他窗簾。現在她看得清楚了，發現角落有一盞燈；她把燈點亮。他們站著凝視一切，伊麗娜坐著不動，蘭卡的手放在她的肩膀上。

屋內遭到破壞。原本裝了褪色藍布椅墊的椅子，這時全都翻轉成上下顛倒，摔得裂開。地板的遠端散落著書本、石頭和破損的貝殼，彷彿某人用強有力的手臂把架子上的東西全部掃下。一張小桌子撞爛在石板地面上。嚇傻的亞莉珊卓心想，放在另一張桌上的燈居然完好無恙，真是太神奇了。一張小幅的油畫（是伊麗娜的作品嗎？）躺在一團混亂之中，風景畫從中裂開，也許是用刀子劃開，畫框與之分離。屋內的壁爐是用平滑的河川卵石砌造而成，爐床上散落著碎玻璃。亞莉珊卓很慶幸史托喬還在外面，她把牠綁得很緊。房間的另一頭有扇門打開，亞莉珊卓看到那裡像是廚房。門口旁邊的牆壁是白色的，上面有些張牙舞爪的紅棕色符號，那是一個字。大家全都盯著看。

「巴布！」亞莉珊卓說。他的手握住她的手一陣子。

「那是什麼？」伊麗娜問，聲音發抖。由於光線昏暗，她即使眼光銳利、擅長觀察細節，顯然也無法看清楚那個字。

巴布努力控制聲音。「它說Znaem，『我們知道』。」

「知道什麼？」亞莉珊卓說。

「誰會做這種事？」伊麗娜的語氣透露憤怒，帶著哭腔。

巴布突然離開起居室，匆匆走進廚房，她們看到他打開一盞電燈。她們聽到他跑上木造樓梯，到達頂的樓上。他像衝上去一樣快速回來，再跑出去到院子裡。

等他回來，他站著，大聲喘氣，盯著牆壁上的那個字。「屋裡屋外都沒有人。」他說。

「我們家的屋子啊，它……全都像這樣嗎？」伊麗娜輕聲說。

「沒有，他們只砸毀起居室。」巴布說。

伊麗娜倒抽很長一口氣，呼嚕作響。「還有我姊姊！他們有沒有傷害維拉？」

巴布轉身安慰她。「沒有，我想沒有。沒有打鬥的跡象，其他的一切看起來像是您姊姊正常離開，出遠門。我想，這是他們離開之後發生的。拜託，各位……」他說著，並舉起一隻手。「拜託，別碰任何東西。我只帶了手電筒，但是……」

他從丹寧外套裡面拿出一支小手電筒，這令亞莉珊卓想起，就是因為他帶了工具，他們才能離開維林修道院。噢，天哪，她心想。他們曾經被鎖在那裡，從外面鎖住。接著有人在計程車上塗字，還有擋風玻璃上的彈孔。

巴布正在檢視油漆字、翻倒的家具，還有腳下的碎玻璃。亞莉珊卓看著他伸出腳，將某種東西踢到遠處的角落，踢到沙發的後面。他拿出手機，拍下塗鴉字和受損的房間。伊麗娜突然發出一陣呻吟。蘭卡伸出一隻手臂環抱她的肩膀。

「巴布。」亞莉珊卓說。

「現在不要。」他低聲對她說。她心裡明白，他指的是不該討論角落裡的東西，或者計程車上的文字，或者其他事，等到把伊麗娜安頓好再說。不過伊麗娜自己開口，彷彿重新得到說話的聲音。

「親愛的，來這裡……」她召喚亞莉珊卓過去。「你和蘭卡可不可以扶我到小臥室躺下來？在樓梯後面。巴布，這裡好冷。你可不可以在爐子裡生火？你也知道，這裡沒有其他種類的熱源。木柴在穀倉裡。

如你所說，我們可以晚點再清理。」

「您要我報警嗎？」巴布問她。

伊麗娜說：「不，我想不要。警察距離這裡非常遠，在山下的大城鎮裡，而他們只會質問所有的鄰居，然後每個人都會談論這件事。我認識這些鄰居已經好幾代了，我很確定沒有人會對我們做這種事。」

亞莉珊卓很想指出，如果是外來的人造成這種損壞，也許警察會找到他們的下落。接著她想起牆上的字樣：也許伊麗娜和巴布都不想讓警察看到那個字？

亞莉珊卓和蘭卡扶著伊麗娜進入樓梯底下的小房間，移開滿是灰塵的床罩。她們幫忙伊麗娜躺下，從衣櫃拿出毯子把她蓋好；毯子的材質是簇絨羊毛，即使在冷空氣中，摸起來也很溫暖乾燥。蘭卡坐在床邊，握著老太太的手。伊麗娜謝謝她們，閉上眼睛好像很滿意，但亞莉珊卓覺得她看起來快死了。

接著，亞莉珊卓回去找巴布。他正站在起居室的雜物堆裡。

「巴布，那是什麼？」她指著沙發後面的角落，鼓起勇氣說。

「我不知道你會不會想看。不過，去吧。」巴布氣急敗壞地說

她猶豫一下。「牆壁上的字……那是血嗎？」

「是的。」他站著，雙手插在口袋裡，頭低低的。

她瞪著他。「不是……」

他搖搖頭。「不是人血。不過很可怕。」

她慢慢走到角落，看著沙發背後。

「喔，天哪。」她說。地上有個亂糟糟的東西，沾滿血污，她最先認出的是牙齒，三顆尖銳的黃牙斜

咬著下唇。一顆頭。接著是古怪的黃眼睛，半閉著，周圍是雜亂的毛皮。牠旁邊躺著一支畫筆，同樣沾著血跡。那一瞬間，她覺得自己可能要吐了。

「那是……那不是狼吧？」她說。

「我覺得是。」巴布瞥了牆上字樣一眼，雙手依舊插在口袋裡。「還有一件事很奇怪，山區的狼早就非常稀少了。」

亞莉珊卓忍住不再看那顆頭。「那豈不是，我是說，殺一隻狼，那一定是違法的吧？」

「違法？」巴布哼了一聲。

亞莉珊卓真希望自己沒看到。牠身上有好多棕色血跡，角落也有；她現在聞得到牠的氣味。還有其他的恐怖景象，顯示那動物最後的掙扎。

巴布小心跪在沙發旁邊，用一隻手指檢查地板；亞莉珊卓看得出來，這種事他做過好多次。「乾的，但是血液乾得很快。」他說。

她不想搞清楚他怎麼知道這種事。「我們不能讓伊麗娜看到，而我想蘭卡沒注意到。」

「應該沒有。」巴布從口袋拿出一張紙巾，擦擦自己的手。「我會拍照，然後把牠埋在院子裡。不過，我們得先找到盒子或袋子，把牠裝起來，萬一有某種原因需要的話才能把牠挖起來。」

「你是說，你會報警？」

他看著她。但是若有所思，沒有生氣，然後搖搖頭。

廚房簡直像石洞一樣，昏暗且寒冷，直到爐子生火為止。這裡很整齊，甚至乾淨——幾口鍋子掛在漆成白色的板子的釘子上，成串的洋蔥和大蒜從頭頂的屋梁懸垂下來。廚房一端有個爐臺，配備寬闊的爐邊工作臺。亞莉珊卓向來對新地方的氣味很敏感，而在這裡，她必須克制自己才不至於發出嗅聞的聲音。廚房有種複雜的氣味。冰冷，土味，彷彿屋子蓋在山的裡面。她想像冬天的風勢、極深的積雪、強勁的雨勢。年復一年，屋子挺過這一切，很像遮蔽效果良好的墳墓。外面的明亮日光似乎止步於此，直到巴布將廚房唯一的窗戶撬開，讓陽光照進來。蘭卡拿水壺裝滿自來水，然後從她的袋子拿出一把香草加進去。角落裡有一具電話，但與亞莉珊卓的想像不一樣，不是伊麗娜在普羅夫迪夫家中那種老式電話。螞蟻在糖罐爬上爬下，沿著架上的防水布邊緣連接成一條長龍。茶煮好了，蘭卡拿一杯去給伊麗娜。

巴布和亞莉珊卓坐在老舊桌子旁邊，喝著濾掉香草的熱茶。

她問：「我們現在該怎麼辦？萬一寫那些字的人回來這裡怎麼辦？也許我們該趕快離開？」

他已經捲起袖子，用冷水洗過臉並順順頭髮，因此頭髮溼溼的。

巴布說：「我認為伊麗娜還不能坐那麼遠的車。不過，即使門窗都鎖上，今晚也不該睡在這裡。我們必須找其他地方。而且，也許拉扎洛夫家的人明天會回來，如果他們已經往這個方向移動的話。伊麗娜可以幫我繼續打電話給涅文。」

「如果他們沒有來，我們該怎麼辦？」

「我們得看看伊麗娜的狀況。」

「你覺得她生病了嗎？」

巴布搖搖頭。「沒有，只是年紀非常大又非常累。我不該答應帶她來。」

「我以為答應我們來的人是她耶，不過她現在看起來不太好。」亞莉珊卓說。

「明天或後天，我們可以帶她回家。接著我們回索菲亞，重新想辦法找他們。或者先去伯維茲。不過我很擔心留她一個人，即使她在家裡也一樣。特別是她家，如果有人知道我們去過那裡，而且知道我們有骨灰盒的話。現在我很慶幸沒有讓她和骨灰盒單獨在一起。」

「我也是。不過，我們為什麼要回伯維茲？」

蘭卡帶著空杯子回來，開始洗盤子，婉拒他們提議幫忙。她在水槽邊時，亞莉珊卓碰碰巴布的手臂。「那些字為何那樣說？『我們知道？』如果其他塗鴉和骨灰盒有關，這個一定也有關。」她說。

「可能吧。」他刮著桌上凹凸不平的一個點。

「嗯，所以某人知道我們擁有它，他們『知道』的是這件事。」

巴布向後靠，伸展肩膀；亞莉珊卓感覺到他的銳利藍色目光向她射來。「不過，那似乎正是另一件事要表達的意思，就是計程車。某人知道我們擁有它，要求歸還。如果我們理解正確的話。」

亞莉珊卓想了一會兒。「也許這個人是說，他們知道骨灰盒的事，而不只是我們擁有它。」

「你是說，裡面是誰的骨灰？」

這一次她點頭。「對，或者，說不定他們是要說，他們也知道那個人的事。史托楊．拉扎洛夫的事。」她低聲補上一句。如今，把他講成骨灰，她似乎覺得很不好意思、很不敬。

巴布坐著，隨意搖晃鹽罐。「我也不知道。這位音樂家年紀很大才過世，在一個小鎮過世。他的身世

其實不是很有趣的事。他不富有，不是罪犯，也不是公眾人物。他從來沒有成名。那麼到底要知道什麼呢？也許與他的兒子有關，涅文……也許他是罪犯。」

「那麼，警察為何不乾脆找到他，逮捕他？」亞莉珊卓說。

他們對坐了一陣子，面面相覷，聆聽蘭卡在水龍頭底下沖洗杯子的聲音。

❖

他們和蘭卡一起把起居室整理好，刷掉血跡，巴布也把狼頭埋進後花園。蘭卡沒有問問題，但她平靜的臉上透露恐懼。在那之後，他們進入樓梯底下的房間，找伊麗娜．喬吉瓦談談。伊麗娜躺著，雙眼緊閉，布滿粉紅色血管的眼皮看起來好巨大。亞莉珊卓發現老太太取下胸針，把它放在五斗櫃上；她突然感到很緊張，覺得伊麗娜沒有佩戴胸針，生命跡象會逐漸消逝。她坐到床邊的椅子上。傑克失蹤之後的那幾個星期，她記得曾像這樣坐在母親旁邊；有時候，她母親的紅潤臉色會鬆懈，變成正常的陰沉狀態，而偶爾也會伸出手，碰觸亞莉珊卓提供安慰的手。

「喬吉瓦夫人，您覺得如何？」巴布說。

伊麗娜睜開雙眼。「我承認自己很累。我想，是這趟路程的關係。還有屋子造成的驚嚇。」

「我們把起居室清理好了。」亞莉珊卓對她說

「謝謝你，親愛的。」伊麗娜舉起一隻手順順頭髮。「很抱歉耽誤你們的時間，我相信自己沒辦法趕路回去，最快可能要明天。」

巴布向床鋪彎下身子。「我們也是這樣想。不過，我不建議今晚住這間房子。」

伊麗娜在枕頭上移動一下。「你說得對。其實我也不想。也許我們可以住在雅納婆婆家，沿著街道往上走。她是我們在這裡的老朋友。年紀非常老，她認識我們家所有的人，我父親和母親，維拉，史托楊。我確定她會很歡迎我們。」她作勢要坐起來，但是虛弱無力。「雅納婆婆的眼睛看不見。」

巴布端詳著她。「我很遺憾。」

「嗯，她不覺得遺憾。你也知道，她不是生下來就那樣。我聽說那發生在她一百歲生日那天。而有些人說她看得到東西。走上去，幫我問她，今天晚上我們可不可以睡在她那裡。她住在主街上，過了教堂的第三間房子。而且，問問看她知不知道我姊姊和涅文在哪裡。也許她透過特殊視力看到他們。」伊麗娜又閉上眼睛。「我相信現在不會有人打擾我們……特別是白天不會。」

亞莉珊卓彎腰親吻老太太的額頭，那裡聞起來像薄荷。蘭卡在外面的走道上等他們，然後立刻進去到伊麗娜身邊。

巴布和亞莉珊卓鎖上小屋的門，走向村莊的主街，史托喬輕快地跟在他們後面，沒有繫著牽繩。太陽已經落向山區的地平線；亞莉珊卓後悔沒穿毛衣。村莊街道兩旁的樹木開始長出薄而透亮的葉子，看起來幾乎透明。她和巴布在路上寬闊的地方停步一會兒，看著一名男子把十幾隻山羊趕向看似古老的飲水槽。他帶著一隻狗，是高大機警的動物，耳朵豎立成誇張的三角形，把落後的山羊趕入羊群。史托喬跑過去認識牠的對手，豎起背部帶有斑紋的毛，但那隻奇怪的狗看看周圍，沒有強烈的敵意，然後急著往前走，意思像是說：「抱歉，我正在工作……可以晚點再聊嗎？」

牧羊人把飲水槽一端的水龍頭打開，讓水流進中空的石槽，這時他的山羊推擠向前。牠們戴著小小的銅鈴，每次移動就響起；彼此推擠時，聽起來很像複雜的樂器自行演奏的聲音。亞莉珊卓靠近牠們，近到

可以看見牠們眼睛的水平細縫，害她好想把羊的瞳孔轉直。她伸手放在其中一隻山羊的骨感背脊上，感受著異常柔軟的羊毛，以及底下溫暖的身體。山羊稍微驚嚇後退，但為了喝水又往前擠，沒有看著她。

然後巴布又開始沿著大路走，亞莉珊卓匆匆跟著他。他們經過一個老太太，她坐在門前庭院削馬鈴薯，鐵絲網上長滿層層疊疊的玫瑰花，石砌的房屋和穀倉在斜坡上屹立不搖。亞莉珊卓突然發現史托喬溜走了。她的第一個念頭是叫喚牠，但巴布指著道路頂端的教堂尖塔，他們就快到了。從此處開始，大部分的房屋都在他們下方，扇貝狀的石板屋頂鋪展開來，沾染了地衣的顏色。她看到村莊下方的道路揚起一團煙塵，有貨車緩緩往上開。村莊周圍延伸出無止境的草原，大半自由生長且綠得發亮，亞莉珊卓猜想那以後要做成乾草。

教堂孤零零佇立著，兩側包圍著雲杉。門的上方有楣石，外面粉刷過，但隨處都有灰泥剝落，顯露出底下的石材和黏土。史托喬趴在門口臺階上，等著他們。教堂周圍有個小院子，裡面的墓碑有些瘦長、有些寬短，附帶以石頭圍起的一塊土堆，遺體一定躺在那底下。墳墓上面設置著蠟燭、紅色玻璃製作的燈籠、放著枯萎花朵的花瓶，其中一座墳墓還有一堆圓形卵石。較新的墓碑是光滑的黑色或灰色大理石，研磨得非常光亮，反射著周遭草原和灌木的色彩：亞莉珊卓看到自己的形影映照在一塊墓碑上，於是彎腰靠近它。

「伊凡卡．貝勒契可娃。」她唸道。花崗岩墓碑上蝕刻著一張臉孔的照片，精準度令人咋舌，像是一位嚴肅的鬈髮女子受困在石頭裡；亞莉珊卓心想，伊凡卡她看似準備要移動或說話，宛如黑魔法。不過這裡很舒適，安靜無風，由此觀看村莊是景色最棒的地方，觀看山谷也是。這裡有三面可以一路遠望山脈，是最高山峰的山肩處，森林蓊鬱。傑克會喜歡長眠在這樣的地方吧，她心想，在這裡他可以看到山脈，登

高望遠，但依然身處於人群之中。

亞莉珊卓拉拉巴布的袖子。「他們為何不把他埋葬在這裡？」

「史托楊．拉扎洛夫？」他正在看最古老的一些墓碑，讀著上面的名字。「對啊。他一定很喜歡山上這裡，與他太太的家人一起來。這裡好平靜。」

巴布說：「我想也是，但我們不知道他有沒有這樣的願望。」

「我猜他喜歡修道院，反正這也不是由我們來決定。」她說。

巴布搖搖頭。「也許甚至不是由伊麗娜．喬吉瓦來決定。」

亞莉珊卓遙望山峰，那裡的光線依然顯得層層朦朧。「你有沒有想過……有時候我有這種感覺，我們好像走在斷崖的邊緣。我是指每個人，一直都是如此。」

「斷崖？就像峭壁？」巴布想了一下。「對啊，我們當然是。」

「你也這樣覺得？」她望著巴布那頭金髮的光澤，以及細細的藍眼睛。

他說，接著沉默了好一陣子。「是啊，我認為我們的國家也是如此。萬一掉下去，會墜落很長一段距離。」他直直看著她，但她不了解他看的到底是什麼。

「你是什麼意思？」她碰碰他的手臂。

他轉過身，看著他們下方延伸開展的地景，村落的屋頂，還有田野……「如果你在這裡長大，你知道這是全世界最漂亮的國家，即使有時候痛恨它的一些事。不過我們記得很清楚，我們如何與這世界隔離開來，而且被迫彼此對抗。那種事一旦開始，就發生得很快，而且是不久之前的事，那時候我的祖父母已經出生了。如果我們接受不好的政府，那種事就可能再發生一次。」

「每個國家都是這樣吧，關於不好的政府那部分。」亞莉珊卓反駁，但她知道那是她無法理解的事。

巴布突然抓住她的肩膀；她一度認為巴布要搖晃她。接著，他伸手向上，拉拉她耳後的頭髮，手指的動作很輕柔。他說：「我知道。不過，如果你接受入侵者接受了太久，有時候會把他當成客人，以後邀請他回來。」

他轉過身，再次眺望整個村莊，俯瞰一片片田野。亞莉珊卓試著依循他的目光看去。「無論如何，我的國家在短時間內有很大的進展。我想，我們有特殊的經驗，文化、從歷史得到的教訓，還有美麗……可以分享給全世界。我們走回頭路會是悲劇一場。我們已經受了那麼多的苦啊。」

夕陽開始照進村莊，同時越過教堂的院子，向下照到道路的另一側；它凸顯出房屋之間的巷子，也讓樹木產生光隙。亞莉珊卓很了解太陽這樣快速消失，很快就會沒入群峰背後，而不是漸漸下山。她又聞到燃燒木材的煙味，以及烹煮某種肉類的香氣。她想著骨灰盒，接著想起她自己的行李，棄置在索菲亞的青年旅社房間裡，也想起她沒有乾淨衣物可換的事實；那似乎再也不重要了。她手臂內側的疤痕癢了起來。史托喬緊靠他們腳邊，沒有繫著牽繩。傍晚西沉且變涼，一分一秒改變。

「這就像我家鄉的山區，太陽西沉得好快。你想抓住它，但還來不及抓就消失了。」她對巴布說。

「小鳥，你想家嗎？」

不是想念某個地方，她心想。「不是。不過，這裡確實讓我聯想到身處於藍嶺。」

這時他們爬上街道最窄的一段。院子荒蕪，有棟房子半倒，石板屋頂掉下來，煙囪頂端有鳥巢。接下來的院子有小男孩和小女孩在樹下甩動地毯，兩人笑著鬧著，一邊把地毯的綴飾甩到彼此的臉上。他們第一次在這裡看到小孩。

「藍嶺？」

「對，藍嶺山脈，我對你說過。我住在那裡的山區，在北卡羅萊納州。那邊很像這裡，但是比較藍，比較柔和。沒有這麼多岩石。」亞莉珊卓說。

巴布突然停下腳步，她意識到他們已經走到教堂之後的第三棟房子，是一棟石砌小屋，門前有幾個花盆。一名女子就坐在門外的椅子上。

亞莉珊卓原本的想像是一名高大圓潤的盲眼老婦人，但這人很嬌小，像是一小塊黑布。她穿的根本像喪服，只不過套著圍裙，可能原本是紅綠圖案，但現在很破舊。而圍裙底下的裝束，令亞莉珊卓非常驚訝，那是黑色的男裝。那一定是非常矮小的男子，而且是冬裝：起了毛球的毛料長褲，膝蓋縫了黑色補丁，小小的黑色橡膠鞋，用某種膠帶黏補，外加一件破舊的黑色毛料夾克。她面前的地上豎立一根手杖，沒有血色的雙手抓著頂端的握把。她包著黑色頭巾，臉頰周圍用複雜的方式摺得平坦，然後在纖細的下巴拉緊打結。她的臉不太像臉，比較像皺皺的摺紙作品。亞莉珊卓這輩子可能從沒見過這麼老的人。如果老太太有眼睛，無論看不看得見，似乎都消失在皮膚皺褶裡，連同眉毛和嘴唇的血色也消失了。亞莉珊卓心想，她可以描繪出那張臉的一些細緻線條，包括細薄利落的鼻子和彎彎的額頭。八十年前，雅納婆婆可能是小鳥一般的美人，可能曾是村裡最嬌小的美女。也許她從來不曾長個子，光是變老。

巴布大聲打招呼。但他們剛才站著凝視時，老太太已經轉過身，彷彿聽到或聞到他們。她抬起小巧的臉蛋，頭微微歪向旁邊。接著，彷彿第一次有了眼睛，沒有受到遮蓋。不是亞莉珊卓原本擔心的空洞蒼白怪異，而是一對黑鈕扣。史托喬衝向她，而亞莉珊卓和巴布兩人有好一陣子呆立不動。接下來，狗尾巴開心地甩來甩去，牠輕輕嗅聞雅納婆婆僵硬的雙手，直到那兩隻手慢慢打開。她的臉綻放出同樣愉悅的神

情；她抬頭盯著天空，愛憐地撫摸牠的頭，嘴唇延伸開來，露出最後一顆徒具裝飾功能的牙齒。她的手宛如爪子，貼著史托喬的毛皮，拍拍牠，招呼牠。

「雅納婆婆。」巴布很有禮貌地開口說，但老婦人用一連串的話打斷他。她的音量比本人大多了。

他低聲對亞莉珊卓說：「她說，她知道我們要來。」他彎腰牽起雅納婆婆的手，對她說話，說著伊麗娜的名字，還有維拉的名字，而她一度抬起頭，以空洞的眼神緊盯他的臉。巴布看著她，仔細聆聽。「她說，她已經好幾個星期沒見過拉扎洛夫家的人。說不定是好幾年……她不確定。」老婦人伸手試探周遭，像是拍狗一樣拍拍亞莉珊卓；她似乎很確定在場有兩個人。

一小時之後，他們又把伊麗娜安頓於床上，這一次是在雅納婆婆為她挑選的小房間。伊麗娜躺在枕頭上，顯然很安心。亞莉珊卓要離開房間時，伊麗娜她又說話了，聲音很虛弱。「問她這間房子，還有我的家人的事。」

亞莉珊卓發現巴布坐在門口外面，正與盲眼婦人交談；他拍拍旁邊的空椅子。亞莉珊卓還來不及提出請求，雅納婆婆就抬頭對著暮光，對著最早亮起的星辰，彷彿看得到他們。她的聲音既宏亮又粗啞。

「史托楊．拉扎洛夫。」她說。

第三十章

就算你們不相信，我還是要說，我看著土耳其人被迫離開這片山地。我父親對我說，你一輩子都會記得這個時刻，即使你活到一百二十歲也一樣。你們知道吧，保加利亞的其他地區已經解放了很長一段時間。接著，到了我已經成為年輕母親時，住在山腳下大村莊的一些土耳其官員聽說保加利亞軍隊第二次進入洛多皮山區——那時候是一九一二或一九一三年，第一次巴爾幹戰爭[9]期間。保加利亞軍隊曾在第一次解放期間[10]來到這裡，接著他們又失去這些土地。但這一次，保加利亞軍隊永久收復我們。因此一夜之間，這附近村莊所有的土耳其人帶著妻子和牲畜離開了，再也沒有回來。哥諾只有少數人，不過他們也走

---

9 一九一二年到一九一三年期間，在巴爾幹半島上發生兩次巴爾幹戰爭。第一次巴爾幹戰爭（一九一二年十月～一九一三年五月）的交戰雙方是巴爾幹同盟諸國（希臘、保加利亞、塞爾維亞等）與鄂圖曼土耳其帝國。結果鄂圖曼土耳其帝國戰敗。其後由於戰後利益分配上的問題，又很快爆發了第二次巴爾幹戰爭（一九一三年六月～八月），這次的交戰雙方分別是希臘、塞爾維亞、羅馬尼亞、土耳其和保加利亞。結果保加利亞戰敗，割讓大片土地；為了報復其巴爾幹鄰國，在第一次世界大戰時加入同盟國陣營。

10 一八七七年，第十次俄土戰爭，鄂圖曼帝國戰敗後，歐洲各國擔憂俄羅斯壯大，在一八七八年召開柏林會議，決議讓保加利亞有自治權，成立保加利亞公國。

了。他們帶著馬匹和騾子離開，非常吵鬧，排成長長的一列。

一個星期後，有個政府官員騎馬進入哥諾，把他的旗幟掛在廣場上。他說，這來自「議會」，那裡包含很多重要人物。他帶了報紙證明這番話。他說，這是一個帝國的結束，保加利亞已經讓整個帝國垮臺，有如樓房在地震中倒塌。我還記得那人的雙手上下移動，表演石頭砸到地上的情景。

我不知道什麼是「議會」。我想，那可能是某種慶典，就像我們的「伊林登日」[11]，準備開始收割乾草。我想，他們會選出擅長唱歌跳舞的人。我認為我父親會受邀參加那場慶典，因為他是村裡最重要的人之一，而且舞跳得非常好，特別是喝醉的時候。

然而，我父親留在這裡，幫新教堂募款。其實還是舊的教堂，但他們幫外牆塗刷新的灰泥，教堂裡面也重新粉刷、裝設細緻的窗戶、建造高聳的尖塔。在那之前，它原本是矮小的教堂——大家總說那是土耳其蘇丹王的命令，他要每一間教堂都比所有的清真寺尖塔更矮，不過我們村裡從來不曾出現清真寺尖塔；新教堂高塔的穹頂也比較高。神父在新教堂就任聖職那天，我父親和其他人在正面掛上保加利亞旗幟。哥諾的孩子們到山下就學，學到新的保加利亞歌曲，但在山上這裡，一切事物多半依循以前的傳統；只不過，我們對於能夠讀到報紙裡的新聞感到很得意，報紙是每個月從普羅夫迪夫送來一次，有時甚至在冬天積雪最深時送來。

我自己就學的時間沒有很長。母親需要我在家照顧年幼的弟妹，然後我十六歲就結婚了。現在年輕女孩去上大學，而她們學到什麼呢？有沒有比我們學到的更多？我會閱讀，會寫字，多虧父親教導我們所有的孩子，我也會加法和減法，會計算家裡鐵箱的銅板金額。我知道英國在地圖上位於哪裡，還有非洲。我的第一任丈夫是很好的年輕人。他喝一點酒，像我父親和叔伯一樣，但他從沒打過我，而且只要做完自己

的工作，他經常幫我做些比較困難的家事。我還記得，他搬兩大袋馬鈴薯的樣子好像完全沒重量，甚至對我微笑。我們一起在田裡工作，除了有時候他受雇於山下平原的果園。我們結婚時他十八歲。有時候，我很早醒來，覺得完全清醒時，還會想起他的名字。

總之，那位丈夫——他就像他家所有的人一樣性急——死於第二次巴爾幹戰爭，當時我們最小的孩子還很小。接下來的冬天，我的兄弟拿了豆子和鹽給我；我的大兒子也努力幫忙，他是好孩子；我的小兒子也是。後來所有的女兒也都幫忙到她們結婚，只有瑪麗亞除外。瑪麗亞始終沒結婚。她真的非常漂亮，而且脾氣非常好，只是相當嚴肅。我不懂到底怎麼了，她一直跟我住，最後我比她活得更久。他們的父親過世了，我讓所有女兒自己選擇丈夫，大多數女婿都很好。我從來沒有強迫她們。現在她們早就全都過世了。我的小兒子在山下平原打穀時意外過世，當時他才剛開始工作，用的是有引擎的新機器。從那以後，我再也沒碰過機器。我不需要機器，也不需要大家來說我不能活到這麼老。相信我，等你活到這麼老，你就是知道。

我的大兒子和他的新娘子在村裡地勢較低的地方住下來，接管我們的田地，我則負責照顧孫兒，接著女兒也生了一些孩子。這些孫輩開始報到的時候，裁縫師安東向我求婚。你看，我還記得他的名字，一點困難也沒有。我們有牧羊人安東和裁縫師安東，我絕對不會和牧羊人結婚，他經歷第一次世界大戰之後就疑神疑鬼。在山上，他除了山羊以外還看到其他事物。裁縫師安東也去打過第一次世界大戰，不過只有一

11 保加利亞的伊林登日（Ilinden）又稱聖以利亞日（Saint Elijah's Day），在七月二十日紀念先知以利亞。傳說以利亞掌管夏日雷雨和冰雹，為免觸怒以利亞，傳統上這天不工作，舉辦節慶活動。

開始的時候。他的腿部中彈，之後就被送回家。他永遠跛腳，但那不表示他不英俊……喔，親愛的上帝，他很英俊。所有女孩都要他。只要你夠年輕，英俊這種事就是會讓你印象深刻。女孩，你可要注意啊。

不過安東真的體貼又聰明，值得珍惜，我很久沒有遇到這樣的人了。我們無法放開彼此的手。我們生了一個兒子，是我最小的孩子，因為與安東在一起，他不在乎我花好幾年照顧一個寶寶，也不在乎我年紀比他稍微大一點。他覺得我很漂亮，你不會想要反駁這種事，特別是你已經有一群孫子孫女在身邊跑來跑去。他比我的第一任丈夫長壽很多，直到發生地震——我是指真正很大的那次，不是我之前說的帝國末期那次。他有脾氣，安東，不過我們都曾經犯錯。如今，我在夢裡見到他總是很愉快。其實呢，他託夢給我，也託夢給我的好幾個鄰居。如果你在這裡作了很重要的夢，可以確定那是裁縫師安東託給你的夢。

我要告訴你的故事就是從這裡開始，關於那場地震和史托楊．拉扎洛夫的事——不過，如果老太太需要先講些其他事情，我希望你能原諒她。事實上，我應該要把兩件事之間的過程告訴你，那麼安東的死才有意義。總之，稍微有意義。我跟他結婚後，村莊發展得越來越大，也稍微富裕一點，因為我們這裡的土地真的很肥沃，開始多種一點菸草。那時我父親過世了，我母親也在他之前就過世，兩人都得了熱病。他們把這間房子留給我，因為我的兩個哥哥都在一次大戰快要結束時戰死了，而我弟弟在大戰結束後留在德國，老天爺才知道為什麼。在德國的某個地方，我有曾曾侄兒和侄女。他們現在可能在澳洲。

來說重要的事，這棟房子是村裡最好的一棟，現在也還是。你知道為什麼嗎？從外面看起來也許很小，不過挖得很深，非常深入地底下。我們有地窖可以儲存蔬菜，也可以冷藏食物、葡萄酒和漬菜。在那底下還有另一個地窖，可以儲存所有東西，特別是用來修理屋頂的石板，然後下面是第三層地窖，那裡有地下河流，有山區最棒的水源。

一棟房子有自己的湧泉實在很少見。有些人說，村子的起源就是這裡，在我的湧泉附近，遠在保加利亞王國的古老時代。我有木造樓梯可以往下通到最深的地窖。在其他地方，村子都座落在岩石上，你沒辦法像這樣挖進地下，不過很久以前有人知道你可以在這裡深入山裡，一路到達水源。或者說不定以前曾是洞穴，連我的曾祖父都無法確定這棟房子為何蓋成這樣。水沿著一條地溝，從我們的地窖流到山的側邊。幾年前有些教授從索菲亞來看湧泉，拍了照片。可能整個巴爾幹半島都沒有其他地方像這樣，一路到南方的聖山阿索斯[12]都沒有。我告訴你，我們也學到一些地理學。你在大學有沒有學過？等到土耳其人第一次來放火燒山、征服這裡，很多人躲進我們最深的地窖，但是沒有用。我們與希臘和塞爾維亞交戰期間，有一年夏天特別熱，我和孩子們睡在下面，鄰居睡在上面兩層地窖，大家全都覺得很舒適。後來，如果有孩子太頑皮讓人受不了，我會把他們送進地窖冷靜一下。

總之，第一次世界大戰結束和我們結婚之後的幾年間，村莊變得比較富裕一點。安東替附近所有村莊的人縫製衣服，不過他從來不曾像真正的裁縫師一樣盤腿坐。他不只做日常衣服，也做特別的服裝，像是結婚和洗禮儀式穿的服裝，也幫少數負擔得起的有錢人製作西裝，以便穿去城市拜訪親戚。我幫孫子孫女做洋裝和小上衣，而他幫其他人做比較精緻的衣裳，客人支付費用是用銀子，以及印有國王肖像的大張新紙鈔，或者只用食物來換。孫子孫女很強壯，身體很好，如果有人發燒都挺得過去；假如得了蝨子，我們會把煤油、醋和豬油混在一起，塗在他們頭上。不過接著來了其他問題。安東喜歡看報紙、與客人聊天，

---

12 阿索斯山（Athos）位於希臘東北部，以將近兩千年的基督教修道歷史而聞名，目前是自治政體，由東正教會管轄。

有時候會去較大的城鎮幫客人量身訂做西裝。回家時，他越來越常說我們會有另一場戰爭。該死，不，我要說真是夠了。我的孫子們漸漸長大長高，與我們其他人同樣一頭黑髮，長得很好看，而且最大的孫子已經和來自另一個村子的真命天女──有一年他在教堂的假日活動認識她──結了婚，生了一個小嬰兒。

接著，果然，戰爭又來了。戰爭期間，我們有一次走路或搭車到山下的城鎮，觀看真正的坦克車轆轆經過。我沒看過那麼盛大的遊行，後來也只在電視上看過。保加利亞捲進戰爭後，安東直到最後都無法志願從軍，因為他的腿，也因為他上了年紀，無法跟上行軍的步伐。取而代之，他幫軍官做衣服，也到鎮上一間工廠工作好幾個星期，大家在那裡縫製軍服。而那些軍服也很醜。

接近戰爭末期的一天，所有人突然開始從屋子裡跑出來，連不知道發生什麼事的人也跟著跑。我們跑向比較古老的戈拉諾夫農園下方，到達第一片田野高處，這才明白其他人到底看見了什麼。一群人站在田野上，不是我們村裡的人，而是陌生人，是希臘人，他們的衣服掛在瘦削的身軀上。有些人身上棕色血跡斑斑，有些人頭上纏著舊衣服權充的繃帶。有些人腳上只有一隻鞋子或根本光腳。有個人蜷縮在地上。另一個人的褲子前方扯破，所以他的私密處暴露在陽光下，但他根本沒發現。他們靜靜站著沒說話，只是看著我們，我們也看著對方，每個人都想，也許他們要來攻擊我們，奪走我們的食物。

接著，整個村子的人跑向前，包括所有的女人，以及沒有去打仗或沒有下田的男人，還有像我孫女凡雅一樣的年輕女孩，她後來成為護士。我們全都跑向前，扶著那些士兵慢慢走下山，到我們家裡。

隔天一整天，我們幫這些人洗澡、餵他們吃東西，把找到的藥全都敷在他們的傷口上。有幾個人晚上死了，我們把他們埋在教堂的院子裡──在上面那裡，你們到今天都還看得到他們的墳墓。我們得知他們在希臘打游擊，那裡的士兵追殺他們，最後他們逃進山區。他們翻過山，遇到我們，根本不知道自己身在

何處，甚至不知道這裡是保加利亞。其中一人會說一點保加利亞語，他告訴我，他把結婚戒指留在一根樹枝末端，掛在細枝上，於是他如果倒下死掉，婚戒就不會跟著他腐爛在土裡。我猜他很困惑，不知道這一切究竟有何意義。不過他活下來了，我們照顧他，也試著告訴他，他太太一定懂他的心意。他來自白海附近，非常年輕。

一個星期內，有些人搭卡車來接希臘人，帶他們去普羅夫迪夫的醫院，但我不知道他們有沒有回家。也許他們變成囚犯。其中一名士兵留在村子裡——我不知道為什麼——他漸漸好轉，後半輩子都留在這裡。莉莉住在已經關閉的郵局附近，她就是他的孫女，你可以問她。

那件事之後，有時候會在頭頂上看到飛機，少數年輕人跟著部隊前往馬其頓。我記得那些年的天空是灰色的，每個人都很傷心、疲累，不過太陽當然持續閃耀，畢竟蔬菜、蘋果和乾草全都繼續生長。外界沒有送來多少食物，所以我們甚至必須工作得更勤奮才能餵飽自己。

最後，酒館的收音機告訴我們，國王駕崩了。我們很後來才聽說，他曾經去見希特勒，回來之後生病，然後就死了。有些人說，希特勒對他下毒，就像他對歐洲其他人一樣。後來，收音機告訴我們，索菲亞有一些示威行動。人們丟石頭砸破玻璃，很多人飢餓又憤怒。沒有人希望繼續打仗，也不相信我們打仗的目的對保加利亞有利。到了一九四四年發生一場光榮的革命，結果我們根本不知道自己迎接的是什麼局面。我們的新領袖發表廣播演說，精力充沛的民眾在街上對坦克車高聲歡呼。原來那些坦克車是蘇俄的坦克車，現身參加慶祝活動。保加利亞換邊站，轉而對抗德國人，就是那時候有很多人前往前線。後來的選舉選出新政府。鄉村的選民全都投票給像我們一樣農民出身的人，不是投給共產主義者，但是別問我政治的事。活這麼久的老太太，無論想不想活這麼久，她最關心的都是身體健康。

第三十一章

嗯，我要說的事情比你們想知道的更多。不過我們繼續耕種食物、吃飯、睡覺，我每天煮飯給這裡的一大群人吃，全是我的家人。不然還能怎麼辦呢？如果非得繼續活下去不可，你也只能如此了。戰爭已經結束。村子裡有一些特殊的規定，因為我們已經實施社會主義，而一間新的文化中心取代了「社區中心」，那是以前的圖書館。我看到那棟房子拆掉覺得很難過，不過他們說裡面的牆壁有裂縫，會有危險。他們也把裡面的一些書扔掉。教堂關閉整修，感覺好像永遠修不好，也許要花四十年才能修完。

我們也有一些新的官員，村裡有少數人到山下的鎮上參加委員會，學校的正面也掛上一顆紅星。我的第一個曾孫就在紅星底下開始念幼稚園，小瑪麗娜的頭髮是全家人最捲的。雖然我現在已忘了其他人的名字，但我還記得她，因為她非常像我。有一天，她大概三年級的時候，有些人從「斯莫梁」那個大鎮來到學校詢問瑪麗娜，她父親是不是曾在家裡說他想要離開保加利亞，因為他不喜歡「革命」。她說沒有，最後他們終於相信她，放她父親一馬。接著，他們問起我們的鄰居琉柏是否不喜歡新的制度，琉柏是牧羊人的曾孫，而瑪麗娜說她不知道。於是，他們拿琉柏當代罪羔羊，他戴著手銬大哭，而我們再也沒有見過他。發生那件事之後，牧羊人全都變得更抓狂。他們說，報紙上寫著我們現在想說什麼都可以說，可是你相信他們的話嗎？我的祖母——她一輩子都受到土耳其人的統治——曾經告訴我，你想說什麼當然可以

說，不過有個前提，你得是老太太。那是永遠不變的法則。所以，現在輪到我了，而我一直忘記自己想說什麼。

也許你想知道史托楊．拉扎洛夫和這一切有什麼關聯。我忘了再提起他一次。首先，我必須向你們說明地震的事——我終於想起來了。維拉和伊麗娜的家族從普羅夫迪夫的叔公那裡繼承到他們的房子，她們的叔公以前與哥諾的一名女子結婚。她們小時候、早在戰爭開打之前，來這裡住過幾次。她們是都市女孩，我記得她們來這裡拜訪時，穿著都市人的白色衣裙，隨時都會弄髒，頭髮也繫著白色蝴蝶結。他們的父親是好人。他遇上某種悲慘的意外，為了健康著想，開始比較常來這裡，呼吸新鮮空氣，但那並沒有幫助他再次站起來走路。不過他很善於微笑。

維拉和伊麗娜第一次來住她們的房子時，我已經與安東結婚，她們父親向他訂做一些容易穿脫的特殊褲子；那是安東最棒的發明，他這樣形容。他喜歡取笑安東，說安東是發明家，而不是裁縫師。安東很了解不能像其他人一樣走路是何種感受。到了下一次世界大戰開打之後，我們聽說維拉結婚了，但伊麗娜沒有。我覺得伊麗娜像是一匹無法馴服的馬，而且沒有人想要嘗試。她是藝術家，你也知道，他們我行我素。你可以想像她可能有什麼樣的冒險人生。我聽說她還活著，是一個像我一樣的老太太。

戰爭期間，維拉和伊麗娜她們家人有很長一段時間沒有來村子裡。接著，到了戰爭尾聲，炸彈像雨點一般落在索菲亞，我們聽說維拉的父母可能會帶她們來這裡住幾個月，躲避轟炸。但他們沒有來，他們被送到索菲亞轟炸最嚴重的區域外圍附近。他們全都沒死真是幸運。後來，我們聽說維拉的新婚丈夫曾經去匈牙利，在保加利亞換邊站的時候去打德國人。我們聽說他只去了幾星期就傷到大腿，病得很嚴重，然後獲准回家。因為那樣，我們一直到光榮的革命變得比較沒那麼光榮、每個人都漸漸習慣之後才見到他。有

一天，我的孫女——別問我是哪一個——對我說，她收到郵局寄來的一封信，雇用她幫忙打掃他們的石砌老屋。她打開所有窗戶，拍打地毯，清洗階梯，全部徹底打掃。那裡像一座墳墓，我會這樣形容給你聽。我幫她打掃，讓進度快一點。

隔天是很美好的一天，陽光燦爛。一輛出租汽車開上山，來到噴泉廣場，維拉下了車。我認不出她了，她長大那麼多，氣質高貴，留著像照片一樣的蓬鬆黑髮，身穿她自己做的漂亮衣裙，腳上是戰前買的秀氣鞋子。她的丈夫史托楊也像照片一樣好看。他戴著黑色毛氈帽，只要有人向他打招呼，他便伸出一隻手堅定地抬起帽子，然後再戴回去。他穿著城市人的深色服裝，用黑色盒子帶著小提琴。他在索菲亞的大型交響樂團拉小提琴，慶祝革命。維拉對我們說，他在匈牙利因為腿受傷而發燒，所以花了一點時間才能再拉小提琴。我的孫女一直在他們的廚房幫忙，以及扭斷雞脖子。他們來拜訪我們一家人，我談起對維拉父親的記憶，從他還是年輕人的時候講起，她那雙漂亮的大眼睛滿是淚水。他還住在索菲亞，不過那次意外之後，他再也不能真正走路了。

無論如何，他們待了一個星期，拜訪村子裡很多人，交朋友、看看小孩子。史托楊面貌和善，但我想，有時候也很憂傷。我猜是因為他們沒有小孩。他一直不多話。白天的時候，你可以聽到他拉奏樂器好幾個小時，那是很好聽的都市音樂，很像從收音機聽到的，不是我們山上的舞曲。我自己算是比較喜歡舞曲，不過他拉奏的聲音很美妙，特別是晚上拉的，聲音從煙囪流洩出來，上達星辰。我喜歡坐在廣場上聆聽。然後他們返回索菲亞，畢竟假期結束了。

不過那次之後，他們漸漸比較常來。有一次是新年期間和伊麗娜一起來，那次雪下得比平常少；有時候則為了夏天山上的「伊利登」慶典而來。史托楊躺在草地上，旁邊擺著他們的野餐籃，聆聽人們演奏我

們山上的音樂。我認為他很喜歡。我們漸漸習慣看到他們，每次他們到達都像是小假日，或至少有點變化。史托楊還是一樣，從來沒對別人說太多話，不過維拉帶了禮物送給孩子們，而安東最後做的其中一件外套便是要謝謝她。他用羊毛做那件外套，用森林裡的莓果染成深藍灰色，而且刷得非常柔軟。他採用都市的剪裁風格，並用兔毛做領子。我非常喜歡那件外套，甚至有點嫉妒，不過那樣的衣服要由年輕女子穿起來才好看。我已經慢慢變老，雖然還是能把最好的乾草綑包起來。以安東的年紀，他儘管有腿疾，也仍然異常強壯。有些人說是因為跟我生活的關係，有些人則說是喝了我們地下室的泉水。泉水的水質非常好，你可以拿一瓶水當禮物送給別人，收禮的人會開心好幾天，或者生病也會康復。安東與我生活在一起，他喝的泉水當然比別人多。

安東把外套送給維拉時，她親吻我們夫妻倆，說會永遠穿著它，老朋友永遠是最好的朋友，她也以傳統方式祝福我們。我聽了真的很感動，即使我還沒有很了解史托楊。接著他們離開，回到城市，那是安東最後一次見到他們；為了某種原因，他們隔年沒有回來，再下一年也沒有，也許過了好幾年吧，於是我們幫忙維護他們的房子，等待接到消息。有一次過新年，維拉稍來一封短信，說很想念我們，而史托楊離家去工作，所以他們不能來。她沒提起孩子的事，我想他們一定繼續等待好消息。

你不會得到地震的警訊。你才剛得知地震，它就已經結束了。那時候是初夏，差不多是革命的九年後，我正在廚房，把莓果裝進罐子裡，爐火燒得很旺，到處都是沸騰的鍋子。我需要更多水，而安東剛從田裡回來吃午餐，於是去我們最深的地窖裡，幫我取泉水上來。所有的曾孫都不在，我想他們也都在田裡。突然間，我們周遭的一切搖晃起來，搖得好厲害。已經有好幾年沒地震了，至少沒有強烈地震。感覺真的好奇怪，剛開始我以為自己的腦袋搖晃起來，或者頭暈想吐。我跑到屋外，沒有多想該怎麼辦，而房

屋立刻就垮掉了。

事情發生得太快，我不懂自己究竟看到什麼。那是我的房子，我的某一代祖先建造的房子，而在兩秒鐘之內，它就垮了。地震很快停止，像開始的時候一樣快。一切歸於平靜，只有燃燒爐火上的鍋子繼續冒出蒸汽，依然從石頭和倒塌屋頂的周圍奮力竄出。房屋的兩側看起來與平常沒兩樣，只有我們的屋子單獨倒塌。不過鄰居也感受到地面震動，全都跑出來到街上。

接著，我想起安東在底下最深的地窖裡，於是開始尖叫，拚命搬動石塊。鄰居也立刻了解，全都湧向我的房屋廢墟來幫忙。而接下來，壓在石塊底下的爐子讓所有東西燒起來。衣物和家具，我不知道還有什麼其他東西。我尖聲叫喚安東，短短一分鐘前，他才剛提著桶子往樓下走，穿著縫了堅固補丁的藍色舊長褲，往下走得非常慢，因為他跛腳，但還是堅持幫我提水。事實上，他可能還活著，只是沒辦法爬上樓。如果他還在最深的地窖裡，就有可能活著。而即使已經開始往上走，如果沒有碰到火勢，同樣有可能活著。我不知道他是否聽到我的尖叫聲，因為他始終沒有大叫回應。

第三十二章

隔天，我們將他葬在教堂墓地。我不願去想我們埋的是什麼。我無法對其他人說他的事；我根本失聲了。等到聲音漸漸恢復，我也不覺得想要講話，所以保持沉默一整年。我得住在伊莉雅．卡洛雅諾夫的空房子裡，位於隔壁的隔壁；那時候他們已經去普羅夫迪夫找工作。在那間房子裡，我不常煮飯，也沒做什麼事，往往只是坐著、活著。我只是那裡的客人。我起床，坐著很長一段時間，接著太陽下山，我上床睡覺。我沒讓任何人碰那棟廢墟房子。如果有孫子跑來想要修理，我一言不發把他們趕走。我很確定，我非常擔心每一個人，但有時候，你就是得做自己需要做的事。

我在伊莉雅．卡洛雅諾夫家門口貼上過世一年訃告的那一天，孫女米雷娜跟我一起做家事時，我對她大聲說：「來把伊莉雅的廚房打掃乾淨吧。」隔天早上，我們把所有東西搬到廚房外，當時實在相當髒，而我們連鐵鍋底部都刷乾淨。有人幫我把那些鍋子從廢墟裡面搬出來，加上僅剩的家具，幾乎沒剩幾件。我們在地板上灑水，刷到它乾淨地吱吱叫。接著，我們打掃卡洛雅諾夫家的其他部分，把窗戶全部打開，並修理門前臺階。

一個星期後，比起打掃乾淨更令人高興的是，維拉和史托楊突然回來了。我已經有好幾年沒見到他們。他們帶著伊麗娜一起來。伊麗娜立刻帶著繪畫工具跑去田裡，她穿著奇怪的衣服和我沒見過的裝束。

但維拉和史托楊甚至還沒打開行李就來看我。維拉沒有敲門就直直衝進來，她像女兒一樣擁抱我、親吻我，史托楊則是躲在她後面。她說，她一直不曉得，直到在山下的村子看到第一張訃告，在一面牆上，他們才趕到山上的街道來找我。

「喔，雅納婆婆，我們看到你的房子，然後伊凡卡的兒子告訴我們事發經過，還有你住在哪裡。」維拉輕聲說。

史托楊脫下帽子走進來，但不像以前那麼帥氣。我在光線下看著他的臉，簡直嚇呆了。他好像老人，老了二、三十歲。他的皮膚灰灰的，布滿了細碎的紅黑斑點，拿帽子的手指抖個不停。他的雙手向來顯得靈巧又纖細，適合拉奏小提琴，你也知道，但現在，那雙手很像老農夫的手，棕色，而且滿是疤痕，有些指甲不見了。我知道他一定是去做某些工作而不是拉奏音樂，才會失去指甲。我從沒想過他會顯得這麼醜，因為他以前看起來像王子。

「你生過病嗎？」我說。他面露微笑，彷彿這番話以某種古怪的方式讓他想笑，然後說對，不過他比較好了，而他回家之後，很快又會有工作。我們一起坐下，我給他們喝山上香草泡的茶，印象中維拉很喜歡喝。我心想，這會對史托楊的毛病有所助益，於是輕聲對維拉說，晚上讓他的雙手浸在更多茶湯裡。我也給她一大罐我家的泉水，泉水依然從山坡下面一點的地方流出來。我向他們解釋，我從幾天前才開始大聲說話，聲音很久沒用了；我很高興他們沒有之前就回來。

史托楊幾乎沒碰他的茶，一直摸腿上的帽子，好像小孩子般坐在那裡。最後他問我，我的房子為何沒有修理。我說，發生安東的事以後，我不希望任何人碰它。他點點頭，靜默了一會兒，聽我和維拉聊著村子裡的消息，而她對我說，他們有個小男孩，他與史托楊的母親和父親一起在家，不過他們很快會帶他來

村子。聽到他們終於生了孩子，我很高興，特別是史托楊看起來很像籠罩著死亡的陰影，但這件事我沒有說出口。

接著他們起身準備離開，但史托楊走到門口突然停步，開口說：「我會幫你修理它。」

「什麼，我的房子嗎？」我說。「可是我從來不讓別人碰，為什麼要讓你修？」

「因為你會幫我，如果你允許我修房子的話。」史托楊說著，把帽子戴回頭上，幾乎又像是纖細的紳士。我想要抗議，提出各式各樣的理由，但他像城市人一樣微微頷首，挽著維拉的手臂離開了。我好高興看到他們，也很高興聽到他們終於生了孩子；而且我與他們談起安東，沒有阻止他們。我很了解他們努力表達，想讓我的心情好一點，即使史托楊剛才說的話不是認真的，我也很感激。

隔天早上日出一個小時後，我出門去商店買些東西；出於習慣，從街上看看我的房屋廢墟時，你可以想像我有多麼驚訝。廢墟依然在那裡，斷裂的脊梁靠著雞舍的正面牆壁。不過史托楊也在那裡，穿著舊襯衫和褲子，袖子捲到手肘以上。我們的兩位男鄰居正在與他談話，不過如果有人嘗試幫他抬起東西，例如搬動石塊之類，他就把他們推開，完全像一年前的我一樣。我不敢相信自己的眼睛。他已經把正面牆壁三分之一的石塊堆疊整齊，而且帶來一輛手推車，裝滿屋內的腐朽灰泥和舊乾草，外加其他瓦礫。他不時停下來抹抹額頭。

我心想，一位小提琴演奏家，不該用他的細緻雙手做這種工作啊。接著才想到那雙手已經很慘。他儘管看起來病懨懨，但是熟練地抬起石塊。我看出他把石塊堆在院子裡，留出他的工作路徑，但也堆得很近，以後需要重建客廳牆壁的時候方便拿取。要是我也會這樣做。事實上，我早就想像過很多次要以那種方式進行。

「早安，雅納婆婆。」他一看到我就叫。

「早安，史托楊。」我說。他做著清理的工作，越來越靠近我們發現安東的地點，於是我轉過身，走向山下的商店。等我回來，他已經把大多數石塊都堆好。這地方頭一次看起來有點樣子，不再是廢墟了。

「孩子，你讓自己累壞了。」我對他說。

「是啊。」他回答，動作沒有停下。「不過，也許你不該看這部分。」他已經開始挖出我剩餘的東西，包括燒毀衣物的碎片、盤子的破片，以及一些連我都不認得的物品。我祖母的細緻桌布和毯子都在那裡，還有那之後累積八十年的東西。

「好吧，我不會看。」我說。

我回到卡洛雅諾夫的房子，幫史托楊和可能順便拜訪的其他人做了豐盛的午餐，我相信下午一點的時候他會很餓。維拉也走上山來，還有我孫女米雷娜，我們全部一起吃飯，假裝沒看到史托楊手臂上的割傷和鞭痕。

「婆婆，如果您不是很介意的話，就讓他做自己想做的事。」維拉離開前，輕聲對我這樣說。

於是我照辦，任憑他完成心中的計畫，一部分原因是我很好奇他會怎麼做，一個都市男子，一輩子從來不曾在田裡幹活，最重要的是身體不適。他看起來不像有力氣抬起石塊，更別提一整天搬來搬去。村子裡的其他人也很好奇，惹得大家跑來看他工作，甚至與他聊天。不過依然沒人碰得到那裡的一石半木。只要有人想碰，他就會阻止，那種態度無庸置疑，他是認真的。試圖幫忙的人都放棄了，連我孫子也是，他們都很生氣，因為我一直不准他們自己幫我重建房屋，於是跑來找我抱怨。不過我對所有人保持沉默。除了修理我的房子以外，我不知道他到底在做什麼。不過我認得那種需求，完全就像我任憑房子成為廢墟和

一整年不說話的需求。或許他也像那些人一樣，只是無法忍受一團亂，或者有件事沒完成。況且，即使每個人都認為你瘋了，有些事情就是得由你自己來完成。

無論如何，維拉在哥諾這裡住了一段時間，讓他做這項工作。她算是來休養，因為生下第一個寶寶後失去第二個，從此身體不太好，我發現了。而且因為一些原因，史托楊其實需要某種特殊的方法才能在村子裡待上好幾個月。即使他在我的房子工作，每星期也有一天搭公車去山下的小鎮親自報到，然後一路走回來。那段期間，有個戈拉諾夫家的男孩負責開公車，他告訴我們這件事。

維拉一定是派人去接他們的小男孩，因為有一天，他與祖父母一起抵達，一路從索菲亞來，那是我第一次見到涅文。祖父母就是你能想像的樣子，都市人，穿著縫補整齊的衣裳，乾淨且細緻，但沒有太驕傲。史托楊的父親有同樣堅決的下巴。但涅文長得像維拉，表示他是我很長一段時間所見過最漂亮的孩子，即使我身邊有那麼多曾孫都比不上。他大約三歲，非常嚴肅。他牽著維拉的手，卻也站得離她一段距離，很像古早故事裡的小帕夏[13]。他的黑髮很柔軟，陽光下帶點紅色。那是涼爽的早晨，他穿著某人織給他的紅色毛衣，有著漂亮圖案。他的雙眸照到陽光顯現為金色，柔軟的皮膚也呈現金色。他的鼻梁直挺且細緻，很像維拉。不過這些只構成他的臉蛋。即使他只是剛學會走路的小娃娃，卻讓自己站得很挺，很像史托楊生病前一直以來的模樣。我想，他這個小孩真幸運，遺傳到維拉的美貌和史托楊的優雅特質。

涅文令人最感奇怪的是，你一看到他，就會希望他喜歡你，即使他只是個小男孩。我出去見到他們，在他面前彎下腰，以便看清楚他的臉。看到我這樣一位身穿黑衣的老太太，大多數小孩都會嚇得往後退，

13 帕夏（pasha）是鄂圖曼帝國的高級官銜，相當於總督、將軍和高級文官。

但他抬起可愛的圓下巴，以好奇的眼神看著我。我從院子裡的花盆裡摘了一朵花，遞給他。他接過去，以同樣的溫柔眼神看著那朵花，然後回眸看著我。

「說謝謝你。」維拉對他說。

「謝謝你，婆婆。」他以清亮的聲音說，很像年紀較大的小孩。接著他頭一次露出微笑。那個微笑好帥氣啊，連陽光都跟著閃耀。我甚至不知道該說什麼來回應。

維拉每天都帶涅文去看我房子的進度。很快的，瓦礫碎石全部清理好，包括掉進地窖的部分。史托楊已經把鬆散的石頭堆在院子周圍，並找來少數依然完整的橫梁，整齊地放在石堆旁邊。他問我一大堆關於牆壁的問題，依然屹立和早已消失的都問。他去山下的城鎮買了一袋袋粉狀水泥，可能是某人從工廠偷出來的，不過當時就是那樣。他調製出好幾大桶的灰泥，很像灰色的麵團。以前只用稻草和泥巴，而當時漸漸改變了。他花了一整天才成功把灰泥漿和那些石頭結合在一起，不過他沒讓任何人幫他，連我都不行。過沒多久，他的手腕變得像滿是疤痕的雙手一樣靈巧，可以把兩塊石頭用灰漿黏合得很平整，就像我女兒做午餐要吃的餡餅一樣好。

一樓花了兩個星期建造完成，然後他第一次休息。接下來的那星期，他在商店地下室的舊倉庫找到一些圓木，用來當作天花板的橫梁。他一定是跟皮塔．伊瓦諾夫買的，他父親把圓木藏在那裡好幾年了。接下來，他碰到棘手的問題：把那些圓木搬出倉庫，並爬上我們家的山坡。最後，他向皮塔借了一輛馬車。沒有人真正知道他怎麼搞定那些圓木，因為他沒讓任何人幫忙。有些人相信，他花了好幾小時才移動個幾公尺。他們說，他必須每隔兩分鐘就休息一次，因為他的病體很虛弱，即使是健康的人來做都很辛苦。不過，至少倉庫那裡可能真的有人幫忙。我希望是這樣。我和維拉拜託他停下來，剩餘的工作交給別人，不

管怎麼說，他完成的部分絕對超過一個人平常能夠達到的程度。

不過他早已下定決心，甚至再也沒有找我們討論。如果試圖規勸，他只會望向我們背後的其他東西，直到我們自己住口為止。他用扁斧修整圓木的每一面，然後借助於滑輪和繩索，把它們放置定位，花費的時間等同於重新建造房屋第一道門的牆壁；接著，他也用同樣的巧妙裝置抬起橫梁。

有一天，他離開工作，來到樹蔭下，坐在我旁邊，我給他水喝。我養成習慣，在院子邊緣的大樹下編織或針織，現在那裡沒有碎石了。他心裡有些事，我看得出來，但他過了一段時間才說出口。

他終於開口說：「雅納婆婆，您對這件事有什麼想法？您能想像住在一層樓的屋子裡，而不是像以前的兩層樓？」

我立刻聽懂他要說的重點。如果現在把屋頂放上去，他就親自完成了。但即使有滑輪和坡道，以及他的妻子冒著危險用雙手拉絞繩索，他也沒辦法在無人幫忙的情況下，把橫梁抬上二樓。我想了一會兒才回答。我的某位祖先建造這棟巨大堅固的房屋，比村子裡大部分的房子更高也更深，高高聳立在數層地窖之上。房子有二樓作為起居之用，而且閣樓有臥房，全都是舒適的大房間。

我思考之後說：「史托楊啊，就只有這部分，讓我的孫子們幫忙，真的有那麼糟嗎？他們非常強壯。我會允許你付點費用給他們，如果那樣會讓你覺得比較好。為什麼不行呢？」

他坐著，搔搔後腦勺。他的頭髮沾了灰泥屑，手臂底下有很大一片衣服和前面下襬都溼了。他的雙手看起來比以前更慘，有時候他會雙手抱胸，彷彿很後悔讓它們進一步受傷。不過我想，這項工作其實對他的健康有點好處。他看起來比較強壯，皮膚曬黑了，活動起來也比較正常，胃口更是大開。他似乎努力思考該怎麼解釋一些事給我聽。最後，他直視我的臉。

他說：「婆婆，假設您做了可怕的事，而您希望自己沒做過。可是，有人從不同的角度看您做的事，也用錯誤的事情懲罰您，違反您的意願。接著有一天，針對您真正做過的事，你找到一種方法懲罰自己。」

「繼續說。」我說。雖然我不認為這個人有可能做出什麼可怕的事。我看他睜大雙眼，眼裡有血絲，眼神很堅定。他當然是相貌堂堂，或者以前曾經欺騙妻子。然而，你實在很難想像有人會欺騙維拉。

「嗯……」他低下頭，努力想刷掉手上的灰漿。「然後，這樣說吧，您找到這種方法，能夠懲罰自己做過的可怕事情，不過有人想奪走。而您知道，如果任憑別人奪走那種方法，您就得回頭與自己的可怕行為共存。」

「好吧，繼續。」我說。

「您不會拒絕別人奪走那種方法嗎？」

「我可能會。」我說，努力思考我自己做過的所有可怕行為。我確實曾經賣一批木材給老卡洛雅，比該有的價格多拿了一些。我也有一件事沒告訴安東，我從第三個孫女的結婚基金多挪用一些錢，因為他會反對。還有一次，大家一起工作時，我對交情最久的朋友喊出一些罵人的話，她也回罵我，後來我們又和好了。而且我曾經為了一些小事責罵安東，其實不該那樣罵的。除了這些事，我努力過著虔敬的生活。

史托楊以嚴厲的目光盯著我。「對吧。讓我自己完成這棟房子。」

「不過，孩子，這一切跟我或我的房子有什麼關係呢？」我問他，滿心困惑。

「完全沒關係，只不過您有一副好心腸。」史托楊向我保證。

「噢，胡說八道。」我對他說，不過心裡很樂。「那好吧。我不懂，不過我是老太太，現在只有米雷

娜和我住在一起。一層樓對我們來說夠用了。只是一定要多放一個臥房，而且幫我做三張大床給我的曾曾孫，給他們來的時候睡。他們可以睡在一起。而且，你可以用剩下的石頭，在穀倉旁邊砌一道新牆，做出庭院。」

他跳起來猛拍手，簡直像是我演奏美妙的音樂給他聽。

這下子他一邊工作一邊吹口哨。不知道該怎麼做某件事時，他會請去請教村裡的老先生。再過幾星期，房屋的主體完成了，幾乎像舊房子一樣好，只是小了點。有四個房間，屋內是乾淨的灰泥牆，廚房有夠寬的石砌爐臺，可以放上我最大的鍋子。一切都非常簡單，甚至有點粗糙。每一部分都是史托楊親自打造，包括掛圍裙和外套的木鉤，石頭窗臺也可以放我的金屬花盆。在夏日陽光下，他把石板搬上屋頂，一片片疊放上去，最低處的一排先放，很像裙襬的褶邊——連安東自己來做都不會做得更好。史托楊修築煙囪頂端，在上面放了一大塊石板，留下空隙讓煙霧飄出去。他在石板上面放了一小塊石頭，形狀像淚滴，指向天際。

他終於把那些石頭放置定位後，過兩天就是「伊利登日」，半數的村民站在街上看熱鬧。他完工時，流著汗爬下來，我迎上去，正對著他曬黑的嘴唇湊上大大的吻。每個人都大笑歡呼，連我的孫子也湊上一腳。史托楊在不可思議的短時間內建好這棟漂亮的房屋，而且獨自完成。這棟房子不大，但是剛好夠我和孫女再次住進來。每個人都面帶微笑，拍拍他的背，史托楊也微笑回應，這對他來說並不尋常。維拉緊握雙手，抹掉淚水，但她緊盯著史托楊，而不是新房子。

只有一個人沒有微笑也沒有歡呼，那個人是小涅文。他站在母親旁邊，以柔和且嚴肅的臉孔看著史托楊。如果他不只是小孩兒，我可能會發誓，他的眼神滿是同情。

第三十三章

「你們知道史托楊．拉扎洛夫死了。」雅納婆婆總結說，語氣平靜，彷彿不覺自己還沒說出故事的結局。「我不知道他埋葬在哪裡。不是這裡，雖然他可能會很喜歡。可能在索菲亞某個別緻的地方，他的家族埋葬的地方。」

這時天色已暗，老太太背後的廚房窗外亮起一盞電燈；蘭卡從那裡走過。亞莉珊卓坐著，仔細端詳史托楊．拉扎洛夫從廢墟建成的房子。她知道巴布不願打斷雅納婆婆的故事，但她有另一個問題。「問她有沒有再見到史托楊，如果他繼續來村子的話。」

巴布點頭。他向雅納婆婆問這個問題時，她似乎很困惑，那雙黑色小眼睛在窗外的光線中眨了眨。她打開握住手杖的手，摸摸史托喬的頭頂，狗兒倚在她身邊，尾巴揚起灰塵。「嗯，我不確定。我想在那之後，他們來過這裡幾次，不時來個一星期，而史托揚又開始在山下他們的房子裡拉小提琴。只要想來看看他幫我蓋的房子，他還是會上來這裡。我想，他昨天在這裡。或者前天。時間是很有趣的東西，所以我不太記得了。我會做午餐給他吃。」

「可是，雅納婆婆，您對我們說他死了。」巴布輕聲提醒她。

她說：「他當然死了，每個人都死了。除了我以外。」她笑了笑，沒有出聲，露出古舊牙齒的閃光。

亞莉珊卓心想，她一定只能喝湯或吃優格；也許正因如此，她才會這麼嬌小，身穿她的男性裝束。她看起來很像某人的嬌小鰥夫，彷彿與死去的丈夫互換身分。

「再問她一次，是否知道維拉和米倫．拉迪夫目前在哪裡。還有涅文。」亞莉珊卓對巴布說。

但雅納婆婆似乎失去了早先話題的思路。「你們想喝杯茶嗎？」她說。「我沒有咖啡。咖啡傷我的腸胃，害我拉肚子。那是給你們這種年輕人喝的。」

他們婉拒了，仍是道謝。雅納婆婆拿手杖敲敲地面，張開她那小小的嘴打個呵欠。「等你們見到伊麗娜，幫我向她說哈囉。」她顯然忘了伊麗娜在屋裡休息。「一隻奇怪的小鳥。我聽說她有個女兒，那時她生孩子都快要太老了，跟普羅夫迪夫的一個作家生的。那是祕密，而且他過世很久了，別人說的。不過，至少現在有人照顧她。我希望維拉還活著，那個甜美的女孩啊。」

「那是蘭卡。」聽完巴布的翻譯，亞莉珊卓驚訝地輕聲說。「那麼告訴她，維拉還活著。」

巴布搖搖頭。

他對她說：「沒有用，我的曾祖母也變成這樣，沒辦法好好回答我們問的很多問題。」

「你的曾祖母？」亞莉珊卓嚇了一跳；她自己的曾祖父母出生於十九世紀，她出生時，他們已經過世數十年。不過這件事必須等一下再說。他們站起來，巴布伸手與雅納婆婆蜷曲的手握一握，再次感謝她。老太太擁抱史托喬的頭頂，她的手杖貼著狗兒的耳朵，然後指著亞莉珊卓。

「她說什麼？」亞莉珊卓問巴布。

「她說：『告訴那個年輕小姐，不要像平常一樣，坐在外面冷冷的石頭上，那樣會感冒。』」

「我沒有坐在石頭上啊。」亞莉珊卓抗議說，努力回想自己是否真的如此。

「那是要祝你健康。或者說不定是擔心未來。」

「你翻譯得也太好。」

「謝謝你喔，我盡力。」他說。他伸出一隻手臂，摟住亞莉珊卓一會兒，又讓她嚇一跳，彷彿這份努力讓他自覺與她拉近距離。道路陡峭又有車轍，房屋像蘑菇一樣從地面冒出，到處都有燈光亮起，山下的田野起起伏伏——為她呈現出突然增強的現實感，是融入黑暗山脈之前的最後一絲光輝。她熟知這樣的時刻，來自她的家鄉。

他們走進屋子時，發現伊麗娜坐起來，喝著某種熱飲。亞莉珊卓覺得大大鬆口氣，不只因為她好喜歡這位老太太，也因為想到他們之中又有一個人死掉，她的膝蓋就發軟。他們與雅納婆婆聊了許久之後，伊麗娜看起來異常年輕，氣色也很好。

伊麗娜說：「親愛的兩位，我開始擔心了，而蘭卡幫我們做了一點吃的。你們覺得我的女主人雅納如何？」

「她是一股大自然的力量。」亞莉珊卓對她說，並坐到床邊的椅子上。房間很小，天花板上的橫梁非常低矮。空氣中有冰水的氣息。「她向我們描述拉扎洛夫先生怎麼重建這棟房子。」

伊麗娜面露微笑。她有好多牙齒啊。「嗯，對……他蓋的，雖然我們全都覺得他瘋了，把自己累成那樣。不過到最後，那似乎對他有很大的幫助。」她停頓一下，亞莉珊卓不禁覺得生病似乎是很私人的事，伊麗娜太有禮貌而說不出口。「那麼她有沒有告訴你，史托楊曾經在她家舉辦一場音樂會？規模很小，或者該說是，在院子裡？」

亞莉珊卓說：「沒有。什麼時候辦的？」

「嗯，我不確定。我想，那是要慶祝他蓋好新房子。」她啜飲著棕色的釉彩杯子，低頭看著杯子裡面。

「我想，您沒有姊姊的新消息吧？」巴布站在床腳邊，雙手插在口袋裡。

伊麗娜微微點頭，但答案肯定是：沒有。「真希望能對你說『有』。蘭卡到處去問，每個人都說同樣的話：我姊姊和米倫在這裡住了好幾個月，然後大約一星期前離開，沒有回來。我會告訴你們，我現在很擔心他們。如果你們在索菲亞看到他們，而他們沒有來找我，沒有來這裡，涅文沒有接電話，那麼他們在哪裡？親愛的，可能還在索菲亞吧，努力找出你到底在哪裡。我很怕自己犯了可怕的錯誤，帶你們千里迢迢上來這裡。」

「噢，這樣沒有錯！」亞莉珊卓大叫。「我們得試試看啊。」

「您想去索菲亞找他們嗎？」巴布冷靜地問。「還是，您認為他們現在已經離開索菲亞，可能在普羅夫迪夫等您？」

老太太嘆氣。「我不知道。我也考慮過這點，我想，他們確實有我房子的鑰匙。幾個小時前，蘭卡打電話去那裡。不過同樣沒人接電話。也許我實在應該去報警？」

她問問題時看著巴布，一會兒之後他搖頭。「我們試著再找一下。」他說。

伊麗娜沒有反駁。「我想，我明天會好很多，可以回去普羅夫迪夫。然後，我就在那裡等我姊姊。」

巴布似乎仔細考慮這點。他慢慢說道：「我不太想把您單獨留在家裡，畢竟你們哥諾這裡的房子發生那種事。」

伊麗娜說：「我有蘭卡陪我，而且展覽館永遠都有人，至少有人在那裡上班。事實上，他們其中一人

晚上在那裡過夜，負責看守。」

巴布點點頭。「如果是那樣，我和亞莉珊卓可以送你們回家，然後回去索菲亞找找看。我有好幾個朋友在旅館工作，我已經打電話給他們，注意是不是有人看起來像拉扎洛夫一家人。他們會問我們其他所有朋友。索菲亞很大，不過我想，我們應該試試這種方法。」

「而且你可以回去工作。」亞莉珊卓說。

巴布看起來很冷靜。「對，我得趕快去工作。」

蘭卡剛好進來，她捲起袖子。女兒，亞莉珊卓心想。蘭卡看起來實在很不像伊麗娜，甚至可能不像伊麗娜幾十年前的模樣，而如果她懂英文，似乎太害羞而說不出口。她有事要告訴他們，用保加利亞語說得很快，巴布翻譯給亞莉珊卓聽。「她在路上向大家詢問拉扎洛夫家的事時，有個男子攔住她，對她說，他的老闆聽說有個訪客來自國外，他願意好好款待客人。小鳥，指的是你。他邀請我們明天去他老闆家吃午餐——那是村子外面的一棟大房子，繞過山坡的那一邊。他沒有講名字。」

亞莉珊卓很驚訝，他們到達的消息居然在村子裡傳播得那麼快。這就是如她的旅遊指南所說，典型的巴爾幹待客之道？不過伊麗娜皺起眉頭。「大房子？他是指山路上的那棟怪東西？我一直很慶幸從這裡看不到。」

巴布仔細看著她。「這個老闆是誰？」

「文件上登記的擁有者是普羅夫迪夫的一個生意人，沒有住在這裡。他非常富有，而且有令人討厭的人脈關係。那棟房子五、六年前才建好，是山區最巨大的房子之一，很像滑雪度假村，沒有人喜歡。」

「您知道那個生意人是誰嗎？」巴布問。

「不知道。」伊麗娜說。她轉向蘭卡，她們交談了一會兒。巴布的一邊嘴角往下垂；亞莉珊卓以前看過這種表情。

「怎樣？」她說。

巴布說：「嗯，她們以前在村子裡聽說過，那棟房子其實是交通部長所有，他每次都是晚上來這裡。不過沒有很常來就是了。」

亞莉珊卓盯著他。「庫里爾科夫？嗯，猜想就是因為這樣，我們才會在那座橋上看到他離開山區。也許他就是上來這裡。不過，只因為我是外國人，他為什麼要邀請我們去吃午餐？特別是如果他已經離開村子？」接著，一陣燥熱湧上她的臉：計程車上的口號，還有伊麗娜家這裡搗毀的客廳。「你認為……」

他微微搖頭，於是她住口不說。

「也許你應該拒絕那項邀請。」伊麗娜說，但她又只看著巴布。「我們得回去普羅夫迪夫，而且那邀請確實顯得很奇怪。」

「我認為亞莉珊卓不該拒絕。」巴布的雙手探向口袋更深處。「那可能比接受邀請更糟糕。」

伊麗娜在枕頭上扭動一下。「她不能獨自一人去那種地方。」

巴布說：「當然不行，我不會讓她自己去。不過我也沒有特別想去。」這時他盯著地板，亞莉珊卓知道他一定是衡量著各種可能的複雜狀況。她漸漸感到內心深處有個地方好冰冷。

「我們看到他離開山區。」她又說一次，主要是想跟自己確認。

「無論是什麼狀況，親愛的，巴布會照顧你。」伊麗娜對亞莉珊卓露出微笑，但她的臉如同往常一樣蒼白且焦慮。「你盡可能縮短待在那裡的時間，然後我們就回去普羅夫迪夫。我一定會準備好。」

亞莉珊卓實在太累而不覺得害怕，在後面房間略帶霉味的乾淨床上昏昏欲睡。為了安全起見，巴布已經把骨灰盒放進廚房的櫥櫃，而且他睡在那旁邊。獨自在黑暗中，亞莉珊卓想起骨灰一度覺得好痛苦，不禁心想自己是否真的惦記著骨灰。史托楊・拉扎洛夫曾在這棟房子或院子裡拉小提琴。她拉起一堆毯子蓋住自己。以五月來說感覺好冷，彷彿這裡的石頭從來不曾暖和起來，她只好穿著毛衣，在床上瑟瑟發抖。毛毯是令人窒息的重擔——一層層令人發癢或柔軟，帶有淡淡的油味，氣味很像毛皮被用來製毛毯的動物。房間裡有死亡的氣息：雅納婆婆的丈夫在倒塌的房屋底下、希臘士兵跌撞走向村莊、伊麗娜蒼白的臉上雙眼緊閉；而當然了，當然，還有傑克。

她把沉重的毯子更往上拉到肩膀處，逼自己想想活著的人，例如史托楊的兒子，涅文。他或許是中年人，但看起來很年輕，健壯且焦慮，站在索菲亞的旅館臺階上。她努力回想他的黑色背心、正式皮鞋，以及那雙漂亮大手的姿態。想著他，她感受到渴望的痛楚。此刻他在哪裡？即使他阿姨一次又一次打去，他為何不接電話？她還來不及沿著這條新的焦慮之路向前邁進，卻是漸漸覺得比較暖和，於是沉沉睡去。

她醒來的時候天色仍暗，覺得猛然清醒，彷彿必須立刻離開屋子呼吸新鮮空氣。突然間，她想起自己的夢境：傑克告訴她涅文・拉扎洛夫在哪裡——一個熱氣蒸騰的地方，她從沒想過會看到那樣的地方。她發現涅文站在她的正前方；她已放下沉重的骨灰盒，撲到他腳邊，整個人趴倒在地上，因為找不到恰當的字眼表達歉意。他毫不費力便扶起她，而出乎她意料之外，他並沒有生氣。他吻了她，短短的吻。接著，她張開眼睛。嘴唇依然震顫。

她躺了一會兒，對於獲得原諒的愉快和被迫醒來的驚嚇而感到困惑。雖然她向來很怕黑，但發現自己靜悄悄下了床。其他的房門全都緊閉，她不會吵醒其他人。她一度覺得害怕，曾經有人破門闖入維拉的房子，就在道路下方不遠處，還以血液塗寫牆壁。但她也覺得沒有新鮮空氣更會窒息。在黑暗的走廊上，她伸長雙手探觸前方；她撞到某個溫暖的東西，差點停止呼吸。那是史托喬，牠在她腳邊站起，靜靜跟著她，於是她不再害怕了。暗中摸索一陣，她在門邊的一堆鞋子裡找到自己的運動鞋。她抬起門閂。

外面有奶油色的微光，她發現那是月亮，依舊大而明亮，懸垂在屋頂上方。空氣宛如在破曉時充滿擾動，雖然現在可能是凌晨兩點，也可能是五點……她忘了查看時間。史托喬走在她旁邊。在斑駁的亮光與黑暗中，她看到一絲微光，原來是房屋後方通往山上的石階，接著有一條小徑穿越刺人的青草。沿著小徑爬上山坡；過沒多久，她就能俯瞰雅納婆婆家的屋頂，貝殼狀映照著月光。她看到煙囪長長的影子投射在石板上，石頭蓋板上的圓錐形石塊顯得很尖銳，宛如鳥喙。村子的其他部分躺在她的下方四周，看起來靜悄悄。她經過黑暗的樹下，來到一片草長得很高的高地邊緣，她記得從道路上見過。這裡沒有房屋，彷彿整個區域神聖不可侵犯，或者只是供作運動場的用途。她對自己感到疑惑：在家鄉，她很怕有陌生人在夜裡四處潛行，或甚至是鬼魂；而在這裡，很可能有某個人跟蹤她，希望她受害啊。不過史托喬跟著她，而一切都很不熟悉，讓她覺得受到保護，彷彿她沒有真正在場。我是鬼魂，我自己就是。

月亮剛好在她面前的山峰頂上，而山脈沿著地平線環繞一圈，黑色團塊與透明天空形成對比。她發現坡頂中央有塊石頭露出來，於是坐在那上面，盡可能讓自己坐得舒適。石頭貼著衣物感覺冰冷。史托喬嗅聞石頭，然後坐在她旁邊，接著身子伸展到草叢裡，彷彿按照她的吩咐。她看到史托喬的眼睛在月光下暗暗反光。她背後的村子一片靜默，卻受到山上森林更大的靜默所掩蓋；月亮已朝向最高的山峰漸漸落下，

她看出月亮會落在哪裡，速度會非常快。她一動不動等著，直到膨脹的光球下緣碰觸到山脊邊緣，呈現出那裡的破碎輪廓，可能是樹木或鋸齒狀的岩石吧。光線移動得更快了，漸漸溜走。她嘗試憋氣。到了最後一秒，月亮的上緣變得非常燦亮，然後瞬間消失不見，大山吞沒了它。

接著，亞莉珊卓感覺到後面有東西，後腦勺有最輕微的碰觸，於是開始意識到一陣恐懼，她和史托喬並不是獨自在此。她在石頭上倏然轉身。在她的正後方，與月亮相反方向，越過山脈的巨大影子之外，她看到極其細微的燦亮光芒：是太陽，就在月亮落下的同一瞬間往上升起。太陽的第一道光芒越過遙遠的距離觸及她。這絲微光加快速度，宛如跳動一般拉到山脊上方，接著她才想起不能直視陽光。史托喬在她身邊移動身子，抬頭觀看。亞莉珊卓忍不住顫抖，因為她見到結束和開始。而且太陽向外延伸，找到她，撫摸她，選擇了她。

第三十四章

快到中午時，他們離開坐在門邊的雅納婆婆，走向嶄新的大房子。到了岔路口：一邊往下到教堂，另一邊往上翻越田野。大房子獨自坐落在一段上坡路；從村子看不見它，不過從那裡俯瞰可將村落一覽無遺。那棟房子才剛映入眼簾，亞莉珊卓就嫌惡起來——相較於四周景致，它實在太巨大了，此地的建築理應像是從石頭之間蹦出來，彷彿原本就屬於這裡才好啊。那一棟則是巍然而立——很龐大，但卻堅守傳統，巨大的都鐸式梁柱呈現十字形交叉，正面突出許多陽臺，成千上萬帶有民俗風味的嶄新石板大肆鋪在屋頂上，一端聳立著真正的高塔。你大可將二十棟雅納婆婆的小房子塞在那裡面。亞莉珊卓忍不住心想，史托楊見到這種龐然贅物不知作何感想——他知道有這棟房子嗎？畢竟，他用自己的雙手重建婆婆的房子，而這一棟則是推土機和起重機的產物。

大房子周圍的牆壁中央開了一道巨大的雙扇木門，很像她在維林修道院看過的那種門，不過是四、五個世紀之後的嶄新產物。有個電子門鈴在側邊發出亮光；巴布按下門鈴，他們等待。亞莉珊卓想念史托喬，他們把狗兒留在雅納婆婆的院子裡，提供額外的保護。牠瘋狂拉扯繩子，在他們背後使勁吠叫，直到他們非走開不可為止。她好希望史托喬在這裡，緊貼她的膝蓋，彎著耳朵聆聽牆壁另一側傳來的腳步聲。一陣子之後，門上一扇較小的門打開了，一名身穿洛多皮傳統服飾的年輕魁梧男子走出來。他很像亞

莉珊卓的旅遊指南書裡的舞者，只不過看起來不大高興。他穿著袖子寬大的上衣，棕色毛背心，褲子裝飾著黑色穗帶，腰帶上掛著典型的金屬水壺，同時有個皮革刀鞘，亞莉珊卓很確定裡面是真正的刀子。他的頭上歪歪戴著柔軟的黑色羊皮帽，而在寬鬆的褲子下面，她看到毛料長襪纏繞著皮革環帶。他穿著精緻的皮鞋，鞋尖稍微翹起來。服裝本身也許很漂亮吧，不過是全新的，像房子一樣，而這個全新的男子穿成這樣顯得很沮喪，亞麻袖子裡塞著粗壯的手臂。亞莉珊卓以驚訝的眼光看著他的臉；他看起來比她自己年輕多了，是個臉色紅潤的青少年。他點點頭，顯得害羞，雖然他有可能只揮一拳就殺了他們其中一人；接著他轉過身，帶他們走上石頭步道，通往房子前面。亞莉珊卓謹慎地瞥了巴布一眼，不過他正看著小門在他們背後自動關上。

進入屋內，門房帶他們穿越鋪設石材的巨大玄關，走進一個小房間，示意他們坐在長椅上等待，接著鞠躬後離開。巴布對她射來一眼，告訴她別說話。她為何這麼容易就了解他的意思？他們在沉默中等待，沉默簡直塞滿整棟房子，只見巴布環顧四周，似乎默記著什麼；亞莉珊卓心想，他一定正在尋找庫里爾科夫擁有這棟房子的蛛絲馬跡。這個房間，如同玄關一樣，乾淨得很不真實，彷彿山下村子裡的泥土路根本不存在。亞莉珊卓學習巴布，坐得直挺挺一動也不動，但是當屋主一進入小房間時，她驚叫一聲站起來。

她立刻認出他。是歐茲王國的巫師，索菲亞警察局那位有顆大光頭的長官。他現在的穿著非常不一樣，淺綠色襯衫沒有塞進絲質長褲的褲頭裡。他向亞莉珊卓伸出一隻手。

「好高興再見到你。」他說著，面露微笑，彷彿她的震驚讓他很樂。「亞莉珊卓……波伊德，對吧？」他的手很溫暖、友善，表情也很放鬆，是個正在度假的專業高手。

「我也很高興又見到你。可是……這是你的房子？」她對這個詭計湧起一陣小小的怒意，以及更大的

恐懼波濤——他為何在這裡？而且他為何對她記得這麼清楚？

他笑起來。「喔，不是。你讓我心情大好。我只是客人，像你一樣。」

她很想直截了當地問，這房子真的是庫里爾科夫的嗎？但巫師已經轉向巴布，似乎頭一次注意到他。

「這是我朋友，阿斯巴魯赫・伊利夫。」亞莉珊卓說，希望自己說話的聲音很鎮定。

「阿斯巴魯赫・伊利夫。」他陳述一次，再次親切地握手。「非常高興見到面。」

亞莉珊卓看看巴布，想知道他對這人有何想法。巴布的神情努力表現得彬彬有禮，握手同時鞠躬。但他做得有點太過頭，帶有反諷的意味；亞莉珊卓非常確定他以前見過巫師。事實上，他們互看一眼就認出彼此。接著她才意識到，巴布一定早就從她的描述認出巫師，也可能先從名片上的名字認出他。他本人認識警長嗎？難道巴布參加那場他說過的示威活動後，把他關進監牢的人正是巫師本人？然而，他們都沒提起先前見過面的事。在家鄉的時候，亞莉珊卓非常相信自己的直覺；而在這裡，感覺像是指南針失去方向感，指針一直胡亂轉動。

「你們要進來餐廳嗎？」巫師對亞莉珊卓很有禮貌地示意。「我相信我們的午餐準備好了。」

他們跟著他走，然而每走過幾道門後，他會停下來，催促他們走到他前面，顯得十分周到。餐廳華麗得駭人，挑高三層樓，屋內有陽臺，壁爐大到足以烤一整頭獅子。牆上掛著破爛的旗幟和毯子，每一件都讓亞莉珊卓體會到珍貴的歷史感，與這種地方格格不入。感覺很像走進她家鄉城鎮的嶄新豪宅，卻看到屋內裝飾著珍貴的破爛旗幟，像是「別踐踏我」或者「合則榮，分則亡」14。在這裡，她無法判斷旗幟的意義，更別提那些東西可能全都要花費駭人的金額才買得到。超長餐桌的一端放置三人份的餐具。

巫師陪他們走到座位，然後坐在桌首，位於他們兩人之間。他打開一塊巨大的紅色餐巾，向後倚靠，

一副很滿足的樣子。他語氣溫和地說：「所以你已經看過我們的山脈，想要欣賞山脈，這裡大概是最棒的村子。事實上，我相信這裡有最漂亮的風景。」

「真的很漂亮。」她說。一絲叛逆的念頭悄悄爬上她的血脈。「而你是星期二到的？那已經是兩天前了。」

她看到巴布的臉上閃過讚許之類的神情，不過努力控制得宜。

「星期二？」巫師看起來很驚訝。「噢，不是。我昨天剛來，像你一樣。你為什麼這樣問？」

亞莉珊卓面帶微笑。「嗯，因為我們星期一在索菲亞見過面，所以我認為，你到這裡的時間最早會是星期二。」

他微笑以對。她注意到他的眼睛這次沒有抽搐，可能因為不在辦公桌旁邊吧。他說：「我能夠請假的時間非常短，因為工作性質的關係。要休息幾天，這是我所知道最好的地方。」

一名身穿黑衣的年輕人走進來，用托盤端來一些菜餚。他開始在他們面放置沙拉和湯碗，還有裝著某種清澈東西的小玻璃杯。巫師舉起杯子，向他們敬酒，他們也舉起白蘭地回敬，不過亞莉珊卓注意到巴布放下杯子，連小啜一口都沒有，於是她照做。她心想，在這番談話過程中，體內沒有半點酒精可能比較好。

「請享用。有特別的食材……這個湯是stripe，牛肚做的。」巫師說。

亞莉珊卓努力回想stripe到底是什麼——一種魚？某種器官的肉？還是一種統稱，就像「牛雜」？她盡量想成是魚。巴布連一個字都沒說，她開始懷疑他根本不打算開口說話。巫師動手吃起來，姿態優雅且愉悅，顯示他們也應該要拿起湯匙。「亞莉珊卓，那麼，你的旅行帶你來到這個漂亮的地方，而且能夠順

路把一個人的骨灰歸還給他的家人？就像你對我說的。那禮物很受歡迎，對吧？」

她冒著風險考慮了一會兒。她說：「是的，他們非常滿意。你可以想像吧，他們大大鬆口氣。」

巫師放下手中的湯匙，但巴布繼續吃，默不做聲。她不喜歡看到巴布的肩膀挺得那麼直，彷彿要說：「小鳥！你到底在想什麼啊？」

不過巫師興味盎然地瞅著她。「你運氣真好，找到他的家人。我給你的地址，你還記得吧，有用嗎？」

亞莉珊卓說：「很有用，我非常感激。伯維茲距離索菲亞真的不太遠，所以很簡單。」

「說也奇怪，你竟然發現他們在家裡。你也知道，我後來想一想，我應該要派某個人幫你才對，所以我也查了一下。陸比諾夫……不對，拉扎洛夫，對吧？而他們至少有三個月沒有住在那裡了。不過，也許我的警官離開之後，他們回家了？你們是哪一天去那裡？」

「星期二。」她說，這次很誠實。

「喔，比我的警官早。他昨天才去。他發現一切都非常安靜。」

亞莉珊卓想像一名警官與隔壁的漂亮鄰居談話，她一定對警官提起他們去過。並且搜查那間房子——他會發現臥室衣櫃裡有孤零零的內衣，馬口鐵盒子裡有捲曲的髒布？這時陷入短暫的靜默，亞莉珊卓坐著一動也不動。她不敢拿起湯匙，以免湯匙在她手中喀啦抖動。她回想起那道半垮的橋梁，滿臉愉悅的警察

14 「別踐踏我」（Don't Tread on Me）是美國開國過程中宣示獨立決心的常見標語，「合則榮，分則亡」（Join, or Die）是富蘭克林（Benjamin Franklin）在獨立戰爭期間推動殖民地團結而寫的著名標語。

拿著巴布的文件走回他的車。然而，光憑那些文件，怎麼可能把他們與搜索維拉．拉扎洛夫的事情連在一起？低頭看著略帶粉紅的灰色熱湯，看到湯裡漂浮某種東西時，她又想起另一件事。她曾經從警察局門口直接走向巴布的計程車，就在同一個街區，然後坐上車，可以看得一清二楚。毫無疑問，透過監視攝影機，看得一清二楚。她以前沒想過這點。

巫師對她微笑，彷彿她只是犯了錯，而她自己也很清楚。「所以，你們其實也沒找到拉扎洛夫一家人。或者，說不定是在其他地方找到他們。你的意思是這樣嗎？」

亞莉珊卓說：「不是……你說對了。我想，我只是想要找到他們想瘋了。這是我一廂情願的想法。」她不禁心想，伯維茲的鄰居太太是否把伊麗娜住在普羅夫迪夫的地址交給警察？巫師也曾去那裡找他們嗎？他曾經看見他們出入展覽館的庭院？或者，他透過其他方法，找到伊麗娜和維拉與哥諾的關係？他到底為什麼在這裡？這是很重要的問題。

巫師似乎沉思了一會兒。「是啊，你當然很沮喪。不過我敢說，你一定會找到他們，而且如果你願意，我可以幫忙。」

亞莉珊卓一點都不願意，於是沒說話。

這時，巫師頭一次轉向巴布。「而你向她介紹我們國家，介紹得非常好。也許還包括她絕對不會獨自見識到的一些事？」

巴布在他的湯碗上方微微歪頭。面對巴布的沉默，巫師似乎很鎮定，而這讓亞莉珊卓內心的指南針很有力地轉回原位：他們彼此認識，而且彼此憎恨。

黑衣男子走進來，安靜地收走他們的碗，並端出某種菜餚，有肉有蔬菜。她越來越希望自己跳起來、

衝出這棟房子。她一度覺得自己真的辦得到。

巫師放下叉子，背部向後靠，手肘撐在椅子的扶手上，那張椅子呈現閃亮簇新的中世紀風格。

「你知道嗎，我們見面的時候，我立刻有種印象，你是非常聰明的年輕女子。」他對亞莉珊卓說。「而且，你有一顆好心腸。道德感非常強烈。可是呢，我沒想到你已經有這麼有趣的朋友。」他作勢指著巴布，他專心吃東西，沒有顯露任何情緒。「我們有史以來最優秀的年輕詩人之一，得過獎的喔。」

亞莉珊卓盯著巴布。他似乎緊抿著嘴，但保持沉默，很有禮貌地嚼食菜餚。

「你是詩人？」即使並不想這樣，她還是大聲問道。在伊麗娜．喬吉瓦家裡，他的房間到處散落著紙張；還有他說自己很早起床，不只為了跑步。

「噢，非常優秀的詩人喔。而且名氣響亮。」巫師說。他說出「詩人」這個字眼的口吻，讓亞莉珊卓不禁想著，不曉得他還知道巴布的什麼事？

巫師用大大的手指輕敲桌面。「他沒有告訴你？去年他獲得我們保加利亞的大獎，一般是給老人的。我不讀詩，不過報紙說他相當特別。他也在報紙上發表作品，你知道吧，詩作，還有他的許多評論。我會說，他和一些報社的交情非常好。不過獎項是真的，貨真價實。」巫師停下來，彷彿要重新開始吃菜。「他甚至為了寫詩而放棄一份好工作。他開計程車，不過呢，他當然比其他計程車司機優秀多了。不管怎麼說，他可是詩人呢。亞莉珊卓，你讀詩嗎？」

亞莉珊卓與巴布相處了五天，幾乎醒著的每一刻都在一起。她曾興味盎然地打量他，感情越發深厚，而她現在暗自祈禱，他不會突然站起來，一拳揮向巫師的鼻子。那會是很爛的電影情節：武裝警衛從走廊衝出來，巫師的鼻血滴到他的淡綠色襯衫上，然後肯定再來一場逮捕行動。不過巴布靜靜檢視他的餐刀，

那並不鋒利，而亞莉珊卓突然覺得，他永遠比任何事和任何人更厲害。他並不是比其他計程車司機更優秀；他根本比所有人更優秀。

她匆匆說道：「我確實讀詩，很常讀。讀英文詩，這是當然的了。英國和美國詩，有時候讀翻譯的作品。」她放下手中的叉子，沒有看著巴布。「其實呢，我一直很努力，想要讀完英語世界每一位偉大詩人的作品，再加上一些其他語言的詩作。那要花很長的時間。」

她停下來，吸口氣。除了讓他們分心以外，她為什麼要在這裡說這些？「去年，我讀了惠特曼、霍普金斯、葉慈和狄倫．湯瑪斯的所有作品。還有米沃什，奧登也讀了很多，不過還沒讀完。」亞莉珊卓慢慢說完，心裡想著公共圖書館和她那些破破爛爛的名詩選集。「我帶了艾蜜莉．狄金遜來保加利亞，她占了我袋子的很多空間。」她補充說。

巫師以吃驚的眼神定睛看著她。巴布抬起頭，面帶微笑。亞莉珊卓迎上巴布的目光，那雙湛藍的眼睛充滿壓抑的讚美，她也覺得有某種東西填滿了自己胸口長久以來的空洞。她又拿著叉子吃起來。巴布跟她一起惹上這個麻煩，不過，即使他們已經有那麼多私密的對話，他仍隱瞞自己的才能。她不禁納悶，他是真的那麼謙虛，還是對自己的天職感到難為情？她認為自己可能不會向他坦白承認，她其實想當作家。

「非常有趣。」巫師過了一會兒之後說。她真想知道他是否認識其中一些人名……說不定他也在大學主修文學。然而，他只是切了一大塊肉。「你們一定有很多話可以聊。」

「確實是。」亞莉珊卓很肯定地說，而巴布回頭吃他的菜，依然面帶些許微笑。

吃甜點時，巫師解釋這叫kompot，是用糖漿燉煮水果；巫師的語氣很親切，滔滔不絕說著保加利亞必訪的最漂亮的地點，還有一些從古代保留至今的村莊不可錯過，外加最有名的幾座修道院。黑衣男子用

托盤端來咖啡時，她感覺自己鼓起勇氣。「如果你是這裡的客人，那麼這房子到底是誰的？」

巫師雙手合十，擺在桌上做出祈禱狀，她以前看過他在警察局的辦公桌上做這種手勢。「嗯，這沒有讓大眾知道，因為檯面上說這房子的主人是普羅夫迪夫的某個生意人。不過這是隱私。其實呢，這是我朋友的，他是政府的一名部長。你可能沒聽過他，因為你來這裡只有幾天而已，不過我向你保證，他是非常重要的人。他的名字是米克海爾．庫里爾科夫……我們的交通部長，非常正直廉潔的人。而且很有權勢。」

亞莉珊卓覺得一陣血液衝上腦門。那麼，這是真的。她偷看巴布一眼，他的肩膀比剛才更加挺直。他啜飲咖啡，目光飄來飄去，顯然對房間的興趣遠超過眼前這番荒謬的對話；然而，她察覺到他也歷經同樣的震驚。

巫師的手指頭彼此輕叩。「庫里爾科夫先生很可能是我們國家唯一名聲非常完美的政治人物，完全沒有貪污的形象。他正以很快的速度改善我們的道路品質，這點沒有人辦得到，即使有歐盟的經費也不行。你也看得出來，歷經那麼多問題之後，他是非常重要的人，能夠提振我們國家的士氣。而且他在政治圈很多年了，依然屹立不搖，清清白白。」

他對我們皺起眉頭。「其實呢，他的朋友都知道，他第一次聲名大噪，是因為碰到火災，救了某人的命，我不會提那人的名字。所以他的臉看起來才會那個樣子，鬍子以上的部分，如果你在電視上看過他就會知道。他很有可能失明，或者送命。所以，他的英勇行為也讓他與其他人很不一樣。你啊，年輕小姐……」他額頭的圓弧向亞莉珊卓點了點，態度恭敬。「你來自的國家，問題和貪污的情況都少得多。」

「喔，那種事我不太知道。」亞莉珊卓冷冷地說，不過她的心臟快要從喉嚨跳出來了。

「我們何其幸運，有這樣的一位領袖，因為道路問題極其重要。道路為保加利亞運送貿易往來，也帶來觀光客，像是你。道路送我們的人民去工作，也送他們去海邊度假。道路是我們所有農業和工業的基礎，我們所有經濟的基礎。所以……你懂吧。」

他幫兩人倒了第二杯咖啡，也為自己倒一杯。「而且我很幸運有這樣的朋友，其實是多年的朋友。這間房子接待過很多重要的賓客，現在包括詩人阿斯巴魯赫．伊利夫，當然還有你。你會喜歡庫里爾科夫先生，我很確定。發現你和同一個漂亮鄉村有關聯，他會和我一樣，既驚訝又高興。」

他瞥了巴布一眼，只見巴布正盯著餐廳門上方的一幅旗幟，彷彿想要解讀那上面受損的金絲繡花西里爾字母，那些字母的最後面有個驚嘆號。

巫師清清喉嚨。「他是人民所共有，不過也是真正的紳士。我相信他甚至也讀詩。其實呢，他有個綽號『大熊』，來自保加利亞的民間傳說。阿斯巴魯赫，也許你知道他這個綽號的來歷？」

「不，我不知道。」巴布的聲音既低沉又冷靜。亞莉珊卓差點忘了他會說話。

「嗯，不過你一定知道，是公熊，不是母熊；出處是我們的傳說故事『野狼和大熊』。或者說不定其實叫『野狼和寶盒』？嗯，我不確定這要怎麼翻譯成英文。」

「也許是，藏寶箱？」亞莉珊卓這樣提議。她不禁心想，如果她對巫師說，她也幫他取了綽號，而且到現在還不知道他的真實姓名，不知他會怎麼說；巫師曾經給她名片，而她從沒想過要記住那上面的保加利亞名字。

「也許吧。」巫師似乎突然變得有點焦躁不安，彷彿有某種看不見的代辦事項清單需要檢核，而他們的午餐事實上也吃完了。「你們想不想參觀這棟房子？」

亞莉珊卓答應了，混合著鬆口氣和害怕——萬一巫師把他們鎖在一個房間裡，或者催促他們從後門出去，坐進一輛外觀沒有標示的警車，那該怎麼辦？巫師帶他們來這裡，真的只是要讓兩人得知他和庫里爾科夫的關係？他們跟著巫師逐層參觀，看他指著走廊窗戶外面的一片片景致，並打開一扇扇房門，進入裝潢成傳統簡單樣式的臥室。事實上，與餐廳比起來，這一切看起來很樸實無華，令人意外。不過房間數量好多啊。看過第十間客房後，亞莉珊卓不再計算數量。她最喜歡的空間在二樓，是長條形的開放式大廳，一端有某種附加的廚房，正中央還有雙向的壁爐，閃亮簇新的古典椅子環繞在它周圍。這地方很適合讀一本好書，她心想，同時望向外面的山景。她不禁想著，大熊是否坐在這裡讀詩？

主人帶他們回到大門，態度非常有禮（其實是冷淡），鞠躬又握手，彷彿已經有點忘了他們是誰。身穿制服的高大年輕人比剛才更加害羞，護送他們走向圍牆門，然後在他們背後關門。

亞莉珊卓和巴布默默沿著馬路走，直到翻過第一段山坡路，再度俯瞰村子。午後尚早，天氣和煦且晴朗；亞莉珊卓可以看到遠方的山峰，位於難以想像的高聳地平線上。太陽把他們的肩膀曬得火燙，經過田野時鳥兒紛飛。她好奇想著，下半輩子待在這裡不知道會如何，或許有巴布為伴，他們兩人住進一間小石屋，就像史托楊為雅納婆婆重建的那棟屋子。他們兩人都讀著書，史托喬睡在爐火前方。接著，她感到一陣錐心的罪惡感。她和傑克小時候總是這樣說：等他們長大，兩個人要一起住在小房子裡，位於深山某處。她的右手沿著左手的袖子往上撫摸，感受袖子底下皺縮的皮膚。

巴布朝路面吐口水，把手指插進頭髮，拉扯得亂七八糟。

「你有沒有……」亞莉珊卓開口說。

「給我幾分鐘時間。」他說。

第三十五章

他們又默默走了更長一段路之後，巴布頹然坐在路邊一張石頭長椅上。如果不能算長椅的話，至少是石頭。

「你覺得這是某人打造的嗎？」亞莉珊卓忍不住問道，雖然這不是最迫切的問題。她是理想的旅人，對於無關緊要的細節永遠都很好奇。

巴布感受著石頭的邊緣。他說：「也許吧，這石頭似乎非常古老，或許是從建築物來的。現在可能作為村莊的公車站。你看附近的腳印，這裡。」果不其然，石頭前方的地面踩踏得很紮實，彷彿有大批幽靈鞋子踩踏泥土。巴布踢踢那片地面。

亞莉珊卓在他旁邊坐下，伸手勾著他的手臂。「那午餐的時候到底是怎麼一回事？」

他咕噥一聲，把自己的頭髮往後撥，動作很像撫摸小狗，只不過小狗是他自己。

「你是很優秀的詩人，應該告訴我啊。」她補上一句，語氣驚奇。

「沒有很優秀啦。」他喃喃說著，但是對旁邊的她微微一笑。「不過你是很優秀的讀者。」

「是啊。」亞莉珊卓考慮一下。「無論如何，我很努力。」她壓緊他的手臂，慢慢壓得更緊，稍微懲罰他一下，雖然她還沒想出到底該怎麼懲罰。不，她不會告訴他，她曾經打算成為作家。反正，她有那種

衝動已經是很久以前的事了。亞莉珊卓甩甩頭，不去想她手提袋裡的筆記本。「那個人怎麼知道我們在這裡？而且你不是早就認識他？就像他說的，他是我在索菲亞談話的那個人，可是我連他的名字都不記得。你們兩個看起來好像快要決鬥了。」

「決鬥？」巴布想想這個字眼，接著點頭。「他的名字是尼可萊．狄米卓夫。他是警察局的大老闆。我還是很驚訝，你在那裡竟然會獲准見到他。」他再度揉揉自己的臉。「我以前幫他工作。」

亞莉珊卓慢慢咀嚼這番話。「你幫他工作……怎麼工作？」

「喔，不是很可怕的方式啦。不要用那種眼光看我，無論你心裡想的是什麼。我就是因為那樣才辭職。」

亞莉珊卓的手抽出他的臂彎。「我不懂。」

「直到去年為止，我是一名警探。」

亞莉珊卓想起巴布的手指乾淨俐落撬開維林修道院的鎖，還有他收在外套口袋裡的手套。她又想起史托楊的訃告，過世兩年後貼在伯維茲的一棵樹上，而他當時對她這樣說：「這裡有兩件事不對勁。」或者，就像現在：「公車站……你看這附近的腳印。」

「我就知道。」她僵硬地說。「我想我已經得知了一陣子。嗯，你是在暗中監視我嗎？就是因為這樣，你才會跟著跑這趟行程？因為我是外國人？還是我做錯了什麼事？」她覺得一把火往上燒到脖子。「因為我拿了骨灰盒嗎？你完全知道我不是故意的。我對那些人根本一無所知。」

「不，不，不。」他坐直身子，直視著她的眼睛。「不，我沒有暗中監視你。我喜歡你，而且我再也不是警探了。我對這一切同樣一無所知，只不過你需要幫忙，而我想幫你，而且……沒錯，你的情況似乎

很有趣，不過那是從我個人的角度來看。我的意思是說，從人的角度來看。很抱歉，我沒有向你提起那些事。我通常不會談到我的詩，而且我也認為，不要討論我以前的工作對你比較好。」

他又癱坐回去，手臂環抱著膝蓋，他身為跑者，手臂的骨頭很突出。「我贏了那個獎的時候，得到相當多的一筆錢，而且得獎之前有一點存款，又和有房子的朋友住在一起。警察做的一些事我不太喜歡，像是逮捕示威群眾、用違法的方式訊問他們，還把他們放上黑名單。」巴布說著，露出苦笑。「我想，我幾年前當上警探，是因為有點想證明一些事給自己看。不過已經不必了，你不能同時身為社運份子又是警察。所以我辭職了。我買了一輛計程車，可以靠開車代替謀生，同時寫我的詩。」

「然後，你參加一、兩場示威活動，而以前的同事逮捕你？」

他做了個鬼臉。「對，真的是。我覺得重新開啟礦場實在是很糟糕的主意，特別因為庫里爾科夫在這方面似乎有很多強硬的計畫。而且我在一些示威活動發表演說，也在報紙發表幾篇讀者來函。狄米卓夫先生非常生氣，這很有趣，因為礦場又不是他的，而且我已經沒有在他手下工作了。礦場屬於一個公司所有，叫做『贊亞庇』[15]。他把我叫進他的辦公室——我是從牢房去的，他告訴我，他很生氣，因為我不久前還是警官，我會讓警察局蒙羞。他說，他們這一次會放我出去，不過他不想看到我犯第二次錯，如果我犯了，他會用其他方法逮捕我。」

亞莉珊卓仔細檢視巴布的臉。「然後，他發現你跟我在一起。但怎麼會呢？在索菲亞，你又沒有跟我一起進警察局。不過，我確實在警察局附近坐進你的計程車。」

「他的檔案裡當然有我的身分證資料，還有我的駕照。」巴布說。

「而且，我們停在那座橋上的時候，有個警察檢查你的文件。」

他又看了她一眼，可能也是讚美吧。「對，那可能是原因。也許他邀請我們去吃午餐，是要我明確知道他正在監視。他是認真的，我很確定，而他是個冷酷粗暴的傢伙。有時候訊問人，他用自己的職位施壓打人，而且讓一切全部合法，也就不會公諸於世。我一點都不喜歡他是『大熊』庫里爾科夫的朋友。他們是朋友，我並不意外，不過我想，他這樣直接告訴我們實在很奇怪，特別是我們昨天在路上看到庫里爾科夫。」

「我懂。」亞莉珊卓說。

巴布用他的運動鞋破壞更多足印。「而且，我很不喜歡狄米卓夫還在注意我。我參加那場示威活動，到現在已經過了六個多月。不過他們永遠不會忘記。我很怕自己就是讓你身陷險境的人。或許也讓拉扎洛夫一家人身陷險境。」

亞莉珊卓環顧四周。午後的乾草田野染上溫和的色彩，下方延伸的道路呈現棕色。遠山似乎在打瞌睡，灰綠相間。

她略顯遲疑地說：「說不定他其實沒有注意你，而是比較注意我。即使他可能知道你會陪我去吃午餐。」他聽著，手肘撐在膝蓋上；他平滑臉龐的一角有顆黑痣，這時自然而然轉過來對著她。她不禁心想，自己會不會變成像他那樣，既機靈又有自信？而她更好奇的，可能是如何變成那樣的人，那是你永遠不可能達到的狀態。

「比較注意你？」他說著，皺起眉頭。

---

15 原文是Zemyabit，字面意思是「退出」。

「不見得是我，不過與我有關。你也知道……」她遙望著那些山脊的最遠處，那裡的山峰有破碎的岩石從森林裡露出來。「首先，他對骨灰盒非常有興趣。就像維拉家的塗鴉說的，有人知道骨灰盒的事。而在那之前，有人叫我們歸還它。」

他讓她繼續說，湛藍的眼睛熱切地看著她。

「他一定是注意到史托楊．拉扎洛夫。」她壓低聲音。「我們知道他對史托楊的家人有興趣，因為骨灰盒屬於他們所有。如果狄米卓夫先生為了某種原因監視我們，或者跟蹤我們，那麼他會知道我們何時找到他們。」

「如果找得到他們的話。」巴布修正說。

「嗯，非找到不可。」亞莉珊卓好想握緊拳頭、猛捶石頭。「而我們不知道他為何想要史托楊的骨灰。現在，我真的不想把骨灰盒交給他了。說也奇怪，如果我們把它拿給拉扎洛夫家的人，而他跟蹤我們得到它，那樣豈不是很慢？畢竟他隨時可以更快拿走，我是說，從我們手中拿走。他大可立刻在村子這裡，從我們手上拿走。所以，也許他真正想要的是找到『他們』，但不能由他親自出面，太明顯了。或者，說不定他也只是找不到他們。」

巴布搖搖頭，不過這一次，意思似乎是表示贊成。「而且，也許他是要警告我們不要『失敗』。同時也要小心。你真該去做我以前的工作，我會叫狄米卓夫先生雇用你。」

「難道維拉和涅文已經招惹到警察？也許情況比你更嚴重？」亞莉珊卓又抓住他的手臂。「萬一只有我們知道他們遭到跟蹤，因為我們正在追蹤他們，而警察跟蹤我們？」

「那麼，我們就得警告他們。不過，他們可能已經知道，畢竟一直沒有接電話。除非已經出了什麼

事。」

亞莉珊卓突然有種感覺，這一切也太戲劇化了吧。「我覺得好蠢，掰出這些事。」

他說：「不知道耶，有些事真的很奇怪。我們一直收到塗鴉警告，甚至有血，然後狄米卓夫先生在這裡找到我們、邀請我們，卻沒有嘗試從我們手中拿走骨灰盒。可能他想要警告我們某件事，要我們遠離更大的麻煩。雖然他不喜歡我。還有，庫里爾科夫為什麼牽涉在這裡面啊？」

「我一直在想……你還記得我們被鎖進維林修道院的房間那時候嗎？」她發現那只不過是幾天前的事，心裡驚訝極了。

「記得。有人走進來，我們一直不知道他們是誰。」巴布碰碰她的手臂。「我也一直想著那件事。不過，如果那是警察派來的人，他們跟蹤我們到維林修道院，速度很快耶，緊接在你去索菲亞警察局之後。而且只是嚇嚇我們，沒有跟蹤我們去停車場，試著拿走骨灰盒。」

「誰會在意一個過世的老人呢？」亞莉珊卓以刺耳的聲音說，聽起來很大聲。除了涅文以外，她無法想像把史托楊交給其他人。她好希望涅文出現在他們下方的道路上，穿著他的正式服裝，朝他們匆匆趕來。她的拳頭緊緊抓住石椅，這樣才不會想像自己跑去迎接他。接著，亞莉珊卓想到，她恐怕已經危及他的安全，卻不了解到底是危及哪一方面。

「疑團實在太多了。還有太多疑點我們不知道答案，如果可以的話，我們一定會回答。而且，更重要的是決定該怎麼辦。」巴布說。

「我們該告訴伊麗娜．喬吉瓦嗎？」亞莉珊卓想起伊麗娜經歷漫長山路後的疲累模樣，以及毯子上她的扭曲雙手。

巴布揉揉自己的臉。「我認為一定要告訴她。說不定她知道某件事，可以對這狀況提出比較好的解釋。就算她不知道，我們也該把所有可能的線索告訴她。我還是很不想把她單獨留在普羅夫迪夫，不過我們怎麼可能帶她去索菲亞？我不知道要怎麼在那裡安頓她。」

「她一定很擔心。而且，他們在這裡的房子已經遭人破壞，全都是因為我。實在很不公平。」亞莉珊卓難過地說。

「不是你的錯。」巴布靠過來，突然在她耳朵親了一下。「你真是好心人。」

「我喜歡她。」亞莉珊卓喃喃說著，不過心裡很高興。他們站起來，低頭望著山下的道路，動作慢吞吞，打算拖延一點時間，再回去向伊麗娜解釋情況。巴布繼續把雙手插在口袋裡。一會兒之後，亞莉珊卓說：「你知道關於大熊的童話故事嗎？」

「每個人都聽過某個版本。我是在小學課本讀到，那時我們是三年級或四年級。我想，那是非常古老的故事，但我沒有記得很清楚。你需要很會說故事的人來說給你聽。」巴布說。

「而你只是詩人？」亞莉珊卓說著，對他笑起來。

「對。」巴布說。

「雅納婆婆會不會知道？」

「可能喔。」他說。

亞莉珊卓伸手攬住他的手臂。「那麼我們就有藉口了，可以趁離開之前再找她聊聊。」

第三十六章

野狼和大熊啊，以前我的孩子還小的時候，我常講這個故事給他們聽，雅納婆婆說。那和母熊「梅莎婆婆」無關——小孩子更喜歡那個故事。不過這還是好故事。我的祖父講這故事給我們聽，就在這裡，當時土耳其人仍然擁有我們的土地，而他說，就算在那時候，這故事也非常古老，所以你可以確定真的很古老。你看喔，有一隻大熊，牠是最強壯也最兇猛的動物，當時保加利亞還是很年輕的國家。牠實在好大又好高，你可以看到牠走過山脈，而牠像這樣怒吼——啊啊啊啊嗚嗚嗚。每次講到這段，我的孩子很愛尖叫，後來則是我的孫子們。因為牠的力氣和體型的關係，每個人都很怕這隻大熊。大家說，牠一口就可吞下一隻綿羊或一個小女孩。大熊在鄉間隨處晃蕩，每個人都遠遠避開牠。

當時還有一隻野狼，牠很巨大又強壯，但沒有大熊那麼大。不過野狼非常聰明，有一天走進距離這裡不遠的村子，對村民說：「你們如果讓我當獨裁者，我會保護你們不受大熊的侵害。不只如此，我還會把其他的狼從你們這裡偷走的綿羊和山羊全部送回來，分送給村子裡的每一個人；那些狼太丟臉了。」

村民有點怕野狼，不過他們全都希望自己的牲畜能回來，所以同意了。於是野狼統治這個村莊，還有其他很多村莊，而牠帶回來的不只是遺失的綿羊和山羊，更有他從富裕的農田偷來的很多東西，分送給貧窮的村民。村民好高興，而他們沒有詢問所有的食物來自何處。有時候，其他農田和村莊的居民很生氣，

企圖攻擊他們村子，但野狼把他們趕走，保護村子的安全。

這時，野狼有一位年輕女孩幫他打掃房子、烹煮食物，她很漂亮，很有資格成為天神的新娘。野狼統治村莊好幾年後，對這位少女說，他必須踏上一段旅程，而她得讓每一件事保持得井井有條，不能偷看壁爐底石下面的空間，他在那裡保存了藏寶箱；他出門的時候也不能讓其他人進入房子。她一直不知道壁爐的底石下面還有空間，也不知道他有寶藏，不過她同意遵守命令。

過了三天，女孩打掃房子，烹煮好吃的食物等待野狼回來，而她沒有幫其他人開門，也沒有碰壁爐底石。但他沒有回來。接著，她變得很好奇，實在忍不住；你也知道，她鎖上房子的大門，小心抬起壁爐的底石，它非常輕。親愛的兩位，把我的另一件毛衣遞過來，在那裡——太陽漸漸下山，我在這種時候覺得很冷。

於是，她移開壁爐的底石，發現開口底下有一道階梯。她走下那些階梯，底部有個空間，放了一個很大很大的箱子。她更好奇了，但是等她打開箱子，發現裡面裝滿了其他村莊居民的骨頭，野狼偷了他們的綿羊和山羊，拿來給他自己的村民。野狼顯然殺了他們，奪走他們的財產。眼前的景象非常可怕，女孩轉身跑上階梯，匆匆把壁爐底石放回原位。

隔天，她正在掃地時，門上傳來叩叩聲。往外望去，她看到巨大的大熊，她曾經聽說，但從未親眼見過，於是非常害怕。

「女孩，讓我進去，生火取暖。」大熊透過窗戶說。

「我不敢。況且，住在這裡的野狼告訴我，不可以幫其他人開門。」少女說。

「但我不只是其他人啊。」大熊說。

她不會開門，於是牠靜靜走開。

隔天，牠又來敲門。「女孩，讓我進去生火取暖。」他透過窗戶說。

「我不敢。野狼對我下了命令。況且，如果我讓你進來，你會吃了我。」少女說。

「我在這裡沒吃過任何人，否則你一定會聽說。」大熊說。但她不會讓牠進屋。

第三天，野狼還是沒有回來，這時已經過了整整六天，而大熊又來敲門了。「女孩，讓我進去，我只想要生火取暖。」牠說。

她再也無法拒絕，於是讓牠進屋，在爐火旁邊坐下。牠很安靜，非常紳士，於是漸漸的，她不再害怕，給牠喝點湯。

牠喝完後，說道：「這是一間很好的屋子，不過對兩個人來說非常小。」

「喔，沒有那麼小。」她說，微微動怒。「壁爐底石的下面還有個大房間，野狼把他的藏寶箱放在那裡。」接著她好希望自己什麼話都沒說。

「野狼會有什麼樣的寶藏呢？」大熊問她。

「沒有人想要的寶藏。」女孩一邊說一邊發抖。

大熊以牠的小眼睛看著她，說道：「那麼，我也不想看。」

牠離開後，遇到野狼翻山越嶺而來。牠們以前沒有碰過面，不過都曾聽說彼此的大名。

大熊說：「兄弟，我去過你家，聽說你有一件寶藏，只有野狼會想要擁有。」

野狼簡直氣炸了，因為牠知道少女已經看過壁爐底石的下面，也讓大熊進入屋子。不過大熊說：「兄弟，別擔心……我沒有看你的寶藏，也不知道關於寶藏的其他事。」野狼不敢與大熊搏鬥，因為大熊的體

型比自己更大，於是趕快離開，回到自己家裡。大熊偽裝成一隻大鳥跟蹤牠。

過沒多久，野狼進入自己家，對少女說：「我出門的時候，你看了我的寶藏，而且開門讓陌生人進來，所以我得殺了你。」不過牠背後的大門開著，於是大熊飛進屋子，打死野狼。

接著，大熊恢復原形，對女孩說：「離開這個地方，不要對其他人說寶藏的事。現在我是野狼地盤的獨裁者，但我絕對不會看藏寶箱，也不想知道裡面有什麼東西。而你絕對不准對其他人說這件事。」

少女離開了，流浪到很遠的地方去，大熊則住下來，以獨裁者之姿統治村子。他很親切又公正，村民不像以前有那麼多東西吃，因為大熊沒有從其他村子取來食物。但是大家過著平靜的生活。

在此同時，少女進入遙遠的國度。一名王子見到她，與她墜入愛河，他們結婚了。她住在宮殿裡，睡在羽絨床墊上。但她無法遺忘野狼、大熊，以及她必須保守的祕密，她渴望告訴其他人。她不敢告訴自己的丈夫。最後，她決定在地上找一個洞傾訴祕密，認為這樣不會造成傷害。她出了門，走進這片新天地的森林，在地上找到一個小洞。她趴下去，對著小洞輕聲訴說，大熊的壁爐底石下面有一份寶藏，連牠也從未見過。她吐露了祕密之後，回到宮殿和丈夫身邊。

可是地底下有水，水帶著祕密漂向河流，風又在河面發現祕密，將它吹進遠方的大熊村落，結果村民都聽到這個祕密了。於是，村民以為大熊藏起大量的寶藏不讓他們知道，他們卻什麼都沒有。村民去找大熊，要求看寶藏。

大熊請他們冷靜，並說：「如果我有寶藏，你們可以全部拿去，這樣才公平。」於是村民進入屋子，把壁爐底石抬起來，進入底下的房間。他們在那裡找到一個大箱子，但裡面空無一物且乾乾淨淨。大熊其實沒看過箱子裡有什麼東西，而他的善良和力量已經把野狼的邪惡全部化解掉了。

這個故事還有另一種版本，說是有隻狗來到村莊挖出骨頭，讓骨頭散落一地，但我沒聽過那個故事。而我自己總是覺得很好奇，如果大熊把所有的死人骨頭都拿走，藏到另一個地方，結果會如何？親愛的，可以給我喝點水嗎？米雷娜，我的孫女，很快就會來這裡幫我準備晚餐。她滿老了，很可憐，所以她要花一點時間才能上來這裡。你們不留下來？親愛的，再見了，好好照顧自己。你啊，女孩，不要坐在那些冷冰冰的石頭上。我告訴過你，不要再那樣了！

第三十七章

伊麗娜好多了。另一位鄰居已經開車載她和蘭卡下山，連同裝有骨灰盒的袋子一起回到她們自己的房子。巴布和亞莉珊卓在廚房找到她們，伊麗娜喝著茶，雙手捧著杯子。他們走進去時，她抬起頭，眼神滿是疑惑。史托喬躺在桌子旁邊的地板上，顯然深受蘭卡的寵愛。牠站起來，嗅聞他們的鞋子，舔舔亞莉珊卓的手，然後再度躺下。巴布癱倒在她旁邊的長椅上，蘭卡幫他們倒茶，聞起來有外面乾草和青草的氣息。她的眼神也滿是問號。

「你們的午餐怎麼樣？」伊麗娜說。雖然很不情願，他們還是把每一件事都告訴她，她的擔憂神色也越來越明顯。她摸摸胸口的胸針，彷彿尋求慰藉。亞莉珊卓坐著，望進霧氣瀰漫的杯子，同樣很困惑，但原因卻不同。是什麼原因呢？那種感覺拉扯著她。她見過，但不了解。

「如果您準備好了，我就去開車。我們得盡快送你們回家。」巴布說。

伊麗娜嘆氣。「謝謝你，親愛的。我希望可以聯絡到我姊姊，告訴她不要很快就回來這裡。除非她已經知道不要回來。好的，請你去開車。骨灰盒在壁櫥裡，亞莉珊卓，你去拿好嗎？」

亞莉珊卓打開老舊的木門，拿出袋子。骨灰盒在她手中再度顯得沉重，她覺得視線一晃，湧現一段記憶。「請等一下，巴布，喬吉瓦夫人，我可以再打開一次嗎？我是說，只打開袋子。」她說。

他們盯著她，不過她逕自將袋子放到桌上，拉開拉鍊，把絲絨內襯撥開。她觸摸光滑盒子頂部周圍的雕刻：花圈，或者藤蔓，兩側各有一種動物的臉，兩張臉，彼此不同。

巴布仔細觀看，說：「這些葉子，我想那是zdravets，天竺葵。」

伊麗娜傾身向前，想要看得更清楚一點。「我想，你說得對。」她轉向亞莉珊卓。「那是我們國家的象徵物之一，非常有名的植物，名稱來自『健康』這個字眼。我一直都很喜歡它，因為非常芳香。你一定早就在很多地方見過。事實上，我在普羅夫迪夫的花園就種了天竺葵。」

亞莉珊卓說：「不過這些動物，我之所以很有印象，也許是因為雅納婆婆的故事。」她的手臂和脖子感受到一股寒意。「那個動物，葉子裡面的臉孔，我想那是一隻熊。而這裡……」她慢慢轉動骨灰盒。「另外一側，這不是貓，也不是狐狸。那可能是『大熊』，而這可能是『野狼』。」

巴布再度站起來，小心轉動骨灰盒。他什麼話都沒說，但亞莉珊卓感受到他的強烈目光。

伊麗娜一臉困惑，說：「來自那個童話故事？」

不過巴布似乎沒聽見。這時他用雙手捧著骨灰盒，亞莉珊卓見狀嚇得縮了一下。只見他把骨灰盒小心捧出絲絨布，仔細檢視那些雕刻。他說：「這裡有署名，我之前沒看到這個。」

亞莉珊卓說：「我也沒有，看起來像是有個『A』……兩個『A』，非常小。有人親手刻上去。」

「指給我看。」伊麗娜說。他們在伊麗娜的眼睛底下小心傾斜骨灰盒——兩個細小的字母，幾乎隱藏在野狼頸部毛皮的雕刻紋路之中。「你可以放下了。」過了一會兒她說。

「您認得那個簽名嗎？」巴布依然緊盯著它。

老太太說：「認得。我有個朋友就是那樣簽名，一位藝術家。他也是史托楊的好朋友。他的名字是阿

塔納斯・阿格洛夫。也許維拉請他製作這個，但在今天之前，我沒聽說這件事。」

巴布坐著，手肘撐在桌面上。「您覺得，他會不會知道有誰想要骨灰盒？或者為什麼？」

伊麗娜的一隻大手做出無可奈何的手勢。「完全沒概念。真希望能打電話給他，但我沒有他的電話號碼，沒有帶在身上。其實呢，我已經好幾年沒看到他了。他住在山裡，距離這裡將近兩個小時的車程。我們得先開車去那裡，然後再回普羅夫迪夫。」

「哪個方向？」巴布說。

伊麗娜對他們說：「相反方向。我們得快點動身。」

山區道路帶著他們下山，再次進入較大的城鎮，接著爬上一段更高的山脈，最後沿著一道狹窄山谷前進，周圍環繞墨綠色的山峰。這時已是傍晚，亞莉珊卓開始覺得暈車，也出現她自認為的，一進入山區便感覺悲傷的症狀。前一天爬上哥諾的車程充滿新奇感，她應付得比較好。但現在，對傑克的思念在她胃裡高漲，害她差點吐出來。他消失在群山峻嶺之間，那裡與此地並無太大分別。對她來說，他毀了全世界每一個地方的山。看到山，她的心總是痛苦難當，湧現作嘔的感受。他是否從某段陡峭的斜坡向下墜落，如同此刻頭頂上的那些陡坡？果真如此，他墜落的地方遠離所有道路，他的屍骸也成為統計數字之一：平均來說，美國國家森林每年有百分之二點五的登山客消失無蹤，原因不明。終止搜救。想到「屍骸」這個字眼，她開始猛拉自己心思的轠繩：夠了，別想了，現在不要。她抓著史托喬的脖子，將雙腳塞到骨灰盒袋子周圍底下，讓它保持直立。她想著那個陌生人，他漫長的人生，他的音樂。而他一直沒有下葬。

「我相信要在這裡轉彎。」伊麗娜說著，碰碰巴布的肩膀。路邊有個小路標寫著西里爾和英文字母。

「『伊爾卡德』，那是什麼意思？」巴布想要知道。路標寫著伊爾卡德距離兩公里，要向右轉。

「我想那是非常古老的名字，可能是土耳其文。我們之後可以問阿格洛夫。」伊麗娜對他說。

亞莉珊卓環顧四周，尋找村莊的蹤影，不過只看到一群房屋，都有相同的石板屋頂和高聳石牆。這地方好小，似乎很難確認它的名字。

「阿斯巴魯赫，請停在這裡。」伊麗娜說，拍拍他的肩膀。

牆上有兩扇巨大的柵欄門，門上有鐵製握把，他們停在門前。巴布下了車，站著看了一下，然後拉動柵欄門旁邊垂下的繩索。沒有地址，沒有門牌。一會兒之後，有人幫他們開門；巴布將車子開上一條磨損石頭鋪成的車道，進入很大的庭院。他們全部下了車。亞莉珊卓幫忙史托喬，蘭卡扶著老太太。他們周圍的建築用了石材、灰泥與木材，讓亞莉珊卓聯想到維林斯基修道院。部分原因是它的庭院，不過也因為二樓有一條覆蓋屋頂的長走廊。有些地方的灰泥剝落了，顯露出底下看似非常古老的乾草。庭院本身打掃得很整潔，窗戶底下擺了一個個花盆。

打開柵欄門的男子正與巴布講話，一會兒之後，他轉向伊麗娜，親吻她的兩邊臉頰。他約莫五十多歲，穿著老式的毛衣、磨損的毛料褲子和橡膠鞋。他的衣服沾滿了稻草碎屑，似乎剛才在整理畜舍。他的長相很優雅，深棕膚色，太陽穴周圍的短髮漸漸變成銀色；亞莉珊卓再度感到驚嘆，這個鄉間顯然有好多俊美的人。她目不轉睛站著，而男子與她和蘭卡握手。他在史托喬面前蹲下，對牠說話。史托喬坐在亞莉珊卓旁邊，仔細聆聽男子說話，沒有吠叫，接著讓他搔搔頭。男子召喚史托喬前往庭院邊緣的水龍頭；龍頭是黃銅打造，裝設在一道牆上，牆壁雕刻的文字看起來像阿拉伯文。水龍頭底下有個大理石水盆，亞莉

珊卓認為那一定非常古老。男子讓水流進水盆，史托喬貪心地大口喝水。男子抬起頭，對其他人說些話，笑了笑，於是眼睛周圍顯露出皺紋。

「他對我們說，我們沒有像以前的人一樣帶馬來，不過至少帶了狗。」巴布翻譯給亞莉珊卓聽。「小鳥，這是個有趣的地方。他說這裡是『客棧』，給這個山區的旅客休息歇腳，差不多有四百年的歷史。所以才會有巨大的柵欄門，讓馬匹和馬車駛入。」

「這裡是那位藝術家住的地方嗎？」她問。

「我想是。我認為這位是他的兒子。他說，我們可以去裡面看他。我會把史托喬留在外面這裡。只帶骨灰進去。」

穿著泥濘鞋子的男子扶著伊麗娜的一隻手臂，蘭卡托住另一邊，一行人就這樣穿越更多道木門。他們進屋時，亞莉珊卓感覺到呼吸急促；這個大空間的天花板很低，沿著一道牆有許多木框窗戶，感覺好像懸掛在底下的山谷上方。她沒想到村子的這一側座落在峭壁上。窗外是綿長延伸的景致，有綠色的山脈，一些迷你的石屋位於深山遠處，高大的雲杉沿著一道稜脊延伸到左邊；而遠處地平線上的，已是她見過的最高山峰，遍布陡峭的岩石。這樣一片土地看似未受歷史的影響，在亞莉珊卓眼中彷彿是格林童話的故事背景。下午的陽光照亮眼前的空間，沿著窗戶放置了幾張長椅和一張桌子。地板鋪有紅色和綠色的毛地毯，毛邊糾結成團，彷彿直接從某種色彩鮮豔的動物身子剝下來。牆上掛著更多毛毯，織著幾何圖案，還有一些褪色的刺繡作品。

突然間，有個老人從一張長椅站起來。他原本坐在陰影裡；亞莉珊卓沒看到他。

「小伊麗！」他大喊，隨之而來的是無數次親吻兩頰，包括亞莉珊卓的。從庭院進來的男子已脫掉他

的橡膠鞋，穿著紅灰雙色的編織襪走來走去，很像小男孩。他扶著伊麗娜．喬吉瓦坐在他父親旁邊，而伊麗娜把亞莉珊卓拉向她。伴隨巴布的翻譯，伊麗娜對老人介紹她，不過沒提起骨灰盒。

「而這位呢，親愛的，他是阿塔納斯．阿吉洛夫。」她補充說。聽著伊麗娜說他名字的語氣，亞莉珊卓覺得她說的好像是「愛因斯坦」或「甘地」。老人搖搖頭表示贊同，並抓住亞莉珊卓的手好一會兒。他自己的雙手看起來又大又強壯，但亞莉珊卓發現他的手指異常短小，幾乎像是指尖被鋸掉了。他的棕色皮膚飽經風霜，像他兒子一樣，頭髮稀疏且幾乎全白，一副很重的塑膠框眼鏡頂在頭上。他對大家微笑，但是等到表情放鬆下來，臉上就出現許多皺紋，顯露出永無止境的悲傷神情。

「他是伊麗娜的親戚之類嗎？」等到一有機會，她對巴布輕聲問道。

他說：「我想不是。我想這個人是朋友，老朋友，而多年來，他買過她的一些畫作。」（老情人？亞莉珊卓不禁別開視線，心裡這樣想。）

巴布聽了一會兒，他的藍眼睛專心看著面前的兩張臉孔。「她叫他『小納斯』，我想是他的綽號。他們彼此非常要好。他也是畫家。有時候他們一起買賣畫作或一起作畫。就像伊麗娜說的，他們有好幾年沒有見到面了。」他仔細聆聽。「他的太太五年前過世了，而他寫了一本詩集紀念她，上個月在普羅夫迪夫出版。伊麗娜恭喜他。」

巴布轉頭看著亞莉珊卓，她嚇了一跳，發現巴布的雙眼閃著淚光。「他說，他太太是他的全宇宙。」她捏捏他的肩膀。「巴布，你好多愁善感。」她說。

他一臉嚴肅的樣子。「你懷疑嗎？」

「我不是那個意思啦。」亞莉珊卓面帶羞愧地說。「我只是說，我喜歡你的好心腸。」

「救野狗的人是你耶。」他酸溜溜地說，然後抹抹自己的眼睛。

伊麗娜向他們靠過來，說：「親愛的兩位。這位朋友教我好多繪畫方面的事，而且他仍然是很優秀的藝術家。還有，他比我聰明，所以他選擇只畫人。他總是說我沒有真正的創作主題，不過他喜歡我畫的動物。」

一會兒之後，有個身穿運動服和花朵圍裙的中年女子捧著托盤走來，包括玻璃杯、一瓶清澈的液體，還有一盤白色乳酪和薩拉米香腸切片。

阿塔納斯．阿吉洛夫幫他們所有人倒飲料，然後舉起自己的玻璃杯以示敬意。「乾杯！」阿吉洛夫舉杯繞圈哐噹作響，向亞莉珊卓致意時甚至彎腰鞠躬。

「敬大家身體健康。」巴布解釋說。入喉的液體帶來強烈的燒灼感；亞莉珊卓咳嗽起來。「不行啊！」巴布說。「這是rakiya，葡萄釀造的白蘭地。跟今天的午餐一樣。你只能喝一小口，然後再多一點。」

她啜飲幾口之後，覺得身處的環境變得輕鬆起來。伊麗娜泛紅的眼睛閃閃發亮。過沒多久，晚餐的菜肴送進來，由身穿運動服的女子和穿襪子的兒子為他們端上。亞莉珊卓覺得自己從來不曾參與這麼有魔力的圈子——這些人，陌生人，待她如同等待已久的貴客，老藝術家身為主人，彷彿好多年來沒有這麼令他開心的事。她不禁心想，他們何時會向他詢問骨灰盒的事呢？藝術家把亞莉珊卓安排在他的右手邊，巴布坐在她旁邊，落座後他向巴布詢問某件事。她聽到「計程車」這樣的字眼，還有「生態」。

伊麗娜也許是察覺到亞莉珊卓喝了酒，在一片保加利亞語之間飄飄然，於是主動打斷對話。「好了！阿格洛夫先生不只是優秀的畫家，也很會看人。小納斯……」她舉起食指，指向老人的方向，「告訴我，

你對這位年輕女子有什麼看法。你看著她的時候。」

阿格洛夫放下手中的叉子，轉身面向亞莉珊卓。他向前坐，將眼鏡壓低到鼻頭上，對她的臉凝視許久，距離近得幾乎要吻上她。亞莉珊卓屏住呼吸，以防萬一。

「漂亮，當然。」他說。

她一下子沒聽懂他說的是英語，不過他隨即轉換回保加利亞語，伊麗娜幫她翻譯，顯得很有威嚴。他有一雙溫和的棕色眼睛，眼神閃亮，很像細緻的木頭。

他說：「很溫柔，但在那樣的表象之下缺乏耐心。仁慈，但是有可能造成巨大的傷害，如果她不小心的話。無心的傷害。有時候非常悲慘。」亞莉珊卓盡可能凝視著他。「以她這樣的年紀來說還很稚嫩，不過也很聰明，會避開傷心事。」伊麗娜點點頭。

阿格洛夫舉起一根手指，碰觸亞莉珊卓的額頭。「老是在想事情。想太多，而有時候想得不夠多。你讀了很多書，對吧？你很快會從其他來源學習事物，那是生命真正的泉源。而且你會活到非常老。」

接著，畫家對著亞莉珊卓的額頭給了衷心一吻，正是他的手指剛才碰觸的地方。她感覺到他的嘴唇很乾。「矛盾像山一樣多。」

亞莉珊卓努力不讓內心的不安失去控制，或至少不要顯露出來。他怎麼知道她暗自成為傷害的代理人，並已經造成嚴重的傷害？她原本的期待很不一樣，舉例來說，是才華的檢測，或者對遠大未來的預測。她覺得巴布微微笑起來，是他那種意帶諷刺的牽動嘴角。

「先生……」她遲疑一下。「阿塔納斯先生，您可不可以看看我朋友的面相，也把您看到的事情告訴我們？」

巴布對她嘻笑，但在藝術家的凝視之下坐著不動。

「巴布，翻譯給我聽。」亞莉珊卓惡狠狠地說。

阿塔納斯．阿格洛夫在他的椅子裡向前傾，認真凝視，兩隻手的拳頭放在膝蓋上。他很像在工作室裡，亞莉珊卓心想，像是坐在模特兒或畫布前。在他眼裡，房間的其餘部分似乎變得朦朧。

「Da, interesno.」他終於開口說。接著，他補充了其他一大堆，用的是保加利亞語。

「巴布，告訴我。」亞莉珊卓催促說。

巴布有點臉紅。「他說，我的臉很不尋常。斯拉夫人，不是保加利亞人，無論那是什麼意思，那是革命的臉。在那底下……」他在長椅上稍微移動身子。「充滿熱愛的臉。熱愛生命，而不是人。哲學家。很複雜。」然後他轉述說：「『他絕不會屬於任何女人。』」

巴布沒有迎上她的目光，但他定睛看著阿格洛夫，眼睛眨都不眨一下。「『他的命運……嗯……』」巴布停下來，而亞莉珊卓發現阿格洛夫自己別開視線。「他說：『不是每個人的運氣都很好。不過他會留名青史。』」

亞莉珊卓後悔提出這樣的請求。她想，得知自己是矛盾一大堆的長壽之人，絕對比接收那種含糊字句要好多了。她兀自摸摸巴布的上臂，讓手停留在那裡。

伊麗娜說：「小納斯，別說了。你嚇到孩子們了。看看他們。」

阿格洛夫拍拍手，他用英語說：「抱歉！抱歉！老人啊……我……」他指著自己，一副無可奈何的樣子，顯得很幽默。「愚蠢。好啦，我們吃飯吧。」

吃過飯後，阿格洛夫帶他們進入畫室。那是在二樓，所以景致更加驚人。亞莉珊卓不禁心想，他怎麼能忍受背對那樣的美景，一整天幫別人作畫？有塊畫布面對著模特兒坐的低矮臺座，看到他們面前的畫布是畫了一半的女子肖像，她心裡微微一驚，那無疑是剛才為他們端來晚餐和白蘭地的女子，只是沒有穿著她的紅色運動服或圍裙或任何其他衣物。桌子上有個工具架，以及好幾個小小的木刻人像。她看到沿著牆壁還靠著其他幾幅畫布，有些畫的是阿格洛夫的兒子——就是那名比較年輕的男子。多數畫作穿著整齊，但少數幾幅是赤裸的，顯得若無其事，雙手放在髖部，眼神看著地板，彷彿對自己的身體漠不關心。

「你會自告奮勇嗎？」巴布低聲說。

「不會。」她說。但有點希望耍耍任性，希望能站在那透明的山區光線裡，感受藝術家仔細審視她，透過他溫柔且客觀的目光看她的乳房和側面。這裡有兩幅伊麗娜的畫作，其中一幅是瘦削的犀牛。阿格洛夫指著它，語氣顯然充滿讚嘆，巴布解釋：「他說，她是他們那個世代最好的畫家，而她說，他是他們那個世代最好的畫家。完美的互相恭維之詞。」

阿塔納斯．阿格洛夫整理一張桌子，在周圍放置四張椅子，然後扶著伊麗娜坐進其中一張，並示意巴布和亞莉珊卓也坐下。遲疑了一會兒之後，亞莉珊卓把裝有骨灰盒的袋子放在自己身邊的地板上，也認為阿格洛夫瞥了它一眼。

「親愛的。」伊麗娜說著，把一隻年邁細瘦的手放在亞莉珊卓年輕細瘦的手上。「你問我史托楊的事，阿格洛夫先生會告訴你一些事。我向他解釋了你帶的東西，以及我們怎麼會見面。可惜他完全沒聽說

我姊姊或涅文的消息。我問過他了。」

亞莉珊卓覺得心一沉。也許，她心想，她內心的期盼遠比自己坦承的更多。

「阿斯巴魯赫會幫你翻譯。」伊麗娜對阿塔納斯．阿格洛夫說。

阿格洛夫伸出一隻手搓搓臉。亞莉珊卓又看出他的指尖嚴重磨損、粗硬，指關節也顯得腫脹。

「史托楊．拉扎洛夫啊。」他說。他對巴布點點頭，等待他口譯。「史托楊是我最愛的人之一。」

他又暫停一下。「你也知道，我很多年前就認識他，當時我們都很年輕，身處非常不一樣的環境。後來，我很長一段時間沒有見到他，然後他透過我的一幅畫作找到我，跑來見我，也認識我妻子。我們彼此都以為對方過世了，所以對於團聚感到極其開心。他身體不好又疲累，等到有一段短時間沒工作，便問我能不能來和我們一起住。這是很重大的請求——我現在沒辦法向你解釋原因——不過我說好，而現在我很高興當時答應了。那一定是在一九六〇年代晚期，我本來知道確切是哪一年。你們年輕人啊，好好寫下來做紀錄。現在變得很容易忘東忘西。」他搖搖頭。

「無論如何，史托楊來找我們，住了兩星期。那時候我們還很年輕，可以聊天喝酒到半夜，接著到了早上，第一件事就是去工作，或者練琴。我已經在這裡住了好幾年，在山谷裡的零件工廠工作。不過我晚上畫畫，只是不能經常舉辦展覽。」

你為什麼不能舉辦展覽呢？亞莉珊卓很想問。

「那一年，史托楊去鄉下的某種農場工作，雙手的狀況不是很好。不過他正在治療，來這裡的時候又開始練習。他對我說，第一個星期他只拉巴哈的曲子。他說，那對他既是最好的練習，也是最好的治療。」

阿塔納斯把他受傷的手指擱在桌上。「不過等到他又開始拉韋瓦第，我就明白他漸漸恢復了。我們年輕的時候，一般人不是很熟悉韋瓦第的音樂，不過史托楊很愛，經常談起。我去工作時，他會站在我畫室的正中央拉奏音樂。他能讓自己的小提琴歡笑，但多數時候讓它哭泣。我相信他睡覺的時候撫著小提琴盒，他似乎老是擔心有人會把小提琴從他身邊奪走。我畫過他和他的樂器。他的神情有時候很可怕，很哀傷，比他的年紀蒼老很多，而當時他只有四十多歲。」

「他出生於一九一五年，所以，當時他一定是五十出頭，對吧？」亞莉珊卓說。

「對……我想是吧。」阿格洛夫的磨損手指彼此交握，放在下巴底下。「對。有天晚上，我們聊到非常晚，他第一次對我說了很多音樂方面的事。他告訴我，他決定成為小提琴家的那一刻。他只有六歲，已經在索菲亞上課，而他父親帶他去聽一場音樂會，有些曲目是貝多芬的音樂。史托楊說，聽到小提琴家開始拉奏，他看到頭頂上的空中有很多星星，而他想要有自己的一顆星。他說這些話的時候面帶微笑，卻是苦澀的笑。他對我訴說維也納的學習經歷，他在那裡拉奏給很好的老師和很棒的觀眾聽。他說，從那以後，他覺得自己的人生陷入一連串的困境，變得越來越小，最後只剩下音樂，以及給予妻兒的愛。他說，我會把我人生的故事留在音樂裡。」

亞莉珊卓點點頭。她早就識得那樣的心情，這也讓她對史托楊．拉扎洛夫感到更加悲傷。

阿格洛夫說：「接著，他對我說了一些我還不知道的事，說了很多事。關於他的人生變化最劇烈的時候。他太老實了，不是很擅長說故事，不過我因此能從他的視角去看每一件事。事實上，我有時候會想，我記得他人生的那些部分，可能比我自己人生的一些部分記得更清楚。」

他陷入沉默一會兒。「我竟然對你們說這件事，連我自己都覺得很驚訝。伊麗娜告訴我，你們想要更

了解他，而她是我認識非常久的老友。在那些日子裡，對別人說某些事是很危險的，不過我和他在每一方面都很信任彼此。」

阿格洛夫嘆口氣。「史托楊的頭髮很濃密，而且長得太快了，一把鬍子也長得很快。他老是得修剪鬍子，想要保持整潔。有天傍晚，我幫他剪頭髮，在戶外，坐在椅子上，他突然開始對我訴說。我們望著太陽漸漸西沉。後來，他一邊說著，一邊摸摸剛剪短的頭髮，就像這樣，兩隻手一起。後來我們聊了一整晚。」

他轉向伊麗娜，亞莉珊卓發現淚水流下他的棕色臉龐，很像泥土的裂隙。

「噢，我很抱歉。親愛的，我們怎會變得這麼老？而且每個人都走了？」他說。

第三十八章

這件事發生在一九四九年，「革命」發生的五年後，第一位共黨領袖格奧爾基·季米特洛夫過世的三個月後。那天早上，索菲亞街頭揚起音樂聲。

史托楊覺得很奇怪，後來他不記得音樂聲是從哪裡傳來：軍樂隊？或者只是收音機轉到軍樂隊的節目，從某間店門打開的商店傳出來？他的管弦樂團晨間排練即將從九點展開。街上有種匆忙的氣氛，人們比平常更安靜且行色匆匆，彷彿城市本身很緊張。樹木俯身籠罩著人行道，葉子飄落，索菲亞的秋天呈現溫和的褐色調。

那天早晨，管弦樂團要排練莫札特的一首交響曲，第四十號G小調，這首作品他幾乎已經謹記在心——過了這麼多年，他仍然很容易想起這種細節。到了傍晚，他的四重奏會坐下來，拿他們以前沒練過的曲子來讀譜。史托楊帶著外套，不過空氣溫暖，太陽很大；音樂廳裡會很冷，而他喜歡讓自己的手臂肌肉保持靈活。他看到一個年輕警察站在街角，與身穿平民服裝的男孩隨口閒聊。這是史托楊最喜歡的早晨模樣；幾乎像是維也納秋天的氣息從公園瀰漫到街道上，周遭也混合著他從小到大都很熟悉的聲音：路邊卸貨的沉重撞擊聲、叫喊聲、汽車喇叭的轟鳴聲、金屬框木頭輪子的吱嘎聲、馬蹄踏在卵石上的低沉躂躂聲，以及街角兩位老婦人的嘹亮談話聲。

到了劇院門口，他離開陽光的照耀，走進昏暗中；這麼多年來，他覺得發霉和白堊粉的氣味已經與排練揉合在一起。在維也納，同樣的氣味也總是縈繞在音樂學院管弦樂團排練的音樂廳裡，甚至維也納愛樂也如此。也許世界上的每一場排練聞起來都是同樣的氣味。他發現管弦樂團有一半的人聚集在舞臺上，正拿出自己的樂器，一名單簧管樂手剛吃完油膩的保加利亞摺餅，乳酪屑都掉出來了；他先用手帕擦擦雙手，然後才碰觸樂器盒。指揮米特科．薩默科夫斯基已經到達，正在指示長笛手重新排列後面的一些椅子。他們與其他演出共用音樂廳，包括歌劇，有時候是戲劇；所有東西的位置永遠都是錯的。

史托楊在副首席的位置坐下，小提琴盒放在膝蓋上。他抬起頭，看著上方的數排布幕一會兒；景象很熟悉，缺少光線，缺少天空，還有陳舊的覆盆子色絨布，從上個世紀末懸掛至今。他扭扭脖子劈啪作響，然後動動肩膀——這是長久以來的習慣，放鬆一下。他看著薩默科夫斯基在緊身背心的口袋裡找東西，看似永遠都找不到。事實上，排練之前每個人都看著他，看看他心情如何。在他手下工作幾年後，史托楊很討厭這個人。薩默科夫斯基會突然對第一小提琴發怒；史托楊特別不喜歡他的一連串舉動，包括放下指揮棒，叩叩敲擊，造成全場立刻靜默下來，接著不發一語，炯炯瞪視，對於奏錯一個音符的某個人施加額外的羞辱。史托楊經常心想，指揮是個好例子，這種人在戰前絕對拿不到這份工作；他對交響樂團的專制行為，根本不是以「音樂才華」為理由。史托楊回想起維也納的布魯諾．華特，他有著熱情的臉龐，而且有能力當場快速教導音樂家；華特遭到納粹驅逐出境，學院本身許多傑出的猶太籍音樂家也面臨相同命運。不過納粹已經覆滅，那是很久以前的事了。大戰之後，如果保加利亞開放邊境，讓公民能夠自由旅行，他和維拉就可以直直奔回奧地利。在維也納，他永遠可以在那裡的指揮手下演奏樂曲，不必面對這種蹙眉怒視、二流平庸的自大狂。

薩默科夫斯基最近看起來比平常更加心煩，頭髮側邊塌塌的。音樂家之間流傳著謠言，說他們的指揮最近遭到警察訊問。「或者，說不定他向警察告密？」維利查．吉謝夫喃喃說。吉謝夫是交響樂團的首席，是重要性僅次於薩默科夫斯基的第二號人物。沒有人比吉謝夫更討厭指揮，過去兩年來，他是薩默科夫斯基特別針對的對象，不過他是交響樂團裡最優秀的音樂家之一，也說不定這正是原因所在。史托楊得承認，就算維利查．吉謝夫是個炫耀狂，但至少在技術方面跟他一樣好。他，史托楊，應該是樂團首席才對。但吉謝夫極其優秀，像他一樣在歐洲接受教育，只不過是在巴黎。此外，要不是有吉謝夫活力充沛的演奏和近乎完美的音準，史托楊恐怕無法組成他的弦樂四重奏。

整場的音樂家正在試音、撥弦，或者把樂器的各個部分組合轉緊，然後往回旋轉仔細調整。有一位大提琴手離開舞臺，奮力對付音樂廳側邊的一扇窗戶，用一塊黑色木頭將它撐起，然後嚇走窗外的一隻鴿子。薩默科夫斯基叩叩發令，他們開始演奏莫札特的跳躍樂譜。

史托楊注意到他們不只是準時開始，而是有一點早，而他旁邊吉謝夫的位置仍是空的。維利查總是最後一刻才抵達，彷彿要刁難指揮。史托楊短暫冒出奇想，想要溜進首席的座位，那才是他歸屬的地方。如果維利查真的離開交響樂團，史托楊一定會晉升到他的位置，除非指揮選擇空降某人進來。這還滿有可能的；薩默科夫斯基同樣不喜歡史托楊。事實上，只要是在國外接受教育的音樂家，他似乎全都不信任。

史托楊留在原位，但是雙簧管吹出A音之後，他帶領小提琴調音。其他小提琴手看看周圍，然後開始調音。

薩默科夫斯基忽然敲敲他的譜架邊緣，於是調音零零落落結束了。他看起來臉色蒼白，空著的那隻手撥動背心口袋。「吉謝夫同志在哪裡？」

沒有人說話。

「唔，他在哪裡？」

薩默科夫斯基直直盯著史托楊。「拉扎洛夫同志，你比較希望自己是樂團首席，這是真的嗎？」

他能說什麼呢？

「如何？」薩默科夫斯基的一隻手在口袋裡翻找，宛如蟲蛆蠕動。

史托楊想讓語氣聽起來輕鬆幽默，他知道那絕不是自己的強項。「指揮同志，全世界的每一位副首席不是都希望成為首席嗎？」他背後傳來感激的竊笑。

然而，感覺整個音樂廳好像只有他和指揮兩個人，而現在，史托楊看著薩默科夫斯基的太陽穴，發現汗水從糾結的灰髮流下來。

指揮舉起一隻食指，指向整個舞臺。「我知道，你幾天前也在抽菸休息的時候對同事說過吧？」

史托楊覺得有某種看不見的東西在場，彷彿自己站在黑暗的樹林裡，彷彿他曾聽到某根細枝折斷的聲音。「幾天前？」

「如何？」

是真的。那是很遁世的私密時刻；他曾對兩位大提琴手說，獲准坐上樂團首席位置的人，不是每個人的態度都那麼傲慢。同一天稍早，貝多芬的一個樂章演奏到一半時，吉謝夫靠過來，指著他們共用的樂譜，彷彿史托楊拉錯什麼似的。他當然沒有。後來，史托楊和兩位大提琴手一起抽菸，憤憤說了這件事，暗指維利查的自負，而且也許沒資格。可是，誰把那件事轉述給指揮聽？而且為何有人在意？整個交響樂團成員早就知道誰討厭誰，像拜占庭的朝臣般掌握得一清二楚。

薩默科夫斯基清清喉嚨，聲音刺耳。「而且吉謝夫同志曾說過不敬的話，針對他的指揮，也針對保加利亞人民共和國，這也是真的嗎？」

一排排音樂家動也不動，保持沉默。史托楊知道，其他每一個人也都知道，這番指控至少第一部分是真的。

「如何？同志？吉謝夫有這樣說過，還是沒有？或者，我也許該問問看，你自己又是怎麼說我？」

每個人都僵硬坐著。史托楊覺得自己的嘴巴乾到黏住了。他把小提琴直立在腿上，努力讓雙手不要顫抖。自從小時候面對父親的嚴厲質問，要回答是否打破一盞燈後，他不曾有這樣的感覺。不過那件事可沒有這麼嚴重。他想到維拉。接著他終於明白了，彷彿以前從未看得這麼透澈；如果吉謝夫失去青睞，則他，史托楊，就會立刻登上樂團首席之位。一旦登上那位置，他絕對要好好表現自己，即使對象是指揮亦然。讓吉謝夫稍微遭受打擊，就這麼一次，他會受到傷害嗎？在他們的弦樂四重奏排練時，吉謝夫也令人難以忍受。

「有。」他聲音微弱地說。

「有，哪方面？」指揮似乎自己也發著抖，或許是憤怒使然。

「有，吉謝夫同志說過……關於你的事。」這番陳述落入陰鬱的沉默。在他旁邊，另一位小提琴手不安地移動身子。

史托楊已經開始後悔說這些話了。他清清喉嚨。「不過他沒有惡意，我很確定。」他努力表現得堅定一點。「他怎麼可能表現出什麼惡意？」

彷彿要親自回答薩默科夫斯基的問題似的，維利查．吉謝夫本人出現在音樂廳的遠端，行色匆匆，而

且在昏暗的劇院中彎著腰，顯得很古怪。所有人全都盯著那個人影，如今那個人充滿新的含意，但沒有人能夠確切理解。剛開始，史托楊鬆了口氣，也許這場質問大會就此結束。不過他的心怦怦跳；吉謝夫剛才有沒有聽到他的背叛言語？

吉謝夫對大家草草點個頭，說了些話，但是太含糊，沒人聽得懂。他逕自坐進空著的樂團首席座位，打開他的小提琴，拿著弓放到A弦上猛力一拉。其他音樂家再度開始調音，每個人都顯得冷峻且嚴肅。

史托楊，樂團的副首席，他鄰居的敵人，這時驚訝地注意到那個男人雙手顫抖，肩膀垮下，感覺原本的傲慢自負已從他身上脫落，如同太溫暖的日子所穿的大衣。史托楊第一次觀察到吉謝夫的黑皮鞋變得多麼破舊，雖然鞋帶還是綁得很整齊，鞋面擦得晶亮，襪子也拉得又高又緊。他注意到吉謝夫西裝外套的袖口，有人在那裡縫上收窄的黑色天鵝絨鬆緊帶，猜測是為了防止進一步磨損，看來裁縫師的技術很完美，也說不定是家裡的愛心巧手。史托楊已經很久沒有這麼近距離檢視自己的競爭對手。他先移開目光，努力調穩自己的A弦，接著再度瞥向吉謝夫。他仔細端詳吉謝夫同志的白襯衫袖口，以及骨感的手肘輪廓。總之，他讓自己的目光盯著第一小提琴手，同時避免看到吉謝夫的顴骨冒出的紫色鞭痕。

他們演奏莫札特過了一小時，停下來，又開始，重複一些樂段，陳舊的譜頁汩汩流瀉全新的美妙音符。真希望吉謝夫的雙眼看起來不再那麼紅，他每次抬起臉看著樂譜，臉龐輪廓顯得好憔悴。真希望激昂悅耳的第二樂章能夠抹去每個人避開目光所造成的傷害。

排練結束時，伴著最後的迴響和叩叩聲，指揮轉身離開；吉謝夫也快速離開音樂廳，一句話都沒說。史托楊以笨拙的手指收拾東西；想起外面很溫暖，他脫下外套，摺疊好再掛到手臂上。他穿越同樣的街道走回家，懸鈴木的葉子捲曲起來呈現棕色和黃色，腳下踩著圓滑的卵石，一隻狗躺在草地上曬太陽，一名

漂亮女子的帽子環繞著紅帶子（那代表的意涵是政治或流行？），從街角過馬路。他回想著自己從維也納返抵索菲亞的那一天，他從車站走路回家遇到友善的民眾，麵包店的男子說服他拉奏音樂，他自己也急著在顧客面前好好表演，特別是維拉。那個國家到底怎麼了？對他來說，它似乎是遠行途中的某個地方，是另一個世界的短暫停留地點。

第三十九章

他到達公寓時，她正在為他烹煮午餐；他從門口就聞到氣味。過去幾個月來，這漸漸變成他的習慣：脫鞋的那一刻，他不禁納悶他們為何膝下猶虛？既然他從戰爭期間幾個星期的服役經歷逐漸恢復，也就比以前更常產生這種思考模式：一脫鞋就想到孩子的問題。還有一個反射性思考：每次開始拉奏A小調的曲子，他就想到自己的祖母和她最後的病痛，彷彿那是她病弱的曲調。最後一個習慣性思考，則是他站在街邊準備過馬路時發現的，一定與維拉的表親給他們的破損小爐子有關；它零散地放在陽臺上，比目前用的爐子稍微大一點。他明知自己絕不可能修好那個爐子，但因為某種原因，每次只要站在路邊，等待汽車、軍用卡車或馬匹拉動的車廂通過面前而能安全過街，他就會想起那個爐子。

此刻，在公寓門前脫掉鞋子，他想起他們多次在那張凹凸不平的床上做愛，卻沒有製造出孩子氣的聲音，在他走進家門時說道：「爸！爸回來了！你有沒有幫我帶回來……」

他聽到她在廚房裡打開烤箱門的聲音，而等到一進屋，他會先看到她圍裙的繫帶、棉質衣物底下的瘦削背部，以及腿上那雙縫補多次的長襪。她今年二十七歲，他知道她很擔心自己會不會有一天變得太老。即使在家裡，她也穿得整齊，鞠躬時可以看到她的頸背，總是穿著長襪搭配居家拖鞋，彷彿永遠無法完全擺脫學校制服。他曾略略見過一些朋友的妻子，在家邋遢而出外盛裝。這證明了她天生優雅、受過教育；

維拉增加了他的自尊。

她聽見他進門，在烤箱前轉過身，放下手中的盤子，接著伸手環抱他的脖子。透過皮膚，他感受到兩人之間奇異的暖意。他親吻她的唇和鼻子。好奇怪的感覺啊，與女性住在一起。他當然與自己的母親住在一起很多年，但對他來說，母親永遠都不像女性；她就只是他的母親，穿著沉重的緊身蓬裙，令人安心但無關性別。

他在廚房水槽清洗雙手，用她遞上的毛巾擦乾手，坐在他們公寓唯一窗戶邊的桌子旁，今天窗戶打開，可以聽到下方院子的聲響。她先給他熱騰騰的湯碗和零碎的麵包，再端給自己。這段時日很少有肉類，但他喜歡馬鈴薯和綠色蔬菜的香氣，以及她用特別留下的任何肉骨所熬的清湯。他們偶爾會去他祖父的村子，看看他的姑姑和叔伯是否得到度冬用的肉類，他們拿肥皂或舊毛衣之類的東西與長輩交換。他姑姑會給他們醃漬甘藍菜，以及她的菜園種的洋蔥。他很想知道今年秋天會不會有公共汽車開去那裡。

他們吃飯時，他對維拉述說早上排練時發生的奇怪事件。他發現自己說話時壓低聲音，略去自己最懦弱的部分，以及維利查臉頰的傷痕。他才剛開始講，就恨不得自己沒開口。維拉離開湯碗向後坐，將腦後的髮辮拉到一邊肩膀上，不經意撥弄著髮尾。他看到她完美的額頭皺起來，發亮的眼睛周圍亦然，就像這些日子對每個人的影響——憂慮，不確定。他在她臉上看到那種神情時，幾乎要稱之為恐懼。

她搖搖頭。「親愛的，你不必覺得有責任。他遲早一定會跟薩默科夫斯基起衝突。」

「我想告訴他，我完全不是有意的。」史托楊作勢喝了一大口湯，逗她開心。「他知道我很欣賞他的演奏，雖然有時候覺得他是……」他差點說出「蠢蛋」。

「你今天晚上會在四重奏練習看到他，對吧？到時候就可以告訴他了。」她的手指撫過他的手臂令人

安心，剛才他把袖子捲起來方便吃飯。他好想站起來，扶著她從椅子站起，把臉埋在她的頭髮側邊，親吻她的脖子，咬咬她的髮辮。他又喝了一湯匙，用手帕輕沾嘴唇。

「我想，我大可路過他家，與他聊聊。他回家吃午餐，我很確定。」

她已經把食物吃光了。「今天下午我要去找我母親。如果你出門，可以多買一點麵包嗎？」他們兩人都沒說出顯而易見的事實：如果還有剩的話。

「當然好，親愛的。」他走向爐邊的坐臥沙發，躺下來，隨手拿起報紙蓋住臉，報上所有的標題都遭到扭曲，而他都在早上讀過了。她默默清洗他們用的少數碗盤，然後他感覺到她稍微移開報紙，親吻他的額頭。他繼續緊閉雙眼，假裝睡著。他熟知她的例行程序：先在臥室換衣服，他們把臥室安排在客廳一角，位於掛在釘子上的簾幕後方；她梳頭髮，用圓形粉盒僅剩的最後一點香粉撲撲頸部，再把黑色長襪的細縫拉直。

他聽到她輕輕關上家門，接著又在原處多躺一會兒，努力想要睡著。她離開公寓後，她的存在感甚至更加明顯；他感覺她在廚房裡，衣裙底下有一雙圓潤的長腿，擦桌子或切菜的動作既堅定又快速。他的生活周遭充滿她的神祕感，她沒有真正在場時，那份神祕感略顯動搖，讓他覺得放鬆。他很愛環顧公寓周遭，看著她的毛衣和圍裙分別掛在不同釘子上。

睡意沒有襲來；他終於起身，穿上鞋子，鎖上家門。接著，他不想空手去，於是再度打開家門，回到客廳。他翻找自己最珍貴的樂譜收藏，幾年前在布拉格買的，把那本樂譜放進袋子裡。他並不打算借給維利查，但是會讓他瞧瞧，把買下這本樂譜的故事告訴他，表達謝罪之意。也許他們可以一起抄譜，安排到他們的四重奏曲目裡。其實呢，現在也許是個好時機，可以再次演奏這首曲子。維利查會很著迷；真該

死，他會比其他人更了解它的重要性；他也會了解，這份信任是慰問的表現。史托楊已經決定不過問維利查臉上的傷痕。他想要坦承自己說過的話，接著又改變主意。他只要讓維利查看看這本極好的樂譜，與他商討一番就好。那樣只需要花幾分鐘的功夫，就能釐清整個情況。

街道充滿了午後昏昏欲睡的氣氛，空氣很沉悶，這時天空也烏雲密布，孩子們都在家裡午睡。祖父母會睡在廚房附近的沙發床或馬鬃沙發上，那是轟炸後從瓦礫堆撿來的。他突然想起五年前的那一天，蘇聯坦克車開進索菲亞，有歡呼聲、槍聲，還有很多鮮花。此刻一切都無精打采，年輕警察無聊地倚著牆壁，腰帶上佩戴槍枝……這是兩點到四點間的安靜時刻，城市不可侵犯的時刻。市中心某處響起鐘聲，也許是俄國教堂。史托楊連多等一分鐘都不想，他需要修補自己與吉謝夫的問題。他穿越一個老廣場，經過兩座噴泉，噴泉這時是乾的，然後是一片黃花和紅花的花圃，接著有隻狗拴在一支燈柱上，街燈是較富裕時代的遺物；那隻狗就像一般的寵物，謹慎、兇惡，可能使你陷入困境。他對狗點點頭，只見牠抖動一下，但是順從地坐著。他找到正確的街道，是一條林蔭小巷，兩旁的房屋是上個世紀末建造的，飛簷的花飾漸漸開始龜裂剝落。這條街似乎非常漫長、安靜。

如同大多數的其他房屋，維利查家也是四層樓。維利查和他的家人住在一樓，一樓也只有他們住，因為房子非常狹窄。他對這裡很熟悉，他和維拉曾在交響樂團的音樂會後來這裡吃晚餐，總共兩次；好幾年前他也來過這裡，經常只是單純來練習他們的四重奏。等到獲邀進入，史托楊知道自己會認得拼花地板、老舊的古董雕花衣櫃，也許玄關還掛著維利查的黑色交響樂團外套。他曾在這些場合見過維利查的妻子好幾次，是個嬌小黝黑的女子，相當漂亮，睜著野性不馴的雙眼。維利查有兩個兒子，有個兒子年紀還小，仍然住在家裡。

走到門口，史托楊停下腳步；他有點驚訝，因為大門稍微打開，屋內某處傳來移動的聲音。他振作精神，準備在門前臺階與維利查碰面，畢竟兩人沒有事先約好。然後他轉動青銅鑰匙，讓老式門鈴響起來。由於大門半開著，他能聽到門鈴的尖銳響聲傳遍了客廳。

沒有人應門，過了一會兒，他敲敲門。他再把門推開一點，輕聲叫喚。他考慮乾脆離開，或者，也許可以乾脆把樂譜放在廚房桌上。維利查馬上就會知道這是誰放的。不過，他知道自己絕對不會把樂譜放在任何地方，絕對不會與它分開，連一小時都不行。他走進屋內，穿過小小的走廊進入廚房，從那裡就能判斷他們是否可能在花園裡。

有那麼一刻顯得完全不真實，他還真的轉過頭，回頭看著走廊，因為他無法判斷自己看到的究竟是什麼。維利查．吉謝夫在廚房裡，但他躺在地上，底下襯著看似是紅毯子的東西；妻子躺在他旁邊，他們的兒子躺在她旁邊，雙腿張開成尷尬的模樣。紅毯子滲入他們的衣服裡。維利查的手旁邊有一把槍，剛好位於逐漸擴散的紅色之外，那是一把老式槍枝，可能是某人的曾祖父所留下，會展示在客廳櫥櫃裡那種。除此之外，自從「革命」之後，所有人都不准擁有槍枝，即使沒有子彈、即使只供展示都不行。史托楊再看一次維利查外套袖口的絨布邊，只不過它現在緊貼一把槍。維利查的臉孔扭曲成咆哮狀，遠比他排練時經常擺出的冷嘲熱諷表情更加生動，而他的額頭頂端似乎有個黑洞。史托楊發現自己無法再盯著那個洞，再多看最短暫的一個拍子都不行。他看到吉謝夫太太的臉頰和喉嚨噴濺了某種紅色的東西，而且那紅色跨越到男孩的臉上，男孩的頭骨凹陷得古怪，臉色冷靜蒼白。她緊閉雙眼；至於她的兩個男人，一個是中年人，另一個非常年輕……他們則雙眼圓睜，直盯著天花板。

接著，史托楊發現後門也微微開著，有圍牆的小花園裡，兩個人影動來動去。他周圍湧現一股刺鼻的

氣味。他覺得自己應該走開，立刻離開，但他逗留在廚房邊緣，站在滲漏的鮮血沒有流到腳邊的地方；他發現自己低頭看鞋子，思考這樣到底代表什麼意義。花園裡的人穿著制服，此時穿過一道柵欄門離開花園。史托楊後退一步，他們其中一人快速轉身，透過廚房的窗戶看到他。他認得那張臉，是社區的志願國民軍，但想不起那人的名字。史托楊透過窗戶迎上他的目光——逐漸變薄的頭髮，窄長的頭；他看出那個人同一時間認出他。或者那只是他自己的想像？也許那個男人根本沒有看見他？接著，他們就走了，順手關上門。

史托楊更往後退幾步，站在桌旁。光天化日的逮捕行動。維利查和他的老式解放者槍枝，長久以來藏匿在抽屜裡。鄰居在家，但不願意查看；也許這個社區不是第一次出現槍聲，畢竟最近進行的逮捕行動這麼多。街上沒有人。三聲槍響，也許是穿制服的兩個人同時瞄準，他們很快拔出自己的槍，為了自衛，或者只為了謀殺。他們似乎忘了關上房子的大門。不知為何，開槍沒有產生很大的聲響。那是怎麼辦到的？而且那是好一陣子之前，畢竟自從轉進巷子後，他自己沒有聽到槍聲。他進屋的時候，穿制服的兩名男子一定早已在花園裡談話，槍枝也放回槍套裡。很多人遭到逮捕、受審，有時候遭到射殺，或者就消失了；但那些人不是在自宅遭到射殺，所以維利查肯定是奮力抵抗，才會遭到當場殺害，而且棄屍於現場——看起來像是兩個人遭到謀殺而一人自殺，家庭犯罪。

史托楊轉過身，匆匆離開屋子，讓大門依然打開，同時聆聽背後有沒有腳步聲。他跑了一會兒，接著強迫自己慢下來，努力讓呼吸變得平穩。開始下雨了，是早秋的細微霧雨。他把裝著寶物的袋子塞進外套裡面，看著自己行走的人行道。他發現讓自己的步伐保持韻律感非常重要；如果真的有人注視他，他們會看到他以正常的步伐向前踏出一步，然後再一步。這就像是在舞臺上，你全神貫注於手上的琴弓和手指，

全神貫注於一切，只有靜默的觀眾除外，就這樣保持下去，直到音樂本身掌控一切為止。

突然間，他想到維拉。他要怎麼對她說？當然什麼都不說。那樣對她最安全。不過，他總是對她無話不談。

接著他懂了，他要接受的懲罰已然開始，而且採取很多種形式。已經開始了，現在只是剛剛展開而已。

第四十章

阿格洛夫講完時，最後一絲陽光離開工作室的窗戶，讓他的臉陷入陰影中。亞莉珊卓把雙手壓在大腿底下，此刻覺得好麻。她一直盯著藝術家的下排牙齒；牙齒的頂部已經磨損，每一顆牙都露出內部的棕色牙髓，看似可怕，卻也很吸引目光。他露出微笑時，她竟徹底忘了這番奇觀，只看到他的雙眼，在衰弱的眼窩裡顯得清澈。而史托楊曾站在廚房地板上，怔怔看著三具遺體。

巴布慢慢站起來，發現門邊有個燈光開關，於是再次驅散暮光。伊麗娜正在搖頭，嘴角垮下。「我知道交響樂團發生了事情。他一直不喜歡談論他們。可是我不曉得是這種事。」

巴布說：「天啊，他目睹那些事，處境一定非常危險。後來他怎麼樣？他有沒有告訴你？」

伊麗娜和阿格洛夫看著彼此，亞莉珊卓發現阿格洛夫的目光往下垂。巴布翻譯給亞莉珊卓聽。「他說還有更多事，但他不確定該不該告訴我們。」接著，阿格洛夫轉過身，指著東西。巴布看著她。「他說，把袋子放到桌上，打開它。」

亞莉珊卓聽從指示。過了一會兒，藝術家站起來，從包裹布裡拿出骨灰盒。巴布說：「對，這是他雕刻的。他說，史托楊請他製作，要他做得特別一點。」

阿格洛夫撫觸葉子和花朵的邊緣，然後抬起光亮的盒蓋。亞莉珊卓已經有好幾天沒看到骨灰盒打開，

而她從沒看過骨灰盒從絲絨布套裡完全拿出的樣子。她湧現一陣不安的感受，彷彿盒子裡真的有生命。阿格洛夫拿出塑膠袋，頗有分量的灰白色骨灰在裡面滑動，然後他以非常輕柔的動作把它放到桌上。接著，他把手放進空的骨灰盒裡，轉動一下，然後再度拿起，按下底部一側；它還沒有分離，亞莉珊卓幾乎就看出下方一定還裝了另一個盒子，有個幾乎看不出來的滑動底板，唯有製作它的一雙手才知道。阿格洛夫把骨灰盒的頂部放到旁邊，讓他們看看那個分離的盒子，它本身也有蓋子；他那些磨損的手指抖個不停。他停下來，對他們說話，巴布對亞莉珊卓說：「他說，他打破了一項承諾。」

盒子的頂蓋滑開來。裡面放著一疊對摺的紙張，厚厚一疊，泛黃。他們全都默默盯著它。

接著伊麗娜傾身向前，說：「天啊。我姊姊知道這個嗎？」

「不知道。」阿格洛夫說。他小心翼翼拿起那些紙。「只有我知道。」亞莉珊卓看出他變得臉色發白。他把對摺的紙張打開；紙張其實很薄，如同舊時的打字紙那樣沙沙作響，上面用西里爾字母寫得密密麻麻，滿是漂亮的手寫字跡。他在桌上把紙張攤平。

巴布對亞莉珊卓說：「有個標題，它寫著：『告白書，史托楊．拉扎洛夫撰寫。』接著是年份，一九九一年。他是在共黨政權垮臺後不久寫的。」他認真看著頁面頂端。「這上面用不同的墨水寫著『只有米倫．拉迪夫知道』，不過句子看起來好像沒寫完。」

伊麗娜抓住亞莉珊卓的手，握得好緊，她都覺得痛了。「米倫．拉迪夫？其他還說了什麼？」她問。

阿格洛夫打開前面幾頁給他們看。巴布說：「我想，這是一份回憶錄，似乎從……這非常奇怪。就是從他剛才告訴我們的故事開始寫，關於史托楊在索菲亞參加的交響樂團有小提琴家遇害。」

阿格洛夫說著，而巴布聽了一會兒，點點頭。「史托楊請他製作這個盒子，把故事藏在裡面，從來沒

有告訴別人，除非有人的性命取決於它。現在，他希望我唸這個給你聽。他說，他的性命與此無關，但是我們的性命可能取決於它。」

第三部

第四十一章

一九四九年

我早就知道會出事，但不知道會出什麼事。

將近午夜的敲門聲幾乎是種補償，像是幫整夜揮之不去的夢境奏下結尾和弦。我貼著維拉的頸背處移動，盡可能不要打擾到她。她昏昏欲睡地扭動一下，我趕緊說：「不，不，繼續睡，我去看看是什麼事。」

敲門聲再度響起，力道更大些。我套上平常拿來當浴袍的舊毛衣，繞過用來當作臥室隔簾的床單，穿過客廳，到達公寓門口。我很快地打開門，所以沒有多餘的時間能思考。我沒有不開門的理由。那樣只會讓情況變得更糟。

三名男子站在走廊上，身穿樸素的外套，頭上戴著普通的黑帽子，沒有穿制服。

「市民史托楊．拉扎洛夫？」一人說。我立刻意識到，不知從何時開始，大家對我的正式稱呼不再是「同志」了。自從「革命」之後，我已經遭到降級。

「是的，我能幫什麼忙嗎？」我說。

第二名男子短促地笑了一聲，然後他們全都往前走，於是我必須向後退，讓他們進入公寓。最後一人

在他背後關上門。曾經說話的那人站在我的正前方，有些太近了一點，他要我別動，我沒動。另外兩人匆匆繞行我們客廳，把幾排書架裡的書都抓出來，也到我們煮飯的角落，把廚房的東西丟得滿地都是，甚至翻看爐蓋底下。我無法判斷他們到底是特別來找某種東西，或者只要把我的東西弄得亂七八糟。

我害怕的事情發生了，吵鬧聲驚醒維拉，她撩起權充我們臥室門的那塊布，走出房間，身穿褪色睡袍、頂著波浪長髮的她實在太漂亮了一點。我企圖走向她，但面前的猩猩伸手扣住我的手臂，逼我留在原地。維拉看著這場亂局，看著兩名男子搜索我們的東西，然後看著我，臉上浮現恐懼。她雙臂緊緊抱胸，向後退回臥室。我向自己發誓，如果有人碰她一根寒毛，我一定會回擊，直到他們殺了我為止，但他們只瞥了一兩眼，隨即回神繼續搜索。

「同志們，只有書。」其中一名搜索的人對抓住我的人說。「有些法西斯的書，法西斯的文宣。」他拿起一本音樂史的書，那是我在維也納買的，是德文書，還有一本法文小說，是從我岳母的書房拿來的。

「其實那本小說是用法文寫的，完全不同的語言。」我說。維拉對我投來懇求的目光。

「你真不要臉，收藏骯髒的法西斯文宣。」抓住我的男子說。說也奇怪，我看得出來，他很認真。

我盡可能清楚說明：「這裡沒有文宣，戰爭開打之前，我就回到保加利亞了。何況文宣讀起來很無聊。」我很納悶自己為何要這樣說，但實在忍不住。

他猛甩我的手臂。他的手指開始掐痛我的皮膚。「無論如何，你都得去局裡接受身分查驗。除了身分證，什麼都別帶，不會很久。」

「我穿的是睡衣。」我說。

「嗯，穿衣服，去你的。」他把我推向臥室。「而且不准碰她。同志，請坐在那裡。」他對維拉說，

指著一張椅子。她走過去，渾身發抖。「還有，你，快一點。」

我走向我們的臥室，走進簾幕後方；即使只有一秒鐘看不到維拉也很恐怖，我盡快穿好衣服。不知什麼原因驅使我伸手去拿小提琴，把它塞進床底下；我晚上總是把它放在身邊。希望他們不會搜查臥室。我們沒有把書放在那裡，所以他們可能不會感到好奇。也許樂器不會受到傷害，但我想把它藏好。

我穿著日常便裝現身，經過維拉坐的椅子時彎身親吻她，不過惡棍頭子狠狠揍我一下。她盡力忍耐，不在他們面前哭出來；她的膝蓋抖得明顯可見。我想辦法在公寓大門旁邊穿上鞋，眼睛緊盯著她，臉也朝向她，直到他們推著我跌跌撞撞走出門。他們在我背後輕輕關門，也許不想驚擾到同一條走廊上的鄰居。我不知道他們為何要採取這種預防措施，畢竟剛才已經在屋裡亂丟東西。但是沒有人打開門；沒有人向外探看我們是誰，或者我們要去哪裡。一行人沒有說話，踏著沉重的步伐走下樓梯。他們沒有銬住我，也沒有拿出槍；我想，他們知道我不會奮力抵抗。走到外面，天空漆黑，橋的附近有幾盞路燈發出亮光。我不禁想了一會兒，他們是否打算把我捆綁起來，扔進河裡？或者在巷子裡毒打一頓？然而，他們只是默默推著我走向距離只有八個街口的警察局。

霧氣悄悄湧進冷颼颼的街道，我看到自己呼出的氣息彷彿小規模的霧氣，也聽到一行人的腳步聲踩在人行道上，彷彿距離自己非常遙遠。一輛二輪車經過我們旁邊，是馬匹拉的送貨馬車，駕駛的頭低低的，似乎在座位上睡著了。路旁房屋的窗戶都沒有燈火，我不禁納悶自己是否還有機會看到燈火。我知道，他們會對我說我犯了錯；而我知道，我真的犯過錯。我默默對自己說，等他們質問我，我會怎麼說。要考慮的是事實為何，然後是維拉；以及我如果說出事實，維拉可能會怎麼樣。

我們到達警局時，他們帶我從後門走進去。我以前來過這棟樓房好幾次，是去一樓。戰後來辦理我和

維拉的登記事項，以及領取我們的身分證；然後有一次來報案，一位年長鄰居過世了，他住在我們下面一層樓，我發現他倒在他的公寓門檻上，模樣很平靜。我想了一下他的淺淺微笑，他的神情像是選在不尋常的地方睡午覺。我聽到走廊傳來「咚」一聲，手上還拿著小提琴和琴弓就出去查看。我和維拉把他搬回公寓裡，放在他的床上，畢竟與他同住的鄰居都去工作了，他的妻子也早就過世。維拉為他難過掉淚，雖然我們對他的了解非常少。於是我走路去警局，告訴執勤的年輕警官，有一名死者平靜走完一生，於是我立刻來報案。我不禁想到，如果有一天我倒在自家的門檻上，誰會去報案呢？至少，希望我手上不會拿著小提琴，那麼它就不會損壞，也希望發現我的人不是維拉。我在警局時，希望她不會憂心成疾。等到他們釋放我，我會直接走回家……行走，不要跑，但是快步走。

由於午夜過後電力限量配給，警局裡面燈光昏暗，一名警員坐在桌子後面微微打瞌睡。他看起來不像當時陪我去看平靜長眠鄰居的年輕人。他對警官點點頭，他們其中一人調整對我手臂的抓握，但沒有人說話。他們帶我走向門口後方的一道樓梯。我的身體開始發抖，因為意識到即將往樓下走，而非往上。因為某種原因，我以為他們會帶我去樓上辦公室進行訊問。我當然早該知道，但在這種時候，你必須努力不要去回想自己正在回想的事，努力忘記以前聽過的耳語。樓梯很陰冷，牆壁有潮溼的印記，彷彿我們正走進洞穴。我們拖著腳步輕聲前進。我好想轉身逃跑，但是對自己說，我不會在他們面前採取任何行動，以免他們認定我很害怕，我也不讓他們拘留我的時間比所需的時間更久。

樓梯底部有一條潮溼的小走廊，其中一人拿出鑰匙，打開門鎖。他打開門，我在那裡站了一會兒，不想進去，除非必要；我心想，如果真的踏進去，他們會不會把我鎖在裡面？而且會鎖多久？那個人似乎就在等待這一刻，或者等待我猶豫的跡象。事情發生得好快，我一度無法確定毆打來自何處。他用手的側邊

揮過我的鼻子，力道足以令人失去知覺，感覺好像一列火車掃過我的臉。痛楚似乎比揮擊更早感受到。我眼冒金星、視線模糊，覺得自己搖搖晃晃。感覺有一道液體流出我的鼻子、汩汩滴落，流進嘴巴有鐵鏽的味道，這比疼痛更令我感到意外。最大的意外是我的思緒全然清晰：自從五年級以後就沒人打過我了，當時住在隔壁街的狄米特揮拳打中我的嘴巴，理由是我喜歡他妹妹。我也回敬一拳，雖然沒什麼用。在那之前和之後，從來沒人打過我。這一次，我的雙臂垂在側邊動彈不得。我父母認為不能打小孩，而我從小就生活在音樂家的世界裡，那些人不會彼此毆打，即使極度渴望也不會真正出手，因為害怕傷了自己的雙手。

他們其中一人推我向前，於是我走進去，免得跌倒。到了裡面，房間比我的預期更大，暗到視線不清，我真怕其實是我的視力有問題。我拉緊袖子，擦掉鼻子湧出的鮮血。房門在我背後關上，門鎖被用力鎖上而發出很大聲響。有個角落的黑暗處開始有動靜，是個男孩，他在地上扭動身子站起來。另外有個男人依然坐著，穿戴黑色外套和帽子遮住面容，但眼睛直直盯著我。男孩開口說話，但是聲音微弱。「你自己一個人嗎？」

我擦擦鼻子，伸出一隻手扶著牆壁。我幾乎無法思考，更別提理解這問題的意思，畢竟我的腦袋依然嗡嗡作響。

「我自己？不。我和你在一起。」我說。

「不，不。」他舉起一隻手示意。「他們有沒有帶其他人跟你一起來？他們說，等到有四個人了，他們會一起處理我們。」

「我懂了。」他又縮回地板上，我也滑到他旁邊坐下。我們的聲音好微弱，幾乎像是講悄悄話。「他

們還說了什麼？」

「沒有。半夜的時候，他們把我從街上帶過來。我母親不知道我在哪裡。」男孩說，他用雙手掩面。

「你很快就會回家。」我對他說，也像是對我自己說，於是我們都抹抹自己的鼻子。另一個男人完全沒說話，連講悄悄話都沒有；我看不清楚他的模樣，但他的年紀似乎比我大一點，也許是中年人，帽子的陰影稍微掩蓋住他的臉龐。

「他們說我們不能交談。」男孩低聲說。於是我們都保持沉默，直到門外傳來一陣騷動。門鎖再度打開，那三個人又出現了，拖著某個看似醉醺醺的人。

「你這該死的犯人。」一名警察說。醉漢跌跌撞撞走向前。他有一頭金髮，臉孔扁平，襯衫沾著血跡和泥土，那本來是白襯衫；他也穿著白色圍裙，很像美好時代的餐廳服務生，而圍裙也沾了東西。他們把他扔進房間，我旁邊的男孩連忙躲開，警察說：「你看什麼看？以前沒看過德國人嗎？沒看過希特勒的豬玀？」

「不過我不是德國人。」男子用保加利亞語含糊說著。他實在太醉，我聽不出他說話是否有口音。

另一名警察說：「無所謂，德國人或保加利亞人都一樣，你是小偷和賭徒。坐到地上。還有你們其他人，別以為有這種伴真是太好了。其實呢，你們應該幫他把鞋子擦乾淨，因為至少他是貨真價實的罪犯，而不是間諜。除非他是德國間諜。」

男孩畏縮在牆邊。戴帽子的男子沒有動，不過從門口照進來的光線讓我看到他的黑眼睛轉來轉去。我的臉似乎突然醒悟到自己所受的折磨，感覺鼻子開始陣陣抽痛。警官看著我們所有人。接著，最高大的那個，似乎也是最年長的，他開口說話：「進行其他事情之前，警長需要問你們一些問題。」

進行什麼事情之前？我好想知道。我有接受訊問的心理準備，但之後還會有什麼其他事？

他交叉雙臂，彷彿我們讓他等了太久。「怎樣？誰想先來？」

「噢，隨便選一個啦。」剛才叫金髮醉漢是法西斯份子的警察喃喃說著。較高大的警官似乎是他們的長官，也許警階不同，或者是基於不成文的協議，總之他沒理那人。

「怎樣？誰先來？」

我的內心有點想自願先去，畢竟那樣有可能比較快回去找維拉，我也確定自己能回答他們拋出來的所有問題，或許只有最難回答的問題除外，例如：「你最近有沒有看到任何異狀？」或者，也許是這樣：「你昨天下午人在哪裡？」如果我真的有什麼事要坦白說出，也不是他們想聽的事。

突然間，戴帽子的男子站起來，依然沒有講話。三名警察互看一眼，高大的那人聳聳肩。接著他們帶走那個人，把門鎖上，小房間幾乎又變得全暗。一開始我聽得到走廊上的警察說話聲，以及他們又打開另一道門然後關上的聲音，從走廊某處傳來。接著傳出一些咚咚聲和刮擦聲，很像家具移動的聲音。然後安靜了很長一段時間，我聽見喃喃聲逐漸升高成喊叫聲，伴隨著近處角落那個酒醉囚犯打呼的聲音。我們周圍滿是類似發霉的氣味。男孩似乎嘗試睡著，但他的呼吸很不平順，我懷疑他如此害怕怎麼睡得著。外頭傳來的喊叫聲充滿急躁，是責罵，而非痛苦，於是我開始心想，戴帽子的男子是不是依然保持沉默。也許他隱瞞了重大的事情。我也是啊，我提醒自己；一旦輪到我，我會說什麼呢？我必須隱瞞的事情並非我自己犯的罪。事實上，那件事更嚴重；那是他們犯的罪。假如戴帽子的男子曾經偷東西，或者真的擁有法西斯文宣，他保持沉默可能是為了保護其他人。

接著傳來比尖叫更糟糕的聲音：那是某人決定不要尖叫的瘋狂呻吟聲。我以前聽過那種聲音一次，是

小時候，醫生來我家裡幫忙姑姑生產。我其實不該在走廊上；我不聽大人的吩咐跑回家，因為想拿一顆球去學校操場玩。宛如動物的巨大呻吟聲從咬緊的牙縫間傳出——我即使年紀還小，也能察覺吼聲的背後不是勇敢，而是相信尖叫會覺得更痛苦，相信一旦開始尖叫就絕對不會停止。

所以，眼前的訊問不只是訊問而已。他們懲罰那個人，是因為他保持沉默嗎？或者因為他已經說了某件事？而懲罰又是什麼？汗水讓我的雙手和脖子都溼透了。

我旁邊的男孩爬過來更靠近我，在黑暗中推推我的手肘。我希望他不要太靠近，這樣我才能專心聆聽這番新的動靜，但我沒推開他。一旦輪到他被那些人帶走，只有老天爺才知道他會有什麼下場；至少，我決心比他先被訊問。

走廊另一端的門打開了，聽起來很粗暴，接著我們的房門再次打開。是那位最高大的警察。

「真沒用。」他喃喃說著，彷彿剛才著手對付某種劣等的機器，怎麼樣都無法完成工作。「來吧，你們所有人。也許你們可以激勵那個無腦的傢伙。」

男孩緊緊抓住我的手臂，我們一起在走廊上移動，但醉漢必須由兩名警察拖著他。我很羨慕他的無意識狀態，不過他醒來時會面對什麼狀況呢？第二個房間的光線比較亮，我看到戴帽子的男子仰躺於地板，雙腿掛在椅子上——有一名警察站在他旁邊，這人我們還沒見過——男子赤著腳，他的鞋子和可憐兮兮的襪子堆在地板上。我突然想起維拉的雙手，把我的兩雙鞋和一雙靴子整齊排列好，放在我們客廳的低矮架子上。

男子的帽子已從頭上掉落，也說不定是被打掉的；它也一樣，躺在他旁邊。露出來的頭頂是禿的，只有耳朵周圍有一點灰髮，光滑的頭皮側邊有一道鮮紅的破皮。他的臉色槁灰，臉頰紫紫的。我們跌跌撞撞

走進房間時，他微微轉過頭，喘著氣，然後又把頭轉開，彷彿讓別人看到這種姿勢覺得很難為情。我才剛站到角落的位置，突然看到他的光腳腳底正在流血，有一長條割開的傷口。接著我意識到警察的手上拿著一條繩索，只不過那是用很細的金屬編結而成，上面沾著皮膚和鮮血。我一度納悶刑罰竟然這麼節制，只針對腳跟，而非裸露的背部，或者用中世紀的刑架，或者沸油。不過我又看到男子一臉鐵青，這才想起腳底是非常敏感的區域——他看起來近乎昏厥，而我們又聽過他的呻吟聲。

沒見過的警察命令我們站成一排。「你們也看到了，這個男人很不合作。他是賣國賊，不過如果願意坦白說出實情，對他還是比較好。你們也想要這樣嗎？」

男孩在我旁邊簌簌發抖，我緊緊握住他的手腕，希望他保持鎮定。令人驚訝的是，那個醉漢幫我們所有人說話。他懶洋洋地靠著牆壁，咧嘴而笑。他說：「不，不，不。不想要那麼麻煩。」

最高大的警察翻了翻白眼。「不想要麻煩？你已經惹上麻煩了，我的朋友。」

「我想也是。」醉漢說，不過語氣很溫和。

手拿鋼索的警察說：「你們兩個，是不是乾脆一起接受審問？我們沒有太多時間處理所有事。」

這讓我的心臟充滿希望地跳動。情況很清楚，他們想要在一天開始之前釋放我們。可能還有其他工作得做，也說不定不想讓這種「平常日扣押人」的消息傳出去。

「好，拜託了。」我說，盡可能說得清楚明白。

「嗯，那麼你先來。」他把那個沉默男子雙腿底下的椅子拉出來，只見那雙腿重重落到地上，我好怕它們會摔斷。男人稍微扭動側躺，用力伸長雙腳，然後再度呻吟。

「坐在那裡。」

我坐到椅子上。在我的臀部底下，椅子還有餘溫，來自那個男人的灼熱雙腿。

「我同事告訴我，你來這裡是因為擁有法西斯文宣。」

這不是問問題，所以我保持沉默，反正嘗試無妨。不過這樣似乎只會激怒他。

「怎樣？你曾經偷藏法西斯文宣嗎？」

我小心翼翼看著他，不過我的心臟跳得好用力，汗水從脖子側邊汩汩流下。就像那位雙腳遭到割傷的男子，這名警察也不再戴帽子，所以我看得出他那頭梳得油亮的黑髮。他刮鬍子幾小時之後，皮膚就滿是鬍渣，許多黑點不斷從毛孔冒出來。他有一雙聰明的大眼睛，如果是在比較仁慈的臉上會很討人喜歡。我真想知道他是誰，除了像我一樣是保加利亞人以外，他只比我大幾歲；還有他從哪裡來，他的父母又是誰。他的襯衫看起來非常乾淨，說話有蕭波人16的口音，來自索菲亞地區而非市區；他說話聽起來很像來自鄉下。

「沒有，我從來沒有偷藏東西。」我說。

「我們在你的公寓找到一些有趣的東西，例如有德文書，還有其他墮落的作品。」他壓低聲音說，好像這話只在他們兩人之間說。

「我確實有一些德文書，是詩集和音樂史。沒有文宣。」我說。

「所以，你有時間讀德文詩？你的同志流血流汗忙著建立新國家的時候，你有時間讀我們敵人的語文？」他說。

我想著他手上那條鋼索的血跡。他好像能讀出我的心思，把鋼鞭遞給另一名警察，並仔細捲高襯衫袖子，其實原本已捲起一些。他走過來靠近我。「你為什麼反對『黨』？」

我努力清清喉嚨。「我沒有這樣說。」

「你是在維也納出生？」

「我只是在維也納讀了幾年書，我在索菲亞出生。」我說。

「那麼，什麼原因把你從新的家鄉帶回索菲亞？」

其他的警察換一下站立的重心，或者伸展肩膀。這讓我得知，他們不喜歡談話的這部分。

「保加利亞是我的家鄉。」我很堅定地說。「我回來這裡……」我本來想說「因為我年邁的父母很擔心」，但突然覺得不想提到他們。「我因為戰爭而回來。」

「你財力雄厚，想去歐洲的其他地方都可以去吧？」

「在維也納，我是窮學生。」我說。我盡可能維持身體不動，不想讓他發現我在發抖。

他說：「你很窮喔。在資本主義者的統治下，我們鄉下人在家鄉受苦受難，而你去國外念書。」

我差點笑出來。最近幾年來，我們在報紙上看過很多這種說法，或者從政治集會的擴音器聽過這樣大聲嚷嚷；但是連普通人，甚至警察，全都以正經八百的態度講這種話，我還無法接受這樣的事實。我及時回過神來，滿心驚恐。

「我希望成為音樂家，讓我的國家以我為榮，那是我去維也納念書的原因。我在一九四五年受傷，與德國人打仗。」我說。

他走過來更靠近一點，盯著我的臉。我看到他眼睛下方的黑眼圈；他工作了一整晚，差不多像我一樣

16 蕭波人（Shopski）居住在巴爾幹半島上，分布於保加利亞、馬其頓和塞爾維亞的山區。

累，但不像我這麼害怕。我真想知道他叫什麼名字。現在我想起來了，從臉孔和身材看來，他很像我小時候一起上體育課的一個男生，他長大後很像會變成這個模樣，不過他一定不是那個人。我和那個男生身高相同；我可以想像兩人在四周有圍牆的學校操場上打球，彼此吼來吼去。

「你的樂器是什麼？」他說。

「我是小提琴家。」我說。說來荒謬，即使在這裡，在警局的牢房裡，我對小提琴的熱愛依然湧上心頭。我熱愛自己所傾注的千言萬語以及所有一切。

「讓我看看你的雙手。」

這時，我頭一次激動地害怕起來。我沒想過自己其實很脆弱，與醉漢或男孩或沉默的鄉下人沒兩樣。在我生活的世界裡，我永遠不只是知名人士，更是卓越人士。

「你的雙手。」他慢條斯理地說。

我把雙手放在背後一會兒，接著向他伸出雙手。它們從來不曾看起來距離我的身體這麼遠、這麼赤裸，而我曾經花了未曾數過、無法計算的時間，凝視它們放在琴橋和琴弓上。我在毫無遮掩的電燈底下看著它們；它們的修長與纖細顯得很不自然，但是關節已經變得有點粗大，兩邊拇指的肌肉發達，手指末端變得方正，右手比左手略大一點，食指的中間左側有珍貴的厚繭，另一個厚繭位於拇指尖端，偏向右邊。人們有時候會說「我對於某某事情瞭若指掌」，不過我還真的對自己的雙手瞭若指掌，視之宛如珍寶。如果我放鬆雙手擺在桌上，手掌朝上，我左手的手指會比右手手指稍微往上彎一點。就像我的腿，左手臂也因為砲彈傷勢的關係，永遠稍微僵硬一點。把雙手伸到蕭波人警察面前，我突然萌生一股奇特的感受，覺得他要解讀我的命運，或者讚美雙手的特殊形狀，如同我在維也納遇到的第一位老師一樣。（「所以，這

就是在巴爾幹半島山區成長的雙手。」他曾這樣說，既讚許又羨慕。）

警察握住我的一隻手。他一度握得好輕柔，我可以感覺到厚繭貼著他的手掌，接著他伸出另一隻手，很快折斷我小指尖的第一個關節。

我感覺到疼痛的速度不如悲痛和憤怒那麼快：那是全然的傷害，要花好幾個月才能痊癒。而萬一永遠沒有徹底痊癒呢？接著我稍微鬆一口氣。他折斷的是握弓的手指，是我的右手，而不是左手。然後，一陣灼熱沿著手臂激射向上。我奮力想抽開手，但警察以驚人的力氣緊緊握住。我想到那個沉默的男子，他這時閉著雙眼，躺在我們腳邊，而我咬住自己的嘴唇。我不禁納悶，自己為何沒有預見到這種狀況？為何我沒有抽開手或彎身躲避？假如我氣急攻心而發動攻擊，他們也許會抽打我的雙腳或背部，從而放過我的手。手指已經開始變紅、腫脹。

警察嚴厲地說：「很痛吧？我猜真的很痛。你的雙手絕對不值得全部折斷，對吧？不管怎麼說，我對音樂還算有點了解。我的祖父是音樂家。你不想讓另一根手指再冒險，對吧？或者一整隻手？你也不會想對自己的書本再胡扯更多墮落的謊言，對吧？」

他把我的另一根手指往後彎，作勢警告，而我再度清楚確認，他威脅的是我的右手，不是左手。另一名警察向他靠過去，附耳輕聲說了一些話；由於腦中砰砰作響，我無法理解這件事的意義。

握住我右手的警察很快看了我一眼。「你不會想報告過去幾天看過的事，對吧？」

「我沒有做錯事。」我盡量慢條斯理地說，控制聲音不發抖。

「你是說，你沒有看到什麼事情會想要報告，是嗎？」

從他的語調聽來，正確的答案是加重語氣的「沒有」。他要我記住這個答案。我不禁納悶，他們為何

沒有選擇單獨審問我？但我很慶幸男孩和醉漢也在這裡，甚至是那個可憐人，他遭到割傷的雙腳癱落一側，從他的褲管裡伸出來。也許他們只要我在目擊者的面前說出「沒有」。

「我沒有做錯事。」我說。這時，我的雙手也開始發抖，因為疼痛，也因為它們自己的恐懼。我突然想到，如果我一直這樣說，那麼在其他人面前，警察可能不敢說出他們知道我看見什麼事，如果他們真的知道的話；那麼我就不必說謊，也不必承認。

「喔，我想也是。」他突然這樣說，放下我的手。「過去坐在那邊。」

我靠著牆壁坐下，將雙手放在膝上，努力讓手指恢復原狀。這是開端，我的人生就此踏上漫長的分岔路：服從和痛恨自己，能夠生存；抗命和解救自己，則會死去。我後來心想，他們用這麼簡單和快速的方法，就把這樣的概念灌輸給我，與折斷一根小指同樣容易。因為某種原因，他們已經決定不要毒打我。

警察又推動椅子的側邊，用一隻強壯的腳把那個沉默男子踹開。他對男孩說：「脫掉你的襪子和鞋子。」男孩哭了一下，不過很勇敢。等到他們動手抽打他的腳，他立刻開始尖叫，彷彿這樣就能熬過尖叫，或者在房間裡堅定地建立這種聲音。

後來，在我的夢境裡，我衝向他們，從他們手中奪走染血的鋼索，繞過他們脖子拉緊，再從口袋拿出繩索把他們綁起來。醉漢振作起來，把沒戴帽子的鄉下人扛到健壯的肩膀上。我用兩隻手臂撐起男孩，帶著他安全回家找維拉。

然而，那只存在我的夢境裡。

第四十二章

巴布停下來清清喉嚨。伊麗娜非常蒼白，側倚著蘭卡的肩膀。阿格洛夫坐著，粗短的雙手在桌上交疊，臉色憔悴。對亞莉珊卓來說，她第一次覺得話語不只是表達的工具，更是真實的東西。她曾讀過詩歌和小說，那帶給她樂趣；她曾讀過一些歷史，帶給她的是痛苦。眼前這份東西則超越上述二者。巴布會立刻進行下去。事實上，他大聲朗讀，一直讀到那些易碎紙頁的末尾，慢慢將內容翻譯成英語；未來幾天之內，亞莉珊卓會以她的心靈之眼，一次又一次看見那些話語的真實樣貌。

開始思考接下來可能發展的人是伊麗娜．喬吉瓦。她從袖子裡拿出手帕，擦乾自己的臉。「史托楊在第一頁寫了，只有米倫．拉迪夫知道這件事。」

「我們也不知道他在哪裡。」巴布反駁說。

伊麗娜說：「對，不過我想到米倫．拉迪夫的侄女。」她對阿格洛夫匆匆說了些話，他搖頭表示同意。「我姊姊和米倫經常去揚博爾探望他的侄女波達娜，她有時候也會去拜訪他們。她非常喜歡他們，也喜歡涅文。今天稍早的時候，蘭卡打電話給波達娜，詢問他們是否全都去揚博爾。這不無可能。如果想確定米倫．拉迪夫知不知道骨灰盒的更多訊息，可能要問波達娜。」

「那麼，他們有沒有去那裡？」亞莉珊卓從座位站起來。

伊麗娜嘆氣。「恐怕是沒有。波達娜告訴我，他們有很長一段時間沒有去找她了。不過米倫大約在十天前打電話給她，說他們打算埋葬史托楊的骨灰。他說，他們答應葬禮結束之後，很快會找時間去拜訪她。他對她說不必去參加葬禮，因為他們打算在維林修道院進行非常簡單的告別式，而她總是忙於工作，況且史托楊已經過世兩年了。從那以後，她還沒接到他們的消息，也一直聯絡不到他們。我有種感覺，她很擔心，但不願意說出她擔心什麼事。我向她解釋，我的朋友有東西要還給他們，假使米倫再打電話給她的話。」

巴布若有所思。「您覺得我們可以去找她談談嗎？或者，他們可能正準備去那裡？」

伊麗娜點點頭。「是的，我也那樣想。而她很了解她伯父。我會把她的電話號碼告訴你，也會讓她知道你們要去。過去兩年間，如果米倫擔心什麼事，有可能曾經對她說過。也許她甚至知道史托楊告訴米倫的其他事情。」

「揚博爾在哪裡？」亞莉珊卓覺得自己的眼裡好像湧現希望。

「在保加利亞的東部。」

她努力回想旅遊指南上的地圖，大海在遙遠的右邊。

伊麗娜用兩隻手撐著頭。「不過，你們得先送我回去普羅夫迪夫。如果我們現在離開，今天晚上可以回到家，雖然到達的時候會很晚。經過這次以後，我很怕自己太累了，沒辦法再出遠門。」阿格洛夫伸手摸摸她的肩膀。

巴布皺起眉頭。「萬一我們去找米倫的侄女，而那樣也害她面臨某種危險，那該怎麼辦？」

「嗯，你得把自己知道的事情都告訴她，事先警告她。我想，如果她伯父和維拉惹上某種麻煩，她會

想聽你說。」伊麗娜撥順頭髮，但是手直發抖。「我已經決定了，我希望你們帶著骨灰盒一起去。我有預感，你們會找到他們，或者他們會去找你們，於是可以馬上把骨灰盒交給他們。不過，如果這樣行不通，你們一定要把它直接帶回來給我。」

巴布說：「我會請阿格洛夫先生再把底部裝上去。對維拉和涅文來說，它必須看起來沒有損壞。」不對，亞莉珊卓心想，是針對可能企圖奪走它的其他人吧。老畫家似乎了解這點；他站起來，開始小心翼翼組裝盒子，沒有把手稿放回去。

伊麗娜點點頭。「對。我想，你們離開普羅夫迪夫之前，我們至少該拿那些紙頁去複印兩份。我會保存一份，而你們帶著一份複本和原件，分開放在兩人的袋子裡。你們找到我姊姊的時候，再把它放進骨灰盒裡。」

亞莉珊卓走過去坐在老太太旁邊；她把頭倚靠在伊麗娜的肩膀上，感覺像是靠在岩石露頭上，而伊麗娜伸出一隻手臂抱著她。她說：「喔，親愛的，我們走吧。對阿格洛夫先生說再見，我們得趕快離開了。」老先生已經把骨灰盒放進袋子裡。「你們可以在普羅夫迪夫跟我一起多住一晚，明天早上再去揚博爾。沒有帶著老太太，你們的行動會比較快。」

午夜過後，他們抵達普羅夫迪夫，看到展覽館前方的圍牆時，亞莉珊卓覺得很像回到家，而伊麗娜的房子宛如綠洲；進到屋裡，所有的東西都沒有遭到搗亂。隔天早上，在非常不一樣的光線下，他們向伊麗娜和蘭卡道別。霧氣已然蒸騰，炎熱的一天從地上的卵石裊裊升起。

「但是說再見只針對現在。」亞莉珊卓堅持說，她的一隻手握著伊麗娜的手，另一隻手牽住史托喬的繩子。巴布拿著裝骨灰盒的袋子，還有一張紙，上面寫著米倫·拉迪夫的侄女的電話和地址。

伊麗娜說：「記住，如果他們不在揚博爾，你們一定要把骨灰盒帶回來這裡，我會讓它暫厝在我家。請小心。有事請打電話給我們。」

亞莉珊卓看看周圍的院子——展覽館門口沒有遊客，葡萄藤的葉子比他們剛到的時候變得更綠也更大一點，早晨的天空在樹梢上方呈現黃銅色。

她說：「我們會回來，我們會找到他們。我保證。」

蘭卡親吻她的兩邊臉頰。伊麗娜彎下腰，張開手指拍拍史托喬的頭。牠倚向她的膝蓋，模樣小心翼翼，彷彿知道如果動作太快，有可能把她撞倒。

「如果接到您姊姊或涅文的消息，請立刻打電話給我。」巴布說，然後用保加利亞語補了幾句話，伊麗娜聽了搖搖頭。

坐在車子裡，亞莉珊卓和巴布都默不作聲。前往揚博爾的道路開展成長長的直線，左邊平原迤邐，遠方的地平線聳立一座山脈。一排排長著青草的土堆延伸到遠處，每一個土堆至少有五、六公尺高，呈現奇怪的規則形狀，周圍種植著農作物，或有休耕的草地起伏搖曳。巴布說那些土堆是古墓，古代色雷斯人的墓塚；墳墓的數量那麼多，只有一小部分曾經開挖，但有不少是遭到掠奪，畢竟過了這麼多個世紀。他的拇指輕輕敲打方向盤。「我聽說有些人去膜拜其中一些墳墓。他們信仰奧菲斯17，他的魂魄在那裡流連，也在洛多皮山脈高處，特別是靠近希臘的洞穴。」

「信仰者是些什麼樣的人？」亞莉珊卓好奇問道。

「受過教育的人，都市人，我猜。他們信仰色雷斯的神祇，從幾年前開始，共黨統治之前，也延續到共黨統治時期，一直都祕密進行。甚至到現在還有。我自己從來沒見過，不過聽說他們身穿長袍，為奧菲斯和巴克斯[18]跳舞。真正的古代人才不是那樣。他們有一些恐怖的慣例，像是活人獻祭之類。」巴布說。

亞莉珊卓想像那樣的情景：狂熱的舞者，然後有個紅髮男孩，手腳遭到綑綁，躺在祭壇上。接著有個年紀較大的男子，高大，黑髮，在刀下顯得無助，他的小提琴在岩石上砸得稀爛。她甩甩頭，伸手到後座，摸摸史托喬溫暖的頸部。

❋

兩個小時後，揚博爾出現了，是一堆雜亂的房屋和高樓，很像她在索菲亞和普羅夫迪夫見過的綜合建築群。只不過這裡的規模比較小，其中有些座落在主要道路的路邊，陽臺掛滿了晾乾的衣物。巴布先停車，打電話給伊麗娜提供的電話號碼，並留下簡短的訊息。他說：「今天是上班日，而這是她的手機號碼，所以她或許正在忙。我們去她的住址瞧一瞧。」

伊麗娜提供的住址令人困惑。最後他們找到最高的高樓之一，接著來到正確的水泥高樓和正確的停車場。這裡很熱；沙塵飄過人行道和那些龐大的樓房之間，乾燥泥土比園藝造景更多。兩名幼童在一片乾薄的草地和矮小的白楊樹之間玩耍，祖母在旁邊看著他們。亞莉珊卓用手腕擦擦額頭，覺得把史托喬留在車

---

17 奧菲斯（Orpheus）是希臘神話的天神阿波羅和繆斯女神的兒子，演奏音樂出神入化。

18 巴克斯（Bacchus）是古羅馬人信奉的酒神。

裡不安全；她任憑史托喬拉著牽繩隨處晃蕩，忍受那位祖母的凝視，而巴布則鑽進一扇門，消失不見。

他離開了很長一段時間，但最後她找到一張長椅坐下，牽著史托喬在身邊。座位上有幾片橫木不見了。她不禁好奇自己父母在家裡做什麼。可能在各自的公寓坐著閱讀吧，這個時候學期結束了。一直到這個星期結束前，他們不會期待她傳去第二則訊息；這是他們的協議，最低限度的協議。她想，她應該要請巴布幫忙辦一支手機。也許明天可以辦這件事，如果有時間，而且看來不太貴的話。她開始覺得孤單。就算事情沒有變得奇怪又神祕，但是到了新的地方，有時候你望向遠方，或者迎上陌生人不歡迎的眼神，突然間會有離鄉背井的感覺，在旅行中有種飄零的感受。看著裂開的水泥人行道、枯灰的樹木、小男孩的頭髮熱得發亮，以及史托喬看著另一隻狗到處嗅聞停車場末端的垃圾箱，她突然萌生一種靈魂出竅的感受。那隻狗顯然曾是奶油色，但牠的毛皮大塊脫落，於是看起來很像正在換羽的雞。史托喬站著吠叫，亞莉珊卓比平常更用力拉扯牠的繫繩。

「不要打架。」她說。

接著巴布走出樓房回來了。他說：「拉迪夫小姐確實住在這裡，但她不在家。一位女士告訴我，米倫的侄女在一間孤兒院當祕書。我們可以去那裡找她。不過，我希望那裡不會嚇到你，因為我們有些孤兒院的名聲非常不好。那麼該走了。我不希望這裡有人看見我。」

亞莉珊卓想起來了：無論誰在後面跟蹤，遲早都有可能找到他們，甚至透過他們找到拉迪夫小姐。

「好啊。」她說。她牽著史托喬離開老太太的目光，兩人爬進車裡。史托喬想要坐在她腿上，雖然很熱，但她同意了，只見牠把長腿靠攏在一起。

第四十三章

一九四九年

那晚的後來，我們睡在牢房裡；或者，毋寧說，躺在地上打瞌睡又醒來。男孩和戴帽子的男子低聲啜泣，時睡時醒。醉漢則是打呼；他根本不值得那些警察大費周章，我不禁納悶他們為何不把他扔回街上去。我躺在地上，心裡想著維拉，也想盡快找醫生檢查我斷掉的手指。我可能得說自己失足跌到，或者類似的原因。這會花好幾個月才能再度拉琴；如果我的指揮得知警察曾經傳喚我，他還會讓我留下嗎？我當然不會告訴任何人，但我得讓他看看受傷的手。我們的存款非常少，我也擔心手指痊癒之前，維拉的家人可能無法幫助我們。

有很長一段時間，我躺在那裡時，內心懷抱希望，幾乎是假設，覺得高大的警察到了早上會放我走。大家都聽過這種事，到處有人講這樣的耳語：有人遭到拘留，一整晚接受拷問，然後獲釋回家，結果他們變得比以前更沉默。過去五年間，大家也聽過其他例子；比較公開一點，甚至讀過報紙上的大幅報導，即針對人民公敵的審判過程。一浮現這種念頭，我立刻把它拋到腦後；我逼自己睡個一小時，用手帕塞住一邊的耳朵，把周遭的悲慘聲音擋在外面。

夜裡的某個時候，門打開了，光線再度照亮整個地板，警官又丟來三個人加入我們的行列。一小時

後，他們把另一個年輕男孩推來我們這裡。牢房快要擠滿人，我真希望躺著的時候能夠好好伸展雙腿，不過我盡可能保持不動，嘗試休息。我內心的痛苦益發強烈；如果他們打算到了早上放我們走，為何又讓牢房裡的人越來越多？也許到了隔天，他們會把所有人帶去法庭接受審判，然後送我們去監獄？如果去法庭，就有機會讓法官發現我是無辜的，除非已經有人把我看見的事情告訴法官。那麼我可能會被判處絞刑。我告訴自己保持警覺，而過了幾分鐘後，他們又丟兩個人進來。其中一人渾身惡臭，恐懼似乎已在他體內深處贏得壓倒性的勝利。他得到的睡覺空間比其他人更多。

破曉之前，警察進來，把我們從警察局後面帶上一輛卡車；那時候，我們總共有十二個人。守衛把槍枝放低，隱藏起來，所以我想，我們看起來像一群工人，將要送往派駐的地點。我的手指陣陣刺痛，鼻子因為血液乾涸而僵硬，衣服凌亂且潮溼。他們沒有提供飲水或食物，我開始感受到這類欠缺與手指的疼痛同樣難受。鼻孔中充斥著昨晚睡我旁邊的那個男人的氣味，他的軍隊外套和沒洗的頭髮；還有，更糟的是，那男人穿著沾滿泥土的長褲。後來，我想到這點不禁莞爾，當時我竟然認為那是臭味。卡車停下，他們催促我們下車時，我感受到早晨的純淨，街道非常黑暗，但空氣中有類似日出的氣息。

火車標示著「普羅夫迪夫」；我不知道那表示它剛從普羅夫迪夫開來，或者以那裡為目的地。我們從索菲亞火車站後方的空地走向火車車廂，沒有進入車站。我旁邊的一名同伴無法以腳底站著，他的腳底遭到毒打，就像我們牢房的男孩和戴帽子的沉默男子一樣。我們有兩個人自動撐住他的手臂，扶著他往前走；我小心不讓受傷的右手碰觸到他。

我注意到火車沒有點燈，車站的燈也沒有點亮，只有煤車外面有個黯淡的人影到處移動。沒有人群，沒有熟悉的噪音，這似乎是我從沒見過的車站，或者是我以前所知車站的遺跡。我一度有種感覺，此時其實是要從索菲亞返回維也納，穿著乾淨衣物，臂彎裡環抱著我的琴盒。於是我又想到自己的小提琴放在我們的床底下。維拉會發現它，改放到某個安全的地方。如果我幾天後可以回家，那至少能減輕我不在家對她造成的痛苦。我努力不要想像維拉的悲痛；對我來說，那種景象遠比眼前發生的事更加糟糕。接著，我失了神，發現自己比較需要吃點東西，以及有熱水可以清洗疼痛的四肢，而不是渴望見到她。我覺得好羞愧。

就在這一刻，還沒踏上火車之前，我突然意識到發生在自己身上最重要的事。他們奪走我天生的感受，如此不著痕跡，連我都沒注意到。我在一瞬間突然了解，無論接下來怎麼發展，我都得保護自己內心的安全。此刻我深信，我早在第一天就了解這點，不只因為超級幸運，也因為平常的生活很習慣貼近自己的內心，還因為懷抱真心一起練琴。我一直生活在那樣的情境，艱苦翻越內心的岩石與山丘，為我的音樂找到完美的地點，攀登長排的音符以便牢牢記住它們。我也相信，我周遭只有少數人很早就意識到必須守護自己的內心，這比什麼都重要，比保護自己的身體更重要，因為那根本無從保護起。我旁邊的男人，拖著嚴重割傷的雙腳，穿著襪子踽踽前行，而扶著他另一隻手臂的男人，同樣在四十八小時之後就死了。

這個啟示把我深深吸引進去，害我差點忘了回過頭，對城市的燈火觀看最後一眼，那裡是維拉所在的地方。她無疑清醒且恐懼著，也許與她妹妹坐在廚房桌邊，努力決定該怎麼辦才好、有誰可以請託。我希望她不會去太遠的地方提出請託。我協助腳步蹣跚的同伴走上斜板，進入火車車廂，讓他靠著我旁邊的車廂壁。沒有人說話；沒有人企圖逃跑。我的目光緊盯著一盞街燈，直到浪板狀的車廂門一路滑動到完全關

上，街燈隨之消失。我們聽得到警察局的人從外面固定門閂。

在近乎黑暗的環境中，我不需要睜大眼睛，就知道這是什麼樣的全新旅程：一列貨運火車，充滿了不斷呻吟咕噥的男人，不是只有我們這群，而是還有本來就在這裡的另外二十個人，他們一定是在更西邊的地方就上車，也說不定其實來自索菲亞，像我們一樣。那些人顯然睡在車廂地板上，有足夠的空間好好伸展四肢，有外套墊著或蓋在身上；他們用含糊惱怒的吼聲歡迎我們，用手臂遮住眼睛，或者試圖翻身再度睡去。我們這些新來乍到的人造成不便、擠到他們，說不定也進一步證明他們的處境有多艱難。

接下來是一陣停頓，火車準備啟動，不過外面沒有機械員彼此叫喚。接著我們車廂底下傳來嘶嘶聲和拉動輪子的聲響，向前猛然一甩，然後不情願地向後猛甩，累積衝力。在這段間隔期間，我們沒有人說話，而我向自己保證，等到火車認真啟動，我會回到自己的頓悟裡，沉浸其中。

儘管我努力不要特別注意，但火車向前推進的那一刻還是很嚇人，很像從高處墜落的感覺；這表示我們要離開索菲亞了。我的心似乎直直掉出體外，以便留下來與維拉同在，然而我不知道要如何在沒有心的狀況下繼續前進。我們所有人的靜默變得更加深沉。九年前，我曾經不想回到索菲亞；從那以後，我每天都等待機會，想要搭乘野獸般的強力火車再度離開。但現在，我一點都不希望這列火車開動。我的胸口和喉嚨湧現一股想哭的巨大渴望。我感覺到旁邊受傷的男子舉起手，用力拉緊袖子蓋住臉。那一刻，他讓我覺得好反感，但我逼自己伸出手，找到他的肩膀，用力抓住。他在黑暗中伸出另一隻手，抓住我的手腕作為回應，隨即放開；我感覺到他那隻手的模樣，手指很短，手掌厚實，帶有粗繭，那是從童年開始不分寒暑辛勤工作至今的一隻手。我們沒有交換隻字片語，但能感覺到他的手與我自己的手擁有非常不一樣的過往。在那一瞬間，我抗拒著自己想要與那隻手成為朋友的渴望。那是我的第二個重要體悟。不對，是第三

個。第一個其實是警察訊問的時候，當時我體會到自己的特質、才能和教養根本救不了我，而是會陷我入罪。

我把外套蓋在身上，貼著冰冷的車廂調整自己的肩膀，讓眼睛正對著門板頂端的光亮縫隙，只見光亮隨著我們穿越城市而忽明忽滅。我讓自己的呼吸跟隨輪子轉動的轟隆節拍，「嚓—喀隆」，深深呼氣，然後「喀隆」，吸氣，雖然這樣表示接下來的幾分鐘必須呼吸得越來越快。我努力讓節拍符合巴哈的一段旋律——那是我的最愛，夏康舞曲，出自D小調小提琴第二號組曲。我們漸漸以穩定速度前進，那個腳受傷、手有厚繭的男子蜷縮身子，躺在我旁邊僅餘的空間內，於是我再度萌生那個想法，就是即將登上火車之前對於自己內心的想法：我絕不讓任何人進入自己的內心；無論情況如何發展，我都會在內心深處為自己創造一片天地。

可是，那片天地該是什麼模樣？我想像我們的床，早上維拉仍在睡夢中，她的頭髮纏繞著我的手肘。不。那樣的影像會讓我崩潰。我會將那樣的情景留給堅強的時刻，等到這些日子結束、我回到她身邊，我會好好品嚐真實的情景，彷彿以前從來不曾體驗過。我會告訴她，那麼多個惡夢般的日子，我根本連想都不敢想她，而她會明白我要表達的意思。

接著，我想像自己在維也納最喜歡的公園裡，腳下有刺果殼的栗子，沿著白楊和樺木大道飄動著的豔黃，秋光下的草地，以及最後幾排玫瑰。我可以坐在那裡的長椅上，感受手臂底下琴盒裡的小提琴，感覺就像單獨與朋友坐著，這麼多年來都不需言語。

不行。（我旁邊的受傷男子轉過身，膝蓋頂著我的大腿。儘管疼痛，他還是睡著了。）如今維也納太像一場幻夢，它也從未成為我的歸屬之地，其實我開始努力適應它的時候就知道了。我抬起自己的膝蓋，

小心不要吵醒那位沉睡的受苦之人，然後將我疼痛的手臂放在膝蓋上。車廂內的男人呼吸、咕噥，在微弱的曙光中，一團團毛料和棉布活像屍體。

接著我看出自己能去的天地，連我自己都嚇了一跳，因為那對我來說很新鮮，我想像自己跌撞行走於某種熟悉的避風港。

那是一片草地，保加利亞的某處，但我不知道在哪裡。很像火車穿越索菲亞和北方山脈之間行經的村莊外面某處，那片草地並不陡峭，卻也不平坦，長滿了沙沙作響的茅香草，頂端甚至開了白花，沒有人犁過也沒有動物吃掉，任憑它們在河邊生長茂盛。我突然希望兒子坐在那裡的溫暖陽光下，他成熟且高大，有心愛的女孩坐在身邊。他們的雙手在草地上交握，那些草在他們周圍壓平而散發芳香。他們似乎無從理解這種事有可能發生——一群男人被扔進黑暗的火車車廂，門閂緊扣，載著他們奔赴未知的命運；然而，他們正在談論我，史托楊。想到這番景象，我內心充滿了感激。我走向他們的年輕背影，看到他們先轉身彼此交談，然後，若有所思，回頭看著河流。我舉起小提琴，在弦上拉動琴弓，為他們輕奏小夜曲。

接著，黑暗滲入，我又是那一團團衣物的一份子，開始嗅聞、打鼾，置身於許多其他衣物堆之間；火車突然猛力煞車，有人的頭撞到車廂壁而咒罵一聲。「貓吃你媽的膽啦，你這……」很像每週市集所聽到的鄉下人咒罵，而居然有人興致那麼好，在黑暗中笑出聲。我也差點嘴角上揚，不是因為看不見的悲喜劇，而是因為自己剛才發現的天地，我的草地，我未來的兒子，那裡的陽光。我知道這個新發現的天地要付諸演練，而且知道要如何演練；那曾是我的人生，直到昨天為止的人生。我以前有那麼多的條件適合付諸演練，包括維拉和她的家人、維也納、交響樂團音樂會、我每天的公園散步、親愛的父母對我的未來所充滿的盲目信念，我自己的盲目信念，我的藏書。付諸演練讓我的內心撐過轟炸，至少撐了很長一段時

間，也挺過戰爭時期的飢餓日子，以及街上的恐懼氣氛，後來更挺過了眼前發生屠殺的短暫記憶。

於是，我渴望演練更多次，以便確定那個新天地的粗略樣貌。我走過草地，感受草地的暖意穿透鞋子和褲腳向上傳來。我看著陽光灑在兒子和他年輕戀人的頭頂，再看看他們交談之時彼此交握的雙手，我聽見我的名字被帶著感情說出口，我嗅聞不遠處河流的氣息，然後拿起樂器，在弦上拉動琴弓。接著，我從頭再進行一次。等到確認無誤，在黑暗中，我決定暫時把那個新天地好好收藏保存起來，希望到頭來不會需要它。

第四十四章

孤兒院位於楊博爾市郊的一條死巷子裡。對它來說是完美的地方，亞莉珊卓這樣想。巷子沒有盡頭，而是漸漸沒入荒煙蔓草之中，彷彿那裡的居民沒有提供足夠的理由需要繼續鋪設道路。孤兒院本身是巨大的水泥建築，屋頂鋪著紅瓦，周圍有金屬圍籬。圍籬裡面有一片桃子或杏桃果樹，樹上結了青綠的果實。亞莉珊卓想像那些孤兒在仲夏時節採摘水果；也許那是他們最重要的大自然體驗，除非有時候出去郊遊。她以前不曾造訪孤兒院，心裡想到的是「荒涼廢棄」這種字眼，不屬於現在世界的一部分；也許是來自十九世紀小說的印象吧。

巴布把史托喬綁在停車場邊的一棵樹上，亞莉珊卓摟摟牠的脖子，努力安撫牠睡個午覺。接著，他們按了柵欄門外的電鈴，然後等待。最後一名女子出現了，匆忙的模樣彷彿有很多其他事要做。她的手臂有某種東西，亞莉珊卓一開始以為是疹子或刺青，但結果是藍色和紅色油漆條紋。她端詳巴布和亞莉珊卓一下，接著沒有說話便走出大門，穿過院子朝他們匆匆跑來；她顯然沒時間多想他們有沒有可能造成危險。

進入屋內，走廊充滿柔和的黃光。沒有看到孩子，不過亞莉珊卓聽到遠處傳來嗡嗡聲，可能是說話聲和音樂聲。牆壁漆成柔和的粉色調，數十幅色彩鮮豔的孩童畫作裝飾在牆上，紙張有點捲翹。亞莉珊卓驚訝於這地方的整潔——地板光亮，帶有消毒劑的溫和香氣。巴布的敘述讓她聯想到骯髒，甚至更可怕。這

棟房屋反倒異常撫慰人心，很像她自己就讀的鄉下小學，關上的房門同樣裝設了霧面玻璃窗格，也有同樣的健康活動輕柔聲響。

巴布與油漆女子輕鬆交談，她不再那麼匆忙，似乎正帶他們到處參觀；亞莉珊卓聽得出來，巴布正問起米倫．拉迪夫的侄女，或許也詢問孤兒院本身的事。突然間走廊擠滿了孩子，他們似乎全部一起參與某種活動。年紀最大的看似七、八歲，最小的差不多三歲。他們穿著遊戲服，即使多半是二手衣也很整潔，頭髮和臉龐都容光煥發。巴布輕聲對她說，很多孩子都是羅姆人，於是她想起在巴弗麗娜阿姨家的鎮郊看到的孩子，像鳥一樣棲身在矮牆上。看到陌生人時，他們把手指放進嘴巴笑起來；最小的孩子牽著老師的手，傻傻看著。有個男孩經過亞莉珊卓身邊時，伸手拉拉她的裙子。

巴布翻譯老師輕聲說的話：「孩子們知道，如果有人來參觀，他們有可能去某個家庭。但他們通常會失望。」她帶著亞莉珊卓和巴布前往相反方向，但亞莉珊卓轉過身，看到行列末端的孩子也已經轉彎，於是目送他們離開。他們面帶微笑，揮著手，有個男孩用另一隻手奮力挖著鼻孔。

孤兒院的其他部分也很明亮乾淨，亞莉珊卓花了一點時間才意識到，他們所見的每一件事物幾乎都是從無到有，自製而成。牆壁有裂痕，但仔細油漆過，而且有很多的小朋友畫作裝在紙板畫框裡作為裝飾。亞莉珊卓特別注意到一名灰髮女子的肖像畫，用油彩畫得很仁慈，也許是早期的院長。窗簾是用乾淨的床單整齊裁縫而成，有些房間也用這種簾幕隔開睡覺區域和遊戲空間，或者掛在門口處。開放式的大寢室內有兩名女子，正在整理架子上的老舊玩具和衣物。一排排低矮的木頭床鋪很貼近地板；亞莉珊卓看到有個枕頭放了一個物品，很像怪異的蜘蛛，結果只是受到極度疼愛的布娃娃。窗外傳來孩子們一起吟唱的嗚嗚聲，有些歌搭配體操，聲音既詭異又不整齊。

女子把他們帶到一間辦公室，裡面有張很大的桌子，但沒有人在那裡辦公。接著她離開，把沾染油漆的手臂伸向前方。

「拉迪夫小姐很快就會來。她在樓房的另一端工作。這裡很好，不像我以前聽說的孤兒院。」巴布沉思說。

「其他的像什麼樣子？」亞莉珊卓詢問。但就在這時，他們聽到鞋子踩在乾淨走廊上的聲音，房門打開了。

這又帶來另一陣驚訝。亞莉珊卓想像米倫．拉迪夫的侄女是年長的女性，就像拉迪夫本人一樣老——當然沒有坐輪椅，不過同樣滿面風霜、灰髮稀疏，也像拉迪夫一樣看起來沮喪且疏離。迎向他們的女子可能有三十歲，或甚至二十六歲，像亞莉珊卓一樣。拉迪夫小姐身材高大、苗條且機靈，一頭滑順的黑髮披過肩頭。亞莉珊卓心想，她的臉孔很像拜占庭的公主——很精緻，一雙大大的黑眼睛幾乎很不自然，還有橄欖色的皮膚。她穿著薰衣草紫色的絲質衣裙，搭配條紋衣領和袖口，比較像是要去吃美味的午餐，而非來照顧小朋友；不過也許她只負責打字和打電話，不必用手指沾顏料作畫。她移動的模樣彷彿地心引力很微弱，姿勢挺直而微微飄飛，很像下了舞臺的芭蕾舞者。亞莉珊卓和巴布都直直盯著她，巴布顯露出欽佩的神色，亞莉珊卓並不嫉妒。

「你們好嗎？」拉迪夫小姐用英語說。她的聲音平靜又悅耳。亞莉珊卓想起這趟尋覓過程所住過大樓的醜陋水泥門口。「喬吉瓦夫人告訴我，有人可能會來見我。你們是美國人嗎？」

「只有我是。」亞莉珊卓說著，伸手與拉迪夫小姐握手。那隻手纖細且冰涼，宛如鳥類的纖細骨頭裹著絲綢般柔軟光滑的皮膚，如同她整個人的感覺。「巴布……阿斯巴魯赫，是從索菲亞來的。」

「你們對小孩子有興趣嗎？我不太了解你們為何來這裡。」拉迪夫小姐皺著眉，像是絲絨布的隱約皺褶。她的英語結構很漂亮，口音很重，但每個字都清楚，就像她的臉龐一樣。

「噢，不是。」亞莉珊卓說。「我是說，我喜歡小孩子，但我們是來請教你，想找你談談你伯父，米倫，如果你不介意的話。我們一直在找他，或者應該說是尋找與他同行的朋友……」

「我們可以關上門嗎？」巴布說。

門關上之後，他們說明大致的搜尋經過，一開始是亞莉珊卓在佛瑞斯特旅館的臺階上遇到米倫．拉迪夫和拉扎洛夫家的人，不小心把骨灰盒留了下來。拉迪夫小姐一邊聽著，一邊從桌子上方的層架拿出一盒巧克力，在他們面前以優雅的姿勢打開盒子，然後從角落的電壺倒水泡茶。巧克力嚐起來主要是糖粉的味道，但亞莉珊卓吃了三塊；他們又錯過午餐了。接著，她給宛如女主人接待他們的拉迪夫小姐看涅文和維拉的照片，計程車的後座有模糊的米倫．拉迪夫。亞莉珊卓沒提起自己曾去找警察，巴布也略過他們與「巫師」吃午餐和三次遭到塗鴉的插曲。亞莉珊卓希望這樣做沒錯；也許以後再把這些事告訴拉迪夫小姐，如果情況變得需要的話。

直到他們說完，拉迪夫小姐都沒說什麼話。不過亞莉珊卓提起骨灰盒時，她瞪著大大的黑眼睛，往四周查看，彷彿預期會看到某人出現在房間裡。這時她坐得更挺直，舞者般的小小乳房和微微凹陷的鎖骨在絲綢下微微發亮。「我懂了。」她說。

巴布進一步說：「我們不想占用你太多的上班時間。我們聽伊麗娜．喬吉瓦說，你伯父和拉扎洛夫家的人有時候會來找你。你最近見過他們嗎？知不知道他們去過哪裡？」

但拉迪夫小姐搖搖頭。確實沒錯，她說，維拉和她伯父曾經從哥諾打電話給她，說他們終於要去埋葬

史托楊的骨灰。她覺得很驚訝，還以為史托楊過世之後很快就下葬了，雖然她不記得聽說過葬禮的事；當時她曾打電話給伯父，慰問他的朋友過世的事。十天前，他們從洛多皮打電話來，她曾力勸他們來看她，畢竟已經超過兩年沒見面了。她伯父曾說，等到埋葬骨灰之後，他們可能很快找時間來看她。

巴布撥弄著外套的縫邊。「他們在電話上聽起來有沒有不開心？就是……沮喪？」

拉迪夫小姐沉吟了一會，以一根修長的手指撐著她完美的下巴。她的指甲擦了閃亮的淡色指甲油，但沒有戴戒指。或許，亞莉珊卓心想，天使沒有獲准結婚。

「最近以來，我伯父常常不太快樂，因為他經常有病痛。」拉迪夫小姐說。「不過這次在電話上，我注意到他也相當焦慮。有一點，沒有很嚴重就是了。他說，埋葬了史托楊伯父，接著來拜訪我之後，他們會度個假，也許去海邊，因為涅文希望那樣。不過他的語氣聽起來沒有很高興。他們不是很有錢，我不知道他們要怎麼負擔這趟旅行。不過我很高興，因為他一直很愛大海，我們全都住過那裡，而他已經有很長一段時間沒有去那裡了。我問他們會去哪裡的海邊，還有他們會不會去布爾加斯市。他說也許不會，因為涅文還沒有決定要住哪裡。」

門上傳來敲門聲，一名灰髮女子探頭進來，對他們點頭致意，然後帶著急躁的憂慮對拉迪夫小姐說話。

「好，沒問題。」拉迪夫小姐說。灰髮女子又消失了。

巴布懷著歉意對她說：「你得回去工作了。只要再問一個問題就好，如果沒關係的話。你知不知道有什麼理由，警察會想要找拉扎洛夫先生？」

拉迪夫小姐已經站起來拉平衣裙，聽到這話呆住不動。「我伯父或者涅文捲入什麼麻煩嗎？」她害怕

地問。

巴布說：「沒有，他們沒有做犯法的事，就我們所知是這樣。不過我們覺得史托楊．拉扎洛夫惹上麻煩，在某個時候，也許是很久以前。因為某種原因，現在可能對他們造成麻煩。你伯父有沒有提過這件事？」

她在兩人面前站得非常挺直，彷彿猶豫著該怎麼辦。

「很抱歉。」巴布也站起來，似乎準備與她握手。「我知道你和你伯父非常親近。不過我們想要盡可能多了解拉扎洛夫先生，這樣才能幫助你伯父和拉扎洛夫先生，讓他的骨灰有個安全的……結局。你懂吧，也許你可以幫幫我們？」他的語氣很溫和。

拉迪夫小姐頂著富有光澤的黑髮低著頭，沉默了好一陣子。「有件事我應該要告訴你們，可是我們不能在這裡談。」她終於說。她伸手摸摸腦後的光亮髮夾。「而且我得回去工作。我會盡快做完，那麼可以在將近五點前離開。」

「謝謝你。」巴布鄭重說道。

拉迪夫小姐先看看他們一人，再看另一人。「請在鎮中心等我，靠近清真寺的小餐館。我再過一個小時會去那裡。」

巴布的眼神很憂慮。「我們可以在那間餐館裡面私下講話嗎？我們談話時，我不想坐在外面。」

「可以，那裡是談話的好地方。」拉迪夫小姐說。

就在這時，房門打開，噴到油漆的老師又走進來。她帶著一名較年長的女子一起進來，還有一名頂著蓬鬆灰髮的男子。不知為何，他穿著深綠色的提洛人[19]外套，有銀色鈕扣和刺繡花朵；他讓亞莉珊卓聯想

到奧匈帝國的馮崔普艦長[20]，還有他的一大群孩子。

「我的shefs。」拉迪夫小姐說，亞莉珊卓明白這一定是指她的上司。

「你們有興趣領養孩子嗎？」穿外套的男子說。他的臉比克里斯多夫．柏麥[21]腫一點，而且比較悲傷。

「可惜沒有。」亞莉珊卓說著，突然想要帶走一個年紀最小的孩子，也許是四、五歲的男孩，就像她和巴布帶走史托喬一樣自然。她覺得好心痛。

「太遺憾了。」艦長說，然後陷入沉默。拉迪夫小姐帶他們兩人出去，然後揮手道別，她那修長的手消失在門後。

第四十五章

一九四九年

在我看來，火車似乎行進了大半天，中途停了兩次。每次停下來，我都覺得他們可能要打開車廂，讓我們在某個未知的目的地下車，或者加入更多人，或至少給我們水喝。對我來說，想要脫離黑暗和惡臭的渴望漸漸凌駕了一切。火車每次停下來，靠近門的某個人便想辦法窺探縫隙，向其他人報告狀況。第一次停靠時，也許是離開索菲亞的一小時之後吧，他對大家說，我們在一片原野上，靠近樹林，於是懷抱希望和恐懼的一陣陣咕噥聲傳遍黑暗。有一陣子，我很確定火車朝向東方前進。

「他們應該讓我們出去，我們全都得尿尿。」我附近的一名男子說。不過他壓低聲音說話，彷彿對結果沒有期待，確實也沒有結果。火車靜止，直到地面開始搖晃，接著我們車廂來了一陣短暫但嚇人的震

19 提洛（Tyrol）是歐洲中部的一個地區，曾屬於奧匈帝國，現在分屬於奧地利和義大利。

20 馮崔普艦長（Captain von Trapp, 1880~1947）是奧匈帝國的海軍軍官，第一次世界大戰期間戰功彪炳，奧地利人視之為英雄。他的家庭故事改編為電影《真善美》而聲名大噪。

21 克里斯多夫．柏麥（Christopher Plummer）是加拿大演員，最著名的角色是飾演電影《真善美》的馮崔普上校。

動；他們讓另一列火車從旁超車。我好想知道我們停在何處，但永遠不會知道。大家全都再度安頓好，在黑暗中縮緊膀胱，但隨後有人碰撞掛在角落的桶子，讓其他人得知他把桶子放在地上。如果有人絕對需要，就會爬向它，可能不小心抓到某人的肩膀甚至頭頂，然後自行解放。所有人只要能動，都會離那個桶子遠遠的，因為隨著一天過去，氣味變得越來越臭；到最後還滿出來。那時是溫暖的十月天。

火車往山上爬了一陣，途中繞過一些急轉彎，從很遠的地方就會先吹響汽笛聲。第二次停下時，同一個在門縫旁的男子窺探門縫，向大家報告：「山區。很高的山，有松樹。」

那麼，我猜火車取道於向北的路線，駛進巴爾幹山脈，但我無法估計行駛了多遠。我聞不到任何氣味，只有濃郁的尿騷味，以及車廂另一端的男子無法清理自己褲子的氣味，但外面某處有清新的山風，以及秋陽下冷杉的氣息。我知道這個地區，是因為小時候父母帶我來過，探望臨終的曾祖母。我想不起當時道別的曾祖母長得什麼模樣，但還記得直峭的岩壁，松樹攀生其上，晚春的山峰覆蓋著白雪。山上這裡涼爽許多，即使在擁擠的車廂內亦然。我一度有種奇異的感受，覺得我們可能再也不是穿越保加利亞，或者我根本沉睡未醒。

門縫旁的男子說：「有個車站，可是我看不到任何告示牌。也許我們要在這裡下車。」

然而火車再度啟動，於是我沉沉睡去；我處於空腹邊緣，直到口渴壓倒我的飢餓，於是醒過來，努力不讓舌頭一直去舔嘴巴頂端。每個人心裡一定都有這樣的念頭，因為我旁邊的受傷男子開始哭著要水，另一個人則粗魯地叫他閉嘴。沒有人想聽到「水」那個字；我一度希望能拿一整壺水給那個可憐人，而且跟他一起喝，接著又希望自己能揍他一拳。我移動痠痛的背部和臀部，用兩隻手臂壓住耳朵。感覺前一晚已經像是好幾個星期以前的事，那時我和維拉一起吃晚餐，在乾淨的廁所小解，睡前喝一杯水，而且在床上

伸展全身筋骨。

我們第三次停下來，這次就是永遠停下了；我們聽到機械員沿著軌道大聲叫嚷，有人敲敲打打，聽來像是沉重鋼鐵的響聲。車廂外傳來說話聲和鼓掌聲、呼喊聲、拉開門閂的聲音、撬起門上某種東西的聲音，接著車門整個打開。我們眨著眼，使勁掙扎，身體太僵硬而站不起來，但是明亮的空地上有許多人拿著槍，並在幾輛卡車的尾端裝上斜板。「前進！」他們大喊，於是我們往前移動，心裡有點希望會有水喝。這些人並不是在索菲亞把我們趕上車的那群人——我才不屑記住那群人。這些人叫我們沿著斜板排列成行，清點人數，然後跨進卡車裡；睡在我身旁的同伴還是無法走路，我們結合三個人的力氣才能讓他站起來。我是最後下車的一批，於是看到車廂後方的騷動，光線幾乎照不到那裡。

「那是怎樣？」一名守衛喊道。

「他死了。」一名年紀較大的囚犯說，幾乎帶著歉意走向前。「我不知道他叫什麼名字，不過他昨天跟我們一起上車，早上的時候。他正在流血。」

男子說：「你跟著一起前進，上去那該死的卡車。王八蛋……把他剔除掉。」他對著一個手拿大本筆記簿的男人補充說：「等我們到了那裡，你得告訴瓦斯科。」

「同志，我們要帶著屍體嗎？」拿著筆記簿的男子問道。

「該死，非帶不可。」

三名囚犯留在後面，抬起死人。我心想，至少他再也不會口渴了。接著我想起維拉，覺得好有罪惡感。她需要我活著回去。

卡車很大，是戰時的軍用運輸車；我爬上車時，注意到門邊的使用說明是用德文寫的，但只看到幾個

字：萬一……。走在斜板上，我短暫窺見黃昏的天空、高聳的山峰、岩石、攀附於岩石裂隙的松樹，而且感受到一陣難以置信的香甜涼爽微風吹上我的臉。我也看到一座老火車站，屋頂鋪設瓦片，還有一塊藍白色的琺瑯招牌。招牌上寫著「澤雷涅茨」，顯然是這個村子的名稱。我從來沒聽過。我俯瞰車站的遠處下方，有幾棟房屋，還有一間教堂。

登上卡車的地方有一桶水，附了一支木勺。我們坐上卡車時，一名身穿破爛夾克的男孩給我們每人一口水——我們不准自己碰那個木勺。我一喝到水，便開始想像他們何時會分發食物。沿著卡車兩側各有一條長椅，排在最前面的人坐在那裡；我錯過坐下的機會，不過發現一個虛弱的男子拖著腫脹的光腳找到位置坐，我心裡覺得很高興。其他人則站著，彼此臭氣沖天卻要擠在一起，然後持槍的那些人把後車門關上，從外側扣上門閂。

卡車發出轟鳴聲，沿著道路往上爬升，壓到石頭和陷入車轍都會打滑一下，接著因為負載的重量而以走路的步調往前開。萬一翻車或墜入山谷，我希望車門會打開，那麼至少能死在光線和空氣中。我周圍的囚犯一直低著頭，既疲累又恐懼。我小心翼翼看著一張張臉龐，過去一整天在黑暗的車廂裡看不到他們：有一些留著白色鬍鬚的老先生，嘴唇沾著白色唾沫；有非常年輕的男生帶著黑眼圈，臉頰沾著泥土或血跡；還有年紀介於兩者之間的各種人；而我發現自己是唯一環顧四周的人。其他人全都抓著卡車或旁人的肩膀，低頭盯著不斷搖晃的金屬地板。我們不僅飢餓、口渴、疼痛、惡臭，而且害怕。大家覺得太羞恥，不敢迎上彼此的目光。

卡車在山區開了很長一段時間，基本上在蜿蜒的道路上爬坡，然後沿著直直的平路開了好幾分鐘，最後才停下來。車尾再度打開，持槍的那些人也再次驅趕我們下車，另外有一些人前來迎接我們。新來的守

衛有幾個人穿著真正的制服，是深綠色的毛料衣物，在這溫暖的傍晚時分看起來又熱又癢，而他們頭上的帽子有顆紅星，像是陸軍軍官。他們也比較有條理，叫我們排成隊伍走下卡車的斜板。我們下車的地方光線微暗，太陽已消失在峽谷山坡的後方，我看到這條路沿著山裡的一條小河開闢。

接著，穿著真正制服的軍官命令我們全部跪下，於是我心想，這裡可能是他們要槍殺我們的地方。我感到異常麻木，覺得飢餓更甚於害怕；想到沒吃最後一餐就要死掉，感覺好遺憾，小說裡的死刑犯總是獲准吃最後一餐啊。我決心不要想起維拉或我父母，這樣會簡單一點。我知道自己做錯事，但沒有錯到可以當作他們槍殺我的理由。我心想，連自己身在何處都不知道，就這樣死掉多麼奇怪啊。接著，他們再次計算我們的人數，匆匆忙忙，大聲叫喊；我看到其中一人長得很像我高中時代第二要好的朋友，都有同樣的寬闊下巴和鷹鉤鼻，但那不是他。

突然間，他們命令所有人站起來，我才明白剛才跪下不是他們要殺人，而是這樣清點人數才不會有人逃跑。不知為何，這件事在我飽受飢餓折磨的腹部產生一股逐漸提升的希望，於是我默默向維拉保證自己一定會回去。

「走啊，你們這些罪犯！」其中一名守衛大喊。「向前走！不要走散！只要有人離開隊伍，或者慢下來，我們都會開槍！懂了沒？懂了沒？」我們向前移動，腳步沉重，動作迅速，即使受傷的人也一樣。我護著自己骨折的手指，避開旁人揮動的手。索菲亞牢房裡的醉漢和雙腳腫脹的同伴都在隊伍的很前面，我希望有人會扶著他們走路。我前方幾排的地方有個男人踉蹌一步，霎時之間所有人都跌跌撞撞，最靠近的守衛見狀咒罵一聲。我決定再也不要觀察周遭了，不要當著警衛的面，也不要在最後一道漂亮的陽光漸漸從懸崖流逝之時。我聽到小河流水潺潺，就在腳踏塵土的聲響下方。我們轉進旁邊一條路，把河流拋到腦

後；大家這麼飢渴，恐怕可以喝下那所有的河水。此刻天色昏暗，幾乎像暮光，陡直的樹林沿著道路兩側逐漸聚攏過來。我們向前行進，呼呼喘氣，至少走了五公里，有人必然掉隊，因為持槍的那些人大聲喊叫，威脅我們後面的人。

接著，道路再次變得開闊，我們看到一些房屋、巨大的圍籬和粗糙的柵欄門，有個守衛崗亭設置在鷹架上方。這裡有更多人，持槍且穿制服，還有一隻高大機靈的牧羊犬在他們旁邊徘徊。他們打開柵欄門，我們懷著熱切之情步行進入，真是可悲。我這一排隊伍走進去之前，我看到柵欄門上有些字，寫著「光榮邁向新未來」，側邊還有另一塊牌子寫著「擁護蘇聯共產黨」。我很好奇這是不是蘇聯的軍營，但招牌是用保加利亞文寫的，而在我們背後關上柵欄門的人也說保加利亞語。裡面放眼望去沒有看到囚犯，只有木造房屋敞開著大門，很像正方形的暗黑大口。他們再度叫我們排好隊伍，這次一排排面向前方。我前面有個人突然彎身倒在地上，旁邊的人努力想把他拉起來站好。

「不要管他！你們也想遭受懲罰嗎？」一名軍官大叫。於是站著的人放開手。過了一會兒，倒下的那個人爬起來跪著，然後再度站起，渾身顫抖。

剛才說話的軍官挺立在我們面前，所有人都看得到他。他的兩側各有一名助手，但沒有像軍官穿著整齊的制服；那兩名助手很邋遢，身上的普通衣物有泥土結塊，其中一人帶了一根沉重的木棒，看起來彎腰駝背，彷彿曾把自己痛打一頓。軍官說：「歡迎來到澤雷涅茨，你們的新家。你們來這裡是有目的的。這是你們的職責和殊榮，努力工作，改過自新。有沒有任何問題？」

靠近前排的一個人突然開口說話。他的聲音很堅定，半是懇求，在靜默中顯得很響亮。「同志，我們自從昨天或前天就沒有吃過東西了。」

軍官轉過身，整個人很僵硬。顯然他不曾預期會有回應。「你很餓？」

「是的，同志。」這一次，我認出那個說話的囚犯。所有人要登上火車時，他曾幫我扶著腳受傷的同伴。他的頭很大，形狀漂亮，肩膀寬闊，體型看似習慣以雙手雙臂辛勤工作。

軍官走到他前面停下來，說：「走出來這裡，我們會討論這件事。」這是我第一次看清楚軍官的臉。他年約四十，身材高大，穿著合身的制服。在此之前，他也許是職業軍人，在戰爭中獲得授勳。我心想，戰爭結束後，管理這個地方可能是他為「革命」效命的獎賞吧。他的頭髮藏在帽子底下看不見，但臉上看似刮得很乾淨，有一雙大大的綠眼睛，像帽子的顏色。他很快做了個手勢，於是兩名身穿舊衣的助手突然抓住剛才說話的大頭囚犯。較年輕的助手只是個男孩，但是高大健壯，一頭淡色鬈髮。他很快用一隻手臂架住囚犯，另一人則舉起木棒，用驚人的快速動作痛擊囚犯的肩膀。犯人尖叫一聲，向前倒下，而駝背的小個子再度用木棒向下痛毆，這一次打中犯人的大頭。聲音聽起來很不真實，令人作嘔——碎骨四散的聲音，以及倒在土裡的「咚」一聲。

我們有四、五個人沒多細想便衝上前，企圖把同伴拉到安全處。木棒擊中另一個人的手臂側邊，令他畏縮不前。這時聽見軍官大喊，身穿骯髒衣服的年輕金髮守衛拿出一根金屬棒，其他守衛也匆匆跑來；我們則跌跌撞撞向後退。這意味著當場死亡，或者可能存活。剛才軍官詢問有沒有任何問題，這就是他的意思。受傷的囚犯癱倒在地上陣陣抽搐，他是我們的借鏡。過沒一、兩分鐘，他變得靜止不動，兩名守衛把他的屍體拖走。我怔怔看著，差點因為震驚和憤怒而昏厥，然後就逼自己別再看了。

第四十六章

在楊博爾的鎮中心，亞莉珊卓驚訝地看到兩棟漂亮的建築，是鄂圖曼帝國時期的建築修復而成；它們聳立在老廣場上，沉隱且有圓拱——一座清真寺以色彩斑斕的玫瑰石建造而成；還有一座古代市場建築，現在開設很多服飾店。餐館在附近，但還有半個小時才能見到拉迪夫小姐。巴布到水果攤買了一公斤的櫻桃，捧著塑膠袋就吃起來。史托喬在大太陽下不斷喘氣，亞莉珊卓去一間小雜貨店比手畫腳，幫牠要了一碗水。「Voda, molya. 水，拜託。」巴布教她說。

他們最重要的使命是自發性的，這點亞莉珊卓從未忘記。廣場上屹立一座圓頂教堂，他們把史托喬繫在一棵樹下，步入教堂，躲避炎熱。巴布走向門口的櫃檯購買蠟燭。

他對亞莉珊卓說：「看看今天的蠟燭堆得多高，今天一定是假日。可能是聖西里爾和聖美多德日[22]吧，紀念日快要到了。那是大事一件，紀念我們的字母發明。也紀念教育和文學。這個節日很適合你。」

「也適合你。」亞莉珊卓說，對他露出微笑。他把錢幣放入櫃檯窗戶的溝槽，一名身穿藍衣的女子遞給他們四根蠟燭。巴布給亞莉珊卓兩根，他們一起走進半圓形的後殿，兩人一度手拉著手。她可能也會和傑克這樣做，亞莉珊卓心想，如果他在這裡的話。

不過他們要離開教堂時，臺階末端有個人影轉過身，步履不穩且怪異，朝向他們走來。繫在附近樹上

的史托喬站起來觀看。亞莉珊卓往後退，在豔陽下遮擋眼睛，但巴布向前走去。那個人影是個老太太，背部彎得幾乎與地面平行，頭上包著頭巾，因此臉孔像是黑洞。她的一隻手臂掛了一堆編織桌墊，另一隻手臂則有好幾條沉重的老式項鍊。她無法從遠處便抬頭看著他們，但她伸出兩隻手臂，以虛弱沙啞的聲音說了些話。

「她是要賣那些東西嗎？」亞莉珊卓問。

「我想是的，我聽不太懂她說的話。可能是她家族的東西。我猜那些是她僅存的東西。」巴布說。

老太太費了很大的力氣抬高手臂，更靠近他們的臉。她的衣物散發出類似腐爛植物的氣味。

「我們不該買一點嗎？」亞莉珊卓輕聲說。

「我可以給她一點銅板。」巴布猶豫地說。

「她又不是乞討。」亞莉珊卓說。

老太太站得很靠近他們，耐心無限，手臂完全沒有放低，都開始發抖了。她沒有再說話，彷彿知道他們聽不懂。

「我會買一條項鍊給你。」巴布突然說。

那些項鍊奇特又美麗，黃銅略帶髒污，有大顆的紅色珠子，看起來像紅玉髓。其中一條繫著一排古錢

22聖西里爾和聖美多德日是要紀念這兩位東羅馬帝國的傳教士，他們獲得天主教會和東正教會封為聖人，保加利亞的紀念日訂於五月二十四日。他們的弟子創造出西里爾字母，廣泛用於斯拉夫民族，為紀念西里爾而稱西里爾字母。

幣。

「喔，請不要破費，那可能很貴。」她說。

「我很確定不會，而且我想買。」他對老太太說話。他們似乎談妥了；巴布從口袋拿出好幾張鈔票。

「你來選。」他對亞莉珊卓說。

她猶豫一下，說：「我寧可由你來選。」她很怕老太太舉手太久累壞了，也希望能看看她的臉，得知老太太賣掉東西究竟是感到開心，還是因為可能失去傳家寶而傷心。無論巴布支付多少，對那樣的寶物來說肯定是微薄的金錢。也許，亞莉珊卓心想，他們根本一件都不該買，她不該把那些東西帶出保加利亞。

巴布伸出手，輕輕拿起老太太袖子上的第二條項鍊，從她那老邁彎曲的手上取走。她立刻放下手臂，把其餘物品放進深深的口袋裡。亞莉珊卓以為她會一拐一拐走開，但她站著，從頭巾裡面的暗處盯著他們的腳。巴布將項鍊遞給亞莉珊卓。沒想到它這麼有重量，很乾淨，但因為歲月而褪色，有華麗的白銀與黃銅鍊子、宛如蜂蜜的琥珀圓球，還有柔潤的紅玉髓墜子固定在更多黃銅裡。它帶有東方風格，拜占庭風格，很像教堂內部的布置——那種美學遠早於這個充滿汽車和手機的世界。也許，她懷著一陣驚嘆心想，這真的來自鄂圖曼時代，因此至少有一百三十年的歷史了。

「在這裡，永遠都很難說，大家賣各式各樣的東西。有可能從印度進口。」巴布喃喃說著，回答她的問題。

老太太舉起手，對他們搖搖一根手指。她說了些話，但說得很慢，為了讓孩子能聽懂。

「她說不是印度。」巴布搖搖頭。「來自她的村子，她的曾祖母，非常古老。」

「希望那不是真的。」亞莉珊卓喃喃說著，但黃銅在她手中已變得溫暖且舒服。巴布解開環扣，戴到

她頸間，墜子垂到她的胸骨處。

「巴布，謝謝你。」她說。史托喬正對他們哀鳴。項鍊重重垂在她心頭。

「走，去餐館吧。我們可以把史托喬綁在店外。」巴布說。

幾分鐘後，拉迪夫小姐現身了，以輕巧的步伐走向他們的桌子。亞莉珊卓希望能見識一下她在住宅大樓的公寓內部；想像中公寓非常簡單，所有的家具都是白色，像是天鵝的巢。拉迪夫小姐坐下時對他們淺淺一笑。她這時似乎有點累，頭一個跡象是眼睛周圍透露的年紀。亞莉珊卓覺得，這讓她帶有一種聖人畫像的調調，對於世界上永恆的邪惡感到憂愁，雖然大多數人只會顯得疲累。拉迪夫小姐將腦後的長髮編成複雜的辮子髮結。亞莉珊卓不禁心想，成長過程中如果有這種出色的姊姊，不知會如何？那麼傑克失蹤時，她們就可以互相安慰、一起旅行了。

巴布環顧餐館，座位只有一半坐了人。他幫三個人點了咖啡。拉迪夫小姐在咖啡裡多加一份糖，向後靠著椅背。

巴布凝視著她。「你在楊博爾住了很久嗎？」

她說：「是的，我二十三歲就來這裡工作。其實呢，那大約是二十三年前的事了。我在海邊長大。」兩人都呆望著拉迪夫小姐；她年約四十五、六歲，這簡直不可能啊。她似乎沒有注意到。「我所有的家人都在索菲亞出生，像拉扎洛夫家的人一樣，我也在那裡住到五歲。接著我們搬到布爾加斯。那時候，米倫伯父在布爾加斯工作了很長一段時間。他是我父親的大哥。他在石化工廠幫我父親找到一份工作，在

當時那是非常大的公司。」她攪拌自己的咖啡，攪了太多次。「拉扎洛夫家的人也住在那裡。史托楊伯父有時候在布爾加斯的交響樂團演奏，還有歌劇院，不過他主要在一間食物加工廠工作。我老是把他們當作自己的伯父和伯母……史托楊伯父和維拉伯母。涅文也像我的表哥，或者大哥，因為我自己沒有哥哥。」

巴布放下手中的湯匙。「你父母還住在那裡嗎？」

她搖搖頭，臉上的細紋又變得更深一點。「我父母過世了。他們遇到一場船難意外，一起過世，那時候我是高中生。」她拿起自己的杯子。

傑克，亞莉珊卓心想。所有這些離世的幽靈和鬼魂，全都從世界的每一個角落與他會合，或者他前去會合。她大學時修讀詩人密爾頓23的課，當時最喜歡的幾行詩句突然浮現腦海：數千天使唧其命／趕赴大地與海洋不停歇。在這一刻，亞莉珊卓心裡明白，總有一天她會教導其他讀者、其他年輕人學習這些詩句，其中包含的力量，至今仍讓她的雙手為之顫抖。

「真是遺憾。」她說著，努力提高音量以免聽不見。

「我也是。」巴布說。

亞莉珊卓覺得他聽出自己聲音的顫抖——得知這點，加上密爾頓，不知道為什麼，她覺得周圍的餐館動靜好像消失了。她突然想到「拉迪夫小姐是孤兒」，於是很想提問，那是不是她選擇這項工作的原因？接著阻止自己。她開口問的反倒是：「拉扎洛夫先生是什麼樣的人？你對他的認識多不多？」

拉迪夫小姐放下杯子坐好，修長的手指一下交握一下放開。「不是非常熟。他總是在場，但是比維拉伯母更沉默。除了他的兒子涅文，他似乎對小孩不是很有興趣。他非常以涅文為榮。」

巴布也放下手中的咖啡。「你和涅文仍然很親近嗎？」

拉迪夫小姐搖搖頭。「我確實把他當作哥哥。不過很可惜，有好多年的時間，我們彼此住得太遠了。我想，他現在也比我們小時候一起玩的時候更安靜。也許他是更難了解的人。他在網路會計師事務所工作，住在布爾加斯的老公寓，那是他父母以前住的地方，非常小的公寓，不是很好，尤其以現在的眼光來看。我想，他的工時經常很長，那一定讓他很孤獨。不過他告訴我，那份工作讓他有時候可以去和母親同住。我最近一次看到他們的時候，米倫伯父和維拉伯母看起來非常老了。」她搖搖頭。

接著，彷彿想要暫時轉換話題似的，她問亞莉珊卓來自美國的哪裡，以及她住的城鎮是否有迪斯可舞廳。亞莉珊卓大多數的時間都待在圖書館或山上，聽到這個問題還得努力想一下。「有，有一間。我不太確定裡面是什麼樣子。」

「我以為美國的城鎮會有很多迪斯可舞廳。」拉迪夫小姐沉吟一會。「我們這裡至少有四間迪斯可舞廳，我每個週末都去。我很愛跳舞。」

「那麼。」巴布說著，放下手上的叉子。「你也知道，我們非常擔心，不知道要怎麼找到你伯父和拉扎洛夫家的人。不過，就像我說的，拉扎洛夫先生也許有些我們不知道的事，可能對我們有幫助。」

「對，現在我也很擔心。」她嘆口氣。「我從沒聽過我伯父……像他在電話上的語氣那麼奇怪和嚴肅。他通常比較冷靜一點。他說，他不能告訴我要去哪裡度假、什麼時候會去，也不能說他們到底什麼時候會來看我。我以為他的意思是不想告訴我。我覺得很傷心，因為他是我最親近的家人，我也怕他可能神

23 密爾頓（John Milton, 1608~1674）是英國詩人和思想家。這兩個句子出自他的詩作〈述其失明〉（On His Blindness）。

智不太清楚。我甚至一度覺得他們會離開保加利亞去長途旅行，如果他有一些錢是我不知道的。」

亞莉珊卓覺得自己的肚子一陣刺痛。她從來沒考慮過這個可能性，拉扎洛夫家的人有可能離開這個國家。如果他們有人知道骨灰盒裡藏了東西，還是會出國嗎？而且，這就表示他們確實知道自己面臨某種危險？另一方面，他們遺失骨灰盒之前，米倫曾與拉迪夫小姐談話。涅文是不是在小納斯．阿格洛夫的幫忙下，親自把史托楊的告白書藏在裡面？他究竟會瘋狂地想要取回，還是發生了什麼事，讓他們急著逃離保加利亞？她想像涅文倚著船隻的欄杆，每一分每一秒都變得越來越遠，到最後她只能看著他的黑白衣裳。也許這一切全是她自己造成的，因為她拿走骨灰盒，害涅文再也無法取回，再也無法埋葬他父親，或許再也無法安全回到自己的國家。她曾想，她可以把事情導回正途，至少，歸還原本屬於一個家庭的物品，塵歸於土。她在腿上用力抓緊雙手，不讓右手悄悄伸進左手的袖子裡。

「你們會不會認為……」巴布同時問她們兩人。「你們會不會認為，他們很害怕某件事，因此認真考慮離開保加利亞？」

「我以前絕對不會那樣說。」拉迪夫小姐撥開肩膀上的頭髮。「但現在我不確定。整個電話中的對話有點不太對勁。而且，因為你們今天來了，問我是不是認為史托楊伯父與警察惹上麻煩，我突然覺得更焦慮了。米倫伯父看到警察總是很緊張，但我覺得，那只是因為他年輕時候的經歷，受到早期社會主義的影響。」

「在那個年代，他自己有沒有惹過麻煩？」巴布傾身向前。

拉迪夫小姐想了一會兒，一雙大眼顯得清澈。「我想沒有。也許史托楊伯父的經歷讓米倫覺得很緊張。在那個時代，每個人都有可能遭到逮捕。」

現在還是會，亞莉珊卓心想，同時看著巴布。舉例來說，詩人。

然而，巴布顯然沒有沉溺於自己的處境。他問：「史托楊伯父的經歷？他有什麼樣的經歷？」

拉迪夫小姐看起來很不自在。「那就是我覺得應該要告訴你們的事。史托楊伯父從來沒提過，不過我知道他曾經遭到國家安全部門逮捕，也許不只一次。維拉伯母也沒有談過。有一天晚上，我父母過世的幾個月之後，米倫伯父帶我去布爾加斯吃晚餐，他喝得醉醺醺。我想，他希望跟我聊聊我父母，但是太傷心了，結果反而把史托楊的事情告訴我，算是意外吧。」

「那對你來說一定也很傷心。」巴布說。

亞莉珊卓看著他，突然想到：你連石頭都可以讓它開口說話吧。

第四十七章

我們坐在布爾加斯的戶外餐廳裡，拉迪夫小姐說。那是在舊的海洋公園，你去布爾加斯就會看到它，位於海灘上方，是個漂亮的地方，雖然現在不像以前那麼好了。那裡有戶外餐桌，位於露臺上，有巨大的石頭護欄，還有廣闊的海洋和天空景色。我十七歲，自從兩個月前的那一天之後還沒有去過公園；那一天，有人通知我去醫院，聽他們說，我父母到院後過世了，而我接到一個袋子，裡面裝了他們的溼衣服。從那以後，我甚至沒有去過海邊。再次看到戶外餐廳時，夕陽低垂於大大的海灣上方，餐桌上陽光普照，藍色海水延伸到天邊，我心想，我真的不想坐在那裡。但是我伯父似乎認定就是要這樣，於是我乖乖聽話。他幫我拉椅子，他以前總是幫我母親拉椅子，但從來沒幫我拉過。我立刻覺得好傷心。

米倫伯父幫我點了一杯紅酒，雖然我年紀太小，他也不喜歡看女性喝酒。他幫自己點了白蘭地，然後以顫抖的聲音祝我健康。我突然間發現，他年輕的時候有一頭濃密的黑直髮，但現在變得花白且稀疏。他的眼睛周圍紅紅的，也許不是因為哭過，而是非常疲累。為了答謝他帶我出門，我穿著自己最喜歡的綠色洋裝，以及很喜歡的一雙鞋，而他稱讚我的打扮。我總覺得自己是他的孩子，他最愛的孩子，因為他自己沒有小孩，甚至沒有結婚。他有一次告訴我，他年輕時傾心於一位無法真正愛他的女子，但他從來不曾後悔。

我們坐著吃飯，在溫暖的傍晚聊些不重要的事，我一度認定我們只是伯父和侄女外出吃晚餐，而且他等一下會帶我回父母家，而不是我祖母的公寓——自從父母死後我就住在那裡。樹木一片濃綠，是一年之中最棒的時節，空氣中也有美好的鹹味，而不是煉油廠的臭氣。自從去醫院的那一天後，我想過很多次，這種美好的天氣實在非常奇怪。天空保持藍色，太陽每天早上都從海面升起，每天傍晚也從我們背後落下。他們溺死那天，天氣一直很好，只是風勢非常強勁。

米倫伯父談了一下他工作的事，狀況不是很順利；然後他怯怯地問我，在祖母家過得好不好。他問我有沒有什麼事情能幫忙，而為了不讓他聽到實情，我說，他偶爾可以再帶我來海洋公園吃飯。他聽了面露微笑。我們總是知道該怎麼一起歡笑，雖然他也是很嚴肅的人，有時甚至脾氣不好；而他說，有這麼好的伴，他會想常常來。他不斷點小杯的白蘭地，而我們吃著美味的食物，最後我才發現他有一點喝醉，甚至不只一點，畢竟他一喝醉就變得安靜又有禮貌。我自己也因為喝了紅酒而覺得有點茫，因為我很少喝一整杯，而現在我喝了幾乎兩杯之多。

我想要問他，我母親在我這個年紀是什麼樣子，因為我渴望知道父母的每一件事，而現在他們已經走了。然而，我開口問的是拉扎洛夫一家人好不好，畢竟這幾年來，我們經常去他們家，他們是我們最好的朋友，幾乎像家人一樣。我知道他們一定也很想念我父母。涅文仍與他們同住，就讀於化學技術學院。「我想，史托楊會很失望，他得到的是工程師而不是音樂家。」我伯父有一次對我這樣說。史托楊試了很多年，教他兒子拉小提琴，但運氣不太好。涅文會拉很多曲子，但拉得很慢，而且沒有情感。我們都還是小孩子的時候，每天到了傍晚都很害怕，因為涅文會從街上被叫回家去練習小提琴。他絕對比較喜歡打球，我們也一起祕密收藏一大堆鋁箔包裝紙，你也知道，就是糖果和其他東西的包裝紙。我們花了很多時

間把它們撫平，於是變得更加閃亮，直到變得太脆弱而裂開為止。

無論如何，我伯父說，維拉和史托楊都很好，不過他認為史托楊有點生病。不是身體生病，他說，而是心裡生病。悲傷。「他偶爾會一意孤行，不管他的音樂。」我伯父喝一口他的白蘭地。「你真該看看他遭到逮捕以前的樣子。好有活力，不是聒噪的人，但是從頭到腳都充滿生命力。徹底精力充沛。」

我以前從沒聽說史托楊曾遭到逮捕，而我伯父似乎沒注意到我很驚訝，所以我保持沉默，讓他說話。他向後坐，兩隻手臂交疊放在腹部，一邊搖頭。他說：「史托楊後來變了個人。我記得他們來布加爾斯找他的那次。我真的在場，上帝保佑我。」

他又多喝幾口酒，我還是沒有阻止他講話或者喝酒。

「嗯，你也知道，那是很多年前的事了，我們全都多少還算年輕，他們剛搬到布爾加斯的時候。有一天晚上，我去找史托楊和維拉吃晚餐，就像平常一樣。我帶了幾罐漬菜給他們，是那個星期我從祖母的村子拿來的。那天晚上，史托楊不需要去交響樂團演奏，於是我們全都坐在他家客廳。他們分租一間公寓，還有一對老夫妻住在後面房間，對年輕家庭來說空間不太夠用。維拉把它布置得很舒適，她用色彩鮮豔的布料縫成簾幕。晚餐後，我們坐著聊天。史托楊說他要演奏給我們聽，他在家很少這樣，我記得他拉的是自己非常喜歡的某首義大利樂曲，記憶中是這樣，聽起來很像……我不知道該如何描述，像數字一樣非常工整，但也像流水滑下斜坡般順暢。我現在不記得作曲家的名字，不過我會想想看。太棒了。我想，我需要再多喝點白蘭地。維拉看起來非常美，坐在他們的沙發上，燈光照在她身上。小涅文去他祖父母家，氣氛就像以前一樣。

「史托楊演奏結束後，我們坐著又多聊一下，雖然永遠不想離開，我開始想說該在宵禁之前回家；每

次和他們相聚，我就覺得自己的公寓像是家徒四壁。不過，這時傳來猛力的敲門聲。他們的公寓在一樓，是一棟老舊的房子。狀況有點奇怪，因為當時過了十一點，街上安靜了好一段時間。維拉起身應門，看起來憂心忡忡。史托楊坐著，神情凝結不動，彷彿那聲音讓他為之凍結。他平靜地說：『又來了。』

「接著，趕在維拉打開門之前，他拿起原本橫放在膝頭的小提琴，把小提琴和琴弓放進盒子裡，再把整個琴盒匆匆放到沙發後方。她看到門外的人，轉過身，臉色蒼白。她和史托楊彼此對看一眼，我覺得自己彷彿不在房間內。她讓開，一名身穿樸素制服的軍官走進來，沒有說話。我和史托楊都站起來。過沒多久，我明白這是某種傳喚，但以為可能其實是針對我，因為我在工作上犯了什麼錯卻不自知。

「接著，史托楊走向前。軍官拿出一些紙張，但到了這時還是沒說話。我告訴你喔，史托楊走上前的模樣，很像有一條繩子把他拉到前面去。那個人伸手摸摸腰帶上的槍枝，其實是外套底下的隆起，只摸了一下子。我差點沒注意到，那個動作。接著，他轉身走回門口，史托楊跟著他。維拉的兩隻手緊緊扣住，我知道她很想跑過去。史托楊轉過身，完全沒有看著維拉，而是對我說：『好好照顧她。』」

我伯父講到故事的這裡時，用拇指和食指捏住鼻頭，好一陣子沒說話。「我發誓我真的試過。」他說。他的聲音發抖。「我真的盡力了。我對他的欽佩遠超過我認識的任何人。」

「他遭到逮捕的理由是什麼？」我問他，有點猶豫，因為我從沒想過史托楊伯父有可能惹上麻煩。對我來說，他看起來總是很沉靜，是音樂家，努力練習，沒有太多笑容，但也不會說什麼嚴厲刺耳的話。我完全不會把他想成罪犯，但我知道，早年就算不是罪犯，有時候還是會遭到逮捕。

米倫伯父沒有回答。他的鼻子看起來紅紅的。他反倒說：「我不該告訴你這件事。我知道不該說。你絕對不能告訴別人。」

「我不會。不過，他安全回來，維拉伯母一定很高興。」我說。

那番話似乎讓他安心了一點。他知道我不會告訴家人以外的其他人。「對，等他回到家，她非常高興。」這時他幫自己點了咖啡，也幫我點了鬆餅加櫻桃果醬。我記得的就是這些。

第四十八章

巴布坐著，手臂交叉，面色凝重。「而他再也沒有對你提起史托楊的其他事情？」

拉迪夫小姐搖搖頭。「沒有。沒有提過他與警察之間的麻煩事。一定是很糟糕的麻煩，因為我再也沒聽說過。那件事發生的時候，我應該是六、七歲，只記得史托楊伯父離家一段時間。這麼多年來，米倫伯父當然對我說過史托楊的一些普通事情，像是他們曾在索菲亞的同一間體育館上課，不過我伯父比較年輕，當時並不認識史托楊。他們是後來才變熟，那時候史托楊從維也納留學回來，史托楊伯父和維拉伯母也還沒結婚。」

拉迪夫小姐撥弄她的一撮黑髮，那撮頭髮從髮結鬆脫出來。「我伯父也認識維拉伯母的家族很多年，因為他們住在索菲亞的同一個社區。他們都很愛好音樂。而他對我說，史托楊喜歡在午餐時間打盹，所以我和涅文在他們家公寓玩耍時不該太吵。」

亞莉珊卓喝掉最後一口咖啡，心裡想著史托楊．拉扎洛夫，在午餐時間午睡的音樂家，而且不只一次奉命離開他的美麗妻子，前往警察局。她想像他隔天早上回家，骯髒又疲累，也許甚至臉上有傷痕。或者，那次曾經離開好幾個月？好幾年？

「『又來了』？他為什麼那樣說？」巴布問。

「又來了？」拉迪夫小姐皺起眉頭。

巴布說：「對，在你伯父說的故事裡，那些人逮捕拉扎洛夫先生的時候，你知不知道他為什麼說『又來了』？」

拉迪夫小姐聳聳肩。「沒有人談過那些事。不過我曾聽說，在那段時期，一個人如果曾經遭到逮捕，就會經常再次被捕，因為他的後半輩子都受到懷疑。現在仔細一想，我們小時候和青少年時期，我記得史托楊伯父真的離開過好幾次。有一次離開兩年。維拉伯母總是說，他去國家的另一個地方工作。」

巴布和亞莉珊卓互看一眼。巴布說：「其實我們知道，他遭到逮捕，遣送到勞改營，在涅文出生之前。」

她慢慢搖頭。「他們從來沒有告訴我。不過這樣很多事就說得通了。」

巴布遲疑了一下。「我們盡可能低調來這裡，不過必須多告訴你一些事。我們最近遭到跟蹤，而且遭受塗鴉的威脅。或者，遭到威脅的人說不定是拉扎洛夫家的人和你伯父。」他對拉迪夫小姐說明過去五天那些事件的所有細節。她的模樣越來越痛苦，不斷用手指繞著髮圈固定的地方。

「很抱歉把你牽扯進來。請小心，如果你看到什麼事情覺得很緊張，請立刻打電話給巴布。」亞莉珊卓說。

「或者，如果你想起史托楊．拉扎洛夫的其他事情，覺得我們應該要知道的話。」巴布補充說。

「我會的。不過，拜託，如果你聽到我伯父的任何訊息，或者他們任何人的訊息，也讓我知道。」拉迪夫小姐站起來，姿態依然優雅。巴布和亞莉珊卓也跟著站起，向她道別。

「謝謝。」巴布親吻她的兩邊臉頰。「如果聽到消息，我們當然會立刻打電話給你。」

「謝謝你。」拉迪夫小姐說。

亞莉珊卓伸手環抱拉迪夫小姐纖細的肩膀，緊緊抱著她一會兒，雖然知道沒必要這樣做。拉迪夫小姐把亞莉珊卓的長髮輕輕放在手中，然後任憑它滑落。「請小心開車。」她說。

巴布和亞莉珊卓看著她走出門外，腳步優雅。他們又坐下一會兒，巴布數著咖啡錢，把錢堆在桌子正中央。正當他把最後一枚銅板堆上去時，他的手機響了。

「是伊麗娜。」他說。亞莉珊卓聽到老太太用保加利亞語告訴他一些事，語氣激動。巴布立刻變得警覺，掛上電話後，他轉頭看著亞莉珊卓。

他輕聲說：「壞消息，非常壞的消息。有人發現阿塔納斯．阿格洛夫過世了，在伊爾卡德。她幾分鐘前才從他兒子口中接到消息。」

亞莉珊卓無法理解其中含意。「你是說那位先生……畫伊麗娜的畫家？昨天那位？喔，不，不會吧。」

巴布的雙手在桌上緊緊交握。「是啊。今天早上，有人在靠近伊爾卡德的森林裡發現他。看來我們離開後，他自己去那裡，跟某個人碰面；他兒子整晚都沒有看到他，非常擔心。村子裡的一個村民發現他。」

「他去跟某個人碰面？」亞莉珊卓呆呆問道。

巴布用力握緊雙手。「那人割斷他的喉嚨。」

「喔，天啊。」亞莉珊卓說。她簡直無法呼吸。她覺得又看到那張平靜的棕色臉龐，眼淚沿著皺紋緩緩滴下，但這時滴入邪惡的傷口。

「都是因為骨灰盒，一定是。」巴布啞著嗓子說。

「喔，不……都是因為我。」亞莉珊卓說著，開始哭起來。「如果我沒有帶著骨灰盒去警察局，想要找到所有的人，那麼每一件事都不會發生。或者，要是我一開始沒有拿錯就好了。就是那樣才把事情搞得一團糟。」

巴布突然轉過身，伸出手，搖晃她的肩膀。「別那樣。」他說。她看出巴布神情的恐懼；她還記得阿格洛夫因為解讀巴布的命運而面露悲傷。「別再那樣了，小鳥，否則我會打你一巴掌。」

「什麼？」亞莉珊卓憤慨說道，不過他的語氣如此憤怒、如此激動，令她止住眼淚。

就在餐館的正中央，他以額頭貼著她的額頭一會兒，然後直起身子。「伊麗娜非常心煩意亂，而我更擔心她的安危，還有蘭卡。我告訴她，我們會立刻回去找她。」

第四十九章

一九四九年

我們被分成三群，分配給他們稱為「隊長」的人。在我看來，那些隊長比較像囚犯，穿著破爛的衣物和不合腳的鞋子，而我很快便發現，他們確實是獲得提拔的囚犯。他們帶著棍棒，其實這時根本不需要；我們全都很安靜，跟著新分配的隊伍，隨著他們的帶領前往水泥廁所。從隊友口中，我得知醉漢來自索菲亞，他茫到無法說話。我也憑長相認出一個人，他是相貌溫和的年輕人，留著棕色鬍鬚，有一雙柔和的棕色眼睛。他安靜移動，對我瞥來一眼，充滿了莊嚴、痛苦和憤怒，感覺我們好像有了一段完整的對話。我可能見過他，在過去的日子裡，在索菲亞的餐館或圖書館，可能只對彼此點點頭。

在廁所裡，我們奉命脫掉衣物。我看到鬍鬚男的背部有鞭痕，形成的結痂很像紅色的石榴石。我們的隊長看起來好老，我不禁好奇他是否能讓我們維持秩序，他又是如何在這種恐怖的環境存活下來。接著我發現他並不老，只是幾乎失去所有牙齒，因此整張臉往內縮，眼睛也垂向臉頰。他告訴我們，他的名字是凡約，但僅此而已。他對我們的赤裸身子搜身，動作很有效率，結果取走一個人的腕錶，還有另一個人的聖像項鍊。他把手錶塞進口袋，聖像則扔進角落的便桶裡。

接下來，他命令另一名囚犯幫我們剃頭，那實在很痛，然後檢查了蝨子；他們的工具是老舊的剃刀、

一桶桶冷水，以及放在木盒裡的粗糙鹼皂。我再也沒有看過自己的衣服。他們拿來成堆的襯衫、內衣和長褲給我們挑選，彼此交換可能合身的衣物；這是死人的衣物吧，我們全都這樣想，雖然接收時至少相對乾淨。有些襪子和鞋子不成對，也不夠給所有人穿；有些人的腳比較大，第一晚只好光著腳。我找到一雙破爛的休閒皮鞋，綁緊鞋帶還算穿得住。

新隊長再度帶我們到廣場上，分發一盤盤麵包和一鍋豆子湯；食物發臭，特別是湯，但我們狼吞虎嚥。他說我們會一起工作和睡覺，而且得準備進入營房了，因為工人很快就要回來。他沒有說是什麼樣的工作。這時暮光漸漸融入黑暗，有些守衛點亮了守衛室裡的電燈；其他地方則裝設提燈，每個營房外面都掛了一個。

接著我們聽到叫喊聲、重重的腳步聲，以及某種奇怪的、很像含糊軍號喇叭的號角聲，然後工人從柵欄門走進來，受到槍枝和棍棒的看守。我幾乎不敢相信自己的眼睛。走進廣場燈光下的形體，看起來不像人，而是活生生的骷髏——眼睛凹陷宛如巨大的湯匙，頭頂禿了好幾塊，衣物從身上滑落，而且渾身覆蓋著煤灰、岩屑、機油，因此再也不像布料了。然而那些形體向前移動，走向麵包和發臭的湯鍋；他們從身上的破布底下拿出凹陷的馬口鐵杯碗，兀自飢餓吞食。

我湧起一陣毛骨悚然的感覺，想起我祖母的但丁著作的蝕刻版畫，大批的亡靈擠在冥界的廳堂裡。這些人沒有看我們一眼。我曾覺得我們看起來衣衫不整且衰弱，但與這些幽靈比起來，我們既健全又完整。我也帶著全新的沮喪眼光，看到他們的雙手受傷得多麼淒慘，很多人都纏著污穢或沾血的繃帶，或者缺少指頭。他們在這裡待了多久？我小心翼翼收起自己的信念，本來以為過幾天就能回到維拉身邊；我連多看一眼都不想了。

年老的囚犯幾乎沒機會把麵包塞進他們空洞的嘴裡，附近的軍號聲再度響起，於是我們全都排好隊伍準備點名，每個人都唸出全名，新來的人放最後。名字似乎永遠唸不完，那些工人搖晃扭動，筋疲力竭；我以驚駭的目光看著一具骷髏回應——伊凡・吉涅夫！——有！——然後他站著立刻就睡著了，彷彿一直等待這一刻的到來。有時候某個姓名或回應搞混了，於是點名的守衛會往前回溯好幾個姓名，對那些人再點名一次；所有的名字我都知道或聽過，也有一些連我都沒聽過，不過顯然是保加利亞人。有一、兩次，我聽到似乎是德國人、羅馬尼亞人或匈牙利人的名字，但無法確定。

最後我們解散，我趁著短暫的混亂時刻，詢問站在附近一個宛如蒼白屍骸的人，他們究竟做什麼工作。

「採石。」他說，彷彿多餘的字眼都太過昂貴而不能浪費。「挖礦。少數人去伐木。」他壓低聲音，沒有打算迎上我的目光。接著他從我旁邊拖著腳走開。

我以為會睡在兩棟大型木造建築裡，但似乎都已經住滿了。我的新隊長指著靠近庭院後方的營房，那棟建築非常低矮，門似乎是通往地下。確實也是如此。那不算是真正的建築物，毋寧說是山區地下的巨大防空洞，我們蹲低身子鑽進去時，氣味迎面襲來，要不是有另一個人緊跟在後面爬進來，我一定轉身跑到外面去嘔吐。那像是肉類放太久的氣味，但絕對比那種氣味強烈很多。我用身上的死人襯衫袖子蓋住鼻子，緊緊摀住。很多人已經要睡了，躺在木板床鋪甚至地板上。我們的隊長，沒有牙齒的凡約，指著一些空的鋪位；由於我們是新來的，就得睡在便桶附近。便桶也貢獻一點氣味，但只有一點而已。每個鋪位都覆蓋著碎布般的材料，原本可能曾是床墊，每個人也都得到一塊破爛的戰時軍毯。有一盞提燈照亮所有的一切——一盞提燈，一個便桶，一道門，而至少有八十個人，一旦我們全部擠進來之後。

這時，那些骷髏工人正把鞋子放在頭底下，當作枕頭。一些人也有毯子以外的團狀物品，例如破爛的外套，以及從長褲撕下的破布。有人從外面扣上木門的門閂。提燈要是掉下來，我們就會全部受困、烤熟。飄揚在空中的氣味像是某種實體。我爬進鋪位時，正上方有個人探頭看了一會兒。他的臉像其他人一樣宛如骷髏，但如同未來會見到的一個又一個其他囚犯，我突然看出那仍是一張臉，曾經是正常的臉，說不定甚至很英俊。他幾乎露出微笑。「新來的。」他這樣說不是在問問題吧。

「史托楊．拉扎洛夫。」我說。我決定不要補充說自己是從索菲亞來的。

他向下方的我伸出一堆骨頭，與我握手。「皮塔，來自哈斯科伏。」他輕聲說。

「那是什麼？」我說。「那氣味？」門邊有人吹熄提燈。

皮塔的聲音又傳來。「那是傷口。我們的傷口。遭到感染。孩子，盡量別注意。」他說得很客氣。「而且盡量保持乾淨。睡吧。」他退回到我上方的黑暗中。有其他人噓我們，氣呼呼的。我從床墊撕下一塊布，把疼痛的手指包起來，希望有助於骨頭伸直癒合。我也知道自己應該睡覺。

但是，第一天晚上的多數時候，我清醒躺著。等到周圍的人輕聲呼吸，或者在睡夢中喃喃低語，我開始聽到數百萬隻蟲子的聲音，在牆壁裡，在樹枝和泥土融合的天花板裡，在我們的床鋪裡，在我們的衣物裡。我開始覺得牠們爬到我的皮膚上，鑽進死去陌生人的衣物裡，我渾身發抖，用沒受傷的那隻手拚命抓癢。我考慮讓思緒回到那片美好的田野上，回到河邊，我兒子坐在那裡，但接著退縮了。我還是想把那副景象保留起來，並努力向前看。我反倒替維拉和我父母唸了一段簡短的祈禱文，雖然我自從小時候就不曾祈禱，也不曉得該怎麼誦唸。對我來說，那像是一封沒有貼上郵票的信。

我躺在那裡，努力不想著發癢或飢餓，然後向自己許下第二個承諾。回想在索菲亞的時候，我曾造成

某件可怕的事。這些暴徒大可用他們自己的目的來懲罰我，但只有我有權利針對真正做過的事情懲罰我自己。等我再度回到家，我會想辦法實行真正的贖罪苦行。

最後，昆蟲移動的聲音，牠們齧咬和撕扯的聲音，終於成為我的搖籃曲。我睡著了，很短暫。接著軍號響起，在破曉之前。

第五十章

一九四九年

我醒來，疲累之至，但極度警覺，還沒脫離夢境就知道身在不對勁的地方。我感受到緊緊糾結的空腹感，也察覺到周圍有人動來動去。我看到一片三角形的亮光，那是防空洞的開口，有個提燈設置在那外面。已經有人移開我們營房的門閂，把門打開，但出於充斥著臭氣，黑暗的沁涼空氣無法觸及我們。我的耳朵突然響起軍號的聲響；如果沒有那聲音，我會永遠沉睡。事實上，我根本毫無清醒的欲望。從頭痛到腳。我一度希望他們早已把我從火車車廂拖出去，當場射殺。

「起來。」有人輕聲說。我爬下床，套上不合腳的鞋。他們剃頭的地方很癢；而且，在破爛的襯衫底下，有些部位的皮膚粗粗的，不是蟲咬就是極端髒污造成。我告訴自己，千萬不要抓到破皮，要謹記來自哈斯科伏的皮塔昨晚關於感染的交代。在上鋪沒看到他，已經有一半的鋪位空蕩無人，大家默默奔出。我爬出防空洞，拖著腳步走向盥洗室，在正常空氣中深呼吸幾次，真想把空氣吃下去。天色仍然相當暗，只有廣場另一端的一盞電燈發出亮光。一會兒之後，兩名守衛從我旁邊匆匆跑向門口；我轉過身，發現這時才爬出來的囚犯，掉隊的人，遭到守衛手持棍棒痛毆，一邊躲避一邊哀叫。有個人倒在地上，一名守衛伸腳踹他。我心想，在索菲亞的街道上，我會跑過去救那個倒在地上的人。是的，我會擔心傷到雙手，每一

位小提琴家看到爆發一場打鬥都會這樣想，但我會出手相助。

在盥洗室裡，我們排成長長的隊伍，等待使用一排八個的盥洗間。氣味極其可怕，與營房的氣味又是不一樣的可怕。少數幾名囚犯推擠到前面，是面貌兇惡、骨瘦如柴的倖存者，其他人都讓他們擠到前面去。臉盆全部長得一樣，八個生鏽的金屬盆要給數百個人用。每個人有一、兩秒的時間可用。我在三、四十張臉洗過的灰水中洗滌，不敢取用附近水罐裡的清水，如果那真的是乾淨清水的話。我不懂這裡的規矩；我得小心觀察每一件事，如同進入新的管弦樂團、搭配嚴苛的新指揮一樣。沒有人說話，只聽到有人上廁所太慢遭到抱怨的呢喃聲。

他們在廣場上供應早餐給我們吃，是茶水配上杯口的一抹果醬。我們站著喝茶。剛開始，我不了解這就是我們得到的全部，也不知道他們給的馬口鐵杯子要我自己收好。

我旁邊的人說：「你很幸運，不過你得分享。只有十分之一的人能得到。」他是指杯子，不過就我看來，很多人都有類似的馬口鐵杯；喝完之後，他們把杯子掛在衣服裡面某處。「小心一點，否則有人會從你身上拿走。」男人低聲吼說。我突然心想，他是不是自己想要偷我的杯子，於是我把它緊緊綁在腰帶鬆垮的褲子上，用襯衫衣襬的一片破布把它綁住。

接著，我們得在自己隊上排好隊伍，再次接受點名。我站在那裡時，長串的名字倒到我的頭頂上，我小心翼翼抬頭看著夜空。星辰滿天。在這一晚之前，我從沒注意過星星，也說不定星星在天亮之前最明亮，連瞭望臺的燈光也不會造成影響。我已經有好幾年沒有真正抬頭看過星星了；在維也納，有時深夜走回自己的房間，經過我最喜歡的公園，看到星星劃過完美的圓弧。

現在，我能夠辨認出清楚的形狀，真希望我還記得那些星座的名稱。在黑暗夜空的邊緣，遠離瞭望臺

燈火的地方，有顆星星兀自孤立，彷彿從最近的星座掉出來，獨自飄蕩到地平線。根據昨天傍晚看到的日落，我明白那顆星星位於東北方，指向遙遠的黑海、多瑙河，以及與羅馬尼亞相鄰的邊界。那顆星獨自流連於一座山峰上方，山頂上冒出幾棵冷杉；那些樹看起來比天空更黑，彷彿它們的形狀通往某種無從想像的黑暗。我決定把那顆星稱為「貝塔—四九」，我所能想到最無名無狀的名字，以紀念我發現它的這一年。

等到我回頭注意眼前的叫喊聲時，前一晚見過的那些守衛，曾經痛打說話男子的那三個人，站在我們的正前方。唯一穿制服的那人喊道：「新來的工人！今天早上有人要抱怨嗎？」

所有人靜默無聲，那些骷髏移動雙腳宛如葉子飄動，彷彿要警告我們其他人。

他說：「非常好，我讓你們瞧瞧抱怨的人有什麼下場。還有那些掉隊的人，以及嘗試離開工作地點的任何人、所有人。莫莫！」他很快做個手勢，於是他的助手，昨夜抓著囚犯讓他毆打的那個金髮年輕人，走向前去。「莫莫，哪一個？」

莫莫對我們微笑。我感到不寒而慄，他看起來像小男孩，有著七歲男孩的天真臉龐，上排門牙之間有寬寬的縫隙。但這個孩子也許有十六、七歲，他的名字讓我覺得好荒謬；在維也納或巴黎，那樣的名字通常是稱呼小丑，或者街頭魔術師。他搔搔自己的後腦勺，把天使般的頭髮撥亂了。我想，他可能是德國人，或者俄國人，或捷克人，有一頭金色鬈髮和純真的臉孔，但說出口卻是保加利亞語。「不知道，主任，也許是那一個。」他的手用力揮出，指向靠近隊伍前面的一個人，不是我們這些菜鳥之一，而是一名疲累不堪的同伴，剃光的頭上冒出灰色的短髭。

「那好吧。」主任把自己的棍棒遞給莫莫，而雖然囚犯躲得很快，棍棒仍然打中他的臉側，一陣動物

般的痛苦吼聲從他嘴裡湧出。他彎下腰，以兩隻手臂擋住自己的頭。

主任以嘹亮的聲音說：「他什麼都不會，你們其他人要確定自己擅長某件事。」他很快又做了另一個手勢——那些守衛似乎自有一套手語，代表他們所有的儀式；於是男孩莫莫鑽進附近一部手推車，並拿了一個很大的空麻袋遞給彎腰的男子。

「不，拜託，我求你。」男子說。

「你知道的啊，你得帶著它。」莫莫說。所有的囚犯一動也不動，沒有人看著其他人。

「拜託，我還有家人，兩個小孩。」男子說。

「嗯，我們全都有家人。」主任很明理地說。「但是這裡不能留下壞榜樣。這樣懂了嗎？」他的聲音突然提高成大喊。莫莫向後退，面露微笑，彷彿他的工作完成了，而且自認做得很好。

「懂了。」男子嘀咕說，但聽起來像一陣風吹過老樹的枝椏，沒有真實的聲音。我不知道男子接到麻袋為何那麼絕望。那是空的，拿起來很輕，不可能對他造成負擔。不過等我們奉命向前走，繞過盥洗室的轉角，一道牆壁的角落塞了類似的麻袋，裡面裝滿凹凸不平的東西，有頭和肢體的形狀，極為沉重。我終於明白那一定是——絕對是——他們昨晚毒打的人，除非晚上還有其他人死掉。我的肚子用力扭絞，一度覺得我必須探頭到隊伍外，把早餐喝的茶吐出來。

接著軍號響起，我們步行走出大門，彷彿正要走回自由世界。我看到那個面貌和善、蓄著棕色鬍的男子，現在少了鬍子——他本來應該在索菲亞的餐館吧；還有我第一晚被關的警察局牢房的那名醉漢，他們都在我前面。他們仍在我所屬的隊上，我希望能與面貌和善的男子講講話，如果以後有機會的話。

第一天早上，我和自己的小隊爬上一條道路，從營區後方蜿蜒進入山區，也許走了兩公里。道路沿著鐵路的路基向前延伸，不過我沒聽見任何火車經過營區。真想知道這條鐵道與帶我們到達澤雷涅茨村的鐵道是不是同一條，而且是否有人嘗試跳上火車側邊而逃跑。其實就算膽敢挑戰守衛抓不抓得到我們，也沒有地方可以逃；在鐵道旁邊，我們左側的山坡陡峭拔升，只見許多岩石露出，病懨懨的樹木攀附其上。至於我們右邊，大地在灌叢之間直墜而下，因此任何人滑落到深淵裡，要不是幾分鐘內墜落而死，就是很容易被從上方射殺。我真想知道到底是什麼人在山坡邊緣建造這樣一條道路——也許是其他像我們一樣該死的人吧。

假如是幾天前，這趟走向目的地的路程難不倒我；而現在，既飢餓又虛弱，我發現自己即使是最輕緩的上坡都走到喘氣。沿路有槍枝戳刺我們；走過兩名比較年輕的守衛旁邊時，我注意到他們的懷裡抱著棍棒，包括那個宛如天使一般無邪的莫莫。

道路轉個彎，山坡開展成平坦地區，中央有個巨大的坑洞，也許有六十公尺深。在內側的一層層土坡之間，我看到一道之字形的斜坡沿著坑洞邊緣向上延伸，旁邊放了一些手推車。在開闊區域的周圍，許多劈開一半的岩石散落成堆。鐵道直接通往坑洞旁邊，有一條長長的支線可供火車停靠。

「採石場到了！」一名守衛大喊，而小隊中有半數的人離開我們長長的隊伍，跟著他走向坑洞，包括我在內。至於其他人，有骷髏也有菜鳥，則是離開我們，繼續沿著道路走，我看著那一小群人走開，後面有兩名身穿制服的守衛拿著棍棒押隊。莫莫跟著我們走到採石場邊緣。我轉過身想確認他的存在時，他迎

上我的目光，那眼神我一點都不喜歡，但那究竟代表什麼意思，我也說不上來。早先我注意過他的臉，但現在，我看出他的體格多麼強壯，肩膀寬闊，手臂粗壯。他的衣服幾乎像我的一樣破爛；但他與其他守衛一樣，似乎有足夠的食物吃。

他們派我到坑洞下方中途的一塊平地，我們在那裡把要採的石頭劈開成夠小的石塊，以便用手推車載運。手推車打造成配合窄軌，於是能夠推上斜坡。我們隊伍有三、四個人也分配到這塊平地，包括面貌和善的男子，還有一位老先生，他的兩鬢都有白髮了。老人雙手發抖，我都懷疑他能不能撐過這一天。結果他一輩子都在建築工地工作，因此搬起石塊的速度比我快得多。

剛開始，我們都做同一件事，輪流用一把鶴嘴鋤打破岩石，搬運石塊堆到手推車上，然後沿著軌道把手推車推上斜坡，直到另一個小隊接手處理，一路推向鐵道。然而不久之後，我們就發現應該要分工合作。溫和男，以及自稱來自皮林的一名中年夥伴，先用鶴嘴鋤敲破岩石，他們不時挺直身子放鬆背部。老先生自願用微微發抖的強壯雙手搬起石塊。我則是滿心感激地推動手推車；這對我的手來說並不好受，特別是必須盡可能讓腫脹的小指避開推車的把手，但這樣可能造成的傷害遠低於石塊或鋤頭。只不過我心裡明白，手上產生水泡、進而破皮，只是早晚的問題。

對我來說，太陽好像還沒升起，我們就已經累到整天一直休息。守衛注意到了，因為他們突然有好幾個人向下爬進坑洞，對我們大吼說太懶了。莫莫走到我們的平臺停下來，在空中揮舞棍棒，很靠近老先生的頭。「你為什麼慢下來？」他大叫。

老先生沒說話，但他的強壯肩膀和手臂在石堆和手推車之間擺動得稍微快一點。他扔下石塊時，我盡可能幫他穩穩扶著手推車。我看到他的雙手變紅了，也已經割傷；我決定等到莫莫一離開，就向老先生提

議換班，或者幫他包裹雙手。我內心湧起陣陣憤怒；這是一場可怕的惡夢，一場無厘頭又令人作嘔的惡作劇。我的目光小心避開莫莫，但他似乎嗅聞到我的情緒，像狗一樣，於是走過來靠得更近。「你為何沒有輪流搬石塊？」

「這位夥伴是小提琴家。」老先生驕傲地說。我很納悶他怎麼知道，接著才想起剛才第一次也是唯一一次換手時，我自己對他說過。我們這一組有來自皮林的農夫，建築工人，小提琴家；面貌溫和的男子對自己的來歷沒有提過半個字。

「小提琴家？」莫莫興味盎然地看著我。他的美麗臉孔有種奇特的單調感，延伸掩蓋住底下的空虛；但無論如何，他似乎不是沒意識到自己的俊帥容貌，也不是沒意識到自己活在這個所有的美麗都不算數的地方。我想，他像一頭危險的動物，像是獅子在動物園的圍欄裡踱步，沒有自覺的意識，身處於不恰當的地方。「你拉小提琴？」

「是的。」我說。我告訴自己，千萬別再讓內心的憤怒氣息洩露出去，但他已經開始玩弄我了。他說：「喔，你有沒有帶著小提琴？」他笑起來，彷彿發現自己找到狂歡的方法，而且對於完全靠自己找到而得意洋洋。我不禁懷疑他的神智是否正常。但神智正常的人會做他這種工作嗎？或者做這種工作能夠保持神智正常嗎？

「不，我沒有帶。」我語氣平靜地說，同時扶好手推車，將它推上山坡。他可能想試一試，看能不能讓我停下手邊的工作，於是就可以懲罰我。

莫莫轉開他的金髮腦袋。太陽升起，升高到山坡上方；照進採石場的陽光像是光之圓頂，照出他濃密頭髮的顏色和眼睛的透明度。他的脖子很骯髒，但肌肉結實，如同米開朗基羅的創作一樣巨大且完美。

「你們工作的時候不該聊天。那麼我得懲罰你們，否則守衛會生氣。」他任性地發脾氣。

我以為他認定自己是守衛的一員。

「如何？」他說，同時盯著我。溫和男與來自皮林的男子低頭工作。「我該懲罰你還是他？」他用棍棒指著老人，他正搬起另一塊石頭，把它推進手推車。

「喔，懲罰我吧。」我說。我可以聽到維拉的聲音，告誡我要保持沉默，安全回家找她。無論如何，我的內心憤怒高漲，這正是他想達到的目標。老人把手上的石頭放進手推車，留神看著，對我們兩個人感到很害怕。我小心放下手推車，轉動肩膀面向莫莫，盡量讓雙手不要涉入。如果他打我，我會想辦法不要讓他打斷我的雙手。他用力揮動棍棒，到了最後一刻突然煞車，因此棍棒只擦過我的肩膀，害我踉蹌一下，沒有真正傷到我。我的心臟跳得好厲害。

莫莫笑起來，說：「我失手了，不過只有這一次。」他張嘴大笑時，我看到他有好幾顆臼齒不見了，剩下的幾顆也呈現深褐色，很像桃子果核。「回去工作，你們這些臭屁股。」他補上一句。他沿著接續的斜坡往下走進採石坑，很快就不見人影。

莫莫離開之後，我看到溫和棕髮男渾身發抖，幾乎要昏厥過去。我抓住他的手臂，環顧四周，確定我們上方剛好沒有守衛。

「你看，我們沒有受到傷害。」我說。「深呼吸一口氣。他沒有傷害我。我們全都還在這裡。」

「謝謝你。」他說。這是我在場時他第一次說話。

「你叫什麼名字？」我壓低聲音說，同時再度抓起手推車的把手，裝成忙碌的樣子。

「小納斯。」他輕聲說。「我來自索菲亞，跟你一樣。我有一次聽過你演奏。室內樂音樂會。你非常

棒。」

「我演奏什麼曲子？」

「貝多芬。然後柴可夫斯基。」

我們相視而笑，這是我在那裡第一次感受到人性。我與他握手，非常短暫的一握，接著他再度拿起鶴嘴鋤。

「你在索菲亞是做什麼的？」我問他。我差點說「你以前在索菲亞做什麼」，彷彿我們都已經死了。

「我是畫家和雕刻家，我十八歲的時候從洛多皮山脈去索菲亞，因為我想畫畫。」他說。

「你也該保護自己的雙手。」我輕聲說。

「雙手！」他搖搖頭。

「等一下我會幫你把手裹起來。我們可以用自己襯衫的一部分。」

「好吧。」他說。他的眼睛露出短暫的笑意。

那是我當天與他唯一的一段對話。

第五十一章

兩小時後，他們開車爬上山坡，前往伊麗娜家的那條街。圍牆上的柵欄門沒有上鎖，但小紅屋沒有人應門。亞莉珊卓抓緊史托喬的繫繩；裝骨灰盒的袋子穩穩掛在巴布的肩膀上。巴布再次敲門，亞莉珊卓發現他們等待時，巴布一度掃視樓上的窗戶。「我也會查看花園。」他說。

他離開一下子，回來時表情平靜，亞莉珊卓已經學會要注意他的神情。

「這個，拿好袋子。回去車上。」他對她說。他把汽車鑰匙交給她，動作快得她沒意識到，直到感覺鑰匙已在她手中。「把門鎖好，如果有任何狀況，一路開到下面的鎮中心，停在那裡主要街道的某個地方。」

他面帶微笑，彷彿討論著日常瑣事，於是她默默轉身，按照他的指示，把展覽館圍牆的柵欄門關上。她和史托喬坐進車子裡，把車門鎖好。她記得這種恐懼，心跳慢慢堅持跳得越來越快。這種恐懼足以分散她對眼前情況的注意力；它有自己的生命。她看著圍牆上的柵欄門。在那道圍牆後方，巴布會小心繞行伊麗娜家房子外圍，也許撬開廚房的門鎖。他們在月光下圍坐的桌子會是空蕩無物、擦抹乾淨，沒有人使用。或者，更糟的是，桌上散布著尚未清洗的盤子，螞蟻爬上伊麗娜和蘭卡愛吃的白色乳酪最後的碎屑。

或者比那樣更糟。但她努力不要想像她們在那裡、再也無法呼叫求救。她覺得自己可能沒有足夠的耐

心等待巴布回來；她把汗溼的一隻手壓到大腿底下，另一隻手摸著點火器上的車鑰匙。史托喬在後座的喘氣聲清晰可聞。太熱了。亞莉珊卓打開車窗，心裡想了第十次，自從上次像這樣坐在車裡已經過了好多年，只不過上次開車窗用的是把手，而不是自動按鈕。等待，有時候是最糟的部分。這點她也還記得。不過她同樣記得，等一下要由等待的結果來決定這是不是最糟的部分。

最後，圍牆的柵欄門打開了，巴布走出來。一看到他——頭髮垂進他的眼睛，跑步的雙腿在磨舊的黑色牛仔褲裡顯得輕盈——一股超越愛情的力量擊中她。他活生生又真實，與她緊緊相繫，直到她死去的那一刻，或者他死去的那一刻為止。她暗自咒罵，對抗內心小小的聲音，提醒自己，很多人出外旅行經常對朋友產生這種感覺，更何況她遲早都會離開這個國家。她打開駕駛座的車門鎖，爬到乘客座那邊去，好讓巴布坐進方向盤後方。等他坐定，她連忙抓住他的手臂；他點點頭，將車子開走。

「她們不在家？」她害怕地問。

「不在。我立刻就知道了，從花園的樣子看來。」他以輕鬆優雅的步調開車，彷彿他們開上來這裡只想看看古老的街道。巴布沒有讓輪胎發出尖銳的噪音。「門都鎖住，不過我進去了——闖進去，每個地方都查看過。她們離開的時候一定很匆忙，床鋪不太整齊，地上也有一些衣物。跟我們出門的行李袋還在，袋子打開，但是沒有全部清空；我想，她們身上沒有帶東西。她們離開時，兩道門都鎖上，所以至少有時間鎖門。不過我在地板上找到這個。」他用一隻手控制方向盤，另一隻手從外套口袋拿出一張紙，遞給她。

她打開那張紙，看到一些凌亂的西里爾文字。「它說什麼？」

巴布的神情很緊繃。「它說：『你們會是下一批。』」

「喔，她們到底怎麼了？」亞莉珊卓哭起來。

「如果她們很聰明，就會消失個幾天。」巴布以堅定的語氣告訴她。「問題是，她們是不是因為發現這張紙條而離開呢？還是有人趁她們離開後才留下，再把門鎖上，也許目標是我們？」

「伊麗娜那麼虛弱啊！」亞莉珊卓輕聲說著。她在包包裡找到一包美國面紙，這種物品對她來說已經很不熟悉了，她很快擦擦眼睛和臉頰。

「如果伊麗娜和蘭卡真的有某種原因要逃跑，我認為她們不會像那樣鎖門。」巴布說。「其實呢，伊麗娜不可能逃跑。也許有人來看她們。不過如果真是那樣，無論是誰，都沒有破壞那裡的東西。我也問過展覽館的解說員，問他們今天有沒有看到伊麗娜，不過他們今天早上閉館很長一段時間，開了一些會。她完全不記得有沒有在外面看到伊麗娜或蘭卡。我打蘭卡的電話打了三次，沒人接，而且每次都只響了一聲。」

「所以，也許有人帶走她們？」亞莉珊卓幾乎無法大聲說出這番話。

「嗯，那當然是另一個問題。」巴布很不情願地說。「可能有人帶走她們，在她們家裡留下這張字條。」

這時他讓車子停靠在鎮上主街的路邊，亞莉珊卓看出有戶外餐館、大型旅館招牌和冰淇淋小攤。一切看起來再也沒有歡樂的氣氛了。「喔，不，不……我希望不是。」亞莉珊卓說。她想著阿塔納斯・阿格洛夫躺在樹林裡，傷口裂開獰笑。或者，兇手讓他臉朝下埋在泥土裡？

「我不確定有沒有人帶走她們。」巴布匆匆說。「那樣可能會找到打鬥的跡象。」他搖搖頭。

「也許吧。」亞莉珊卓說。她用雙腳夾緊骨灰盒袋子，感受裡面的堅實木頭。「不過，如果她們違反

自己的意願而離開，但是沒有掙扎，那樣看起來就像她們自己離開，對吧？也許那人甚至叫她們鎖上門。」

巴布意味深長地瞥了她一眼，看到紅燈而慢下來。「我想，伊麗娜會留下某種暗號，或者蘭卡會為了她而抵抗。」

亞莉珊卓又擦擦自己的臉，望向窗外。一名老太太正在販賣凋萎的花朵，走過來擋住車子。看到她靠近，巴布打開車窗，對她搖搖手指，於是老太太轉身走開。

「從墓地來的。」他解釋說。

「什麼？」亞莉珊卓說。

「那些花……她要想辦法謀生，不要乞討，而是賣東西。不過那些花來自墓地。有人偷那些花來賣。」

亞莉珊卓不禁心想，有沒有人會從史托楊．拉扎洛夫的墓地偷走花束呢？首先，他得先有個墓地。巴布搖搖她的手臂。「拜託，別再哭了。我們得決定現在要去哪裡。」

「可是，我們根本不知道伊麗娜在哪裡。」或者，萬一她已經死了，就像她朋友小納斯一樣。

「我會打電話給拉迪夫小姐，看看她有沒有接到任何消息。還有涅文……以及山上的房子，只是以防萬一。」他撥打好幾個號碼，只與拉迪夫小姐通上話，他講得很快。掛掉電話後，他說：「她沒有聽說任何消息，現在她更苦惱了。我告訴她，在公寓要非常小心，也考慮去其他人的家裡住幾天。」

「不過，我們可以去哪裡呢？」亞莉珊卓努力讓聲音平穩一點。「現在該從哪裡著手？我們連這一點都不知道。」

巴布靜靜坐了好一會兒，顯露出全神貫注的眼神，她認得這是他最深沉思考的模樣。「伯維茲。」他堅定說道。

「去找伊麗娜和蘭卡？」

「去找……找到什麼都好。我們第一次可能有所遺漏，因為那時候知道的事情比較少。永遠要回頭找。我是說，永遠要回到某件事的發生地，或者某個人居住的地方。」他說著最後這段話，好像唸著教科書裡的句子，她很好奇那是不是他專業訓練的一部分。看著他嘴角的痣微微顫抖，她知道自己必須耐心等待。

他轉頭看她。「嘿，我們今天晚上得住旅館。我太累了，沒辦法再開車到非常晚，我又不能冒險住我阿姨家，或者任何朋友家。而且我想，我們該找個小地方，遠離城市。」

「我有錢。」她要他放心。

「我們可能需要多付一個房間的錢，因為史托喬。」他說。她移動肩膀，與他相依。也許他們應該乾脆在公路旁邊停下來，打開車門，把骨灰盒放到原野上。然而，在這個節骨眼，那樣做能夠拯救任何一個人嗎？她回想起自己夢到涅文——她曾撲倒在他腳下，而他扶起她，親吻她。

第五十二章

一九四九年

第二天早上，快要醒來之前，我第一次夢到韋瓦第。他的年紀比我大一點，紅髮，穿著教士的連身長袍。太陽升起時，他打開教堂側邊一道小門的門鎖；他抬起頭，看著亞得里亞海波光粼粼，宛如分裂成數千顆水晶。除了巨大生鏽鑰匙的喀啦聲，我能聽見水花四濺的聲音，但他似乎很習慣那樣的聲音，沒有特別注意。他笨拙地摸索門鎖，然後拉開木門的插栓。進入裡面，教堂像地下通道一樣冷，高聳的天花板宛如有聲音從他上方傳來。不知為何，一隻粉色和白色相間的貓坐在走廊上舔著自己，但那裡還沒有出現其他人。教堂中殿的側邊豎立一座貼滿金箔的木製隔屏——可能有一千隻小眼睛透過那些閃亮的樹枝和葉子窺看吧。

韋瓦第走向聖壇。他排列椅子、長椅、譜架的方式，我以前從未見過，然而我輕易便看出它們各是什麼。他用修長的雙手把剛印好的總譜放到譜架上，數量足夠給二十位音樂家使用。我等待他拿起小提琴；老實說，他為何沒帶小提琴呢？他把小提琴放在教堂裡嗎？那樣安全嗎？還是留在其他地方？為了他這個舉動，我突然感覺到一陣驚慌。萬一有人把他的小提琴偷走呢？

軍號吹起時，我驚醒過來，發現自己正躺在鋪位的破爛床墊和舊衣物上面，

在澤雷涅茨的第三天，我又開始練習。早晨點名期間，我耐心等待看見自己的那顆星「貝塔—四九」，也應答我的名字。等到完成這兩件事，我就在腦袋裡開始練習了：巴哈組曲，我總是用它暖身。我比平常演奏得慢一點。剛開始，我以為只能聽到腦子裡的音符，但過了幾分鐘之後，發現也能看見一些指法。有時候我漏掉某個音符，於是整個練習從頭開始再來一次。

接著，我決定練習無伴奏組曲，從第二號D小調組曲著手；所有曲子我都謹記在心。我從第一樂章阿勒曼舞曲開始，一路到莊嚴的夏康舞曲。在這種可怕的地方，我覺得很難聆聽，不過我逼自己奮勇挺進。D小調花了好長的時間，等我正確奏完所有的樂章，我們都已經走到採石場了。我在坑洞的平臺上用心工作，與那裡的夥伴匆匆交換幾句話，也幫健壯的老先生包裹雙手，就像我幫自己裹手一樣，稍微提供保護，不要遭到銳利的石塊邊緣割傷手。到了那天結束時，我明白石塊也有可能割斷他的裹手布；我們得找到更多布料才行。

那天接近中午時，我練習法蘭克的小提琴奏鳴曲，是A大調；我在維也納的第一年學習這首曲子。這種時候還能回想起整首曲子，我心裡很高興。我的背和雙腿因為推動手推車而極度疼痛，但每一個樂章都順利練完好幾次，聆聽腦袋裡鋼琴的部分與我自己的樂音交織在一起。如果遭到打斷，例如有守衛走下來，碎碎唸著叫我們動作快一點，那麼我會從那個樂章的開頭再來一遍。必須工作得快一點時，我會很小心，不讓拍子胡亂加快。萬一拍子不小心變快了，我也叫自己把那個樂章從頭再演練一次。

早上過了一半，一輛火車經過，正是從我第一天觀察過的軌道靠近採石場。聽到火車開來時，所有的

骷髏工人同時把工具扛到肩膀上，宛如扛槍；我一度心想，他們打算跑向火車乞求自由，或者試圖跳上火車。結果出乎意料之外，他們面對火車立正站好，直到火車完全通過，接著揮手致意。車上有不少乘客盯著車窗外，也有一、兩隻手揮動回應。

火車通過後，每個人都忙著回去工作，守衛也到處巡視，對我們這些不知該怎麼辦的人大聲嚷嚷。「下一次要揮手！」有一人大聲喊道。「沒有揮手的人要付出代價！」另一人大吼。

我們要休息吃午餐時，我的法蘭克還沒有奏完。吃午餐期間，一名骷髏陷入瘋狂，突然手腳並用沿著坑洞邊緣跑，最後直衝而下。那些守衛大聲咒罵——這下子要延後恢復工作時間了。其中一名較年輕的骷髏是那個男人的兒子，他跟隨父親跑向坑洞邊緣；守衛抓住年輕人，毆打他，直到他平靜下來為止。他勉強活下來，兩天後才又恢復工作。

到了第四和第五天，我觀察其他人，發現一件重要的事：如果我一直準備兩套裹手布，每次睡覺時間用盥洗室的水罐清洗其中一套，那麼每天都有相當乾淨的一套可用於工作，另一套則晾乾。用這種方法，我的雙手保持得不是很紅腫。即使推動手推車很痛苦，我的小指仍漸漸痊癒，希望盡可能延緩感染。我搜尋自己的衣物和床鋪，找到輕薄的破布，撕成長條狀清洗一番，掛在鋪位邊緣。很多人以同樣的方法做裹腳布，畢竟很少人有襪子，不過我夠幸運，有兩雙很好的襪子。我隨時把襪子穿在腳上，或者小心藏好。我也與隔壁排床鋪的一名囚犯交換東西，我在床墊底下找到四塊厚重木頭，他則給我一件棉質襯衫的整個背部，這樣我就有好一陣子能包上乾淨的裹手布了。他想要木塊，因為喜歡雕刻裸女，工具是銳利的石

頭。我把布塊撕成整齊的布條，塞在外套口袋裡帶著，於是我不在營房時沒有人能偷走。

每天下午，我一邊推著手推車，一邊練習一首協奏曲。我有好幾首能背譜，或者該說大部分背得起來。我從自己最喜歡的曲子著手：布拉姆斯、布魯赫的G小調第一號協奏曲、孟德爾頌，以及柴可夫斯基，然後是第五首，西貝流士。我第一天選擇孟德爾頌，因為對這首曲子最熟悉。我花了一整個下午才讓它跑得比較順。來到第三樂章時，我得重頭開始八次或十次，因為記憶力似乎讓我失望了。由於飢餓的關係，我比較難以思考，也懷疑自己能否習慣。有時候，我在手推車伸出的把手上動動手指，協助自己想起音符，最後發現徒然增加疼痛和疲勞。能夠練習的時間很多，就連火車通常也不會干擾我；我發現火車一星期只經過兩次，通常是貨運火車，那種火車我們不必扛起工具揮手致意，不過有些骷髏還是會自動揮手。

我也發現自己的同伴並不介意我哼著音樂。小納斯輕聲對我說他很喜歡。我真好奇他是否在腦袋裡嘗試作畫，但沒有在其他人面前問他。只要有守衛出現在坑洞邊緣，我們就全部閉嘴。不過大家多半沒有講話。他們已經叫我們要監視其他人有沒有偷懶。

不過在十月的傍晚陽光下，即使雙手流著血、背部因為手推車的重量而嚴重疼痛，仍有幾次短暫片刻，我聽見孟德爾頌大聲流洩。第一樂章，我總愛以這一段展開練習。那是狂喜的聲音。

那些麻布袋沒有消失，直到累積了七、八個人；如果得經過盥洗室的那一側，只好把鼻子眼睛都轉開。我與自己的內心談好條件：只要我想像自己在那樣的麻布袋裡，就要立刻思索別的事情。我不會想著維拉——在惡臭、咳嗽、不忍聆聽的黑暗營房內，我把她以及我父母，保留給晚上的祈禱。我不會想起自己的兒子坐在陽光普照的原野草地上；那要保留給更加惡劣的時刻。

只要想像自己在那樣的麻布袋裡，我就轉而想著威尼斯；早個幾年，我曾經想要造訪那裡。我想著韋瓦第，他打開教堂的門鎖，在清晨進行排練，空氣吹過亞得里亞海的鹹水潟湖和海浪而來，受到那種微風的吹拂不曉得有什麼感覺。我想著自從到達後還不曾練習的那首曲子，雖然我對它的熟悉程度甚至超過巴哈。但是我必須小心一點，不要忘記它。

韋瓦第過世的時候是六十三歲，一窮二白，他的音樂再也不流行了。我曾在某處讀過，他可能埋葬在維也納的一處貧民墓地。或許有人也曾把他裝進麻布袋，但那些人不是暴徒或罪犯，也不是發生在他創作出宛如月亮高掛島嶼上方、照亮一座座教堂的音樂之前。

第五十三章

一九四九年

一天傍晚，有個礦工回到營區，他有一隻手不見了。另外兩個人扶著他走路。他用剩下的那隻手緊緊抓住袖子殘餘的破爛部分，以減緩流血的速度。礦坑裡有些岩石剝落，把他壓倒在地上；他的工作夥伴已把壓碎的手臂包紮起來、盡量抬高，以免他流血致死。我很納悶那些守衛為何准許礦坑裡的人幫助他，但確實就是如此。大家帶他回到營區前，他有好幾個小時失去意識，現在也仍然不太清醒。大家帶他去大庫房，那裡權充醫務室；根據我至今聽說的少數消息，除了麻布袋以外，醫務室裡留下的東西非常少。他被送進那裡面以後，我們在廣場上點名，沒有晚餐。穿著制服的守衛，也就是其他人叫「主任」的那人，在點名期間對我們大肆咆哮。他對我們說，我們目睹的粗心大意，本身正是一種懲罰，大家都看得出來，但他要我們好好記住。點名時，只要有人沒回應，主任就再點一次，從最前面重頭開始。

到了早上，我們幾乎無法走路或工作，因為只有早餐茶，以及像屎一樣的一抹果醬。我的思緒一直沉溺於男子失去的手，而不是想著自己肚子的痛苦。那隻手依然躺在一堆岩石底下，在山上的礦坑裡？那是他的左手，按出音符的手，如果你是小提琴家的話。那天早上，我忘了練習，反而一次又一次想著我兒子和他的情人，兩人坐在河邊。我沒有試著幫他們拉奏小夜曲，只是走下河邊，靜靜站在他們背後，望著陽

光照在他們光滑的髮絲上。我自己正要開始掉髮。我很感激他們不知道我在那裡，不會轉過身來看我。

❖

我到達澤雷涅茨三個星期後，一個陽光普照的早晨，我的雙手非常腫脹，而且發現無法練習，連在腦袋裡也不行。水泡當然破了好幾次，但現在，我的雙手整個變得又熱又紅，不是只有受傷的地方。這雙灼熱的雙手只帶來一件好事，就是比較感受不到肚子的痛苦。我清潔過，把雙手裹好，而且努力思考用其他方式度過工作時間。就在那時，我開始思索自己兒子的更多方面。我心目中的他只有河岸邊的黑髮形影、穿著乾淨的白襯衫和黑背心，以及寬闊的肩膀。他看起來像高貴的人，靈巧且穩重，也許是閑靜的人。我有沒有好好養育他？他是音樂家嗎？還是學者？維拉當然會是優秀的母親。我不禁好奇他有沒有兄弟姊妹，但覺得還是別想了。絕對沒有足夠的金錢養育他們，在這個公寓普遍狹小的新世界絕對不可能，這裡的音樂家都奉派去工廠的樂儀隊了。我決定他會是獨生子，在關愛中特意孕育而生，但之後就單獨與我們生活。

行進到採石場時，我讓自己想著孕育他的過程。

那是一種難以忍受的愉悅，與其他所有的愉悅時刻都不同。待在外面廣闊的日光下，我讓自己思念維拉的身體，然後是創造我們兒子的強烈瞬間。想到這一點時，我盯著地面，於是不會看到周遭真實的事物。有那麼一刻，只有我們兩人，在完全不同的另一天。

接著，維拉產生微妙的變化，她身穿磨舊的棉質睡衣，到了早晨把頭髮盤起，然後準備我們的早餐。她會去工作地點，那是一間工廠的餐廳；她看起來容光煥發，腰帶開始變得有點緊，皮膚很美，而一天晚

上，她會說終於去看過醫師，是真的，如同我們所想。她會別開視線，羞怯但喜出望外。我會繞過桌子，摸摸她綁著髮辮的頭，兩人一同歡笑，所以我們沒有哭。她會向我保證自己像農場動物一樣健康，不必擔心。隔天參加管弦樂團排練時，我會一直忘記那即將來臨的改變，接著又猛然想起。早上的休息時間，我點燃自己的香菸時，那件事會讓我的雙手開心發抖。

我在一天之內就只能想這些。然而等我們到達採石場時，我請小納斯負責推車，我則與他換班，劈開岩石並搬運，雖然他輕聲抗議，覺得這樣更傷我的手。為了他好，我想要這樣做。畢竟，我得到好消息了。

這份喜悅並沒有持續。在這種地方，所有的喜悅都無法持續。隔天，我實在太沮喪，於是告訴自己，未來三天我不允許自己想著兒子。首先，我會練習一整天，即使雙手幾乎無法承受也照練不誤。接著，我會花一整天只想著韋瓦第，以及他與管弦樂團一起排練。第三天，我會再次演練練習曲、奏鳴曲、一首協奏曲。到了第四天，我會終於開始養育兒子。如果同一時間發生可怕的事情，我會去河邊探望他和他的情人，直到事情結束為止。那裡永遠是初夏時分，從來不曾有灰綠色的結冰讓河邊顯得泥濘，不像我們沿路走去採石場的河邊。

透過這種方式，我開始想像較深刻的部分。完成這四天後，我會重頭再來一次，從純粹的練習開始。我考慮把自己消磨時間的方式告訴小納斯；我們工作時，我經常看到他臉上出現恍惚的眼神，真想知道他夢想著什麼事。我很確定他絕對不會告密，說我「偷懶」。不過，如果對其他人描述自己的每一天是怎麼

過的，我其實很怕再也達不到同樣的效果。

到了這時，我的頭髮已經長到額頭頂端，也感覺到肋骨貼著死人的襯衫。自從第一次撲殺蝨子之後，我們只洗過兩次澡，因此除了我的床鋪，也一直有昆蟲住在我身上和衣服上。

一天早晨，容貌像天使的殘暴莫莫走到我前面停下來，盯著我的眼睛看了好一陣子。他的一隻手上有個空的麻布袋；他舉起雙手，用看不見的小提琴拉奏了一會兒，於是麻布袋在空中搖來晃去。接著，他突然把麻布袋遞給我旁邊的人。隔天早上，莫莫又如法炮製一次，興味盎然地盯著我一會兒，然後選擇另一個人。我盡可能靜止不動，努力不要表現出驚慌害怕，也無法看著那個帶來死亡的男人。那天平常是韋瓦第日，不過我允許自己跳過，先與兒子相處，以免那天結果是我的最後一天。

第五十四章

一九四九年

頭一個第四天，要開始養育兒子之前，他當然必須先降臨人世。生產過程很輕鬆，這真是奇蹟，因為我無法忍受得知維拉承受痛苦。我是在下午決定這件事，於是突然之間，維拉變得身軀龐大，宛如桃子般成熟。那天早上，我出發去排練之前，她告訴我，她的腰背處比平常更痛，於是我幫她按摩，身體的曲線依然像大提琴的中段一樣優雅美麗。在我的雙手底下，她的皮膚很溫暖，而她說感覺好多了，她母親會來看她，她們會一起多烤些點心，以免小寶寶提早報到。想到這裡我嚇了一跳，手推車因而短暫滑脫，撞到我的腳板，造成嚴重瘀青；那一天剩餘的時間，我都得掩飾自己走路一拐一跛。

維拉幫我關門時面帶微笑，她看起來疲憊但臉色紅潤。而接下來，我只知道排練中途休息時，她父親來叫我，於是我不必打擾大家排練或者惹指揮生氣；我們匆匆趕去醫院，我自己也在那間老醫院出生，現在大門上方有一顆紅星。我跑上樓梯，請求護士讓我進去，雖然我根本不知道那樣是否允許。維拉在最上面一層樓，她躺在乾淨的窄床上，我的岳母在她旁邊徘徊來去。我親吻她，摸摸她的頭髮；她再度對我微笑，滿懷幸福、得意洋洋，但也非常疲累。寶寶與其他嬰兒都在大房間裡，護士對我指著他。白色的法蘭絨布將他緊緊包住，他的臉好柔軟且昏昏欲睡，眼睛緊閉。我看著他，雙眼湧出淚水，我非得把手推車放

下一會兒不可，用袖子擦掉眼淚。我好想知道能不能抱他，然後又想自己能不能安全抱他。一名護士向我示範抱法，把他放在我的臂彎裡，這令兒子睜開眼睛，抬眼看著我。他的體重輕得要命，但很溫暖，靠躺在我的臂彎裡。

我走回去探望維拉。她昏昏欲睡地說：「我想要幫他取名叫『涅文』，我夢到那是他的名字。」我想了想；涅文其實比較像女生的名字。涅文娜，或者涅文亞娜，這是保加利亞語「金盞花」的意思。而且我本來想用我父親的名字，那是傳統習俗。不過他真的好像一朵金盞花，有著黃褐色的圓臉，以及目光茫然的金色眼睛。

我溫柔地說：「我們必須以我父親的名字幫他命名，不過，我們自己可以叫他『涅文』。」

她已經睡著了。我親吻她的額頭，然後下樓去找我岳父。

「非常纖細美好的男孩。」我對他說。我們走到一間酒吧停下腳步，喝了一杯很烈且絕妙的白蘭地，然後我回去繼續參加排練。

那天的午餐是不一樣的東西，感覺他們的豆子用完了；那是一種燉煮蕪菁，幾乎不像食物，很像吃土。我希望這是暫時的改變。我一度自忖，這樣對維拉很不好，因為她正在哺育寶寶，必須吃真正的食物，而且食物要豐盛。接著我意識到自己剛才考慮的事，不禁嚇了一跳。我必須找到第二種方法來控制自己的內心，不只提防這個地方，也要提防內心本身。我對自己下了嚴格的命令：如果再次感覺到內心的想像和可怕的現實之間的界線變得模糊，我就會指派自己一整天都練習音階。沒有協奏曲，沒有巴哈，沒有

威尼斯，沒有維拉，沒有涅文……只有音階，直到那條界線恢復正常為止。

到了下一個第四天，我開始認識我兒子。涅文顯然是安靜穩定的寶寶，很早就會微笑和大笑，不過最初的幾個月我們還是有些晚上無法睡覺。維拉很擔心我們公寓的鄰居，因為隔間牆很薄，她擔心涅文的哭鬧聲會吵到鄰居。有位老太太住在右側，那邊原本是我們公寓的一部分；她很喜歡涅文，有時候會幫我們照顧他。維拉是個快樂的母親，她自己的母親也經常來照顧她們母子倆。

大家都說父親會變得不耐煩，就像怕小孩吵鬧的鄰居一樣，但我抱他永遠都抱不夠，也漸漸愛上牛奶的氣味，甚至愛上尿布在爐子上的肥皂水裡煮沸的臭氣。他打盹時，維拉閱讀我的少量藏書，或者打掃公寓，或者自己補眠。她希望繼續精進德語和法語。有一次我思緒混亂，覺得我在這麼遙遠又惡劣的地方，她獨自照顧寶寶一定很難熬。隔天我拉奏音階，練習一整天，每個調子都練習。

那一天很難熬；音階無法讓我的心思遠離坑洞，以及雙手、雙腿和背部的疼痛。到了傍晚，守衛、莫莫和另外兩名助手沒有指揮我們行軍回去，而是叫我們排隊，從隊伍中拉出兩名骷髏，射殺他們，殺雞儆猴。我從來不知道他們真的會使用槍枝，不只是用來看守我們而已；他們似乎全都偏好棍棒啊。莫莫獲准自己射殺其中一人；他持槍的方式很業餘，或者像是男孩拿著玩具，所以他拿槍對著我們揮舞時，所有人都蹲下身子，害怕躲避。接著我才明白，他完全清楚自己的所作所為，只是很樂於嚇唬我們而已，與平常一樣。那些人就在我們面前射殺兩名骷髏，不過射向他們的後腦勺，彷彿把他們當作射擊的靶心。槍聲在我們坑洞外的山壁間彈跳迴盪。

換句話說，主任讓莫莫槍殺一人，但我不讓自己想著兒子，或者走到河邊為他拉奏小夜曲；我不讓自己想著韋瓦第散步穿越廣場回家，或者發誓要活著回到維拉身邊。那兩個人彈跳起來再往前倒下時，我反而逼自己睜眼觀看。我在內心默默告訴他們兩人，我看著他們，直到最後一刻，絕對不會遺忘。也把他們兩人想像成嬰兒，在很久以前的某一刻，睜開那雙昏昏欲睡的雙眼。

每逢第三天，我練習曲子；到現在為止，我學過的所有曲目似乎都至少練習過兩次了。我選擇一到兩首集中練習，早上總是由巴哈開始，然後整個下午練習我選定的曲子。我很想知道這樣是否有可能進步；有時候心想，我對某首曲子的背譜能力變好了，也聽出自己的分句有所進步，特別是德弗札克第三號交響曲，我一直很愛那首曲子。漸漸的，我可以在腦中聽出其他部分。在維也納，學院的管弦樂團曾經反覆演奏那首交響曲，也曾在布拉格演出過一次。我們那一晚的演出非常棒，布拉格的聽眾對我們吹口哨、跺腳、歡呼喝采……他們可是把德弗札克視為自己的私有財產啊。那首交響曲似乎進步了，至少在我的腦中確實如此；在一些日子裡，我覺得那首交響曲的壯盛與悅耳充塞於坑洞裡。

一天下午，小納斯倚著他那把淒慘的劈石鋤頭，探頭輕聲說道：「今天是哪一首？」

我嚇一大跳，小心提防了一陣子，接著我想：「為什麼不行呢？」

「德弗札克第三號交響曲。」我輕聲說。

他的嘴唇閃過一絲微笑，微微點頭，極度高興，然後再度舉起鶴嘴鋤。他的臉頰向內凹陷，一頭棕髮現在摻雜了白髮。他那雙溫和眼睛下方的黑眼圈裡，我看出一抹陰影，希望那不是死亡。我知道那種陰影

橫亙於我們所有人臉上，是一種警告。有時候，那會在夜裡靜靜奪走人們的性命。我們全都活在它的羽翼之下。

接著，小納斯再度放下鋤頭。他輕聲說：「我昨天完成一幅大號的畫布，一個人騎在馬背上，穿著白色毛皮靴子。那匹馬與眾不同。」這時他的眼裡再也沒有死亡，我也看不出有瘋狂的成分。

「很好。」我說。我知道他了解我的意思：很好，我們可能會活下來，在這裡以外的地方遇見彼此。

我們沒有進一步交談，但在那之後，每天早上開始工作之前，他都會對我點個頭，我也點頭回應，非常輕微，希望不會遭人密告我們陰謀叛變。一天晚上，來自皮林的那人不見了，隔天早上也沒有出現在平臺上與我們一起工作；我覺得很害怕，充滿罪惡感，感覺我們好像也應該幫助他，為著彼此的友誼。

那幾天我花時間與韋瓦第相處，經常幫忙排練他的室內樂團。不過，我努力不去想他可能會吃什麼午餐。一天早上，他要排練新的清唱劇，看著他與年輕的合唱團一起排練，我看出指導過程中的專注、興奮和不耐煩。我不禁想知道，他自己究竟如何演奏我視為祕密的那首曲子？但我絕不會請求他為我演奏。

最重要的是，我很期待每一個第四天，那一天我會看到涅文漸漸長大。他現在是學步的小孩了，肩膀寬闊且結實；維拉伸出食指引導他，只見他揮舞著雙手，踏出一、兩步；他們在小公寓裡練習走路，不過也去公園，她的父親穿著謹慎縫補的外套陪伴在旁，或者她母親帶著摺疊的毯子掛在手臂上。維拉的妹妹，伊麗娜，因為長時間畫著工廠工人的壁畫或肖像畫而疲累不堪；最近她覺得涅文比較有趣，因為他知道她是誰了。只要她一出現，涅文就會眼神一亮，開始笑呵呵，身邊的每一個人聽到都會跟著笑起來。他的髮色像是嶄新的黃銅，但已經變成顏色較深的髮髮。

我花了很多時間考慮何時拿樂器給他，還有該拿哪一種樂器、我們要如何找到樂器，以及如何負擔。

維拉說那樣沒意義，他只會把我們給他的東西打破、摔壞，我同意等到他三歲再說。「四歲。」維拉說。我也同意。她已經回去餐廳工作，看起來很疲倦，讓我覺得很擔心，因此只要有機會我都對她說好。

我很想知道我們會不會生另一個孩子，接著回想起我已經決定只想像一個孩子，畢竟公寓那麼小。況且等到國家再度開放，我可能得為了音樂事業到處旅行，首先回到維也納，接著再參加比賽，最後巡迴歐洲。那對維拉來說會很辛苦，她必須留下來工作，直到我再度成功為止；即使只有涅文在家，她也會兩隻手忙個不停。我認為他們不能跟著我到處跑，至少要等到涅文大一點再說，然後也許我們會一起去演出。我想像老莫札特先生和他拘謹的小兒子和女兒，造訪歐洲各大城市，為各國政要演奏音樂。

有時候，從手推車抬起頭時，我不免好奇那些守衛是否也對自己懷抱希望，對於未來有所想像。如果主任意外跌入坑洞，或因流感而死，男孩莫莫是否希望有一天當上主任？主任是否希望奉派到索菲亞坐辦公室，擁有比較好的工作、比較優渥的薪水，能給妻子買城市風格的服裝？他到底有沒有妻子？我周遭的囚犯是否仍然希望死在自己家裡的床上？

我趕緊轉而想著涅文，這時他的腳步走得越來越穩了，他走向我，我跪在他前方，他整張臉亮了起來。再走遠一點，再走更遠一點點……然後倒在我懷裡，笑得興奮尖叫。

❖

幸好小涅文成長得這麼順利，因為我知道自己的力氣有漸漸衰弱的新趨勢。我沒有生病，感謝老天，不過有時候覺得在這個地方，生病和健康的界線並不存在。我手上的傷口每到晚上就流膿，不過我經常搓洗傷口，直到流血為止。雖然疼痛，但我越來越歡迎乾淨的鮮血。我的小腿不時撞到手推車的金屬支架而

擦傷，漸漸受到感染。身上的蟲咬處變成一條條感染，我掙扎著不要去抓癢。到了晚上，我有時候得對抗發燒，我知道那是所有小傷口的感染所致；傷口實在太多了。我用意志力叫自己不要真的生病。營房裡有個人賣給我第二件襯衫，用以交換我的部分床墊，於是我可以洗襯衫，或至少一次晾乾一件。現在外面越來越冷了，夜裡感覺像冬天，不過我仍然有條毯子能蓋著自己。

一天晚上，有一群新人被送到這裡來；我們在黑暗中從工作地點回來時，看到廣場的燈光照亮他們驚呆的臉龐。我意識到，我來到這裡的第一天晚上，模樣一定很像那些人——憔悴枯瘦、眼睛凹陷、衣衫襤褸。我還不像骷髏，但不必再過太久就會很像。新來的那群人，有年輕人也有老人，擠滿了營區最後面半滿的營房；我不禁納悶，「革命」會不會驅使我們蓋更多營房，以便容納更多人，然後更多，然後再更多？我們沒有問那些人為何來到這裡，不過前往採石場的路上，有個人告訴我，他自己根本不知道原因。他有一頭黑髮，可能剛滿二十歲，看起來依然很健康。

「其他每個人都遭到指控某種罪名。」他輕聲說，彷彿必須把這件事大聲說出口；我不懂他為何選擇我講話。「但是我沒有。我一直猜了又猜，想要猜測罪名可能是什麼，但我想不出自己做了什麼壞事，他們也沒說。」他振臂揮向我們周圍的人，動作很大，表情激動。「他們所有人……至少他們知道自己為何在這裡。」

「不，我們不知道。」我啞著嗓子說。「就算他們說了，我們也不知道。」帶著棍棒的駝背守衛悄悄走向我們，於是我們不再談話。然後，我想著涅文，也希望自己能輕聲安慰那個年輕人，但是太遲了。除了安撫自己，我實在沒有剩餘的力氣安慰其他人，即使守衛沒有盯著看也一樣。

第五十五章

巴布在普羅夫迪夫東北側的路邊找到一間旅館，距離主要公路約一小時路程。大門有塊牌子顯示三星旅館，部分說明也有英文字；亞莉珊卓希望這表示旅館是正派的地方。

「我來談。」巴布說，而他們把史托喬留在車內。外面前方有個小型游泳池，位於一座露臺裡，水中點著燈。這時夜間非常黑暗，可以看到滿天星斗。巴布以友善的語氣與櫃檯一名男子交談，而亞莉珊卓牽著巴布的手，希望看起來像一家人。

「Kuche，狗。」巴布最後說，男子聽了抬起頭，滿臉驚訝。又多談了一會兒，亞莉珊卓終於明白那個人打算安排他們住進建築物後側的房間，而那隻狗……他舉起兩隻手，彷彿要向第三方發表免責聲明，那隻狗不能讓別人看見。她數了一堆十勒弗的鈔票，比她想像中一次會花的錢更多，然後他們開車繞到後側。分配給他們的房間有一張雙人床，而且整個房間都是棕色：棕色地毯、有光澤的棕色床罩、棕色窗簾，彷彿更早之前的單調裝潢都已用全新布料更換過。

餐廳靠近旅館大廳，吃飯又多花了幾勒弗，不過亞莉珊卓覺得很好吃。在游泳池裡，她穿著胸罩和內褲，漂浮在燈光裡，希望那位大鬍子經理沒有看到。巴布在露臺上踱步，用他的手機輕聲講話。掛掉電話後，他向亞莉珊卓轉述拉迪夫小姐依然沒有接到消息。他也打過蘭卡的手機，但同樣只響一聲就切斷，感

覺好像關機了。哥諾山上的房子則沒有人接電話。

那天晚上睡覺時，亞莉珊卓把骨灰盒放在靠近雙人床的她這一側。巴布翻身打呼，手臂碰觸到她的背，史托喬則在角落輕聲呼氣。夜裡她曾短暫醒來，把共用的毯子蓋到巴布身上，免得他覺得冷。

第五十六章

一九四九～五〇年

真正的冬天來臨了，寒冷更增添我們的悲慘。我又開始練習巴哈，練習我所知的所有巴哈樂曲，甚至彌撒曲的小提琴部分，以便保持溫暖。一天清晨破曉之前，防空洞外的世界似乎異常明亮；白雪延伸到我們看不見的遠方，而到了採石場，等到太陽升起，又把整個世界照耀成紫色和金色。

那天之後，每隔幾天就下一場雪。我曾經痛恨自己分配到惡臭的防空洞，但現在我才知道，這裡遠比木造房屋溫暖得多，生病的人在木屋裡死掉的速度快兩倍。每個人在採石場當然都很冷，而在礦坑的人則是連夏天都不曾覺得溫暖。寒冷變成我們無所不在的同伴，是飢餓的競爭對手。我那座營房有些人消失在醫務室裡，他們某天工作後，腳趾或手指或整隻腳都凍成深紫色，最後再也沒有回來。護士頭一次大膽出來找我們，叫大家把自己裹得溫暖一點——好像我們有很多衣服可以裹在身上似的。護士是個年約四十的男子，滿臉憔悴，黑眼睛宛如小卵石，身上的衣物只比我們好一點，不過他還滿有肉的，顯然吃得相當好。守衛提到他都稱呼「伊凡護士」。他的聲音是粗啞的男中音，對我們說完話後，視線避開我們憔悴消瘦的身子。主任請他離開，然後把他剛才說的話再說一次，不過語帶威脅。

要維持得溫暖一點實在很困難。我們用層層舊布把腳包起來。到了這時，我的襪子已經破爛，於是做

了長長的繃帶穿在鞋子裡面。我瘋狂保護雙手，它們現在隨時腫脹，到處脫皮且傷痕累累；我想找羊毛布條把雙手包起來，但是找不到，只好用普通的捲曲髒棉布代替。每次雙手稍微溫暖一點，手指就灼熱得厲害。少數人有一隻或兩隻手套；在我們的採石平臺上，手套交給負責抬起冰冷石頭的人。一月的某天早晨，出乎我意外之料，小納斯給我一雙真正的手套，我們一到達採石場的邊緣，他就從口袋把那雙手套拿出來。指頭的地方有幾個洞，但我知道，我可以想辦法把那些洞縫補起來。

「可是你……」我說。他自己的手掌割得破爛，因為握著鶴嘴鋤，有時也要抬起石頭。

「沒關係，我要你戴上。你一定要戴。」他輕聲說。

我知道他的意思是：我希望你能再度拉琴，如果我們有機會逃出這個天殺的地獄的話。我冷到骨子裡，但我的心沒有凍結，他的心也是；我們的眼淚流在臉上，感覺好溫暖。

一天晚上，有人拿了一些老舊的軍隊外套來各間營房發放。數量還不夠給營區四分之一的人穿上，覺得自己最需要的人只好不顧一切交易得到。接下來幾天，那些外套引發不少打鬥。我曾在第一天早上看到的一些表情兇狠、推擠到盥洗隊伍的前面的男子——真正的罪犯湧入營區，與我們其他人住在一起——他們經常靠著打鬥贏走外套，或者根本直接搶走。我自己沒有外套，只有厚重毛衣，是我最早得到的衣物之一。

這裡也有奇特的溫情事件。我看到一名年約三十的菜鳥，體格健美，剃光的頭頂冒出灰色髮根；他把自己的外套送給睡在角落的一名老人。老人答應死後會把外套留給年輕人。

「你聽見沒？」在睡覺時間，他對著安靜的營房以氣音說。「這是我的遺願和遺言。你聽見沒？我把它留給你，年輕人，這個好男孩。沒有人敢把外套從你身上奪走，否則我的鬼魂會纏上他。」

我們全都把臉別開，不想聽他的激烈發言，卻也有點驚嘆。但是進入冬天幾星期之後，老人在採石場邊緣滑倒，跌進坑洞。外套隨著他一起墜落。我們永遠無法得知外套的下落，他的遺體亦然。

冬天帶來雲層、雪花與寒冷。一天早上，我意識到已經有兩個多星期沒有看到我的星星，貝塔—四九，雖然有時候覺得天空清澈無雲。一種麻木的感覺滑過我心頭。很多事物遭到剝奪——我的星星、我保持溫暖的能力，而且，最糟的是，我記憶的清晰程度。冬天延續到某個時刻，我意識到自己無法像幾個月前那麼清晰地想起維拉的臉。有幾天，大雪似乎讓我的內心靜默了，於是我失去專注力，心思莫名漂泊，大半個下午都沒有練習。過沒多久，有幾天或甚至幾星期都陷入靜默。我無法練習；我無法假裝練習。在寒冷之中，我不希望小涅文跟我在一起，他在那裡可能很容易生病。如果想起韋瓦第，我變得很嫉妒他毫髮無傷的雙手。要我想像威尼斯也比以前更加困難，因為威尼斯必定比較溫暖；我也不再費心想著自己是否終有一天能活著看到那個城市。我覺得只要內心沒有向內塌陷，就能承受這樣的靜默。我太累了，甚至無法想著自己的協奏曲，於是我保持靜默一陣子。靜默是白色的，像雪一樣，是一張空白的譜頁。

我們拖著自己身子走向採石場。晚上拖著自己身子回去。山脈巍峨，挺立於我們之上，無論山腳下有何動靜、我們有多寒冷、不可能辦到的勞動、令人麻木的恐懼，它們皆如此全然屹立不動，這令我開始痛恨那山。守衛不時急躁易怒；他們也不喜歡寒冷，然而他們全都穿了真正的靴子，即使老舊亦是靴子；他們不喜歡死亡的人數逐漸增加，那讓工作變得繁重。有些人似乎自暴自棄而生病；少數人爬行離開採石場，死在雪地裡，或者爬得太快引起注意，結果遭到射殺身亡。我想，他們一定是決定死在戶外，至少死在天空下。營房裡流傳一個謠言：生病去醫務室待個幾天是好事，如果他們讓你去的話。因為伊凡護士維持一個小火爐燃燒火焰。有幾棟木造營房也有火爐，每天晚上都有人添加柴火。他們從工作地點回來的路

上收集柴枝，特別是奉派去伐木的那些人。那些人我全都不認識，但我聽說他們是一小群人，有一名守衛特別看管，負責提供木材，少數是給營區，用來建築和燃燒，更多是用火車載運出去，停靠於礦坑。我也意識到，那一定是守衛手中木棒的材料來源，永遠都有最新的供給。

二月的一天早上，許多天以來，雲層頭一次散開；在水晶般冰冷的夜空裡，我看到貝塔—四九，它比我以前看過的模樣更加明亮。它的位置比幾個月前更高，獨自盤據在山頂上方，向我直射光芒；它照耀著整個巴爾幹山脈、保加利亞、歐洲的漫長弧線多瑙河、阿爾卑斯山，也照耀著維也納和威尼斯。我凝視它一會兒，對我自己許下承諾：我會活著撐過剩下的冬季；假如我真能活著撐過這個冬天，以後無論經歷什麼事，我都能存活下來。我不敢向維拉做出承諾；到了現在，她可能認為我死了。我不是第一次考慮到這點，不過我第一次覺得她斷了希望可能比較好。既然她斷了希望，我只要努力存活就好，然後我會回家，讓她又驚又喜，放下心中的大石。

為了慶祝做了這個決定，我取消平常的慣例，任憑自己連續三天只養育涅文，他現在是健康的四歲孩子了。我也問過自己，是否該讓他長大得這麼快，但換個角度想，我很怕自己活得不夠久，無法看到他長大。事實上，我再度看見貝塔—四九那天早上，我讓自己給涅文第一把小提琴。到最後，我打算讓他拉大提琴，不過那要幾年後才能實現，等他長高一點再說。我在索菲亞郊區的一間店買到這把小提琴，那是我的一位老朋友開的店，他幫所有的管弦樂團修理樂器。他曾在大戰末期遭到逮捕，但那無關緊要。我想像他依然在那裡。他拿了一把迷你小提琴賣給我，是店裡唯一的一把，我拿外套把它裹住，放進樂譜袋，小心帶回家。

涅文正在廚房桌子底下玩他的紅色火車。維拉趁煮飯的空檔轉過頭，於是我用手勢比劃，讓她知道我

買了什麼，她笑起來，搖搖頭。不是小提琴還會是什麼呢？我哄著涅文爬出來，要他坐在一張廚房椅子的邊緣，讓他看那件寶貴的物品，絕對不能讓它從手中滑落，或者掉到地板上。他立刻認出它，因為看過我練習，也有一、兩次看過我在音樂會中拉奏它。他點點頭，表情認真。我對他說，它像我的小提琴一樣會產生音樂，但我不會幫他拉出音樂；我下定決心，他應該要聽聽這把小提琴拉出的最初幾個音符。

於是，我把小提琴放到他手上、夾在他柔軟的下巴底下，接著我蹲在椅子後面，讓我的手指按在他的手指上，幫助他拿著琴弓劃過琴弦。他開心大叫，對於發出的聲音大感驚喜；我得阻止他扔掉樂器。我把小提琴放回他的下巴底下，只用手支撐小提琴的頸部。他再試一次，這次自己拉，小心把琴弓從鼻頭往外拉，於是琴弦吱嘎叫。我輕輕把小提琴拿開，繞過椅子端詳他的臉。他面露微笑，抬起金色的眼睛看著我，我親吻他並抱住他。在這第一天，我不需要他是音樂神童；更何況，我知道神童是製造出來的，不只是天生如此。

第五十七章

亞莉珊卓和巴布睡過頭，於是匆匆沖過澡、帶著史托喬到旅館後方的原野上遛遛，然後衝回房間收拾自己的用品。早餐在旅館餐廳吃，有各式各樣的乳酪和太過粉紅的肉片、白麵包、番茄、全熟的水煮蛋。有個年輕女子正在擺放乾淨的茶杯，她的頭髮別著一朵綠色的花。巴布用紙巾包起一些薩拉米香腸，他們在車子旁邊餵給史托喬吃。道路看起來很明亮，總有一側排列著樹木，菊苣盛開著紫色花朵，不像她家鄉的藍花；亞莉珊卓一度覺得沒有一件事會以悲劇收場。只要她不想著伊麗娜和蘭卡就行。

離開旅館後，巴布在鄉間小路上認真開了一個多小時的車。亞莉珊卓注意到他常常瞥向後照鏡。等到他停下來打電話，亞莉珊卓讓史托喬在附近走走；如果是在家鄉，這種地方應該是休息區，但這裡是路面龜裂的停車場，與道路之間用可移動的水泥路障區隔開來。早晨過了一半時，巴布又轉進另一個城鎮，亞莉珊卓沒看到名稱。看起來很像亞莉珊卓之前見過的其他小鎮，只不過此地的鎮中央有一座巨大的紀念碑。他把車子停到主廣場的路邊。

「我們來這裡做什麼？」

「拿點東西，不會花太久的時間。不過我得等一通電話。」巴布說。

他們爬出車外，為了史托喬而讓車窗打開，兩人站著環顧四周。亞莉珊卓聽到小孩子在某處嬉戲的聲

音，但是沒看到他們身影。主廣場很小，側邊有一間昏暗的圓頂教堂，旁邊有一座現代化的鐘樓，許多人在周圍忙著走動。天空有點朦朧。剛開始，紀念碑看起來像一堆粗礪石頭；再多看一眼，卻又像是巨大的生鏽機器人。

巴布向後倚著汽車，打量著紀念碑。他終於開口說：「那是要向紅軍致敬，你有沒有看到橫過底部的文字？它說：『感激的代代子民以一九四四年的解放者為榮。』一九四四年，俄國軍隊來到這裡，把我們從自認想要的事物解放出來，例如民主，以及擁有自己的農田。」他的雙手拍拍一邊膝蓋。「看來好像有其他人不同意。」他補上一句，語氣譏諷。

亞莉珊卓能了解他的意思。這座紀念碑，乍看十分抽象，實際上是個有稜有角的巨大士兵雕像，雙腳根植於廣場中央。他高舉的手臂超過她的頭，龐大的拳頭顯然曾經握著一根旗杆，但那是很久以前的事了，如同他那飄動的外套衣襬，似乎已經遭到鋸斷。還有一些原因讓人很難認出他的人形，就是他全身上下的噴漆。有人對他噴了流動的紅漆，如今變成棕色，像是真實的血跡，而且眼睛周圍畫了鬼魅的白圈。他戴的手套漆成黃色，袖子裝飾著綠色的和平符號，宛如軍階的標示。他看起來很像出現在惡夢裡的人影，亞莉珊卓心想，她一度擔心他會突然站起來搖晃身子，充滿敵意、怒氣沖沖、龐大兇惡。她返身回到車子旁邊，看看裡面；史托喬醒了，凝視著她，但沒有移動。她伸出手，摸摸牠的黑鼻子。

「小鳥，你瞧，在你的國家，大家不關心歷史，而在我的國家，我們無法從歷史復原。」巴布說。

「你怎麼知道我的國家是怎樣？」亞莉珊卓說，但他的手機開始震動，於是他查看一則簡訊。他立刻坐回駕駛座。亞莉珊卓也很快坐到他旁邊。他慢慢開向小鎮邊緣，停車，然後把一份地圖放在方向盤上。接著他在街角轉彎。

他說：「這是我們要找的巷子，車庫是六十一號。」他們在街區末端找到它。車庫其實是一間大型修車廠，巴布將車子直直開進去。一名年輕人從修車廠後方走出來，雙手在一塊沾滿黑色油漬的破布上擦了擦。他非常健壯，有另一塊破布從他的牛仔褲後面垂下來，很像一條尾巴。他和巴布互相擊掌，發出響亮的聲音，然後他對亞莉珊卓點點頭，但小心不讓自己髒污的手碰到她。

「這位是魯曼。」巴布說，年輕人露出微笑。亞莉珊卓喜歡他的微笑，還有他中間的牙齒彎彎的樣子。「他有一輛車給我們開。」

亞莉珊卓知道該怎麼做：他們把放在基里爾那輛綠色汽車的每一件東西都拿出來，搬到一輛黑色福特汽車裡，它看起來似乎車齡很長。魯曼捏捏巴布的肩膀，並用大拇指和食指輕彈巴布的臉頰，像是某種臨別的親吻擁抱。

「基里爾要怎麼取回他的車？」亞莉珊卓說。

「喔，他們彼此認識。他們會安排好。」巴布將福特車小心倒車到街上。

「他們哪一個是你的男朋友？」亞莉珊卓說。

巴布笑起來。「都不是……再也不是了。魯曼是很棒的傢伙。他是小說家。」

「那還用說嗎？那麼基里爾呢？」亞莉珊卓說。

「不，基里爾在索菲亞的一家房地產公司上班。」

亞莉珊卓搖搖頭。

在後座，史托喬再度躺下，呻吟了一聲。

「現在呢？」亞莉珊卓說。

巴布嘆口氣。「現在呢，現在呢。好美國人的口氣。」他說。

亞莉珊卓很受傷。「那到底是什麼意思？」

「別理我，我比較想幫史托喬找點水喝，也幫我們很快找點食物吃……我想喝點冰啤酒。」巴布說。

但他看到公園旁邊的小餐館沒有停下來，反倒直直開向鎮外，回到公路上。

這時，亞莉珊卓開始覺得自己好像在保加利亞繞圈子瞎忙；他們開始回到之前去過的地方了。感覺有點怪異，她突然心想，他們最後是否會回到維林修道院，親自埋葬那個骨灰盒？接著她想起來了，他們最初碰到的麻煩就出現在那裡。

但車子開進伯維茲時，她覺得這個小鎮看起來並不熟悉；這一次他們從東側進入。在第一個社區裡，她看到雜草叢生的荒廢廣場，豎立著一座人形雕像，比真人大一些，他的花崗岩農夫裝扮崩落了好幾塊，頭上還有個巨大的鸛巢，是真的鳥巢。巢中站著鸛，讓雕像看起來更高了，很像某人戴著滑稽的帽子。一群野狗睡在他腳邊，牠們太懶了，連從塵土地面抬起頭來都沒有；亞莉珊卓很慶幸史托喬待在車子後座很安全。

「又一座紀念碑。」巴布喃喃說著，回答她的無聲疑問。「好吧。這一座寫的是一九二三年，紀念第一位重要的共產主義者在保加利亞崛起。在偏遠的鄉村地區，共產主義受到非常野蠻的壓抑。」在他們的注視下，那隻鸛張開翅膀揮拍一陣，接著又在巢裡安頓好。

他們再度找到拉扎洛夫家的房子時，亞莉珊卓嚇了一跳，彷彿她以前來過很多次，而不是只有一次。

他們發現那位漂亮的鄰居蹲在一棵樹下，她的兩個孩子在門前的人行道上玩著塑膠玩具卡車。剛開始，她似乎不記得巴布和亞莉珊卓；接著歡迎他們，無聊中帶點熱情，直到她看見史托喬。她以冷酷的眼神看著牠，而且向後退。她對他們說，自從他們來過之後，只有一個人來看隔壁的房子，就在他們之後不久，是個年輕人，最後決定不幫他父母買那棟房子。（「巫師」的私家偵探，亞莉珊卓心想。）他們這對好心的年輕夫妻這麼有興趣，還來看第二次，這對拉扎洛夫家是好事，她會去拿鑰匙。這次她似乎認為他們值得信賴，或者無法花時間再來一次導覽，於是他們獨自進入那間屋子。

屋內的氣味沒有變，同時混合了煙燻味、霉味和乾淨的氣息，光線透過廉價窗簾照進來的模樣也如同亞莉珊卓的記憶。這次的不同之處在於她感受到史托楊的存在，感覺他生活了一輩子，有一段時間曾住在這裡，說不定也在這裡過世。或者他在附近醫院嚥下最後一口氣？她希望能問問拉迪夫小姐，或者伊麗娜。

他們離開的這段期間，一切都沒有受到打擾，即使有謊稱幫父母看房子的那名警官造訪。「至少這樣很好。」巴布說，彷彿可能有其他事情不好。他在廚房中央停下腳步，以非常緩慢的速度檢視周遭。有幾張手寫字條貼在櫥櫃側邊。「那些以前就在這裡。」他翻譯給亞莉珊卓聽：修理兩張椅子、拿鞋子和番茄給P、布料、打電話給伊麗娜。老舊的紙張，泛黃，提醒的事項早已完成，或者沒完成。她很想知道那是誰的筆跡。可能是維拉，畢竟看起來有點像女性寫的西里爾文字，不像史托楊的自白書裡的字跡。況且，這比較像是女性會列出的清單。

廚房的床鋪默默佇立；柴火爐的蓋子也是，它的提把向上伸出，很像派餅鏟刀的把手；窗臺上的植物依然活得很好，掛在水龍頭上的抹布像化石一樣乾硬。這一次，亞莉珊卓感受到真實人物的存在，一位老

太太在這裡烹煮了一千次，並將流理臺清理乾淨；一位老先生練習小提琴不輟，可能只有雙手的關節炎太嚴重才停止；他曾坐在那張桌子旁，滿心挫折地閱讀報紙，裡面充滿難以想像的政治情勢變化。然後，在某個時候，另一位老先生，米倫．拉迪夫，他曾是他們最要好的朋友，也許退休之後無處可去，於是前來這裡同住。接著，等到老太太成為寡婦便照顧她，正如史托楊對他下達的指令。對亞莉珊卓來說，如今這間廚房很豐盈，而非空蕩。

她跟著巴布走進客廳；他似乎以全新的眼光審視一切，但這一次他什麼東西都沒碰。他彎腰查看古董電視機的頂部；鄰居善盡職責，連一點灰塵也沒有。亞莉珊卓想像史托楊坐在長沙發上，面對著傍晚的廣播節目，雙手放在腿上，也許認真聆聽一些年輕人的故事，他們再也不需要只去政府分派的地方工作了，或者不能去國外留學。反正到了那時，他也已經太老，不會再有人把他送去任何地方了。

他們走到樓上。「我們要找什麼？」她問巴布。

「能找到什麼就找。」他說，聽了令人生氣，不過這時他從口袋拿出薄手套。他非常徹底，再次打開抽屜、搜尋衣櫥，而亞莉珊卓則發現自己正仔細留意鄰居是否來到門口，或者警察來到路邊的動靜。在臥室裡，在鋪設整齊的雙人床底下，他找到一個乾掉的鞋油盒，還有一些髒污的破布用報紙包住。「黑皮鞋用的。」巴布指出。

「管弦樂團的用鞋？」亞莉珊卓自動脫口而出。

他打開報紙。「一九八七年。『礦工工會的七月會議今天於首都召開，會議將持續到八月一日。』好吧。」床邊有個抽屜櫃，他在裡面找到一張零散的照片：是黑白照，一名年輕男子年約十幾二十歲，一頭黑髮亂得很不得體，毛衣織成菱形格紋，修長的手指放在一邊膝蓋上。他坐在長椅或矮牆上，後面隱約可

以看到海。

「那是涅文。」亞莉珊卓說，她小心把照片拿到手中。邊緣磨損了，彷彿有人曾拿著它許多次——打開床邊的抽屜櫃，拿起照片，仔細端詳。每天晚上，睡覺之前。

「你怎麼知道？」

但她就是知道。她很清楚涅文的頭型，他臉上細微的平坦處，濃密頭髮有一天會剪短的模樣，修長穩重的身子，一雙大手，好奇的眼神受到羞怯的壓抑但不受馴服……還有率直的眼神，即使在久遠的照片裡顯得模糊。她曾站在他身邊，在他的影子裡，抬頭看著比她高的臉龐。在現實生活裡，他的體格變得厚實，或許也成長得更強壯，不過這就是他。照片的背面沒有寫字，也沒有日期。巴布轉往房間的另一部分時，亞莉珊卓將這張摺角的照片放進自己袋子裡。她會與骨灰盒一起歸還照片，如果真能歸還的話，屆時再招認一切。

牆上的照片讓他們駐足了好一會兒；亞莉珊卓認真看著維拉佩戴好萊塢風格的華麗珍珠，好希望能向照片裡面的女子詢問她目前在哪裡，也希望能說，她，亞莉珊卓，至少知道發生在史托楊身上的一些事，那些事使他的餘生變得悲傷且沉默。

然而這裡沒有其他新照片，於是巴布轉身離開臥室，挫折地發出咕噥一聲。在客廳裡，亞莉珊卓在書架前停步：義大利，海明威，音樂史，所有的書名都是西里爾字母，少數是其他語言。一些字典。在它們下方，稍微受到小電視機的遮蓋，有個架子放置許多散頁樂譜，全部捆綁成堆，有些邊緣磨損，很像她袋子裡的那張照片，或許也是深受喜愛的緣故，在排練時一次又一次翻頁。

「他的樂譜。」她大聲說，然後站在那前面。這曾是他的天職，即使他再也不能回到維也納研習音

樂，或者在全世界的廣大聽眾面前演奏音樂。她心想，一個人的生命如何能夠提煉成這麼少一點點——那個人幻化成灰，一整個架子的旋律作品就此亡佚在空氣中。

「巴布，『我人生的故事』。」她說。

巴布原本把沙發的墊子拉出來，這時轉過來看她，皺起眉頭，滿心困惑。

亞莉珊卓指著。「記得嗎？他說，他人生的故事都在他的音樂裡。他的那番話是……對誰說呢？伊麗娜吧。還有阿格洛夫先生。」她差點站不穩，想到那位藝術家，想到他突然親吻她額頭的舉動。「也是在這裡，我們找到那個裝綳帶的盒子。」

巴布立刻走到她旁邊，小心移動電視，以及放電視的桌子。她想，他可能要把那些捆綁成堆的樂譜拿出來。然而，他反倒站著，凝視了好一陣子，就像她一樣。

第五十八章

一九五〇年

進入初春，我投入涅文的音樂教育。這時地面仍有積雪，寒冷依舊緊迫盯人，而一天夜晚，我再度夢見韋瓦第。威尼斯也下著雪，這位「紅髮神父」[24]帶著新樂譜，獨自趕去找印刷工人，他的羊毛長外套和覆肩短披風在身子周圍劈啪翻飛。他在淺色假髮上戴著三角形的藍帽子，沒有戴手套；也許他不需要手套，如果威尼斯很少這麼冷的話。他踏著靴子，飛也似地越過一個我不認得的廣場。不是聖馬可廣場，不過依然相當大；四面八方都有人穿越雪地，在上面踩出越來越多的腳印。那時是早上，但不是很早；太陽已經爬到建築物上方，讓廣場覆蓋著陰影。他經過一名女子身旁，她的頭巾底下有著紅潤的下巴，手臂掛著一個籃子。因為某種原因，我覺得很害怕，而且沮喪；他身處於危險之中，我應該要警告他，但無法讓他得知我的存在。

事實上，我似乎是隱形人，甚至根本不在場。我無法看清他的臉，但我知道他的神情一定很憂慮。我看著他的長外套移動穿越廣場，彷彿我是停棲在房屋裡的一隻鳥，叫得不夠大聲，無法引起他的注意。他

24韋瓦第在十五歲時就接受聖職儀式，二十五歲時正式成為神父，因為髮色是紅的，而有「紅髮神父」的綽號。

行動快速，而且似乎喃喃自語。他承受著工作的壓力；我對自己的匆忙也很熟悉，每次想在例行排練之前嘗試完成某種任務就會如此。

這時傳來教堂的鐘聲，我想要數算鐘聲敲擊的次數，這也很重要，但我漏數第四下，不過我知道這個時候至少是早上九點。他走出廣場邊緣，進入遠處轉角的一條巷子，我只能看著他失去蹤影，無法跟在他後面。接著，我發現他帶的樂譜掉出一張，那堆樂譜是厚厚一疊手寫的紙頁；我企圖飛下去銜起，但沒辦法。我知道墨水會溶解，在雪地上暈開；也許其他人會將它偷走，或者說不定根本沒人注意，逕自踩踏而過。接著我才明白，那上面含有留給我的訊息，我卻無法取得。

春天為劇烈可怕的寒冷帶來尾聲，夏天則帶來溫暖，接著以炎熱取而代之。對我來說，內心的一種痛苦也取代了寒冷，那種痛苦連要對自己描述都很困難。接著，甚至那種痛苦都受到發燒所取代。我的身軀，從最痛苦的寒冷工作天倖存下來之後，似乎突然間每一個關節都很虛弱；一天早上，我幾乎站不起來，也無法一路走去廁所，結果癱倒在廣場上。我的第一個念頭是對維拉、涅文和我的小提琴說再見，畢竟我很可能在這裡遭到射殺，沒用的老馬就是這種下場。然而，主任派莫莫來找我，上演一場怒氣沖沖的大戲，再叫那個年輕人把我扛到他的肩膀上——我當然變輕了，比以前任何時候的體重更輕；然後他把我扛去醫務室。地面看起來好遙遠，天空是黃色的，山脈在營區上方搖晃且縮小。即使神志越來越錯亂，我都不想讓莫莫碰我，也不想去醫務室，因為有那麼多人出來的時候都躺在緊緊綁住的麻布袋裡。但我無法掙扎。不知為何，主任一定是覺得我值得留下，我也沒有病得太重而保不住性命，或者說不定他只是不希

望我傳染給其他人。

莫莫沒有說話，帶我去醫務室；我們抵達時，他幾乎像是心不在焉，把我扔到最靠近門邊的床上，那是少數空著的床位。接著，他似乎想起我，於是轉過身。我看到他俯身過來——我的腦袋發燙，因此覺得他看起來比平常更巨大。也更像天使；他拍打我的臉，不過很隨意，彷彿其實無心於此。感覺很痛，主要因為我的頭很脹，像是已經燒起來，而非因為他的拍打力道有多大。

「吼，起來啦，回去工作，你這騙子。」他說。不過很像是練習說這番話，一個男孩模仿比較權威的長者。我覺得自己對他的藐視穿透了發燒的痛苦，漸漸浮現出來。我試圖把頭轉開，但是太虛弱而辦不到。他突然就走了，彷彿變個戲法，奪走我的視力，讓我看不見他。有個人走過來對我說話，我想他一定就是伊凡護士；我似乎在那裡待了好幾個小時，護士拿著布，浸了非常冰冷的水，放在我臉上。冷水滴進我的耳朵和衣服。我這才明白，冷水造成的痛苦居然有可能解除發燒的痛苦，像是一種交換。感覺又回到冬天，可能算春天吧，接著是灼熱的夏日午後，接著是維也納的公園裡，是秋天，紅葉飛旋落下的模樣宛如人行道上的音樂。

我想起維拉，於是決定緊貼在她身邊，直到生命盡頭來臨。我覺得我們好像生了個兒子，我很愛他，但是想不起我們叫他的那個特殊名字。維拉坐在我旁邊，撫摸我的額頭，這種治療方法絕對比不久前印象中的發臭冰冷破布更有效。她坐著，用她冰涼的手撫摸我的頭我的臉，就這樣過了三、四天。我一度意識到自己應該要練習；或者教我的小兒子——他叫什麼名字？——拉他的小提琴；或者跟隨韋瓦第在威尼斯奔走排練。不過我也想到，那位「紅髮神父」可能太忙著作曲，他在自己房間內工作時，可能不希望我跑去打擾，反正那天我也跟丟了。我掙扎著坐起來，想要回去工作，如果我沒有去採石場，他們會射殺我，

那麼我再也無法搭火車回去找維拉。有人把我推倒；顯然沒用。我在那裡等死，將維拉的名字保存在我的血脈裡，那裡是脈搏跳動的地方。

接著，我在某天早上醒來，筋疲力竭、半死不活，但再也沒有發燒如火了。我的心思很遲鈍，不過相當清晰。我在晨光中環顧四周，發現仍在一棟屋子裡，這一定是醫務室。我有種奇怪的感受，覺得曾經離開營區一陣子，自從抵達後第一次獲得自由，不是囚犯。現在我再度成為奴隸，維拉不在身邊。我的雙眼湧出淚水，沿著側臉汩汩流下，但是雙手太虛弱，無法伸手觸摸。日光透過四道長長的窗戶流瀉進來，那些窗戶一定釘死。房間很溫暖。

我稍微轉頭，看到一些人的身體，不知是死是活，躺在其他床上。有一張床上躺了一坨，動也不動。如果照進來的是日光，所有能夠自己站立的人早就去採石場或礦坑工作了。我不禁想著小納斯不知怎麼樣，他是否活著？是否想念我？而我到底離開多久？或者發燒昏睡多久？我想到自己如果活著，即使在營區裡，我總有一天有機會獲釋，得以見到維拉和我兒子涅文，並且再以自己的雙手演奏音樂。接著才想起兒子根本還沒出生，我的雙手也可能永遠無法痊癒得夠好，而或許維拉早已放棄希望，認為我死了。

伊凡護士來到我床邊，仍是模糊的人影，他俯身看我，帶來一杯水，然後是一杯平常的稀薄湯水。我無法握住任何東西，等到嘗試喝下液體，卻又咳出來，灑在他的手臂和雙手上，只見他用我的床單擦手。到了這時，我才發現床上有床單和真正的毯子。我已經太久沒有用自己的雙手感受這類東西，差點就認不出來。床單很粗糙，可能也很髒，但它們像是另一個世界傳來的訊息。

伊凡護士說：「你經歷很糟的狀況，不過你活著。」他沒有對我大吼或語帶威脅；有很長一段時間，沒有任何一位營區官員用正常的聲音對我說話，如果他們以前真能這樣說話。「有五個人撐不下去。而

且，你瞧，那邊的人還在逐漸復原。」他的語氣聽起來不是很熱切，我想起別人說他不是真正的護士。

「我病了多久？我想不起來。」我說。

「好幾天吧，我想。你最好多休息一下。」伊凡護士說。

我想自己沒有選擇餘地；我幾乎動彈不得。他走開了，過了好幾小時都沒有再來到我身邊，直到我請求喝水。這次我貪婪地喝；發燒害我像泥土一樣乾渴。

隔天早上，我可以多喝一點湯，但依然無法坐起身。到了那時，如果護士拿著尿壺，我已經學會尿在那裡面，他拿著的時候幾乎無法控制厭惡的表情；我聞起來可能像其他人一樣臭吧。他也拿走我床上沾了尿的床單，帶來乾淨的給我。窗戶滿是塵埃，我躺著，望向窗外的光線，以及樹形，有時候會在風中擺動。外面顯然是夏天，因此隨著一天時間的進展，醫務室變得越來越熱。我希望他們能打開窗戶，但知道最好不要問。我想，我應該要盡可能慢一點復原，才不必那麼早回到採石場；假如他們太早把我送回去，那裡的工作可能會讓我沒命。只是休息，平躺著，對我來說真是新奇的體驗，我一直覺得自己必定是作夢。另一張床有個人開始一次又一次呻吟，我才明白前幾天經常聽到那個聲音，只是無法辨認。我希望伊凡護士會去救那個可憐人；我在房間裡到處都沒看到他。

我嘗試想著威尼斯，但心思太虛弱，無論繪畫或雕刻都無法想像。我胡亂做了決定，如果我能離開醫務室，接著離開營區，我會想辦法找時間去威尼斯。再過幾年，隨著新社會站穩腳步，也說不定發展失敗而遭到拋棄，總之邊界會重新開放。威尼斯會是我和維拉去旅行的第一個目的地，甚至會在我回去研習、表演和比賽之前。我們會帶著涅文，我們會站在廣場上，而我會發現自己的想像完全正確。

我一定是整趟旅行都在睡覺，因為突然間就到了晚上，光線從低處照著地板，而我有一位訪客。

第五十九章

亞莉珊卓和巴布花了至少半小時，才把每一頁樂譜都從架子搬下來，然後瀏覽所有的譜頁。他示範給她看，如何把樂譜排列成原本發現的順序。亞莉珊卓伸長耳朵，仔細聆聽鄰居是否回來，也擔心史托喬繫在院子裡。不過她一邊聽一邊動手，匆匆翻閱一頁頁樂譜，直到音符在她的眼睛底下全部黏在一起。有一冊冊的獨奏曲目，像是巴哈的組曲和帕格尼尼；有一堆堆管弦樂團的樂譜，包括貝多芬、柴可夫斯基、林姆斯基—高沙可夫，封面主要是西里爾字母。史托楊的管弦樂團似乎偏愛俄國作曲家。她很確定這些卷冊之中有真正的古董；最古老的樂譜紙頁很脆，而且呈現深黃色。馬口鐵糖果盒仍在他們背後的架上，巴布把它放到桌子上，臉上表情似笑非笑。

「狄米卓夫的手下終究沒那麼厲害，或者說不定他只找人，沒有找藏寶箱。」他謹慎地說。

他們翻過一頁又一頁，但除了音樂以外別無他物——音樂默默地填滿了整個空間。史托楊的小提琴目前在哪裡？亞莉珊卓第一次想到這件事。雅納婆婆在村子的星空下聽到他拉奏，樂音從煙囪流洩出來，當時用的是否就是那把小提琴？到最後，史托楊的所有樂譜一堆堆放在地板上，仔細保留原本的順序，這是他畢生的成果。

「也許我錯了。」亞莉珊卓說。

「說不定他指的是這個……無論裡面的東西是什麼。」巴布伸手打開桌子上的馬口鐵盒，於是他們看到內部沾污的捲曲布料。「而我們看過他所有的樂譜了。」

「不，我們沒有。沒有韋瓦第。」亞莉珊卓淡淡地說。

巴布默默思索她說的話。

她往後坐在地板上。「伊麗娜說他拉奏韋瓦第，米倫・拉迪夫也對他侄女說過類似的話，史托楊熱愛一些義大利音樂。還有，小納斯・阿格洛夫說，他知道史托楊只要拉奏韋瓦第的音樂，心情就會比較好。不過這裡完全沒有韋瓦第。」

這時她也想著另一件事：年輕的哥哥和年紀小一點的妹妹，兩人躺在農莊的餐桌底下，他們父母的韋瓦第小提琴協奏曲《四季》黑膠唱片，搭配著鑽石針尖，正在已然陳舊的音響上面不斷旋轉。他們一想到鑽石針尖就很樂，因為那是房子裡唯一的寶石；他們的母親只佩戴樸素的黃金婚戒。亞莉珊卓很喜歡第一首「春」，讓她聯想到噴泉和瞪羚。傑克偏愛第三首「秋」，他說聽起來像龍捲風，她也彷彿看到紅葉在風中飛旋盤繞。他們拋擲硬幣，決定把針尖放在唱盤的哪個地方，直到母親放下打掃閣樓的工作走下來，提醒他們這樣對唱片不好，可能會刮傷唱片，一定每次都要從頭開始播放。

「而且讓一年四季順其自然。」他們母親說著，面帶微笑，襯衫袖子上黏了一大團蜘蛛網。那是亞莉珊卓第一次聽到「順其自然」這樣的話，隨後的幾年之間，那個詞彙對她來說是讓唱片從頭播放到尾，而且與蜘蛛網有關。至少傑克死在他最喜歡的季節。她永遠不會停止思念他，但現在，似乎有更壞的事情不時發生在人們身上。像是有人倒在火車車廂地板上呻吟，而火車一節節遠離她，奔入黑暗。

「小鳥，你昏過去了。」巴布說著，摸摸她的額頭，接著幫助她翻身。

她可以感受到他的手撫摸自己的頭髮。她躺在客廳地板上，盯著上方的天花板。她想，自己一定是輕輕倒下，距離原本跪在桌子旁邊的地方不太遠。接著，她意識到巴布抱住她，因此她沒有真的倒下。

「可愛女孩，到底怎麼了？」巴布說，亞莉珊卓知道他指的是她。他扶著她坐起來，用戴手套的手托著她的頭，倚靠到他的肩膀上。

「我哥哥……」亞莉珊卓說。她發現自己哭起來，不過靜靜流淚。「他已經過世那麼久，我們以前常常一起聽音樂。」

「我很遺憾。」巴布說。而她知道他是真心這樣說，雖然他們短短六天前才認識。

亞莉珊卓伸手拿她的手提袋，她原本把袋子放在沙發上。她拿出皮夾，小心避開剛偷來的涅文照片。

「這是他。」她說，然後就說不下去了。也許我該回家去，我不該把父母單獨留下，不在他們身邊，她心想。

巴布以體貼的敬意接過照片。這是她最喜歡的照片，四邊角落都磨損了，很像涅文那張照片。她把這張照片放進每一個新皮夾的塑膠套子裡。這是學校拍的照片，拍攝時間是他們去健行之前幾週；過了幾個月後，滿心遺憾的高中校長親自把這張照片送到他們家。照片上有個男孩，無憂無慮的青少年，習慣剪的平頭髮型冒出一根根紅金色頭髮，眼神漫不經心，以某種戲謔的神情盯著鏡頭看。他很俊美，而看著巴布短暫瞪大雙眼，露出欣羨的眼神，她有種苦樂參半的喜悅。巴布低頭對照片看了一會兒，然後遞還給她。

「好年輕，謝謝你拿他的照片給我看。」他說。她認為他一定也了解那種失落。沒有人逃得了。巴布用修長的手指把自己的頭髮往後梳，那動作顯示他很緊張。「他……年紀多大？」

「十六歲，再多一天。」她說。

巴布沒說話，目光在她臉上來回游移，若有所思。「你看起來不太像他，不過笑起來像。」他說。

「謝謝你。」她把照片收回皮夾套子裡，抹抹臉頰。她不想再哭了。

「他過世之後，你一定過得很慘。」巴布說。

她端坐看著他，感覺臉頰因為鹹鹹的淚水而黏膩，眼睛也快黏住了。接著，她慢慢捲起自己棉質上衣的袖子。長條疤痕現在很淡了，不像剛割下之後那幾個月的粉紅色，不過還是有凹凸不平的地方。那是她一度失去勇氣時割的。她什麼話也沒說，把手臂舉到他的目光下。他突然彎下身，親吻疤痕，她的淚水泉湧而出。

「那讓我們變成什麼呢？」她的鼻音很重。

巴布握住她的手腕，輕輕放下手臂，彷彿手臂斷了。「結拜兄弟。」他說。

她傾身向前，猛力抱住她的計程車司機。接著，她以另一隻手的袖子擦擦自己的臉。就算永遠救不了傑克，她現在也一定要進行某件事。她昏過去之前，那件事徘徊於內心邊緣。

「我們完全沒有找到韋瓦第。」她說。

「什麼？」他回過頭，環顧所有樂譜，但是心不在焉，彷彿仍受困於她的痛苦。「沒錯。沒有韋瓦第。」

「房子裡的其他地方如何？」

「我們看過每一個地方了，架子是空的。」他說。

「我知道。不過韋瓦第是他的最愛。你會把你最愛的樂譜收藏在哪裡？」

巴布聳聳肩，但仍盯著她看。「我不是音樂家。」

「那麼，你最愛的詩集。」

他點頭。「在我的床底下，我一起床就能拿到。不過我們看過床底下，我找過床墊底下。」

她呻吟一聲。他們該怎麼辦？

「該離開了，我們得把這些全部放回去。我們在這裡待太久了。」巴布說。

確實是，亞莉珊卓也知道，鄰居現在一定疑心四起。「可是韋瓦第……說不定史托楊甚至有更多他的樂譜，如果那麼愛韋瓦第的話。」

「或者，也許他記住音樂，再也不需要樂譜了。」巴布指出。「也許他把那些樂譜送走了。也許把它們留在山上的家裡。你也知道，我們在那裡沒有檢查每一個角落。如果藏了東西，通常會有跡象，會有其他東西不太對勁。不過，這棟房子的每一件小東西都很合理。他們清理過，除了照片以外。」

春，亞莉珊卓心想，以及傑克的秋。所有的季節已然過去，沒有留下痕跡。她看著史托楊唯一留下的棕色布料，皺縮且捲曲。

「有一件事不對勁。」她說。她很快回到樓上，進入有很多照片的房間，巴布跟在她後面。

牆上掛著月曆，他們兩次來這裡都看到了：二〇〇六年六月，差不多是兩年前，史托楊．拉扎洛夫過世的月份，照片是一群身穿紅白色服裝的少女繞著水井跳舞。她取下月曆。牆壁只顯露出略深的桃子色，那裡的油漆比較沒有褪色。不過，二〇〇六年六月拿在她手中，感覺比先前的月份稍微沉重一點；在紙頁的背面，少女看起來反方向跳舞的那一面，有個東西貼在上面，但不是樂譜，而是一個信封。

他們認得信封正面的纖細筆跡。巴布翻譯給亞莉珊卓聽：最後的部分。絕不能發表。

第六十章

一九五〇年

我的訪客是莫莫。我看不到他，直到他站得靠近一點，接著他拉來一張木椅到床邊坐下。他向我靠過來，搖晃我的肩膀。椅子搖搖晃晃，斜向一側，我心想，他那肌肉健壯的身體一定會把它壓垮。不過他窩在椅子裡，露出很寬的門牙縫對我微笑，像個小男孩。我也希望他的存在只是作夢，但他沒有消失。他的強壯雙手曾經殺過那麼多人，這時沒有拿著棍棒，而是整齊放在他的膝蓋上。他似乎無法吐出任何正常的問候語，但過了一、兩分鐘後，他對我說話。「我把你搬進來，像是搬一袋馬鈴薯。」他說。

他似乎覺得我可能可以說話，於是過了一會兒後，我回答：「是的。」

「一袋馬鈴薯喔。」他說著，面帶微笑，彷彿想到那樣的畫面覺得很高興。

「是的。」我說。希望這樣說能讓他走開。我很納悶，他來看我，是不是為了恭賀自己救了我？但這實在沒道理。也許他用一種不尋常的眼光看待他自己，成為拯救者而非謀殺者，結果發現這樣很有趣。我也納悶，他怎麼有閒情逸致來看我？這時囚犯很快就會從日常工作回到營區，也許需要把其中一些人殺了。主任讓他有一小時的休息時間嗎？

他在搖晃的椅子裡調整身子。「你是聰明人，對吧？音樂家？」

我躺著不動，仔細端詳他的臉孔，那像盤子一樣空洞，不過有一雙聰明伶俐的眼睛，特別是不笑的時候。

「嗯，在家鄉，我是音樂家。」我說，語氣盡可能冷淡。

「我得幫主任做一件事，而我需要聰明的人。」他說。

「我沒有那麼聰明。如果我很聰明，你覺得我會在這裡嗎？」我平靜地說。

他稍微考慮了一會，但似乎想不透，不過從他那閃爍的眼神，我再度猜想，這份愚蠢至少有一部分是他的詭計。他用手揉揉鼻子。「不過你很聰明，對吧？其他人說，你是有名的音樂家，你生病真是太糟糕了。」

我真想知道那是誰說的。肯定不是小納斯，他絕對不會說這麼蠢的話。不過，營區內似乎沒有祕密。

「我沒有比其他人聰明。」我說。

「嗯，他們說你有。」他看起來很頑固，兩隻手臂在壯碩的胸前交叉。「那麼我猜你有。我需要某個人跟我去鎮上，一個比較聰明的囚犯，去告訴那裡的某個人，我們把這個地方運作得很好。」再一次，我有種奇怪的感覺，他絕對沒有表面看起來那麼笨。也許他有完美無瑕的適應力？

「主任為什麼不去？」我說，但立刻就後悔了。莫莫像青蛙一樣氣鼓鼓的，滿臉憤慨。

「主任必須待在這裡。他是大忙人，他是主任啊！他把這個地方留給別人管理是很危險的，連我也不行。」

這是我從他口中聽到的條理最清楚的一段話。隔壁床的男子因為發燒而滿臉溼熱，他翻過身，顯得很煩躁；我們可能是他夢境的一部分吧。

「你為何要告訴我這個？」我說。我的聲音感覺還非常虛弱。

「嗯，主任說，我可以帶一個聰明的囚犯一起去告訴他們，然後如果囚犯夠聰明，在那之後能夠保持安靜……」他似乎卡住了，或者只是假裝。他沉默了一會兒。

「如果他夠聰明，能夠保持安靜？」我提示他。

「嗯，如果他有那麼聰明，知道我們在那之後會永遠緊盯著他，我們可能會讓他回家。」

房間裡有一陣漫長的靜默，瀰漫著莫莫的最後幾個字，直到隔壁床的男子再次翻身面對我們。莫莫顯然認為他跟死了沒兩樣。

「這個囚犯到底需要對他們說什麼？」我發現自己的聲音很難保持平穩。

莫莫仔細考慮這句話。他的眼睛很像大理石雕像的眼睛——睜得很大，但刻意顯得空洞，在石頭上之所以很明顯，是因為輪廓而非顏色。「委員從索菲亞來視察鎮上，我想，囚犯需要對他說明我們的營區運作得很好，否則委員可能會親自視察，那樣會增加主任的負擔。你也知道那會怎樣。」他以信任的語氣補充說。

「告訴他，營區運作得很好？」

「你也知道，就是那些囚犯。他們是工人。他們努力工作、吃飯、睡覺，我們幫助他們恢復正常生活。我們讓這裡運作得很有條理。他們做得很好。」

「你是說……」我憂慮地說，希望自己能坐起來，比較容易看著他。「你是說，我們全都受到良好的對待。」

「對！那就是他們想知道的。」他最後又笑起來，門牙縫顯得好寬。

我想著維拉，想著我回去她會有多高興；我想著我們會生下的兒子。我想著自己的雙手，有一天會痊

癒，能在琴弦上拉動琴弓。接著，我想到小納斯，還有其他人。我生病倒下後，誰幫小納斯推手推車？也許他一直自己推，我經常叫他不要推，要好好保護他的手。我回想自己真正做過的事，那並不是我遭到懲罰的原因。

「很抱歉，很遺憾，我沒那麼聰明。」我說。

他的笑容消失了。「你沒有？」

「對。」我說。「我是優秀的音樂家，不過你需要非常聰明的人，非常非常聰明，能夠好好向委員報告。」

他坐著，悶悶不樂看著自己的膝蓋；他的好點子，或至少是奉命提出的要求，結果失敗了。難道——這有可能嗎？——他現在不能對我表明真正的意圖；他必須維持愚蠢的樣子。

「太糟糕了，我以為會是你。你不想回家嗎？」他說。

「當然想。」我說。這下子一切都結束了，我的心充滿悲痛，幾乎無法睜開眼。我希望伊凡護士會來打斷我們的對話。「你不是也想回家嗎？」我轉過頭，仔細端詳他。

他聳聳肩。「可能吧。不過我其實沒有家人。」他依舊盯著自己的膝蓋。「我父母在大戰之前就死了。他們是游擊隊，在山上打仗。他們對抗法西斯政府。國王的警察抓到我父親，砍下他的頭，你也知道。然後他們殺了我母親和姊姊們，因為她們幫助父親，而且那些人先強暴她們。」

他似乎忘了自己應該要裝笨，說話要很慢。他凝視著我，彷彿我曾反駁他。「他們就是這樣對待優秀的共產主義者。你知道嗎？那些人砍下他們的頭，強暴他們的女眷。接著，跟我一起住的祖父過世了，我的親戚都搬去其他地方。我不知道他們搬去哪裡。也許去索菲亞，那裡現在有很多工作機會。所以我想，

我不知道自己可以去哪裡。」

他向後靠，憤怒且感傷。「我認識的大部分人都在這裡。我只有十四歲就來這裡，那是三年前。主任照顧我，給我這份工作。」

我想，無論他父母是什麼樣的人，對他們來說，沒有看著兒子這樣長大算是好事。他們肯定深信自己所奮戰的價值，但我不禁懷疑，莫莫除了宛如動物般的智能，到底有沒有自己深信的價值？我覺得很困惑，他沒有乾脆毒打我一頓，逼我服從他的要求，也沒有因為我拒絕而殺了我。

不過，他繼續深思自己的人生。「你也知道，總有一天，我要跟漂亮的女人、優秀的共產主義者結婚，就像電影裡面那種，而我們會生小孩。而且，我會當上將軍。」他沒有笑；這種渴望未免太認真了。我想，這可能才是最真實的莫莫。接著，他匆匆看我一眼。「你不會跟主任講吧？」

我立刻心想，我絕對會死在眼前這個奇怪的場景裡；我聽到莫莫說他想當將軍，這件事他可能永遠不會原諒我，即使只是演戲假裝而已。在毯子底下，我的四肢因為太虛弱而開始顫抖，但我努力讓思緒保持清晰。

「不會。」我說。「如果你不會告訴他，我沒有像你們所希望的那麼聰明，我就不會跟他講。其實呢，你不必對他說我們談過，畢竟找我根本是找錯人。」

他定睛看著我。「我不必告訴他。」

我說：「對，你不必告訴他，畢竟我最後讓你失望了。」

他放在膝蓋上的雙手動了一下，繼續思考。「好吧。可是，我不知道該去哪裡找到其他聰明的人。」他說。

「這個地方有很多聰明的人。或者，到最後，主任說不定自己去跟委員報告。」我說。我快昏過去了。莫莫突然站起來，走出去，彷彿我們從沒談過話，我真是鬆了一大口氣。他立刻消失在我模糊的視野裡。

接著他又出現，我一度很怕他回來是要讓我死在床上。然而他只看了看周圍地板，然後看看他剛才坐過的椅子底下。「我以為掉了東西，也許掉在其他地方。」他說。

他又走出去。我聽到他從裡面打開門鎖，然後從外面鎖上。

我實在忍不住，立刻就睡著了。等到醒來，也許過了幾分鐘或幾小時吧，我在凌亂的床單裡找到他掉的東西。我沒有還給他，反而小心藏到旁邊牆上的裂縫裡，如果我真的痊癒了，就可以從那裡取回，護士絕對不會在那裡找到東西。

再過兩星期之後，我有足夠的力氣走去工作了。其實呢，我大可更早嘗試，不過我小心假裝自己的雙腳走不穩，比真正持續的時間長了一點。伊凡護士最後放我出去，回到該死的防空洞營房，又睡在毛料破布和焦躁的臭蟲上；我已經在醫務室待了太久，因此視之為全新的痛苦，其實臭蟲或蝨子根本從來沒有遠離我。隔天早上，我和其他人一起排隊準備上工。莫莫與我們一起步行前往坑洞，但沒有特別注意我，主任也沒有，這點我很樂見。

小納斯靠近隊伍後面；我沒有去找他講話，直到抵達平臺，那裡有兩個新人與我們一起工作。到了那裡，他匆匆抓住我的手，我看到他臉上的喜悅，如同話語一樣清晰：你活著。整個早上，我一直心絞痛，

伴隨著嘔吐感和四肢虛弱。看到小納斯仍在這裡，我鬆了口氣，也很高興能夠坦然面對他。天氣炎熱，連坑洞的陰影和山脈更加深邃的遮蔭處都很炎熱。

小納斯繼續抬起石塊，而有其他人推動手推車；現在我接手自己的老工作，奮力爬上斜坡。我實在很虛弱，每一趟都比生病之前花了三倍多的時間。小納斯把石塊搬進手推車的速度放慢下來，讓我有足夠的時間稍微喘息，但終究被逮到。我的腦袋嗡嗡作響，甚至聽不到守衛的喊叫聲，也聽不到鳥叫聲。這時是仲夏，我沒想到自己生病的時間這麼長。我決定明天重新安排自己的計畫，展開一天的練習。在這第一天早上，我只想要讓一個名字縈繞在耳裡：維拉。默念這個名字很多次之後，我把它改成：涅文。

第六十一章

他們帶走那個信封，塞進巴布的外套裡。他們匆匆把樂譜整齊放回原位；亞莉珊卓把所有的巴哈放到架子上時，心裡感到一陣抱歉。巴布將電視機搬回原本孤零零擺放的地方。在最後一刻，他帶走馬口鐵盒，與信封一起放在外套的口袋裡。

到了外面，天色已漸暗。他們把鑰匙還給鄰居。「我對她說，我們仔細思考會把家具放在哪裡，但最後覺得房子太小，塞不下我們所有的書。」巴布事後說，一邊搖頭。他們放開史托喬，牠本來在柵欄門旁邊側躺睡去。

坐進車裡，巴布查看手機。

「該死。有一通語音訊息。」他說。這是亞莉珊卓第一次聽到他用英語咒罵粗話。「可是剛才電話沒有響。是蘭卡的號碼。」

「感謝老天爺。」亞莉珊卓說。可是她看巴布聽著，臉色一沉。訊息非常短；她聽到手機傳出的聲音——緊張，粗啞，匆忙。巴布聽了兩次。他轉頭看著她。

亞莉珊卓的手指已經開始發抖。「怎麼了？」

「她說……」他停頓一下。「她說：『他們帶我們走。涅文可能知道是哪裡。他在普羅夫迪夫打電話

給伊麗娜。他在……』接著，她說了一個位於莫爾斯科鎮的地址。那裡靠近布爾加斯，在海邊。然後她很快掛斷電話。」他又播放一次。「她聽起來真的很害怕，或者沮喪，而且她努力壓低聲音講悄悄話。」

「我聽得出來。」亞莉珊卓說，兩隻手緊緊交握。「誰帶她們走？狄米卓夫？警察？為什麼去海邊？巴布，我們現在出發，立刻就走。」

巴布沒動。「這可能是騙人的。」他伸手插進頭髮。「想要骨灰盒的人，也許把伊麗娜和蘭卡藏在某個地方，叫蘭卡打電話給我們。我們會很害怕，因為伊麗娜和蘭卡是人質，而我們會帶著骨灰盒，嘗試去找涅文。」巴布的聲音有點抖。「然後，他們就在莫爾斯科的那個地址等我們。或者，他們還不知道地址，因為蘭卡沒有告訴他們，不過如果我們去了那裡，他們會在後面跟蹤。蘭卡留言的時候，為何沒有告知她和伊麗娜在哪裡？」

亞莉珊卓努力讓自己保持冷靜才能說話。「也許她不敢說。或者她不知道，如果那些人是在晚上帶她們去那裡。或者，說不定她希望我們和涅文一起去，而不是我們自己去，因為某種原因。」

「可能吧。」巴布說。

亞莉珊卓說：「聽好了，我們沒有其他地方可以去。如果涅文真的在那裡，他或許能夠救她們。」她都快覺得涅文根本不存在；對她來說，他已成為故事的一部分，一張陳舊的照片，深藏她內心的一份渴望。「拜託，我們現在非去不可。」

巴布說：「我知道，不過那是很長的車程，而我想要深夜趕路，路上警察比較少。我得小心不要超速，不要引來注意。」

史托喬坐起來，甩甩身子。

亞莉珊卓摸摸巴布的手臂。「你可以安全開車嗎？我們可以輪流開，如果你願意的話。」她不禁心想，自己是否能夠獨自找路，如果他睡著的話。

「我當然可以。我們昨晚有睡。距離公路遠一點之後，讓我在車子裡睡兩個小時，然後喝點咖啡。」

他發動福特汽車。亞莉珊卓伸出一隻手，摸摸後座的史托喬，看著砂礫遍野的伯維茲郊區從他們旁邊飛掠而過。

第六十二章

一九五〇年

我的痛苦有了新的形式。復原之後過了幾個月，如果可以稱之為復原的話，莫莫突然在晚點名的時候來找我。我站在前排，在秋老虎的曝曬下做完一天的工作，快要累垮了。主任在我們前面踱步且訓話，他不知從哪裡得到一雙很棒的靴子，似乎很享受大步踩著它們爬上爬下；莫莫則是晃來晃去，先盯著一名囚犯，然後換另一個，每個人無疑都拚命祈禱自己不會中選而犧牲。接著，他停在我面前。他先表演一下，站得非常挺直，雙手放在背後，像主任一樣，仔細檢視我。「嗯，你認為你很聰明嗎？」他低聲說。

「不。」我回答，一顆心往下沉。雖然我盡量不看他，但已經瞥見他臉上幾乎帶著滿懷希望的神情，用以掩蓋挑釁的態度。他顯然還沒找到別人去幫主任執行任務。或者說不定那趟任務的需求已經消失了，他只想確定我還是很怕他。

「你確定？」他輕聲說。

「對。」我盡可能小聲說。我不確定周遭極度疲累的人會怎麼看待這件事，更別提這會進一步的延遲我們的晚餐。他轉身走開，似乎找不到其他事可以問我，於是主任叫我們所有人解散。

那次之後，只要有人叫我的名字，莫莫就會抬起頭，用嚴厲的眼神盯著我。有時候是贊同的眼神，幾

乎像是串通好，彷彿他帶我去醫務室救了我，結果發現我很有趣，讓他產生一種全新的自豪感受。這讓我的日子增添了痛苦和緊張。他觀察我，這個事實讓我也觀察著他，無可避免，因此我們工作時，只要瞥見他的壯碩身材和鬈髮出現在坑洞邊緣，我的胃就為之翻攪。這也表示我必須夠機靈，才能避免他覺得我很機靈。此外，我在他的白癡行為底下所窺見的聰明與敏銳，到底正不正確呢？一個白癡，或者一個假裝成白癡的狡猾男子，哪一種人對我比較危險？身在這樣的地方，也許哪一種人比較危險根本沒有差別。

我再度遁入自己的例行程序，排練柴可夫斯基協奏曲，嘗試練習西貝流士，一路練過我的管弦樂團曲目，或至少把留存在我記憶裡的曲子演奏一遍。我幫自己制定了新規則，如果我看到莫莫，或甚至想到他那令人不安的提議，就必須把某個樂章從頭再練習一次。假如我太氣自己，則會從整首曲子的開頭再拉一次。

有一天，我看到莫莫和他的同伴毒打一名菜鳥，打到那人臉頰的骨頭都露出來了；於是，我前往很久沒去的一個地方。我變得很黏嬰兒涅文，那個小小孩，因此差點忘了他會長大成為男人。但那天，我再次去河邊找他，走下緩坡，前往他和身邊那位年輕女子坐著的地方。我看著陽光在水面閃耀，他們談話時頭頂光澤閃亮。他的深色頭髮，幾乎是黑色，留著柔軟的短鬈髮，但靠近頸部削得很短，於是那裡的皮膚看起來很白；女孩的頭髮是栗色，帶點紅色調，很像馬匹的毛皮。她把頭髮約略綁成粗大的辮子，垂在一邊肩膀上。我站著，微笑看著他們的背影，接著拿起小提琴，夾在下巴底下。我舉起柔軟、強壯、平滑的雙手，在琴弦上拉動琴弓，為他們演奏小夜曲。連我在戰爭時期受傷的僵硬感都消失了。

其他日子裡，我與「紅髮神父」一起步行穿越威尼斯，或者每天幫涅文上小提琴課，這時他是身材修長的八歲男孩，有一雙大眼睛。他並非永遠都樂於練習；不過我對他說，紀律是音樂家必須學習的首要事

項，未來不管身處於哪一種情境，這對他都有幫助。到了可怕的寒冷天氣再度降臨採石場時，涅文是深情的十二歲男孩，雖然有點沉默寡言；在晚餐桌上，他好聽的聲音剛開始變聲。我想，他可以準備去比賽了；真要說的話，我們的起步有點晚。唯一的問題是，在我們光榮革命的保護傘下，我不知道這要怎麼進行。對一位有天賦的兒童音樂家來說，現在每一件事可能都不一樣了。在最惡劣的日子裡，我心裡充滿疑惑，不知是否能找到一場比賽讓涅文去參加，畢竟他是罪犯的兒子啊。

❖

那個冬天，我比先前度過的第一個冬天更加虛弱，但說也奇怪，身體竟然稍微強壯一點，即使狀況衰退，也能習慣某些艱苦情境。我想像自己漸漸死去，在我的故事裡變成鬼魂；也許到了那時，我會去找「委員」，把澤雷涅茨的運作情況告訴他，不過我會對他說出實情。莫莫沒有離開營區，即使短暫離開也不曾有過，所以他可能從未去鎮上執行任務。也許主任親自處理那件事吧，或者派其他人去。我突然想到，說不定莫莫只是想像主任要他去做那件事，或者他捏造那個故事，為了要折磨我。

降下第一場雪之前，又有一群菜鳥抵達，他們窺伺我，窺伺我們所有人的時候，我從那些年輕人的眼神看得出來，我真的成為自己第一天到達時看到的那種人了。我是一具骷髏，還不算殭屍，但越來越接近了。我覺得自己總有一天能吃空氣，或者不必費力就能飄進採石場的坑洞，反正從我們的平臺有大把的空間可以飛撲而下，就此死去。事實上，我們原本那個岩架的石頭早就開採完畢，因此我、小納斯和其他同伴奉派到較大的岩石露頭上，那裡堆滿了開採出來的方形石塊，需要敲破和運送。現在我很珍惜能見到小納斯的每一天；晚上，我們平臺的一位同伴死了，我咒罵自己竟然感謝老天爺，死的不是我唯一真正的朋

友。

那個冬天至少死了六十個人，如果我計算正確的話。營區擁擠得可怕，畢竟又把新來的菜鳥塞進原本已經擠滿人的營房。我越來越困惑自己為何還活著。與我同梯的幾位骷髏發瘋了，即使面臨毒打或射殺的威脅，他們也沒有行軍去工作，而是在廚房門口趴地尋找食物碎屑，最後癱倒在地，死在雪地裡。廚師也是囚犯，只比我們其他人吃得好一點點，但至少可以吃菜屑而不會有人看見；他們嘗試驅趕那些發瘋的骷髏，但沒有成功。如今，我經常祈求一旦死到臨頭，我的死能夠保留一點點尊嚴。我最大的期盼是某天晚上就寢，周圍環繞著人與蟲，夢著維拉時，再也不曾醒來。

我努力壓抑這種想法，同時制止自己不斷想起莫莫的提議，以及他那永無止境的監視。我拒絕那個機會是不是很蠢？還有另一個機會嗎？

有時候我不免心想，去見委員不曉得會是什麼狀況。莫莫監視著我，是因為他還有其他提議嗎？如果他又提出，我要怎麼回答？畢竟我來到營區的第一天晚上就已下定決心，他們沒有權利用錯誤的理由懲罰我。如今，懷疑開始在我的腦中發揮作用，這是一種額外的折磨；假如早先接受莫莫的提議，我可能已經在家中陪伴維拉了。她絕不會知道我有什麼樣的改變、我曾在什麼樣的地方生活和工作和死去，而我拒絕給她最後一個可能的機會。每次看到莫莫，這些懷疑就與我對他的恨意交織在一起。而在這個節骨眼，有一項認知能夠掩蓋過我的懷疑和恨意：他絕對不會提議放我出去，他怎麼可能讓一具骷髏出現在鎮上，還聲稱自己在營區受到良好對待？不過我敢說，之前他問我的時候，我看起來已經病得太重、見不得人就是了。

到了春天，我已經帶涅文去參加四、五場比賽；他演奏的音色很動聽，令人心動但嚴謹，優秀的技巧也達到我所能教他的程度。我努力想像那些比賽，它們在哪裡舉辦、如何進行、最近由哪些人擔任評審等等，但一切都很模糊。我倒是清楚看見我的男孩站在舞臺上，琴弓在琴弦上使勁拉動，濃密的黑色鬈髮隨之搖擺。一小群評審的掌聲，無論他們是誰都無所謂，賽後他們的評審會議，所有人一起低著頭討論。他很年輕，但他一絲不苟，而且熱情。到了十三歲，他與索菲亞交響樂團合作獨奏。十五歲，他輸了兩場比賽，但贏了比較重要的一場，而如果我們能夠去國外，他也會在歐洲名列前茅。他現在練琴不需要督促；學校的上課時數也已縮短，以配合他的音樂學習。在採石場一些間隔的日子裡，我們一起練習，有時合拉協奏曲，有時練習二重奏。隨著溫暖天氣持續幾週，我的內心烏雲密布，黑暗的翅膀以輕柔的動作撥拂而過。我決心要在死去之前見到他長大成人。

夏天尾聲的某一天，那天我通常與韋瓦第為伍，在教堂演奏，由他指揮。那時，我許下正式的誓言，是遭到逮捕以來的第三個誓言：有生之年，或者，非不得已的話，死去之後，我會和涅文同遊威尼斯。

第六十三章

亞莉珊卓一定也睡著了；她及時醒來，看見沿著路邊平原有一抹微弱的天光，照亮了沼澤裡的工廠，接著他們前方出現一道微光，巴布說那是黑海。她曾以為自己第一眼看到海的方式會很不一樣，會從火車上，帶著她的背包和書本。而現在，她伸長脖子，望著車窗外面，一隻手伸向後方撫摸史托喬。牠扭動身子醒來，他們一起看著道路經過一座朦朧的城市，有住宅樓房和空蕩街道，港口有一座鐘樓，最後有一條公路通往鎮外。晨曦很快就要來臨。

巴布說：「布爾加斯，這裡是拉扎洛夫家居住的地方，還有拉迪夫小姐的家人。」亞莉珊卓搖下車窗，呼吸鹹鹹的空氣，以及潮溼的、工廠的、陰鬱的氣息。巴布播放他的一張巴布．狄倫唱片，音量開得很小。由於缺乏這方面的知識，亞莉珊卓只想到美國的密西西比三角洲，那裡是藍調的家鄉；那裡的氣味聞起來一定很像這裡。「你哪兒都不去。」巴布．狄倫喃喃唱著。公路蜿蜒穿越了起伏原野和錯綜美麗的地景，路邊隨處出現旅館，蜂巢狀延伸的房屋很像預先建造的廢墟，在第一道曙光的照耀下可以看出它們沒有屋頂。遠處的水光已然消失。

「這裡的人像瘋了一樣蓋房子，每個人都想靠近海邊，包括很多外國人。有些人著手蓋房子，但是負擔不起而沒蓋完。」巴布說。

過沒多久，天空顯現淡黃色和粉紅色，太陽漸漸升起；他們轉過最後一道彎路，巴布指著他們的目的地——莫爾斯科，有著紅屋頂的古老小鎮，位於半島上的峭壁邊緣高處。他們沿著更高的道路前往那裡，她看到灰色水域在小鎮的山腳下分裂開來。巴布開著車小心靠近。有一輛警車停在半島的入口處附近，車燈和引擎都沒開，方向盤後面有個模糊的人影。人行道旁有兩個人正在木頭攤位上擺放蔬菜，有個觀光客穿著泳衣和涼鞋，獨自走過他們旁邊，肩膀上掛著摺疊好的毛巾。在附近一棟房屋的屋頂邊緣，一群海鷗打破靜默，彼此吵嚷爭執，叫聲尖銳得驚人。

巴布沿著港口的寬闊鋪面道路往前開，許多船隻在海浪中互相碰撞。不遠處的海面上，亞莉珊卓看到一個小島有燈塔，除此之外便是一望無際的無色水域——那裡也有幾艘船漂浮，它們在晨曦中依然開著燈，船尾拖著魚網。接著，巴布說了關於那個地址的事。他以前來過莫爾斯科，小時候和之後來過一次，但是對這個鎮不太熟。車子蜿蜒開上陡峭的卵石街道，巴布與彎路和排檔奮力搏鬥。

亞莉珊卓從沒見過這樣的房屋。它們是木造的，或者有些是堆疊精緻的古老石屋。木屋受到含鹽海風和潮溼的作用而變成深巧克力色，百葉窗連晚上都關閉，花盆長出色彩亮麗的花朵纏繞著陽臺，洗淨的衣物晾在繩子上，屋頂幾乎在狹窄的街道上方彼此碰觸，院子和人行道以牆壁和圍籬區隔開來。

到了小鎮的最高處，巴布將車子停在一棟房屋的斜前方，屋子有古老的木造壁板，有陽臺和綠色百葉窗，前方受到一堵高牆的遮掩，牆上有道門。沿著牆壁頂端有屋頂，與房子的屋頂相互匹配；兩邊屋頂的陶片都褪色成斑駁的棕色，很像秋天的樹葉。巴布拉起手煞車，史托喬伸展身子，用爪子抓抓椅背，然後又趴下。他們下車時，巴布掃視牆壁和房屋正面，再走去街區的轉角處。接著他按下門鈴。

來應門的人是陌生人。他的腳上穿著綠色的人字拖鞋，一隻手拿著水泥抹刀，彷彿準備要用它來保衛

房子。亞莉珊卓很驚訝，居然有人這麼早起床。巴布用保加利亞語對那個人很快說了些話，並指著亞莉珊卓；那個人看看他們——保加利亞陌生人、年輕外國女子的手臂上掛著黑色袋子，還有很自制的狗。他問巴布幾個簡短的問題。接著，他似乎對答案很滿意，拿著水泥抹刀作勢請他們進去。

巴布對亞莉珊卓說：「他的家人是拉扎洛夫一家住在布爾加斯時的老朋友。我想，涅文為了安全起見來到這裡。」亞莉珊卓沒有心理準備，一顆心開始怦怦跳。「我對他說，我們帶來了。」巴布說。

進門後，裡面有個三角形的院子，從街上完全看不見。亞莉珊卓心想，那是一種戶外房間，她看到一張長桌和幾張椅子，透氣通風的屋頂攀附著爬藤，花盆裡種著粉紅色的天竺葵，開放的櫥櫃擺滿了園藝工具和油漆罐。沒有任何擾亂的跡象，沒有警官，沒有惡徒等著他們，沒有伊麗娜或蘭卡。沒有涅文。拿著水泥抹刀的男子原本沿著一道牆挖掘花圃，那裡有馬鈴薯冒出綠葉。通往房屋的一扇門打開，看得到那裡面是一間小廚房。

這番綠意的正中央坐著一個老邁的人，比較像一團布袋而非一個人。亞莉珊卓立刻認出他：那是米倫·拉迪夫，在他的輪椅上睡著了。亞莉珊卓走近一點，手裡拿著裝有骨灰盒的袋子，站著凝視他。他的皮膚看起來是斑駁的灰色，很像陳舊的水泥。他的雙手放在腿上，有人在他腿上蓋著阿富汗編織毯。他穿著亞莉珊卓記得的衣服，深赭色的外套和長褲，全都有點太大，彷彿他在衣服裡面漸漸消失。

她曾在自己拍的照片裡看過他無數次，他坐在計程車的最裡面，看起來很模糊，因此發現他竟然如此清晰，是以真實的皮膚、頭髮和磨損的衣物所組成，她真是驚訝極了。他下巴兩側的臉頰有很多皺紋，身上冒出濃郁的氣味，很像乳酪皮。亞莉珊卓才剛決定不要吵醒他，這時他睜開雙眼，以嬰兒般的眼神凝視著她，目光顯得迷茫。接著，他的神情變得鎮定，眼神集中，在輪椅上稍微坐直一點。亞莉珊卓伸出空著

的那隻手。

「拉迪夫先生。」她說。

第六十四章

一九五二年

到了隔年，在點名的時間，有時候我看著守衛拿著他們的槍，我會想像自己手中有一把槍，很長很重的槍，而我要用它射擊一名守衛。接著我會想起，我見識過自己遭到逮捕的那一天。那已經是兩年多前的事了。巨大的膿瘡讓我的雙手陣陣刺痛，無邊的飢餓讓我的胃向上浮起，直嘔到喉嚨外。就算我手中有一把槍，我也無法射擊守衛，因為我可能根本不在乎。

第六十五章

一九五二年

我提醒自己，這一定還是會發生在我身上，畢竟我還活著。

第六十六章

輪椅裡的老人握住她的手，但不是很穩，並且凝視著她，等待她解釋。她實在無法判斷，究竟只需要解釋她是誰，還是需要解釋他周遭的一切、他醒來面對的一切。

她說：「我是亞莉珊卓．波伊德。」

接著，巴布前來解救她。拉迪夫放下亞莉珊卓的手，與巴布握手，握了好一會兒，以全新的銳利目光看著巴布。他的眼睛是黑色的，眼白部分泛黃。等你習慣那雙眼睛之後，就會發現他的臉孔很討人喜歡，同時也是一張精明的臉，兩者並存。巴布開始與他交談；剛才拿水泥抹刀的男子搬出兩張椅子，然後進入廚房，可以聽到他發出哐啷聲，似乎正在煮咖啡或做早餐。

巴布指著亞莉珊卓，但拉迪夫點點頭，彈彈舌頭，意思是「不」；他用非常緩慢的速度對巴布說了些話，比劃雙手地搜尋一些字眼。

「他不記得你，他不記得你在索菲亞幫他們拍照，不過他知道他們之前在索菲亞。我認為他不知道那裡發生什麼事。他似乎也不記得伊麗娜和蘭卡是誰。」巴布說。

亞莉珊卓把黑袋子輕輕放在桌上。她不禁想著，拉迪夫什麼時候會請她拿出骨灰盒？或者，他們是否該等到維拉和涅文也在場？如今，那樣的時刻迫在眉睫，她卻只想逃跑。史托喬在她背後發出刺耳的哀

嗚。他們原本把牠綁在院子門外，這時巴布去帶牠進來。狗兒扯動繩子，扭身跑向拉迪夫。也許，亞莉珊卓心想，牠從沒見過有人坐在輪椅上。

她說：「史托喬，不要沒禮貌。」接著，她看到拉迪夫向他們點頭，完全清醒。突然間，老先生舉起一隻手，指向那隻狗，彷彿先前沒注意到牠。

「是牠呀！」他說。他摸索自己的輪子但沒成功，於是示意巴布靠近一點。這時他的眼睛睜得好大，眼神明亮，伸出一隻手臂。

「小心啊。」亞莉珊卓說。拉迪夫向前探索，喃喃說著話，於是史托喬開始舔他的手——牠扭動身子，感覺很激動。

巴布轉身看著亞莉珊卓，驚愕萬分。「他說，這是史托楊的狗。」

他們站著，觀看拉迪夫斑點處處的雙手撫摸狗兒的頭，順順牠的耳朵。史托喬的身子直發抖，尾巴揮打院子的石板，不過牠很小心，沒有跳到親愛的人身上。拉迪夫對狗兒說話；他也對巴布匆匆說了些話。

巴布搖搖頭。「史托楊．拉扎洛夫過世前的那年，這隻狗與他們住在一起。」他對亞莉珊卓說。「他們全都很愛牠，而史托楊過世的時候，狗跑掉了。他們想，狗跑掉是因為牠心碎了，也說不定有人偷走牠。我剛才解釋我們怎麼遇到牠。拉迪夫先生說，一定有別人餵牠，也許在鎮上的另一邊，一直都有人餵。」

亞莉珊卓的目光無法從老人、還有那隻狂喜的狗身上移開。「就是因為這樣，伊麗娜．喬吉瓦不認識史托喬。拉扎洛夫先生過世之前，她已經很久沒有去伯維茲拜訪他們了。不過我想，她感受到史托喬有種奇特之處。記得嗎？她立刻就喜歡上牠，牠也喜歡她。」

史托喬佇立在輪椅旁邊，倚著老人的膝頭，但只靠著一會兒；就在這時，一位老太太從廚房走出來到院子裡，帶著一盤乳酪、薩拉米香腸和麵包。史托喬跳起來，衝過去找她，再度嗚咽低吠，不過牠也很小心，沒有跳起來撲向她。

亞莉珊卓連忙站起。她站在那裡時，突然回想起自己只有六、七歲那時的事，當時她發高燒。她家一直住在偏遠山區，去醫院要開一小時車程；他們父母要決定是否帶她去時，傑克在暗處再三徘徊。「我們再多試一種方法。」她父親說。亞莉珊卓還記得他們脫掉她衣物的感覺，衣服從頭上脫掉，還有浴缸裡面很冷很冷的水。有好一陣子，她掙扎著想要離開。接著她終於明白：這種痛苦會消除另一種痛苦，更大的痛苦。這是一種交換。父母輪流扭轉冰寒刺骨的毛巾，而她坐著，忍耐冰水沿著背部往下流。

走出來進入院子的老太太穿著深色裙子和襯衫；她的頭髮散發出不協調的紅色光澤，頭頂中央垂下一點灰髮，兩腿彎曲但強壯。她一方面保持警覺，同時顯得很意外；她似乎只是要端一些新鮮食物給來訪的人，彷彿那個拿抹刀的男子沒有對她透露任何訊息。她的臉龐有深邃的皺紋，雙眼充血通紅，眼距頗寬，眼神依然晶亮，鼻梁長而細緻。亞莉珊卓覺得早先的顫抖又回來了；這是實實在在的一個人，而非某個概念或某張照片。

這一次雙方都很驚訝。老太太的表情變成驚慌不安；她在未上妝的眉毛底下瞪大雙眼，嘴巴張開，亞莉珊卓看出她的齒列很整齊，顯得不太自然。她低頭凝視史托喬，狗兒磨蹭她的手。她盯著亞莉珊卓，接著把盤子慢慢放到桌上。亞莉珊卓心想：來了，她氣炸了；或者失去親人的悲痛全部再來一次。

然而老太太似乎沒有認出那個裝骨灰盒的袋子，雖然她把盤子放在那旁邊。

亞莉珊卓逼自己走向前。巴布已經轉過身，來到她旁邊。老太太握住亞莉珊卓的手，依然盯著她。亞

莉珊卓覺得自己快哭了，儘管努力忍住不哭。她彎下身子，摟住老太太的脖子。

「我知道你是維拉，我是亞莉珊卓．波伊德。很抱歉我拿走它。我不是故意的。」她說。

維拉．拉扎洛夫在她的擁抱下呆立不動。亞莉珊卓抽身退開，覺得很不好意思：她做了錯誤的事，又說錯誤的語言。她指著黑袋子，她不敢把它遞給老太太；假如維拉不會因為太驚訝而失手掉落，亞莉珊卓肯定會親自奉上。維拉正默默看著袋子。她伸出一隻手輕觸頂部，接著轉向亞莉珊卓。眼淚在維拉的眼裡打轉，宛如寶石，亞莉珊卓一度看見她年輕時候的模樣，那位清透的美女。接著，維拉掂起腳，在亞莉珊卓的兩邊臉頰各親一下。她的呼吸聞起來有大蒜味，還有更甜美的氣息。她抓住亞莉珊卓的手臂，拉她走向一張椅子，壓著她坐下。她轉頭叫喚，於是廚房裡的男子走出來，端著一盤咖啡杯，而不是他的水泥抹刀。她對米倫說話，指著那個袋子。她的聲音很有力，略顯刺耳。老先生似乎甦醒過來，虛弱地伸長一隻手臂，接著以布滿血管的一隻手掩著臉。他推動輪椅向前，史托喬跟在旁邊走，一副想幫忙的樣子。

他們全部一起坐下，將骨灰盒放在桌面正中央。等到所有人都就坐，主人才開始倒咖啡，而亞莉珊卓想到涅文仍然不在這裡。伊麗娜和蘭卡也不在。

第六十七章

一九五三年

春天再度來臨時，出現了一些變化。營區出現兩名新的守衛，而曾是主任最愛之一的小個子駝背守衛不見了。新來的守衛年輕又有自信，看起來很專業。我有種感覺，他們一方面監視主任，另一方面聽命於他——也許他們就是為了這個目的而奉派來此。小納斯因為痢疾而病倒，一天晚飯後去了醫務室；我看到他躺在擔架上，連忙跑過去抓住他的手，直到守衛把我噓走。他虛弱地轉動眼睛，望著我的方向，努力擠出微笑。我很確定再也看不到他了。

接著，我哭起來，站在廣場上，直到莫莫走到我身邊。「有什麼問題嗎？沒什麼問題是一場毒打不能解決的，對吧？」他熱切地說，彷彿我們是朋友。

我轉過身，努力忍耐，才不至於用骷髏般的手打他——他可能正在邀請我自殺吧。我逼自己走進營房，比平常更早爬上床，沒有與其他人交談。我躺在床上，想著我所知的小納斯的一切，其實沒有我所希望的那麼多。我躺在自己的鋪位幫他作畫：那是大號的雙連畫，一塊畫板畫著聖母，她低著頭；另一塊則畫天使，身穿火焰般的橘紅長袍。天使有一頭黑髮，看起來非常像維拉；我在她們兩位後方畫了凌亂的採石場立體岩塊，彷彿天使在荒漠中送來好消息。我考慮向聖母瑪利亞祈禱明天早上不要醒來，不要歷經這

一切還存活下來，接著我請求天使原諒我有這種想法。

隔天早上點名時，小納斯當然沒有出現，下個星期也沒有，再下個星期和之後都沒有。我看著廁所牆邊的麻袋來來去去——如今是春天，麻袋的搬移速度至少稍微快一點——我想，他一定是其中一個。是哪一個再也不重要了，於是每次經過時，我都向他們每個人告別。有個菜鳥在採石場接手小納斯的工作，那名男子年約四十，臉頰有很大的胎記，我們彼此不交談。我最大的力氣只用來推動手推車。我努力維持例行的練習，但是越來越難聽到音符，也逐漸覺得它們只是空氣中的某種模式。在適合的日子裡，我努力想著韋瓦第，以及步行穿越威尼斯；我看到的漸漸不是城市，而是一整組個別的影像，很像一部百科全書的草稿。

只有涅文對我來說是真實的，永遠清晰；他現在十八歲，英俊又深情，是優秀的音樂家，獨自學習和練習，音色成熟得令人難以置信。有時候我們一起練習二重奏。拉奏時，他用金色眼睛瞥過琴馬看著我，壓抑微笑。放學後，他走進小廚房，不只親吻他媽媽，她連一天都沒有變老；他也親吻我，這位近乎骷髏、幾乎死掉的爸爸。

我心裡很清楚，以我們兩人來說，涅文會是比較優秀的音樂家。他會超越我，即使我的手痊癒了，技術也重新練回來；我發現這樣想非常快樂。然而有其他事情困擾我：我仍然不知道政府是否允許人民出門遠行，即使戰爭早在幾年前就結束了。如果他們不准，涅文要怎麼去維也納深造？我們要怎麼一起去威尼斯？難道我把這件事與其他問題搞混了？

到了我在營區的第一千零六十天——待在醫務室那幾天不算——我站在晚點名的前排，因為飢餓和虛弱而快要昏迷，這時主任宣布，他注意到最近幾天的工作成效很差。

「我們沒趕上預定的目標。」他說，氣呼呼面對我們。莫莫在他後面徘徊，隔著一段距離，興味盎然地盯著我們。自從小納斯於幾個星期前消失後，他沒有對我表現出太大的興趣，不過這兩件事可能沒有關聯。

「你們沒有達成目標，如果不能好好工作，你們怎麼可能再度成為社會的良好公民？」主任大喊。我們站立不安，全都變成鬼魂。

他轉向莫莫，做個怒氣沖沖的手勢，彷彿莫莫也怠忽職守。莫莫衝向我們，沿著前排踱步，盯著我們每個人的臉。他擠著露出齒縫的微笑，但我疲倦地注意到，他似乎不確定主任要他做什麼。他停在我面前。我幾乎連這樣的狀況都不是很在乎。他若沒有殺了我，我也會死，死在營房裡的那些夜晚，或者死在採石場的太陽底下。我只希望能想出該怎麼幫助涅文、該送他去哪裡，如今他是大人了，也是音樂家，而邊境依然封閉。

莫莫稍微傾身過來，試圖迎上我的目光。我別過頭。

「你，你還是覺得自己沒那麼聰明嗎？」他說。

我沒說話。他有可能因為我沉默不語而殺了我，也可能因為我說話而殺了我。事實上，我抱持這樣的念頭，當作我的最後一絲意志。我不會開口說話。

「如果你沒有很聰明，那麼他呢？」他指著我旁邊的人，我很不情願地稍微轉頭，瞥了那個可憐人一眼。一具屍體，像我一樣。看來是我幾乎不認識的人，不是我的營房室友之一，從他身上漆黑且僵硬的破布判斷，他可能是礦工。我朝他的褲子瞥了一眼，膝蓋以下扯裂了，露出紅通通的小腿，不過覆蓋著很大的黑點。很難判斷他的頭髮是什麼顏色，畢竟他沒有頭髮，連臉孔的形狀也很難描述。

莫莫說：「嗯，如果你在這裡的朋友，『他』很聰明呢？」他更靠近我，金色的輪廓充斥我的視線。就像以前平常一樣，我有種感覺，看到一個聰明的傢伙隱藏在視覺表象底下。我發誓堅守自己的想法，什麼話都不說，至少堅持到昏倒為止。

我旁邊的男子低著頭，似乎也很希望這一切全都消失。

莫莫停頓一會兒，接著退後，顯得很茫然。我看得出來，主任正在觀察我們，兩隻手臂交叉。難道他給莫莫新的自主權？或者他正在自問，莫莫到底值不值得留下？

莫莫用他的棍棒指著我的鄰居。「站出來，告訴我，你有多聰明，畢竟那個小提琴演奏家不肯說。」男子拖著腳走向前。

「不！」我尖叫，聲音微弱，而且太遲了。莫莫的棍棒往那個礦工的頭骨猛力敲下，那人向前跪下。其他守衛沒有插手幫忙；一下子就結束了。他們沒有人看我一眼；沒有人伸手抓我出去，下一個輪到我。莫莫似乎沒有聽到我的抗議。我真的有說出口嗎？我開始懷疑自己剛才根本沒有發出聲音，或者根本沒有張開嘴巴抗議，雖然我然能感覺到喉嚨裡的刮擦聲。

我們奉命解散，很突然，但礦工的屍體留在廣場上直到早晨，早點名時我們又在燈光下看到他——一個黑暗的形影側躺著，不再有特定的人形。到了晚上，他不見了，不過泥土裡有一塊痕跡，上面噴灑的是他的鮮血，不是我的。

❖

那天之後，我再也沒有嘗試練習，也不再跟著「紅髮神父」到處跑。我甚至看不到涅文的臉。只剩下

沉默。人們似乎相信絕望等同於極度的痛苦，但並非如此。是沒錯，絕望的周圍環繞著極度的痛苦，然而，絕望的核心是寂靜無聲，是一頁空白。

第六十八章

維拉對他們說，涅文昨晚已經去普羅夫迪夫查看伊麗娜和蘭卡的狀況，還沒有回來。不知什麼原因，他似乎很擔心她們，也許因為用手機聯絡不上她們已經兩天了。她說話時緊緊抓住亞莉珊卓的手，這讓亞莉珊卓心想，維拉和伊麗娜，這對姊妹的相似度比別人的看法高多了。史托喬坐著，臉頰靠在老太太的腿上。即使頸部鬆垂，維拉的笑容依然美麗，轉頭時呈現緩慢的優雅姿態。亞莉珊卓在索菲亞的旅館階梯上沒有看到維拉的這一面，但她當時根本不認識維拉・拉扎洛夫。

巴布請亞莉珊卓拿出相機，給維拉看那張照片。她點頭，很認真，然後輪到她說話，由巴布負責翻譯。她和涅文沒有發現袋子不見了，直到前往維林修道院的路上，維拉突然注意到他們沒有人拿著袋子。在她的堅持之下，涅文請計程車回到索菲亞的旅館，但沒有找到亞莉珊卓或袋子在那裡的跡象。維拉說，她急得快發狂，想要去找警察，但涅文說服她不該去。他說，他父親生前痛恨警察，絕對不想得到他們的協助。

事實上，他們遺失骨灰盒之前，涅文曾在旅館餐廳與某個人起了嚴重爭執；他們的心情已經很差了，既沮喪又激動。她和米倫沒有聽到爭執的內容。最後，他們回到旅館，以涅文的名義在櫃檯留了紙條，上面有電話號碼。既然不能留在索菲亞，維拉就想去拜訪伊麗娜，然後回到哥諾山上的家裡等待消息。但涅

文堅持帶他們直奔海邊。而且，他不會讓她打電話給警察或伊麗娜，連接電話都不行。

巴布對亞莉珊卓說：「我沒有對她透露任何消息，免得嚇到她。他們顯然對她妹妹的狀況一無所知，而且她已經認為涅文的狀況不太對勁，她說，他整個星期都很氣憤和緊張。不過，她相信那是因為他父親的骨灰不見了。」

「而你認為並非如此。」亞莉珊卓猜測說。

「我認為不只是那樣。我想，他要保護兩位老人家，不讓他們得知他真正憂慮的事，無論那是什麼事。他一定知道有人在跟蹤他們。」巴布說。

「他們來這裡的路上沒有人跟蹤，對吧？」亞莉珊卓再次環顧露臺，心裡很絕望。

「看來她沒有注意到任何人。而且，畢竟，她和米倫沒有骨灰盒。除非某人認為他們有骨灰盒，或者企圖除掉他們。」巴布說。

「你是指永遠？」她握緊維拉的手。老太太現在看起來很平靜，無視於他們兩人都講英文，以及纏繞在他們所有人身上的威脅。

「但現在，他們真的有骨灰盒了。」亞莉珊卓說。「巴布，我們去伊麗娜和蘭卡家之前，你不認為涅文把她們帶走吧？」她覺得自己緊張到講不出話來。

「你是說，他可能自己綁架她們，留下那張字條？不可能吧。他離開莫爾斯科的時間太晚了，不可能比我們早到達普羅夫迪夫。」

亞莉珊卓呼出長長一口氣，繼續握住維拉的手。

吃完早餐後，亞莉珊卓幫維拉把骨灰盒搬進小房子的客廳。她不知道是否該把骨灰盒藏起來，但覺得

不該提出這種建議。她也心想，說不定涅文就像她有時候的想像一樣，對她大發脾氣，而不像維拉這麼仁慈，特別是他已經很擔心了。一想到要再次見到他，她的心一沉；他當然會變得像米倫和維拉一樣真實。但當務之急是找到伊麗娜，而如果沒有更多線索，他們要怎麼著手呢？

接著，另一位老太太出現了……是維拉的朋友，顯然是在柏維茲幫他們開門的那位鄰居的母親。她剛才出去買菜。她體格魁梧、健壯，留著一頭灰色短髮。維拉解釋這位是凡卡婆婆；她們以前在索菲亞是同學，十五年後又重逢。維拉和凡卡在屋子裡忙碌起來。她們在骨灰盒的兩旁各放一個花盆。史托楊的骨灰回來了，維拉鬆了口氣，似乎遺忘了悲痛本身；然後維拉的手臂攬著凡卡圓潤壯碩的臂膀，兩人一起上樓。兩位老太太離開時，巴布和亞莉珊卓回去找米倫。

「我想問他關於史托楊在警察那邊的紀錄，還有他自己和侄女談話時為何那麼焦慮。」巴布低聲說。米倫．拉迪夫坐著，手肘架在輪椅的扶手上。他已拿出一塊大大的藍色手帕，用手帕擦眼睛，似乎不是因為哭泣，而是流出分泌物。亞莉珊卓記得拉迪夫小姐曾提起他以前的力氣和活力。

「告訴他，我們見過拉迪夫小姐，也很喜歡她。」亞莉珊卓說。

巴布傳達這番話，米倫．拉迪夫的臉色亮起來一會兒。亞莉珊卓心想，他再度變成年輕人了，那位精力充沛的科學家，以及音樂愛好者，曾經追著史托楊．拉扎洛夫的表演跑，仰慕他的才華。他的眉毛是灰黑色，泛黃的眼睛很溫和、健忘。他的額頭中央直直冒出四、五根鐵絲般的頭髮，宛如海象的粗大觸鬚，或者大象背部的毛髮；她突然聯想到伊麗娜．喬吉瓦描繪的動物。他一定很愛史托楊和維拉，才會年紀大了一直跟他們住在一起；儘管現在如此虛弱無力，米倫．拉迪夫仍莫名守護這個陷入困境的家庭。此刻他似乎快睡著了，茶杯冒著蒸氣，塗著柑橘果醬的麵包只吃了一半。他們尚未收走他的早餐，因為他吃得那

麼慢。

「拉迪夫先生。」巴布以輕柔的語氣說。老先生抬起眼皮，露出驚訝的眼神，似乎沒料到還會有人再次叫喚他。亞莉珊卓心想，這就像是叫一座山坐得直挺一點。巴布伸手到自己的背包裡，拿出那個陳舊的糖果盒。他在拉迪夫先生的盤子旁邊鋪開一張乾淨的紙巾，把裡面兩塊捲皺的破布放上去，那看起來比先前更加骯髒、更加陳腐。

「拉迪夫先生。」巴布說。

米倫．拉迪夫的眼睛又睜開一點，拿起他的手帕給他們，然後又放下。他彎身靠近一點，伸出一根手指，摸摸其中一塊蜷曲僵硬的布捲。他的話語，等到說出來時，就像他的手指一樣顫抖。

「他說，他以前看過這個。很多年前史托楊拿給他看過，向他說明那是什麼，又是在哪裡得到。」巴布對她說。

「他知道營區的事？」亞莉珊卓說。她的心咚咚跳得很不舒服，因為米倫．拉迪夫的眼睛又開始流淚；這一次，他忘了自己有手帕。史托喬爬到她的椅子側邊躺下來。

巴布看著老先生一會兒。「他說，史托楊拿給他看，大約三十年前，那時他們一起喝著酒。他說，史托楊又有兩次遭到逮捕，遣送到距離布爾加斯很遠的地方去工作。我想，其中一次就是米倫當場目擊，而且告訴他侄女那次。關於這件事，米倫從來沒告訴其他人，連維拉都沒有，因為史托楊不想讓她承受更多痛苦。維拉當然知道發生什麼事，因為她眼睜睜看著史托楊被帶走三次，然後變得衰弱消沉回來，但他拒絕對維拉透露詳情。米倫相信，史托楊把每一件事都告訴他是要懲罰他，那是史托楊給他的唯一懲罰。」

「懲罰他？他做了什麼？我以為史托楊要懲罰的人是他自己。」

巴布看起來若有所思。「他似乎不想再說更多了。不過，我現在要問他，史托楊寫了『只有米倫・拉迪夫知道』是指什麼意思。」

他對拉迪夫說了，只見拉迪夫伸手抹抹額頭，動作笨拙，然後才回答。

巴布說：「他說，他認為史托楊把自己的人生經歷寫下來，但他不知道現在手稿在哪裡。他相信史托楊把它交給小納斯・阿格洛夫。而我們知道這是對的。」

「那麼，拉扎洛夫先生收藏在他樂譜後面的東西呢？」亞莉珊卓問。

巴布對米倫・拉迪夫說了，輕輕指著那些骯髒蜷曲的布。

但是拉迪夫似乎沒聽到他說的話；他讓輪椅往後滾動幾公分，然後睡著了。

第六十九章

一九五三年

一九五三年

不。

一九五三年

一九五三年

然後有事情改變了，但一開始，我不知道究竟發生什麼事。

第七十章

他們坐了一會兒，看著米倫沉睡，直到廚房的電話響起來。拿水泥抹刀的男子走出來，請他們去接電話。那是涅文．拉扎洛夫打來的，他說。

我和他無法彼此了解，亞莉珊卓想著，覺得很驚慌，雖然涅文當然曾經對她講一點英文。

不過巴布走進去接電話，解釋他們是誰，又為什麼在這裡。等到他回來，神情呆滯、憂慮。「涅文要我們去這附近的一個村子找他談話。他給我的地點是一間餐館。我問他知不知道伊麗娜和蘭卡的下落，但他不肯在電話上談論她們。他只說，他發現她們家空無一人，就像我們一樣。開車到他說的村子要一個多小時。我不知道他為何在那裡，也不知道他為何要在那裡跟我們碰面，不過他非常肯定。他說他會等我們。」

亞莉珊卓心想，巴布也懷疑這是陷阱。她仔細端詳巴布的神情。「而你對他說了骨灰盒的事？」

「對。他說，等他見到你，他會向你道謝。不過講到伊麗娜和蘭卡，他的語氣聽起來非常焦慮。」

「噢，真希望他知道她們的消息。還有史托喬，我們可以把牠留在這裡嗎？」亞莉珊卓說。她看著狗兒，而牠抬起頭，棕色眼睛在黑絲絨般的臉上顯得好嚴肅，與其他部分很不搭。

巴布也看著史托喬。「我們帶著牠。」他說。

早上稍晚，太陽升起，陽光籠罩整個鎮，但還沒有很熱。他們開車沿著陡峭的街道下山時，亞莉珊卓看著山腳下的大海，廣闊的水域閃閃發亮，向外一路延伸到地平線，宛如寶石的刻面。她的內心升起一陣顫慄，似乎有某件事遮蔽了這個地方和這一天的美麗。幾分鐘後，他們開車經過鎮上最後的古老石牆，進入風勢強勁的海岸道路。巴布開到一個急轉彎處，突然轉變方向，還用兩種語言咒罵一番。

「怎麼了？」亞莉珊卓嚇得倒抽一口氣。接著她看到兩個人站在路中央，剛才因為彎道和路樹的遮擋而完全沒看到，巴布只差一點點就會撞上他們。她轉頭看。其中一人站著，雙手插腰，另一人正對他講話——他們彷彿在空無一人的人行道或開闊的原野上愜意談話，而不是在馬路的正中央。他們凝視著某種東西，顯然是他們自己的手工製品。她看出那是金屬十字架，剛用緞帶和人造花做好裝飾，放在路邊，那裡曾是某個人在同一個急轉彎遭遇車禍死去的地方。或者因為站在路上而死去，亞莉珊卓心想。

巴布離開主要道路，開上一條較小的路，帶著他們離開海邊。再過一小時，她就會與涅文再次相見。

第七十一章

一九五三年

事實上，遠方有某種騷動，剛開始是在蘇聯，史達林過世的地方，然後是索菲亞。改變一路來到我們——營區裡的沉默骷髏——身上。那天晚上，我們從採石場回來時，柵欄門口有陌生的卡車，還有一些人穿著制服，與我們守衛的制服是一樣的，不過比較新、比較乾淨。他們有些人看著我們，圍繞在四周，但沒有與我們任何人交談，就我所知是如此。他們進入營房和廁所；所有例行活動都暫緩。有些人在筆記本裡寫字。我們看到他們與主任交談，也看出主任很怕他們。廚師忘了給我們吃豆子。大部分的年輕守衛聚集在角落，但莫莫向訪客行致敬禮，帶他們到處走走看看，甚至敢對他們開玩笑。

情況似乎是：雖然莫莫沒有找到囚犯去見委員會，那單位終究來找我們了。

他們離開了。一、兩天後，或者三天，又有更大的卡車抵達此地。來人的帽子有更大顆的星星，腰帶上的槍枝也更好。他們叫我們排好隊伍，然後宣讀聲明，表示我們已經服完刑期——很多人根本沒有經過判決，但沒有人提起這件事——因此會移回索菲亞，並在社會上工作；只要沒有再次犯行，也沒有對於我們在營區這裡的改過自新狀況說謊話，就可預期在社會上工作順利。尚未服完刑期的人會遣送到比較現代化的營區，負責建設那裡；但他們沒有說會送去哪裡。

隊伍間掀起一陣驚訝、困惑和不大有興趣的窸窣聲。我想，大多數人無法真正了解那個高大男子說的話。我直覺知道自己會是遣送到「比較現代化營區」的人，然而等到卡車上的人開始把我們區分成兩排時，他們把我推到準備釋放的那條行列。或至少是運送回索菲亞。我還無法相信有釋放這回事。我覺得眼淚流下臉頰，但對我來說，「希望」已經變成很不熟悉的感覺，事實上我還懷疑眼睛是否出了什麼問題。這時到處都看不到莫莫，我希望至少能知道他們把小納斯埋在哪裡，埋於樹林裡的哪個坑洞。

那些人給我們額外的食物，以前從來沒有這種事。我們奉命去梳洗，雖然距離平常的盥洗日還有一星期；接著給我們成堆的舊衣物穿，不過很完整也相當乾淨，彷彿我們又重新變成初來乍到的菜鳥。我身邊沒有保留個人物品，除非你認為馬口鐵杯也算的話；不過我把它留在盥洗室內，留給需要的人使用。到了最後一刻，趁著沒有守衛監視的時候，我從雙手取下骯髒蜷曲的繃帶，緊緊捲起放入口袋。畢竟，這些繃帶，以及我為自己製作的所有類似繃帶的物品，曾經保護我的雙手長達四年之久。

接著，那些人把我們趕向卡車。我遲至現在才想到這可能是騙局；營區變得太擁擠，這些新來的守衛要把我們帶去山區槍斃掉。不過我對腦子裡的這個聲音努力勸說，假如真是如此，他們不會浪費好衣服或額外的食物在我們身上。他們一定是希望我們看起來比真實的樣子稍微體面一點，然後才載我們經過村子。我們這一隊有個人驚恐崩潰，自己衝出大門；營區守衛對他開槍。他衝到外面獲得自由的時間只有半秒鐘。

接著，那些人把我們塞進卡車，離開了澤雷涅茨。

第七十二章

涅文指名碰面的村子，是亞莉珊卓迄今所見最空曠的地方。坑坑洞洞的路上沒有半個人，村子裡只有一間小雜貨店，沒有人坐在店外生鏽的椅子上。廢棄房屋的屋頂有鸛鳥在巢上展翼拍翅；最大的巢座落在市政大樓上方，大樓看起來也荒廢了，但也許曾用來當學校。許多狗就睡在塵土飛揚的路上。巴布把車子停在一個破敗街廓的末端，他們下了車，讓史托喬綁上繫繩，然後環顧四周。餐館位於兩棟低矮房屋之間，門開著。黑暗從門內向外窺伺，蒼蠅在兩張桌子周圍的泥土地上嗡嗡飛。

「這一定是我們要找的地方。」巴布說。但他的動作小心翼翼。亞莉珊卓把史托喬的繩子綁在樹幹上，徹底遠離其他狗，然後跟著巴布走，他推開門口的塑膠垂飾走進去。

經歷了外面的燦亮光線，餐館內部很暗。這裡其實算是酒吧，也許在這麼荒涼的村子裡，一種生意必須提供兩種需求，亞莉珊卓心想。餐館設置了木頭櫃檯，後面坐著一名女子，她留著灰白的頭髮，趴在桌上玩填字遊戲。空氣中有鮮明的炭燒咖啡味，一盤乳酪派皮點心在玻璃下顯得乾巴巴。沒有顧客。

接著，有個男子在角落伸展身子，他坐在那裡的一張桌子後面。他的頭幾乎要擦到天花板的橫梁。在昏暗中，亞莉珊卓看不清他的表情，但他依然那麼高大、真實，感覺好像會突然間伸展巨大的翅膀。她的心臟差點害她噎住。他走向前，與巴布握手，然後轉過身，直直看著她。

現在看得到他的臉了，寬闊的顴骨和濃密的短髮，鑽石形的金色眼睛，嘴巴和鼻子周圍的皺紋。這一次，亞莉珊卓也能在他臉上看出他母親的美貌。他比記憶中更加高大，寬闊的肩膀稍微駝背，手臂和雙手顯得優雅。他穿著以前她看過的白襯衫，或者類似的襯衫，袖子捲高。他坐的椅子掛著一件黑色風衣，還有一個小型皮革包包的背帶。他沒說話。向她走近一步後，他站著不動，仔細端詳她。

亞莉珊卓強迫自己看著他的雙眼。她一度想像自己趴倒在他腳邊的地上，說不出話，懇求原諒。但那只是一場幻夢。她反而以最堅決的態度，伸出自己的手。

她說：「涅文，我是亞莉珊卓．波伊德。」

「我知道你是誰。」涅文說，握住她的手。她現在回想起他的聲音了：緩慢且清晰，口音很重。

亞莉珊卓抬頭看著他。「我有一件屬於你的東西。」

「我知道。」他說。

她試圖放開手，但他繼續握著。她顫抖著吸一口氣，說：「我想要對你說我有多抱歉。那是你最寶貴的……」她差點要說「財產」，隨即住口。「骨灰盒安全放在莫爾斯科，與你母親在一起。我真的很抱歉。」

他站著，低頭看她。「那確實是我的寶物。」他再次與她握手，彷彿剛才還沒握過。「就是因為這樣，我才把它交給你。」

她盯著他。「把它交給我？」

他說：「是的，我們是……」他放開她的手，接著對巴布說話；他的英文程度難以表達接下來想說的話。巴布幫他翻譯時，驚訝顯現在他臉上。「他們一直遭到跟蹤。他很擔心母親的安危，還有米倫．拉迪

夫的安危，他知道必須立刻把骨灰盒藏起來。」他停下來，再次聆聽涅文說話。「他說，他看到你已經把它和你自己的袋子混在一起，他心想，那樣可以藏起來。它……它的離開讓他心碎。」涅文作勢指著亞莉珊卓。「他沒想到的是，你不是普通的旅人，不是像觀光客那樣的人。他沒想到你會發現，而且尋找他們，想要歸還它。還有，匆忙之間，他沒有想到，你可能會去報警。」

亞莉珊卓默默站著。

巴布突然對涅文說：「你有沒有伊麗娜和蘭卡的消息？她們安全嗎？」

涅文搖搖頭。「我什麼都不知道。我正在等一通電話，那會告訴我要去哪裡找她們。晚上有個男人打電話這樣說，說他會在中午打電話，把地點告訴我們。」

亞莉珊卓的胃揪成一團。在那個地點，他們會找到……什麼呢？

涅文說：「還有四十五分鐘，在那之前，我們什麼事都不能做。首先，我們趕快出去。」他向坐在凳子上的女服務生示意，只見她抬頭看他們。涅文放了一點錢在他的咖啡杯底下。「我想要告訴你們一些事，不能在這裡說。我們可以離開嗎？」

亞莉珊卓看著巴布。他點頭，於是他們走出去。光線令人目眩，到處都有蒼蠅。史托喬正看著路上的其他狗，那些狗這時站起來，接著對牠吠叫。在外面這裡，涅文看起來又更高了，很高大，但肩膀也很寬，陽光下髮色很黑，鬢角的灰髮閃耀銀光。

突然間，史托喬扯著繫繩跳起來，勒住喉嚨哀鳴。

「什麼？」涅文盯著那隻狗。

亞莉珊卓喃喃說：「我猜你認識牠。」

不過涅文已經跪到史托喬面前，盯著牠的雙眼，摸摸牠的頸部側邊。他說：「安東尼奧，這是我們的安東尼奧。你們知道吧？就是韋瓦第的名字。」

「那是史托喬真正的名字？」亞莉珊卓顧不了太多，開始笑起來，涅文也轉過來對她微笑。他指著馬路對面，那裡有一條小徑穿越樹木之間，通往一片草地。

「我們可以坐下來，在那裡聊聊，我想對你們說一件事，那對我父親很重要。」他對亞莉珊卓說。

巴布突然說：「在那之後，你會對我們多透露一點，為什麼骨灰盒對警察很重要嗎？」

涅文點點頭。「是的，我會。我知道的都會說。我想，沒有人會來這裡找我們，我們至少有點時間。」

亞莉珊卓略顯遲疑。「巴布可以幫你翻譯，如果你願意的話。」

「我一定會的，我會緊盯著你。」巴布嚴肅地說。

小徑帶他們穿越矮小茂密的松樹，那裡有人扔了好幾個白色塑膠杯、一個空的可樂瓶，還有個皺縮的保險套。不過他們到達開闊的草坪時，亞莉珊卓發現那裡很清新，太陽把長草地曬得暖烘烘的。前方躺著一條閃閃發亮的灰綠色河流，河面夠窄，她只要跳幾下就能過河，有些蘆葦和石頭延伸到河裡。

到了河邊，涅文把夾克鋪在地上，示意亞莉珊卓坐下。他把自己的皮革包包放在身邊。史托喬扯緊繩子想要靠近涅文，但亞莉珊卓要牠保持安靜。巴布仰躺在他們旁邊的草地上，點燃一根香菸，緊繃地吸著菸，亞莉珊卓不禁好奇，他現在是否把槍放在外套裡。

第七十三章

一九五三年

滿載我們這些囚犯的卡車轆轆駛過澤雷涅茨村落，但沒有停下來。我看到一些人在他們的房子外面看著我們。卡車續行到更大的城鎮，接著是叫尤戈夫的地方，但後來得知改成其他名字。我們在那裡登上一列火車，同樣是毫無內裝的貨運車廂，但這一次，每節車廂的囚犯人數比較少，而且每隔五小時就放我們出去外面。那些人用槍押著我們，到視野開闊、開放的田野上。他們也給我們水喝。第一次停車時，我們看到山脈已經非常遠了；到了第二次停車，我們已經到了另一區，而隔天早上停車時，我們可以看到索菲亞周圍的山峰。有些囚犯哭了；其他人躺在車廂地板上喃喃自語，無法理解究竟發生什麼事。我想，角落有個人可能失去生命跡象。我努力不讓內心的希望變得越來越強；這永遠有可能仍是某種詭計或幻夢，或者我根本已經死了，就像火車停下卻沒有起身的那個人一樣。

火車突然停在索菲亞外圍，我們全部再次擠上卡車；本來我的心一沉，後來才明白這樣很自然，他們不會帶我們進入大型車站，不會讓我們在光天化日之下走入人群。卡車載著我們進入一棟我以前從未見過的樓房，位於城市郊區，我們在那裡接受強力消毒劑清洗全身，眼睛、嘴唇和私密部位都覺得灼痛不堪。接著，算是一週以來比較好的部分，我們睡在大間牢房的地鋪上，一天吃了三頓像樣的餐點。我已經太久

沒有見過普通食物，看到和聞到的時候差點崩潰。有些人吃得太快，整晚都很不舒服，或者在廁所坐了好幾個小時。我剛開始很小心，珍惜地慢慢吃，而且只要有機會就休息。

我以好奇的眼光看著自己的雙手；一旦不需要推動手推車或敲破石塊，雙手就開始一點一滴痊癒，從內部開始，不過表面看起來幾乎與以前一樣慘，而且持續疼痛。白天期間，我們接受個別問話，詢問改過自新得如何，而他們也告知答案：我們相信自己徹底改過自新，未來會好好工作證明這一點。我們沒有遭到毆打，但訊問我的管理者——是個鼻子上有痘瘡的壯碩男子，他要不是坐在那張大桌子後面，否則做這種工作看起來太老了——他用深思熟慮的語氣對我說，曾經是罪犯的人，餘生都必須接受監視，這樣社會才能保持安全。我會簽一份聲明書同意這點。他問我了解嗎？

我了解。或者我以為了解。我說是的，我了解。

我主要是想到維拉，如今她只距離幾公里遠；我也想到受苦的雙親，我甚至無法確定他們和維拉的父母是否還活著。

在那裡的第一個晚上，另一間集體牢房有個人過世了，在睡夢中平靜辭世，大家都看不出原因，就像火車上那個人一樣。到了早上，守衛來把他的遺體帶走，並問我們對於他的死是否得知任何狀況。他的身體沒有外傷，於是沒有人因為他的死而接受進一步訊問。仔細想想，他可能因為幸福而死，或者就是簡單的傷心而死，因此我決心保持心情平穩，以免情緒到了最後一刻背叛我的身體。我又想起小納斯·阿格洛夫，以及我們曾經擁有的多年友誼。我當時不知道他在澤雷涅茨的醫務室活了下來，而且已經關在索菲亞的另一座監獄，他在那裡又服了三年刑期。

隔天，他們把我們這群人一個接一個釋放到城市裡，隨身物品就只有我們身上穿的那些衣物。

第七十四章

她看到河水流過高聳蘆葦的邊緣，而且聽到和聞到的動靜比看到的更多。有些花朵看起來很像她家鄉的野胡蘿蔔，而越過花朵，她可以看出陽光輕觸一片綠色原野。她讓自己的雙手懸垂於雙膝之間。

涅文伸手撫過頭髮。他身上傳來一陣類似河流的氣息，但更加宜人；她覺得自己彷彿伸手碰觸他的襯衫，她當然絕不會那麼做，而他的觸感會比烘熱的地面和青草更加溫暖。雖然他們沒有這麼做，但她覺得兩人的雙手似乎在草地上交握。她再次看他一眼，看著他低垂的頭，以及黑髮的側邊。她幾乎希望他不要說話。那麼，她就絕對不需要知道接下來的可怕事物。

涅文沒有看著她，說道：「我的英文沒有很好。」

「還好啊。」她很快對他說。

「不好。很粗略。沒有……條理。我很不好意思說，其實我想要就讀英語高中，但他們不會讓我入學。因為我父親的關係。我有朋友去那裡讀書，我向他們學了很多，看很多電影。還有聽音樂。」他對她皺起眉頭，對自己的努力成果很不滿意。

亞莉珊卓說：「我不介意，而且如果需要，我們可以請巴布幫忙。」自從在餐館握過他的手之後，這是她第一次真正碰觸他，偷偷的，碰觸他那溫暖平整的襯衫袖口。

「我的父親。」他說，然後再度停頓。「他是非常好的人，卻認為自己是非常壞的人。那是一種……很辛苦的組合。想法。你們懂吧？」

他傾身向前，彷彿聆聽著河流的聲響，接著從葉鞘裡拔出一片草葉，動作很熟練。「有時候……有時候我們知道某個人是非常壞的人，但他認為自己是好人。也許那樣比較糟吧。更糟。糟糕的是，由於壞人認定自己是好人，他就認為可以為所欲為。可是，非常好的人有時候會想，我非常壞，這種想法……摧毀他的人生，他的一切。他認為自己沒有權利做什麼事，於是越來越退縮。這種情形發生在我父親身上。他永遠都這樣想：Je n'ai pas le droit.（我沒有權利。）」

一種奇異的現實感在她腦中輕聲訴說：我遠離家鄉，坐在一條河邊，聆聽著法語，不過是在保加利亞，是傑克一直想去的地方。感覺好像可以在沒有音樂的地方聽見音樂。

涅文搖搖頭，用擦得發亮的鞋尖滑過草莖。「第一次……katastrofa（崩潰），發生得非常慢，在那之後，我父親的人生為之毀滅。而他既勇敢又平靜。所以，沒有人明顯注意到，直到他過世。」

涅文轉開頭。他讓她聯想到公獅的悲傷模樣，彷彿牠們的尊貴是一種可怕的重擔。她努力想辦法安慰他。

「你的父親擁有你啊。」她不禁心想，何時該給他看看他們在史托楊的日曆後面找到的東西：一個寫著二〇〇六年六月的信封。

「噢，我啊。」他聳聳肩。「是的，他有我。」他坐著，撥弄青草，扔掉，然後動手拔另一根草莖；手指修長，纖細得令人驚訝，但是指關節很粗，感覺工作的勤奮程度遠超過她在家鄉認識的所有人。沒有戒指。

「我想把他告訴我的事情說給你們聽，因為我相信你們有這個權利。知道的權利。」他看著巴布尋求協助，填補他說得不完整的話。「他過世之前，我在布爾加斯工作。他變得病重的時候打電話給我，請求我去陪他和母親一星期，或者兩星期。他說，為了我母親，他希望我在場。不過，事實上每一天他都希望我陪在他身邊。他經常躺在床上，太虛弱而無法站立，很多天都這樣。接著，情況好轉，可以坐在屋外的椅子上。那是在伯維茲，他們的房子。他請米倫．拉迪夫去跟他們一起住，我去之前已經住了好幾個月，幫我母親的忙。」

涅文沉默了一會兒，接著似乎振作起來。「我母親非常擔心父親病得太重而無法下樓，不過我對她說，他希望待在他的臥室裡。我心想，他們會帶著他的遺體離開這裡……他不需要嘗試走下樓梯。我是對的。我父親討厭醫院，我們也無法負擔好的醫院。我想，我反而會給他一大堆……藥丸，如果他想要結束得快一點的話。有時候，我們去看醫生，而醫生只是……」

涅文搖搖頭，似乎要傳達醫生的動作。亞莉珊卓很能理解，她想：醫生把史托楊．拉扎洛夫打發走，這病例太難挽回、太老邁、太不重要，癌症肯定比它寓居的軀殼更加精力充沛。她不禁好奇，他們怎麼負擔得起相關的藥丸？

涅文撥掉袖子上看不見的泥土。「他經常對我說，他想要跟我聊聊，把他人生的一些事告訴我。不過等到我去陪他時，他只是看著我，好幾個小時，什麼話也沒說。他有一雙漂亮的黑眼睛，即使生病也很漂亮。有一次，他要我把小提琴拿出來，他坐在椅子上拉奏，最後一次，巴哈和一些布拉姆斯，當然還有韋瓦第。」

「噢。」亞莉珊卓輕聲說。

但在這時，涅文除了自己腦子裡的音樂，顯然聽不到其他聲音。「最後，我父親對我說，讓我母親好好休息，離開一下，讓生活有點變化。她坐上巴士，花了一整天去普羅夫迪夫看她妹妹。要離開我父親，她非常擔心，但我對她說，最糟的也就是她不在家而父親過世，於是她擦乾眼淚，為了父親勇敢起來。她向他吻別，就是，深深的……親吻嘴唇，以免再也見不到他活著。」他說，差點要表示歉意。

亞莉珊卓覺得自己的眼睛開始刺痛，於是她搖搖頭，壓抑淚水。漫長的幾天，漫長的旅途，缺乏睡眠。那是他的過去，不是她的。

「我母親不在時，我去父親床邊，拿點水給他喝，接著給點湯，他試著吃了一點。他對我說，他會睡一下，然後講個故事給我聽。他睡著時，我坐在他旁邊。他的呼吸聲很響亮又急促。我一直看著他，因為很怕他會停止呼吸，來不及醒來講故事給我聽。不過他醒來了，搜尋我的身影，看到我在那裡，立刻就開始講話。他說：『涅文，我希望你知道一件事。』」

「我想聽，但他的臉色很……可怕，所以我也很不想聽。我反而請他休息。」

涅文伸出手，牽住亞莉珊卓的手。在那一刻，她不知道涅文怎麼曉得她的手放在哪裡，而她有種感覺，他只是複製自己記憶中的動作，幾乎是心不在焉。或許他父親曾以同樣的方式向他伸出手。不過她的手充滿他的觸感；她覺得應該要抽開手，但內心完全不想。她低下頭，看著整齊方形的指甲，比她自己的指甲大好多。他們的手指纏繞放在溫暖的草地上。她不禁好奇巴布是否不贊成這樣；她抬起頭，發現他正看著。巴布聆聽得很認真，她知道，但是他很機靈，隨時準備幫她翻譯，而非救她。她想像史托楊．拉扎洛夫的臉貼著枕頭，乾燥的嘴唇塑造出一個故事，對土地輕聲訴說他的祕密。

「我父親說：『我想讓你知道。』」涅文的目光從她身上移開，面對著河流。

「請等一下。我想，我們應該先給你一個東西。我們還沒打開。」亞莉珊卓說。

她轉向巴布，他從自己外套裡面拿出一個信封，遞給涅文。最後的部分。

涅文用雙手拿著信封一會兒，看著筆跡，然後拿出裡面的紙頁。他默默讀過。等到讀完，他抬起頭，琥珀色的淚水盈滿眼眶。

「你可以讀這個給亞莉珊卓聽。」他對巴布說。

第七十五章

一九五三年

最後的部分。絕不能發表。

帶著滿是瘡疤、與以前相比變成兩倍大的紅腫雙手，穿著不合身但沒有破洞的乾淨衣物，頭上和下巴留著剛修剪的短髮和短髭，我踏上索菲亞的街道，試圖理解自己是自由之身。我的口袋裡沒有錢，沒有個人物品，只有我保留的骯髒捲曲繃帶；還有另一件物品，我把它藏進舊衣物，接著移進新衣物。我開始走向市中心，然後前往我們社區。不管走到哪裡，每隔十分鐘都停下來休息，心臟才不會虛脫。

突然間，我比以前更加害怕。萬一我的恐懼成真，那該怎麼辦？她已經忘了我，或者猜想我已經死了，放棄等我回去。她再也不愛我。她死了。我不在的時候，萬一他們已經幫我舉行告別式，然後繼續過日子，因為他們也只能那樣做，那該怎麼辦？或者，萬一這全是一場考驗，索菲亞城外車站的守衛到現在仍跟蹤我，等我帶他們去找維拉、找我父母，輪到逮捕他們呢？說不定他們已經遭到逮捕，而維拉身在遙遠的地方，關在某處女子營區？

我頭一次開始觀察周遭的人們。直到剛才為止，他們看起來很像鬼魂，但現在，我眼中的他們完好無缺，或至少只有普通的擔心和煩憂。年輕女孩穿著她們的春日服裝，婦女正要去採買食物，年輕男子往目

的地前進，老先生穿著他們的老式夾克，停下來彼此聊天。他們全都不知道我們的事，一個充滿骷髏的營區。或者，他們因為某種理由而得知？一名穿制服的水手，從遠方大海而來，正對另一名男子說笑話，他們都突然在人行道停下腳步，享受完整的笑梗。我才是鬼魂；我看著自己，有一雙巨大空洞的眼睛，形影映照在一家餐廳的窗玻璃上。我看到人們窺伺著我，眼神好奇或同情：是個病重的男子，很可憐，腳步蹣跚，頭髮太早掉光，穿著尺寸過大的可笑鞋子，拖著腳往前走。

如今，我走過熟悉的街道，熟知每一個細節的漂亮廣場，正中央的黃色卵石街道，覆蓋著盛開紫藤的古老宅邸，在樹梢上方顯得閃亮的教堂圓頂，偉大領導人的陵墓也在陽光下熠熠發亮。我在公園邊緣坐下休息，坐在一張長椅上。我熟知的不只是街道和公園，連長椅也很熟悉，可以回溯到最早的童年時光。我用疼痛的手捏捏長椅邊緣。

等到能夠再次站起，我沿路走進我們家社區，心想在這裡，任何一個時刻，我有可能遇見某個認識的人，然而也許沒有人會反過來認出我。不過我沒看見半個人。樹木非常美麗，椴木開的花朵高聳於一切之上，十點左右的太陽照亮了楓樹和橡樹新生的亮麗葉子，以及馬栗樹的吊燈狀枝葉。最近快要慶祝聖西里爾和聖美多德日——待在索菲亞郊外的牢房時，我們這些重返社會的人發現確切的日期。戰爭時期，街廓末端的房屋曾遭炮彈炸毀，本來保留原狀，我不在時終於修復完成。家家戶戶烹煮著食物，我很驚訝於那種氣味帶來的不真實感受。一位沉靜的老太太坐在她家二樓陽臺的椅子上，用鉤針編織某種白色的東西。經歷過大馬路上巴士排出的廢氣後，此刻的空氣顯得香甜。我頭頂上有風吹過枝葉。我以前從未意識到自己住在天堂。現在我看得到我們家的房子，窗戶外面裝著鍛鐵窗。有棵新種的小樹，比一個人的身高略矮，種植在前門臺階旁邊，我一度有種詭異的疑惑，覺得那是不是要紀念我。房子的其他一切看來都與以

前相同。

我的心跳動得厲害，但我逼自己試拉大門。門沒鎖，是的，經常如此，我還記得，白天的時候，很多人進進出出。我鼓起勇氣，走上第一段樓梯。有人在一樓的某扇門後與他人爭執，但另一人沒有回嘴。我不記得那個說話聲，所以也許有新鄰居。我休息了一會兒，希望所有的門都不會打開。接著我爬上另一段樓梯，然後再爬一段。我停在我們家門前，同樣希望它不會打開，直到我有力氣敲門為止。我的衣服底下汗水直流，心跳得很不規律，不免懷疑剛才爬樓梯是否害我心臟衰竭。不過，我還會想去其他什麼地方呢？我舉起手，叩叩敲門，巨大的指關節都敲痛了。

一名女子打開門。她面帶微笑，顯然為了她背後房間的某個人說了某件事而笑。她有一頭黑髮，盤在頭頂上，眼睛宛如黑色的花朵。她穿著洗淨的棉質藍條紋洋裝，繫著棕色腰帶。她不像我記憶中那麼苗條，反而富有女性化的曲線，袖子捲起來的地方露出強壯的手臂。她的微笑消失了，嘴巴張得好大。一陣狂亂的快樂，幾乎是驚駭，浮現於她的眼神。接著，她的頭向後仰，身子底下雙腿一軟。

我伸出手抱住她，但我太衰弱了；我跌進房間，差點壓在她身上，差點與她一起昏倒。幸好靠近門的地方沒有家具，她沒有傷到自己。躺在地上，我親吻她的臉一下，輕輕的，接著想辦法從她身上爬起。她睜開雙眼，直盯著我。這時我看到她妹妹從桌子旁邊站起，一隻手拿著攪拌咖啡的湯匙。在那後面，爐子旁邊，放著一部嬰兒車，略顯歪斜，避開一扇窗戶直射進來的陽光；在那裡面，有個嬰兒醒過來，放聲大哭。

第七十六章

伊麗娜抛下手中的湯匙，衝過來扶起維拉，拿水給她啜飲。我坐在一張椅子上看著，先看看她，再望向小寶寶揮舞的手臂。小寶寶繼續哭。接著，維拉站起來，有妹妹的手臂環抱扶著她，然後站著凝視我。她似乎沒有聽見寶寶的哭聲。她像以前一樣美好可愛，比較疲累，渾身顫抖，老了一點點，但沒有遭到徹底擊垮。

我看著伊麗娜。「這個寶寶是你的嗎？」我用發抖的聲音說。

「不，他是我的。」維拉說。她沒有移動靠近我。「我們以為你死了。」

說出這番話似乎讓她的情緒釋放出來，她突然爆出激動的大哭，彎下腰彷彿要嘔吐。我站起來，不知所措。我想起自己在她眼中該有多可怕，一具屍骸。而這個小寶寶，是維拉的，但不可能是我的。我站著，雙手做了個動作，我以為自己想要抓起桌上的某個東西——也許是伊麗娜的咖啡杯吧——用力甩向牆壁。然而，我反倒縱臂抱住維拉，而她的臉埋在我的脖子上哭泣。她絕對是活生生的，比我更強壯，而她正擁抱一具骷髏。她看著我的臉，撫摸我頭上的粗短髮根，拉起我扭曲的雙手，凝視著它們。她哭了又哭。我說不出話；我只想感受她的碰觸，同樣回望著她。

伊麗娜呆立不動，看著我們。過了一會兒，她走過去，抱起寶寶，他立刻停止哭泣，掛著淚痕的紅通

通臉蛋轉過來看我們。他穿著上衣和編織褲子。他約莫六個月大，但我不是很擅長估計這種事，而他的漂亮眼睛很像維拉。他向維拉伸出手，於是維拉從伊麗娜的手中接過他。伊麗娜縮回廚房角落，這是我唯一一次看到她如此怯懦。維拉從寶寶頭上凝視我，接著寶寶轉過頭，同樣盯著我看。

「我很抱歉。」她說著，嘴唇顫抖。在她旁邊，寶寶長得比較像他自己，比較不像母親。「我們相信你死了。」

「你又結婚了嗎？」我一隻手扶著桌子邊緣，保持平衡。伊麗娜悄悄溜出去，從我們身邊走過。我了解她——我們等一下會再碰面，屆時再彼此問候。她離開，讓我和維拉獨處，這表示她相信我不會傷害她姊姊；知道這點，讓我的心情比較穩定下來。

「沒有。」她對我說，同樣低聲說道。

我想要問那個男人的名字，但最後我說：「你愛他的父親嗎？」

她低頭看著寶寶。他正以那雙漂亮的眼睛看著我。「不。但他們對我說你死了，我應該要忘掉你，那之後他幫了很大的忙。他是善良的好人，也愛我。他再也沒有待在這裡了。他去另一個城市工作。他想跟我結婚，帶著我和寶寶跟他一起走，但我說不要。」

「誰對你說我死了？」

「警察，你離開的八個月後。他們說，他們發現你是罪犯，你已經慘死在某個地方。他們說不能把你的屍體交給我，叫我盡快忘掉你。一陣子之後，我相信你真的死了，否則你會回來找我們。」她又開始哭。「我永遠不相信你是罪犯。」

我站著，一雙撐不住的雙腿直發抖。「那麼，你為何留在這裡？」

她抬起頭，是那個自傲、從容的維拉，那個女學生。「後來，我知道自己懷孕時……我知道懷孕之後，作了一個夢，你正要回來看寶寶。所以我對每個人都說你還活著，我曾祕密去見你，去你工作的遙遠鄉下……你被遣送到遙遠的地方去工作……讓他們以為這個孩子是……」她又畏縮了，滿臉惶恐，手摸著寶寶的幼小肩膀。

突然間，寶寶靠向我，身子伸得很長，我好怕他會從母親的臂彎掉出來。他伸出雙手，於是我靠近，在他面前低下頭。他摸摸我粗糙的頭皮，然後更靠過來，直到我伸手向前抱住他。

我沒想到自己知道該怎麼抱小寶寶。他的四肢好溫暖，即使透過衣服也能感受到。他的上衣往上捲起，露出渾圓的肚子，而維拉伸手把衣襬往下拉，塞進衣服裡。他凝視著我，神情嚴肅但很感興趣。他伸手放在我的肩膀上，停留在那裡。他的鼻子小而扁平，臉頰寬闊平滑。他抬頭看我時，我可以看到剛才淚水流過的纖細溼漉痕跡。他一定連眼淚都非常細小，每一滴淚珠都是。看到他發亮的臉龐那麼靠近，感覺很奇特，畢竟我經歷那麼多個月凝視死人的臉龐，或者活死人的臉。他的身體緊貼著我，貼近我的肋骨和肩窩。我心想，我一定是瘋了，抱著另一個男人的孩子，貼近我的心。我甚至不想知道，除了一個問題之外——因為勞改營已經把我的所有問題都清空了，這就是關於如何生活的問題。如今還剩一個問題。

「你叫他什麼名字？」

她頭一次露出微笑，擦擦自己的臉。「他以你父親的名字命名，不過我不能用那個名字，所以我叫他『涅文』。」

第七十七章

我是備受寵愛的孩子，涅文對亞莉珊卓說。我只知道我出生之前，父親離開一段時間，等到我上學之後又發生兩次，我母親很擔心，有時候會哭。我記得他第二次離開的事，雖然沒有目睹他離開。不過，我母親很和善又有活力，比我父親年輕，是很強悍的人，我的祖父母和外祖父母四個人也都健在，可以幫忙。有一次，當時我八歲，父親在離開的期間回來家裡；他來布爾加斯探望我們三天，對我說，他去一個村子，得再工作久一點，因為那裡需要他，等到他又離開，我得好好照顧母親。

他每次回到我們身邊，雙手都因為工作而受傷得很嚴重；他是優秀的音樂家，但手指經常出狀況——關節炎，他說。每次回來之後，他非常緩慢地恢復練習，直到能在願意接納他的任何管弦樂團演奏，剛開始在索菲亞，接著等到米倫叔叔幫我們搬到海邊後，他在布爾加斯拉琴。我父親在那裡找到食物加工廠的工作。他不在的時候，我知道他不可能是去當音樂家，因為他的小提琴總是留在家裡，而我母親會把它藏在衣櫥裡，上面多放一些毯子。我偷聽到他對我母親說，有時候他獲准回去管弦樂團，只因為他們知道他有多優秀，而他們需要他——他說話的痛苦語氣讓我非常震驚。如果知道我正在聽，他絕不會用那種語氣說話。

有時候，如果我父親生病或疲累，放了幾天假，母親會送他去探望他朋友小納斯·阿格洛夫，他是畫

家，她說父親是去鄉下工作時認識他，那是我出生之前的事。小納斯在索菲亞住了一段時間，結婚後搬回洛多皮山區，回到他以前住的村子。他在村子附近一間小工廠工作。我父母沒有很多朋友，但這兩位，小納斯和米倫叔叔，對我們忠貞不二。

我父親希望我學拉小提琴。我們上課並不成功。父親即使在家，而且持續好多年，他通常既疲累又多病。我認為他一定比他說的年紀更老；而且他非常安靜，甚至內向。他嘗試教我拉琴，但是屢屢因為他長時間不在家而中斷，我無法達到他所希望的進步。反正我根本不相信自己能拉得好，不過呢，也許那會讓他認為我的才華沒能好好發揮。

我倒是很擅長數學和運動方面；我學田徑，我跑得很快，不過從來沒贏得重要的獎牌就是了。我也是很聽話的乖孩子。我不記得童年時期做過什麼壞事，只有趁人沒注意，有時候在街上的汽車輪胎附近放釘子——所有的男孩都這樣；還有一次，我從圖書館的書裡偷走一份地圖，那是從舊書拿出來的大張歐洲地圖，我覺得不會有人要，然後把它掛在我的小間臥室牆壁上，貼滿整個牆壁。我最喜歡的部分是保加利亞，畫成淺綠色；其他在我看來永遠都是異邦。我對父親說，我是在書店花了幾毛錢買到這份地圖，但他什麼話都沒說；他默默盯著它，接著走出房間。所以我獲准留著它。

等到我十歲或十一歲時，父親把我叫到他面前，給我看一本書，一本俄文的珍本書，他從布爾加斯市中心的古董店買來收藏。那本書是義大利的圖解建築史；他向我解釋，他年輕時曾經去羅馬演出協奏曲，也曾短暫造訪佛羅倫斯，然後給我看那些圖片。我很清楚，最好不要跟其他人討論我父親曾在墮落的西方世界學音樂的事，我的整個童年時代都知道要這樣；也因此，聽他談那件事讓我非常興奮，而且有點害怕。這是大競技場，人們在那裡與野獸搏鬥；我曾在學校讀過這個。這個稱為大教堂，是布魯涅內斯基為

佛羅倫斯設計的。我父親曾親眼見過那些事物。

而這個，我父親說著，非常小心翻過一頁，是威尼斯，亞得里亞海之后，威尼斯共和國，他年輕時無緣造訪的偉大城市。他說，威尼斯非常特別，因為它建造在許多島嶼和沼澤上，幾乎全在水中。我觀看插圖，那用彩色繪畫重現場景。書中描繪高聳的建築，全部圍繞在廣場四周，還有一座巨大教堂的圓頂，而靠近廣場邊緣有一批小船。遠處的水域有帆船。人們隨意漫步在廣場上，看起來非常渺小，披著斗篷戴著三角帽，或者身穿長衫遮住非常寬大的臀部。那之後的幾年，我認為威尼斯這地方的街道是為了水域而開闢，而更奇特的是，人們的衣著充滿異國風情，不合時宜。

接著我父親說，總有一天，他會和我一起去威尼斯，而這件事絕對不能告訴別人。他說，他最愛的作曲家，韋瓦第，曾在那裡生活和工作，他終有一天會親眼見到那個地方，而他會帶我跟他一起去，因為我和韋瓦第曾經救了他的命。當時我一定顯得很困惑的樣子；他把我拉到身邊，親吻我的臉頰，搓搓我的頭髮。他要我把小提琴拿來，憑記憶拉了一首曲子給我聽，那首曲子非常美妙、浩大、燦爛，宛如索菲亞市中心的大教堂。

他演奏完之後說：「這是我們的朋友韋瓦第，等我永遠走了以後，這首曲子就是你的。」他的神情充滿喜悅，再度讓我覺得很困惑，因為他談起他的死——更何況他還很年輕，即使看起來比較老。我一點都不希望他死掉。

到了十三歲，我才明白自己的父親與其他人不一樣，不只因為他去過西方國家、一直練習小提琴，也因為在我小時候他曾像魔術師一樣消失好幾次。他跟我們一起住在家裡時，每個月都要去布爾加斯的警察局報到一次——「洽公。」他總是這麼說。有時候他突然奉召去那裡，而他絕對不會忘了向我母親吻別，

非常熱情，我看了總是很驚訝而且難為情。母親會在廚房裡踱步，直到他一個小時後回家為止，只有幾次他過了幾個月才回家。

有一次他對我說，如果他又得去國內的另一個地區工作，我一定要打電話給米倫・拉迪夫，請他來照顧我和母親，米倫叔叔對我們忠心耿耿，永遠會伸出援手。他說，那就是他們的安排。我父親每年拿出那本書至少一次，給我看威尼斯，告訴我，總有一天我和他會看到它，我和他父子倆。

我在十九歲離開家，進入軍隊——我們所有人都一樣；母親自己編織襪子送給我，還有幾塊布用來包腳，放在鞋子裡面讓雙腳比較乾燥。但無論如何，我還是磨破水泡、感染黴菌、掉了趾甲。軍隊很可怕，食物很可怕，營房裡面永遠都很冷。不過我還年輕，到最後也覺得沒什麼大不了。我在那裡交了一些好朋友。退伍之後，我想去索菲亞大學主修數學，而不是去音樂學校，以符合父親對我的期望。我無法從自己就讀的高中拿到夠好的推薦信，雖然當時的成績很不錯。我退而求其次，在布爾加斯就讀化學技術學院，主修石油化學工程。我住在家裡，是體育場附近新建住宅社區的公寓，我在廚房桌上寫作業。接著，我去煉油廠工作，像所有人一樣，後來去一家比較小的工廠。

從小時候開始，我經歷了這麼多事，父親很溺愛我，雖然我知道他一定很失望，我一定讓他非常失望。只要我走進房間，他就面露微笑，幾乎每次看到我都會親吻和擁抱。他也很愛我母親，以發亮的雙眼看著她，但即使在我面前，他與母親在一起也很沉默、含蓄。只要他在家，母親就很高興，雖然額頭總是橫過一絲焦慮，讓她稍顯蒼老，彷彿從父親疲憊的臉上借來一條皺紋。我想，他們不太會互相聊起父親待過的地方。我經常會想，共黨政權的可怕之處，不只是讓人們彼此敵視，更是讓人們遠離彼此。

歷經一些變化後，我工作的工廠關閉了。我開始去營建業工作，經常擔任泥水匠，搬運石塊、調和水

泥等等；看到我的雙手瘀青又受傷，我父親很苦惱，但沒有選擇餘地。我想，現在的年輕人不太知道那個時代的事，或者無法理解。他們認為永遠都像現在一樣，有手機、網友，也有很多人去其他國家工作。過沒多久，我們的存款越來越少。政權轉移之後，管弦樂團縮編，因為沒有人會付錢聽音樂會了；反正我父親早在那之前就已退休。他想要教音樂課，但是很少人有能力負擔，特別是在索菲亞以外的地區。我父母離開海邊，我母親的一位表親請他們去伯維茲的房子同住，她過世之後把房子留給他們。他們住在那裡，花費便宜多了。有時候他們當然會去哥諾。我存了一點錢之後回到索菲亞，去上簿記課程，於是可以在網路上接到工作。我也曾差點要結婚，但是不順利。這件事讓我母親特別難過，因為她沒有孫子可以抱。

我很確定我父親不喜歡伯維茲，不過他絕少提起。他每天練習小提琴、讀書，而剛好生病之前發現那隻狗，狗兒很愛他。他的閱讀量很大，我說過了，我想，他反覆閱讀所有的藏書。而我相信，米倫・拉迪夫只要有能力就會幫助一點金錢，他經常去看他們，等到退休就與他們同住。

我父親生病時，他沒有對別人說，連我都沒說，直到很晚期。醫生說，我們無論如何都沒辦法救他了。也因此，我父親打電話叫我陪他。而那天，我母親去普羅夫迪夫休息一下時，他對我提起澤雷涅茨，我和韋瓦第就是在那裡救了他，因為他在那裡想著我們兩個人，那遠比任何事情更能提振他的精神。他對我說明為何遭到逮捕，以及他如何用自己的方法努力贖罪。他告訴我經歷過什麼事而活下來時，我哭了。而且我很困惑，因為我受孕和出生時，我知道他一定是在勞改營裡。不過他說，他一直期待有個兒子，也知道自己會很愛他，就像他愛我一樣。他就是那樣說，而我突然明白他說的故事的意義了。我母親給了他朝思暮想的兒子，於是史托楊・拉扎洛夫成為我的父親。對我來說，就算猜到一定是誰把我給了他，他也是我真正的父親。

接著他告訴我，他依然知道在澤雷涅茨認識的兩個人。我記得他虛弱到幾乎說不出話。他靜靜躺著一會兒，枕頭上的臉龐很蒼白，流著汗。我給他喝水，以及一些止痛藥，但他說不想吃太多藥，因為那會讓他昏昏欲睡，而他需要保持頭腦清楚，才能把剩餘的部分告訴我。那是初夏，像現在一樣，但已經是六月，我打開他臥房的窗戶，讓他感受溫暖的空氣。他面露微笑，說還好已經事先翻過月曆，於是他過世的時候會是正確的月份。

我在他旁邊坐下，他伸出手。這對我來說很新鮮，他喜歡我握住他的手。他的身子總是很單薄，而現在躺在床上，感覺又更單薄了。我坐著陪他，感受到他很快就再也不會躺在那裡了，實在很難相信。

接著他開口說：「我想要告訴你，我在澤雷涅茨認識，現在還知道下落的兩個人。一個人是聖人，另一個是惡魔。聖人呢，當然……」他舉起一隻手，彷彿指著某人的方向。「就是小納斯·阿格洛夫。你現在知道我們是怎麼認識的。他比我堅強，只要他活著，他永遠是你的朋友。我又在索菲亞找到他時，發現他活著，那是我這輩子最快樂的日子之一。」

他舔舐嘴唇，我又讓他喝水，看著他閉上雙眼一會兒。「爸，請休息，我們可以明天再講。」我說。

「不。」他說著，雙眼突然睜開。「你母親在這裡的時候不行。她受的苦夠多了。我會盡可能安靜離開這裡，讓她比較容易承受。她知道我以前待過哪裡。我不希望她知道所有其他的部分。」

他緊盯著我。那雙眼睛比臉龐的其他部分更明亮——我深愛那雙深邃的黑眼睛，永遠深情凝視著我。「我還有事情必須告訴你。兩年前我與你母親一起去哥諾，那是我最後一次去那裡。那是清晨非常早的時候，一個美好的春日早晨。」他緊抓著我的手，彷彿因為疼痛而痙攣，我再度考慮去拿五斗櫃上的藥丸。「我自己走在山路上，你也知道我喜歡那樣散步。我離開馬路，穿越一些樹木，看到那裡藏了一些春天的

花朵。我站著賞花時，一輛車經過，很名貴的大車，以前從沒看那輛車開到山路上面來，我知道車主一定是在附近山上蓋大房子的那個生意人，或者這位也許是他的朋友，來拜訪他。

「突然間，車子停下來，後座的人打開車門，探身出來調整某個東西，安全帶或者某種東西纏到外面。我清楚看見那個男人的臉，不過我認為他沒有注意到我，我仍穿戴工作衣帽，站在樹林裡。如果他看到我，應該不會理我，我當然只是普通的村民。他距離我只有五、六公尺。濃密的鬍子遮住他的臉，鬍子上方的臉頰有傷疤和皺紋，似乎是很久以前的意外事件所造成，眼睛發黃。他的頭髮非常奇怪，僵直且整齊，不過很長，幾乎碰到肩膀，染成棕色。我覺得那看起來像假髮。

「接著我聽到司機從車子裡面叫他『庫里爾科夫先生！』，之後還說了其他的話。司機說的話讓那個男人笑起來，所以我可以看到他發亮的眼睛呈現淡藍色、上排牙齒的門牙縫，以及臉的骨頭很寬。那是我對你說過的惡魔莫莫，老了很多，偽裝得很好，不過是同一個人。那是你不會忘記的一張臉。就在那一刻，他關上車門，接著開車走了。我一直沒有動。我有很長一段時間站在原地，完全動不了。

「我記得看到報紙說，這個庫里爾科夫很年輕的時候就成為政治局的守衛，剛開始是守衛，後來因為某種原因擔任重要成員的助理，那是在共黨垮臺前的很多年前。共黨垮臺之後，他賺了很多錢，購買一些舊礦場。怎麼買的，我永遠不會知道。他一定是祕密進行，透過其他人之手。在那之後，他遠離政治圈很長一段時間，可能蓄勢待發。接著，他成為副部長，也開始組織政黨，口號是『沒有貪污』。」

我父親開始咳嗽，停頓了很久，我給他喝水。

「這樣夠了。」他喝了一口之後說。他說話時閉著眼睛。「報紙絕對不會提起他在澤雷涅茨做的那些事，不會報導他們在那裡從事的謀殺舉動。在那之前，我一直不知道他還活著，也不知道任何守衛的下

落。不過他絕對是活蹦亂跳，而且有名、有錢、有權，更在我們村子擁有一棟豪宅的產權——那裡是全保加利亞我最愛的地方啊。我記得讀過一篇社論，這個人有一天可能成為總理，或者可能是總統；他是老派的政治人物，不過非常聰明，過去很清白，不像其他很多政治人物。他很了解上了年紀的人和他們的需求，也會替保加利亞建立偉大的未來。」

父親在床單底下移動雙腳，動作僵硬。「那次散步後，我再也沒有去外面，兩天後我們回到伯維茲這裡。下一次你母親想要去哥諾，我對她說，我的狀況不太能出遠門，結果很快就成真。我再也沒有回去。我忍不住一直想著庫里爾科夫。最後，我寫了一封信給索菲亞的報社，最初就是在那裡讀到他的生平。我描述自己在澤雷涅茨的所見所聞。你也知道，共黨剛垮臺的時候，有其他人挺身而出，講出當時的那些事。也許那時候我應該勇敢一點，不過我很擔心你和你母親。我想，我的努力來得太晚，那篇投書沒有刊出。」

他停下來重整呼吸，臉色看起來比以往更灰暗，額頭發亮。「事實上，我從沒接到報社的回應，接到的只有沉默，即使後來再試一次也一樣。」

他再度停下。「莫莫死了，但他變成的那個人沒有死。那個庫里爾科夫，他稱自己是『大熊』。」

他用僅存的一點老邁力氣抓住我的手，我彎身探向他。我叫他休息。我叫他別再煩惱過去的事，那曾經很可怕，不過都結束了，他現在更加擔心實在沒道理。他繼續凝視我的臉，任憑我握住他的手。

「拜託，拜託，別讓任何人知道你是誰的兒子。」他說。

我彎下腰，親吻他的額頭，感覺到額頭的汗水。「時代已經改變了，而且我以身為你的兒子為榮。我永遠都會讓別人知道這件事。」我說。

他微笑了一會兒，我聽到他的呼吸透過鼻子咻咻作響。「我沒有再嘗試寄東西給報社，不過我把一切都寫下來。我把它放在安全的地方。」這時他看起來太虛弱而不太能動，感覺心思可能有點恍惚。「我一定要記得它放在哪裡，小納斯幫我找到地方藏起來；而且我把其中一部分放在別的地方，不能發表。我把那個部分放在哪裡呢？」

「爸，別擔心，無論在哪裡，我們都會一起找到。好好休息。」我說。

他的頭在枕頭上來回轉動。「最近一次我在報紙上讀到他的報導，他正要向內政部長提出一項計畫，建設更多監獄，容納更多囚犯，讓他們辛苦工作以便貢獻社會。他很知道該怎麼利用我們，利用囚犯。他在那裡嗎？在月曆旁邊？」他的目光在臥房裡掃視徘徊。

「爸，只有我，我就在這裡。我們不會讓那種事發生，我保證。」我說。

他平靜下來，臉部線條變得鬆弛，接著突然睡著了。太陽漸漸西斜；我母親搭乘普羅夫迪夫的巴士，很快就會到達，我知道應該要幫她準備一點晚餐，也要試著讓父親吃點東西。米倫．拉迪夫即將來這裡，與我們一起共度週末。我知道米倫很害怕，每一次說再見，他都很怕自己再也見不到我父親。再過不久，米倫．拉迪夫就會成為我僅存的一位父親。

「還有一件事。」我父親說，他又掙扎著醒來。「原諒我……我沒有帶你去威尼斯。我一直沒帶你去。我說我會，然後他們開放邊境了，可是沒有錢去。不過，我至少可以幫你辦護照。我可以試著多存一點錢。」

「拜託，爸，休息一下，你盡力了。我們也很享受自己的藏書和自己的夢想。」我說。

「有個東西很有價值，不過沒有跟我其他的樂譜放在一起。它在衣櫃的架子上。」

他的手移動一下，嘗試指出方向。「它最後一頁的簽名很特殊，一定是韋瓦第的簽名。我在布拉格買到它，那是我回保加利亞之前。如果你把它賣掉，也許就可以去威尼斯。帶我跟你一起去，把我火化，帶我的骨灰去，把我埋葬在那裡。」他再度露出虛弱的微笑。「你也知道，如果韋瓦第以貧民的身分埋葬在維也納，我也能以貧民的身分埋葬在威尼斯。」

那之後不久，我給他吃止痛藥，讓他睡著，我母親也到家了，然後是米倫。那天晚上，他非常虛弱，請我讓他的狗進入屋子，躺在房間的地板上。接著，他叫我把小提琴拿出來，放在他旁邊的床上，碰觸他的手臂。「但是不要從盒子裡拿出來。」他輕聲說。即使到了那時，他也不希望小提琴受損。我現在明白了，他終其一生必定都很害怕國家會沒收他的小提琴，因為它很漂亮，很有價值，而且他是在戰爭之前購入它。

隔天，我父親過世了，剛好是破曉之時，小提琴陪伴在他身邊。那對我母親是巨大打擊，不過他的神情很平靜，我們都看得出來。即使我開始想念他了，我也為他感到高興；他再也不用活著忍受那樣的記憶了。

我沒有對母親和米倫談起澤雷涅茨的事；我想，他們各自以不同的方式有所了解吧。我只提到韋瓦第的手稿，以及他希望火化和埋葬在威尼斯的心願。我母親並不希望將他火化，但她照辦了，因為這是他最後的請求。小納斯・阿格洛夫受到我父親的請託，親手製作骨灰盒交給我們，根據「狼與熊」的故事雕刻了臉孔。他拿來給我們時，我私下告知我知道澤雷涅茨的事，也問他是否記得我父親寫過一些東西，但他搖搖頭沒說話。我母親收好骨灰，需要的時候可以帶它去威尼斯。我們尋找他們房間衣櫥的架子，找到好幾本印刷的韋瓦第樂譜，我不時回想起他的演奏。其中一份是書寫的手稿，非常古老，簽名的樣式正如同

父親對我的描述。我不是音樂家，但是連我都覺得它看起來價值非凡。

我們帶著韋瓦第的手稿去索菲亞，找到一名珍本書商，他拿去仔細檢視了兩天。我們回去時，他告訴我們，他無法證明那是韋瓦第所寫。他說，韋瓦第在樂譜上的簽名通常是另一種不同的筆法。他很抱歉。不過那確定是原始的手稿，是十八世紀所寫，他可以把它放到網路上拍賣。

最後，他賣掉手稿給我們的錢，足夠幫我母親和米倫支付十個月的暖氣費、電費和食物費。他們的養老金可以支付食物費或暖氣費，但無法兩者都涵蓋。再過一個月，我們賣掉父親的小提琴，但我知道，那只能再讓他們撐兩年，特別是如果還有醫院帳單的話，而很快就有了，是米倫．拉迪夫的。我已經盡可能多賺一些錢來維持他們的生活。我父親過世後，米倫衰老得很快，接著心臟病發，我們都以為他也會死，我母親急得發狂。不過他活下來了，但也更加衰弱。賣掉小提琴剩下的最後一筆錢用來買他的輪椅。這一年，我母親準備賣掉伯維茲的房子，他們為了省錢而搬去哥諾，但沒有人要買伯維茲的房子。接著，我受到憤怒的驅使，到處尋找父親對我提過的文件，心想我會以任何代價發表它。真希望我曾向父親詢問更多細節，因為無論如何都找不到。或者，我心想，說不定他只是想像自己曾把所有事情都寫下來。

他過世已經兩年了。我們覺得不該繼續等下去；我們絕不可能去威尼斯，也不可能支付葬禮費用，於是決定帶著父親的骨灰去維林修道院，我母親有一名表親認識那裡的神父，得到允許。我父親很愛那間修道院，喜歡那裡的平靜，以及古老的樹木。而我母親認為，那個地方配得上我父親，可以葬在修道院外的墓地。我們搭火車去索菲亞，探望那位表親，向她道謝。表親也對我們說，她兒子開計程車，等我們準備好，他可以免費載我們去維林修道院。

不過我坐在火車上，骨灰盒放在旁邊，突然想到父親曾說小納斯．阿格洛夫幫他找到一個地方藏他寫

的文稿。我們到達索菲亞時，我偷偷打開骨灰盒，發現底部有個凹洞，裡面做了一個分開的盒子。我讀了裡面的東西，才知道我絕對不能放著它不公開發表。

隔天，我把父親的自白書複印一份，將原稿放回裡面，為了向他表示敬意。我打電話給一家報社，不是拒絕我父親投書的那一家；我暗示手上有什麼樣的故事，與一名編輯約好見面談。他約我在佛瑞斯特旅館見面。我想，如果有需要，母親和米倫也應該在場一起談，於是他們坐在附近大廳等待，把我們的袋子安全放在他們之間的地板上。編輯抵達後，我把父親在澤雷涅茨勞改營的經歷告訴他，並給他一份複本。我解釋說，父親有很深刻的感受，因此以前一度嘗試發表他的故事，後來則希望隨著骨灰一起埋葬。我說，我寧可發表而不要埋葬，但我希望兩者都進行。

結果我氣炸了，編輯態度輕蔑，說我沒有這份自白書的真實證據，如果我這樣公開談論庫里爾科夫，可能會遭到逮捕，他已經對國家做了那麼多貢獻啊。我用一個故事指控一名備受尊敬的年長政治家，可能會被視為誹謗。編輯說，他會向一些人報告我的事，那些人會想確定我絕對不會再談這件事。我對他大吼，說他無權威脅那些已經很痛苦的人，不過他對我說，如果我真的公開談論這件事，我母親會承受更多的痛苦。他盛怒離開，把我的文件複本放進手提箱帶走，威脅要立刻報警。我看到他匆匆推開旅館後門離開。

我立刻意識到自己可能會遭到跟蹤，他可能是刻意從後門繞到旅館正門。我可能遭到跟蹤，我的家人甚至可能遭到殺害，因此他們找到我們時，骨灰不能在我們手上。我盡可能快步走出旅館大門，帶著母親和米倫去找她表親的兒子和計程車。我知道我們必須立刻埋葬父親的骨灰，而且如果可以，他在維林的墳墓恐怕不能做任何標記。

就在這時，表親打電話給我，說他兒子不能來接我們，我內心一陣慌亂，只能努力走下階梯，準備搭另一輛計程車。我們不能冒險等待巴士。我們的內心很掙扎，而就在這時，頭一次有人嘗試要幫助我們。於是，我放手讓父親離開，落入他會喜歡的一名年輕女子之手。亞莉珊卓，我看到你沒發現自己拿到骨灰盒。骨灰盒裡面裝的東西已經對我母親和米倫造成威脅，那是我父親最不希望發生的事，於是我放手讓他離開。

不過他離開後，我才想到你可能會帶著骨灰盒去找警察。我們必須消失。我只能希望你不會也惹上麻煩。我從沒想到你會這麼善良、這麼堅持，無論天涯海角都要找到我們。

第七十八章

太陽已經移動到天空的正中央，把亞莉珊卓的頭髮曬得暖烘烘。涅文移動一下，搖搖頭，彷彿從夢中醒來，伸手從她手中移開。她依然眼眶含淚，這時才突然意識到。他從褲子口袋拿出一張皺皺的紙巾，輕拍她的臉頰；他沒說話，但輕拍得小心翼翼。巴布移動身子，但沒阻止他。

「那麼，你們去了哪裡？我們確實天涯海角到處找你們。」她說。

他點頭，示意請巴布翻譯。「我不能對母親說我拋棄了骨灰盒，這是當然的。我們搭另一輛計程車前往維林修道院，不過我知道那樣會很貴。等到她發現骨灰盒不見了，我們回去旅館，當然什麼都找不到。我也鬆了一口氣，因為沒有看到報社編輯的半點蹤跡。接著，我帶她和米倫去小納斯．阿格洛夫山上的房子住了幾天——顯然是你們去那裡之前，你們現在知道他死了。」涅文的下巴繃得很緊。

亞莉珊卓說：「是的，他遭到殺害後，他的兒子立刻打電話給伊麗娜，而她打電話給我們。」

「小納斯答應不對任何人提起我們去過，連對伊麗娜也沒透露。我們與他在一起時，我私下對他說，我已經找到父親的告白書。我也對他說明索菲亞那個編輯的事。他看起來非常嚴肅，說有些事本來想要保密，除非出現正確的時機；也許我父親到最後決定保密。小納斯一定知道我讓他身陷危險，畢竟他的名字出現在告白書裡——他發生的事，我永遠不會原諒我自己。」涅文緊扣著雙手。「然後小納斯說，他會給

我其他東西，萬一我有機會需要它。我想，他不希望別人在他的個人物品找到那東西。他說，史托楊曾把那東西交給米倫．拉迪夫，而米倫又交給他。」

他打開皮革包包，拿出一個信封，從信封裡取出一張黑白照片。它印在顆粒很細緻的相紙上，如今泛黃，裡面的人影清晰鮮活。涅文在陽光下拿起照片，巴布坐得靠近一點，從亞莉珊卓的肩膀後面窺看。照片中顯示三名男子站在一起，位於一道拱門下面，三人面帶微笑，彼此搭肩。其中兩人身穿制服，戴著軍帽；一人比較年輕，穿著寬鬆的上衣和深色背心。年紀較大的兩名男子留著黑髮，較年輕那人則是濃密的淡色鬈髮；他笑得咧開嘴，兩顆門牙之間有大大的牙縫。攝影師小心納入他們上方拱門的字樣。巴布自動翻譯，但還沒等他唸出來，亞莉珊卓幾乎已經知道了：光榮邁向未來。

涅文把照片翻到背面。背後整齊的手寫字跡稍微褪色，他用手指撫摸那些字。「澤雷涅茨設施，S．涅狄亞柯夫、瓦斯科．赫里斯托夫、莫莫．庫里爾科夫，一九五二年。你記得我父親寫過，在營區的時候，那個庫里爾科夫，莫莫來到醫務室看他。莫莫去找他時，不小心掉了這個——他一定是隨身攜帶——而我父親保留起來藏好。他把這件事告訴小納斯。」

「而他把照片隨身帶回家。我懂了。」巴布搖搖頭；他臉色蒼白。「這種照片非常稀有，而且，我們很可能因為看到這張照片而遭到殺害。」他說。

涅文說：「對。我想，有人知道小納斯以前有這張照片。他的兒子告訴我，你們離開那裡之後，小納斯突然接到一通電話，他不願意談。因為某種理由，他一定努力想要保護你們。」

可是他無法保護他自己，亞莉珊卓心想。

涅文眺望著河流。「他也同樣心想，我手上有父親的自白書，於是把這張照片交給我妥善保管。而且

等他走了以後著手發表，與我父親想的一樣。」

「你父親的故事，加上照片，這樣就夠了。」巴布說。

突然間，涅文的電話響了。

「伊麗娜。」亞莉珊卓大叫，但巴布伸出手指壓住自己嘴唇。涅文慢慢接通電話，聽了一會兒，然後他們聽見電話線另一端講話的那個人切斷連線。涅文的眼神很嚴峻。

「這是第二次了，我不認識的人打電話給我。就像我說的，第一次，那個人答應會在中午打電話給我，告知伊麗娜和蘭卡的下落。現在他告訴我了。」

亞莉珊卓抓緊巴布的手臂。「在哪裡？」

「他說，她們在澤雷涅茨。」

第七十九章

他們三人立刻跳起來站好，史托喬站在亞莉珊卓身邊。

「誰會帶伊麗娜和蘭卡去澤雷涅茨呢？」亞莉珊卓努力不想到小納斯．阿格洛夫。「而我們連澤雷涅茨在哪裡都不知道。」

涅文站在他們面前，雙手插腰。「我想要說一件事。你們在電視上看過庫里爾科夫的計畫吧？很多人談論那計畫，有些人支持，有人反對。他要協助開放喬佩克的礦場，那裡靠近諾福利佛，可以提供工作機會，而且礦場仍然富含重要金屬。那會開拓新的經濟模式，但他會順便幫自己開拓另一份財富，因為他擁有礦場的一些土地。他也說，他會用一些囚犯在那裡工作，所以其實沒有那麼多工作機會，或者沒有那麼多人需要付薪水。」

「而且，如果他成為總理，所謂的囚犯就會是他不喜歡的人。」巴布說。

「對，。不過，沒有人真正見過那個地方。他們不准抗議的人靠近礦場，只能到達外圍的道路。」涅文說。

「他們主要在索菲亞發起抗議行動。」巴布用手指梳順頭髮。「而且……他們幾乎老是遭到逮捕。」

亞莉珊卓說：「你認為礦場位於澤雷涅茨。」

他們同時轉頭看她，涅文很快點個頭。

巴布若有所思地說：「政府裡面還有一些反對聲浪，我想，如果抗議人士可以證明喬佩克礦場那個地點曾是勞改營，反對陣營有可能變得比較壯大。」

亞莉珊卓說：「對。不過重點是，如果有人可以證明那個庫里爾科夫以前在那裡是殺人犯。」

「你們也知道，他的政黨堅持打一場乾淨的選戰，大熊──『沒有貪污』。」涅文說。

巴布把雙手用力揣進口袋。「如果庫里爾科夫想要重新開啟澤雷涅茨的礦場，而且用犯人的勞力營運礦場，那可能等同於新的集中營。有一個新的集中營，就表示還會有其他。而且他會採用完全合法的做法，就從他的『乾淨』選戰開始。」

「我的想法也一樣。」涅文說。「漸漸的，我們的保加利亞就會變得像我父親那個時代一樣。我的朋友，我和你會率先進入新的集中營。」

亞莉珊卓又伸手讓涅文握住。她覺得自己先前的人生從未發生過；她彷彿真的曾經從一座橋上墜入白色水域，不斷向下沉。「你父親會希望我們怎麼做？」她說。

涅文低頭看著她的手和自己的手，交握在一起。

巴布匆匆搜尋口袋，似乎正在清點自己帶了什麼東西。他對涅文說：「我已經看過地圖，電視上還沒有那個地方的照片，只有一些機械挖掘外面某處，還有非常普通的保加利亞畫面。」

涅文說：「而且沒有澤雷涅茨，我看過的所有地圖都沒有，不過名稱經常會改變。我在網路上找到幾篇言論，談到一個集中營位於澤雷涅茨，那個網站是討論共產主義時代的保加利亞。沒有確切地點，不過我讀到的澤雷涅茨位於巴爾幹山脈中部山區，靠近喬佩克和諾福利佛。」

「走吧，我們至少可以開車上路。」巴布說。

「不行。」涅文放開亞莉珊卓的手，走向馬路；他們跟著他走。「你們碰到的麻煩已經夠多了，因為我家人的關係。你們一定要回去索菲亞。等我找到她們就會打電話給你們。」

「現在伊麗娜也是我們的朋友。」她很堅持。

「我對你會很有幫助。」巴布對他說。

「不行，謝謝你。」涅文說。

巴布沒有放慢腳步。

「巴布，拜託不要讓我跟你分開。」亞莉珊卓說。

史托喬小跑步跟在涅文後面。涅文說：「喬佩克距離這裡有四小時的車程，也許更久，要開山路。我們可以一邊開車一邊聊。不過到達的時候，亞莉珊卓必須待在車子裡。」

巴布作勢請亞莉珊卓不要抗議。

在巴布的地圖上，喬佩克位於山區的東北方。他們把涅文的車子留在村外的一片樹林裡，從四周的道路都看不到，然後三人擠進福特汽車。涅文坐在巴布旁邊的前座，亞莉珊卓與史托喬坐在後座，看著涅文的肩膀和輪廓線條。這很奇怪，她心想；史托楊．拉扎洛夫的血液沒有在他的血脈裡流動，沒有流經那些修長平靜的四肢；然而，他是如假包換的史托楊的遺族。史托楊．拉扎洛夫沒有留下錄音，不曾為國家的首腦演奏，沒有舉辦過世界巡迴演出。他曾擁有的，只有他的小提琴、他的韋瓦第、他對一名女子的愛。

他也擁有這位很有尊嚴的兒子，這個兒子無法遺傳他的音樂才華，連學習他的音樂技巧都無法，但毫不吝惜地深愛著他。如同拉迪夫，涅文一直很擅長數字，也有著好心腸。她的手流連於史托喬的背上，由於道路搖晃，不由自主昏昏欲睡。

她醒來時，他們已在山區。陡峭的道路搖醒她；他們正爬上一段漫長的隘口，進入森林，進入山上看似有濃霧的地方。廣大平坦的色雷斯平原已在他們背後，延伸到一片霧靄之中，可能是其他山區。道路空蕩，只有幾縷雲霧低垂於他們的路徑上，或者悄悄飄越進入森林。天空消失了，彷彿海上的燦爛早晨、平原上的巨大太陽這樣的白晝從未發生。這時下午肯定已經過了一半，但對亞莉珊卓來說，感覺像是一片空無，沒有時間得以測度，沒有太陽或甚至沒有暮光可以標記正常的行進路徑。她穿上毛衣，擔心害怕地直發抖，因為想到：伊麗娜，蘭卡。澤雷涅茨。史托喬也伸伸懶腰，動作僵硬，然後歪著頭看她。

到了隘口頂端，巴布說他們會很快停一下，於是把車子停到路邊的停車場。雲層籠罩著周遭一切，他們爬出車外時，狂風呼呼吹動衣裳。亞莉珊卓覺得好像從沒來過海拔這麼高的山峰。風勢推動他們前往公共廁所，她注意到幾群人都穿戴溫暖的夾克、帽子或圍巾，俯瞰著重新出現的山谷。

突然間，霧氣兀自散去，顯露出巨大的紀念碑。它安置在水泥平臺上，就在停車場的另一邊，是一具龐大的火箭推進式載具，以石頭和青銅塑造而成，作勢要從山上發射升空。底部有個門，但門拉上，而且有個生鏽的掛鎖牢牢鎖住，似乎很多年沒有人進去裡面了。火箭的頂端延伸到他們上方約莫八層樓高，消失於快速吹動的雲層之中，已然奔向太空。有人曾在門上放置旗幟和花環，如今兩者都受到天氣的摧殘而顯得憔悴。

「這是什麼？」她問巴布。

巴布也正拉緊夾克。「這是紀念碑：『紀念革命四十週年，一九八四年』。動員整個保加利亞的學生募款興建這個，我當時年紀太小沒有參與，不過我知道我們社區的孩子去收集廢金屬和捐獻零錢。所有的工人也購買郵票支持這項行動。」他整理夾克的領子。「為了揭幕儀式，電視上有盛大的慶祝活動。」

涅文站著，頭微微後仰，露出喉嚨，抬頭看著火箭，說：「我記得那天，但我父親不看電視。」他搓搓手臂，亞莉珊卓認為他是憤怒得發抖，而非覺得冷。「如今他死了，可是庫里爾科夫擁有他想要的一切。」接著，他用保加利亞語說了些話，匆匆走回車子旁邊。

「怎麼了？」亞莉珊卓抓住巴布的手肘。

巴布也轉過身。「他說：『這樣受苦到底有什麼意義？』快走吧，小鳥。」

到了山的另一邊，他們沿著同樣陡峭的道路往下開，接著進入一段新的山脈，道路蜿蜒進入蓊鬱的雲杉森林，沿路只有少數村莊，以及隨處冒出一、兩間木屋旅館。巴布在儀表板上攤開地圖，仔細查看；他和涅文都沒理會一個指向喬佩克的指標，而是向左轉進一個山谷，爬上一條路，先是變成碎石路，接著變得泥濘。

「這裡是火車的鐵道。」巴布說，他們看到路邊的軌道，以及再過去的河流。「我想，這是前往礦場後門的路，喬佩克則是通往山上礦場的正門，在我們後面。希望我們需要的道路還在。」

過了幾公里後，道路和鐵道離開河流，一起爬向半個小時以來所見到的第一個村莊。有些房子已經倒塌，只有少數看起來有人居住。更加深入森林，在村子看不到的地方，他們發現路上設置了木製路障。巴布自己下了車，以銳利的眼光窺伺周遭。涅文也去找他，他們一起想辦法移動路障，不過看起來很重。史托喬在後座坐起來，抬起牠的黑鼻子嗅聞空氣；亞莉珊卓必須抓住牠的頸圈，免得牠跟著那兩人跳下車。

巴布往前開再停車，然後他們把路障放回車子後方的原位。再沿著道路往上開去，又有另一個路障，不過巴布想辦法繞過。亞莉珊卓向她的父母小小默禱一番；如果發生什麼事，先祈求他們原諒。

道路又與河流會合，穿越濃密的森林，過沒多久豁然開朗，進入一片樹叢茂盛的平坦地區。亞莉珊卓看到一堆木材，還有一棟倒塌的樓房，方形的屋頂躺在樹木之間。一輛推土機停在旁邊，還有一輛前置式裝載機，兩輛都靜止不動。沒有其他生命跡象。巴布把車子停在一叢灌木後面，他們牽著史托喬的繫繩下了車。這一次沒有人說話，他們移動也沒有發出聲音。亞莉珊卓鬆一口氣，涅文沒有要求她回到車上。他們穿越一片龜裂的水泥廣場，巴布和涅文走在前面。巴布停下來幾次，低頭看著地面；開闊的水泥地面留下泥濘的腳印。亞莉珊卓注意到泥巴剛留下不久。

繞過一個轉角，穿越更多樹木，他們看到一群木造建築，有一層樓也有兩層樓高，圍繞在雜草叢生的廣場邊緣，逐漸腐朽。這裡仍然貌似有種秩序感：建築物全部面對廣場，圍繞著三邊構成直角。一座高塔豎立在飽經風吹日曬的支柱上，監視著廣場入口。大多數建築只剩少部分屋頂或完全沒有屋頂，不過牆壁建造得很堅固。門口像是面對大自然的力量張開黑暗大口，有些攀爬著藤蔓，從地面生長到上層窗戶。遠處有個土堆，很像垃圾掩埋場，正面有個低矮的木框，周圍向內塌陷。亞莉珊卓覺得手臂寒毛直豎，史托喬也直往後退，不願繼續向前。她沒看到半個人在此工作，更別說伊麗娜和蘭卡，或者帶她們來的人。

涅文凝視著那些建築物，雙手插在口袋裡。「你們認為如何？」

「沒錯，這可能就是那裡。」但巴布的語氣很猶豫。他需要證據，亞莉珊卓心想。他環顧四周，神情緊繃，聆聽動靜。

他們走向前，站在廣場上，周圍環繞著營房的一雙雙空洞眼睛，或者除了營房以外的其他用途。亞莉

珊卓走向一棟營房，窺探內部。裡面沒有木造床鋪，不過透過窗洞，她看到幾個老舊的水槽固定在牆上。登上門口的臺階已經腐爛毀損；如果要進去裡面，只能從窗戶爬進去。整個地方彷彿漸漸沉入地面。只消用推土機鏟個一、兩下就完成了。

接著，她發現涅文離開他們身旁。他正站在對面建築物裡，向外凝視著空蕩的門口。他的雙手垂在身側。他需要爬上那裡，她心想，他想要待在那裡面一會兒，向外觀看。他站得挺直不動，似乎看著某種東西，望向視線所及的最遠處。她有種衝動想要趕到他身旁，想要確定他仍散發著體溫。不過，這一刻屬於她不曾參與的那個世界。她抓緊史托喬的繫繩，要牠靜靜坐在她身旁。

過了一陣子，巴布揮手要他們回車上。「你父親的自白書說，他們大約行軍兩公里去採石場。既然營區這裡沒有人，我們應該去上面那裡看看。」

他開車沿著一條寬闊路徑走，以前可能是一條道路。路徑繞過建築物，穿越樹林漸漸往山上爬。從這裡看，山的正面非常近。在左手邊，他們看到鐵道，這條支線已經廢棄，冒出許多松樹和樺樹的樹苗。他們默默前進，巴布曾經回頭瞥了亞莉珊卓一眼，要她放心。她的心揪得很緊，最大的心願其實是車子往回開，載著他們所有人開下山，包括伊麗娜和蘭卡一起，大家都安全。涅文盯著擋風玻璃前方；突然間，他示意巴布停車。停好車後，他們下車，提高警覺，涅文走在前面，一隻手臂舉高，準備隨時示警。

在他們前方區區六、七公尺處，一些小樹懸垂在空中。有個巨大的坑洞，在樹林中張開大口，好幾個正方形的石塊依然躺在坑洞邊緣，彷彿無人認領。亞莉珊卓想起普羅夫迪夫的古羅馬劇場，想起那些古代開採的石頭。她從邊緣向下探看；在她腳下，深坑傾瀉到非常遠的地方，一路排列著灌木和岩石。下方的底部滿是樹木和灌木，還有更多巨大的石塊半露其中。

巴布已經開始用手機拍照；她想起自己的相機放在毛衣口袋裡，連忙取出。沒有伊麗娜和蘭卡的蹤跡。一條道路繞過採石場的邊緣，沿著雜草蔓生的鐵道，消失於向上爬升的樹林間。往那個方向，她心想，會是礦場。她的胃揪成一團。有人帶著伊麗娜和蘭卡上去那裡嗎？

她才剛要轉身對巴布說話，就在這時，每一件事情都在同一時間發生。她聽到他們背後傳來車輛的聲音，她知道那輛車一定會經過或甚至穿過營區，搖搖晃晃朝向採石場而來。亞莉珊卓一度無法認清這件事；她反而想到某種瘋狂的電影場景，一輛車直直衝過坑洞邊緣，墜入半空中。不過，那輛車發出尖銳的煞車聲停下來，是一輛灰色轎車，只距離六、七公尺遠。

那輛車的後面跟著一輛黑色寶馬轎車，車窗很黑，沾滿塵土的擋泥板上方閃耀著古怪的光澤。兩名男子跳下第一輛車，繞過去打開後座車門。他們從後座拉出一名綁著黑色髮辮的女子，只見她不斷掙扎——是蘭卡，接著是一名老太太，同樣掙扎著，不過看起來快要昏厥了。亞莉珊卓準備衝向前去，但巴布抓住她的手臂，力道之大讓她覺得好痛。涅文站到她旁邊，於是她突然感覺自己好嬌小。蘭卡顯然已經看到他們；她的鼻子滴著鮮血，但她對伊麗娜喊了些話，只見伊麗娜環顧四周。有個人扶著伊麗娜，讓她倚著汽車站好，接著那人拿出一把刀子抵住她的喉嚨，那是有黑色握把的長刀。蘭卡在另一個人的掌握中亂踢亂打，於是他揮拳打她的鼻子，彷彿處理這種事情稀鬆平常。

突然間，寶馬轎車的駕駛座車門打開了，一名身材魁梧的男子向他們跑來，拿著一把槍對準他們。他正用槍口對準他們——這念頭閃過亞莉珊卓的腦海；不過，他一定只是要威脅他們吧。涅文和亞莉珊卓舉高雙手，但她看到巴布迅速伸手到夾克裡面，拔出某種東西，然後開火。就在那一瞬間，跑向他們的男子向後跳起，然後摔倒，仰躺在樹木和石頭之間。他的塊頭很大，肌肉強壯，黑色上衣外面有個手槍皮套。

接著，亞莉珊卓看出他還活著，伸手摀住自己肩膀。她怎麼還不知道巴布是這樣的人呢？他是優秀的槍手，毫不遲疑，然而絕對不會致人於死。

但在這時，寶馬轎車的後座車門打開了，兩個人下了車。亞莉珊卓覺得自己停止呼吸。那兩個人她都認識。一個是「巫師」，他的頭在午後陽光下閃耀著白蠟色；另一人身形比較挺直、比較尊貴，一身剪裁合宜的服裝充滿沉著的氣質，是庫里爾科夫，「大熊」。亞莉珊卓看著他鞋子的閃亮稜角，一頭僵硬濃密的染色頭髮，不自然的棕色鬍子，以及灰白色的眼睛。他沒有瞥向石頭上的受傷男子，也沒有看著巴布手上的槍。

「大熊」反而看著涅文，伸出手，張開手掌，意思是「把它給我」。接著，他轉頭查看伊麗娜，她蒼白且無力，一把刀架在她的喉嚨上。亞莉珊卓看到刀刃下方的胸針閃閃發亮。他真的會動手，她心想。如果庫里爾科夫叫他動手，那個人，那個陌生人，就會在我們面前當場殺了伊麗娜。她突然感受到採石場近在咫尺，就在他們背後，長長的陡坡落入樹木和岩石之中。大熊步步進逼，於是她覺得能聞到他的氣味。亞莉珊卓不禁心想，巴布敢再開槍嗎？史托喬開始吠叫，沒有很瘋狂，而是帶有警告意味的咆哮聲，她從沒聽過狗兒這樣吠叫。她感覺到繫繩在她高舉的手上滑動，不免匆匆想著是否該乾脆放開。

巫師也向他們往前走一步。她回想起他的臉，在警察局、在他們的午餐場合，他都露出神祕的微笑，但現在，他沒有笑。這時，他喊著一些話，就在這分心的一刻，大熊拔出自己的槍，一把小小的、精巧的槍，對著巴布開槍。亞莉珊卓失聲尖叫，卻沒有感覺到任何聲音自她的喉嚨喊出。有身體落到葉子上的聲音，但沒有尖叫回應，沒有扭動。這時大熊站在他們旁邊，亞莉珊卓抬起頭，及時看到巫師的手上也有一把槍，於是明白他的槍對準大熊。她不知道史托喬是否已經跑開，但就在這時，狗兒一鼓作氣，從她身邊

跳向大熊的喉嚨——斑紋點點的身體在空中伸展，喉嚨撕裂開來，裸露出紅色與白色，然後他們一起滾落採石場的邊緣。

遠處下方必定發出一陣聲響，粉身碎骨的聲音，人類的尖叫或狗的尖叫，但亞莉珊卓什麼聲音都聽不到。她隱約意識到，面對他們站著的巫師，放下手中的槍。接著，她只意識到自己趴在巴布的身體上，及時聽見他的呼吸和停止，呼吸和再度沒有呼吸，接著她以某種記得不大清楚的動作，胡亂摸索巴布的上衣和嘴巴。而然後，涅文跪在她旁邊的地上，捧著巴布的頭。

第八十章

突然間，巴布快速吸口氣，就在她的嘴巴下面，她感覺到他的胸口充氣。血色湧上他的臉；她撕開自己的上衣，繞過他的大腿綁住，綁得笨拙但很緊，那裡是流血的地方。她再度抬頭看，這才發現涅文已經站起來，跑向那輛灰色轎車。看守伊麗娜的男子已經放開她。亞莉珊卓看到她搖搖晃晃跌落在地，也看到涅文抓住她，很快扶起。另一個人把蘭卡推開。那兩個人跳上他們的車，倒車進入樹林，在路上使勁迴轉，然後加速駛出視線之外。巫師轉過身，朝那兩人的車尾開了一槍，搖搖頭。涅文把伊麗娜抱進巴布車子的後座。亞莉珊卓放開巴布一會兒，前去查看他們的狀況；蘭卡的身上滿是泥巴，這時彎身探看老太太。

「我還好，阿斯巴魯赫呢？」伊麗娜虛弱地說。

亞莉珊卓跑回巴布身邊。他睜開雙眼，眼神機警，但沒有說話。他不時抽搐一下。她握住他的手，看著巫師用真正的止血帶綁在他腿上，然後纏上繃帶，接著幫他打了一針。最後一個步驟讓她很驚慌，但巫師對她點點頭。「只是止痛劑。他沒有失血太多。我想，小姐，你救了他一命。不過你得帶他去醫院。諾福利佛有一間。讓他休息一下，我們再試著移動他。」他們站起來，低頭俯瞰採石場，但什麼都看不到，只看到遠處底部的岩石和森林。

「大熊怎麼辦？」亞莉珊卓對他說。他現在看起來比較像人，比較不像巫師了，白色的內衣沾著巴布的血。

巫師說：「也許這樣比較好，等到你們公開發表他的事，他要面臨的狀況也會讓他活不下去。」

「你早就知道了。」亞莉珊卓大叫。聽到自己尖叫，她驚訝極了。她跪下，親吻巴布的額頭、他的臉。他閉上眼睛，但胸口起起伏伏。涅文又站在他們旁邊，看著巫師。

巫師說：「對了，等一下。」他走向被巴布射中肩膀的那個人，幫他護理一番，然後很快走回來。「庫里爾科夫要求我監視一些人，我們把那些人標記在系統裡。我幫你找史托楊．拉扎洛夫的名字時，他就有這種標記。我告訴庫里爾科夫，但不知道那有多重要，直到他變得越來越有興趣。他叫我跟蹤你們、恐嚇你們，但不願意告訴我原因。接著我自問，他到底隱瞞什麼事情，連我都不肯說？」

巫師伸手在褲子上擦一擦。他指著巴布。「這裡，幫我抬起他，從那邊。我很確定庫里爾科夫會回過頭來針對我，針對警察。他可能打算對媒體說，他的這些事是我掰出來的。兩天前，我才發現他準備要殺我，等到他殺了你們之後。他的屬下當然逃走了，不過我以後會找到他們。」

「我們絕對不會把你想要的東西交給你。」亞莉珊卓說。她的聲音發抖，但逼自己擠出這番話。涅文抬起巴布，而她將巴布的另一隻手臂放到她的肩膀上，但巫師移動到她旁邊，接手她的位置。

他說：「小姐，你不必給我任何東西。我和阿斯巴魯赫．伊利夫共事了好幾年，我一點都不懷疑史托楊．拉扎洛夫故事的副本已經找到適當的報社，無論以何種形式發表。而且，我很確定庫里爾科夫之死會判定為自殺。」

他們移動巴布時，亞莉珊卓站在旁邊，伸手摸摸他的頭髮。巴布的眼睛已經張開了，似乎看著她。他

已經把故事交給報社，肯定就像他需要的時候，打個電話就能請朋友送來一輛汽車。她心想，肯定是他們與史托喬一起住旅館時，他從旅館寄出副本，或者是旅途中的其他地方。巴布就是有這種能耐。他們現在也有照片了，可以把故事說得完整。

接著，她明白史托喬真的走了，也知道牠為何離開。

巫師伸手放在巴布的額頭上，似乎查看有沒有發燒。「我得返回索菲亞面對媒體。你們到達諾福利佛的醫院之前，我會先打電話過去。我們沒有失去最棒的計程車司機，還沒有。」

涅文將巴布輕輕放進福特汽車的後座。伊麗娜和蘭卡把他穩穩包夾在中間，亞莉珊卓與涅文一起坐上前座。

「快走。」她說。

在那之後，車子穿越樹林往山下開，她只記得一個時刻，覺得自己好像作過那樣的夢：只見樹木之間出現有斑紋的身體和尾巴，一隻動物迅速溜回荒野。

第八十一章

隔天晚上，在凡卡婆婆家的廚房裡，電視新聞出現索菲亞警察局長，他的大頭面對攝影機，讀著有關交通部長庫里爾科夫死亡的聲明稿，他在一場可怕意外中喪生，可能是自殺，地點是採石場，靠近以前的一座勞改營，那裡稱為澤雷涅茨。目前正在進行調查，已經確定庫里爾科夫曾在那裡擔任守衛；他顯然回去查看那個地點。此外，他似乎早在幾年前就買下採石場和礦場所在的全部土地。巫師面對鏡頭，以嚴峻的表情說，如果庫里爾科夫沒有預先了結自己的性命，他有可能因為以前在那裡犯下的罪行而遭到起訴，那些罪行很快會在報紙上獲得證實，證據來自一位已故音樂家史托楊・拉扎洛夫的證詞。由於需要進一步調查，採礦計畫暫停。一名電視新聞主播根據這項聲明進行追蹤報導，在採石場附近的樹林裡找到大量墓塚。結果，那裡現在到處都是記者，帶著攝影機穿越樹叢、走過建築物——涅文曾在那裡默默望著門外。

亞莉珊卓坐在巴布和涅文之間，一隻手放在巴布沒受傷的那條腿上。她知道自己很快會再度開始寫作；她已經感覺到同一隻手撫過頁面，接著碰觸筆記型電腦的鍵盤。這一次，她的故事和詩作會書寫一個新世界。或許也會成為散文，她心想：寫成文章，寫作之筆付諸行動。

接下來的早上，亞莉珊卓向伊麗娜和蘭卡道別，她們留在莫爾斯科鎮的郊外。凡卡婆婆的兒子已經提議開車送兩位女士回到普羅夫迪夫。她們沒有談起史托楊・拉扎洛夫的故事，不過三人坐下聊天時，伊麗

娜說：「親愛的，他會很喜歡你。你很勇敢，而他很重視勇氣，因為他畢生都得鼓起很大的勇氣。」她與伊麗娜親吻道別時，亞莉珊卓看到老太太的胸針在影子裡閃閃發亮。在胸針的正中央，在藤蔓和花朵之間，有個蒼白的影像，很像傳道士的臉孔。

❖

他們回到哥諾，與拉扎洛夫一家人共進晚餐，房子看起來與他們第一次造訪時幾無二致。只不過，如同巴布以虛弱的笑容指出來，此時窗簾全部拉開了。他們敲敲門，涅文前來應門，這正是亞莉珊卓夢想過無數次的情景。他親吻她的兩邊臉頰，接著帶領巴布撐著枴杖走進門。兩天前，涅文與父母（現在她認為可以稱他們為涅文的父母了）離開莫爾斯科；自從那以後，亞莉珊卓一直很想見到他，不過他顯得很正常、很安靜。倒是維拉急急向前擁抱亞莉珊卓，摸摸她的頭髮。米倫．拉迪夫坐在輪椅上，捏捏她伸出的手。維拉讓巴布坐到廚房的床上，他能把腿抬高。

他們坐下來吃晚餐；涅文倒了白蘭地，向巴布和亞莉珊卓敬酒，也對史托楊．拉扎洛夫表達懷念之意。亞莉珊卓看著他——他的美好，以及他的老派拘謹。她心想，在這個工作機會少、多數人貧窮、財富只有少數人擁有的世界，他的餘生會怎麼度過呢？儘管史托楊．拉扎洛夫有才華、勇氣和洞見，像他這樣的人只能擁有尊嚴，也在其中漸漸凋零。大家都開始用餐時，涅文告訴她，他已經回去布爾加斯工作，但無法專心，然後，終於，他讓自己的金色眼睛迎上桌子對面她的目光。

他們吃完晚餐後，維拉端上蛋糕切片，這時亞莉珊卓讓自己鎮定下來，開口說話。「我一直想著……」她說。但一度覺得好難繼續。傑克的模樣襲上心頭——他正坐在桌子一角，滿臉淘氣神情。

她轉頭看著維拉和涅文。「我存了一些錢，本來要做為這一年旅行之用。」她又停頓下來，努力坦率說話。「如果你們願意，我可以幫忙，送你們帶著拉扎洛夫先生的骨灰去威尼斯。我不知道你們要如何取得許可，才能在那樣的地方舉行葬禮，不過一定有辦法。」

巴布凝視著她，而她還沒對他說明自己仔細考慮的事；接著，他翻譯給維拉和米倫聽。維拉的眼睛睜得好大，眼神憂愁；涅文略微揮手，搖搖頭，不過眼神發亮。

亞莉珊卓說：「我覺得金額不夠讓所有人都去，不過兩個人可以。」

一陣窸窣的保加利亞語交談聲，維拉舉起手撫著自己的臉，米倫則是輕拍他的輪椅，一副順從的樣子。

涅文點點頭，輕聲說：「我父母無法旅行到那麼遠的地方，他們知道自己辦不到。不過我是這樣想的。我想說，我可以去。如果你不介意跟我一起去的話。」

第八十二章

布拉格的一間商店。一九三七或一九三八年左右。買賣跟音樂有關的古董。打開門的男子年約二十出頭，是個外國人，手上提著小提琴盒。他身材高大，一頭黑髮，走起路來虎虎生風，讓正在登錄品項的店老闆為之抬頭。老闆熟知這種模式：他們通常是窮學生，但偶爾存了錢，連忙用來購買珍品。他倚著書堆，瞥了年輕男子的小提琴盒一眼，看來質感很好，然後看看他的鞋子，已經穿了一段時間，但也是好貨。而且擦得晶亮。

年輕男子輕點帽緣，接著脫下帽子。「我看到你的招牌寫著古董樂譜。」他用法語說。

嗯，如果他們沒有其他共通的語言，這個可以溝通。

「是的，你在找什麼？」老闆說。

「沒什麼特別的。」年輕男子眼神發亮。

「我看你是……小提琴家？」

「收藏家？」

「是的。」

年輕男子笑起來。「旋律的話，是的。昂貴的樂譜呢……很抱歉，不是。」

他的微笑很有魅力，散發出無比的活力和無窮的愉悅，神態非常迷人，老闆也不禁面露微笑，闔上登錄簿。他謹慎地說：「我有一些非常好的東西，但不見得很昂貴，而且是小提琴方面的。」年輕男子把琴盒放在櫃檯上，但是姿態有禮，不讓琴盒造成妨礙。他說：「謝謝你，聽起來很有趣。」

然而，老闆依舊打量著他。「你從維也納來到這裡，只是偶然嗎？」從這年輕人的口音聽來，老闆知道他當然不是維也納人。

史托楊・拉扎洛夫又笑起來。「是的。」他說。

老闆吹個口哨。「我昨天晚上在場，聽你的音樂會。我從來不會錯過，無論票價有多貴。嗯，我得說，你得到的反應很熱烈。」

史托楊笑起來。維也納愛樂演奏的是柴可夫斯基的弦樂小夜曲，演奏結束時，觀眾席上層的學生熱烈喝采，頓足了整整五分鐘。接著，史托楊的弦樂四重奏大膽演奏德弗札克的《美國》四重奏，就在這位作曲家的家鄉城市，於是布拉格的學生為之瘋狂，將他們的帽子甚至外套扔向空中。事實上，每個人都為之瘋狂。結束之後，有一位老先生認識德弗札克，他贈送一冊回憶錄給他們的指揮；離開音樂廳時，一位女士對他們拋擲鮮花。今天晚上他們會演奏德弗札克的第三號交響曲，是最後一場演出。

「我有個東西，你會感興趣。」老闆說。「我不會拿這東西給每個人看，不過你是小提琴家，而這個有一天會變得更有價值。」他走向櫃檯後面的一個櫥櫃，打開鎖，翻找好幾疊脆弱的樂譜。他要找的樂譜用棕色紙張包好，以細繩綁住，這是很特別的處置。他在櫃檯上解開繩子，在年輕人面前打開。「這個非常古老，你也知道。」

史托楊．拉扎洛靠過來，看著在他面前打開的樂譜。紙張變了色，不過看起來很堅固，約略可以斷定為樂譜。他看了很吃驚，那上面的樂譜是用手寫的，是手稿。書寫的筆跡令他的心頭猛然一震。筆跡在五線譜上寫得飛快，用細長獨特的花體字匆匆寫就。根據自己所學的巴哈和韓德爾，他知道這種譜頁出自巴洛克時代，但是跟他以前見過的完全不同。這無論如何都是名家的作品，而且只有音樂大師能夠演奏，特別是以他所想像的該有的速度。

他抬頭看著老闆，老闆正仔細端詳他。「這是什麼？」

老闆翻開下一頁。整首曲子似乎只有三頁，但是提供很多反覆再現的機會，也許還有進一步的裝飾法。它們從側邊粗略裝訂在一起。史托楊已開始聽到譜頁所流洩的幾行旋律；沒錯，速度很快，但也散發出情感。這與他鍾情的巴哈很不一樣。

老闆翻到最後一頁，指出幾個小字：PV，一七一五，上面這樣寫，筆跡非常工整，與樂譜的緊張狂野非常不同。

老闆說：「我相信，V代表的是韋瓦第，安東尼奧．韋瓦第，那位威尼斯作曲家。看出來了吧。音樂的曲風是對的，而韋瓦第是神父，P代表的是『Prete』（義大利文的神父）。」

史托楊碰觸最後一頁的下緣，但很小心。「是的，我知道他的名字，還有一、兩首曲子，寫給室內樂團。」他想了一會兒。他早就知道巴哈的協奏曲是以韋瓦第的音樂為基礎。而且，偉大的小提琴家克萊斯勒曾經聲稱一首曲子是韋瓦第的作品，不過幾年前才透露那是他自己作的曲子。講起這個名字，史托楊總是隱約聯想到古怪巧妙、咚咚作響的音樂，而非他在眼前譜頁上所見到的熱情且焦急。

「我在羅馬的同行曾幫忙查看其他樂譜，不過我一直沒辦法拿這個給他看。我收到這份樂譜之前，他

就離開布拉格了。他寫信給我，說最近幾年以來，他們已經在義大利找到更多韋瓦第的樂譜，不過全都在圖書館和私人收藏裡。」

「那麼，你在哪裡得到這一份？」史托楊無法將目光移開那份手稿。看似有十足的活力躍動於譜頁之上，彷彿油墨尚未乾涸，只有末尾的兩個縮寫字母安靜佇立。也許作曲家是後來才寫上去，心情比較冷靜時。

「我是在一本書裡找到的，一卷威尼斯的雕刻版畫，幾年前賣掉了。事實上賣到很好的價錢。不過我把這份拿出來，因為買家對音樂沒興趣。」

史托楊深思之後說：「我想，這是裝飾樂段。」

店老闆站著聆聽。

「是的。」史托揚說。「你也看到了，它的最前面沒有標題或數字，而就我看這段旋律，我想它包含在比較長的曲子裡。這可能要特別增添到作曲家原本寫好的作品，是一段獨奏，也許要用精采的方式結束那首曲子。嘗試一項挑戰。」

「你想不想演奏看看？」老闆突然說。店裡沒有其他人。

「這會相當困難喔，第一次拉奏。你有沒有譜架？」

他有。那支譜架幾乎像樂譜一樣古老且優雅。他們一起架設好，然後史托楊為小提琴調音。真的很困難。那逗弄著他，那是大師之手，驅策他的手演奏樂譜。這位威尼斯神父曾經像天使一般作曲，但演奏起來顯然也像惡魔。旋律讓他的心怦怦跳。店裡依然沒有其他人，於是他再次試奏。曲子非常短，用了極廣的音域，有些音在指板上的位置非常高，他必須豎起自己受過嚴格訓練的耳朵才能拉出那樣

的音高。曲子的精巧程度超越本身的結構，那些音符浮現出奇妙的甜美與悅耳。他要花好幾個星期才能拉得熟練，要好幾個月才能正確記住。他心想，這是優秀的小提琴家會用來訓練自己的珍貴曲子，就像小提琴家的簽名，當作安可曲。而且，他以前從未聽過這段曲子——生活在過去兩個世紀間的人們可能全都不曾聽過。

他可能必須喝水配麵包度過很長一段時間了。他轉身看著老闆，他正點點頭。

「賣價多少？」史托楊·拉扎洛夫說。

第八十三章

火車之旅從米蘭進入聖路濟亞火車站，接著搭乘汽艇沿著大運河前進，讓亞莉珊卓進入一種恍惚的狀態。儘管極度疲累，也可能因為這樣，使得周遭看起來有種恍惚之美。涅文坐在她旁邊，一起看著稠密擁擠的島嶼上冒出許多米黃色和暗藍灰色的房屋。他的雙腳之間放著一個旅行袋，裝著晶亮的木製骨灰盒而顯得沉甸甸，裡面的人類骨灰卻是異常輕盈。時間是傍晚，五月底，二〇〇八年。涅文把手提箱放在他旁邊的座位上，那個手提箱看起來用了四十多年，很像亞莉珊卓的祖父母用的。

亞莉珊卓把她帶來保加利亞的家當全部帶著，只有少數自覺再也不需要的衣服除外；她把那些衣服摺疊好，留在原本住的索菲亞青年旅社外的公園長椅上。她戴著巴布送的黃銅和紅玉髓項鍊，露在上衣外面，不時擔心得用一隻手護著；之後她戴了很多年、修理過很多次，歷經寫作、成為人母和教書的整個未來人生，她才不再每天佩戴。她的毛衣口袋裡放著一首詩，摺疊成厚厚的小方塊，是巴布最近送的禮物。

「這是我第一次用英文寫詩，從發想開始就是用英文寫作，不是翻譯過來的。」他說。

詩作的題名是「一隻小小鳥」，她已經記住這首詩令人驚奇的開頭字句，融入意象同樣鮮明的第二和第三行，接著轉變進入過往情境，悲痛隱約流動；他選擇了美麗且意想不到的動詞，想像著傑克生命最後幾個月的光景。

這時，尖塔的頂端映入眼簾，整個島到處都是教堂，螺旋般的裝飾物很像蝸牛殼。閃亮四濺的水域取代了陸地。她揉揉疲累的臉，看著涅文，而他牽著她的手，就像巴布以前那樣。他們自在坐著，她的心只比平常跳得快一點點。汽艇超越平底小船，如同巴士超越行人。這時他們凝視著宮殿，建築物看似在水邊上下擺盪。

突然間，涅文笑了。他指著人行道，人們走過廣場邊緣的一道道小橋。「你看。」他說。

「什麼？」亞莉珊卓伸長脖子，沒有放開他的手。

「那些人穿現代的衣服。」涅文說。

到了前往聖馬可廣場的碼頭，他們跨上威尼斯的土地，走上古老的人行道，一邊鎮定心緒，一邊整理行李。亞莉珊卓預訂了一間小旅館，距離廣場六個街口，不知道六個街口在威尼斯代表多遠。首先，他們隨處閒晃了一會兒，凝視著總督宮的粉紅壁面，不時把手上的行李放下來。廣場比她原本想像的大多了，在廣場上活動的鴿群數量驚人，很像南極海岸的鳥群。她認出聖馬克鐘樓，以及很長很長的廊柱。聖馬可大教堂統御著這一切，韋瓦第的父親曾在這裡參與管弦樂團演奏，早在他兒子出生之前。亞莉珊卓回想起她與巴布一起走進維林修道院的教堂。等他們找到旅館之後，她想要進入聖馬可教堂好好欣賞，為了巴布，也為了史托楊。她努力回想，天主教的教堂是否有蠟燭可以購買、點亮。她嘗試想像傑克的臉孔，這才發現記憶有點變淡了。

涅文沉默不語，亞莉珊卓問他在想什麼，他嚴肅地說：「我剛才突然想起，我哪裡都沒去過。」

他們的旅館確實很小，只比它自己的大門稍微寬一點。門的側邊放了一盆柑橘樹盆栽，占了小巷的一半，因此路過的行人必須繞過它。再過去一點，一座廊橋把兩棟房屋連接在一起；亞莉珊卓很希望那座橋是旅館的一部分，但也許可以從他們的房間看到橋。房間，單數——她只預訂一個房間，四晚的房價已經令人心跳停止。接著，吃幾頓飯外加他們的機票費用，她過去三年的存款即將用盡。

等到旅館經理帶他們參觀房間的景致，結果比她預期的更好：他們從三樓的華麗窗戶向外望去，低頭可以看到一條運河，狹窄的程度像是事後才開闢，宛如一條偏僻小路，只有最迷你的汽艇才能穿行，它們關掉引擎緩步經過。運河飄來污水、魚腥和發霉的氣味，與莫爾斯科鎮的新鮮空氣形成強烈對比；她聽得到微小波浪的拍岸聲，那是較大船隻的尾流所造成，從附近較大的運河傳導而來。儘管氣味如此，亞莉珊卓依然好好吸了口氣。房間果然很小，最主要的擺設並非她要求的兩張床，而是有篷蓋的龐然巨物……那根本是一頂轎子，附有金色絲絨簾幕，如同這城市其餘部分的老舊陳設。如果在她的家鄉，這看起來會很不真實，她心想，在保加利亞更是奇詭怪異。然而在這裡很合適，只不過她仍覺得是大災難。她嘗試詢問經理，希望有其他選擇；「沒有，signora。」——她記住這個義大利文，「已婚女士」——他展露笑容，連道個歉都沒有。

涅文把史托楊．拉扎洛夫的骨灰盒放在地板上，放在油漆得很假的五斗櫃旁邊。她把毛衣掛起來，然後再度取下。她在小型衣櫥旁邊的水槽洗洗手，沒有看著涅文。他已打開手提箱，把東西拿出來放進五斗櫃底層，很有禮貌地把上層抽屜留給她用，一副將要長住幾星期似的。在關著門的房間裡，他顯得比平常更加高大壯碩，手臂顯得更長；他幾乎要碰到天花板了。

「我們去找點晚餐吃吧。」她說。那張床夠尷尬了，以及房間的大小，但現在主要的問題是強烈的疲

乏感、窗外催眠的美麗風景、粉嫩的錦緞垂簾，以及溫暖的空氣。

外出到小巷和廣場上，迎面而來的景象更加糟糕：四周籠罩著浪漫的暮光，旅館和餐廳的門口上方都已點亮柔和的燈光。暗處的河水波浪聲聽來十分愉悅，這時顯得更加激昂；微風漸漸吹起。亞莉珊卓走到一道櫥窗前停下來，裡面堆疊著各種海鮮，牠們的腳、觸鬚和邊緣銳利的外殼展現出紅潤的色澤。她和涅文相視而笑，對於驚人的數量和價格的問題感到很不好意思。最後，他們找到一間生意很好的戶外餐廳，坐下來吃義大利麵和長棍麵包。他們點了一些葡萄酒，接著點了一整瓶；亞莉珊卓感覺喝得滿臉通紅。

「你餓得像狼一樣。」涅文告訴她。「你們用英文這樣說嗎？」

他們再度閒晃到大廣場上，看它籠罩在燈火之中，耀眼的光芒延伸到水域。亞莉珊卓從沒見一個城市有這麼多美麗的人兒——觀光客，是的。不過，也有義大利女子穿著高跟鞋和窄裙；而義大利男子穿著合身的西裝，靠近喉嚨的襯衫扣子打開。教堂的大門對外開放，對著廣場暗處投射燈光，而且門上有騰躍的青銅馬匹，亞莉珊卓一直都想好好對它拍照。

進入教堂內，燈光比保加利亞的教堂亮得多，蠟燭和通電的枝狀吊燈讓天花板顯得金碧輝煌，不過也同樣滿是拜占庭帝國時代的臉孔。涅文再度牽起她的手；她覺得自己一直等待，而這一次，她感到神魂顛倒。他們在教堂裡前後左右漫步，嘗試猜測韋瓦第時代的管弦樂團坐在哪裡。在她腦中，大教堂的天花板隨著葡萄酒起伏翻騰，於是她停下腳步，直直望進其中一個圓頂。涅文過來站在她旁邊，靜靜伸手攬住她的肩膀。他們離開教堂後，沿著小巷漫遊，迷路了好長一陣子。等他們終於找到旅館門口，亞莉珊卓先走進去，爬上狹窄的螺旋狀樓梯。

進入房間，她扭亮燈光，涅文拉上窗簾，脫下鞋子，將它們並排放在五斗櫃下面。亞莉珊卓進入浴室

一會兒，花點時間洗臉和整理思緒。等她再度出來，他衣著整齊，靜靜站在床邊，高大且嚴肅，琥珀色的眼睛凝視著她。她對涅文的來歷了解得那麼深，因此即使對他本人的了解非常少，感覺似乎也不太重要。他把亞莉珊卓臉孔兩側的頭髮往後撥，塞入耳後。房間裡又出現輕柔的嗡嗡聲，但她無法判斷那究竟來自外面的城市，亦或源自暗處角落的骨灰盒。

她心想，隔天，他們將會見到「紅髮神父」受洗的教堂大門。期待的悸動已經在她的心頭生了根。他們會散步好幾個小時，參觀史托楊・拉扎洛夫心心念念的宮殿和博物館，並在韋瓦第可能坐著乘涼的房屋陰影下稍事休息。他們會踏進皮耶塔慈善醫院大教堂透過音響放送的樂音之中，那裡到了韋瓦第過世二十年後才建成；如果歐洲各國的國界以不同的方式進行劃分，史托楊・拉扎洛夫原本會在這裡拉小提琴。他們會散步好幾公里，如同一般人遊覽威尼斯的方式，深深受到每一個轉角和每一個鬼魂的吸引。

作者小記

保加利亞是個自然美景極其壯麗的國家，我第一次造訪這裡是在一九八九年；事實上，我抵達的時候是柏林圍牆倒塌一週後，保加利亞四十五年的共黨獨裁政權緊接著垮臺，這個神祕的國家在鐵幕後面隱藏了那麼久。我的火車進入這個國家的那天早晨，我很早就醒來，觀看田野、村莊，以及灰白天空下森林蓊鬱的山脈。抵達首都索菲亞後，我發現它既有優雅的歷史背景，也有蒼涼的東歐共產集團共產氣氛。如同《影子大地》書中的年輕主角，我莫名有種回家的感覺。

目前保加利亞這個國家有七百萬人口。此地是非常古老的地方，這塊領土上最早的保加利亞國度建立於西元六八一年；這裡的歷史也很特殊，曾經有好幾個世紀遭到占領，特別是受到拜占庭和鄂圖曼帝國的占領，而產生文化的融合。在歐洲，保加利亞的土地擁有最豐富的考古資源，好幾個地點是智人最早定居之處，也可追溯至色雷斯、古希臘、古羅馬、拜占庭、中世紀保加利亞，以及鄂圖曼時期。然而，現代的保加利亞是相對年輕的國家，起始於一八七八年，從鄂圖曼帝國解放出來。

保加利亞的共產主義垮臺後，我回到那裡的二十多年期間，與一位保加利亞男士結婚，我在新國度得到一個家庭、許多朋友和同事。這一路走來，我夢想著撰寫一部小說，場景全部設定在保加利亞，並牽涉到這個國家的共產政權經驗；對於比較年輕的世代來說，這部分已經變得很遙遠。然而，直到自己站在一

座勞改營的封閉廢墟裡，我才終於找到故事的核心。

在一九四四到一九八九年間，特別是一九六二年之前，多達一百座勞改營（根據幾個方面的估計）為共產政權的需求提供服務，以殘忍的方式對待各式各樣的公民，從納粹同夥到忠誠的共產黨員、從政治異議份子到稍微觸犯文化規範的年輕人，乃至於其他遭受不實指控的人。很多人沒有接受審判或判決就關入勞改營。這些勞改營是以蘇聯系統為基礎而強制實行，有些不為人所知，有些則是一般大眾知情且恐懼其存在，總之為極權政府提供重要的控制管道。受到監禁的人數並未建立基本的清點工作；大多數的歷史學家同意至少有數萬人之譜。

如今，大多數的勞改營地點都失落在遙遠鄉間的荒煙蔓草中，受害者也多半無從紀念起。環顧那些營房和守衛室的荒蕪廢墟，我不禁納悶，什麼樣的動機能讓一個人在那種地方存活下來？而對於這個我所摯愛、接納我的國家，我要如何貢獻自己的棉薄之力，支持一項逐漸興起的運動，檢視那段不久以前的歷史？我站在那裡，心底很清楚，我和我所書寫的角色必須回顧那段過往。

寫出來的這本書，基本上是虛構的小說，所有角色都是虛構人物。在這本書裡，我寫了一些想像的地方，以一些真實的保加利亞村莊、城鎮、河流和山脈為原型。我也嘗試確切忠於真實歷史，特別是後來報導過的勞改營倖存者和他們家人的真實情況，但避免太過精準，以免侵犯到個人經驗的神聖性。我很感激哲學家托多洛夫（Tzvetan Todorov）的著作《來自古拉格的聲音：共產主義保加利亞的生與死》（Voices from the Gulag: Life and Death in Communist Bulgaria），也很感激同意我私下訪問的人們，以及勇敢揭發艱難過往的許多保加利亞組織、記者、藝術家和作家。我向他們致上誠摯的敬意和感激之情。

致謝

我想要感謝很多保加利亞人和美國人，包括家人、朋友和同事，他們讓這本書終能實現。曾經反覆閱讀這本書或幫忙討論的人實在太多，一一列名恐怕有所遺漏，而且這些年間，他們在寫作和編輯方面所提供的仔細協助，絕非這些頁面所能容納。同樣的，許多作家、歷史學家、記者和音樂家的作品都對這本小說有所啟發。然而，我還是要向少數人致上個別的謝意，他們在研究、旅行和事實確認等方面提供額外的協助：川斯科瓦（Dimana Trankova）、迪里拉狄夫（Boris Deliradev）、喬吉夫（Anthony Georgieff）、強柏林（Jeremiah Chamberlin）、洪尼伯格（Lily Honigberg）、凱斯樂（Corina Kesler）、哥斯波迪諾夫（Georgi Gospodinov）和托莫瓦（Vanya Tomova）。也謝謝我無與倫比的經紀人，威廉斯（Amy Williams）。

最後，也是最重要的，我要向巴蘭坦出版公司編輯赫許（Jennifer Hershey）致上深刻的感激，她是這個故事的導師和守護天使。

❖

有些人的生命與這本書所根據的真實歷史深刻相關。我創作這本小說，希望能對他們表達尊敬與哀悼之意。

LOCUS

LOCUS

LOCUS

LOCUS